ज्ञान गरिमा के
70 वर्ष

भारतीय
ज्ञानपीठ

AF792588

णाणं
पयासयं
वीर नि. सं. 2470
ई. सन् 1944
भारतीय ज्ञानपीठ

नागार्जुन संचयन

नागार्जुन संचयन

(संचयन)

सम्पादक

विश्वनाथ त्रिपाठी

शोभाकान्त

भारतीय ज्ञानपीठ

लोकोदय ग्रन्थमाला : ग्रन्थांक 1228

ISBN 978-93-263-5258-1

नागार्जुन संचयन

सम्पादक : विश्वनाथ त्रिपाठी, शोभाकान्त

दूसरा संस्करण : 2016

मूल्य : 650 रुपये

प्रकाशक : **भारतीय ज्ञानपीठ**

18, इन्स्टीट्यूशनल एरिया, लोदी रोड, नयी दिल्ली-110 003

मुद्रक : आर.के. ऑफसेट, दिल्ली

आवरण-चित्र : सफ़दर सामी

आवरण-सज्जा : ज्ञानपीठ कला प्रभाग

NAGARJUNA SANCHAYAN
(Selected works of Nagarjuna)
Edited by Vishwanath Tripathi, Shobhakant

Published by
Bharatiya Jnanpith
18, Institutional Area, Lodi Road, New Delhi-110 003
Ph. : 011-24698417, 24626467; 23241619 (Daryaganj)
Mob. : 9350536020; e-mail : bjnanpith@gmail.com
sales@jnanpith.net; website : www.jnanpith.net

Second Edition : 2016
Price : Rs. 650

कवि—जिसमें जीवन व्याप्त है

नागार्जुन का कृतित्व ही नहीं उनका व्यक्तित्व भी कालजयी है। नागार्जुन बुजुर्गों के साथ बुजुर्ग, जवानों के साथ जवान और बच्चों के साथ बच्चे हैं। जिन लोगों ने उन्हें महिलाओं के साथ घुल-मिलकर बातें करते देखा है वे लिस्ट को और आगे बढ़ाएँगे। अपनी एक कविता में वह शिशु चिनार से बात करते हैं और कालिदास से जवाब-तलब करते हैं—'कालिदास सच-सच बतलाना... ।'' उनका जीवन-अनुभव व्यापक है, कबीरदास की भाँति वह अनेक परस्पर विरोधी प्रवृत्तियों के समुच्चय हैं। जीवन के प्रति गहरी आसक्ति है, तीव्र सौन्दर्यानुभूति के रचनाकार हैं और इसीलिए गहरी घृणा और तिलमिला देने वाले व्यंग्य के सहज कवि। यह सहजता जटिल अन्तर्वस्तु का रूप है। जटिल अन्तर्वस्तु के बगैर सहजता आ ही नहीं सकती। इसीलिए सहजता मार्मिक और भेदक होती है। कविता की बात छोड़िए, जीवन में भी वह जो इतने सहज हैं उसकी भी वजह व्यापक परस्पर-विरोधी जीवन स्थितियों को पचा सकने वाली क्षमता का ही प्रभाव है।

नागार्जुन मैथिल-भाषी हिन्दी कवि हैं। वे मैथिली के भी बड़े कवि हैं। साहित्य अकादेमी सम्मान उन्हें मैथिल-कवि के रूप में मिला है। वे संस्कृत-पाली के विद्वान हैं। कुछ दिनों तक बौद्ध रह चुके हैं। उन्होंने संस्कृत में भी काव्य-रचना की है। बांग्ला में भी। यह जानकर कुछ लोगों को आश्चर्य होगा कि उन्होंने कुछ कविताएँ पंजाबी में भी की हैं। मैथिली में उनका कवि नाम यात्री है। राहुल सांकृत्यायन को छोड़ दें तो वे हिन्दी के सबसे बड़े यात्री या घुमक्कड़ कवि हैं।

जीवन और यात्री-जीवन की समस्त अनुभव सम्पदा उनकी कविता को मिली है। यह संचयिता उस सम्पदा का प्रमाण है।

एक ऐसी कविता लिखी जानी चाहिए जिसमें नागार्जुन, शमशेर, रामविलास शर्मा, त्रिलोचन के पारस्परिक सम्बन्ध और आत्मीय संस्मरण हों। मेल और रूठने के आत्मीय-चित्रांकन (क्लोजअप) हों। एक-दूसरे की रचनाओं पर बेबाक राय हो। कुछ सामग्री तो पहले से मौजूद है—जैसे नागार्जुन की केदार पर और केदार

की नागार्जुन पर लिखी हुई कविता।

नागार्जुन, केदार, त्रिलोचन—तीनों का काव्य जनपदीयता पर टिका है, टिका क्या है, काव्य के रेशे-रेशे में मिला है। नागार्जुन के पूर्वज कवि विद्यापति हैं। नागार्जुन की कविताओं पर अनेक आलोचना-पुस्तकें और लेख लिखे गये हैं। मुझे उनकी कविताओं की विशेषताओं का सर्वोत्तम आकलन केदारनाथ अग्रवाल की उन पर लिखी गयी इन पंक्तियों में दिखलाई पड़ता है—

आओ साथी गले लगा लूँ
तुम्हें, तुम्हारी मिथिला की प्यारी धरती को,
तुममें व्यापे विद्यापति को,
और वहाँ की जनवाणी के छन्द चूम लूँ
और वहाँ के गढ़-पोखर का पानी छूकर नैन जुड़ा लूँ
और वहाँ के दुख मोचन, मोहन माँझी को मित्र बना लूँ
और वहाँ के हर चावल को हाथों में ले हृदय लगा लूँ
और वहाँ की आब हवा से वह सुख पा लूँ
जो गीतों में गाया जाकर कभी न चुकता
जो नृत्यों में नाचा जाकर कभी न चुकता
जो आँखों में आँजा जाकर कभी न चुकता
जो ज्वाला में डाला जाकर कभी न जलता
जो रोटी में खाया जाकर कभी न कमता
जो गोली से मारा जाकर कभी न मरता
और वहाँ नदियों में बहता/नावों को ले आगे बढ़ता
और वहाँ फूलों में खिलता/बागों को सौरभ से भरता।

यह सब नागार्जुन की कविता में व्याप्त है। यह सब कवि नागार्जुन में व्याप्त है। पंक्तियाँ पढ़ते हुए 'नैनं छिन्दन्ति शस्त्राणि नैनं दहति पावकः' की याद आती है। ठेठ द्वन्द्वात्मक भौतिकवादी सिद्धान्त का शब्द-चित्र— संसार नश्वर नहीं, मिथ्या नहीं, सत्य है। सत्य यानी जो हमेशा बना रहे। ऐसी कृति और ऐसे कृतिकार को कालजयी कहते हैं।

नागार्जुन, केदार, त्रिलोचन—तीनों प्रगतिशील कवि हैं, किन्तु वे तीनों अपने भिन्न-भिन्न जनपदीय संस्कारों के साथ-साथ प्रगतिशील हैं। उनकी विशेषताएँ यानी परस्पर-भिन्नता इसी आधार पर समझी जाएगी। अस्तु।

नागार्जुन की एक पंक्ति है—'जनकवि हूँ मैं क्यों हकलाऊँ!' उनकी भाषा की सहजता का प्रतीक है यह न हकलाना।

हकलाना भौतिक बाधा की अपेक्षा आत्मविश्वास की कमी ज़्यादा प्रकट

करता है। आत्मविश्वास की कमीवाला आदमी सहज और स्वस्थ (मानसिक रूप से) नहीं हो सकता। जो सहज, स्वस्थ नहीं वह प्रकृति, इतिहास और बोली की लय—कुछ भी नहीं पकड़ सकता। बात सुनने में अटपटी लगती है किन्तु शमशेर की कविता के बारे में मुझे हमेशा लगता है कि उनमें लय की खोज बहुत है किन्तु खुद कविता में लय की कमी है। कारण कि उनकी बोली का प्रभाव उनकी काव्य-भाषा पर कम है, उनमें जनपदीयता कम है। इस दृष्टि से मुक्तिबोध का अध्ययन विशेष रूप से किया जाना चाहिए और काव्यभाषा पर विचार उनकी मातृभाषा मराठी के सन्दर्भ में होना चाहिए।

प्रगतिशील कवि कल्पना, स्मृति आदि की अपेक्षा देखने पर अर्थात् जो सामने दिख रहा है, उससे ज़्यादा आकृष्ट होते हैं। 'जो सामने है' उसी में इतिहास, भविष्य सब कुछ समाया है। इसलिए देखने को कल्पना आदि से कम महत्त्वपूर्ण नहीं समझना चाहिए। वस्तुतः यह अन्तर लोक और वेद का है। लोक और वेद के सन्तुलन की बात तुलसी करते थे। कबीर लोक और वेद के सन्तुलन पर नहीं, उसके अन्तर पर बल देते थे—तू कहता है कागद लेखी। मैं कहता हूँ आँखिन देखी।

इस देखी की रचनात्मकता में बड़ी महिमा है। नागार्जुन की एक कविता है:

'बादल को घिरते देखा है।'

'देखा है' का अर्थ प्रत्यक्ष अनुभव किया है। अपनी आँखों देखकर जाना है। किताबों में पढ़कर, सुनी-सुनाई बात नहीं। मैं अपने अनुभव को अभिव्यक्त कर रहा हूँ। आँख और कान में अन्तर होता है। अनुभव का सर्वाधिक विश्वसनीय इन्द्रिय माध्यम आँख है। आँख प्रतीक है प्रत्यक्ष अनुभव का—अनुमान इससे कमतर है। इसी कविता में नागार्जुन ने लिखा—

कहाँ गया धनपति कुबेर वह
कहाँ गयी उसकी वह अलका
नहीं ठिकाना कालिदास के
व्योम-प्रवाही गंगाजल का
ढूँढ़ा बहुत परन्तु लगा क्या
मेघदूत का पता कहीं पर

*   *   *

जाने दो वह कवि-कल्पित था
मैंने तो भीषण जाड़ों में
नभचुम्बी कैलाश-शीर्ष पर
महामेघ को झंझानिल से

गरज गरज भिड़ते देखा है।
बादल को घिरते देखा है।

कुबेर, अलका, व्योम-प्रवाही गंगाजल—सुनी-सुनाई बातें हैं, मेघदूत किताब है—मैंने जो बादल देखे, वे किताबी नहीं—आँखों से देखे—ये पंक्तियाँ उनको चित्रित करती हैं। लोग कालिदास के बादलों के बारे में लिखते होंगे। 'मैंने तो' में 'तो' के आग्रह पर विचार कीजिए। कालिदास की महानता से इंकार नहीं लेकिन उनका अनुभव नागार्जुन का भी अनुभव हो—तो नागार्जुन की कविता की क्या ज़रूरत है! सच्चे अर्थ में यह कवि की स्वायत्तता और निजता है।

कविता का सौन्दर्य नैतिकता की धार से खरादकर गढ़ा जाता है। कविता सर्वाधिक जनतान्त्रिक संस्कृति रूप है। मानवीय नैतिकता की प्रवृत्ति यह है कि विकास-यात्रा में जो पीछे रह गये हैं, या जो किसी तरह, किसी भी कारण से साथ नहीं चल पाते, पीछे छूट गये हैं या पीछे छूट जाते हैं, उन्हें अपने साथ ले लिया जाए। इसी प्रवृत्ति के कारण मानवता और कविता दोनों की भाव-परिधि की व्याप्ति सर्वाधिक होती है। सच पूछिए तो 'जहाँ न जाये रवि वहाँ जाये कवि' का रहस्य यही है। भाव-योग इस नैतिकता को सौन्दर्य-बोध में परिणत कर देता है। सौन्दर्य-बोध की तह में नैतिकता होती है—मनुष्य प्रकृति को बहुत प्यार करता है। एक तरफ जंगल काटता है, शेर मारता है, दूसरी तरफ पेड़ लगाता है। पर्यावरण सुरक्षा का कारण सिर्फ उपयोगिता नहीं। पेड़, पौधे, वनस्पतियाँ, पशु-पक्षी, नदी, तालाब, पर्वत, समुद्र मनुष्य को अनायास सुन्दर लगते हैं। वस्तुतः मनुष्य भी प्रकृति का ही अंग है। लेकिन मनुष्य विद्या, बुद्धि से भाषा-व्यवहार, सामाजिक चेतना आदि के कारण प्रकृति की अन्य वस्तुओं और प्राणियों को पीछे छोड़कर बहुत आगे चला आया है। वह पीछे छूटी हुई चिर-सहचरी प्रकृति को इतिहास के समकालीन में नहीं ला सकता तो भावात्म के क्षेत्र में लाता है—यही प्रकृति-सौन्दर्य है। नागार्जुन ने प्रकृति पर जो कविताएँ लिखी हैं वे इसका प्रमाण हैं—प्रकृति-प्रेम की उत्कट कविता है—'मेरे नास्तिक को पछाड़ दिया'—यह प्रकृति-सौन्दर्य का बोध है कि आत्म-बोध, कि प्रकृति के एक घटक मनुष्य के प्रकृति-मात्र में विलीन होने या उसे आत्म-लीन न कर पाने की पीड़ा। इसे पीड़ा नहीं करुणा कहना चाहिए। या फिर सत्व।

बच्चों के प्रति हमारी अपार ममता का मूल कारण यही है। हम बच्चे थे। बचपन छोड़कर हम बहुत आगे बढ़ गये हैं। हम फिर बचपन में लौटना चाहते हैं। जो छूट गया है उसकी दुर्निवार ललक है। सशरीर हम अतीत में नहीं लौट सकते। एक मन है जिसके सहारे हम बचपन से भावात्म्य कर लेते हैं। परिवार में बाबा की सबसे ज्यादा पटरी पोते/पोती से बैठने का यह रहस्य है। नागार्जुन

की कविताओं में से इसके उदाहरणों को उद्धृत करके लेख का कलेवर बढ़ने की ज़रूरत नहीं। वह तो विचार के भी शिशु पर कविता लिखते हैं। 'दन्तुरित-मुस्कान' जैसा बिम्ब अन्यत्र नहीं होगा। गुलाबी-चूड़ियाँ की याद कीजिए और इस लेख में पहले आये हुए उस उल्लेख का कि मेरी नातिन की छोटी-छोटी चप्पलों को देखकर समाधि में स्थित नागार्जुन उन्हें कविता कह रहे थे।

अभावग्रस्त भी पिछड़े हुए हैं। इन सुविधा में हैं और वे असुविधा में। जो सार्वभौमिकता, एकता, विश्वबन्धुत्व की बात करते हैं वे प्रायः गरीबी-अमीरी का भेद-भाव बनाए रखना चाहते हैं। फिर बन्धुत्व किसका? अमीरों, धनवानों का! सच्चा मानवतावाद गरीबी, बेरोजगारी, वर्ण-व्यवस्था, ऊँच-नीच को समाप्त करने में है। कोई आदमी भोजन कर रहा हो और उसके सामने कुछ लोग भूख से तड़प रहे हों तो खानेवाले को भोजन रुचेगा नहीं, अगर वह मनुष्य है। यहाँ की व्यापक मानवीय भाव-परिधि अपने में अभावग्रस्त जनों को समेटकर उन्हें अपने साथ लाना चाहती है। आर्थिक विषमता को बरकरार रखकर विश्वबन्धुत्व, संस्कृति या मानवतावाद की बात करना पाखंड है। आर्थिक समानता मानवीय संस्कृति का अन्तरंग है। सवाल उसको तीव्रता से अनुभव करने का है। बहुसंख्यक निर्धन समूह में कहीं-कहीं इक्के-दुक्के धनी दिखलाई पड़ते हैं। नागार्जुन कहते हैं—वे ऐसे लगते हैं मानो कोढ़ी के शरीर पर सोने के आभूषण।

हमारे अभावग्रस्त देश का एक और अभिशाप है। इस देश में शूद्र होने का अर्थ क्या होता है, यह शूद्र ही जानता है। वर्ण-व्यवस्था को हमारा देश सनातन मानता आया है। इसीलिए तुलसीदास जैसे करुणावान कवि ने भी वर्ण-व्यवस्था का समर्थन किया—शूद्रों को अपूज्य ठहराया। बेलछी कांड पर नागार्जुन ने जो कविता लिखी वह हिन्दी साहित्य में अभूतपूर्व है। हरिजनों के हत्याकांड की क्रूरता की जो यातना नागार्जुन ने भोगी वह किसी भी अन्य कवि ने नहीं। इस यातना का अनुभव व्यर्थ नहीं, वह इतिहास-विधाता की यातना है। ऐसी कल्पना शायद ही कहीं किसी अन्य कवि ने की हो कि अपने जनकों पर जो अत्याचार हो रहे थे उसकी पीड़ा से उनकी सन्तान-भ्रूण उद्वेलित होकर पेट में दौड़ने लगीं:

एक अपूर्व आकुलता उनकी गर्भ-कुक्षियों के अन्दर
बार-बार उठने लगीं टीसें लगाने लगे दौड़ उनके भ्रूण
अन्दर ही अन्दर

अभिमन्यु ने गर्भ में चक्रव्यूह में प्रवेश करने की विधि सीखी थी। हरिजन भ्रूणों ने अपने जनकों के ज़िन्दा जलाए जाने की यातना सही। उनका भाग्य उन हथियारों से नियत हो गया जिनसे उनके पिताओं को मारा गया था। हरिजन-शिशु की हथेली पर उन हथियारों के निशान थे। हथेली पर निशान यानी भाग्य-

रेखा। उसकी हथेलियों पर ध्वज, अंकुश, कमल, चक्र के चिह्न थे :

देख रहा था नवजातक के
दाएँ कर की नरम हथेली
सोच रहा था—इस गरीब ने
सूक्ष्म रूप में विपदा झेली।
आड़ी-तिरछी रेखाओं में
हथियारों के ही निशान हैं
खुखरी है, बम है, असि भी है
गंडासा-भाला प्रधान हैं।

नागार्जुन ने इस हरिजन-शिशु को वराह अवतार कहा है। वह धरती का उद्धार करनेवाला होगा। अभी इसी वर्ष किशन पटनायक की एक महत्त्वपूर्ण पुस्तक छपी है—'भारत शूद्रों का होगा'। नागार्जुन की यह कविता 20 वर्ष पहले की है। बालक निम्न वर्ग का नायक होगा। वह नयी ऋचाओं का निर्माता होगा।

सच्ची बात यह है कि नागार्जुन ने दलित शिशु की अतीत की सारी सांस्कृतिक सम्पत्ति का उत्तराधिकार भी सौंप दिया है। दलित को लोग राज्य, अर्थ, भूमि की सत्ता तो सौंप देते हैं लेकिन उसे हमारा सांस्कृतिक नायक भी बनना है, यह बात कम लोगों के गले के नीचे उतरती है। ख़ुद दलित व्यक्ति और उसके नेताओं ने भी इस बारे में कोई बात नहीं की है। फ़ैज़ अहमद फ़ैज़ ने कहा है कि गरीब वर्ग का अधिकार सिर्फ रोटी, कपड़ा, मकान पर ही नहीं वाल्मीकि, होमर, शेक्सपियर, ग़ालिब, प्रेमचन्द पर भी है। नागार्जुन ने दलित की अधिकार सीमा को फ़ैज़ से भी कहीं ज़्यादा व्याप्ति दी है। समस्त अतीत का भी वह उत्तराधिकारी है। वह अवतार है—वैदिक मन्त्रों का गायक, पृथ्वी का उद्धारक, धर्म संस्थापनाय संभवामि युगे-युगे का परम्परावाहक।

और इसके लिए नागार्जुन ने कविता में कई मिथक, कई कथानक रूढ़ियाँ गूँथी हैं। बच्चे को अत्याचारियों के डर से स्थानान्तरित करना—कंस के डर से कृष्ण को स्थानान्तरित करने की गाथा, गर्भावस्था में प्रभाव-ग्रहण—अभिमन्यु की कथा, वराहवतार द्वारा धरती का उद्धार आदि। एक और रोचक एवं मार्मिक रूढ़ि 'हरिजन गाथा' में गूँथी गयी है जो नागार्जुन के दलित प्रेम या दलित तादात्म्य की भावना की प्रगाढ़ता व्यंजित करती है। तुलसी और सूर दोनों अपने इष्ट के दर्शन के लिए अपने काव्य में रूप परिवर्तन करके प्रस्तुत होते हैं। तुलसी राम-गमन के अवसर पर तापस के रूप में और सूर कृष्ण जन्मोत्सव के अवसर पर ढाढ़ी (गायक) के रूप में। 'हरिजन गाथा' में अधेड़ सन्त गरीब दास आते हैं। वह रैदासी कुटिया के सन्त हैं। उनका चित्रण द्रष्टव्य है :

अगले नहीं, उससे अगले रोज
पधारे हैं गुरु महाराज
रैदासी कुटिया के अधेड़ सन्त गरीब दास
बकरी वाली गंगा-जमनी दाढ़ी थी,
लटक रहा था गले से
अंगूठानुमा ज़रा-सा टुकड़ा तुलसी काठ का,
कद था नाटा, सूरत थी साँवली,
कपार पर, बाईं तरफ घोड़े के खुर का निशान था
चेहरा था गोल मटोल, आँखें थीं घुच्ची
बदन कठमस्त था
ऐसे आप अधेड़ सन्त गरीब दास पधारे
चमरटोली में।

बाबा गरीब दास ने शिशु की हथेली देखी, भाग्य-रेखाएँ पढ़ीं। सलाह दी कि इसे फौरन माँ के साथ-साथ झरिया-फरिया भेज दो। यही नहीं, बाबा ने दस-दस के छः नोट निकाले, रेल भाड़े का पैसा भी दिया। इसके बाद—

फिर तो बाबा की आँखें
बार-बार गीली हो आयीं
साफ सिलेटी हृदय गगन में
जाने कैसी सुधियाँ छायीं।
नव शिशु का सिर सूँघ रहा था
विह्वल होकर बार-बार वो
साँस खींचता था रह-रहकर
गुमसुम-सा था लगातार वो।

इसी तरह सूर और तुलसी अपने इष्ट देव का दर्शन करके विह्वल होते हैं। मैथिल ब्राह्मण कवि नागार्जुन के इष्ट वराहवतार हरिजन शिशु हैं।

यह सन्त गरीब दास नागार्जुन ही हैं। कवि सूर और तुलसी के समान रूप बदलकर अपने इष्ट के जन्मोत्सव पर दर्शन करने आया है। दलितों को वोट बैंक बनाने वाले दलित शुभचिन्तकों के व्यवहार से यह आचरण भिन्न है। नया मानवतावाद सर्जना में भी किस तरह परम्परा से अपने को समृद्ध करता है, इसका प्रमाण नागार्जुन की कविता है। दलित चेतना को सिर्फ प्रहार और ध्वंस ही नहीं करना है उसे यथासम्भव अपने स्रोतों से जुड़ना और विकसित भी होना है। ढाँचे में सबकी समाई होनी चाहिए—ख़ास तौर पर विकसित चेतना के ढाँचे में।

नागार्जुन की भाषा-शक्ति यह है कि उनकी अपनी कोई काव्य-भाषा शैली

नहीं है। हिन्दी भाषा की जितनी शैलियाँ हैं वे सभी नागार्जुन की शैलियाँ हैं। यथावसर उनका उपयोग करने की क्षमता जिसमें होती है वह सिद्ध कवि होता है। प्रबन्धत्व में तो विशेष रूप से ऐसी ही सिद्धि की क्षमता चाहिए। भाषा की विविध भंगिमाओं के प्रयोग के बिना नाट्यधर्मिता नहीं आती। सम्भवतः नाट्यधर्मिता का सारा बल अन्ततोगत्वा भाषा पर ही पड़ता है। लय, अनुतान, मौन आदि के साथ। यह जो शरीर-भाषा (बॉडी-लैंग्वेज) की बात की जाती है वही नाटक में बड़ी दूर तक अभिनय का काम करती है। नाटक में शब्द बोले तो अभिनेता द्वारा जाते हैं, किन्तु नाट्यधर्मिता का उत्कर्ष रचनाकार की भाषा में अन्तर्निहित होता है। प्रगतिशील कवियों की त्रयी में प्रबन्ध-काव्य लिखने की क्षमता सबसे अधिक नागार्जुन में थी। उसका प्रमाण उनकी भाषा की शैली-निर्विशेषता है।

'हरिजन गाथा' के नायक यानी हरिजन-शिशु के बारे में एक बात और ध्यातव्य है। वह कलुआ है, काला है, वह मजदूरों के बीच पलनेवाला है, इसकी अपनी पार्टी होगी। बुद्धू और खदेरन इसकी देखरेख करते हैं। नागार्जुन ने इस दलित शिशु के विषय में लिखा :

थाम लिये विह्वल बाबा ने
अभिनव लघु मानव के मृदु पग
पाकर इनके परस जादुई
भूमि अकंटक होगी लगभग

समर्थ कवि मुक्तिबोध के रक्तालोक स्नात पुरुष से नागार्जुन का वराहवतार भिन्न है। रक्तालोक स्नात पुरुष दीप्तवर्ण आजानुभुज, सौम्य दृग है? कामायनी के मनु से मिलता-जुलता। भावी इतिहास पुरुष को ठीक-ठीक किसने पहचाना है? मेरा ख्याल है, नागार्जुन ने। नया सौन्दर्य-बोध यह है। यह 'वह तोड़ती पत्थर', 'एक हथौड़े-वाला घर में और हुआ', 'नगई महरा' और 'हरिजन गाथा' के कलुआ के माध्यम से हिन्दी कविता में प्रसारित हुआ है। मुक्तिबोध के यहाँ सौन्दर्य-बोध है, किन्तु प्रतीकों, बिम्बों, उपमाओं में प्रबन्धात्मक रचना के किसी हाड़-मांस वाले पात्र में नहीं। मूल दिक़्क़त वही जनपदीयता की है। मुक्तिबोध की काव्य-भाषा पर मराठी के प्रभाव के बारे में विचार करना चाहिए। नागार्जुन की सौन्दर्य दृष्टि बहुत सूक्ष्म और बहुत व्यापक है। उनके काव्य में सारी सृष्टि का सौन्दर्य-रस निचुड़ आया है। प्रकृति सौन्दर्य, मानव सौन्दर्य, एवं श्रम सौन्दर्य—सब उनके यहाँ भरपूर मिलेगा। जो सौन्दर्य का प्रेमी होगा वह कुरूपता से घृणा करेगा। नागार्जुन की घृणा ने प्रधानतः व्यंग्य का रूप लिया है। उनका व्यंग्य असंगति और विषमता बोध पर आधारित है। स्वातन्त्र्योत्तर भारत में स्वाधीनता आन्दोलन के सिद्धान्त मुखौटे बन गये हैं। नागार्जुन ने राजनैतिक-सामाजिक व्यंग्य की अपूर्व

कविताएँ लिखी हैं। इनमें 'आओ रानी हम ढोएँगे पालकी' सर्वाधिक प्रसिद्ध हुआ है।

नागार्जुन जनकवि हैं। वह प्रगतिशील कवि भी हैं। जनवादी कवि भी, नव जनवादी कवि भी और राष्ट्रीय कवि भी। वह किसी राजनीतिक दल की आलोचना कर सकते हैं और किसी की भी प्रशंसा। वह पार्टी कवि भी हो सकते हैं, पार्टीवादी नहीं। शुक्र है कि हमारे बीच एक ऐसा कवि है। नागार्जुन कवि रूप में किसी को बख़्शने वाले कवि नहीं। नागार्जुन के पास वह ठेठ निगाह है जो ताड़ने में अचूक है कि कौन नस कैसे फड़क रही है। भाषा का सर्वाधिक सर्जनात्मक प्रयोग लोक-जीवन में होता है। महान कवि उससे सीखते हैं और रचना में उतारते हैं—प्रसंगानुसार उसका नियोजन करते हैं। नागार्जुन ऐसा ही करते हैं। एक छुटभइया नेता को टिकट मिल गया है। उसका इतराता उल्लास देखिए—

आये दिन बहार के
खिले हैं दाँत ज्यों दाने अनार के
दिल्ली से लौटे हैं अभी टिकट मार के।

'टिकट मार के' प्रयोग लोकवादी कवि ही कर सकता है। दाँतों की उपमा अनार के दानों से दी जाती है। रूढ़ उपमान है लेकिन 'खिले हैं दाँत' नेता के मुखमंडल का वीभत्स रूप दर्शाता है, जो वीभत्स, अभद्र, काइयाँ, पान चबाने से दाँतों का जो कुरूप बिम्ब उभरता है उस सबको एक साथ साक्षात कर देता है। जैसे कोई कुशल कार्टूनिस्ट किसी रेखा के ज़रा से बल से अन्दर की सारी व्यंग्यात्मकता उभार देता है। कार्टून कला की सबसे बड़ी सिद्धि यही है कि वह अनायास और सहज लगती है मानो कार्टूनिस्ट ने ऐसे ही चलते-चलते रेखाएँ खींच दी हैं। यह अनायासता बहुत गहरे जाकर प्रभावित करती है।

नागार्जुन का काव्य प्रतिमान है कि पारम्परिक काव्यरूपों में अपनी भाषा के ठेठ मुहावरे में, हिन्दी और उसकी बोलियों की लय में आधुनिक जटिल अन्तर्वस्तु कैसे व्यक्त की जा सकती है। नागार्जुन का काव्य प्रतिमान है परम्परा और प्रयोग के विलय का। परम्परा और प्रयोग पर बहसें बहुत होती हैं। बहसें निरर्थक होती हैं और सार्थक भी किन्तु परम्परा और प्रयोग के संश्लेष का सर्वोत्तम उदाहरण नागार्जुन का काव्य है। हर गंगे, मन्त्र, दोहा, में उन्होंने समकालीन संवेदना की अभिव्यक्ति की है। 'नागार्जुन की रचनाधर्मिता में आधुनिकता'—यह एक अलग और गम्भीर विषय है।

विश्वनाथ त्रिपाठी

अनुक्रम

हिन्दी कविताएँ

बांग्ला कविता

कथेतर गद्य

हिन्दी कविताएँ

प्रतिबद्ध हूँ

प्रतिबद्ध हूँ
सम्बद्ध हूँ
आबद्ध हूँ

प्रतिबद्ध हूँ, जी हाँ, प्रतिबद्ध हूँ—
बहुजन समाज की अनुपल प्रगति के निमित्त—
संकुचित 'स्व' की आपाधापी के निषेधार्थ...
अविवेकी भीड़ की 'भेड़िया-धसान' के खिलाफ...
अन्ध-बधिर 'व्यक्तियों' को सही राह बतलाने के लिए...
अपने आप को भी 'व्यामोह' से बारम्बार उबारने की खातिर...
प्रतिबद्ध हूँ, जी हाँ, शतधा प्रतिबद्ध हूँ!

सम्बद्ध हूँ, जी हाँ, सम्बद्ध हूँ—
सचर-अचर सृष्टि से...
शीत से, ताप से, धूप से, ओस से, हिमपात से...
राग से, द्वेष से, क्रोध से, घृणा से, हर्ष से, शोक से, उमंग से,
आक्रोश से
निश्चय-अनिश्चय से, संशय-भ्रम से, क्रम से, व्यतिक्रम से...
निष्ठा-अनिष्ठा से, आस्था-अनास्था से, संकल्प-विकल्प से...
जीवन से, मृत्यु से, नाश-निर्माण से, शाप-वरदान से...
उत्थान से, पतन से, प्रकाश से, तिमिर से...
दंभ से, मान से, अणु से, महान् से....
लघु-लघुतर-लघुतम से, महा-महाविशाल से..
पल-अनुपल से, काल-महाकाल से...

पृथ्वी-पाताल से, ग्रह-उपग्रह से, निहारिका-जल से...
रिक्त से, शून्य से, व्याप्ति-अव्याप्ति-महाव्याप्ति से...
अथ से, इति से, अस्ति से, नास्ति से...
सबसे और किसी से नहीं
और जाने किस-किस से...
सम्बद्ध हूँ, जी हाँ, शतधा सम्बद्ध हूँ।
रूप-रस-गन्ध और स्पर्श से, शब्द से...
नाद से, ध्वनि से, स्वर से, इंगित-आकृति से...
सच से, झूठ से, दोनों की मिलावट से...
विधि से, निषेध से, पुण्य से, पाप से...
उज्ज्वल से, मलिन से, लाभ से, हानि से...
गति से, अगति से, प्रगति से, दुर्गति से...
यश से, कलंक से, नाम-दुर्नाम से...
सम्बद्ध हूँ, जी हाँ, शतधा सम्बद्ध हूँ!

आबद्ध हूँ जी हाँ, आबद्ध हूँ—
स्वजन-परिजन के प्यार की डोर में...
प्रियजन के पलकों की कोर में...
सपनीली रातों के भोर में...
बहुरूपा कल्पना रानी के आलिंगन-पाश में...
तीसरी-चौथी पीढ़ियों के दंतुरित शिशु सुलभ हास में...
लाख-लाख मुखड़ों के तरुण हुलास में...
आबद्ध हूँ जी हाँ, शतधा आबद्ध हूँ!

पछाड़ दिया मेरे आस्तिक ने

शुरू-शुरू कातिक में
निशा शेष ओस की बूँदियों से लदी है
अगहनी धान की दुद्धी मंजरियाँ
पाकर परस प्रभाती किरणों का

मुखर हो उठेगा इनका अभिराम रूप...
टहलने निकला हूँ 'परमान' के किनारे-किनारे
बढ़ता जा रहा हूँ खेत की मेड़ों पर से, आगे
वापस मिला है अपना वह बचपन
कई युगों के बाद आज
करेगा मेरा स्वागत
शरद् का बाल रवि...
चमकता रहेगा घड़ी आधी घड़ी
पूर्वांचल प्रवाही 'परमान' की
द्रुत-विलम्बित लहरों पर
और मेरे ये अनावृत चरण युगल
करते रहेंगे चहलकदमी
सैकत पुलिन पर

छोड़ते जाएँगे सादी-हलकी छाप...
और फिर आएगी, हँसी मुझे अपने आप पर
उतर पड़ूँगा तत्क्षण पंकिल कछार में
बुलाएँगे अपनी ओर भारी खुरों के निशान
झुक जाएगा यह मस्तक अनायास
दुधारू भैंसों की याद में...
यह लो, दूर कहीं शीशम की झुरमुट से
उड़ता आया है नीलकंठ
गुजर जाएगा ऊपर-ही-ऊपर
कहाँ जाकर बैठेगा?
इधर पीछे जवान पाकड़ की फुनगी पर?
या कि, उस बूढ़े पीपल की बदरंग डाल पर?
या कि, उड़ता ही जाएगा
पहुँचेगा विष्णुपुर के बीचोबीच
मन्दिर की अँगनाई में मौलसिरी की
सघन पत्तियों वाली टहनियों की ओट में
हो जाएगा, अदृश्य, करेगा वहीं आराम!
जाने भी दो,
आओ तुम मेरे साथ रत्नेश्वर

देखेंगे आज जी भरकर
उगते सूरज का अरुण-अरुण पूर्ण-बिम्ब
जाने कब से नहीं देखा था शिशु भास्कर
आओ रत्नेश्वर, कृतार्थ हों हमारे नेत्र!
देखना भई, जल्दी न करना
लौटना तो है ही
मगर यह कहाँ दिखता है रोज-रोज
सोते ही बिता देता हूँ शत-शत प्रभात
छूट-सा गया है जनपदों का स्पर्श
(हाय रे आंचलिक कथाकार!)
आज मगर उगते सूरज को
देर तक देखेंगे, जी भरकर देखेंगे
करेंगे अर्पित बहते जल का अर्घ
गुनगुनाएँगे गद्‌गद होकर—
''ओं नमो भगवते भुवन-भास्कराय
ओं नमो ज्योतिरीश्वराय
ओं नमः सूर्याय सविते...।''
देखना भई रत्नेश्वर, जल्दी न करना!
लौटेंगे इत्मीनान से
पछाड़ दिया है आज मेरे आस्तिक ने मेरे
नास्तिक को
साक्षी रहा तुम्हारे जैसा नौजवान 'पोस्ट-ग्रेजुएट'
मेरे इस 'डेविएशन' का!
नहीं? मैं झूठ कहता हूँ?
मुकर जाऊँ शायद कभी...
कहाँ! मैंने तो कभी झुकाया नहीं था यह
मस्तक!
कहाँ! मैंने तो कभी दिया नहीं था अर्घ
सूर्य को!
तो तुम रत्नेश्वर, मुसकुरा-भर देना मेरी उस
मिथ्या पर...

कल्पना के पुत्र, हे भगवान!

कल्पना के पुत्र, हे भगवान!
चाहिए मुझको नहीं वरदान
दे सको तो दो मुझे अभिशाप
प्रिय मुझे है जलन, प्रिय सन्ताप
चाहिए मुझको नहीं यह शान्ति
चाहिए सन्देह, उलझन, भ्रान्ति
रहूँ मैं दिन-रात ही बेचैन
आग बरसाते रहें ये नैन
करूँ मैं उद्दंडता के काम
लूँ न भ्रम से भी तुम्हारा नाम
करूँ जो कुछ, सो निडर, निश्शंक
हो नहीं-यमदूत का आतंक
घोर अपराधी-सदृश हो नत वदन निर्वाक
बाप-दादों की तरह रगड़ूँ न मैं निज नाक—
मन्दिरों की देहली पर पकड़ दोनों कान
हे हमारी कल्पना के पुत्र, हे भगवान्,
युगों से आराधना की, आ गये अब तंग
—झाल और मृदंग
शंख करता आ रहा था युगों से आक्रंद
तुम न पिघले, पड़ गयी आवाज उसकी मन्द
न अब तक सुलझे तुम्हारे बाल
थक गयीं लाखों उंगलियाँ, हो गया अतिकाल
अन्धेरे में रहे लोग टटोल—
ठोस हो या पोल?
हो गये नीरस तुम्हारी चिन्तना में—
व्यस्त होकर तर्क औ' अनुमान
हे हमारी कल्पना के पुत्र, हे भगवान!
परिधि यह संकीर्ण, इसमें ले न सकते साँस
गले को जकड़े हुए हैं यम-नियम के फाँस
—पुराने आचार और विचार

गगन में नीहारिकाओं को न करने दे रहे
अभिसार
छोड़कर प्रासाद खोजूँ खोह—
कह रहा है पूर्वजों का मोह
जोर देकर कह रहे थे वेद और पुरान
मूल से चिपटे रहो नादान
बनूँ मैं सज्जन, सुशील विनीत
हार को समझा करूँ मैं जीत
क्रोध का अक्रोध से कर अन्त
बनूँ मैं आदर्श मानव सन्त
रह न जाय उष्णता कुछ रक्त में अवशिष्ट
गुरुजनों को भी यही था इष्ट
सड़ गयी है आँत
पर दिखाए जा रहे हैं दाँत
छोड़कर संकोच, तजकर लाज
दे रहा है गालियाँ यह जीर्ण-शीर्ण समाज
खोलकर बन्धन, मिटाकर नियति के आलेख
लिया मैंने मुक्ति-पथ को देख
नदी कर ली पार, उसके बाद
नाव को लेता चलूँ क्यों पीठ पर मैं लाद
सामने फैला पड़ा शतरंज-सा संसार
स्वप्न में भी मैं न इसको समझता निस्तार
इसी में भव, इसी में निर्वाण
इसी में तन-मन, इसी में प्राण
यहीं जड़-जंगम सचेतन औ' सचेतन जन्तु
यहीं 'हाँ', 'ना', 'किन्तु' और 'परन्तु'
यहीं है सुख-दुःख का अवबोध
यहीं हर्ष-विषाद चिन्ता-क्रोध
यहीं है सम्भावना, अनुमान
यहीं स्मृति-विस्मृति सभी का स्थान
छोड़कर इसको कहाँ निस्तार
छोड़कर इसको कहाँ उद्धार
स्वजन-परिजन, इष्ट-मित्र, पड़ोसियों की याद

रहे आती, तुम रहो यों ही वितंडावाद
मूँद आँखें शून्य का ही करूँ मैं तो ध्यान?
कल्पना के पुत्र हे भगवान!

पसन्द आएगा तुम्हें ऐसा सुदीर्घ जीवन

गिरता-पड़ता
लड़खड़ाता
लार की बूँदों के तार टपकाता
लकवाग्रस्त, पराश्रित अपंग...
पसन्द आएगा तुम्हें ऐसा सुदीर्घ जीवन?
पुरखों के सुयश का बखान करता
बचपन और तरुणाई की—
अपनी उछल-कूदों की डींगे मारता
प्रवचन की ओट में अपनी अकर्मण्यता को ढँकता
पसन्द आएगा तुम्हें ऐसा सुदीर्घ जीवन?

नयी संततियों से ताज़गी की भीड़ माँगता
सूक्ति की चाशनी में लपेटकर
अन्दर की कुंठाएँ बाहर उछालता
लद्दू बनने का अचूक प्रशिक्षण देता
अज्ञों-अल्पज्ञों में बुद्धि-भेद उपजाता
पसन्द आएगा तुम्हें ऐसा सुदीर्घ जीवन?

लिंग-लौल्य...
रसना-रास...
वासनाओं का चैतसिक चुम्बन...
लालसाओं का ललित लास्य...
बाहर-बाहर प्रतिष्ठा का आटोप आडम्बर
पसन्द आएगा तुम्हें ऐसा सुदीर्घ जीवन?

सूक्ष्म, सूक्ष्मतर, सूक्ष्मतम—
चाटुकारिता के सहारे
अभिनव प्रभुओं को अनुरंजित करता
पदे-पदे स्वार्थ-साधनपरायण
अनुकूलन कला-प्रवीण पदे-पदे
वंशधरों को वंचना का प्रशिक्षण देता
पसन्द आएगा तुम्हें ऐसा सुदीर्घ जीवन?

आवेगहीन
उत्तापशून्य
क्रिया-प्रतिक्रिया विरहित
क्रोध-अमर्ष-ईर्ष्या-असूया से दूर, बहुत दूर
पर्त-दर-पर्त बेहोशी में लिपटा हुआ
पसंद आएगा तुम्हें ऐसा सुदीर्घ जीवन?

बुढ़ापे में
फिर से हासिल करके यौवन
क्या किया आखिर ययति ने?
ऋजुमति, विनयावनत, अज्ञापालक पुत्र को
करके निर्वासित सुदीर्घ अवधि के लिए,
दशरथ ने चुकाई कीमत वचनपूर्ति की
रानी हुई तुष्ट। मंथरा को मिले पारितोषिक
निष्ठुर नियति के उस खेल में
महागुरु वशिष्ठ ने आखिर कौन-सी भूमिका निभाई?

थकित-चकित-भ्रमित-भग्न मन

थकित-चकित-भ्रमित-भग्न मन को
स्फूर्ति देता है किसी समर्थ का सहारा
तो क्या मुझे भी प्रभु की सत्ता स्वीकारनी होगी

तो क्या मुझे भी आस्तिक बन जाना होगा?

सुख-सुविधा और ऐश-आराम के साधन
डाल देते हैं दरार प्रखर नास्तिकता की भीत में
बड़ा ही मादक होता है 'यथास्थिति' का शहद
बड़ी ही मीठी होती है 'गतानुगतिकता की संजीवनी

धर्मभीरु पारम्परिक जन-समुदायों की
बूँद-बूँद संचित श्रद्धा के सौ-सौ भाँड़
जमा हैं, जमा होते रहेंगे
मठों के अन्दर...
तो क्या मुझे भी बुढ़ापे में 'पुष्टई' के लिए
वापस नहीं जाना है किसी मठ के अन्दर?

उनको प्रणाम

जो नहीं हो सके पूर्ण-काम
मैं उनको करता हूँ प्रणाम

कुछ कुंठित औ' कुछ लक्ष्य-भ्रष्ट
जिनके अभिमन्त्रित तीर हुए;
रण की समाप्ति के पहले ही
जो वीर रिक्त तूणीर हुए!
—उनको प्रणाम!
जो छोटी-सी नैया लेकर
उतरे करने को उदधि-पार;
मन की मन में ही रही, स्वयं
हो गये उसी में निराकार!
—उनको प्रणाम!

जो उच्च-शिखर की ओर बढ़े
रह-रह नव-नव उत्साह भरे;
पर कुछ ने ले ली हिम-समाधि
कुछ असफल ही नीचे उतरे!
—उनको प्रणाम!
एकाकी और अंकिचन हो
जो भू-परिक्रमा को निकले;
हो गये पंगु, प्रति-पद इतने
अदृष्ट के दाव चले!
—उनको प्रणाम!
कृत-कृत्य नहीं जो हो पाए;
प्रत्युत फाँसी पर गये झूल
कुछ ही दिन बीते हैं, फिर भी
यह दुनिया जिनको गयी भूल!
—उनको प्रणाम!
थी उग्र साधना, पर जिनका
जीवन-नाटक दुःखान्त हुआ;
था जन्म-काल में सिंह लग्न
पर कुसमय ही देहान्त हुआ!
—उनको प्रणाम!
दृढ़ व्रत औ' दुर्दम साहस के
जो उदाहरण थे मूर्ति-मन्त;
पर निरवधि बन्दी जीवन ने
जिनकी धुन का कर दिया अन्त!
—उनको प्रणाम!
जिनकी सेवाएँ अतुलनीय
पर विज्ञापन से रहे दूर
प्रतिकूल परिस्थिति ने जिनके
कर दिए मनोरथ चूर-चूर!
—उनको प्रणाम!

पक्षधर

चाहते हो—
अगर तुम निर्विघ्न होकर
शान्तिपूर्वक
शिल्प-संस्कृति-कला का, साहित्य का निर्माण करना
चाहते हो—
अगर तुम निर्विघ्न होकर
शान्तिपूर्वक
चिर समीहित स्वप्न को साकार करना
चाहते हो—
शान्ति, शाश्वत शान्ति
घन आनन्द
चिर कल्याण
अक्षय अमृतधारा
तो उठो—
मन और तन की समूची ताकत लगाकर
विघ्न-बाधा के पहाड़ों को गिरा दो, ढाह दो!
अमंगल के, अशुभ के उन हेतुओं को ध्वस्त कर दो!
खोदकर निर्मल कर दो कंटकावृत झाड़ियों को!
राह में रोड़े पड़े हैं अमित-अगणित...
उन्हीं से अतलांत गह्वर पाट डालो।
अन्यथा—
कुछ भी नहीं तुम कर सकोगे
बहुत होगा, भागकर शिमला कि नैनीताल
अथवा मसूरी के पास जाकर
ललित लोकायन बनाकर
वहीं क्षेत्रन्यास लोगे
किन्तु—
युग के विप्लवी उत्ताप की इस परिधि से

बाहर रहेगा हिमालय किस भाँति
यह भी तो बताओ?
अजी जाओ—
इतर साधारण जनों से अलहदा होकर रहो मत;
कलाधर या रचयिता होना नहीं पर्याप्त है
पक्षधर की भूमिका धारण करो...
विजयिनी जनवाहिनी का पक्षधर होना पड़ेगा...
अगर तुम निर्माण करना चाहते हो
शीर्ण संस्कृति को अगर सप्राण करना चाहते हो।

रहा उनके बीच मैं

रहा उनके बीच मैं!
था पतित मैं, नीच मैं
दूर जाकर गिरा, बेबस उड़ा पतझड़ में
धँस गया आकंठ कीचड़ में
सड़ी लाशें मिलीं
उनके मध्य लेटा रहा आँखें मींच, मैं
उठा भी तो झाड़ आया नुक्कड़ों पर स्पीच, मैं!
रहा उनके बीच मैं!
था पतित मैं, नीच मैं!!

जी हाँ, लिख रहा हूँ

जी हाँ, लिख रहा हूँ...
बहुत कुछ! बहोत-बहोत!!
ढेर-ढेर-सा लिख रहा हूँ!

मगर, आप उसे पढ़ नहीं
पाओगे... देख नहीं सकोगे
उसे आप!

दरअसल बात यह है कि
इन दिनों अपनी लिखावट
आप भी मैं कहाँ पढ़ पाता हूँ
नियोन-राड पर उभरती पंक्तियों की
तरह वो अगले ही क्षण
गुम हो जाती है
चेतना के 'की-बोर्ड' पर वो बस
दो-चार सेकेंड तक ही
टिकती है...
कभी-कभार ही अपनी इस
लिखावट को कागज़ पर
नोट कर पाता हूँ,
स्पन्दनशील संवेदन की
खण-भंगुर लड़ियाँ
सहेजकर उन्हें और तक
पहुँचाना!
बाप रे, कितना मुश्किल है!
आप तो 'फोर फ़िगर' मासिक—
वेतन वाले उच्च-अधिकारी ठहरे,
मन-ही-मन तो हँसोगे ही,
कि भला यह भी कोई
काम हुआ, कि अनाप
शनाप खयालों की
महीन लफ्फाजी ही
करता चले कोई—
यह भी कोई काम हुआ भला!

बातें

बातें—
हँसी में धुली हुईं
सौजन्य-चन्दन में बसी हुईं
बातें—
चितवन में धुली हुईं
व्यंग्य-बन्धन में कसी हुईं
बातें—
उसाँस में झुलसीं
रोष की आँच में तली हुईं
बातें—
चुहल में हुलसीं
नेह-साँचे में ढली हुईं
बातें—
विष की फुहार-सी
बातें—
अमृत की धार-सी
बातें—
मौत की काली डोर-सी
बातें—
जीवन की दुधिया हिलोर-सी
बातें—
अचूक वरदान-सी
बातें—
घृणित नाबदान-सी
बातें—
फलप्रसू, सुशोभन, फूल-सी
बातें—
अमंगल, विष गर्भ शूल-सी

बातें—
क्या करूँ मैं इनका?
मान लूँ कैसे इन्हें तिनका?
बातें—
यही अपनी पूँजी, यही अपने औजार
यही अपने साधन, यही अपने हथियार
बातें—
साथ नहीं छोड़ेंगी मेरा
बना लूँ वाहन इन्हें घुटन का, घिन का?
क्या करूँ मैं इनका?
बातें—
साथ नहीं छोड़ेंगी मेरा
स्तुति करूँ रात की, जिक्र न करूँ दिन का?
क्या करूँ मैं इनका?

यह कैसे होगा?

यह कैसे होगा?
यह क्योंकर होगा?

नयी-नयी सृष्टि रचने को तत्पर
कोटि-कोटि कर-चरण
देते रहें अहरह स्निग्ध इंगित
और में अलस-अकर्मा
पड़ा रहूँ चुपचाप!
यह कैसे होगा?
यह क्योंकर होगा?

अधिकाधिक योग-क्षेम

अधिकाधिक शुभ-लाभ
अधिकाधिक चेतना
कर लूँ संचित लघुतम परिधि में!
असीम रहे व्यक्तिगत हर्ष-उत्कर्ष!
अकेले ही सकुशल जी लूँ सौ वर्ष!
यह कैसे होगा?
यह क्योंकर होगा?
यथासमय मुकुलित हों
यथासमय पुष्पित हों
यथासमय फल दें
आम और जामुन, लीची और कटहल!
तो फिर मैं ही बाँझ रहूँ!
मैं ही न दे पाऊँ!
परिणत प्रज्ञा का अपना फल!
यह कैसे होगा?
यह क्योंकर होगा?

सलिल को सुधा बनाएँ तटबंध
धरा को मुदित करें नियन्त्रित नदियाँ
तो फिर मैं ही रहूँ निर्बंध!
मैं ही रहूँ अनियन्त्रित!
यह कैसे होगा?
यह क्योंकर होगा?

भौतिक भोगमात्र सुलभ हों भूरि-भूरि,
विवेक हो कुंठित!
तन हो कनकाभ, मन हो तिमिरावृत!
कमलपत्री नेत्र हों बाहर-बाहर,
भीतर की आँखें निपट-निमीलित!
यह कैसे होगा?
यह क्योंकर होगा?

वो हमें चेतावनी देने आये थे

मध्य रात्रि में,
पहले तो
कुपित स्वरों की मिश्रित अनुगूँज
सुनाई पड़ी...
वो अनुगूँज पास आती गयी
बिलकुल करीब आ गयी...
कि यक-ब-यक प्रगट हुए
चार-पाँच खूँखार चेहरे—
भीम-भयंकर
कद्दावर काठी थी उनकी!

'क' आकृतिवाला पहला बोला :
"जाने कब से तू
हमारी ऐसी-तैसी करता आया!
तेरी करतूत अब बरदाश्त नहीं होती
बोल, क्या करूँ तेरा ऽऽऽ..."
'स' आकृतिवाला दूसरा गरजा :
(वो और भी तैश में था)
"करना क्या है!
गला घोंट दे साले काऽऽऽ..."

तीसरे की आकृति 'प' जैसी थी
उनमें वही थोड़ा सभ्य लगा...
उसकी भाषा भी शिष्ट प्रतीत हुई...
वो कह रहा था :
"आप तो काफी समझदार हैं!
हमारे प्रति आपके आचरण
इतने अ-शोभन क्यों हैं?
जरा खुद ही सोचिए तोऽऽ
आखिर कब तक कोई चुप रहे?

सहनशीलता की भी एक सीमा होती!
सोचिए तो खुद ही..."
आखिर में 'ज' आकृतिवाला
सामने आया...
उसने दाँत पीसते हुए कहा :
"साले, हमें सब पता है,
कहाँ-कहाँ जाता है तू!
भोपाल, जयपुर, पटना, चंडीगढ़,
लखनऊ, शिमला, नई दिल्ली...
तेरे सारे ठौर-ठिकाने
हमें मालूम हो चुके हैं
बोल, क्या करें तेरा?"

अपना तो पसीना छूट रहा था...
घिग्घी बंध गई थी...
साँप सूँघ गया था...

फिर हुआ यही कि
उन सबने थूका
मेरी तरफ मुँह करके...
और, यह कहते हुए
अँधेरे में गुम हो गए :
"बस, अभी इतना काफी है।
अगली बार इसकी खबर लेंगे!"

दरअसल यह सब
एक डरावना सपना था
मगर अपना तो
सचमुच बुरा हाल था
प्यास के मारे गला सूख रहा था...
थर्मस से पानी निकालकर
हमने दो बार पिया...
और बाकी रात बैठे रहे!

सोचते रहे, सोचते रहे :
क्रान्ति, समता, प्रगति, जनवाद
—आजीवन हमने
इन शब्दों से काम लिया है
वो हमें चेतावनी दे गये हैं!

सिन्दूर तिलकित भाल

घोर निर्जन में परिस्थिति ने दिया है डाल!
याद आता तुम्हारा सिन्दूर तिलकित भाल!
कौन है वह व्यक्ति जिसको चाहिए न समाज!
कौन है वह एक जिसको नहीं पड़ता दूसरे से काज!
चाहिए किसको नहीं सहयोग?
चाहिए किसको नहीं सहवास?
कौन चाहेगा कि उसका शून्य में टकराय यह उच्छ्वास?
हो गया हूँ मैं नहीं पाषाण
जिसको डाल दे कोई कहीं भी
करेगा वह कभी कुछ न विरोध
करेगा वह कुछ नहीं अनुरोध
वेदना ही नहीं उसके पास
फिर उठेगा कहाँ से निःश्वास
मैं न साधारण, सचेतन जन्तु
यहाँ हाँ—ना—किन्तु और परन्तु
यहाँ हर्ष-विषाद-चिन्ता-क्रोध
यहाँ है सुख-दुःख का अवबोध
यहाँ हैं प्रत्यक्ष औ' अनुमान
यहाँ स्मृति-विस्मृति के सभी के स्थान
तभी तो तुम याद आतीं प्राण,
हो गया हूँ मैं नहीं पाषाण!
याद आते स्वजन

जिनकी स्नेह से भींगी अमृतमय आँख
स्मृति-विहंगम की कभी थकने न देगी पाँख
याद आता मुझे अपना वह 'तरउनी' ग्राम
याद आतीं लीचियाँ, वे आम
याद आते मुझे मिथिला के रुचिर भू-भाग
याद आते धान
याद आते कमल, कुमुदिनि और तालमखान
याद आते शस्य-श्यामल जनपदों के
रूप-गुण-अनुसार ही रक्खे गये वे नाम
याद आते वेणुवन वे नीलिमा के निलय, अति अभिराम

धन्य वे जिनके मृदुलतम अंक
हुए थे मेरे लिए पर्यंक
धन्य वे जिनकी उपज के भाग
अन्न-पानी और भाजी-साग
फूल-फल औ' कन्द-मूल, अनेक विध मधु-माँस
विपुल उनका ऋण, सधा सकता न मैं दशमांश
ओह, यद्यपि पड़ गया हूँ दूर उनसे आज
हृदय से पर आ रही आवाज—
धन्य वे जन, वही धन्य समाज
यहाँ भी तो हूँ न मैं असहाय
यहाँ भी हैं व्यक्ति औ' समुदाय
किन्तु जीवन-भर रहूँ फिर भी प्रवासी ही कहेंगे हाय!
मरूँगा तो चिता पर दो फूल देंगे डाल
समय चलता जाएगा निर्बाध अपनी चाल
सुनोगी तुम तो उठेगी हूक
मैं रहूँगा सामने (तसवीर में) पर मूक
सान्ध्य नभ में पश्चिमान्त-समान
लालिमा का जब करुण आख्यान
सुना करता हूँ, सुमुखि उस काल
याद आता तुम्हारा सिन्दूर तिलकित भाल।

1943

यह दन्तुरित मुस्कान

तुम्हारी यह दन्तुरित मुस्कान
मृतक में भी डाल देगी जान
धूलि-धूसर तुम्हारे ये गात...
छोड़कर तालाब मेरी झोंपड़ी में खिल रहे जलजात
परस पाकर तुम्हारा ही प्राण,
पिघलकर जल बन गया होगा कठिन पाषाण
छू गया तुमसे कि झरने लग पड़े शेफालिका के फूल
बाँस था कि बबूल?
तुम मुझे पाए नहीं पहचान?
देखते ही रहोगे अनिमेष!
थक गये हो?
आँख लूँ मैं फेर?
क्या हुआ यदि हो सके परिचित न पहली बार?
यदि तुम्हारी माँ न माध्यम बनी होती आज
मैं न सकता देख
मैं न पाता जान
तुम्हारी यह दन्तुरित मुस्कान
धन्य तुम, माँ भी तुम्हारी धन्य!
चिर प्रवासी मैं इतर, मैं अन्य!
इस अतिथि से प्रिय तुम्हारा क्या रहा सम्पर्क
उँगलियाँ माँ की कराती रही हैं मधुपर्क
देखते तुम इधर कनखी मार
और होतीं जब कि आँखें चार
तब तुम्हारी दन्तुरित मुस्कान
मुझे लगती बड़ी ही छविमान!

1943

तन गयी रीढ़

झुकी पीठ को मिला
किसी हथेली का स्पर्श
तन गयी रीढ़

महसूस हुई कन्धों को
पीछे से,
किसी नाक की सहज उष्ण निराकुल साँसें
तन गयी रीढ़

कौंधी कहीं चितवन
रँग गये कहीं किसी के होंठ
निगाहों के जरिए जादू घुसा अन्दर
तन गयी रीढ़

गूँजी कहीं खिलखिलाहट
टूट-टूट होकर छितराया सन्नाटा
भर गये कर्णकुहर
तन गयी रीढ़

आगे से आया
अलकों के तैलाक्त परिमल का झोंका
रग-रग में दौड़ गयी बिजली
तन गयी रीढ़

1957

यह तुम थीं

कर गयी चाक
तिमिर का सीना

जोत की फाँक
यह तुम थीं

सिकुड़ गयी रग-रग
झुलस-गया अंग-अंग
बनाकर ठूँठ छोड़ गया पतझार
उलंग असुगुन-सा खड़ा रहा कचनार
अचानक उमगी डालों की सन्धि में
छरहरी टहनी
पोर-पोर में गसे थे टूसे
यह तुम थीं
झुका रहा डालें फैलाकर
कगार पर खड़ा कोढ़ी गूलर
ऊपर उठ आई भादों की तलइया
जुड़ गया बौने की छाल का रेशा-रेशा
यह तुम थीं!

1957

सुबह-सुबह

सुबह-सुबह
तालाब के दो फेरे लगाए
सुबह-सुबह
रात्रि शेष की भीगी दूबों पर
नंगे पाँव चहलकदमी की
सुबह-सुबह
हाथ-पैर ठिठुरे, सुन्न हुए
माघ की कड़ी सर्दी के मारे
सुबह-सुबह
अधसूखी पतइयों का कौड़ा तापा
आम के कच्चे पत्तों का

जलता, कड़ुवा कसैला सौरभ लिया
सुबह-सुबह
गँवई अलाव के निकट
घेरे में बैठने बतियाने का सुख लूटा
सुबह-सुबह
आंचलिक बोलियों का मिक्स्चर
कानों की इन कटोरियों में भरकर लौटा
सुबह-सुबह

गुलाबी चूड़ियाँ

प्राइवेट बस का ड्राइवर है तो क्या हुआ,
सात साल की बच्ची का पिता तो है!
सामने गीयर से ऊपर
हुक से लटका रखी है
काँच की चार चूड़ियाँ गुलाबी
बस की रफ्तार के मुताबिक
हिलती रहती हैं...
झुक कर मैंने पूछ लिया
खा गया मानो झटका
अधेड़ उम्र का मुच्छड़ रोबीला चेहरा
आहिस्ते से बोला : "हाँ सा'ब
लाख कहता हूँ, नहीं मानती है मुनिया
टाँगे हुए है कई दिनों से
अपनी अमानत
यहाँ अब्बा की नजरों के सामने
मैं भी सोचता हूँ
क्या बिगाड़ती हैं चूड़ियाँ
किस जुर्म पे हटा दूँ इनको यहाँ से?..."
और ड्राइवर ने एक नजर मुझे देखा

और मैंने एक नज़र उसको देखा
छलक रहा था दूधिया वात्सल्य बड़ी-बड़ी आँखों में
तरलता हावी थी सीधे-सादे प्रश्न पर
और अब वे निगाहें फिर से हो गयीं सड़क की ओर
और मैंने झुककर कहा—
हाँ भाई, मैं भी पिता हूँ
वो तो बस यूँ ही पूछ लिया आपसे
वर्ना ये किसको नहीं भाएँगी?
नन्हीं कलाइयों की गुलाबी चूड़ियाँ!

1961

खुरदरे पैर

खुब गये
दूधिया निगाहों में
फटी बिवाइयों वाले खुरदरे पैर

धँस गये
कुसुम-कोमल मन में
गुट्ठल घट्ठोंवाले कुलिश-कठोर पैर

दे रहे थे गति
रबड़-विहीन ठूँठ पैडलों को
चला रहे थे
एक नहीं, दो नहीं, तीन-तीन चक्र
कर रहे थे मात त्रिविक्रम वामन के पुराने पैरों को
नाप रहे थे धरती का अनहद फासला
घंटों के हिसाब से ढोए जा रहे थे!
देर तक टकराए
उस दिन इन आँखों से वे पैर
भूल नहीं पाऊँगा फटी बिवाइयाँ

खुब गयीं दूधिया निगाहों में
धँस गयीं कुसुम-कोमल मन में।

1957

घिन तो नहीं आती है?

पूरी स्पीड में है ट्राम
खाती है दचके पे दचका
सटता है बदन से बदन—
पसीने से लथपथ।
छूती है निगाहों को
कत्थई दाँतों की मोटी मुस्कान
बेतरतीब मूँछों की थिरकन
सच-सच बतलाओ
घिन तो नहीं आती है
जी तो नहीं कुढ़ता है?

कुली-मजदूर हैं
बोझा ढोते हैं, खींचते हैं ठेला
धूल-धुआँ-भाफ से पड़ता है साबका
थके-माँदे जहाँ-तहाँ हो जाते हैं ढेर
सपने में भी सुनते हैं धरती की धड़कन
आकर ट्राम के अन्दर पिछले डब्बे में
बैठ गये हैं इधर-उधर तुमसे सटकर
आपस की उनकी बतकही
सच-सच बतलाओ,
नागवार तो नहीं लगती है?
जी तो नही कुढ़ता है
घिन तो नहीं आती है?

दूध-सा धुला सादा लिबास है तुम्हारा

निकले हो शायद चौरंगी की हवा खाने
बैठना था पंखे के नीचे, अगले डब्बे में
ये तो बस इसी तरह
लगाएँगे ठहाके, सुरती फाँकेंगे
भरे मुँह बातें करेंगे अपने देस -कोस की
सच-सच बतलाओ
अखरती तो नहीं इनकी सोहबत?
जी तो नहीं कुढ़ता है?
घिन तो नहीं आती है?

1961

गीले पाँक की दुनिया गयी है छोड़

बढ़ी है इस बार गंगा खूब
दियारों पर गाँव कितने ही गये हैं डूब
किन्तु हम तो शहर की इस छोर पर हैं
देखते हैं रात-दिन जल-प्रलय का ही दृश्य
पत्थरों से बँधी गहरी नींववाला
किराए का घर हमारा रहे यह आबाद
पुराना ही सही पर मजबूत
रही जिसको अनवरत झकझोर
क्षुब्ध गंगा की विकट हिलकोर
सामने ही पड़ोसी के—
नीम, सहजन, आँवला, अमरूद
हो रहे आकंठ जल में मग्न
दूधिया पानी बना उनका रजत परिधान
रेलगाड़ी के पसिन्जर खड़े होकर
खिड़कियों से झाँकते हैं
देखते हैं बाढ़ का यह दृश्य
उधर झूँसी इधर दारागंज...
बीच का विस्तार

बन गया है आज पारावार
भगवती भागीरथी—
ग्रीष्म में यह हो गयी थी प्रतनु-सलिला
विरहिणी की पीठ-लुंठित एकवेणी-सदृश
जिसको देखते ही व्यथा से अवसन्न होते रहे मेरे नेत्र
रिक्त ही था वरुण की कल-केलि का यह क्षेत्र
काकु करती रही पुल की प्रतिच्छाया, मगर यह थी मौन
उस प्रतनुता से अरे इस बाढ़ की तुलना करेगा कौन?

सो गये जल में बड़े हनुमान
तख़्तपोश उठा लाए दूर गंगापुत्र
कृष्णद्वैपायनों का परिवार—
मलाहों के झोंपड़ों का अति मुखर संसार
त्रिवेणी के बाँध पर आकर हुआ आबाद
चिर उपेक्षित हमारी छोटी गली की
रूढ़-दन्तुर सीढ़ियाँ ही बन गयी हैं घाट
भला हो इस बाढ़ का!

पाँच दिन बीते कि हटने लग गयी बस बाढ़
लौटकर आ जाएगा फिर क्या वही आषाढ़?
हटी गंगा
किन्तु, गीले पाँक की दुनिया गयी है छोड़
और उस पर
मलाहों के छोकरों की क्रमांकित पद-पंक्ति
खूब सुन्दर लग रही है...
मन यही करता कि मैं भी
उन्हीं में से एक होता
और—
नंगे पैर, नंगा सिर,
समूचा बदन नंगा...
विचरता पंकिल पुलिन पर
नहीं मछली ना सही,
दस-पाँच या दो-चार क्या कुछ घुँचियाँ भी नहीं मिलतीं?

1958

शालवनों के निबिड़ टापू में...

हलबी और हिन्दी का
हमारा दुभाषिया साथी
करने लगा उससे बातें

फूल बाबू के लिए चाहिए थी माचिस
पास की झोंपड़ी से वह ले आया साबित दियासलाई
क्षण भर बाद वापस भी दे आया
फिर वो पैसे माँगने लगा इशारे से
हमने थमा दी अठन्नी
यानि, पचास पैसों वाला नया सिक्का
खुशी में चमकने लगीं माड़िया की आँखें
कहने लगा : ''जोहार! जोहार! जोहार सा ऽ ऽ ब...''

मुस्करा कर बतलाया हमारे दुभाषिए ने—
(इत्ती-सी देर में उन दोनो में हो गयी थी ज़रा-मरा-सी बातें)
''दस-पन्द्रह वर्ष पहले यह दिल्ली गया था
आदिवासी लोकनृत्यवाली अपनी पार्टी के साथ...''
मैंने जानना चाहा—
'पूछो, उन दिनों कौन था दिल्ली का राजा?''
नचाकर हथेलियाँ
अबूझ-सी पहेलियों में गुम हो गया बेचारा शबर-पुत्र!...
क्या कहे! क्या न कहे!
नाम ले कौन-सा!
कौन-सा नाम न ले!
इतनी लम्बी अवधि में स्मृति-पटल पर से धुल-पुँछकर
गायब हो चुके थे वे नाम...।
मैंने आखिर सुझाई चन्द संज्ञाएँ—
''नेहरू, राजेन्दर परसाद, राधा कृस्नन...
बोलो, कौन था उन दिनों दिल्ली का राजा...''
''मालूम नहीं अपने को—
अपने को नईं मालूम...''

डालकर भौहों पर ज़ोर बोला माड़िया अधेड़
और अगले ही क्षण
हथेलियों पर उछालता वही सिक्का
उतर गया सड़क के नीचे
खो गया शालवनों के निबिड़ टापू में
माड़िया अधेड़।
बोला हमारा दुभाषिया मित्र—
(रविशंकर विश्वविद्यालय का एम.ए.)
'अपन इसके साथ दो रोज़ रह पाते!
काश! झोपड़ियों वाली इसकी बस्ती तक
पहुँच पाते अपन
रातों वाली अड्डेबाज़ी में साथ देते इसका
साखू के पत्तोंवाले दोने में साथ-साथ पीते सल्फ़ी
चखते भुना हुआ गोश्त सुअर का साथ-साथ
फिर शायद खुलकर बातें करता यह हमसे...।''
और हम चारों जने
देखते रह गये शालवनों की उस पगडंडी की ओर
कम-से-कम दस मिनट तक देखते रहे
तैरती रहीं आरण्यक छवियाँ सूनी निगाहों में
लेकिन वह तो अब तक अलक्षित हो चुका था
जा चुका था गहरे निबिड़ अरण्य की अतल झील के अन्दर।
... स्टार्ट हुई हमारी जीप
बैलाडीला वाली उसी सड़क पर
दंतेवाड़ा से 55 किलोमीटर आगे...

1973

वे और तुम

वे लोहा पीट रहे हैं
तुम मन को पीट रहे हो
वे पत्तर जोड़ रहे हैं

तुम सपने जोड़ रहे हो
उनकी घुटन ठहाकों में घुलती है
और तुम्हारी घुटन?
उनींदी घड़ियों में चुरती है

वे हुलसित हैं
अपनी ही फसलों में डूब गये हैं
तुम हुलसित हो
चितकबरी चाँदनियों में खोए हो
उनको दुख है
नये आम की मंजरियों को पाला मार गया है
तुमको दुख है
काव्य-संकलन दीमक चाट गये हैं

1961

माँजो और माँजो

नहीं, नहीं, अभी नहीं
अभी तो सिरिफ़ श्रीगणेश है,
अपने पदों को बार-बार माँजो
माँजो और माँजो, माँजते जाओ
लय करो ठीक, फिर-फिर गुनगुनाओ
मत करो परवाह—क्या है कहना
कैसे कहोगे, इसी पर ध्यान रहे
चुस्त हों सेंटेंस—दुरुस्त हों कड़ियाँ
पके इत्मिनान से गीत की बड़ियाँ
ऐसी जल्दी भी क्या है!
उस्ताद पुराना, भले शागिर्द नया है।
नैतिक-अनैतिक, सामाजिक-असामाजिक
भला या बुरा, कुछ भी क्यों न हो,
तल कर, घोल कर, बघार कर, कहो,

वस्तु है भूसी, रूप है चमत्कार
ध्वनि और व्यंग्य पर मरता है संसार
वाच्य या आशय पर कौन देता ध्यान
तर्ज और तरन्नुम है शायरी की जान
एक-एक शब्द है दुधारू गाय
उसका दुरुपयोग करना । हाय
हाय रे दैव! हाय भगवान!
शब्द को दिया क्यों अर्थ का दान?
ध्वनि की ध्वनि देते, देते मात्र लय-तान।
भावों की दल दल में आकंठ मग्न काव्यकला
त्राहि-त्राहि कर रहीं, उद्धार करो उसका

1949

तेरी खोपड़ी के अन्दर

गले से रुद्राक्ष की लम्बी माला
लटक रही थी
जोगिया कलरवाले
कुर्ते पर...
दाहिने कान से
लाल फूल अटका पड़ा था,
चमक रहा था भाल पर
चन्दन का पीला तिलक...

वो अपना रिक्शा
मेरे निकट ले आया
—"नमस्ते बाबाजी!"
संजीदगी से बोला—
"किधर को ले चलूँ बाबा जी?"

मैं उसको गौर से देखने लगा

वो अच्छा-भला युवक था,
गंदुमी सूरत का दुबला-पतला!

बड़ी-बड़ी आँखें, सुरमई...
चौड़ी पेशानी पर
चमक रहा था चन्दन का टीका
लुंगी पीली थी
पैर खाली थे...

"चलो बाबा जी
किधर ले चलूँ?
छीपी तालाब[1]?
बेगम पुल[2]?..."
कि इतने में
एक और युवक
इस कानों में
फुसफुसा के कह गया—
"खबरदार, यह मुसलमान है...
इसके रिक्शे पर
कभी ना बैठना आप!"

मगर अपना साथी
अ. अ. बोला—
"हम इसी का रिक्शा लेते हैं।"
हमने उससे कहा—
"हॉस्टल ले चलो,
हाँ-हाँ, मेरठ कालेज हॉस्टल।'

हमें हॉस्टल के गेट पर
पहुँचाकर

1-2 मेरठ के मुहल्ले

निहायत नरम आवाज में
वो कहने लगा—
"बाबा जी, हम अब चुटैया भी रखेंगे
आठ-दस रोज की
भुखमरी के बाद
हमारे अन्दर
य' अक्किल फूटी है!
बाबा जी,
रूदराछ के मनके
अच्छी मजूरी दिला रहे हैं

"बाबाजी, अब हम
चुटला भी रखेंगे माथे पे
अब हम चन्दन का टीका भी
रोज लगाते रहेंगे...
बाबाजी, अब हम
अपना नाम भी तो
'परेम परकास' बतलाते हैं..."
वो अपना रिक्शा लेकर
वापस जा रहा था...
उसने हमारी बातें सुन ली थीं
जभी तो
अपना 'वक्तव्य'
सूत्र-रूप में
हमारे सामने रख गया था!

अपना रिक्शा लेकर
प्रेमप्रकाश जा रहा था
और हम दोनों
मिनटों उसे जाते हुए
देखते रहे...

...

यों तो वो
कल्लू था—
कल्लू रिक्शावाला
यानी कलीमुद्दीन...
मगर अब वो
'परेम परकास'
कहलाना पसंद करेगा...
कलीमुद्दीन तो
भूख की भट्ठी में
खाक हो गया था

''जियो बेटा प्रेम प्रकाश!
हाँ-हाँ, चोटी जरूर रख लो
और हाँ, पूरनमासी के दिन
गढ़[1] की गंगा में डूब लगा आना!
हाँ-हाँ तेरा यही लिबास
तेरे को रोजी-रोटी देगा!

सच, बेटा प्रेम प्रकाश
तूने मेरा दिल जीत लिया!
लेकिन तू अब
इतना तो जरूर करना
मुझे उस नाले के करीब
ले चलना कभी
उस नाले के करीब
जहाँ कल्लू का कुनबा रहता है!
मैं उसकी बूढ़ी दादी के पास,
बीमार अब्बा जान के पास
बैठकर चाय पी आऊँगा कभी!
कल्लू के नन्हे-मुन्ने

---

1. मेरठ में गंगा तटवर्ती एक जगह। यहाँ स्नान के लिए लाखों की भीड़ जुटती है।

मेरी दाढ़ी के बाल
सहलाएँगे...और...''
''और?''
''और तेरा सिर!...''
मेरे अन्दर से
एक गुस्सैल आवाज आई...
—''बुड्ढे, अपना इलाज करवा!
तेरी खोपड़ी के अन्दर
गू भर गयी है!
खूसट कहीं का!
कल्लू तेरा नाना लगता है न?
खबरदार साले
तुझे किसने कहा था
मेरठ आने के लिए?...''

लगता है
वो गुस्सैल आवाज
आगे भी कभी-कभी
सुनाई देती रहेगी...

1983

चन्दू, मैंने सपना देखा

चन्दू, मैंने सपना देखा, उछल रहे तुम ज्यों हिरनौटा
चन्दू, मैंने सपना देखा, भभुआ से हूँ पटना लौटा
चन्दू, मैंने सपना देखा, तुम्हें खोजते बद्री बाबू
चन्दू, मैंने सपना देखा, खेल-कूद में हो बेकाबू

चन्दू, मैंने सपना देखा, कल परसों ही छूट रहे हो
चन्दू, मैंने सपना देखा, खूब पतंगे लूट रहे हो

चन्दू, मैंने सपना देखा, तुम हो बाहर, मैं हूँ बाहर
चन्दू, मैंने सपना देखा, लाए हो तुम नया कलेंडर

चन्दू, मैंने सपना देखा, लाए हो तुम नया कलेंडर
चन्दू, मैंने सपना देखा, तुम हो बाहर,मैं हूँ बाहर
चन्दू, मैंने सपना देखा, भभुआ से पटना आए हो
चन्दू, मैंने सपना देखा, मेरे लिए शहद लाए हो

चन्दू, मैंने सपना देखा, फैल गया है सुयश तुम्हारा
चन्दू, मैंने सपना देखा, तुम्हें जानता भारत सारा
चन्दू, मैंने सपना देखा, तुम तो बहुत बड़े डॉक्टर हो
चन्दू, मैंने सपना देखा, अपनी ड्यूटी में तत्पर हो

चन्दू, मैंने सपना देखा, इम्तिहान में बैठे हो तुम
चन्दू, मैंने सपना देखा, पुलिस-वैन में बैठे हो तुम
चन्दू, मैंने सपना देखा, तुम हो बाहर, मैं हूँ बाहर
चन्दू, मैंने सपना देखा, लाए हो तुम नया कलेंडर

1976

नेवला

कौन नहीं लाड़ लड़ाना चाहता है इससे?
कौन नहीं गोद में उठा लेना चाहेगा इसको?
कौन नहीं खुश होता है
इसकी आँखों में आँखें डालकर?
जम्बू, जगूरा, मोतिया, दुलरुआ...
जाने कितने नाम मिल गये हैं इसे।
—हम सारे ही बन्दियों का
बड़ा ही लाड़ला खिलौना है यह तरुण नेवला...

एक बार मोतिया ने
मेरी नाक की नोक में
गड़ा दिए थे अपने दाँत—
नहीं, वो गुस्से में नहीं था
वह लाड़ लड़ाने के मूड में था
लेकिन मैं तो उस दुपहरी में
लेटा था, झपकियाँ ले रहा था
मैं कतई नहीं था खिलवाड़ के मूड में
सो, शैतान ने
अपने पैने दाँत गड़ा दिए थे
इस बूढ़े बन्दर की नाक की नोक पर
बड़ा ही गुस्सा आया था...
खैर, खरोंच-वरोंच नहीं पड़ी थी
पीछे, सुदामा से बतलाया तो उसने ठहाके मारे
फिर, देर तक मैं भी हँसता रहा था।
अखलाक को मालूम हुआ
अखिलेश (पाण्डे) को मालूम हुआ
दीना और मुद्रिका को मालूम हुआ
हँसते-हँसते सभी के पेटों में बल पड़ गये!
मैं खुद भी हँसता रहा था देर तक
खैर, खरोंच-वरोंच नहीं आई थी!
तू रह-रहकर कहाँ गुम हो जाता है?
हफ़्ता-हफ़्ता, दस-दस रोज़ गायब रहता है!
देख जमूरे, तेरी आवारगी बेहद खलती है हमें
अब तुझ पर पिटाई पड़ने ही वाली है मोतिया!
हाँ, बतलाए दे रहा हूँ
अब कोई तुझे माफ़ नहीं करेगा—
अच्छा, बतला तो भला!
कहाँ-कहाँ रहा पिछले दिनों?
जेलर के क्वार्टर में यानी आनन्दी प्रसाद के घर में?
याकि मंजर बाबू के उस छोटे क्वार्टर में?
बोल बे, कहाँ रहा इतने दिन?
च्चुः च्चुः च्चुः च्चुः। आः आः आः आः

मोतिया, ओः ओः ओः
मोतिया! मोतिया!!
हाँ, इसी तरह बड़ों की बात मानते हैं—
इन्सान तो क्या, हैवान तक निगाहें झुकाकर
क़रीब सरक आते हैं : हाँ, इसी तरह गर्दन झुका देते हैं
हाँ, इसी तरह!
बिलकुल इसी तरह—
कम से कम घंटा भर तो अभी अराम कर ले
इस बूढ़े बन्दर की गोद में!

अखलाक, अखलाक!
ये देखो, मोतिया मेरी गोद में लेटा है
जाने कितना थका है आज!
सारे दिन जाने कहाँ-कहाँ के चक्कर लगाता रहा है
अखलाक, लाओ तो प्लेट में खीर
हाँ, देखना, चार-पाँच चम्मच से ज़्यादा न डालना!
क्या होगा सरऊ को ज़्यादा खीर चटाकर?
ओह, नहीं अखलाक, मेरा मतलब यह नहीं था
जरी-सी इत्ती-सी खीर।
अमाँ, तुम तो भारी किरपिन हो यार...
थोड़ी-सी और डालो बेटे!
'जमूरे को पाकर'
अपनी पीली लुंगी सँभालते-सँभालते
मुस्कुराकर बोला अखलाक :
बेहद सेंटिमेंटल हो उठते हैं बाबा आप तो!'
और, इधर—
प्लेट में चम्मच की खटपट सुनते ही
मोतिया ने लगाई छलाँग!
खीर अभी बिलकुल गर्म है...
पतीला अभी बिलकुल गर्म है...
पतीला चूल्हे से उतारकर रख गया है रामबचन
ताज़ा-ताज़ा दूधिया भाप
हवा में घुल उठा है...

मोतिया भली-भाँति ट्रेंड है
गर्मा-गर्म खीर को वो अपनी चंगुल से
नीचे सीमेंट वाली फ़र्श पर बिखेर चुका है
चप-चप-चप-चप... शप-शप-शप-शप
चाट रहा है खीर मोतिया जल्दी-जल्दी में
जाने कैसी हड़बड़ी में है वो
जाने कितना भूखा है वो
अंगुल से बिखेर-बिखेर कर फ़र्श पर खीर
शपाशप-चपाचप चाट रहा है
उसकी यह फुर्ती देखते ही बनती है
रामबचन, सुदामा. मुंदिका, अखिलेश पाण्डे,
मोहनिया बाबू, नौशाद, अखलाक,
दसई, हकेन्दू, कर्मा, सलीम—
मोतिया के इर्द-गिर्द आके जमा हो गये हैं
कमर में झटका देता हुआ सुदामा
और दो कलछी खीर निकाल ले आता है :
"ओह! ओह! च्च-च्च-च्च
बड़ा भुखयल मालूम पड़ता है जमूरा
खा रे खा! तेरे खातीर
बाबा आज खीर-पाटी दे रहे हैं।
अरे, हमारे इस तीन नम्बर वार्ड में
नित्तह खीर घुटती है शाम को तो...
ब्बा रे ब्बा, क्खा रे क्खा... जमूरा मेरे।"
सुदामा कहता है।
लगता है कई दिन बाद आज
जमूरे को खीर का 'सवाद' मिला है—
मगर, जमूरे, आज तेरे को सारी रात हम
मीसा-बन्दी बना के रक्खेंगे
सबेरे चार-पाँच बजे रिहा करेंगे
क्या बाबा जमूरे को अभी भागने देंगे?
जो हुकुम होगा आपका, वही न करेंगे हम...

अब होली के दिन आ गये

शाम को पाँच बजे से ही मच्छरों का हमला शुरू हो जाता है
अल: सुबह तक उनकी कारस्तानी चलती रहती है
लेकिन मोतिया है कि इन मच्छरों से सुरक्षित है
अभी रात के दो बजेंगे—
मगर देखो तो शैतान किस क़दर
सुख की नींद सो रहा है
अखलाक की मसहरी के अन्दर
बेसुध-बेखबर नींद खींच रहा है!
इसे क्या पर्वाह है इन साले मच्छरों की।
रात्रि शेष में, ठीक पाँच बजे, मोतिया बाहर निकल भागेगा
याकि आधा घंटा पहले ही
अपनी पतली थूथन घुसेड़कर मसहरी से सरकेगा
सलाखों की फाँक से बरामदे में पहुँचेगा
और फिर नींबू की छोटी झाड़ से आगे होगा
अखाड़े के करीब रातरानी के छाँटे-तराशे पौधे के पास
याकि बैंगन की क्यारियों के क़रीब
पाखाना-पेशाब से निबट लेगा
और, तब फिर, शुरू हो जाएगी जमूरे की दिनचर्या
हो सकता है, वो अगले दो-तीन दिनों तक
हर वार्ड के विशाल प्रांगण में कहीं नज़र ही न आए।
मंजरबाबू के क्वार्टर में बचपन गुज़ार चुका है न!
मंजर साहब ने छोटी-छोटी ताजा मछलियाँ खिलाकर
बड़े जतन से पाला-पोसा था—
मोतिया के बीसियों नाज-नखरे झेले हैं मंजरबाबू ने
उन दिनों वो नये-नये बक्सर आए थे
अपना क्वाटर नहीं था उनका
एक हम पेशा (सब-जेलर) सज्जन के साथ,
रहना पड़ता था बेचारे को। जैसे-तैसे वक्त गुज़ार रहे थे
फेमिली को नहीं लाए थे मंजरबाबू
फिर एक दिन वो हमपेशा साहबान
अकेले में स्वर धीमा करके बोले थे :
देखिए साहब, हमारे बच्चे अभी छोटे हैं
होगा मोतिया आपका लाड़ला

लेकिन खतरनाक जानवर है न!
यह हमारे बच्चों की जूजी न काट खाए
नहीं साहब, इसे हटाइए यहाँ से!...
फिर हुआ यही विचार, दिनों की छुट्‌टी लेकर
मंजरबाबू सीधे नवादा पहुँचे
इकलौती बिटिया वाले सास-ससुर को मना-मुनूकर
अपनी बेगम साहिबा को बक्सर ले आए
यानी कि इस मोतिया की खातिर
मंजर साहब उन हमपेशा साहबान के यहाँ से
खुद ही हट गये! हाँ, जानवर तो जानवर ठहरा न!
गुफ़्तगू में मंजरबाबू ने यह सब बतलाया उस रोज़...
तो ज़ाहिर है कि मंजर साहब का क्वार्टर
मोतिया का वह अपना ही क्वार्टर है।

यह लीजिए
ठीक 3.22 पर, 'खन्न' की आवाज़ हुई
छोटी केतली का ढक्कन मीट-शेफ़ से नीचे गिरा है
ज़रूर ही मोतिया की करतूत है
दूध की गन्ध पाकर वह मीट-शेफ़ के माथे पर
पहुँच गया है लगा के छलाँग
ढक्कन खोलने की कोशिश में
केतली फर्श पर गिरा दी है
अखलाक के 'सुपुत्र' ने
आखिर आधा चम्मच दूध तो उसे मिला ही होगा
मगर फिर इत्ती रात मोतिया भाग कर गया किधर?
देखूँ तो अपनी मसहरी से बाहर निकलकर...
(लालटेन को अन्दर रखकर लिखना-पढ़ना होता है न!)
क्या पता, बिल्ली की कारगुज़ारी हो!
वो भी तो दूध की चटोरी होती है...
अकेले क्या मोतिया ही दूध का शौकीन है यहाँ?

ओह, अब मैं क्या बतलाऊँ आपसे!
सचमुच यह मोतिया ही था

फ़र्श पर केतली गिराकर वही भागा है—
हाँ, वो सचमुच ही ग़ायब है—
अखलाक की मसहरी के कोने में
सिरहाने की तरफ़ दुबककर
अभी-अभी वो किस तरह सोया पड़ा था!
गुड़ी-मुड़ी होकर, दुबककर गहरी नींद में कैसे सोया था।
आवारा कहीं का...
अभी-अभी ग्यारह बजे, जब हम दूध ले रहे थे
अखलाक ने पुलकित स्वरों में कहा था :
"बाबा, अब यह सारी रात इसी तरह सोएगा
कहीं नहीं जाएगा यहाँ से..."
मैंने अखलाक वाली लालटेन की बत्ती खूब तेज़ कर दी
कि शायद मोतिया नींद की खुमारी में उठा हो
और पहलू बदलकर पायताने की तरफ़ जा लेटा हो
नहीं, वो सचमुच निकल गया है।
अखलाक मसहरी के अन्दर अकेला है—
लो बेटे, तुम्हारा सुपुत्र चुपचाप खिसक गया न!
अब वो कई रोज़ बाद तुम्हारी सुध लेगा।
अरे वाह, वाह रे जमूरे, वाह!
तू वापस कब लौटा पाजी?
फिर दुबक गया अखलाक के कम्बल में!
क्यों न हो, चार बजे हैं तो रात नहीं भीगेगी?
बसन्त-शेष जो ठहरा यह मौसम...
हवा में कैसी खुनकी है।
रात के चौथे पहर का ठंडा पवन—
'गुलाबी जाड़ा' तो भला कौन कहेगा इसे?
नहीं, नहीं, अब मैं फिर लालटेन की बत्ती तेज़ नहीं करूँगा...
तेरी पूँछ तो साफ-साफ दिखाई दे गयी है मुझे!
लेकिन, मोतिया, तू वापस कब लौटा?
अरे वाह, वाह रे जमूरे, वाह!
तेरे नेचर का पूरा-पूरा पता कहाँ लगा सका हूँ अब तक—
अखलाक नौ महीनों से तुझे जानता है
मुझे तो यहाँ एक सौ दस ही रोज़ हुए हैं न?

मैं नहीं परिचित हो सका हूँ उतना तुझ से।
लेकिन हाँ, अब भाग मत जइयो सवेरे-सवेरे
आज तेरे को मैं मछली खिलाऊँगा
एक नहीं, दो दिलाऊँगा... हाँ, रे जमूरे, हाँ!
देखना, सुबह-सुबह भाग नहीं जाना अब!
खीर तो खैर दुपहर बाद रोज़ पकती है
मगर आज भी मुद्रिका मछलियाँ ज़रूर लाएगा
कल भी लाया था, वह अकसर लाता है मछलियाँ

ताजा गोश्त का लाल टुकड़ा
मज़बूत सुतरी के छोर में बँधा है
फ़र्श से ढाई-तीन फुट ऊपर लटकाए
अखलाक ने वो सुतरी ऊँचे थाम रक्खी है..
मोतिया बार-बार छलाँग लगा रहा है
लपक रहा है बार-बार गोश्त के टुकड़े की ओर
पूरी ताक़त लगाकर उछल रहा है
गुस्से में चीख रहा है... किर्र... किर्र...किर्र।
उबाल खाकर कुलाँचे भर रहा है बार-बार
बीच-बीच में ज़रा-सी देर के लिए
बस, लम्बे-भर के लिए
पल भर के लिए यानी दस-पाँच सैकंड के लिए
मोतिया दम मार लेता है
फिर पूरी ताकत लगाकर
लपकता है गोश्त के टुकड़े की ओर
मगर वो कामयाब कहाँ हुआ?
यह खेल क्या देर तक चलता रहेगा?
नहीं, अब खत्म होगा शो...
तमाशबीन अपनी-अपनी राह धरेंगे
मोतिया गोश्त का टुकड़ा, सुतरी सहित, लेकर
उधर रातरानी के झाड़ की ओट में जा बैठेगा
लीजिए... आखिर उसने लपक ही लिया
पकड़ इतनी पक्की है कि वो खुद ही टँग गया है
बड़ी मज़बूती से लटका है मोतिया अधर में

गोश्त के टुकड़े मे गड़े हैं उसके दाँत
वो हवा में झूल रहा है
उस्ताद और जमूरे की यह नटबाज़ी
ढेर सारे लोगों का ध्यान अपनी तरफ़ खींच चुकी है...

बीच में हमने यह भी देखा, कि
उछल-कूद में विफल होकर
वह अपने उस्ताद के कन्धे पर चढ़ गया
(ठीक इसी तरह जामुन के पेड़ पर चढ़ता है गोह
छिपकली की टोह में, चुपचाप, लेकिन फुर्ती से)
कन्धे से बाँह पर, या वापस फिर कमर पर
पोजीशन जमाकर उसने गर्दन लम्बी कर ली
इस तरह बीच में ही गोश्त वाली सुतरी को
हड़प लेने की कोशिश कर रहा था मोतिया

आखिर परेशान वो ग़रीब
फ़र्श पर दम लेने की खातिर लेट गया
उछल-कूद के, अपने पैंतरे सहेजकर
(स्पन्दनशून्य, चेष्टाविहीन उसकी वो भूमिका
किसी सिद्ध हठयोगी की शवाऽऽसन वाली मुद्रा थी क्या!)
हमने मान लिया : मोतिया थककर लस्त-पस्त हो चुका है...
अखलाक, इस पर रहम करो
अब बेचारे को ज़्यादा न सताओ
गोश्त का टुकड़ा इसके हवाले कर दो
नहीं, नहीं अब यह खेल खत्म हुआ...
फिर यक-ब-यक जमूरे ने ऊँची छलाँग लगा दी
'हाई जम्प' के अपने पिछले रिकार्ड तोड़ गया
मय सुतरी के, गोश्त का वो टुकड़ा उसने झटक लिया था
हमारे लाड़ले अखलाक बाबू सौ फ़ीसदी धोखा खा गये थे
उस रोज़ उनका पालतू 'सुपुत्र' उनसे 20 निकला आखिर।

1976

मुर्गे ने दी बाँग

2.50 (दो-पचास) पे मुर्गे ने दी बाँग
दड़बे में है बन्द
मगर आवाज है बुलन्द
वह ठीक 5 बजे बन्द कर दिया गया था
खैर, सात बजे तक तो सो ही गया होगा
तो क्या वो सात-साढ़े सात घंटा सोया ही रहा?
नहीं, कुछ वक्त उसने चोंच भी सहलाई होगी
प्रणयिनी की गर्दन को खुजलाया हो शायद
दड़बे के अन्दर भला उन्हें स्वच्छन्द क्रीड़ा के अवसर तो
क्या मिले होंगे!

तो, यह सुर्ख मुर्ग ठीक वक्त पे बाँग दे रहा है न?
कल रात उसने ठीक ढाई बजे बाँग दी थी
ओर परसों रात ठीक तीन बजे
तो, अलार्म की घड़ी ठहरा न यह!
यह मुर्ग नहीं, अलार्म घड़ी है जेल की
वाकई! वाकई...

1976

ध्यानमग्न वक-शिरोमणि

ध्यानमग्न
वक-शिरोमणि
पतली टाँगों के सहारे
जमे हैं झील के किनारे
जाने कौन है 'इष्टदेव' आपके!

'इष्टदेव' हैं आपके
चपल-चटुल लघु-लघु मछलियाँ

चाँदी-सी चमकती मछलियाँ
फिसलनशील, सुपाच्य...
सवेरे-सवेरे आप
ले चुके हैं दो बार!
अपना अल्पाऽऽहार!
आ रहे हैं जो न कब से
चिन्तनमध्य मत्स्य-शिशु
भगवान नीराकार!

मनाता हूँ मन ही मन,
सुलभ हो आपको अपना शिकार
तभी तो जमेगा
आपका माध्यदिन आहार

अभी तो महोदय, आप
डटे रहो इसी प्रकार
झील के किनारे
अपने 'इष्ट' के ध्यान में!
अनोखा है
आपका ध्यान-योग!
महोदय, महामहिम!!

1984

बाघ आया उस रात

वो इधर से निकला
उधर चला गयाऽऽ
वो आँखें फैलाकर
बतला रहा था :
"हाँ बाबा, बाघ आया उस रात,
आप, रात को बाहर न निकलो!

जाने कब बाघ फिर से आ जाय!''

हाँ वो ही! वो ही जो उस झरना के पास रहता है
वहाँ अपन दिन के वक्त
गये थे न एक रोज?
बाघ उधर ही तो रहता है!
बाबा, उसके दो बच्चे हैं
बाघिन सारा दिन पहरा देती है
बाघ या तो सोता है
या बच्चों से खेलता है...''

दूसरा बालक बोला—
''बाघ कहीं काम नहीं करता
न किसी दफ्तर में
न कालेज मेंऽऽ''
छोटू बोला—
''स्कूल में भी नहीं...''
पाँच-साला बेटू ने
हमें फिर से आगाह किया
''अब रात को बाहर होकर बाथरूम न जाना!''

1984

इन सलाखों से टिकाकर भाल

इन सलाखों से टिकाकर भाल
सोचता ही रहूँगा चिरकाल
और भी तो पकेंगे कुछ बाल
जाने किसकी / जाने किसकी
और भी तो गलेगी कुछ दाल
न टपकेगी कि उनकी राल
चाँद पूछेगा न दिल का हाल

सामने आकर करेगा वो न एक सवाल
मैं सलाखो में टिकाए भाल
सोचता ही रहूँगा चिरकाल

1976

क्रन्दन भी भा सकता है

अपना न हो तो
क्रन्दन भी
कानों को
भा सकता है...
स्वजन-परिजन,
चहेते पशु-पक्षी
निकटवर्ती बगिया के
फूलों पर मँडराते
सु-परिचित भ्रमर,
किसी का आर्तनाद
दुखा जाता है मेरा दिल
बरसाती मौसम के निशीथ में
सुने मैंने हाल ही
उस गरीब के चीत्कार
साँप के जबड़ों में फँसा था वो
कर रहा था
चीत्कार निरन्तर
मेढ़क बेचारा
हमारी पड़ोसवाली
तलइया के किनारे
हाय राम, तुझे—
काल-कवलित होना था यहीं!

1984

प्रतिहिंसा ही स्थायी भाव है

नफरत की अपनी भट्ठी में
तुम्हें गलाने की कोशिश ही
मेरे अन्दर बार-बार ताकत भरती है
प्रतिहिंसा ही स्थायीभाव है अपने ऋषि का
वियत्काङ् के तरुण गुरिल्ले जो करते थे
मेरी प्रिया वही करती है...
नव-दुर्वासा, शबर-पुत्र मैं, शबर-पितामह
सभी रसों को गला-गलाकर
अभिनव द्रव तैयार करूँगा
महासिद्ध मैं, मैं नागार्जुन
अष्ट धातुओं के चूरे की छाई में मैं फूँक भरूँगा
देखोगे, सौ बार मरूँगा
देखोगे, सौ बार जियूँगा
हिंसा मुझसे थर्राएगी
मैं तो उसका खून पियूँगा
प्रतिहिंसा ही स्थायी भाव है मेरे कवि का
जन-जन में जो ऊर्जा भर दे, मैं उद्‌गाता हूँ उस रवि का।

1979

ओ जन-मन के सजग चितेरे*

हँसते-हँसते, बातें करते
कैसे हम चढ़ गये धड़ाधड़
बंगेश्वर के सुभग शिखर पर
मुन्ना रह-रह लगा ठोकने
तो टुनटुनिया पत्थर बोला
हम तो हैं फ़ौलाद, समझना हमें न तुम मामूली पत्थर

* कवि-मित्र केदारनाथ अग्रवाल को सम्बोधित

नीचे है बुन्देलखंड की रत्न-प्रसविनी भूमि
शीश पर गगन तना है नील मुकुर-सा
नाहक नहीं हमें तुम छेड़ो...
फिर मुन्ना कैमरा खोलकर
उन चट्टानों पर बैठे हम दोनों की छवियाँ उतारता रहा देर तक

नीचे देखा :
तलहटियों में
छतों और खपरैलोंवाली
सादी-उजली लिपी-पुती दीवारों वाली
सुन्दर नगरी बिछी हुई है
उजले पालों वाली नौकाओं से शोभित
श्याम-सलिल सरवर है बाँदा
नीलम की घाटी में उजला श्वेत कमल-कानन है बाँदा!

अपनी इन आँखों पर मुझको
मुश्किल से विश्वास हुआ था
मुँह से सहसा निकल पड़ा—
क्या सचमुच बाँदा इतना सुन्दर हो सकता है

यू. पी. का वह पिछड़ा टाउन कहाँ हो गया गायब सहसा
बाँदा नहीं, अरे, यह तो गंधर्व नगर है...

उतरे तो फिर वही शहर सामने आ गया।
अधकच्ची दीवारों वाली खपरैलों की ही बहार थी
सड़कें तो थीं तंग किन्तु जनता उदार थी
बरस रही थी मुस्कानों से विवश गरीबी
मुझे दिखाई पड़ी दुर्दशा ही चिरजीवी
ओ जन-मन के सजग चितेरे
साथ लगाए हम दोनों ने बाँदा के पच्चीसों फेरे
जनसंस्कृति का प्राणकेन्द्र पुस्तकागार वह
वयोवृद्ध मुन्शीजी से जो मिला प्यार वह
केन नदी का जलप्रवाह, पोखर नवाब का

वृद्ध सूर्य के चंचल शिशु भास्वर छायानट
सान्ध्य घनों की सतरंगी छवियों का जमघट
रॉड ज्योति से भूरि-भूरि आलोकित स्टेशन
कहीं पास में भिखमंगों का चिर-अधिवेशन
कागज के फूलों पर ठिठकी हुई निगाहें
बसें छबीली, धूल भरी वे कच्ची राहें
द्वारपाल-सा जाने कब से नीम खड़ा था
ताऊजी थे बड़े कि जाने वही बड़ा था
नेह-दामोह की देवी, ममता की वह मूरत
भूलूँगा मैं भला बहू जी की वह सूरत?
मुन्नू की मुस्कानों का प्यासा बेचारा
चिकना-काला मखमल का वह बटुआ प्यारा
जी, रमेश थे मुझे ले गये केन नहाने
भूल गया उस दिन दतुअन करना क्यों जाने
शिष्य तुम्हारे शब्द-शिकारी
तरुण-युगल इकबात-मुरारी!
ऊँचे-ऊँचे उड़ती प्रतिभा थी कि परी थी
मेरी खातिर उनमें कितनी ललक भरी थी
रह-रह मुझको याद आ रहे, मुन्ना दोनों
तरुणाई के ताजा टाइप थे वे मानो

बाहर-भीतर के वे आँगन
फले पपीतों की वह बगिया
गोल बाँधकर सबका वह 'दुखमोचन' सुनना
कड़ी धूप, फिर बूँदाबाँदी
फिर शशि का बरसाना चाँदी...
चितकबरी चाँदनी नीम की छतनारी डालों से
छन-छनकर आती थी
आसमान था साफ, टहलने चल पड़े हम
मैं बोला : केदार, तुम्हारे बाल पक गये!
'चिन्ताओं की घनी भाफ में सीझे जाते हैं बेचारे'—
तुमने कहा, सुनो नागार्जुन,
दुख-दुविधा की प्रबल आँच में
जब दिमाग ही उबल रहा हो

तो बालों का कालापन क्या कम मखौल है?
ठिठक गया मैं, तुम्हें देखने लगा गौर से...
गौर-गेहुआँ मुखमंडल चाँदनी रात में चमक रहा था!
फैली-फैली आँखों में युग दमक रहा था
लगा सोचने—
तुम्हें भला क्या पहचानेंगे बाँदावाले!
तुम्हें भला क्या पहचानेंगे साहब काले!
तुम्हें भला क्या पहचानेंगे आम मुवक्किल!
तुम्हें भला क्या पहचानेंगे शासन की नाकों पर के तिल!
तुम्हें भला क्या पहचानेंगे जिला-अदालत के वे हाकिम!
तुम्हें भला क्या पहचानेंगे मात्र पेट के लिए बने हैं जो कि मुलाजिम
प्यारे भाई, मैंने तुमको पहचाना है
समझा-बूझा है, जाना है...
केन-कूल की काली मिट्टी, वह भी तुम हो!
कालिंजर का चौड़ा सीना, वह भी तुम हो!
ग्रामवधू की दबी हुई कजरारी चितवन, वह भी तुम हो!
कुपित कृषक की टेढ़ी भौंहे, वह भी तुम हो
खड़ी-सुनहली फसलों की छवि-छटा निराली, वह भी तुम हो!
लाठी लेकर कालरात्रि में करता जो उनकी रखवाली,
वह भी तुम हो

जनगण-मन के जाग्रत शिल्पी
तुम धरती के पुत्र : गगन के तुम जामाता!
नक्षत्रों के स्वजन कुटुम्बी, सगे बन्धु तुम नद-नदियों के!
झरी ऋचा पर ऋचा तुम्हारे सबल कंठ से
स्वर-लहरी पर थिरक रही है युग की गंगा
अरे, तुम्हारी शब्दशक्ति ने बाँध लिया है
भुवनदीप कवि नेरूदा को
मैं बड़भागी, क्योंकि प्राप्त है मुझे तुम्हारा
निश्छल-निर्मल भाईचारा
मैं बड़भागी, तुम जैसे कल्याण मित्र का जिसे सहारा
मैं बड़भागी, क्योंकि चार दिन बुन्देलों के साथ रहा हूँ
मैं बड़भागी क्योंकि केन की लहरों में कुछ देर बहा हूँ

बड़भागी हूँ, बाँट दिया करते हो हर्ष-विषाद
बड़भागी हूँ, बार-बार करते रहते हो याद

1956

लू-शुन

दुर्दम, अनमनीय, क्रान्तदर्शी!
छद्म वाम पर निरन्तर वाणवर्षी!
अ-कपट बन्धु तुम विश्व-सर्वहारा के!
अक्षय उत्स तुम जन-चेतन-धारा के!
करो अंगीकार प्रणतियाँ हमारी
सहज-सरल लू-शुन व्यंग-वज्रधारी...

"कलम से काम लो गदा का, तमंचा का
ढीला न पड़े डोर प्रत्यंचा का
जहरीले साँपों पर दया नहीं करना
दुष्टों पर हमदर्दी के उसाँस नहीं भरना
कटखने कुत्तों पर रहमदिल न होना
भलमनसाहत में जान से हाथ मत धोना..."
इस तरह श्रमशील जनों को दे गये हो सीख...
क्यों कोई माँगें प्रभुओं से भद्रता की भीख!

1981

बर्तोल्त ब्रेख्त...

क्या नहीं है
इन घुच्ची आँखों में!
इन शातिर निगाहों में
मुझे तो बहुत कुछ

प्रतिफलित लग रहा है!
नफ़रत की धधकती भट्ठियाँ...
प्यार का अनूठा रसायन...
अपूर्व विक्षोभ...
जिज्ञासा की बाल-सुलभ ताज़गी...
ठगे जाने की प्रायोगिक सिधाई
प्रवंचितों के प्रति अथाह ममता...
क्या नहीं झलक रही
इन घुच्ची आँखों से?
हाय, हमें कोई बतलाए तो!
क्या नहीं है
इन घुच्ची आँखें में!

1984

रवि ठाकुर!

रुन झुन रुन झुन
सुने थे तुमने
भगवती वीणापाणि शारदा के नूपुर
विश्ववन्द्य भारतीय महाकवि ठाकुर!

पाया था अनुपम प्रतिभा का अवदान
यहाँ से, वहाँ से,
जाने कहाँ-कहाँ से,
धन्य तुम पुरुषोत्तम!!
लाँघकर मरु, गिरि, जल और जंगल
युग-युग तक गुँजाते रहेंगे भूतल
तुम्हारे ये दिव्यगान।
चलता रहेगा अबाधित गति से
दिशा-विदिशा सभी को मुखरित करता हुआ
वृत्तान्त के बंकिम पथ पर विचरता हुआ

तुम्हारा यह कालनेमि अद्‌भुत महायान।
हुए थे पैदा तुम
सुशिक्षित अभिजात धनाढ्य द्विज कुल में
सभी ओर सुख था
सभी ओर सुविधा
परिचर्या के लिए प्रतिपल तत्पर—
सेवक सेविकागण रहते थे घेरे
दिन में, रात में, साँझ में, सबेरे
नहीं खाई होगी अभाव की मार कभी
मालूम न पड़ा होगा संसार असार कभी
साधन थे प्रस्तुत, फिर न हुए क्यों तुम
अकर्मण्य, आलसी, विलासी, भू-भारमात्र?
अहे कनक-कमनीय गात्र!
कवि के रूप में हो गये विकसित कैसे तुम अचानक?
बाह्य आडम्बर उतना भयानक!!—
गला क्यों न घोट सका
तुम्हारे महामानव का?
कहाँ से मिली तुम्हें इतनी अनुभूतियाँ
पीड़ित मनुष्य के निम्नतम स्तर की?
बात यदि करते तुम केवल ऊपर की—
अपने उच्च वर्ग की, अपने आडम्बर की—
तो भी क्या हानि थी!
तुम्हारा गुणगान मैं भला क्या करूँ
न उतना देखा है, न सुना है उतना
पैदा हुआ था मैं—
दीन-हीन-अपठित किसी कृषक-कुल में
आ रहा हूँ पीता अभाव का आसव ठेठ बचपन से
कवि! मैं रूपक हूँ दबी हुई दूब का
हरा हुआ नहीं कि चरने को दौड़ते!!
जीवन गुजरता प्रतिपल संघर्ष में!!
मुझको भी मिली है प्रतिभा की प्रसादी
मुझसे भी शोभित है प्रकृति का अंचल
पर न हुआ मान कभी!

किया न अनुमान कभी!
तुंगभद्र! महानाम!—
तुम्हारा यश-सागर असीम लहरा रहा
अग-जग में भू पर!!
तुम्हारी गुरुता का ध्वजपट
फहरा रहा हिमगिरि के ऊपर!!
मेरा क्षुद्र व्यक्तित्व
रुद्ध है, सीमित है—
आटा-दाल-नमक-लकड़ी के जुगाड़ में!
पत्नी और पुत्र में!
सेठ के हुकुम में!
कलम ही मेरा हल है, कुदाल है!!
बहुत बुरा हाल है!!!
करूँ मैं जिस वर्ग में गिनती अपनी!
लेखक ही बना रहूँ!
पकड़ लूँ वह पेशा—
बाप-दादा करते आए जो हमेशा?
नहीं, नहीं, ऐसा नहीं।
आशीष दो मुझको—मन मेरा स्थिर हो!!
नहीं लौटूँ, चीर चलूँ, कैसा भी तिमिर हो!!
प्रलोभन में पड़ कर बदलूँ नहीं रुख
रहूँ साथ सबके, भोगूँ साथ सुख-दुःख।

गुरुदेव मेरे!
दाढ़ी यह तुम्हारी सन-सी सफेद है—
चाचा करीम और तुममें क्या भेद है?
तुम भी शुकनास, वह भी शुकनास
(किन्तु तुम श्रीनिवास!)
अभी भी फुर्ती से कपड़ा वह बुनता है
सुनता हूँ, अब तक तुम भी रहे
बुनते किरणों की जाली!!
देखते-देखते समता के सपने
कर गये खतम खेल तुम अपने

सौंप गये हमको सारी विश्वभारती
आज नहीं तो कल उतारेंगे आरती
अभी तो अकिंचन है विकल है, जनगण दुर्लभ है अन्नकण
मैं भी अकिंचन मैं भी विकल हूँ
आवेश में आकर बहुत कुछ कह गया
पितामह, क्षमा करो!
मेरी यह धृष्टता, कटुता, उद्दंडता—
क्षमा करो, पितामह!!

रुन झुन रुन झुन सुने थे तुमने—
भगवती वीणापाणि शारदा के नुपूर!
विश्ववन्द्य भारतीय महाकवि ठाकुर!!

1941

कालिदास

कालिदास, सच-सच बतलाना!
इन्दुमती के मृत्युशोक से
अज रोया या तुम रोये थे?
कालिदास, सच-सच बतलाना!

शिवजी की तीसरी आँख से
निकली हुई महाज्वाला में
घृतमिश्रित सूखी समिधा-सम
कामदेव जब भस्म हो गया
रति का क्रन्दन सुन आँसू से
तुमने ही तो दृग धोए थे?
कालिदास, सच-सच बतलाना!
रति रोई या तुम रोये थे?

वर्षा ऋतु की स्निग्ध भूमिका

प्रथम दिवस आषाढ़ मास का
देख गगन में श्याम घन घटा
विधुर यक्ष का मन जब उचटा
खड़े-खड़े तब हाथ जोड़कर
चित्रकूट के सुभग शिखर पर
उसे बेचारे ने भेजा था
जिनके ही द्वारा सन्देशा
उन पुष्करावर्त मेघों का
साथी बनकर उड़ने वाले
कालिदास, सच-सच बतलाना
पर पीड़ा से पूर-पूर हो
थक-थक कर औ' चूर-चूर हो
अमल-धवल गिरि के शिखरों पर
प्रियवर, तुम कब तक सोए थे?
रोया यक्ष कि तुम रोए थे?
कालिदास, सच-सच बतलाना!

1938

बादल को घिरते देखा है

अमल धवलगिरि के शिखरों पर
बादल को घिरते देखा है।
छोटे-छोटे मोती जैसे
उसके शीतल तुहिन कणों को
मानसरोवर के उन स्वर्णिम
कमलों पर गिरते देखा है
बादल को घिरते देखा है।

छोटी-बड़ी कई झीलें हैं
उनके श्यामल-नील सलिल में
समतल देशों से आ-आकर

पावस की ऊमस से आकुल
तिक्त-मधुर बिसतन्तु खोजते
हंसों को तिरते देखा है
बादल को घिरते देखा है।

ऋतु बसन्त का सुप्रभात था
मन्द-मन्द था अनिल बह रहा
बालारुण की मृदु किरणें थीं
अगल-बगल स्वर्णाभ शिखर थे
एक-दूसरे से विरहित हो
अलग-अलग रहकर ही जिनको
सारी रात बितानी होती
निशाकाल के चिर-अभिशापित
बेबस उन चकवा-चकई का
बन्द हुआ क्रन्दन, फिर उनमें
उस महान सरवर के तीरे
शैवालों की हरी दरी पर
प्रणय कलह छिड़ते देखा है
बादल को घिरते देखा है।

दुर्गम बर्फानी घाटी में
शत-सहस्त्र फुट ऊँचाई पर
अलख नाभि से उठने वाले
निज के ही उन्मादक परिमल
के पीछे धावित हो-होकर
तरल-तरुण कस्तूरी मृग को
अपने पर चिढ़ते देखा है।

कहाँ गया धनपति कुबेर वह
कहाँ गयी उसकी वह अलका
नहीं ठिकाना कालिदास के
व्योम-प्रवाही गंगाजल का,
ढूँढ़ा बहुत परन्तु लगा क्या

मेघदूत का पता कहीं पर,
कौन बताए वह छायामय
बरस पड़ा होगा न यहीं पर,
जाने दो, वह कवि-कल्पित था
मैंने तो भीषण जाड़ों में
नभ-चुंबी कैलाश शीर्ष पर
महामेघ को झंझानिल से
गरज-गरज भिड़ते देखा है
बादल को घिरते देखा है।

शरत-शत निर्झर-निर्झरिणी-कल
मुखरित देवदास-कानन में,
शोणित-धवल भोजपत्रों से
छाई हुई कुटी के भीतर,
रंग-बिरंगे और सुगन्धित
फूलों से कुंजल को साजे,
इन्द्रनील की माला डाले
शंख-सरीखे सुघड़ गलों में
कानों में कुवलय लटकाए,
शतदल लाल कमल वेणी में,
रजत-रचित मणि-खचित कलामय
पानपात्र द्राक्षासव पूरित
रखे सामने अपने-अपने
लोहित चन्दन की त्रिपटी पर,
नरम निदाग बाल कस्तूरी
मृगछालों पर पलथी मारे
मदिरारुण आँखों वाले उन
उन्मद किन्नर-किन्नरियों की
मृदुल मनोरम अँगुलियों को
वंशी पर फिरते देखा है
बादल को घिरते देखा है।

1939

बरफ पड़ी है

बरफ पड़ी है
सर्वश्वेत पार्वती प्रकृति निस्तब्ध खड़ी है
सजे-सजाए बँगले होंगे
सौ-दो सौ चाहे दो-एक हजार
बस मुट्ठी-भर लोगों द्वारा यह नगण्य शृंगार
देवदारुमय यह सहसबाहु तरुण हिमालय
कर सकता है क्योंकर अंगीकार
चहल-पहल का नाम नहीं है
बरफ-बरफ है काम नहीं है
दप-दप उजली साँप-सरीखी सरल और बंकिम भंगी में—
चली गयी हैं दूर-दूर तक
नीचे-ऊपर बहुत दूर तक
सूनी-सूनी सड़कें
मैं जिसमें ठहरा हूँ, वह भी छोटा-सा बँगला है—
पिछवाड़े का कमरा जिसमें एकमात्र जँगला है—
सुबह-सुबह ही
मैंने इसको खोल लिया है
देख रहा हूँ, बरफ पड़ रही कैसे
बरस रहे हैं आसमान से धुनी रूई के फाहे
या कि विमानों में भर-भर कर यक्ष और किन्नर बरसाते
—कास-कुसुम अविराम
ढँके जा रहे देवदार की हरियाली को अरे दूधिया झाग
ठिठुर रहीं उँगलियाँ मुझे तो याद आ रही आग
गरम-गरम ऊनी लिबास से लैस
देव-देवियाँ देख रही होंगी अवश्य हिमपात
शीशामढ़ी खिड़कियों के नजदीक बैठकर—
सिमटे-सिकुड़े नौकर-चाकर चाय बनाते होंगे
'ब्रेकफास्ट' करते होंगे तैयार

ठंड कड़ी है
सर्वश्वेत पार्वती प्रकृति निस्तब्ध खड़ी है
बरफ पड़ी है

1949

कुहरा क्या छाया

कुहरा क्या छाया
बढ़ गयी शिशिर की बीस गुनी माया
कुहरा क्या छाया

डूबी थी रात, दिल भी डूबा है
ठिठुरन की हद है, गजब है अजूबा है
दिगंत की साँसों में संशय समाया
कुहरा क्या छाया

शशि-रवि दुबक गये
ओढ़कर भीनी नीहारिका का लिहाफ
जाने किन गुफाओं के अन्दर
ठिठका महाकाल, चुप-चुप मुस्कराया
कुहरा क्या छाया
बढ़ गयी शिशिर की बीस गुनी माया
कुहरा क्या छाया।

1968

ऋतु-सन्धि

प्रतीक्षा की
बहुत जोही बाट
जेठ बीता, हुई वर्षा नहीं, नभ यों ही रहा खल्वाट
आज है आषाढ़ वदि षष्ठी
उठा था जोर का तूफान
उसके बाद
सघन कालीघन घटा से
हो रहा आच्छन्न यह आकाश
आज होगी, सजनि, वर्षा—हो रहा विश्वास

हो रही है अवनि पुलकित, ले रही निःश्वास—
किन्तु अपने देश में तो
सुमुखि, वर्षा हुई होगी एक क्या कै बार
गा रहे होंगे मुदित हो लोग खूब मलार
भर गई होगी अरे वह वाग्मती की धार
उगे होंगे पोखरों में कुमुद पद्म मखान
आँख मूँदे कर रहा मैं ध्यान
लिखूँ काय प्रेयसि, यहाँ का हाल
सामने ही बढ़ रही भागीरथी, बस वही है कल्याण
जिस किसी भी भाँति गर्मी से बचे हैं प्राण
आज उमड़ी धन घटा को देख
मन यही करता कि मैं भी, प्रियतमे, उसका करूँ आह्वान
—कालिदास समान
सामने सरपट पड़ा मैदान
है न हरियाली किसी भी ओर
तृण-लता-तरुहीन
नग्न प्रान्तर देख
उठ रहा सिर में बड़ा ही दर्द
हरा धुँधला या कि नीला—
आ रहा चश्मा न कोई काम
किन्तु मुझको हो रहा विश्वास
यहाँ भी बादल बरसने जा रहा है आज
अब न सिर में उठेगा फिर दर्द
लग रहा था आज प्रातःकाल पानी सर्द
गंगा नहाते वक्त
आया ख्याल
हिमालय में गल रही है बर्फ
आज होगा ग्रीष्म ऋतु का अन्त।

1947

मेघ बजे

धिन धिन धा धमक-धमक
मेघ बजे
दामिन यह गयी दमक
मेघ बजे
दादुर का कंठ खुला
मेघ बजे
धरती का हृदय धुला
मेघ बजे
पंक बना हरिचन्दन
मेघ बजे
हल का है अभिनन्दन
मेघ बजे
धिन धिन धा...

1964

घन-कुरंग

नभ में चौकड़ियाँ भरें भले
शिशु घन—कुरंग
खिलवाड़ देर तक करें भले
शिशु वन कुरंग
लो, आपस में गुघ गये खूब
शिशु घन कुरंग
लो, घटा जाल में गये डूब
शिशु घन कुरंग
लो, बूँदे पड़ने लगीं, वाह
शिशु घन—कुरंग
लो, कब की सुधियाँ जगीं, आह
शिशु घन—कुरंग

पुरवा सिहकी, फिर दीख गये
शिशु घन—कुरंग
शशि से शरमाना सीख गये
शिशु घन—कुरंग

1964

बदलियाँ हैं

पवन ने बहका लिया था,
मेघ-कुल की पुत्रियाँ हैं!
—बदलियाँ हैं

बरस पड़ना कहीं पर भी
भिगो देना किसी को भी—दुआ इनसे माँग लो!
ओफ़, इनसे क्यों डरे हो?
—कहाँ इनमें बिजलियाँ हैं!
अरे, ये तो ऽऽ
—बड़ी भोली बदलियाँ हैं!
—बड़ी सादी बदलियाँ हैं!
अजी, इनको ऽऽ
—खूँटियों पर टाँग लो!
बरस पड़ना कहीं पर भी
भिगो देना किसी को भी
—दुआ इनसे माँग लो!
तैर आएँ कब किधर को
कब किधर को खिसक जाएँ
क्या पता... बस, मौज इनकी!
बताऊँ भी?
जरा तो बदनाम है ही फौज इनकी!
मगर, यूँ तो, मेघ-कुल की पुत्रियाँ हैं!
पवन ने बहका लिया था, बदलियाँ हैं!

—दुआ इनसे माँग लो...
—खूँटियों पर टाँग लो...

1979

फूले कदम्ब

फूले कदम्ब
टहनी-टहनी में कन्दुक सम झूले कदम्ब
फूले कदम्ब

सावन बीता
बादल का कोप नहीं रीता
जाने कब से वो बरस रहा
ललचाई आँखों से नाहक
जाने कब से तू तरस रहा
मन कहता है, छू ले कदम्ब
फूले कदम्ब
झूले कदम्ब

1964

अब के इस मौसम में

अब के इस मौसम में
कोयल आज बोली है
पहली बार!

टूसों को उमगे कई दिन हो गये
टेसू को सुलगे कई दिन हो गये
अलसी को फूले कई दिन हो गये

बौरों को महके कई दिन हो गये

झपटी पछिया
दरक गये केलों के पात
लेते ही करवट
तेजाब की फुहारें
छिड़कने लगा सूरज
मुँह बा दिया कलियों ने
देखती रह गयी निठुराई के खेल
चुपचाप कलमुँही
भर गया जी
जोरों से कूक पड़ी

अब के इस मौसम में
कोयल आज कूकी है
पहली बार!

1961

बहुत दिनों के बाद

बहुत दिनों के बाद
अब की मैंने जी-भर देखी
पकी-सुनहली फसलों की मुसकान
—बहुत दिनों के बाद

बहुत दिनों के बाद
अब की मैं जी-भर सुन पाया
धान कूटती किशोरियों की कोकिल कंठी तान
—बहुत दिनों के बाद

बहुत दिनों के बाद

अब की मैंने जी-भर सूँघे
मौलसिरी के ढेर-ढेर से ताजे-टटके फूल
—बहुत दिनों के बाद

बहुत दिनों के बाद
अब की मैं जी-भर छू पाया
अपनी गँवई पगडंडी की चन्दनवर्णी धूल
—बहुत दिनों के बाद

बहुत दिनों के बाद
अब की मैंने जी-भर तालमखाना खाया
गन्ने चूसे जी-भर
—बहुत दिनों के बाद

बहुत दिनों के बाद
अब की मैंने जी-भर भोगे
गन्ध-रूप-रस-शब्द-स्पर्श सब साथ-साथ इस भू पर
—बहुत दिनों के बाद।

1958

मेरी भी आभा है इसमें

नये गगन में नया सूर्य जो चमक रहा है
यह विशाल भूखंड आज जो दमक रहा है
मेरी भी आभा है इसमें

भीनी-भीनी खुशबू वाले
रंग-बिरंगे

यह जो इतने फूल खिले हैं
कल इनको मेरे प्राणों ने नहलाया था

कल इनको मेरे सपनों ने सहलाया था

पकी सुनहली फ़सलों से जो
अबकी यह खलिहान भर गया
मेरी रग-रग के शोणित की बूँदें इसमें मुसकाती हैं

नये गगन में नया सूर्य जो चमक रहा है
यह विशाल भूखंड आज जो दमक रहा है
मेरी भी आभा है इसमें

1961

आज मैं बीज हूँ

बस, थोड़ी और उमस
बस, थोड़ी और धूप
बस, थोड़ा और पानी
बस, थोड़ी और हवा
बस, थोड़ा भुरभुरापन
—क्या देर है भला बाहर आने में!
आज मैं बीज हूँ
कल रहूँगा अंकुर
बटुर-बटुर आएगी दुनिया, मुझे देखने को आतुर
आज मैं बीज हूँ
अलक्षित, ना-चीज़ हूँ
ग़र्क हूँ धरती की जादुई कोख में

1970

फसल

एक के नहीं
दो के नहीं,
ढेर सारी नदियों के पानी का जादू :
एक के नहीं,
दो के नहीं,
लाख-लाख कोटि-कोटि हाथों के स्पर्श की गरिमा :
एक की नहीं,
दो की नहीं,
हजार-हजार खेतों की मिट्टी का गुण धर्म :

फसल क्या है?
और तो कुछ नहीं है वह
नदियों के पानी का जादू है वह
हाथों के स्पर्श की महिमा है
भूरी-काली-संदली मिट्टी का गुण धर्म है
रूपान्तर है सूरज की किरणों का
सिमटा हुआ संकोच है हवा की थिरकन का!

1962

नीम की दो टहनियाँ

नीम की दो टहनियाँ
झाँकती हैं सीखचों के पार

यह कपूरी धूप
शिशिर की यह दुपहरी, यह प्रकृति का उल्लास
रोम-रोम बुझा लेगा ताजगी की प्यास

रात-भर जगती रही

खटती रही
अब कर रही आराम
गाढ़ी नींद का आश्वास भर अब मौन से लिपटा हुआ है
—बेखबर सोई हुई है छापने की यह विराट मशीन
उधर मुँह बाए पड़े हैं टाइपों के मलिन-धूसर केस
पर, इधर तो झाँकती हैं दो सलोनी टहनियाँ
सीखचों के पार

1956

सिके हुए दो भुट्टे

सिके हुए दो भुट्टे सामने आए
तबीयत खिल गयी
ताज़ा स्वाद मिला दूधिया दानों का
तबीयत खिल गयी
दाँतों की मौजूदगी का सुफल मिला
तबीयत खिल गयी

अखिलेश ने अपनी मेहनत से
इन पौधों को उगाया था
वार्ड नम्बर 10 के पीछे की क्यारियों में
वार्ड नम्बर 10 के आगे की क्यारियों में
ढाई महीने पहले की अखिलेश की खेती
इन दिनों अब जाने किस-किस को पहुँचा रही है सुख
बीसियों जने आज अखिलेश को दुआ दे रहे हैं
सिके हुए भुट्टों का स्वाद ले रहे हैं
डिस्ट्रिक्ट जेल की चहारदीवारियों के अन्दर
इन क्यारियों में अखिलेश अब सब्ज़ियाँ उगाएगा
वह किसी मौसम में इन्हें खाली नहीं रहने देगा
श्रम का अपना सु-फल वो
जाने किस-किस को चखाएगा

वो अपना मन ताश और शतरंज में नहीं लगाएगा
हममें से जो बातूनी और कल्पना-प्रवण है
वे भी अखिलेश की फलित मेधा का लोहा मानते हैं—
मन ही मन प्रणत हैं वे अखिलेश की उद्यमशीलता के प्रति
पसीना-पसीना हो जाते हैं तरुण
लगाते-लगाते सम्पूर्ण क्रान्ति के नारे
फूल-फूल जाती है गर्दनों की नसें...
काश वे भी जेल के पिछवाड़े क्यारियों में
कुछ न कुछ उपजा के चले जाएँ
भले, दूसरे ही उनकी उपज के फल पाएँ!

1975

फिसल रही चाँदनी

पीपल के पत्तों पर फिसल रही चाँदनी
नालियों में भीगे हुए पेट पर, पास ही
जम रही, घुल रही, पिघल रही चाँदनी
पिछवाड़े बोतल के टुकड़ों पर—
चमक रही, दमक रही, मचल रही चाँदनी

आँगन में, दूबों पर गिर पड़ी—
अब मगर किस कदर सँभल रही चाँदनी
पिछवाड़े, बोतल के टुकड़ों पर
नाच रही, कूद रही, उछल रही चाँदनी
वो देखो, सामने
पीपल के पत्तों पर फिसल रही चाँदनी

1976

जान भर रहे हैं जंगल में

गीली भादों
रैन अमावस

कैसे ये नीलम उजास के
अच्छत छींट रहे जंगल में
कितना अद्‌भुत योगदान है
इनका भी वर्षा-मंगल में
लगता है ये ही जीतेंगे

शक्ति प्रदर्शन के दंगल में
लाख-लाख हैं, सौ हजार हैं
कौन गिनेगा, बेशुमार हैं
मिल-जुलकर दिप-दिप करते हैं
कौन कहेगा, जल मरते हैं
जान भर रहे हैं जंगल में

जुगनू हैं ये स्वयं प्रकाशी
पल-पल भास्वर पल-पल नाशी
कैसा अद्‌भुत योगदान है
इनका भी वर्षा मंगल में

इनकी विजय सुनिश्चित ही है
तिमिर तीर्थ वाले दंगल में
इन्हें न तुम 'बेचारे' कहना
अजी यही तो ज्योति-कीट हैं
जान भर रहे हैं जंगल में

गीली भादों
रैन अमावस

1981

शिशिर की निशा

शिशिर की निशा ऽऽऽ
धुन्ध में डूब गयी
दिशा दिशा दिशा ऽऽऽ

भुरभुरी जमीन
गरम हैं सियारों की माँद
खंडहर के कोने में
घुग्घू गया फाँद

नखत हुए उदास
खाँसता है चाँद
गगन के बीचो-बीच
हाँफता है चाँद
शिशिर की निशा ऽऽऽ

1981

हजार बाँहोंवाली शिशिर

हजार बाँहों वाली शिशिर-विष-कन्या
उतरी लेकर साँसों में प्रलय की वन्या
हिमदग्ध होठों के प्राणशोधी चुम्बन
तन-मन पर लेप गये ज्वालामय चन्दन
एक-एक शिरा में सौ-सौ सुइयों की चुभन
अद्भुत यह भुजपाश अद्भुत आलिंगन
तृण-तरु झुलस गये, पड़ा है ओसमय तुषार
किया है महाकाल ने हिमानी का शृंगार
आज है गरल धन्य, कल था सुधा धन्या
हजार बाँहों वाली शिशिर-विष-कन्या
उतरी लेकर साँसों में प्रलय की वन्या

1965

पिछली रात

पिछली रात,
ठीक 3.22 पर एक हादसा हुआ
मई-जून की वो भरी-पूरी झेलम
नील-निर्मल प्रवाहोंवाली वो "वितस्ता*"
मेरे ऊपर से होकर गुजरी-पिछली रात!
लगातार—आधा घंटा तक, नहीं 45 मिनट लगे होंगे!
—प्रवाहित होती रही मुझ पर से
मैं लेटा रहा, निमीलित-नेत्र...
मन-ही-मन जागरूक, मोद-मग्न...
आशीष की मुद्रा में मेरे होठ हिलते रहे
जी हाँ, झेलम को हड़बड़ी थी—
वो सिन्ध से मिलने जा रही थी, सीमा-पार जाना था उसे!
उसे हड़बड़ी थी...

1982

---

* झेलम का पौराणिक नाम

भर रहा है चमक...

दमक रहे हैं
बालों के गुच्छे
सुनहले-सफेद...
अविराम वृष्टि का यह मध्यान्तर
दे रहा है अवसर
छिपे हुए सूरज को
कि
निचली घाटियों को करे निहाल

कि

चमकाए
धान के मृदु-हरित नवांकुरों को
सीढ़ीनुमा खेतों में

कि
भरे अधिकाधिक जीवन-रस
कच्ची नासपातियों के अन्दर

कि, दमदार बनें
भुट्टों के दूधिया दाने...
फिलहाल तो प्रकाश का यह देवता
पहाड़ी बरसात का सहमा-सहमा यह सूरज
भर रहा है रंग कर्म की चमक
मकई के पौधों में...

लो, वह चमक रहा है
सुनहले-सफेद बालों के गुच्छे
लो, वह ओझल हुआ
घिर आया कोहरा
छा गया कोहरा।

1983

पैने दाँतों वाली

धूप में पसरकर लेटी है
मोटी-तगड़ी, अधेड़, मादा सूअर...

जमना-किनारे
मखमली दूबों पर
पूस की गुनगुनी धूप में
पसरकर लेटी है

यह भी तो मादरे-हिन्द की बेटी है
भरे-पूरे बारह थनोंवाली!

लेकिन अभी इस वक्त
छौनों को पिला रही है दूध
मन-मिजाज ठीक है
कर रही है आराम
अखरती नहीं है भरे-पूरे थनों की खींच-तान
दुधमुहे छौनों की रग-रग में
मचल रही है आखिर माँ की ही तो जान!

जमना-किनारे
मखमली दूबों पर
पसरकर लेटी है
यह भी तो मादरे-हिन्द की बेटी है!
पैने दाँतों वाली..

1973

काले-काले

काले-काले ऋतु-रंग
काली-काली घन-घटा
काले-काले गिरि शृंग
काली-काली छवि-छटा
काले-काले परिवेश
काली-काली करतूत

काली-काली करतूत
काले-काले परिवेश
काली-काली महँगाई
काले-काले अध्यादेश

1981

बच्चा चिनार

बच्चा चिनार
उदास है...
उसने इनकार कर दिया
बढ़ने से
अपने बुजुर्गों का चिर जीवन
बच्चा चिनार पसन्द नहीं करता
उसने सामने खड़े
बच्चा चीड़ से पूछा—
"क्या सोच रहा है तू?"
बच्चा चीड़ हुलसकर बोला
"मगज खपाने का काम
हमारे बुजुर्ग करेंगे।
अपन तो रत्ती-भर पर्वाह नहीं करते
किसी बात की, कतई नहीं!
बिलकुल नहीं!!
हाँ प्यारे, उधर तो सुन!
आदमजाद बच्चों की
किलकारियाँ तो सुन!!
मुन्ने भी हैं
मुन्नियाँ भी हैं
पहाड़ी नहीं, मैदानी हैं वे
पंजाबी हैं मराठे हैं, बंगाली हैं
आपस में जाने क्या कह-सुन रहे हैं।"
बच्चा चिनार झूमकर बोला—
"इनके बुजुर्ग साथ नहीं आए!"
"नहीं"—बच्चा चीड़ बोला, आहिस्ते
"हाँ, दो ही तो थे
दोनों ही मानतलाई गये होंगे
वहाँ एक हरियाणवी गाय
फ्रिजवाली घास खाती है—
और 45 लीटर दूध देती है रोज

दोनों बुजुर्ग
हरियाणवी गाय के खुरों की पवित्र धूल
सर-माथे लगाएँगे
और, जम्मू वापस आ जाएँगे!
और तब तक ये भी हमारी घाटी छोड़ चुके होंगे!''
गम्भीर होकर कहा बच्चा चिनार ने—
''अच्छा हुआ अल्पजीवी मैदानी बुजुर्ग इधर नहीं आए
वर्ना हमारे चिरजीवी बुजुर्गों का गुमान
दस गुना बढ़ जाता!''

1982

नीम का यह पौधा

'शिवाला' घाट की तरफ
गलियों में आगे बढ़ते हुए
दिखाई देता है 'रत्नाकर भवन'
(प्रख्यात ब्रजभाषा-कवि
जगन्नाथदास रत्नाकर
उद्धव-शतक रचयिता)
ज़रा और आगे बढ़िए
एक भग्न मन्दिर के कन्धे पर
लघुवृक्षों का सघन झुरमुट
विनाश-लीला को
अँगूठा दिखाता मिलेगा
आप मुग्ध मन से, मिनट-भर खड़े होंगे
प्रकृति की इस लीला को
एकटक देखते रह जाएँगे।

पीछे से आएगा कोई
आपके कन्धे पर
हाथ रखके पूछेगा

—"क्या देख रहे हो भाई?
यह टूटा-फूटा खंडहरनुमा मन्दिर?
यहाँ कोई जल चढ़ाने नहीं आएगा..."

बच्चा पीपल हरित केतु इसी तरह
निरन्तर फहरता रहेगा
गंगा नहाकर लौटती हुई
कोई भी महिला
(सधवा या विधवा)
इस पीपल-बरगद पर
गंगाजल नहीं छिड़केगी
ऊपर तीन सीढ़ियाँ चढ़कर
कौन अपनी टाँग तुड़वाए
पैरों में मोच भी पड़ सकती है!

अरे हाँ, इस झुररमुट में
नीम भी छिपा है
नीचे गली के किनारे होता तो उसे
दतुअन बनाकर जाने कब
चबा गये होते!
गनीमत है—
गली के किनारे नीचे नहीं है खड़ा
नीम का यह पौधा बड़भागी है।

1995

सोनिया समन्दर

सोनिया समन्दर
सामने
लहराता है
जहाँ तक नजर आती है,

सोनिया समन्दर!

बिछा है मैदान में
सोना ही सोना
सोना ही सोना
सोना ही सोना

गेहूँ की पकी फसलें तैयार हैं—
बुला रही हैं
खेतिहरों को
..." ले चलो हमें
खलिहान में—
घर की लक्ष्मी के
हवाले करो
ले चलो यहाँ से"

बुला रही हैं
गेहूँ की तैयार फसलें
अपने-अपने कृषकों को...।

1983

हिम-शुभ्र पठारों पे रहा है

महाप्रभु,
उतरा है तुम्हारा वाहन
हिम-शुभ्र पठारों पे रहा है...
अब आया है विचरण करने
गंगा-तटवर्ती मैदानों में...
महाप्रभु
भगतों की भीड़ है
भगतिनों का मेला है...

गोबर और जुगालियों के झाग
—सबकुछ महनीय होंगे
—सबकुछ विज्ञप्ति-योग
शतायु हो तुम्हारा यह वाहन!
तरुण-तरुणियाँ निराश हों तो हों
वयस्क प्रसन्न रहे इससे!
महाप्रभु!!

1983

डियर तोताराम

उल्टा लटककर
वो-कुतर रहा है नासपाती
दस का यह गुच्छा ही
इसे जाने क्यों भाया?
लीजिए, हमारी आहट पाकर
वो उड़ गया
पहाड़ी तोता

जरूर ही वो बार-बार
नासपाती का जायका लेने आएगा
बार-बार उल्टा लटकेगा
दस की छौद में से तब
एक नासपाती टूट के नीचे गिरेगा
फिर दूसरे-तीसरे नासपाती का
नम्बर आएगा
नहीं भी आए शायद!
इन घनी टहनियों में
उल्टा लटकना आसान होगा शायद!
किन्तु,
घनी-पतली टहनियों में

उल्टा लटकने की सुविधा तो
तोते को दूसरे-तीसरे ठिकानों पर भी
मिलेगी
जहरीखाल में नासपाती का
क्या एक यही पेड़ है?
मियाँ मिट्ठू,
(महोदय आत्माराम)
आप तो नाहक ही
हमारे पैरों की आहट से भड़क गये!
भला, यह भी कोई बात हुई!
आइए, इत्मीनान से
इन टहनियों में उलटा लटकिए!
मौसम की ताजगी का स्वाद लीजिए!
लेकिन आप तो भई,
'गृह-पालित' नहीं, आजाद तोता थे ना?
आइए, बेखटके आइए!
उल्टा लटकिए,
हमारा मनोरंजन कीजिए!
प्लीज़ डियर तोताराम!

1984

यह तो वो नहीं है

यह तो वो नहीं है!
क्या मैं रोज़ यहीं बैठता था?
क्या नाशपाती का वही पेड़ है यह?
मैं ऐसे भला क्यों मान लूँ!
क्या हम इसी की छाँह में
विगत ग्रीष्म के
मध्याह्न गुजारते थे—
सफ़री पलँग पर लेटकर

क्या हम यहीं बैठते थे
मूँज की रस्सियों वाले मोढ़े पर?
ढाई-सालवाले उस शिशु से
मैंने यहीं तो दोस्ती गाँठी थी?
उसका नाम 'अ' से था न?
फलवाली प्रजाति का यह तरुण तरु
आज मुझे बिल्कुल नया-नया लगता है,
ताम्रवर्णी पत्तियोंवाली टहनियाँ
चाँदी के फूलों से ढक गयी हैं,
लगता ही नहीं कि यह यही पेड़ है!
पिछले साल, जब हमने
इससे विदाई ली थी,
यह हजार-हजार फलों से लद रहा था
रसीले-खटमिट्ठे फलों से!
अभी तो पट्ठा
सफ़ेद फूलों से पटा पड़ा है
लगता ही नहीं कि वही है
लेकिन हाँ,
उस शिशु की प्रसन्न आँखों का साक्ष्य
इस समय
हमारे काव्य-सखा को
अनायास प्राप्त हो गया है
खुशियाँ छलकानेवाली
अपनी प्रसन्न दृष्टियों से
'अ' बतला रहा है—
"बाबा, अब आप
यहीं तो बैठोगे!
यहीं तो लेटोगे!
पापा जब नहीं होंगे
तब मैं ही आपका साथ दूँगा!"

1984

फुहारों वाली बारिश

जाने, किधर से
चुपचाप आकर
हाथी सामने लेट गये हैं,
जाने किधर से
चुपचाप आकर
हाथी सामने बैठ गये हैं!

पहाड़ों जैसे
अति विशाल आयतनों वाले
पाँच-सात हाथी
सामने—बिल्कुल निकट
जम गये हैं
इनका परिमंडल
हमें बार-बार ललचाता रहेगा
छिड़ने-छेड़ने के लिए
सदैव बुलावा देता रहेगा!

लो, ये गिरि-कुंजर
और भी विशाल होने लगे!
लो, ये दूर हट गये
लो, ये और भी पास आ रहे,
लो, इनका लीलाधरी रूप
और भी फैलता जा रहा,
लेकिन, ये गुमसुम क्यों हैं?
अरे, इन्होंने तो
ढक लिया अपने आपको
हल्की-पतली पारदर्शी चादरों से
झीने-झीने, 'लूज'
झीनी-झीनी, लूज बिनावटवाली
वो मटमैली ओढ़नी
बादलों को ढक लेगी अब

अब फुहारोंवाली बारिश होगी
बड़ी-बड़ी बूँदें तो यह
शायद कल बरसेंगे
शायद परसों
शायद हफ़्ता बाद

शायद कोहरे में न भी दीखे

वो गया
वो गया
बिल्कुल ही चला गया
पहाड़ की ओट में

लाल-लाल गोला सूरज का
शायद सुबह-सुबह
दीख जाय पूरब में
शायद कोहरे में न भी दीखे!
फिलहाल वो
डूबता-डूबता दीख गया!
दिनान्त का आरक्त भास्कर
जेठ के उजले पाख की नौवीं साँझ
पसारेगी अपना आँचल अभी-अभी
हिम्मत न होगी तमिस्रा को
धरती पर झाँकने की!
सहमी-सहमी-सी वो प्रतीक्षा करेगी
उधर, उस ओर
खँडहर की ओट में!
जी हाँ, परित्यक्त राजधानी के
खँडहरोंवाले उन उदास झुरमुटों में
तमिस्रा करेगी इन्तजार
दो बजे रात तक

यानी तिथिक्रम के हिसाब से
आधी धुली चाँदनी
तब तक खिली रहेगी
फिर, तमिस्रा का नम्बर आएगा!
यानी, अन्धकार का!

1984

बादल भिगो गये रातोरात

मानसून उतरा है
जहरी खाल की पहाड़ियों पर

बादल भिगो गये रातोरात
सलेटी छतों के
कच्चे-पक्के घरों को
प्रमुदित हैं गिरिजन

सोंधी भाप छोड़ रहे हैं
सीढ़ियों की
ज्यामितिक आकृतियों में
फैले हुए खेत
दूर-दूर
दूर-दूर
दीख रहे इधर-उधर
डाँडे की दोनों ओर
दावानल-दग्ध वनांचल
कहीं-कहीं डाल रहीं व्यवधान
चीड़ों की झुलसी पत्तियाँ
मौसम का पहला वरदान
इन तक भी पहुँचा है

जहरीखाल पर
उतरा है मानसून
भिगो गया है
रातोरात सबको
इनको
उनको
हमको
आपको
मौसम का पहला वरदान
पहुँचा है सभी तक

1984

मन करता है...

मन करता है :
नंगा होकर कुछ घंटों तक सागर-तट पर मैं खड़ा रहूँ
यों भी क्या कपड़ा मिलता है?
धनपतियों की ऐसी लीला!

मन करता है :
नंगा होकर दूँ आग लगा, जो पहन रखा है उसमें भी
फिर बनूँ दिगम्बर बमभोला
नंगा होकर विषपान करूँ सागर-तट पर—
ओ कालकूट तू कहाँ गया?
ओ हालाहल तू कहाँ गया?
अमृत की बात नहीं पूछो,
विष तक का बूँद नहीं मिलता
देवता हुए निर्लज्ज, सभी को छिपा दिया
कहते जाओ, उनसे माँगो
जो क्षीर उदधि में शेषनाग की शैया पर कर रहे शयन
भंडार हमारा खाली है :

भगवान सभी के मालिक हैं;
लाचारी है, कुछ भी हम तुमको दे न सके!

मन करता है :
मैं नंगा होकर चिल्लाऊँ
मैं ज़ोर-ज़ोर से चिल्लाऊँ
यदि मरा न होगा सुन लेगा भगवान विष्णु सागरशायी

मन करता है :
मैं उस अगस्त्य-सा पी डालूँ सारे समुद्र को अंजलि से
उस अतल-वितल में तब मुझको
मुर्दा भगवान दिखाई दे
उस महामृतक को ले आऊँ फिर इस तट पर
अन्त्येष्टि करूँ; लकड़ी तो बेहद महँगी है
इस बालू में ही दफ़ना दूँ
नंगा करके
निर्लज्ज देवता-गण, ले लेना तुम उसका वह भी पीताम्बर
अनमोल रेशमी पीताम्बर!
छिप-छिप उसको पहने सुरेश
छिप-छिप उसको पहने कुबेर
छिप-छिप उसको पहनो फिर तुम सब एक-एक कर बार-बार

मन करता है :
नंगा होकर मैं खड़ा रहूँ सागर-तट पर
कुछ घंटों तक क्या, जीवन-भर
नंगा होकर—
यों भी क्या कपड़ा मिलता है!

वह तो था बीमार!

मरो भूख से, फौरन आ धमकेगा थानेदार
लिखवा लेगा घरवालों से—"वह तो था बीमार"
अगर भूख की बातों से तुम कर न सके इन्कार
फिर तो खाएँगे घरवाले हाकिम की फटकार
ले भागेगी जीप लाश को सात समुन्दर पार
अंग-अंग की चीर-फाड़ होगी फिर बारम्बार
मरी भूख को मारेंगे फिर सर्जन के औजार
जो चाहेगी लिखवा लेगी डॉक्टर से सरकार
जिलाधीश ही कहलाएँगे करुणा के अवतार
अन्दर से धिक्कार उठेगी, बाहर से हुँकार
मन्त्री लेकिन सुना करेंगे अपनी जय-जयकार
सौ का खाना खाएँगे, पर लेंगे नहीं डकार
मरो भूख से, फौरन आ धमकेगा थानेदार
लिखवा लेगा घरवालों से—"वह तो था बीमार"

1954

प्रेत का बयान

"ओ रे प्रेत"—
कड़ककर बोले नरक के मालिक यमराज
"सच सच बतला
कैसे मरा तू?
भूख से, अकाल से?
बुखार, कालाजार से?
पेचिश, बदहजमी, प्लेग, महामारी से?
कैसे मरा तू, सच-सच बतला!"

खड़ खड़ खड़ खड़ हड़ हड़ हड़ हड़
काँपा कुछ हाड़ों का मानवीय ढाँचा

नचाकर लम्बी चमचों-सा पंचगुरा हाथ
रूखी-पतली किट-किट आवाज में
प्रेत ने जवाब दिया :
"महाराज!
सच-सच कहूँगा
झूठ नहीं बोलूँगा
अब हम गुलाम नहीं
नागरिक हैं हम स्वाधीन भारत के
पूर्णिया जिला है सूबा बिहार के सिवान पर
थाना धमदाहा
बस्ती रुपउली
जात का कायथ
उमर कुछ अधिक पचपन साल की
पेशा से प्राइमरी स्कूल का मास्टर था
तनखा थी तीस रुपैया, सो भी नहीं मिली
मुश्किल से काटे हैं
एक नहीं, दो नहीं, नौ-नौ महीने
घरनी थी, माँ थी, बच्चे थे चार
आ चुके हैं वे दयासागर, करुणा के अवतार!
आप ही की छाया में
मैं ही था बाकी
क्योंकि करमों की पत्तियाँ अभी कुछ शेष थीं
हमारे अपने पुश्तैनी पोखर में
मनोबल शेष था सूखे शरीर में..."

"अरे वाह..."
भभाकर हँस पड़ा नरक का राजा
दमक उठीं झालरें कम्पमान सिर के मुकुट की
फर्श पर ठोककर सुनहला लौहदंड
अविश्वास की हँसी हँसा दंडपाणि महाकाल
"बड़े अच्छे मास्टर हो!
आए हो मुझको भी पढ़ाने!!
मैं भी बच्चा हूँ...

वाह, भाई वाह!
तो तुम भूख से नहीं मरे?''

हद से ज्यादा डालकर जोर
होकर कठोर
प्रेत फिर बोला—
''अचरज की बात है
यकीन नहीं करते आप क्यों मेरा
कीजिए, न कीजिए आप चाहे विश्वास
साक्षी हैं धरती, साक्षी हैं आकाश
और और और और और भले
नाना प्रकार की व्याधियाँ हों भारत में
किन्तु—''
उठाकर दोनों बाँह
किट-किट करने लगा जोरों से प्रेत
''—किन्तु
भूख या क्षुधा नाम हो जिसका
ऐसी किसी व्याधि का पता नहीं हमको
सावधान महाराज,
नाम नहीं लीजिएगा
हमारे समक्ष फिर कभी भूख!!''

निकल गया भाप आवेश का
तदन्तर शान्त-स्तिमित स्वर में प्रेत बोला—
''जहाँ तक मेरा अपना सम्बन्ध है
सुनिए महाराज,
तनिक भी पीर नहीं
दुख नहीं, दुविधा नहीं
सरलतापूर्वक निकले थे प्राण
सह न सकी आँत जब पेचिश का हमला...''

सुनकर दहाड़ स्वाधीन भारतीय प्राइमरी स्कूल के
भुखमरे स्वाभिमानी सुशिक्षक प्रेत की

रह गये निरुत्तर
महामहिम नरकेश्वर।

1950

नया तरीक़ा

दो हज़ार मन गेहूँ आया दस गाँवों के नाम
राधे चक्कर लगा काटने, सुबह से हो गयी शाम
सौदा पटा बड़ी मुश्किल से, पिघले नेताराम
पूजा पाकर साध गये चुप्पी हाकिम-हुक्काम
भारत-सेवक जी को था अपनी सेवा से काम
खुला चोर बाज़ार, बढ़ा चोकर चूनी का दाम
भीतर झुरा गयी ठठरी, बाहर झुलसी चाम
भूखी जनता की खातिर आज़ादी हुई हराम

नया तरीक़ा अपनाया है राधे ने इस साल
बैलों वाले पोस्टर साटे, चमक उठी दीवाल
नीचे से लेकर ऊपर तक समझ गया सब हाल
सरकारी गल्ला चुपके से भेज रहा नेपाल
अन्दर टँटे पड़े हैं गाँधी-तिलक-जवाहरलाल
चिकना तन, चिकना पहनावा, चिकने-चिकने गाल
चिकनी क़िस्मत, चिकना पेशा, मार रहा है माल
नया तरीक़ा अपनाया है राधे ने इस साल

1953

बाक़ी बच गया अंडा

पाँच पूत भारतमाता के, दुश्मन था खूँखार
गोली खाकर एक मर गया, बाकी रह गये चार

चार पूत भारतमाता के, चारों चतुर-प्रवीन
देश-निकाला मिला एक को, बाक़ी रह गये तीन
तीन पूत भारतमाता के, लड़ने लग गये वो
अलग हो गया उधर एक, अब बाक़ी बच गये दो
दो बेटे भारतमाता के, छोड़ पुरानी टेक
चिपक गया है एक गद्दी से, बाक़ी बच गया एक
एक पूत भारतमाता का, कन्धे पर है झंडा
पुलिस पकड़ के जेल ले गयी, बाक़ी बच गया अंडा

1950

अकाल और उसके बाद

कई दिनों तक चूल्हा रोया, चक्की रही उदास
कई दिनों तक कानी कुतिया सोई उनके पास
कई दिनों तक लगी भीत पर छिपकलियों की गश्त
कई दिनों तक चूहों की भी हालत रही शिकस्त

दाने आए घर के अन्दर कई दिनों के बाद
धुआँ उठा आँगन से ऊपर कई दिनों के बाद
चमक उठीं घर भर की आँखें कई दिनों के बाद
कौए ने खुजलाईं पाँखें कई दिनों के बाद

1952

नाहक ही डर गयीं, हुजूर!

भुक्कड़ के हाथों में यह बन्दूक कहाँ से आई—
एस.डी.ओ. की गुड़िया बीवी सपने में घिघियाई
बच्चे जागे, नौकर जागा, आया आई पास
साहेब थे बाहर, घर में बीमार पड़ी थी सास

नौकर ने समझाया—नाहक ही डर गयीं, हुजूर!
वह अकाल वाला थाना पड़ता है काफ़ी दूर!

1966

मास्टर!

घुन-खाए शहतीरों पर की बाराखड़ी विधाता बाँचे
कटी भीत है, छत चूती है, आले पर बिसतुइया नाचे
बरसाकर बेबस बच्चों पर मिनट-मिनट में पाँच तमाचे
दुखरन मास्टर गढ़ते हैं किसी तरह आदम के साँचे

अरे, अभी उस रोज वहाँ पर सरे आम जक्शन-बाजार में
शिक्षा-मन्त्री स्वयं पधारे चम-चम करती सजी कार में
ताने थे बन्दूक सिपाही, खड़ी रहीं जीपें कतार में
चटा गये धीरज का इमरित, सुना गये बातें उधार में
चार कोस से दौड़े आए जब मन्त्री की सुनी अवाई
लड़कों ने बेले बरसाए, मास्टर ने माला पहनाई
संगीनों की घनी छाँव में हिली माल, मूरत मुसकाई
तम्बू में घुस गये मिनिस्टर, मास्टर पर कुछ दया न आई

"अन्दर जाकर तम्बू में ही चलो चलें दुख दर्द सुनाएँ
नहीं अकेला मैं ही जाऊँ, कहीं भीड़ में वह घबराएँ
बचपन के परिचित ठहरे, हम क्यों न चार बात कर आएँ
मौका पाकर विद्यालय की बुरी दशा पर ध्यान दिलाएँ"
सुनकर बात गुरुजी की फिर "हाँ, हाँ" बोले लड़के सारे
"हम जब तक सुसता भी लेंगे आगे बढ़कर कुआँ किनारे"
हाथ हिलाकर मास्टर बोला, "जाओ बच्चों, जाओ प्यारे
चने चबाकर पानी पीना, सूख रहे हैं हलक तुम्हारे"

खिचड़ी बाल, साँवली सूरत दुखरन प्राइमरी के मास्टर
लपके-लपके बढ़े आ रहे मैदानी हाते के भीतर

जहाँ तम्बुओं की कतार थी जिसमें पैठे रहे मिनिस्टर
चारों ओर मिलिटरी, जिसके लोहे का टोपा था सिर पर
पके बाँस का पक्का घेरा, हरे बाँस की कच्ची फाटक
पतला बाँस बीस गज ऊँचा गड़ा हुआ था पूरी धड़ तक
फर-फर-फर फहरानेवाला तिनरंगा था जिसका मस्तक
दुखरन मास्टर लगे देखने कांगरेस की शान एकटक

फाटक पर पहुँचे तो देखा, डटे हुए थे दो नेपाली
हाथों में संगीन सँभाले, लटक रही थी निजी भुजाली
''कहाँ जाएगा?'' वे गुर्राए, आँखों में उतराई लाली
दुखरन का दिल दुखी हुआ, सुन सूखा तू-तू सूखी गाली
मास्टर बोले, ''यों मत कहना, पढ़ा-लिखा हूँ, मै हूँ शिक्षक
तुम भी हो जनता के सेवक, मैं भी हूँ जनता का सेवक''
फिर तो वे धकियाकर बोले, ''भागभाग, जा मतकर बकबक
हम फौजी हैं, नहीं समझते क्या होता है सिच्चक-सेवक''

कुछ दिन बीते मास्टर ने यह कड़ा विरोध-पत्र लिख डाला
''ताम-झाम थे प्रजातन्त्र के, लटका था सामन्ती ताला
मन्त्री जी, इतनी जल्दी क्या आजादी का पिटा दिवाला
अजी आपको उस दिन मैंने नाहक ही पहनाई माला''
और लिखा ''उस रोज आपसे भीख माँगने नहीं गया था
आप नये थे, नया ठाठ था, लेकिन मैं तो नहीं नया था
भूल गये क्या अजी आपका छोटा भाई फेल हुआ था
और आपने मुझे जेल से मर्मस्पर्शी पत्र लिखा था

''प्रभुता पाइ काहि मद नाहीं' तुलसी बाबा भले कह गये
जिसमें वाजिद अली बह गया उसी बाढ़ में आप बह गये
आप बने शिक्षा-मन्त्री तो देहातों के स्कूल ढह गये
हम तो करते रहे पढ़उनी, जेल न जाके यहीं रह गये
और आपका तो कहना क्या, मुँह से बहै आरत की धारा
आदर्शों की छौंक मारकर अजी आपने हमें सुधारा
उपदेशों की धुआँधार में अकुलाता शिक्षक बेचारा
अजी आपको लगता होगा सुखमय यह भूमंडल सारा''

लिखा अन्त में "ध्यान दीजिए, बहुत दिनों से मिला न वेतन
किससे कहूँ, दिखाई पड़ते कहीं नहीं अब वे नेता-गण
पिछली दफे किया था हमने पटने में जा-जा के अनसन
स्वयं अर्थ-मन्त्री जी निकले, वह दे गये हमें आश्वासन
और क्या लिखूँ, इन देहाती स्कूलों पर भी दया कीजिए
दीन-हीन छात्रों-गुरुओं की कुछ भी तो सुध आप लीजिए
हटे मिटे यह निपट जहालत, प्रभु ग्रामीणों पर पसीजिए
कई फंड हैं उनमें से अब हमको वाजिब एड दीजिए"

1953

हरिजन-गाथा

एक

ऐसा तो कभी नहीं हुआ था!
महसूस करने लगीं वे
एक अनोखी बेचैनी
एक अपूर्व आकुलता
उनकी गर्भकुक्षियों के अन्दर
बार-बार उठने लगी टीसें
लगाने लगे दौड़ उनके भ्रूण
अन्दर ही अन्दर
ऐसा तो कभी नहीं हुआ था

ऐसा तो कभी नहीं हुआ था कि
हरिजन-माताएँ अपने भ्रूणों के जनकों को
खो चुकी हों एक पैशाचिक दुष्कांड में
ऐसा तो कभी नहीं हुआ था

ऐसा तो कभी नहीं हुआ था कि
एक नहीं, दो नहीं, तीन नहीं—

तेरह के तेरह अभागे—
अकिंचन मनुपुत्र
जिन्दा झोंक दिए गये हों
प्रचंड अग्नि की विकराल लपटों में
साधन-सम्पन्न ऊँची जातियों वाले
सौ-सौ मनुपुत्रों द्वारा!
ऐसा तो कभी नहीं हुआ था...

ऐसा तो कभी नहीं हुआ था कि
महज दस मील दूर पड़ता हो थाना
और दारोगा जी तक बार-बार
खबरें पहुँचा दी गयी हों सम्भावित दुर्घटनाओं की
और, निरन्तर कई दिनों तक
चलती रही हों तैयारियाँ सरेआम
(किरासिन के कनस्तर, मोटे-मोटे लक्कड़,
उपलों के ढेर, सूखी घास-फूस के पूले
जुटाए गये हों उल्लासपूर्वक)
और एक विराट चिताकुंड के लिए
खोदा गया हो गड्ढा हँस-हँसकर
और ऊँची जातियोंवाली वो समूची आबादी
आ गयी हो होली वाले 'सुपर मौज' के मूड में
और, इस तरह जिन्दा झोंक दिए गये हों
तेरह के तेरह अभागे मनुपुत्र
सौ-सौ भाग्यवान मनुपुत्रों द्वारा
ऐसा तो कभी नहीं हुआ था
ऐसा तो कभी नहीं हुआ था

दो

चकित हुए दोनों वयस्क बुजुर्ग
ऐसा नवजातक
न तो देखा था, न सुना ही था आज तक!
पैदा हुआ है दस रोज पहले अपनी बिरादरी में

क्या करेगा भला आगे चलकर?
रामजी के आसरे जी गया अगर
कौन-सी माटी गोड़ेगा?
कौन-सा ढेला फोड़ेगा?
मग्गह का यह बदनाम इलाका
जाने कैसा सलूक करेगा इस बालक से
पैदा हुआ है बेचारा—
भूमिहीन बँधुआ मजदूरों के घर में
जीवन गुजारेगा हैवान की तरह
भटकेगा जहाँ-तहाँ बनमानुस-जैसा
अधपेटा रहेगा अधनंगा डोलेगा
तोतला होगा कि साफ-साफ बोलेगा
जाने क्या करेगा
बहादुर होगा कि बेमौत मरेगा
फिक्र की तलैया में खाने लगे गोते
वयस्क बुजुर्ग दोनों, एक ही बिरादरी के हरिजन
सोचने लगे बार-बार
कैसे तो अनोखे हैं अभागे के हाथ-पैर
राम जी ही करेंगे इसकी खैर
हम कैसे जानेंगे, हम ठहरे हैवान
देखो तो कैसा मुलुर-मुलुर देख रहा शैतान!
सोचते रहे दोनों बार-बार
हाल ही में घटित हुआ था वो विराट दुष्टकांड
झोंक दिए गये थे तेरह निरपराध हरिजन
सुसज्जित चिता में

यह पैशाचिक नरमेध
पैदा कर गया है दहशत जन-जन के मन में
इन बूढ़ों की तो नींद ही उड़ गयी है तब से!
बाकी नहीं बचे हैं पलकों के निशान
दिखते हैं दृगों के कोर ही कोर
देती है जब-तब पहरा पपोटों पर

सील-मुहर सूखी कीचड़ की

उनमें से एक बोला दूसरे से
बच्चे की हथेलियों के निशान
दिखलाएँगे गुरु जी से
वो जरूर कुछ न कुछ बतलाएँगे
इसकी किस्मत के बारे में
देखो तो ससुरे के कान हैं कैसे लम्बे
आँखें हैं छोटी पर कितनी तेज हैं
कैस तेज रोशनी फूट रही है इनसे!
सिर हिलाकर और स्वर खींचकर
बुद्धू ने कहा—

हाँ जी खदेरन, गुरु जी ही देखेंगे इसको
बताएँगे वही इस कलुए की किस्मत के बारे में
चलो, चलें, बुला लावें गुरु महाराज को

पास खड़ी थी दस साला छोकरी
दद्दू के हाथों से से ले लिया शिशु को
सँभलकर चली गयी झोंपड़ी के अन्दर

अगले नहीं, उससे अगले रोज
पधार थे गुरु महाराज
रैदासी कुटिया के अधेड़ सन्त गरीबदास
बकरीवाली गंगा-जमनी दाढ़ी थी
लटक रहा था गले से
अँगूठानुमा जरा-सा टुकड़ा तुलसी काठ का
कद था नाटा, सूरत थी साँवली
कपार पर, बाईं तरफ घोड़े के खुर का
निशान था
चेहरा था गोल-मटोल, आँखें थीं घुच्ची
बदन कठमस्त था
ऐसे आप अधेड़ सन्त गरीबदास पधारे

चमर टोली में

'अरे भगाओ इस बालक को
होगा यह भारी उत्पाती
जुलुम मिटाएँगे धरती से
इसके साथी और संघाती

'यह उन सबका लीडर होगा
नाम छपेगा अखबारों में
बड़े-बड़े मिलने आएँगे
लद-लदकर मोटर-कारों में

'खान खोदने वाले सौ-सौ
मजदूरों के बीच पलेगा
युग की आँचों में फौलादी
साँचे-सा यह वहीं ढलेगा

'इसे भेज दो झरिया-फरिया
माँ भी शिशु के साथ रहेगी
बतला देना, अपना असली
नाम-पता कुछ भी न कहेगी

'आज भगाओ, अभी भगाओ
तुम लोगों को मोह न घेरे
होशियार इस शिशु के पीछे
लगा रहे हैं गीदड़ फेरे

'बड़े-बड़े इन भूमिधरों को
यदि इसका कुछ पता चल गया
दीन-हीन छोटे लोगों को
समझो फिर दुर्भाग्य छल गया

'जनबल धनबल सभी जुटेगा

हथियारों की कमी न होगी
लेकिन अपने लेखे इसको
हर्ष न होगा, गमी न होगी

'सब के दुख में दुखी रहेगा
सब के सुख में सुख मानेगा
समझ-बूझकर ही समता का
असली मुद्दा पहचानेगा

'अरे देखना इसके डर से
थर-थर काँपेंगे हत्यारे
चोर-उचक्के-गुंडे-डाकू
सभी फिरेंगे मारे-मारे

'इसकी अपनी पार्टी होगी
इसका अपना ही दल होगा
अजी देखना, इसके लेखे
जंगल में ही मंगल होगा

'श्याम सलोना यह अछूत शिशु
हम सब का उद्धार करेगा
अजी! यही सम्पूर्ण क्रान्ति का
बेड़ा सचमुच पार करेगा

'हिंसा और अहिंसा दोनों
बहनें इसको प्यार करेंगी
इसके आगे आपस में वे
कभी नहीं तकरार करेंगी...'

इतना कहकर उस बाबा ने
दस-दस के छः नोट निकाले
बस, फिर, उसके होंठों पर थे

अपनी उँगलियों के ताले

फिर तो उस बाबा की आँखें
बार-बार गीली हो आईं
साफ सिलेटी हृदय—गगन में
जाने कैसी सुधियाँ छाईं

नव शिशु का सिर सूँघ रहा था
विह्वल होकर बार-बार वो
साँस खींचता था रह-रहकर
गुमसुम-सा था लगातार वो

पाँच महीने होने आए
हत्याकांड मचा था कैसा!
प्रबल वर्ग ने निम्न वर्ग पर
पहले नहीं किया था ऐसा!

देख रहा था नवजातक के
दाएँ कर की नरम हथेली
सोच रहा था—इस गरीब ने
सूक्ष्म-रूप में विपदा झेली

आड़ी-तिरछी रेखाओं में
हथियारों के ही निशान हैं
खुखरी हैं, बम है, असि भी है
गंडासा-भाला प्रधान हैं

दिल ने कहा—दलित माँओं के
सब बच्चे अब बागी होंगे
अग्निपुत्र होंगे वे, अन्तिम
विप्लव में सहभागी होंगे।

दिल ने कहा—अरे यह बच्चा

सचमुच अवतारी वराह है
इसकी भावी लीलाओं की
सारी धरती चरागाह है

दिल ने कहा—अरे हम तो बस
पिटते आए, रोते आए!
बकरी के खुर जितना पानी
उसमें सौ-सौ गोते खाए!

दिल ने कहा—अरे यह बालक
निम्न वर्ग का नायक होगा

नयी ऋचाओ का निर्माता
नये वेद का गायक होगा

होंगे इसके सौ सहयोद्धा
लाख-लाख जन अनुचर होंगे
होगा कर्म—वचन का पक्का
फोटो इसके घर-घर होंगे।

दिल न कहा—अरे इस शिशु को
दुनिया भर में कीर्ति मिलेगी
इस कलुए की तदबीरों से
शोषण की बुनियाद हिलेगी

दिल ने कहा—अभी जो भी शिशु
इस बस्ती में पैदा होंगे
सब के सब सूरमा बनेंगे
सब के सब ही शैदा होंगे

दस दिनवाले श्याम-सलोने
शिशु मुख की यह छटा निराली
दिल ने कहा—भला क्या देखें

नजरें गीली पलकोंवाली

थाम लिये विह्वल बाबा ने
अभिनव लघु मानव के मृदु पग
पाकर इनके परस जादुई
भूमि अकंटक होगी लगभग

बिजली की फुर्ती से बाबा
उठा वहाँ से, बाहर आया
वह था मानो पीछे-पीछे
आगे थी भास्वर शिशु-छाया

लौटा नहीं कुटी में बाबा
नदी किनारे निकल गया था
लेकिन इन दोनों को तो अब
लगता सब कुछ नया-नया था

तीन

'सुनते हो' बोला खदेरन
'बुद्धू भाई देर नहीं करनी है इसमें
चलो, कहीं, बच्चे को रख आवें...
बतला गये हैं, अभी-अभी गुरु महाराज,
बच्चे को माँ-सहित हटा देना है कहीं
फौरन बुद्धू भाई!'
बुद्धू ने अपना माथा हिलाया
खदेरन की बात पर
एक नहीं, तीन बार!
बोला मगर एक शब्द नहीं
व्याप रही थी गम्भीरता चेहरे पर
था भी तो वही उम्र में बड़ा
(सत्तर से कम का तो भला क्या रहा होगा!)
'तो चलो! उठो फौरन उठो!
शाम की गाड़ी से निकल चलेंगे

मालूम नहीं होगा किसी को
लौटने में तीन-चार रोज तो लग ही जाएँगे

'बुद्धू भाई तुम तो अपने घर जाओ
खाओ, पियो, आराम कर लो
रात में गाड़ी के अन्दर जागना ही तो पड़ेगा
रास्ते के लिए थोड़ा चना-चबेना जुटा लेना
मैं इत्ते में करता हूँ तैयार
समझा-बुझाकर
सुखिया और उसकी सास को'
बुद्धू ने पूछा, धरती टेककर
उठते-उठते—
'झरिया, गिरिडीह, बोकारो
कहाँ रखोगे छोकरे को?
वहीं न? जहाँ, अपनी बिरादरी के
कुली-मजूर होंगे सौ-पचास?
चार-छै महीने बाद ही
कोई काम पकड़ लेगी सुखिया भी'
और, फिर अपने आप से
धीमी आवाज में कहने लगा बुद्धू—
छोकरे की बदनसीबी तो देखो
माँ के पेट में था तभी इसका बाप भी
झोंक दिया गया उसी आग में
बेचारी सुखिया जैसे-तैसे पाल ही लेगी इसको
मैं तो इसे साल-साल देख आया करूँगा
जब तक है चलने-फिरने की ताकत चोले में
तो क्या आगे भी इस कलुए के लिए
भेजते रहेंगे खर्ची गुरु महाराज?

बढ़ आया बुद्धू अपने छप्पर की तरफ
नाचते रहे लेकिन माथे के अन्दर
गुरु महाराज के मुँह से निकले हुए
हथियारों के नाम और आकार-प्रकार

खुखरी, भाला, गँडासा, बम, तलवार
तलवार, बम, गँडासा, भाला, खुखरी

1977

चाचा भरे चाबी

अ-इ-उ क-च-त-प...
सात की जमात है!
बात ही बात है!
सारी सृष्टि मात है!
समझा कुछ आपने?
पूत गले रूद्राक्ष, माँजी की लौकी—
मुगदर बदले जीवन भर बाप ने?
सावन में पैदा हुए,
भादों में आई बाढ़, फूली कास क्वार में!
करने लगे गुटर-गूँ प्रतिभा के
पंडुक कतकी बयार में!
धूल-धूल-धुआँ धुन्ध...
बचें बेचारे बचऊ की आँखें
चाचा भरे चाबी,
लकवा न खा जाएँ भतीजे की पाँखें...।

1956

आओ रानी, हम ढोएँगे पालकी

आओ रानी, हम ढोएँगे पालकी,
यही हुई है राय जवाहरलाल की
रफ़ू करेंगे फटे-पुराने जाल की
यह हुई है राय जवाहरलाल की

आओ रानी, हम ढोएँगे पालकी!

आओ, शाही बैंड बजाएँ,
आओ बन्दनवार सजाएँ,
खुशियों में डूबें-उतराएँ,
आओ तुमको सैर कराएँ
उटकमंड की, शिमला-नैनीताल की
आओ रानी, हम ढोएँगे पालकी!

...तुम मुस्कान लुटाती आओ,
तुम वरदान लुटाती आओ,
आओ जी चाँदी के पथ पर,
आओ जी कंचन के रथ पर,
नजर बिछी हैं, एक-एक दिक्पल की
छटा दिखाओ गति की लय की ताल की
आओ रानी, हम ढोएँगे पालकी!

सैनिक तुम्हें सलामी देंगे
लोग-बाग बलि-बलि जाएँगे
दृग-दृग में खुशियाँ छलकेंगी
ओसों में दूबें झलकेंगी
प्रणति मिलेंगी नये राष्ट्र के भाल की
आओ रानी

बेबस-बेसुध, सूखे-रुखड़े,
हम ठहरे तिनकों के टुकड़े
टहनी हो तुम भारी-भरकम डाल की
खोज-खबर तो लो अपने भक्तों के खास महाल की!
लो कपूर की लपट
आरती लो सोने के थाल की
आओ रानी, हम ढोएँगे पालकी!

भूखी भारतमाता के सूखे हाथों को चूम लो

प्रेसिडेंट की लंच-डिनर में स्वाद बदल लो, झूम लो
पद्म-भूषणों, भारत-रत्नों से उनके उद्‌गार लो
पार्लमेंट के प्रतिनिधियों से आदर लो सत्कार लो
मिनिस्टरों से शेकहैंड लो, जनता से जयकार लो
दाएँ-बाएँ खड़े हजारी आफिसरों से प्यार लो
धन-कुबेर उत्सुक दीखेंगे उकने जरा दुलार लो
होठों को कम्पित कर लो, रह-रह के कनखी मार लो
बिजली की यह दीपपालिका फिर-फिर इसे निहार लो
यह तो नयी-नयी दिल्ली है, दिल में इसे उतार लो
एक बात कह दूँ मलका, थोड़ी-सी लाज उधार लो
बापू को मत छेड़ो, अपने पुरखों से उपहार लो
ज़य ब्रिटेन की जय हो इस कलिकाल की!
आओ रानी, हम ढोएँगे पालकी!
रफ़ू करेंगे फटे-पुराने जाल की!
यही हुई है राय जवाहरलाल की!
आओ रानी, हम ढोएँगे पालकी!

1961

भूले स्वाद बेर के

सीता हुई भूमिगत, सखी बनी सूपनखा
वचन बिसर गये देर के सबेर के
बन गया साहूकार लंकापति विभीषण
पा गये अभयदान शावक कुबेर के
जी उठा दसकन्धर, स्तब्ध हुए मुनिगण
हावी हुआ स्वर्णमृग कन्धों पर शेर के
बुढ़भस की लीला है, काम के रहे न राम
शबरी न याद रही, भूले स्वाद बेर के

1961

आए दिन बहार के

'स्वेत-स्याम-रतनार' अँखियाँ निहार के
सिंडीकेटी प्रभुओं की पग-धूर झार के
लौटे हैं दिल्ली से कल टिकट मार के
खिले हैं दाँत ज्यों दाने अनार के
आए दिन बहार के!

बन गया निजी काम—
दिलाएँगे और अन्न दान के, उधार के
टल गये संकट यू.पी. बिहार के
लौटे टिकट मार के
आए दिन बहार के!
सपने दिखे कार के
गगन-बिहार के
सीखेंगे नखरे, समुन्दर-पार के
लौटे टिकट मार के
आए दिन बहार के!

1966

शासन की बन्दूक

खड़ी हो गयी चाँपकर, कंकालों की हूक
नभ में विपुल विराट-सी, शासन की बन्दूक
उस हिटलरी गुमान पर, सभी रहे हैं थूक
जिसमें कानी हो गयी, शासन की बन्दूक
बढ़ी बधिरता दसगुनी, बने विनोबा मूक
धन्य-धन्य वह, धन्य वह, शासन की बन्दूक
सत्य स्वयं घायल हुआ, गयी अहिंसा चूक
जहाँ-तहाँ दगने लगी, शासन की बन्दूक

जली ठूँठ पर बैठकर, गयी कोकिला कूक
बाल न बाँका कर सकी, शासन की बन्दूक

1967

कर दो वमन!

प्रभु, कर दो वमन!
होगा हमारी क्षुधा का शमन!!
स्वीकृति हो करुणामय,
अजीर्ण अन्न-भोजी
अपंगों का नमन!
आते रहें यों ही यमन की जम्हाईयों के झोंके
होने न पाए हरा यह चमन
प्रभु, तुम कर दो वमन!

मार दे भीतर का भाप
उमगती दूबों का आवागमन
बुझ जाय तुम्हारी आँतों की गैस से
हिन्द की धरती का मन
प्रभु, तुम कर दो वमन!
होगा हमारी क्षुधा का शमन!!

1966

तीन दिन, तीन रात

बस-सर्विस बन्द थी
तीन दिन, तीन रात
लगता था,जन-जन की
हृदय-गति मन्द थी

तीन दिन, तीन रात
प्राचार्य, जिलाधीश, एस.पी.
रहे सब परेशान
तीन दिन, तीन रात
बस-सर्विस बन्द थी
तीन दिन, तीन रात

गुम रही गतिहीन सड़कें
तीन दिन, तीन रात
पंक्तिबद्ध वृक्षों के
दिन भला क्यों नहीं धड़के
तीन दिन, तीन रात
बस-सर्विस बन्द थी

दस गुनी कमाई पर
तांगा व रिक्शावाले
मस्त थे, मगन थे
तीन दिन, तीन रात
डूबे थे ताड़ी और दारू में
माटी के हजारों चुक्कड़
धुत थे, मग्न थे
तीन दिन, तीन रात
बस-सर्विस बन्द थी
तीन दिन, तीन रात

ठप थीं अदालतें
सस्ते थे वकील व मुख्तार
तीन दिन, तीन रात
वीरान थे होटल

धीमी थी धुएँ की रफ़्तार
तीन दिन, तीन रात
सरकारी जीप-ट्रक

पीती रहीं पेट्रोल
तीन दिन, तीन रात
बसवाले पीते रहे
मालिकों की खीझ का
मट्ठा और घोल
तीन दिन, तीन रात

बस के अड्डों पर
फौज रही तैनात
तीन दिन, तीन रात
उड़ती रहीं अफवाहें
कटती रहीं हर बात
तीन दिन, तीन रात
विकल थी हकूमत
चिन्तित थे अधिकारी
तीन दिन, तीन रात
पूर्णिया टाउन में
कर्फ्यू था जारी
तीन दिन, तीन रात
तरुणों में गर्मी थी
लोग परेशान थे
तीन दिन, तीन रात
बस की लाश का
चिता-भस्म देख-देख
हम भी हैरान थे
तीन दिन, तीन रात

बस-सर्विस बन्द थी
तीन दिन, तीन रात
तीन दिन, तीन रात
तीन दिन, तीन रात!

1968

तीनो बन्दर बापू के

बापू के भी ताऊ निकले तीनों बन्दर बापू के!
सरल सूत्र उलझाऊ निकले तीनों बन्दर बापू के!
सचमुच जीवनदानी निकले तीनों बन्दर बापू के!
ज्ञानी निकले ध्यानी निकले तीनों बंदर बापू के!
जल-थल-गगन-बिहारी निकले तीनों बंदर बापू के!
लीला के गिरधारी निकले तीनों बन्दर बापू के!

सर्वोदय के नटवरलाल
फैला दुनिया भर में जाल
अभी जिएँगे ये सौ साल
ढाई घर घोड़े की चाल
मत पूछो तुम इनका हाल
सर्वोदय के नटवरलाल

लम्बी उमर मिली है, खुश हैं तीनों बन्दर बापू के
दिल की कली खिली है, खुश हैं तीनों बन्दर बापू के
बूढ़े हैं फिर भी जवान हैं तीनों बन्दर बापू के
परम चतुर हैं, अति सुजान हैं तीनों बन्दर बापू के
सौवीं बरसी मना रहे हैं तीनों बन्दर बापू के
बापू को भी बना रहे हैं तीनो बन्दर बापू के

बच्चे होंगे मालामाल
खूब गलेगी उनकी दाल
औरों की टपकेगी राल
इनकी मगर तनेगी पाल
मत पूछो तुम इनका हाल
सर्वोदय के नटवरलाल

सेठों का हित साध रहे हैं तीनों बन्दर बापू के
युग पर प्रवचन लाद रहे हैं तीनों बन्दर बापू के
सत्य अहिंसा फाँक रहे हैं तीनों बन्दर बापू के

पूँछों से छवि आँक रहे हैं तीनों बन्दर बापू के
दल के ऊपर दल के नीचे तीनों बन्दर बापू के
मुस्काते हैं आँखें भींचे तीनों बन्दर बापू के

छील रहे गीता की खाल
उपनिषदें हैं इनकी ढाल
उधर सजे मोती के थाल
इधर जमे सतजुगी दलाल
मत पूछो तुम इनका हाल
सर्वोदय के नटवरलाल

मूँड़ रहे दुनिया-जहान को तीनों बन्दर बापू के
चिढ़ा रहे हैं आसमान को तीनों बन्दर बापू के
करें रात-दिन टूर हवाई तीनों बन्दर बापू के
बदल-बदलकर चखें मलाई तीनों बन्दर बापू के
गाँधी-छाप झूल डाले हैं तीनों बन्दर बापू के
असली हैं, सर्कस वाले हैं तीनों बन्दर बापू के

दिल चटकीला, उजले बाल
नाप चुके हैं गगन विशाल
फूल गये हैं कैसे गाल
मत पूछो तुम इनका हाल
सर्वोदय के नटवरलाल

हमें अँगूठा दिखा रहे हैं तीनों बन्दर बापू के
कैसी हिकमत सिखा रहे हैं तीनों बन्दर बापू के
प्रेम-पगे हैं, शहद-सने हैं तीनों बन्दर बापू के
गुरुओं के भी गुरु बने हैं तीनों बन्दर बापू के
सौवीं बरसी मना रहे हैं तीनों बन्दर बापू के
बापू को भी बना रहे हैं तीनों बन्दर बापू के!

1969

मन्त्र कविता

ओं शब्द ही ब्रह्म है
ओं शब्द और शब्द और शब्द और शब्द
ओं प्रणव,ओं नाद, ओं मुद्राएँ
ओं वक्तव्य, ओं उद्‌गार, ओं घोषणाएँ
ओं भाषण
ओं प्रवचन
ओं हुंकार, ओं फटकार, ओं शीत्कार
ओं फुसफुस, ओं फुत्कार,ओं चीत्कार
ओं आस्फालन,ओं इंगित, ओं इशारे
ओं नारे और नारे और नारे और नारे

ओं सब कुछ, सब कुछ, सब कुछ
ओं कुछ नहीं, कुछ नहीं, कुछ नहीं
ओं पत्थर की दूब, खरगोश के सींग
ओं नमक-तेल-हल्दी-जीरा-हींग
ओं मूस की लेंड़ी, कनेर के पात
ओं डायन की चीख, औघड़ की अटपटी बात
ओं कोयला-इस्पात-पेट्रोल
ओं हमीं हम ठोस,बाकी सब फूटे ढोल

ओं इदमन्नं, इदं आपः इदमाज्यं, इदं हविः
ओं यजमान, ओं पुरोहित, ओं राजा, ओं कविः
ओं क्रान्तिः क्रान्तिः क्रान्तिः सर्वग्वं क्रान्तिः
ओं शान्तिः शान्तिः शान्तिः सर्वग्वं शान्तिः
ओं भ्रान्तिः भ्रान्तिः भ्रान्तिः सर्वग्वं भ्रान्तिः
ओं बचाओ बचाओ बचाओ बचाओ
ओं हटाओ हटाओ हटाओ हटाओ
ओं घेराओ घेराओ घेराओ घेराओ
ओं निभाओ निभाओ निभाओ निभाओ

ओं दलों में एक दल अपना दल, ओं
ओं अंगीकरण, शुद्धीकरण, राष्ट्रीकरण
ओं मुष्टीक्ररण, तुष्टिकरण, पुष्टिकरण,

ओं एतराज, आक्षेप, अनुशासन
ओं गद्दी पर आजन्म वज्रासन
ओं ट्रिब्युनल, ओं आश्वासन
ओं गुटनिरपेक्ष, सत्तासापेक्ष जोड़-तोड़
ओं छल-छन्द, ओं मिथ्या, ओं होड़महोड़
ओं बकवास, ओं उद्घाटन
ओं मारण-मोहन-उच्चाटन

ओं काली काली काली महाकाली महाकाली
ओं मार, मार, मार, वार न जाए खाली
ओं अपनी खुशहाली
ओं दुश्मनों की पामाली
ओं मार, मार, मार, मार, मार, मार, मार,
ओं अपोजिशन के मुंड बनें तेरे गले का हार
ओं ऐं ह्रीं क्लीं हूँ आङ्
ओं हम चबाएँगे तिलक और गाँधी की टाँग
ओं बूढ़े की आँख, छोकरी का काजल
ओं तुलसीदल, विल्वपत्र, चन्दन रोली, अक्षत, गंगाजल
ओं शेर के दाँत, भालू के नाखून, मर्कट का फोता
ओं हमेशा,हमेशा, हमेशा करेगा राज मेरा पोता
ओं छूः छूः फूः फूः फट् फिट् फुट
ओं शत्रुओं की छाती पर लोहा कूट
ओं भैरों, भैरों ओं बजरंगबली
ओं बन्दूक का टोटा, पिस्तौल की नली
ओं डालर, ओं रूबल, ओं पाउंड
ओं साउंड, ओं साउंड, ओं साउंड
ओम्, ओम्, ओम्,
ओम् धरती, धरती, धरती, व्योम्, व्योम्, व्योम्,
ओं अष्टधातुओं की ईंटों के भट्टे
ओं महामहिम, महमहो, उल्लू के पट्ठे
ओं दुर्गा दुर्गा दुर्गा तारा तारा तारा
ओं इसी पेट के अन्दर समा जाय सर्वहारा
हरिः ओं तत्सत् हरिः ओम् तत्सत्

1967

अन्न पचीसी के दोहे

सीधे सादे शब्द हैं, भाव बड़े ही गूढ़
अन्न पचीसी घोख ले, अर्थ जान ले मूढ़

कबिरा खड़ा बजार में, लिया लुकाठी हाथ
बन्दा क्या घबराएगा जनता देगी साथ

छीन सके तो छीन ले, लूट सके तो लूट
मिल सकती कैसे भला, अन्न चोर को छूट

आज गहन है भूख का धुँधला है आकाश
कल अपनी सरकार का होगा पर्दाफाश

नागार्जुन-मुख से कढ़े साखी के ये बोल
साथी को समझाइए रचना है अनमोल

अन्न पचीसी मुख्तसर, लोग करोड़ करोड़
सचमुच ही लग जाएगी आँख कान में होड़

अन्नब्रह्म ही ब्रह्म है बाकी ब्रह्म पिशाच
औघड़ मैथिल नागजी अर्जुन यही उवाच

1974

आए दिन

आए दिन
अरब-अंचलों के तेली धन-कुबेरों को
दिन-रात आती रहती है
डालरों की अपच से खट्टी डकारें
आए दिन

तीव्र उड़ान वाले विमानों से पहुँचते रहते हैं वहाँ
लन्दन के बड़े-बड़े डॉक्टर
अमीरों की चिकित्सा करते हैं मुस्तैदीपूर्वक
कदम-कदम पर काम आता है नाम
मिलता है हाथों की सफाई का अधिक से अधिक दाम
आए दिन

आए दिन
कोटिपति, युवक या अधेड़ पूँजीपुत्र
छिप-छिपकर सेवन करता है
सिंगी और मांगुर मछलियाँ
तरुण बकरे की कलेजियाँ
आए दिन
यह सब देख-सुनकर
अत्यधिक पुलकित हो उठता है
यह बनमानुस यह सत्तर साला उजबक
उमंग में भरकर सिर के बाल
नोचने लग जाता है यह व्यक्ति
अपने ही सिर के बाल
अकेले में बजाने लग जाता है सीटियाँ
आए दिन

1976

सत्य

सत्य को लकवा मार गया है
वह लम्बे काठ की तरह
पड़ा रहता है सारा दिन, सारी रात
वह फटी-फटी आँखों से
टुकुर-टुकुर ताकता रहता है सारा दिन, सारी रात
कोई भी सामने से आए-जाए

सत्य की सूनी निगाहों में ज़रा भी फ़र्क नहीं पड़ता
पथराई नज़रों से वह यों ही देखता रहेगा
सारा-सारा दिन, सारी-सारी रात

सत्य को लकवा मार गया है
गले से ऊपरवाली मशीनरी पूरी तरह बेकार हो गयी है
सोचना बन्द
समझना बन्द
याद करना बन्द
याद रखना बन्द
दिमाग की रगों में ज़रा भी हरकत नहीं होती
सत्य को लकवा मार गया है
कोर अन्दर डालकर जबड़ों को झटका देना पड़ता है
तब जाकर खाना गले के अन्दर उतरता है
ऊपरवाली मशीनरी पूरी तरह बेकार हो गई है
सत्य को लकवा मार गया है

वह लम्बे काठ की तरह पड़ा रहता है
सारा-सारा दिन, सारी-सारी रात
वह आपका हाथ थामे रहेगा देर तक
वह आपकी ओर देखता रहेगा देर तक
वह आपकी बातें सुनता रहेगा देर तक
लेकिन लगेगा नहीं कि उसने आपको पहचान लिया है
जी नहीं, सत्य आपको बिल्कुल नहीं पहचानेगा
पहचान की उसकी क्षमता हमेशा के लिए लुप्त हो चुकी है
जी हाँ, सत्य को लकवा मार गया है
उसे इमर्जेन्सी का शाक लगा है
लगता है, अब वह किसी काम का न रहा
जी हाँ, सत्य अब पड़ा रहेगा
लोथ की तरह, स्पन्दनशून्य माँसल देह की तरह!

1975

तुम किशोर, तुम तरुण...

तुम किशोर
तुम तरुण
तुम्हारी राह रोककर
अनजाने यदि खड़े हुए हम :
कितना ही गुस्सा आए, पर, मत होना नाराज
वय:सन्धि के कितने ही क्षण हमने भी तो
इसी तरह फेनिल क्षोभों के बीच गुजारे
कान लगाकर सुनो : कहीं से आती है आवाज—
"भले ही विद्रोही हो,
"सहनशील होती है लकिन अगली पीढ़ी"
पर, अपने प्रति सहिष्णुता की भीख न हम माँगेंगे तुमसे
मीमांसा का सप्ततिक्त वह झाग
अजी, हम खुशी-खुशी पी लेंगे
क्रोध-क्षोभ के अवसर चाहे आ भी जाएँ
किन्तु द्वेष से दूर रहेंगे

तुम किशोर
तुम तरुण
तुम्हारी अगवानी में
खुरच रहे हम राजपथों की काई-फिसलन
खोद रहे जहरीली घासें
पगडंडियाँ निकाल रहे हैं
गुँफित कर रक्खी हैं हमने
ये निर्मल-निश्छल प्रशस्तियाँ
आओ, आगे आओ, अपना दाय भाग लो
अपने स्वप्नों को पूरा करने की खातिर
तुम्हें नहीं तो और किसे हम देखें बोलो!
निविड़ अविद्या से मन मूर्छित
तन जर्जर है भूख-प्यास से
व्यक्ति-व्यक्ति दुख-दैन्यग्रस्त हैं
दुविधा में समुदाय पस्त हैं

लो मशाल, अब घर-घर को आलाकित कर दो
सेतु बनो प्रज्ञा-प्रयत्न के मध्य
शान्ति को सर्वमंगला हो जाने दो
खुश होंगे हम—
इन निर्बल बाँहों का यदि उपहास तुम्हारा
क्षणिक मनोरंजन करता हो
खुश होंगे हम!

1956

नथने फुला-फुलाके

राह चलते-चलते
यक-ब-यक बाँह पकड़ ली
खुद भी खड़े रहे
मुझे भी रोक लिया
और बोले;
क्या कुछ खास-सी महसूस होती है?
मैं चौंका :
क्या सचमुच कोई खासियत मालूम देती है!
फिर हमारे प्राध्यापक मित्र
भरपूर साँस खींचकर कहने लगे :
"यहाँ, मुलुंड में इत्र का कारखाना लगा है
मराठा व्यवसायी एक कोई केलकर साहब ने
सौरभ-द्रव्यों का अपना अभिनव उत्पादन-केन्द्र
आरम्भ किया है यहाँ मुलुंद में
प्रतिदिन, सन्ध्याकाल
पवन देव की अनुकम्पा से
इर्द-गिर्द बीसियों किलोमीटर
हो उठते हैं मुअत्तर
यह सुरभित सान्ध्य समीर
हमारे मुलुंड की बहुत बड़ी खासियत है"

"आपकी गन्ध-चेतना ठस तो नहीं हुई?
अभी तो सत्तर के न हुए होंगे आप—"
फिर से प्राध्यापक मित्र ने
अपने तईं भरपूर साँस खींची
नथने फुला-फुलाके
वो मुअत्तर हवा भर ली अन्दर

1978

मैं तुम्हें अपना चुम्बन दूँगा

तुम उनकी साजिशों को खत्म कर दोगे
तुम प्रवंचना की उनकी कुटिल चालों का अन्त कर दोगे
हत्याएँ करने-करवाने की—
ठंडी फाँसियाँ देने-दिलाने की—
चुपचाप जहर घोलने-घुलवाने की—
कारागार की नारकीय कोठरियों में
मानवता को गलाने-गलवाने की—
यानी उनकी एक-एक साजिश को
तुम खत्म कर दोगे
हमेशा-हमेशा के लिए!
मैं तुम्हारा ही पता लगाने के लिए
घूमता फिर रहा हूँ
सारा-सारा दिन : सारी-सारी रात।
आगामी युगों के मुक्ति सैनिक, कहाँ हो तुम?
आओ, सामने आओ बेटे!
मैं तुम्हारा चुम्बन लूँगा
मैं तुम्हें अपना चुम्बन दूँगा

मैं तुम्हीं को अपनी यह शेष आस्था अर्पित करूँगा
मैं तुम्हारे ही लिए जियूँगा, मरूँगा
मैं तुम्हारे ही इर्द-गिर्द रहना चाहूँगा

मैं तुम्हारे ही प्रति अपनी वफादारी निबाहूँगा
आओ, खेत-मजदूर और भूमिदास नौजवान
आओ, खदान-श्रमिक और फैक्ट्री-वर्कर नौजवान
आओ, कैम्पस के छात्र और फैकल्टियों के नवीन-प्रवीण प्राध्यापक
हाँ, हाँ, तुम्हारे ही अन्दर तैयार हो रहे
आगामी युगों के लिबरेटर

आओ भाई, सामने आओ!
मै तुम्हारा चुम्बन लूँगा
मैं तुममें से एक-एक का सिर सूँघूँगा
आओ भई, सामने आओ!
मुझ पगलेट के साथ बातचीत करो
हँसो-खेलो मेरे साथ
मैं तुम्हारी जूतियाँ चमकाऊँगा
दिल बहलाऊँगा तुम्हारा
कुछ भी करूँगा तुम्हारे लिए
मैं तुम्हें अपना चुम्बन दूँगा

1973

भोजपुर

1

यही धुआँ मैं ढूँढ़ रहा था
यही आग मैं खोज रहा था
यही गन्ध थी मुझे चाहिए
बारूदी छर्रे की खुशबू!
ठहरो-ठहरो इन नथनों में इसको भर लूँ
बारूदी छर्रे की खुशबू!...
भोजपुरी माटी सोंधी है,
इसका यह अद्भुत सोंधापन!
लहरा उट्ठा है

कदम-कदम पर, इस माटी पर!
महामुक्ति की अग्नि-गन्ध
ठहरो-ठहरो इन नथनों में इसको भर लूँ!
अपना जनन स-कारथ कर लूँ!

2

मुन्ना, मुझको
पटना-दिल्ली मत जाने दो
भूमिपुत्र के संग्रामी तेवर लिखने दो
पुलिस-दमन का स्वाद मुझे भी तो चखने दो
मुन्ना, मुझे पास आने दो
पटना-दिल्ली मत जाने दो।

3

यहाँ अहिंसा की समाधि है
यहाँ कब्र है पार्लमेन्ट की
भगतसिंह ने नया-नया अवतार लिया है
अरे यहीं पर
अरे यहीं पर
जन्म ले रहे
आजाद चन्द्रशेखर भैया भी
यहीं कहीं बैकुंठ शुक्ल हैं
यहीं बाघा जतीन हैं
यहीं अहिंसा की समाधि है

4

एक-एक सिर सूँघ चुका हूँ
एक-एक दिल छूकर देखा
इन सबमें तो वही आग है, ऊर्जा वो ही
चमत्कार है इस माटी में
इस माटी का तिलक लगाओ,
बुद्धू, इसकी करो वन्दना

यहीं अमृत है, यही चन्दना
बुद्धू, इसकी करो वन्दना

यही तुम्हारी वाणी का कल्याण करेगी
यही मृतिका जनकवि में अब प्राण भरेगी
चमत्कार है इस माटी में
आओ, आओ, आओ, आओ!
तुम भी आओ, तुम भी आओ
देखो, जनकवि, भाग न जाओ
तुम्हें कसम है इस माटी की
इस माटी की/इस माटी की/इस माटी की!

1981

अग्निबीज

अग्निबीज तुमने बोये थे
रमे जूझते,
युग के बहु-आयामी सपनों में,
प्रिय खोए थे!
अग्निबीज तुमने बोये थे

तब के वे साथी
क्या-से-क्या हो गये,
कर दिया क्या-से-क्या तो,
देख-देख प्रतिरूपी छवियाँ
पहले खीझे, फिर रोये थे
अग्निबीज तुमने बोये थे

ऋषि की दृष्टि मिली थी सचमुच
भारतीय आत्मा थे तुम तो
लाभ-लोभ की हीन भावना

पास न फटकी
अपनों की यह ओछी नीयत
प्रतिपल ही काँटों-सी खटकी
स्वेच्छावश तुम
शरशय्या पर लेट गये थे
लेकिन उन पतलें होंठों पर
मुस्कानों की आभा भी तो
कभी-कभी खेला करती थी!
यही फूल की अभिलाषा थी
निश्चय, तुम तो
इस 'जन-युग' के बोधिसत्व थे!
पारमिता में त्याग तत्त्व थे!

1983

अपने खेत में

जनवरी का प्रथम सप्ताह
खुशगवार दुपहरी धूप में
इत्मिनान से बैठा हूँ...

अपने खेत में हल चला रहा हूँ
इन दिनों बुआई चल रही है
इर्द-गिर्द की घटनाएँ ही
मेरे लिए बीज जुटाती हैं,
हाँ, बीज में घुन लगा हो, तो
अंकुर कैसे निकलेंगे?

जाहिर है
बाज़ारू बीजों की
निर्मम छँटाई करूँगा,
खाद और उर्वरक और

सिंचाई के साधनों में भी
पहले से ज़ियादा ही चौकसी बरतनी है,
मकबूल फ़िदा हुसैन की
चौंकाऊ या बाज़ारू टेकनीक
हमारी खेती को चौपट कर देगी!
जी, आप
अपने रूमाल में
गाँठ बाँध लो! बिल्कुल!!
सामने, मकान मालिक की
बीवी और उसकी छोरियाँ
इशारे से इजाज़त माँग रही हैं
हमारे इस छत पर आना चाहती हैं
ना, बाबा ना!

अभी हम हल चला रहे हैं
आज ढाई बजे तक हमें
बुआई करनी है...

1996

संस्कृत कविताएँ

लेनिन स्तोत्रम्

अपि कौशेयनिचिताः स्वर्णवर्णामिता अपि।
रोदन्ति सूक्तयस्तेद्य दुर्व्याख्या विषमूर्च्छिताः।।

धूमायिता दार्शनिकैः पिच्छिला च पुरोहितैः।
त्वामाजुहाव प्रथमं मानवी कर्मपद्धतिः।।

स्थापितोऽसि शवाधान्या स्फटिके पारदर्शके।
शयानोऽपि हि जागर्षि भास्वरे तवलोचने

गगनं गगनाकारं सागरः सागरोपमः।
जार-लेनिनयोर्युद्धं जार—लेनिनयोरिव।।

दुःशासनाः प्रमथिताः कंसा नैर्वंश्यमापिताः।
पाटच्चराः कुवलयापीडा निर्वलयीकृताः।।

क्षत्रपाः कामयन्तेस्म मिथो ध्वंसं मिथः क्षयम्।
तत्र त्वया संघटितं सफलं क्रान्तिकौशलम्।।

गृहयुद्धानले दग्धाः सीमान्ताभोगभूमयः।
श्रमस्वेदोल्वणैः सिक्तास्तास्त्वया श्रमसीकरैः।।

स्वेच्छाप्रणोदिते स्याम्ये समेषां सहभागिता।
सत्यश्रमाभ्यामित्येषा सुस्थिरा तव पद्धतिः।।

प्रणालीयं सौवियती लोकलक्ष्मी समाहिता।
शुभंकरी मानवानां दानवानां भयंकरी।।

आकल्पमेवं सौदन्तु शस्त्रास्त्र व्यवसायिनः।
त्वन्नामश्रवणादेव मूर्च्छन्तु धनदस्यवः।।

प्रिय शिष्या च पत्नी च प्रवासे चिरसंगिनी।
महीयसी क्रुप्सकाया छायेवाऽनुगतातव।।

मेधाविनीं सुपठितां सखीं सेवापरायणाम्।
साहसेऽपि द्वितीयां तां जानाति भुवनत्रयम्।।

दरिद्रा लुंठिता भीता ध्वस्तप्रज्ञा निरक्षराः।
त्वयाऽनुशिष्टास्ते सर्वे स्वयं शासकतां गताः।।

सेयं ते पश्चिमाशय्या विद्युद्वलय दीपिता।
विश्वमानव महामाल्य प्रतिभानमुपागता।।

लोठितैर्हि परद्रव्यैरैश्वर्य्यमधिष्ठितम्।
सर्वेऽपितेनिर्विशेषा भस्मीभूतास्तवाग्निना।।

स्वच्छस्फटिक मंजूषा सा मयाऽप्यवलोकिता।
धन्योऽस्मि कृतकृत्योस्मि सुफले मम चक्षुषी।।

बहुमूलयाश्मखचिता शवाधनी तवाद्मुता।
विराजते गुफागर्भे क्रेम्लिन् प्रासाद प्रांगणे।।

मुनीनांतं मुनिश्रेष्ठं कार्ल मार्क्सम् नतोऽस्मयहम्।
यस्य त्वं प्रथमः शिष्यः परां सिद्धिमुपागतः।।

येऽप्यासन् जार सामन्ताः प्रजापीडन पंडिताः।
उत्पाटितास्वत्शिष्यैनी-द्याय्यनुशोचतिः।।

त्वद्युगे येहि भूपालाः प्रजापीडनपंडिताः।
तेषां सम्प्रति नामानि रूसीया विस्मृतिं गताः।।

सारापहार चतुरं मृषादंभ प्रमाथितम्।
त्वया निश्रिद्धतं नीतं जार सामन्त मंडलम्।।

सिकतासु हिमानीषु प्रान्तरेषु वनेषु च।
नगरेषु च ग्रामेषुविश्वात्मन् त्वं विराजसे।।

पातालष्वन्तरिक्षेषु भू चक्रेषु ग्रहेष्वपि।
वाक्काय कर्मसु नृणां विश्वात्मन् त्व विराजसे।।

छेत्ता दैन्यद्रुमाणां दलितदुरितयोः प्रक्रमाणांचभेता।।
बोद्धा वै सृष्ट्यसृष्योः सर्पदि सविदितो चिन्तकश्वाययोद्धा।।

बद्धो वैषम्यसीमा भुविच दिविच यैर्लेनिनीयैः प्रकल्पैः।
स्तेषां लीला विचित्रा प्रथयतु नितरां पद्धतेरानुकूल्यम्।।

क्यूवांऽगोलावियत्लम् प्रभृतिषुविषयेष्वद्य यन्नाम दीप्तम्।
किन्नस्यादन्तरिक्षे ग्रहगणापथिषु प्रोथितातस्य गाथा।।

विक्षोभाग्नि प्रयोगी कुमति विषजुषां दुष्कृतेर्भुक्तभोगी।
पुण्यश्लोको विशोकों जगति विजयतां लेनिनः कर्मयोगी।।

हिंसा महिमा

हिसं देवि नमस्तुभ्यं
महाकाल सहोदरे।
शत साहस्रिकाजिह्वा
नाद्यापि तव तृप्यति।। 1।।

दंष्ट्राकराल बदने
नित्यं शोणित पायिनि।
ध्वंसस्तूप समासीने
समरांभण सुन्दरि।।2।।

भुक्ति मुक्ति प्रदे मातः
सद्यः शोणितकांक्षिणी।
यमस्तु हरते प्राणान्
त्वयैवाऽऽघ्राय थूत्कृतान्।।3।।

10 मार्च, 1976

हैमी पार्वती

तारुण्यात् पूर्वमेव प्रथितविजयिनां अग्रणी कार्तिकेयः
स्तीक्ष्णप्रज्ञश्च विश्वे वितरति प्रतिभां बालको वारणास्यः।
तातस्याधित्यकासु प्रमुदित वदना कान्तसांनिध्य तुष्टा
निद्रात्येषा मृड़ानी–तुहिन विततिभिः प्रावृतेवाऽऽसमन्ता।

10 जुलाई, 1982

देशदशकम्

यन्मस्तके मुकुट एष नगाधिराजो
विन्ध्यचलो ब्रजति कौस्तुभंतां च यस्य

प्रातः प्रदोष समये च नमोनमोऽस्तु
तस्मै पयोधिपरिमार्जितपादुकाय

नानानदीनदशतानिशिरा यदीया
नानाविहंगविरूतानिगिरा यदीया

कश्मीरकुर्मुसुषमा हसितिर्यदीया
तत्पादयोः प्रणतिरस्तित्वयं मदीया

गोधूमशालियवमुग्द तिलादिपुष्ठा
मध्विक्षुगव्यंमसृणा सुखिता स्वतन्त्रा
क्षीरोदकी भवदनेकविभागयुक्ता
तिष्ठेत सदा मनसिमे प्रतिमा त्वदीया

हे देश भारत, तवाद्‌भुत धर्मशाला
अश्वथपर्कवटप्रमुखा जयन्तु
शीतातपादिविविधाऽभिभवैर्विभीता
यन्नाश्रयन्ति पारितः पशुपक्षिपान्थः

शीते वितस्ता

जाड्‌यार्तानां सहस्रं दिशिदिशि प्रसृतं देवदारूद्रुमाणं
पांडत्वग्वेष्टनान्तः शिथिलिति करणा दैन्यमाप्तावनानी।
क्षुत्क्षामे शुष्ककंठे विषमतलगृहे निर्झराणां कुलेऽस्मिन्
शैत्याधिक्यप्रभावाद् विजड़ितगतिका स्विद्यतीयं वितस्ता।

चिनार-स्मृतिः

वासन्ती कनकप्रभा प्रगुणिता
पीतारुणैः पल्लवैः
हेमाम्भोज विलास विभ्रमरता
दूरेद्विरेफाः कृता
भैराखण्डलकेलि काननकथा

विस्मारिता भूतले
छायाविभ्रमतारतम्य तरलाः
तेऽमी 'चिनार' द्रुमाः

तारुण्येश्लथ लम्बमान शिथिले दीर्घायिते यौवने
वार्धक्ये सुचिरायिते च किमुते स्यादाषिषां राशिभिः
पीत्वा वर्षशतानि तानि चषकाणीवामृतस्यानिशं
सत्यं ब्रूहि 'चिनार', जीवति न वा कश्चिद् वयस्यस्तवः।

भारतभवनम्

दक्षिणालाभतुष्टेन रोषाभिनयकारिणा।
भूयो भूयः स्वतो दृष्टं भारतंभवनं मया।।
दन्तेश्वरीसनाथे शबराध्युषिते वने गहने।
दिव्यं महाविशालं भातभवनं मया दृष्टम्।।
कृषकाणां श्रमिकाणां यूनां क्षुत्क्षामकंठानाम्।
पृष्ठे जठरे शिरसि च भारतभवनं मया दृष्टम्।।

मैथिली कविता

अन्तिम प्रणाम

हे मातृभूमि, अन्तिम प्रणाम

अहिबातक पातिल फोड़ि-फाड़ि
पहिलुक परिचयकें तोड़ि-ताड़ि
पुरजन-परिजन सब छोड़ि-छाड़ि
हम जाय रहल छी आन ठाम
माँ मिथिले, ई अन्तिम प्रणाम

दुःखोदधिसँ सन्तरण हेतु
चिरविस्मृत वस्तुक स्मरण हेतु
सूतल सृष्टिक जागरण हेतु
हम छोड़ि रहल छी अपना गाम
माँ मिथिले, ई अन्तिम प्रणाम

कर्मक फल भोगथु बूढ़ बाप
हम टा सन्तिति, से हुनक पाप
ई जानि हैवन्हि जनु मनस्ताप
अनको बिसरक थिक हमर नाम
माँ मिथिले, ई अन्तिम प्रणाम!

काशी, नवम्बर 1936

अन्तिम प्रणाम

हे मातृभूमि, अन्तिम प्रणाम

वैवाहिक शुभ-घट फोड़-फाड़
पहले के परिचय को तोड़-ताड़
पुरजन-परिजन सब छोड़-छाड़
चला प्रवास मैं, छोड़ धाम
माँ मिथिले, यह अन्तिम प्रणाम

दुःखोदधि से सन्तरण हेतु
चिर विस्मृत वस्तु-स्मरण हेतु
सुप्त सृष्टि-जागरण हेतु
जा रहा आज मैं छोड़ ग्राम
माँ मिथिले, यह अन्तिम प्रणाम

भोगें कर्मफल अब वृद्ध बाप
एक ही सन्तति, यह उनका पाप
यह सोच होता है जैसे मनस्ताप
जाएँ अब मेरा भी भूल नाम
माँ मिथिले, यह अन्तिम प्रणाम!

ताड़क गाछ

विकट पातर माँझ
एसगरे अछि ठाढ़ ताड़क गाछ
स्वंय सौंसे तर्जनी बनि,
विधातकें रहल अछि ललकारि
नहि उपस्थित करइ छन्हि ककरो बडौर लगाय
सब फूसि ओकरा हेतु!

जेठक रौद!
झमाझम बरसैत मूसलाधार;
माघक ठार;
चैतक तस;
सब फूसि ओकरा हेतु!

लगाबथु ग केओ कतेको जोर
बाप पित्तीकें करथु ग सोर
मुदा रोइयाँ एकोटा ओकर
उपाड़ल नहि हेतन्हि ककरो बुतें

प्रयाग, 1946

ताड़ का पेड़

विकट प्रान्तर मध्य
अकेला खड़ा है ताड़ का पेड़
स्वयं में पूरी तर्जनी बना हुआ
विधाता को रहा ललकार
अपने सामने कुछ नहीं समझता किसी को
झूठ उसके लिए सारे!

ज्येष्ठ की धूप!
झमाझम बरसता मूसलाधार
माघ का शीत
चेत का ताप
झूठ उसके लिए सारे!

भले कोई कितनी भी ताकत लगा ले
बाप-चाचों को बुला ले
मगर एक भी बाल उसका
उखाड़ा नहीं जाएगा किसी से!

पसेनाक गुण-धर्म

क्षार-अम्ल
विगलनकारी, दाहक
रेचक, उर्वरक...
रिक्शाबलाक पीठ दिशुका फाटल तार-तार बनियाइन
पसेनाक अधिकांश गुण-धर्मकें
कए रहल अछि प्रमाणित
मोन होइए हमरा
विज्ञानक कोनो छात्रसँ जा कए पुछिअइन—
बेसी सँ' बेशी की सभ होइत छइक
पसेनाक गुण-धर्म
रिक्शाबलाक पीठक चाम
आओर कते शुष्क-श्याम हेतइ?
स्नायुतन्तुक ऊर्जा आओर कते बरकतइ?
एहि नरवाहनक प्राणशक्ति आओर कते सिद्ध हेतइ?
आओर कते...
खार-अम्ल, दाहक विगलनकारी

पसीने का गुण-धर्म

क्षार अम्ल
विगलनकारी, दाहक
रेचक, उर्वरक...
रिक्शावाले की पीठ पर तार-तार बनियाइन
पसीने के अधिकाँश गुण-धर्म को
कर रही है प्रमाणित
मेरा मन करता है
विज्ञान के किसी छात्र से जाकर पूछूँ
अधिक से अधिक क्या सब होता है
पसीने का गुण-धर्म
रिक्शा वाले की पीठ की चमड़ी
और कितनी शुष्क-श्याम होगी?
स्नायुतन्तु की ऊर्जा और कितनी पिघलेगी?
इस नरवाहन की प्राणशक्ति और कितनी पकेगी?
और कितना...
क्षार-अम्ल, दाहक विगलनकारी

जगतारनि !

बाँसक
ओधि
उपाड़ि
करइ छी जारनि...
हमर
दिन
नहि
घूरत की जगतारनि ?

जगतारन !

बाँस की
जड़
उखाड़
करती हूँ जलावन...
मेरा
दिन
नहीं
लौटेगा क्या जगतारन ?

पाकल अछि ई कटहर!

चाबश! चाबश! चाबश!!
एह, केहेन दीब पाकल अछि ई कटहर
एह, कते टा अछि ई कटहर
एह, केहन गम-गम करइल अछि ई कटहर
एह, कोना अपनहि खसल गाछसँ
एह, कोन तरहें पड़ल अछि छहोछित भ' क'
एह, कोना लुबधल छलइ अइ ले लोकक मोन
एह, केहेन, दीब पाकल अछि ई कटहर

पैघ-पुरान गाछक, एकमात्र ई सौंसे कटहर
फड़ल सहजहिं प्रकृतिक प्रतापें
जोआएल सहजहिं प्रकृतिक प्रतापें
पाकल सहजहिं प्रकृतिक प्रतापें
खसल ओहिना
ओहिना भेल उपलब्ध हमरा लोकनि कें
आउ, आउ! अओ बिलाँ, अबइत जाउ
एकहक कोऽ, दू-दू कोऽ अबस्से लेल जाओ
एहेन अपूर्व सजबी कोऽ भेटत नहिए अन्तऽ
हमरा लोकनि पाबि रहल छी प्रसाद अपनहुँ
परसि लेल अछि एक दोसराक समक्ष
एक कोऽ, आधा कोऽ तेहाई कोऽ
आउ, आउ! अबइ जाउ, अओ बिलाँ...
हे लिअऽ, हे लिअऽ, हे लिअऽ

पका है यह कटहल!

शबास! शबास! शाबास!!
अह, क्या खूब पका है यह कटहल
अह, कितना बड़ा है यह कटहल
अह्, कैसा मह-मह करता है यह कटहल
अह्, कैसे खुद ही गिर पड़ा गाछ से
अह्, किस तरह पड़ा चारों खाने चित
अह्, कैसा लुब्ध था लोगों का मन इसके ऊपर
अह्, क्या खूब पका है यह कटहल

पुराने बड़े गाछ का एकमात्र यह पूरा कटहल
फला सहज ही प्रकृति के प्रताप से
जुआया सहज ही प्रकृति के प्रताप से
पका सहज ही प्रकृति के प्रताप से
गिरा उसी तरह
उसी तरह हुआ उपलब्ध हम लोगों को
आओ, आओ! अजी, ओ फलाँ, आते जाओ
ऐसा अपूर्व असली कोआ तो मिलेगा नहीं कहीं और
हम लोग खुद भी पा रहे हैं प्रसाद
परोस लिए हैं एक दूसरे के आमने-सामने
एक कोआ, आधा कोआ, तिहाई कोआ
आओ, आओ! आअत जाओ अजी ओ फलाँ
यह लो, यह लो, यह लो
क्या कहा? जरा जोर से कहो!

की कहल? की कहल?
निघटत नहि की ई कटहर?
आओर कते विलहब ई कटहर?
अहँऽ अहँऽ, एखन नहि निंधटत
आउ, आउ, देखिअउ न अपनहि आँखिएँ
सुगन्ध त लगले हैत!
आउ, आउ, एक रती पाबि लिअऽ
महाकालीक ई अपूर्व प्रसाद
शताब्दीक बादे भेटइ छइ लोक कें
आउ, आउ, अओ बिलाँ,
माताक प्रसाद थिकइन
निंघटतइ नहिए
आउ, आउ, अओ बिलाँ,
ग्रहण करू सुचित भ' क' प्रसाद
कान कें होमऽ दिअउ पवित्र
प्रसाद-ग्रहण करितहिं सुनबामें आओत
एकटा अद्‌भुत, एकटा अश्रुतपूर्व मन्त्र...
"अकाली
काली
कंकाली
महाकली
विकाली
सकाली
ला रे अभगला,
बढ़ा अप्पन गर्दनि
पड़ऽ दहि ओइ पर
हम्मर कत्ता, हम्मर भुजाली
एम्हर देख, एम्हर देख, करमजरुआ
कतऽ देखने हेबही ई रूप मुंडमाली
क्लीँ क्लीँ क्लूँ क्लूँ
ऐँ ह्रीँ हूँ आँ होँ
खच् खच् खच् खचाक्
क्या कहा? जरा जोर से कहो!

क्या कहा? क्या कहा?
नहीं सधेगा क्या यह कटहल?
और कितना बाँटोगे यह कटहल?
उहुँक, उहुँक, अभी नहीं सधेगा
आओ, आओ, देखो तो अपनी ही आँखों
सुगन्ध तो लगी ही होगी!
आओ, आओ, थोड़ा-सा पा लो
महाकाली का यह अपूर्व प्रसाद
शताब्दी के बाद ही मिलता है लोगों को
आओ, आओ, अजी ओ फलाँ
माता का प्रसाद है
नहीं ही सधेगा।
आओ, आओ, अजी ओ फलाँ
शुचिभाव से ग्रहण करो प्रसाद
कान को होने दो पवित्र
प्रसाद-ग्रहण करते ही सुनने में आएगा
एक अद्‌भुत, एक अश्रुतपूर्व मन्त्र...
'अकाली...
काली...
कंकाली...
महाकाली...
विकाली...
सकाली...
ला रे अभागे
बढ़ा अपनी गरदन
पड़ने दे उस पर
मेरी कत्ता, मेरी भुजाली
इधर देख, इधर देख, करम-हीन
कहाँ देखा होगा यह रूप मुंडमाली
क्लीँ क्लीँ क्लूँ क्लूँ
ऐँ ह्रीँ हूँ आँ हौँ
खच् खच् खच् खचाक्
ल'ग आ, निच्चाँ ताक्

खच् खच् खच् खचाक्
ला रे अभगला, बढ़ा अप्पन गर्दनि
तोरा सभक मूँड़ी छोपबउ हनि हनि
आ रे अभगला!
आ रे कोढ़िया!
ऐं ह्रीं आँ हों
क्लीं क्लीं हूँ हूँ।"

डरें पड़ाइ जुनि अपने, अओ बिलाँ!
आइ काल्हि ओ मन्त्र काज कहाँ करइ छइ
उनटि गेलइए अर्थ
आउ आउ, लिअऽ माताक प्रसाद
अकालक प्रसाद
दुर्भिक्षक प्रसाद
अहिना केने रहथि प्राप्त
अहाँक प्रतिपातामह-प्रमातामह
बाबाक बाबाक बाबा, नानाक नाक नाना
आउ आउ, अओ बिलाँ,
लिअऽ लिअऽ प्रसाद प्रलयंकारी माताक
अमेरिकाक दलिया, कनाडाक दुद्धी पाउडर
ने जानि कतऽ कतऽ क स्वाद
समेटने अछि अपना भीतर!
अपूर्वे लागत अहाँ कें ई कटहर
आउ आउ, पाबि लिअऽ छोड़ि-छाड़ि डर-भर
शुद्ध सनातनी, निर्लिप्त निरंजन
सुच्चा महापात्र हमरा लोकनि
अगबे कन्टाह, नहि नहि, अगबे अघोरी!
तहू पर ई की तऽ कालीमाइक प्रसाद थीक...
एकर अभेला जुनि करिअउ!
आउ आउ, ल' लिअऽ एक रती
केहेन दिव्य ई दुर्दैवी कटहर!!

पास आ, नीचे देख
खच् खच् खच् खचाक्
ला रहे अभागे, बढ़ा अपनी गरदन
तुम सभी के सिर उड़ाऊँ हन-हन
आ रे अभागे!
आ रे कोढ़ी!
ऐं ह्रीं आँ हौं
क्लीं क्लीं हूँ हूँ।''

अजी ओ फलाँ, डर कर भाग नहीं जाना, आप!
आजकल वह मन्त्र कहाँ काम करता है
उलट गया है अर्थ
आओ, आओ, लो माता का प्रसाद
अकाल का प्रसाद
दुर्भिक्ष का प्रसाद
इसी तरह किया था प्राप्त
तुम्हारे परदादा-परनाना ने
दादा के दादा के दादा, नाना के नाना के नाना ने
आओ, आओ, अजी ओ फलाँ,
लो, लो प्रसाद प्रलयंकारी माता का
अमरीका का दलिया, कनाडा का दुद्धी-पाउडर
न जाने, कहाँ कहाँ का स्वाद
समेटे हैं अपने भीतर
अपूर्व ही लगेगा तुम्हें यह कटहल
आओ, आओ, ग्रहण कर लो, छोड़ सभी डर-भय
शुद्ध सनातनी, निर्लिप्त निरंजन
असली महापात्र हम लोग
विशुद्ध श्राद्ध करानेवाले ब्राह्मण, नहीं-नहीं, विशुद्ध अघोरी!
उस पर भी क्या, यह कालीमाई का प्रसाद है
इसकी अवहेलना मत करो।
आओ, आओ, ले लो थोड़ा-सा...
कैसा दिव्य, यह दुर्दैवी कटहल!!

लखिमा

कवि कोकिलक कल-काकलिक रसमंजरी
लखिमा, अहाँ छलि हैब अद्‌भुत सुन्दरी
रूष्ट होइतहुँ रूपसी
कहि दैत कियो यदि अहाँ के विद्यापतिक कवि-प्रेयसी
अहाँ अपने मौन रहितहुँ
कहनिहारक मुदा भ जइतैक सत्यानाश!
मानित' थिन ईह!
सुनित' थिन शिवसिंह तऽ घिचबा लित' थिन जीह!
दित'थिन भकसी झोंकाय तुरन्त
क दित'थिन कविक आवागमन सहसा बन्द
अहूँ अन्तःपुरक भीतर
बारिकँ अन्न-पानि
सुभग सुन्दर कविक धरितहुँ ध्यान
बूढ़ि बहिकिरनीक द्वारा
कोनो लाथें
अहाँकें ओ पठबितथि सन्देश—
(सङहि सङ झुलफीक दुइटा केश!)
विपुल वासन्ती विभवकेर बीच विकसित भेल
कोनो फूलक लेल
लगबथुन गऽ क्यौ कतेको नागफेनिक बेढ़
मुदा तैं की भ्रमर हैत निराश?
मधु-महोत्सव ओकर चलतइ एहिना सदिकाल!
कहू की करधीन क्यौ भूपला वा नभपाल
अहाँ ओमहर

लखिमा

कवि कोकिल की कल-काकली की रसमंजरी
लखिमा, तुम रही होंगी अद्‌भुत सुन्दरी
रूठ जाती रूपसी
कह देता यदि कोई तुम्हें विद्यापति की कवि-प्रेयसी
स्वयं तो तुम मौन ही रहतीं
मगर कहने वाले का हो जाता बंटाधार!
मान जाते क्या, ऊँह!
सुनते ही तो खिंचवा लेते शिवसिंह जीभ!
भट्‌ठी में देते झोंकवा तुरन्त
देते करवा कवि का आवागमन सहसा बन्द
अन्तःपुर के भीतर तुम
त्यागकर अन्न-जल
सुभग सुन्दर कवि का करतीं ध्यान
बूढ़ी दासी के द्वारा
किसी बहाने
तुम्हें वे भिजवाते सन्देश—
(साथ ही साथ अपने लटों के दो केश!)
विपुल वासन्ती विभव के बीच विकसित हुए
किसी फूल के लिए
भले कोई कितना भी नागफनी की लगावे बाड़
मगर इससे क्या, भ्रमर होगा निराश?
इसी तरह चलता रहेगा उसका मधुमहोत्सव हर समय
कहो, क्या कर लेंगे कोई भूपाल या नभपाल
तुम उधर

हम एम्हर छी
बीच में व्यवधान
राजमहलक अति विकट प्राकार
सुरक्षित अन्त:पुरक संसार
किन्तु हम उठबैत छी
कोखन कतहुँ जँ
वेदना-विह्वल अपन ई आँखि
अहींटाकें पाबि सजनि ठाढ़ि चारू दिस
विस्मय विमोहित कंठसँ बहराय जाइछ 'ईस'!
खिन्न भ' अलसाई जनु धनि
वारि जनु दिय अन्न किँवा पानि
व्यर्थ अपनहि उपर कौखन करि जनु अभिरोष
विधि विडम्बित बात ई, एहिमे ककर की दोष?
नहि कड़िन खेपनाइ कहुना चारि वा छौ मास
देवि, सपनहुँ में करि जनु हमर अनविश्वास
अहिँक मधुमय भावनासँ पुष्ट भय
प्रतिभा हमर
रचना करत से काव्य
जाहिसँ होएताह प्रसन्न नरेश
पुनि हमरो दुहुक मिलनाइ होएत—
सखि, सहज सम्भाव्य।

अहाँकें कवि पठवितथि संवाद
पावि आश्वासन अहाँ तत्काल अनशन छाड़ि
होइतहुँ कथंचित् प्रकृतिस्थ!
मनोरंजन हेतु—
हंसक मिथुन अंकित क' देखबितए
कोनो नौड़ी,
कोनो नौड़ी आबि गाबिकँ सुनबैत
ओही प्रियकविक निरुपम पदावलि
जाहिसँ होइत अहाँकेर
कान दुनू निरतिशय परितृप्त!
चित्त होइत तृप्त!

मैं इधर हूँ
बीच में व्यवधान
राजमहल का अति विकट प्राकार
सुरक्षित अन्तःपुर का संसार
किन्तु यदि कभी कहीं
उठाता हूँ मैं
वेदना-विह्वल अपनी यह आँख
तुम्हें ही पाता हूँ सजनि, खड़ी चारों ओर
तो विस्मय विमोहित कंठ से निकल जाती है 'आह!'
अलसा न जाना रमणि, तुम खिन्न होकर
त्याग मत देना अन्न किंवा जल
स्वयं अपने पर कभी करना नहीं अभिरोष!
विधि विडम्बित बात यह, इसमें कहो किसका दोष?
कठिन नहीं किसी तरह काट लेना चार या छः मास
सपने में भी नहीं करना मुझ पर देवि, अविश्वास
तुम्हारी ही मधुमय भावना से पुष्ट हो
प्रतिभा मेरी
रचेगी वह काव्य
होंगे जिससे प्रसन्न नरेश
फिर, हम दोनों का भी होगा मिलन—
सखि, सहज सम्भाव्य!

तुम्हें कवि भिजवाते संवाद
पा आश्वासन तुम तत्काल अनशन छोड़
होतीं किसी प्रकार प्रकृतिस्थ!
मनोरंजन हेतु—
दिखाती चित्रित कर मिथुन हंसों को
कोई दासी,
कोई दासी आ गा सुनाती
उसी प्रिय कवि की निरुण पदावली
जिससे होते तुम्हारे
कान दोनों निरतिशय परितृप्त!
और चित्त होता तृप्त

घृणा होइतए महाराजक उपर
धिक धिक!
स्वंय अपने
एकसँ बढ़ि एक एहन
निरुपम गुणसुन्दरी शत-शत किशोरी कें
विविध छल-छन्दसँ
किंवा प्रतापक प्रबलतासँ
पकड़ि कए मँगवाय
अन्न-जल भूषण-वसन शृंगार सामग्रीक ढेर लगाय
सुरक्षित अन्तःपुरक एहि अरगड़ामे
बगौने छथि कैकटा रनिवास
बन्दी शिविर सन डेरासभक क्रम-पात
एककें दोसराक सङ नहि रहइ जाहिसँ मेल
चक्रचालि चलैत छथि ताहि लेल
कखन करथिन ककर आदर वा ककर सम्मान—
घटोथिन ककर कखन दिनमान—
अही चिन्तामे सदए लागल रहए हमरासभक जीजान
महाराजक चरण सम्वाहन करऽमे
सफल होइछ
एक मासक भितर जे दुई राति
पुण्यभागा सुहासिनि अभिशप्त से देवांगना
नहि थीक स्त्रिगणक जाति!
अभागलि कै गोट होएत एहन जकरा
छूबि छाबि कनेक
देन छथिन पुनि अनठाय
मने ओसभ गाछसँ तोड़लाक उतर
कने दकरल लतामक थुरड़ी जकाँ हो
एम्हर-ओम्हर पलड़ल पांडुर
कोनो अगिमुत्तूक निर्मम निठुरताक प्रतीक!
सुनई छी, राजा थिका नारायणक अवतार
करवाक चाही हुनक जय-जयकार
किन्तु भगवान सेहो
क्षीरसागर मध्य

महारजा से हाती घृणा
धिक् धिक्!
स्वयं तो आप
एक से बढ़ एक ऐसी—
निरुपम गुणसुन्दरी शत-शत किशोरियों को
विविध छल-छद्म से
किंवा प्रताप की प्रबलता से
मँगवा पकड़कर
अन्न-जल भूषण-वसन शृंगार-सामग्री का लगाकर ढेर
सुरक्षित अन्तःपुर के इस पशु कारागार में
बना रखे हैं कई रनिवास
बन्दी शिविर की तरह डेरों की पंक्ति
जिससे एक-दूसरे के संग रह न पावे मेल
इसीलिए रचते हैं चक्रचाल
कब किसका आदर करेंगे, किसका सम्मान—
कब किसका घटा देंगे दिनमान—
इसी चिन्ता में लगी रहती है सदा हमारी जी-जान
महाराज के चरण संवाहन करने में
सफल हो पाती हैं
एक मास के अन्दर जो दो रात
पुण्यभागा सुहासिनी अभिशप्त वह देवांगना
नहीं है सामान्य औरत!
कई अभागिनें तो ऐसी होंगी जिन्हें
छू-छाकर भी
भूल बैठे हैं अनजान
जैसे पेड़ से तोड़ने के बाद वे सब
तनिक दाँत से कुतरे अमरूद के कच्चे फल हों
इधर-उधर पड़ी पांडुर
किसी 'अगमुत्तू' की निर्मम निष्ठुरता का प्रतीक!
सुनते हैं, राजा हैं नारायण के अवतार
करना चाहिए उनकी जय-जयकार
किन्तु क्या भगवान भी
क्षीर सागर मध्य

एहिना आड्बाल रचि विचरैत छथि?
इच्छानुसार करैत छवि अभिसार—
आइ ककरो
काल्हि ककरो
इन्दिराकें बाध्य भ की एहिना
अनका बनाव' पड़इ छनि हृदयेश?
...तुमैत एहिना तूर
जाइत होएब अहाँ बहुतो दूर
भावनाक अनन्त पथ दिस
एकसरि चुपचाप...
तुमैत अहिना तूर!
विद्यापतिक कविताक हे चिरउत्स, हे चिरनिर्झरी!
लखिमा, अहाँ छलि हैब अद्भुत सुन्दरी!

पटना, 1945

इसी तरह रच ताम-झाम विचरते हैं?
इच्छानुसार करते हैं अभिसार—
आज किसी से
कल किसी से
इसी तरह क्या बाध्य हाकर इन्दिरा को
बनाना पड़ता है अन्य को हृदयेश?
...इसी तरह तूमती कपास
चली जाती होंगी तुम बहुत-बहुत दूर
भावना के अनन्त पथ की ओर
अकेली चुपचाप...
इसी तरह तूमती कपास!
विद्यापति की कविता की हे चिरउत्स, हे चिरनिर्झरी!
लखिमा, तुम रही होंगी अद्‌भुत सुन्दरी!

एक फाँक आँखि, एक फाँक नाक!

कोना क' बिसरिअउ
अधक्के देखल ओहि रातुक ओहि ठाँक
एक फाँक आँखि, एक फाँक नाक!
कोना क' बिसरिअउ?

गेल रही सेकेंड शो सिनेमा
अबइत रही घूरल
सी ब्लाक, 3 सी एच... अपन बासा दिश
कोनो क्वार्टरकेर जँगला रहइ फूजल
रेशमी-नील पर्दा छलइ सहजहिँ संयत कएने
बिजलीक प्रकाशकें भितरे भितर भरि छाती, भरि कंठ
तइसँ ऊपर ड्योढ़-बेढ़ केबाड़ी, शुद्ध-निरीह सन...
अपना सूरमे अबइत रही हनहनैल
जँगला लग अबितहिँ नजरि भेल ऊपर
आँ कि देखल अधक्के गोरे-गोल मुखचन्द्रक अर्धांश
सावधान सचेत एक फाँक आँखि
सङहि एक फाँक नाक
अधक्के देखना गेल
आ कि जँगला भ' गेलइ बन्द
आबिकँ अंगन्यास कएल मुदा
कतीकाल धरि रहल नचैत
कपारक भितरका कटोरीमध्य
धारण कए क्रमहि टकुरीक रूप
एक फाँक आँखि...
एक फाँक नाक..

एक फाँक आँख, एक फाँक नाक!

कैसे भूल जाऊँ भला
झटके में देखी उस रात, वहाँ की
एक फाँक आँख, एक फाँक नाक!
कैसे भूल जाऊँ भला?

गया था सिनेमा, सेकेंड शो
आ रहा था वापस
सी ब्लाक, 3 सी एच... अपने आवास की तरफ
किसी क्वार्टर की खिड़की थी खुली
रेशमी नीला पर्दा सहज ही संयत किए था
बिजली के प्रकाश को भीतर ही भीतर छाती भर, कण्ठ भर
उससे ऊपर अधखुला किवाड़, सीधा निरीह जैसा
अपनी धुन में आ रहा था दनदनाता
खिड़की के पास आते ही नजर हुई ऊपर
कि बस, देखा झटके से, गोरे गोल मुखचन्द्र का अर्द्धांश
सावधान सचेत एक फाँक आँख
साथ ही एक फाँक नाक
झटके में दीख गयी
और बस, बन्द हो गयी खिड़की
आकर अंगन्यास किया, मगर
कितनी देर तक रही नाचती
कपाल के भीतर की कटोरी में
धारण किए क्रमशः तकली का रूप
एक फाँक आँख...
एक फाँक नाक...

जुनि अबउ भरि राति मेल ट्रेन

बइसल बइसल मेल ट्रेनक प्रतीक्षामे
बाहर भए गेल आँखिक सूत
घंटा भरि लेट
आधा घंटा आओर लेट
पैंतालीस मिनट आओर लेट
आहि रे दैव, की भेलहु तोरा?
कइएक खेप फोड़ल आड़ुर
कइएक बेर भेल हाफी
चाटि गेल दी मुल्की मैंगजीन
सुड़ुकि आएल छी सात कप चाह
सोंटि लेल अछि दू पाकिट सिगरेट
आहि रे दैव, आब कीकरू?
रडल-टीपल पेटारक भरें ओड्ठलि
दुरागमनिया कनिआ
सूतलि अछि कि जागलि
घोघक अ'ढ़ तर!
व'र मुदा कटइ छइ फोंफ
करिआ कम्बल पर ठामहि
सामान रखने अछि सँइति सिरमादिश
कए रहलइए अइहबक ओगरबाहि
सूति-पातिवाली अधबएसू लोकनिन
लाल पाढ़िक पीअर साड़ी पहिरने
माँगुर सन एनमेन ओकरा देहक कान्ति
लगइए केहेन दिब
आब किए बहरैत आँखिक सूत
जुनि अबउ मेल ट्रेन भरि राति!

न आए बेशक रात-भर मेल ट्रेन

बैठे-बैठे मेल ट्रेन की प्रतीक्षा में
बाहर निकल आए हैं आँखों के डोरे
घंटा भर लेट
आधा घंटा और लेट
पैंतालीस मिनट और लेट...
आह रे विधाता, क्या हुआ तुझे?
कई दफा चटखाईं उँगलियाँ
कई बार आई जँभाई
चाट गया देसी मैगजीनें
सुड़क आया हूँ सात कप चाय
खींच गया हूँ दो पाकेट सिगरेट
आह रे विधाता, अब क्या करूँ?
रँगी-रची बाँस-पेटी से उँगठी
गौना कराई दुलहन
सोई है या जगी
घूँघट की आड़ में!
लेकिन दूल्हा भर रहा है खर्राटे
वही काले कम्बल पर
सिरहाने रख रखा है सामान
सुहागिन की रखवाली कर रही है
कंठा और बाजूबन्द वाली अर्धवयस्क दुलहन की नौकरानी
लाल किनारी की पीली साड़ी पहने...
बिलकुल माँगुर मछली सी है उसकी देह-कान्ति
लगती है कितनी अच्छी
अब क्यों निकलेंगे आँखों के डोरे
न आए भला रात-भर मेल ट्रेन!

एते' दिनुका बाद

बहुत दिनुका बाद—
सुवासित खोपाक सौरभ
रतुठिया मुस्कीक झलकी
जित्त आङ्क मृदुल-मादक स्पर्श
भेल सभथुक संगहि संग अनुभूति
बहुत दिनुका बाद—

एते' दिनुका बाद
एना की तों मोन पड़ली प्राण?
एना की तों आबि सोझे भऽ गेलीह ठाढ़ि
सम्हारौ पपनी कोना कऽ आब नोरक बाढ़ि
देखै छी ई स्वप्न अथवा
भऽ रहल अछि सहज साक्षात्कार?
के कहत, ओझरा देलक कवि-चेतना कें
अपरिचित महिलाक कुन्तल-जाल?
के कहत, हम भाङ पीने रही सन्ध्याकाल?
किछु होअउ, तों बहुत दिनुका बाद
मोन पड़ली प्राण!
सुवासित खौपाक सौरभ, धन्य
रतुठिया मुस्कीक झलकी, धन्य
जित्त आइक मृदुल-मादक स्पर्श सेहो धन्य
सुकोमल सम्बोधनक स्वर-सन्धि सेहो धन्य
स्वप्न या जागरणमे
कोहुना तँ भेल साक्षात्कार
कोहुना तँ भेली तों साकार
एते दिनुका बाद, एते दिनुका बाद

1960

इतने दिनों के बाद

बहुत दिनों के बाद
सुवासित जूड़े का सौरभ
रतजगी मुस्कान की झलक
जीवित अंग का मृदुल मादक स्पर्श
हुई सबकी एक साथ ही अनुभूति
बहुत दिनों के बाद

इतने दिनों के बाद
इस तरह क्या तुम याद आईं प्राण?
इस तरह क्या तुम आकर सीधे हो गयी हो खड़ी
पलकें किस तरह सँभालें अब आँसू की झड़ी
देख रहा हूँ यह स्वप्न अथवा
हो रहा है सहज साक्षात्कार?
कौन कहे, उलझा दिया कवि-चेतना को
अपरिचिता का कुन्तल-जाल?
कौन कहे, पी ली थी मैंने भंग सन्ध्याकाल
कुछ भी हो, तुम बहुत दिनों के बाद
याद आईं प्राण!
सुवासित जूड़े का सौरभ धन्य
रतजगी मुस्कान की झलकी धन्य
जीवित अंग का मृदुल-मादक स्पर्श भी धन्य
सुकोमल सम्बोधनों की स्वर-सन्धि भी धन्य
स्वप्न या जागरण में
किसी तरह तो हुआ साक्षात्कार!
किसी तरह तो हुईं तुम साकार
इतने दिनों के बाद, इतने दिनों के बाद!

नव नचारी

अगड़ाही लागउ, बज्र खसउ,
बरु किच्छु होउक...
नहि नबते तोरा खातिर किन्नहु हमर माथ!
पाथर भेलाह तो सरिपहुँ बाबा बैदनाथ!
बेत्रेक अन्न भऽ रहल आँट नेना-भुटका
दुबरैल आँगुरे कल्लर सभ बीछए झिटुका
मकड़ाक जालसँ बेढ़ल छइ चुलहाक मूँह
थारी-गिलास सभ बेचि बिकिनि खा गेलइ, ऊँह
कैंचा जकरा से खाए भात
क' रहल मौज से, जकरा छइ कोनो गतात
सरकारी राशन बेचि रहल अछि
अन्हरागाँही चउबर दामे चाँइ चोर
आन्हर-बहीर, बमभोला!
तोरा पर उठैत अछि तामस हमरा बड्ड जोर
गोरा पहिरथि फाटल नूआ
छन्हि कर्महिमे लागल भूआ
कार्तिक-गणेश छथि गीड़ि रहल
उसिनल अगबे अल्हुआक पात
बइमान बापसँ की माँगथु गऽ दालि-भात
अपने पबैत छह भोग छप्पनो परकारक
अनका लेखें त दुर्लभ छइ आको घथूर
बुझि पड़ितहु जँ सुनितहक—
उपासल कमरथुआकेर मुइल सूर!
बरु किच्छु कहऽ

नव नचारी[1]

आग लगे गिरे वज्र!
हो जाय कुछ भी...
कभी भी नहीं तुम्हारे लिए झुकेगा मेरा सिर!
बाबा वैद्यनाथ, हो गये तुम सचमुच पत्थर!
नन्हे-मुन्ने अन्न बिना हो रहे विकल
सूखी उँगली से कंकड़ चुनते भुक्खड़ दल
मकड़े का जाला बुना हुआ चूल्हे का मुख
बेच-बाच खा गये गिलास-थाली, पा दुख
पैसा जिसके पास वह भात खाय
करें मौज वही जिन्हें है थोड़ा भी उपाय
सरकारी राशन बेच रहे हैं
यहाँ-वहाँ चौगुने दाम में बटमार चोर
अन्धे-बहरे, बमभोला!
उठता है तुम पर मुझको क्रोध घोर
गौरी पहनती फटी साड़ी
लगा है भाग्य में ही घुन!
कार्तिक-गणेश हैं निगल रहे
अल्हुआ[2] के उबले साग-पात
बेईमान बाप से क्या माँगें जाकर दाल-भात
खुद पाते हो भोग छप्पन प्रकार के
दूसरों के लिए तो दुर्लभ है आक-धतूरा भी
समझ पाते यदि सुनते तुम—
भूखे 'कमरथुओं'[3] की मरी टेर!
चाहे जो भी कहो

पचकल लोढ़ा, तों धन्न रहऽ
नहि आब नचारी केओ गओतहु!
जे बूड़ि हैत से बोकिअओतहु!
नहि रहलइ ककरो किच्छु मात्र तोहर भरोस...
माटिक महत्त्व के चीन्हि लेलक इ देश-कोश!
पाथर भेलाह तों सरिपहुँ बाबा बैदनाथ!
नहि नबते तोरा खातिर किन्नहु हमर माथ!

पिचके लोढ़ा, तुम धन्य हो
नहीं नचारी अब कोई गाएगा!
जो बेवकूफ होगा वही बोकियाएगा[4]!
लेशमात्र भी नहीं किसी को रहा भरोसा तुम्हारा
मिट्टी का महत्त्व पहचान गया यह देश हमारा!
बाबा वैद्यनाथ तुम हो गये सचमुच पत्थर!
कभी भी नहीं तुम्हारे लिए झुकेगा मेरा सिर!

---

1. शिव की स्तुति, 2. शकरकन्द, 3. बाबा वैद्यनाथ को जल चढ़ाने के लिए यात्रा करनेवाले, काँबड़वाले,
4. शिवपूजा के अन्त में बोऽ-बोऽ (बकरे की तरह) स्वर निकालना।

परम सत्य

फूसि थिक संसार
फूसि धरीत, फूसि थिक आकाश
फूसि थिक ई माटी
फूसि थिक ई पानी
हम, अहाँ, ओ, ई, भले क्यों होथु—
व्यक्ति मात्र थिकाह अगबे फूसि
सत्य की तँ शून्य
सत्य की तँ ब्रह्म
सत्य की तँ घनानन्द, अखंड, चित्, कूटस्थ,
—सैन्धवलवणसम नीरन्ध्र
सत्य की तँ जे ने देखल जाय
सत्य की तँ जकर गुण वर्णन न कएला जाय
बाप-पित्ती पितामह-मातामहक मूँहसँ सुनल ई बात
जीबनक संग्राम में यदि आबि जइतए काज
तखन की छल!
तखन सरिपहुँ
हमहु बजितहुँ
फूसि थिक संसार
फूसि धरती, फूसि थिक आकाश
जूनि पूछी, आइ-काल्हुक हाल
नहि अबइ छथि काज कोनो ब्रह्म
नहि अबइ अछि काज ई कुल-गोत्र
शिखा-सूत्र त्रिपुंड चानन-ठोप
अबइ अछि किछु काज नहि ई पुरनका आटोप

परम सत्य

झूठ है संसार
झूठ धरती, झूठ है आकाश
झूठ यह मिट्टी
झूठ यह पानी
मैं, तुम, वह यह भले कोई हो—
व्यक्ति मात्र है बिलकुल झूठ
सत्य क्या तो शून्य
सत्य क्या तो ब्रह्म
सत्य क्या तो घनानन्द, अखंड, चित्त, कूटस्थ,
—सैन्धवलवणसम नीरन्ध्र
सत्य क्या तो जो न देखा जा सके
सत्य क्या तो जिनके वर्णन किए न जा सके गुणों के
बाप-चाचे, दादा और नाना के मुँह से सुनी यह बात
आ जाती कुछ काम यदि जीवन-समर में
तो बात ही क्या थी फिर!
तब सचमुच
मैं भी बोलता—
झूठ है संसार
झूठ धरती, झूठ है आकाश
पूछिए मत आज कल के हाल
आते नहीं काम कोई ब्रह्म
आता नहीं है काम यह कुल-गोत्र
शिखा-सूत्र-त्रिपुंड, चन्दन और टीका
आते नहीं हैं काम कुछ ये आडम्बर पुराने

फूसि सभटा थिक
थिक महाजंजाल
फूसि ब्रह्मा-विष्णु दश दिक्पाल
फूसि श्रुति-स्मृति
फूसि शास्त्र-पुराण
फूसि व्रत उपवास
फूसि थिक राजासभक इतिहास
सत्य की, तँ—
सत्य थिक ई माटि
सत्य थिक ई पानि
सत्य थिक ई संसार
सत्य धरती, सत्य थिक आकाश
हम, अहाँ, ओ, ई, थिकहुँ सब गोटे बड़का सत्य
सत्य जीवन, सत्य थिक संघर्ष
सत्य आशा, सत्य थिक आयास
सत्य थिक निर्माण चेष्टा, सत्य थिक आवास
सत्य थिक ई देह
सत्य थिक ई बुद्धि
सत्य थिक ई धैर्य आओर विवेक
सत्य थिक ई मनोबल अ-विजेय
सत्य थिक ई बाँहि
सत्य थिक ई हाथ—
जे एकरे प्रतापेँ कमा लइ छी चारि कैंचा नित्त
नहि अबइ छथि काज हमरा चारि हाथवाला ओ भगवान
नहि अबई अछि काज वेद-पुरान
छाड़ि अप्पन काज
अनेरे हम किए हएव हरान?
नहि कुकर्म करैत छी जे 'नरक' जाएब 'यम' पकड़ता कान
करा लइ अछि काज राच्छस जखन दश टाकाक
तखन दइ अछि दूइ टाका, ओह!
पच्छ ओकरे लइ छथिन भगवान
पैघ लोकक—धनिकहा सबहिक
हाथ में छन्हि राम-कृष्णक टीक

झूठ हैं सारे
है महाजंजाल
झूठ ब्रह्मा-विष्णु दश दिक्पाल
झूठ श्रुति-स्मृति
झूठ शास्त्र-पुराण
झूठ व्रत उपवास
झूठ हैं राजाओं के लिखित इतिहास
सत्य क्या, तो—
सत्य है मिट्टी
सत्य है पानी
सत्य है संसार
सत्य धरती, सत्य है आकाश
मैं, तुम, वह, यह—हैं सब जन महासत्य
सत्य जीवन सत्य है संघर्ष
सत्य आशा सत्य है आयास
सत्य है निर्माण-चेष्टा सत्य है आवास
सत्य है यह देह
सत्य है यह बुद्धि
सत्य है यह धैर्य और विवेक
सत्य है यह मनोबल अ-विजेय
सत्य है यह बाँह
सत्य है यह हाथ
कि इसकी ही कृपा से कमा लेता हूँ चार पैसे रोज
नहीं आते काम मुझको चार हाथ वाले वे भगवान
नहीं आते काम वेद-पुराण
छोड़ अपना काम
क्यों होऊँ व्यर्थ मैं हैरान?
नहीं करता कुकर्म कि 'नरक' जाऊँगा 'यम' धरेंगे कान
करा लेता है राक्षस जब दस रुपयों के बराबर काम
तब धरा देता दो रुपए बस, ओह!
उनका ही पक्ष लेते हैं भवगान
बड़े लोगों का—धनिक लोगों का
हाथ में है राम-कृष्ण की शिखा

जे बजइ अछि फूसि तकरा डरैं थर थर कपइ छथि हलुमान
घूस रोटक पाबि दुष्टक पीठ ठोकथि काल भैरव-सन
बिकट बलवान
सत्त थिक मनुक्ख
सत्त थिक समाङ
धिआ-पुता स्वजन-परिजन खेत ओ खरिहान
मकइ मडुआ साम-कॉओन आँसु-गम्हड़ी धान
माछ-मधु फल-मूल पान-मखान
एहिसँ की बढ़ि होएत सत्य?
जाहि भाखामे बजइ छी, सत्त थिक से बोल
आन बाणी थिक दूरक ढोल
सत्य ई जे बाप-माइक बीचसँ धिआ-पुता
ताहिसँ पुनि पौत्र-पौत्री नाति-नतिनी आदि
वंशवृक्षवितान
नितय नूतन वस्तु सबहिक सदक्षण सन्धान
स्थित-स्थापकताक पूर्ति संघर्ष
फेर परिवर्तन
पुनः निर्माण
स्थितिक स्थापन फेर
तखन पुनि गति-रोध
तखन पुनि संघर्ष
एहि क्रमसँ निरन्तर परिवर्तनमान प्रगतिशील समाज
जहिना ज्वैल बँसबिट्टीक दमगर ओधिमेसँ
फेर कोपड़
फेर पोरगर बाँस
फेर बाँसक झमटगरहा झौंझ...
सत्य ई क्षय वृद्धिकेर व्यवहार
सत्य ई संसार
चिन्तनाक प्रवाह में भसिआए
पुरखा लोकनि प्रायः
खसि पड़ल छलाह
जाहि सीमाहीन सागर-माँझ
('नेति-नेति'क बिकट मोनिक मध्य)

बोलते हैं जो झूठ उनके ही डर से थर-थर काँपते हैं हनुमान
मीठे टिक्करों का घूस पा, पीठ ठोंके दुष्ट की काल-भैरव-जैसे
विकट बलवान
सत्य है मनुष्य
सत्य अपने लोग
बाल-बच्चे, स्वजन-परिजन, खेत और खलिहान
मकई-मडुआ, साम कौनी, आँसु-गम्हरी धान
मत्स्य-मधु, फल-फूल, पान-मखान
इससे बढ़कर क्या कुछ होगा सत्य?
जिस भाषा में बोलते हैं सत्य है वह बोल
वाणी दूसरों की दूर का है ढोल
सत्य यह कि बाप-माँ से बेटे-बेटियाँ,
उनसे पुनः पोते-पोतियाँ, नाती-नातिनियाँ आदि
वंशवृक्ष वितान
नित्य नूतन वस्तुओं का हर समय सन्धान
स्थिति-स्थापकता की पूर्ति और संघर्ष
फिर परिवर्तन
पुनः निर्माण
स्थिति की पुनः स्थापना
और फिर गतिरोध
और फिर संघर्ष
इसी क्रम से निरन्तर परिवर्तनमान प्रगतिशील समाज
जैसे पके बाँसों की ताकतवर जड़ों से
फिर कोंपल
पुनः पोर वाले बाँस
पुनः बाँस के फैले घने जंगल...
सत्य यह क्षय-वृद्धि का व्यवहार
सत्य यह संसार
चिन्तन के प्रवाह में बहकर
अकसर ही पुरखे
गिर जाया करते थे
जिस सीमाहीन सागर के बीच
('नेति-नेति' के विकट गड्ढे के मध्य)

खसू ग की तहीमे हमरोलोकनि?
आधिभौतिक उपद्रवसँ खिन्न,
प्रकृतिकेर रहस्य सँ संत्रस्त,
आदि मानव देखि लेलनि भीड़ जँ दिबड़ाक
आ' कि पीपर-पाकड़िक वा आम-जामुक गाछ
स्तुति कर' लगलाह तइखन, तकर पट द,
ऋचा निर्मित भेल
मानि लेलहुँ,
ताहि युगमे सएह छल हो सत्य
किन्तु तैं की आई
दिवाड़क ओ भीड़
पीपर-पाकड़िक ओ गाछ
हमरालोकनिक कोनो बेगर्ता
करत कउखन शान्त?
वा वरदान कोनो देत?
पिठारक घोड़कलस, दूधक धार—
व्यर्थ थिक, बेकार!
आइ काल्हुक मनुक्खक क्षमताक आगाँ
मानि लेलन्हि देवता-गण हारि
आब एटम बमक आगाँ भ' गेलन्हि अछि
भोथ चामुंडाक ओ तरुआरि
ताहि दिन छल एक पुष्पक
आइ नभमे विविध वर्ग विमान लाखक लाख
उड़ि रहल अछि शानसँ दिन राति
तरहथीक औंरा जकाँ सम्पूर्ण ई संसार
आब सबहक नजरि पर अछि साफ
आइ नहि तँ, काल्हि हिमगिरि मानताहे हारि
महोदय स्वाधीन ओ सम्बुद्ध—
सर्वसाधारण मनुक्खक लेल
की रहत अज्ञेय
के रहत अ-विजेय

धन्य हे श्रमशील मानव-विश्वभरिमे व्याप्त

हम भी क्या उसी में गिरें जाकर
आधिभौतिक उपद्रव से खिन्न
प्रकृति के रहस्य से संत्रस्त
आदिमानव ने जो देख लिया दीमकों का टीला
किंवा पीपल-पाकड़ या आम-जामुन के वृक्ष
स्तुति करने लगे तत्क्षण तुरन्त उसकी
ऋचाएँ निर्मित हुईं,
चलो! मान लिया,
उस युग में वही रहा हो सत्य
किन्तु आज भी क्या
दीमकों का वह टीला
पीपल-पाकड़ के वे वृक्ष
हमारी कोई भी जरूरत
करेंगे कभी पूरी?
या देंगे कोई वरदान?
पीठार से बने अश्व-कलश, दूध की धार—
व्यर्थ है, बेकार!
आज के मनुष्य की क्षमता के सामने
मान ली देवताओं ने हार
एटम बम के आगे अब हो गयी है
भोथरी चामुंडा की वह तलवार
उन दिनों था एक पुष्पक
आज नभ में विविध वर्ग विमान लाखों-लाख
उड़ रहे हैं शान से दिन-रात
हस्तामलकवत् सम्पूर्ण यह संसार
अब सभी की नजर पर है साफ
आज नहीं तो कल हिमालय भी मान लेंगे हार
महोदय, स्वाधीन और सम्बुद्ध—
सर्वसाधारण जन के लिए
रहेगा क्या अज्ञेय
रहेगा क्या अ-विजेय

धन्य हे श्रमशील मानव-विश्व-भर में व्याप्त

धन्य तोहर जाति!
नरक कें सुरपुर बनएबाक लेल
सदच्छन तों रहइ छह अपस्याँत
एक दिशसँ तोड़ि रहला राक्षसक तों दाँत
सम्मिलित स्वेच्छा प्रणोदित जयति जय जन शक्ति!
हृदयमे अछि एक केवल तोहरेटा भक्ति
आन देवी-देवता दिश नहि नवइ अछि माथ
आई नहि तँ काल्हि दानवदलक करबह अबस्से उच्छेद
कृषक श्रमिकक जीवनो के बनबिहह पुनिवेद
लैत प्राचीनक सगुण सद्ज्ञान
लोक हित मे लगबिहहह अपना युगक विज्ञान
कियो ने रहते अकिंचन, सब हएत लक्ष्मीवान
सबहि कर्मठ सबहि भोगी हएत सभ विद्वान
एहि धरतीक ओहि स्वर्गक दिव्य सुख जँ हम कदाचित्
भोगि नहि पओलहुँ तखन भोगत हमर सन्तान
आइए हम मुक्त कण्ठे करइछी जनताक तें जय-गान

जयति जनता-जनार्दन भगवान
कविक वाणी करओ दीपित आलसीहुक हृदयमे अभिमान
विजयिनी जनवाहिनी-सङसँ मिलितभ करओ ओहो—ओहिना अभियान

सत्य थिक संसार
सत्य थिक मानवसमाजक क्रमिक उन्नति—
क्रमिक वृद्धि-विकास
सत्य थिक संघर्षरत जनताक ई इतिहास
सत्य धरती, सत्य थिक आकाश
परम सत्य मनुक्ख अपनहि थिक

काशी, 1949

धन्य तुम्हारी जाति!
नरक को सुरपुर बनाने के लिए
रहा करते हर घड़ी बेचैन
एक तरफ तो तोड़ते जा रहे हो राक्षस के दाँत
सम्मिलित स्वेच्छा-प्रणोदित जयति जय जनशक्ति
हृदय में है एक केवल तुम्हारी ही भक्ति
अन्य देवी-देवताओं की ओर झुकता नहीं सिर
आज नहीं तो कल दानव-दल का करोगे अवश्य ही उच्छेद
किसानों-मजदूरों के जीवन को भी बनाना फिर वेद
लेते हुए प्राचीन का सगुण-सद्ज्ञान
लगाना लोक हित में अपना सामयिक विज्ञान
रहेगा न कोई अकिंचन होंगे सभी लक्ष्मीवान
सभी कर्मठ, सभी भोगी होंगे, सभी विद्वान
इस धरती के उस स्वर्ग के दिव्य सुख को यदि हम कदाचित
नहीं पाएँगे भोग, भोगेंगे हमारी सन्तान
इसीलिए आज ही जन-जन का मुक्त स्वर से मैं कर रहा जय-गान

जयति जनता-जनार्दन भगवान
कवि-वाणी करे दीपित, काहिलों के भी हिय-अभिमान
विजयिनी जनवाहिनी संग मिल करें वे भी—उसी तरह अभियान

सत्य है संसार
सत्य मानव समाज की क्रमिक उन्नति
क्रमिक वृद्धि-विकास
सत्य है संघर्षरत जनता का यह इतिहास
सत्य धरती, सत्य है आकाश
परम सत्य स्वयं ही है मनुष्य

आजुक महाकारुणिक बुद्ध

आजुक महाकारुणिक बुद्ध
छपबइ छथि अपन वक्तव्य
अमेरिका–इंग्लैंड–फ्रांस–जापानमे
ने जानि, कत' कत' सँ अबइ छनि भक्त–अनुरक्त
जाइत छन्हि चढ़ा नानाविध नैवेद्य!
आजुक महाकारुणिक बुद्ध
पहिरि लइ छथि कउखन कउखन
शए टाकावला जोड़ा चढ़उआ चप्पल
ओढ़ि लइ छथि कउखन
हजार टाकावला जोड़ा पश्मीना चद्दरि
पाबि लइ छवि कउखन
आस्ट्रेलियाक सेब, इस्राइलक अंगूर
आजुक महाकारुणिक बुद्ध
रहइ छथि सदक्षण अपस्याँत
कुबेर लोकनिक हृदयकें द्रवित करबाक हेतु
अउनाएल घुरइ छथि दिवारात्रि
कलकत्ता–मद्रास–बम्बई–दिल्ली
दिल्ली–बम्बई–मद्रास–कलकत्ता
आजुक महाकारुणिक बुद्ध
ने जानि, कहिआधरि पूर्ण हेतइन हिनक भिक्षापात्र!
साठिसँ बेशिए भ' गेलइन वय:क्रम
आहि र ओ बा!.... कत' विश्वक कोन दोगमे
नुकाइलि छथि आजुक विशाखा मृगारमाता!

आज के महाकारुणिक बुद्ध

आज के महाकारुणिक बुद्ध
छपवाते हैं अपने वक्तव्य
अमेरिका-इंग्लैंड-फ्रान्स-जापान में
पता नहीं कहाँ-कहाँ से जुटते रहते हैं भक्त-अनुरक्त
चढ़ा जाते हैं नानाविध नैवेद्य!
आज के महाकारुणिक बुद्ध
पहन लेते हैं कभी-कभार
चढ़ावे में आई सौ रुपए की चप्पल
ओढ़ लेते हैं कभी कभार
हजार रुपए कीमत की दोहरी पश्मीना चादर
पा लिया करते हैं कभी कभार
आस्ट्रेलिया के सेब, इस्राइल के अंगूर
आज के महाकारुणिक बुद्ध
रहते हैं सदा नाकोंदम
कुबेरों के हृदय द्रवित करने के पीछे
परेशान चक्कर लगाते हैं दिवारात्रि
कलकत्ता-मद्रास-बम्बई-दिल्ली
दिल्ली-बम्बई-मद्रास-कलकत्ता
आज के महाकारुणिक बुद्ध
नहीं मालूम, कब तक भर पाएगा इनका भिक्षापात्र!
साठ से अधिक की ही होगी उम्र
आह रे बा!... कहाँ विश्व के किस कोने में
छुपी है आज की विशाखा मृगारमाता!

अपार वैभवक अधिस्वामिनी—
सहज द्रवणशीला,परम अनुरक्ता...
भेटथीन कहियाधरि हिनका सेठानी विशाखा?
के कहओ, कहिआ, सिद्धिक प्रतापें
अमावस्याक निबिड़ निशीथमध्य
आप्लावित क' देथिन
निरंजना नदीक बलुआही पाट
आजुक महाकारुणिक बुद्ध
भिक्षाटन? भिक्षाटन त हिनक महालीलाक
मामूली अभिनय थीक शतांश मात्र!

आजुक महाकारुणिक बुद्ध
केलिफोर्नियाक देहातमे
खेने रहथि खीर गौरांगी सुजाताक हाथें
बुद्धत्व-प्राप्तिसँ एक राति पूर्व!
तत्पश्चात् केने रहथि युगधर्म-चक्र-प्रवर्तन!
सउँसे सृष्टि में, लागल पहुँचाबऽ
हिनक प्रवचनक एक एक आखर कें
भारत भूमिक दोरस बसात...
जूमऽ लगलथीन नहू-नहू
सारिपुत्र, मौद्गल्यायन, महाकश्यप..
छलथीन आइलि शरणमें हिनको
नगरवधू, आम्रपाली
अपन परित्यक्ता यशोधरापर
भेल लछइन अंकुरित हिनको हृदय में
अपरिसीम करुणा

साइन्सक पचफोड़नासँ छोंकल छइन
आजुक बुद्धक विवेक ओ संयम
शोधित छइन मैत्री भावना हिनक
अर्थशस्त्र-राजनीति आदिक पुटपाक सँ...
वियतनाम दिश केने पीठ,
तकई छथि तिब्बत दिश
आजुक महाकारुणिक बुद्ध

अपार वैभव की अधिस्वामिनी—
सहज द्रवणशीला, परम अनुरक्ता...
मिलेंगी इन्हें कब तक सेठानी विशाखा?
कौन कहे, कब सिद्धि के प्रताप से
अमावस्या के निविड़ निशीथ मध्य
आप्लावित कर देंगे
निरंजना नदी का रेतीला किनारा
आज के महाकारुणिक बुद्ध
भिक्षाटन? भिक्षाटन तो इनकी महालीला का
मामूली अभिनय है शतांशमात्र!

आज के महाकारुणिक बुद्ध
केलिफोर्निया के देहात में
खाई थी खीर गौरांगिनी सुजाता के हाथों
बुद्धत्व-प्राप्ति से एक रात पूर्व!
तत्पश्चात् किया था युगधर्म-चक्र-प्रवर्तन!
सम्पूर्ण सृष्टि में लगा पहुँचाने
इनके प्रवचन के एक-एक अक्षर को
भारत भूमि का दोरस बयार...
जुटने लगे धीरे-धीरे
सारिपुत्र, मौद्गल्यायन, महाकश्यप...
आई थी इनके भी शरण में
नगरवधू आम्रपाली...
अपनी परित्यक्ता यशोधरा के लिए
अंकुरित हुई थी इनके भी हृदय में
अपरिमित करुणा

साइन्स के 'पचफोड़ना' की पड़ी है छौंक
आज के बुद्ध के विवेक और संयम में
शोधित है मैत्री-भावना इनकी
अर्थशास्त्र-राजनीति आदि के पुटपाक से
वियतनाम की ओर किए पीठ
देखते हैं तिब्बत की तरफ
आज के महाकारुणिक बुद्ध

की लाल? की लाल?

की लाल? की लाल?
अढ़ूलक फूल लाल!
आरतिक पात लाल!
तिलकोड़क फऽड़ लाल!
छउँड़ीक ठोर लाल!
छओड़ाक टाइ लाल!
सूगाक लोल लाल!
ई लाल! ओ लाल!

की लाल? की लाल?
शोणित लाल, क्रान्ति लाल!
युद्धोत्तर शान्ति लाल!
रूसकेर देह लाल!
चीनकेर कोंढ़ लाल!
अमेरिकाक नाक लाल!
ब्रिटेनक जीह लाल!
ई लाल! ओ लाल!
- की लाल? की लाल?
हम्मर मोसि लाल!
अहाँक कलम लाल!
हिनकर पोथी लाल!
हुनकर गत्ता लाल!
ककरो गाल लाल!
ककरो आँखि लाल!
ई लाल! ओ लाल!

क्या लाल? क्या लाल?

क्या लाल? क्या लाल?
अड़हुल के फूल लाल!
आरती के पात लाल!
तिलकोड़[1] के फल लाल!
लड़की के होंठ लाल!
लड़के की टाई लाल!
तोते का चोंच लाल!
यह लाल! वह लाल!

क्या लाल? क्या लाल?
लहू लाल, क्रान्ति लाल!
युद्धोत्तर शान्ति लाल!
रूस की देह लाल!
चीन का हृदय लाल!
अमरीका की नाक लाल!
ब्रिटेन की जीभ लाल!
यह लाल! वह लाल!
क्या लाल? क्या लाल?
मेरी रोसनाई लाल!
आपकी कलम लाल!
इनकी किताब लाल!
उनकी जिल्द लाल!
किसी के गाल लाल!
किसी की आँख लाल!
यह लाल! वह लाल!

---

1. विम्बाफल

टूटि गेल अछि निन्न

टूटि गेल अछि निन्न
हे लिअऽ, भक दऽ भेल इजोत
तर्जनी पड़ितहिँ स्विचपर
टेबुल लैम्प स्वयं आलोकित,
आलोकित कएलक सउँसे छत
काँपी सँ संपृक्त पड़ल अछि पेन एक दिश
पेपरवेटक भार सँ जाँतल मेघदूत अछि शान्त एक दिश
बिहुँसि रहल अछि 'वाटरमैन'क पाट
पियरका लेब्रुल सटने—
सभक बोझ माथापार धएने
निर्विकार अछि बाँसक फट्ठिक ई सस्तउआ मेज
ठामहि छइ समगोत्री चेयर
—ततबे धरि परितोष!
बइसि जाइ छी
बइसब नहि तऽ मगजिक उसिना कोना हेतइ तइआर?
हम ही टा नहि, आनो अछि बुधिआर!

टूट गयी है नींद

टूट गयी है नींद
यह लो, भक् से हो गया उजाला
तर्जनी पड़ते ही स्विच पर
स्वयं आलोकित हो गया टेबल-लैम्प
समूची छत करता हुआ आलोकित
कापी से संपृक्त पड़ी कलम एक तरफ
पेपरवेट के भार से मेघदूत दबा पड़ा है शान्त एक तरफ
बिहँस रहा है 'वाटरमैन' का पॉट
पीला लेबुल लगाए—
सबका बोझा सिर पर उठाए
निर्विकार है बाँस की यह सस्ती मेज
पास ही है समगोत्री चेयर
—इतना भर ही परितोष!
बैठ जाता हूँ
बैठूँ नहीं तो कैसे हो पाएगा तैयार दिमागी खुराक?
केवल मैं ही नहीं, दूसरे भी हैं होशियार!

आन्हर जिनगी

आन्हर जिनगी
सेहन्ताक ठेङासँऽ थाहए
बाट-घाट, आँतर-पाँतरकें
खुट खुट खुट खुट

आन्हर जिनगी
चकुआएल अछि
ठाढ़ भेल अछि
युगसन्धिक अइ चउबट्टी लग
सुनए विवेकक कान पाथिकँ
अदगोइ-बदगोइ

आन्हर जिनगी
नाङड़ि आशाकेर कान्ह पर हाथ राखि कँऽ
कोम्हर जाइ छएँ?
ओ गबइत छउ बटगवनी
तो गुम्म किए छएँ?
तऽहुँ धऽले कोनो भनिता!

आन्हर जिनगी
शान्ति सुन्दरीकेर नरम आङुरक स्पर्श सँ
बिहुँसि रहल अछि!
खण्ड सफलताकेर सलच्छा सिहकी
ओकर गत्र-गत्रमे
टटका स्पन्दन भरि देलकइए

अन्धी जिन्दगी

अन्धी जिन्दगी
लालसा की लाठी से लेती हुई थाह
बाट-घाट, परती-पाँतर की
खुट खुट खुट खुट...

अन्धी जिन्दगी
चकित है
खड़ी है
युगसन्धि के इस चौराहे के पास
सुनती है विवेक के कान लगाए
भला-बुरा

अन्धी जिन्दगी
लँगड़ी आशा के कन्धे पर धरे हाथ
किधर जा रही है?
वह गाता 'बटगमनी'
तू चुप क्यों है?
शुरू कर दे तू भी कोई 'भनिता'!

अन्धी जिन्दगी
शान्ति सुन्दरी की नरम उँगली के स्पर्श से
बिहँस रही है।
खंड सफलता के शुभ समीर ने
उसके अंग-अंग में
ताजा स्पन्दन भर दिया है...

पुलिनक सेज पड़लि छथि सरिता

पुलिनक सेज पड़लि छथि सरिता
बिरह झमारलि, कृश, दुख-भरिता
मृदु सित सैकत पाटी शीतल
चेहरा-मोहरा नोरें तीतल
जीवन पथ छनि केहेन नमहर
नखत-प्रदीपित पातिल पुरहर
औथिन हुनि अभिभावक पावस
भरि जेथिन रस सहज दयावश
सुलभ हेतनि पुनि सागर संगम
करती सरिपहुँ सुख हृदयंगम
एखन झमारलि, कृश दुख-भरिता
पुलिनक सेज, पड़लि छथि सरिता

रेत की सेज पर लेटी है सरिता

रेत की सेज पर लेटी है सरिता
विरह से झकझोरी हुई, दुबली, दुख से भरी
सुन्दर, श्वेत बालुकाराशि की शीतल पट्टी
मुखाकृति आँसू से भीगी हुई
लम्बा है जीवन-पथ कितना
नक्षत्रों से प्रदीपित मंगलकलश सँजोए
अभिभावक पावस आने वाले हैं
दयार्द्र होकर सहज ही रस छलका जाएँगे
सुलभ हो पाएगा पुनः सागर-संगम
सचमुच, सुख को करेगी तब वह हृदयंगम
अभी तो झकझोरी हुई, दुबली, दुख से भरी
रेत की सेज पर लेटी है सरिता

सुजन नयन मनि

सुजननयन मनि
सुनु सुनु सुनु धनि
मथित करिअ जनि
पिअ हिअ गनि गनि
शितशर हनि हनि
सुनु सुनु सुनु धनि
मनमथ रथ बनि
विपद हरिअ तनि
शुभ सद गुन खनि
सुनु सुनु सुनु धनि
सुजन नयन मनि

सुजन–नयन–मणि

सुजन–नयन–मणि
हे रमणी, सुनो, सुनो, सुनो
प्रियतम के हृदय को
गिन–गिनकर
मार–मारकर बाण मत करो उद्वेलित
हे रमणी, सुनो, सनो, सुनो
कामदेव का रथ बनकर
तनिक दुःख हरण करो
हे सद्गुणों की खान
सुनो, सुनो, सुनो
हे सुजन–नयन–मणि–रमणी

ओ तँ थिका दधीचिक हाड़

महात्मा गाँधी
राष्ट्रपिता हमरा लोकनिक
छथि बड्ड पैघ
देखू हुनका चौरंगीक कातमे ठाढ़
मास थिकई अखाड़
भीजइ छथि बर्खा-बुन्नी में बापू
गलतइ त नहिए
प्रतिमा थिकई धातुक
मुदा तें की?
लागत नहीं अनसोहाँत ई दृश्य
कने दूर हटिक अही मैदानमे
चमकइए दुग्ध धवल विक्टोहरया टेम्पुल
आउ, एम्हर आउ!
लग आउ, भीतर आउ!
दर्शन करू राजराजेश्वरीक
चित्त हैत निर्मल!
प्रपितामही एलिजाबेथक
करथु कल्याण हमरा लोकनीक
ई कथी लए भिजती बर्खा-बुन्नीमे कहिओ!
हिनका किए लगतइन वैशाखक रौद
हिनका किए लगतइन पूसक पाला
आउ, भीतर आउ
दर्शन करू हिनकर!
बिसरि जाउ भिजइ छथि गाँधी...
ओ त थिका दधीचिक हाड़
रहथु भने ठाढ़
मैदानक कतबहि मे खुल्लम-खुल्ला!

वैदेही, 1963

वे तो हैं दधीचि की अस्थि

महात्मा गाँधी
राष्ट्रपिता हमारे
हैं बहुत बड़े
देखो उन्हें चौरंगी के किनारे खड़े
महीना है आषाढ़ का
भीग रहे हैं वर्षा-पानी में बापू!
गलना तो है नहीं
प्रतिमा है धातु की
मगर इससे क्या?
असंगत नहीं लगेगा यह दृश्य
थोड़ी ही दूर हटकर इसी मैदान में
चमक रहा है दुग्ध-धवल विक्टोरिया टेम्पुल
आओ, इधर आओ!
करीब आओ, अन्दर आओ
दर्शन करो राजराजेश्वरी के
निर्मल हो जाएगा चित्त!
परदादी एलिजाबेथ का
हमारा कल्याण करे
वे क्यों भीगें वर्षा या बूँदा-बाँदी में कभी!
इन्हें क्यों लगेगी वैशाख की धूप
इन्हें क्यों लगेगी पूस की बर्फीली ठंड
आओ अन्दर आओ
दर्शन करो इनके!
भूल जाओ भीगते हैं गाँधी
वे तो हैं दधीचि की अस्थि
रहें भले खड़े
मैदान के एक किनारे खुल्लम-खुल्ला!

अहाँ बड्ड फूसि वजइ छी!

बाबा!
अहाँ फूसि बजैत छी ढाकीक ढाकी
अहाँ फूसि बजैत रहइ छी
आ, हमरा बड्ड बेशी
हँसी लगैत रहइए
मोन होइए, कउखन कऽ
कने-मने फूसि हमहूँ बाजी
मुदा हमरा बुतें
से कहाँ पार लगइए!
सिख दिअऽ हमरो
फूसि बजनाइ, प्लीज, बाबा ने!

ई बात हम
ककरो नइ कहबइ
फूसि बजनाइ हम
अप्पन बाबासँ सिखने छी
से ई बात हम ककरो नइ कहबइ

अहाँ सँ कत्ते गोटे
भेंट करए अबैत रहइ छथि
किदन-कहाँदन गप्प करइ छथि
अहाँ बेशी सँ बेशी
सुनितहिं छिअनि
कौखन मूड़ी

आप बहुत झूठ बोलते हैं!

बाबा!
आप बोलते हैं झूठ टोकरी के टोकरी
बोलते रहते हैं झूठ आप
और मुझे बहुत ही
आती रहती हैं हँसी...
मन होता है कभी-कभी
थोड़ी-बहुत झूठ मैं भी बोलूँ
पर मुझसे
यह कहाँ हो पाता!
सिखला दो मुझे
झूठ बोलना, प्लीज, बाबा मेरे!

यह बात मैं
नहीं कहूँगा किसी से
झूठ बोलना मैंने
अपने बाबा से सीखा है
नहीं बताउँगा किसी को यह बात

आपसे कितने ही लोग
आते हैं मिलने को
जाने क्या-क्या बातें होती हैं
आप अधिकतर
सुनते ही रहते हैं
कभी-कभी

डोला दइत छिअनि
तखन बजनिहारे हारि
मानि लइत छथि

हीनू
हमर छोटका पौत्र
तेना जकाँ करइए जे
हमरा बड्ड हँसी लगइए
मुदा करब की?
अंग्रेजी माध्यम बला
आनन्दमार्गी इसकुलमे
पढ़निहार हीनू
अर्थात् हेमेन्द्र मिश्र
सातम क्लासक छात्र...
हमर दुलरूआ...

संकल्प, 1994

हिला देते हैं माथा
तब बोलने वाला खुद ही
मान जाता है हार

हीनू
मेरा छोटा पौत्र
इस तरह करता है कि
मुझे आती हैं बहुत हँसी
लेकिन करूँ भी क्या?
अंग्रेजी माध्यम वाले
आनन्दमार्गी स्कूल में
पढ़नेवाला हीनू
अर्थात् हेमेन्द्र मिश्र
सातवें वर्ग का छात्र
मेरा प्यारा दुलारा

मीनी मिथिला

तरुआ तिलकोड़क पात
भूजल तिसिअउड़ी-दनौड़ी
रऽहूक तरल-झोराओल पेटी
कुतरुमक चटनी
मखानक खीर
हमरा दिल्लिओ में सुलभ भऽ जाइए
झाजीक प्रतापें

अपना देश-कोशक सोन्हगर वाक्य-विन्यास
चहटगर इडियम
भृकुटिक इंगितगर्भी आकृति
हमरा दिल्लिओ में सुलभ होइए
झाजीक प्रतापें

अकस्मात् मोन पाड़ि दइत छथि झाजी
इशर्गत
अनन्त
राखी
जयन्ती

ओ प्रतिबर्ख
दड़िभंगा सँ पतड़ा मङा लइत छथि
हुनका क्वार्टर में जितिया पाबनि सेहो होइत छइन
एवं प्रकारे हमरा

मिनी मिथिला

तिलकोड़[1] के तले हुए पत्ते
भूनी हुई तिसिऔड़ी[2] दनौड़ी[3]
रेहू मछली की तली रसदार पेटी
कुतुरुम की चटनी
मखाने की खीर
दिल्ली में भी सुलभ हो जाती है मुझे
झा जी के प्रताप से

अपने गाँव-घर के सोंधे वाक्य-विन्यास
स्वादिष्ट इडियम
भृकुटी की इंगितगर्भी आकृति
दिल्ली में भी सुलभ हो जाते हैं मुझे
झा जी के प्रताप से

अकस्मात् याद दिला देते हैं झा जी
इशर्गत[4]
अनन्त
राखी
जयन्ती

वे प्रति वर्ष
दरभंगा से पंचांग मँगवा लेते हैं
उनके क्वार्टर में 'जितवाहन' पर्व भी होता है
विभिन्न प्रकार से मुझे

सुलभ भ' जाइ छथि
'मीनी मिथिला' दिल्लिओ में
झांजीक प्रतापें

मुदा, अइ बेर, भेट भेला उत्तर
बाजल रहथि झाजी—
ई सभ त' बड़ बेश
अपने ओतुक मालहक आँठी
रोपने रहिअइ
बर्ख तिनिएक सँ दश-बीसटा कैऽ
फड़िते अछि
कार्पोरेशनक ग्राउंड फ्लोरवला ई फ्लैट
आइ सभ अथे हमरा बेस धारलक अछि
पछुआड़ में, देखितहि छी—
छोट छीन बगीची लगा देने छिअइक
हँ, तखन, अपशोचक बात इएह जे
धिया-पूता पंजाबी मेल जाइएऽऽ

मैथिली अकादमी, 1981

सुलभ हो जाती है
'मिनी मिथिला' दिल्ली में भी
झा जी के प्रताप से

लेकिन इस बार मुलाकात होने पर
कहा था झा जी ने—
यह सब तो ठीक ही है...
अपने यहाँ के मालदह आम की गुठली
रोपी थी
विगत तीन वर्षों से दस-बीस
फल लग भी जाते हैं
कार्पोरेशन का ग्राउंड फ्लोरवाला यह फ्लैट
आज हर तरह से मेरे लिए फलदायी रहा है
पिछवाड़े में देख ही रहे हैं—
छोटी सी बगीची लगा रखी है
हाँ, तब अफसोस की बात यही है कि
बाल-बच्चे पंजाबी होते जा रहे हैं

---

1. मिथिला के घर-घर में रुचिपूर्वक खाएजाने वाले एक बेल के पत्ते जिन्हें पिसे चावल के घोल से सानकर पकौड़ों की तरह तलकर खाया जाता है, 2. अलसी की बड़ी, 3. दाल की बड़ी, 4. सपंगन्धा जड़ी।

बांग्ला कविता

ओ देरइ जन्य

ओरा आस छे ना कैनो?
आमि दाँरिये अछि एखाने
शुधु ओ देड़इ जन्य
आबार ओरा आसुक ताड़ाताड़ि
ओदेरइ प्रतीक्षाय आमि
येन कलप-कल्पन्तो थेके
टाँड़िए आछि उद्‌ग्रीव

3 जुलाई, 1978

उन्हीं के लिए

वे आते क्यों नहीं
उन्हीं के लिए तो मैं
खड़ा हूँ यहाँ
अबकी फिर तो आएँ वे झटपट
उनकी ही प्रतीक्षा में
जैसे कल्प-कल्पान्तर से
खड़ा मैं उद्ग्रीव!

भाबेर जोनाकि

भाबेर जोनाकि गुलो चुपि-चुपि घुमोय शब्देर जंगले
भाबेर जोनाकि गुलो चुपि-चुपि बेड़ाए शब्देर जंगले
भाबेर जोनाकि गुलो निशुति राते करे स्वेच्छा अभिसार
भाबेर जोनाकि गुलो श्रावण निशिथे दारुण दुर्निवार

भावों के जुगनू

शब्दों के जंगल में सो रहे हैं चुपचाप भावों के जुगनू
शब्दों के जंगल में घूम रहे हैं चुपचाप भावों के जुगनू
भावों के जुगनू गहरे निशीथ में रचा रहे हैं स्वच्छाभिसार
श्रावण निशीथ में भावों के जुगनू दारुण दुर्निवार

आमारा कृतार्थ होयेछि

माझ श्राबणेर निशीथे,
जेगे आछि आमरा दुइ प्राणी
सूची भेद्यो अन्धकारे
एइ क्षुद्र कुठरीर भेतोरे
निःस्वप्न निद्राय घुमुच्छे तीन जन
जेगे आछि शुधु आमरा दुइ प्राणी
निजो निजो शिकार शन्धाने
बाहिरे अझोर वृष्टीर दापोट
भेतेरे किन्तु आमरा दुइ जीव
अतन्द्र, सचेतन, उद्यत!
ओइ जे कोरले शेकार
धोरे फेल्लो मस्तो बड़ो ईंदुर के
अमिओ तो धोरे फेलेछि आमार भाव तरंग के
शाबाश रे शाबाश; आमार दुलाल
मस्तान मुषिक् के धोर फेलेछीस
अचोम्भिते एके बारेइ लाफिए
कैंच कैंच कोरे आर्तनाद कोरेबे
बेचारा मस्तान-मूषिक
शाबाश रे शबाश, आमार दुलाल!
आमार बन्धु बिडाल!
बाहिरे अझोर अबिराम बृष्टि चालू
आमिओ तो धोरे फेलेछि
तोर एइ बाहादुरी के
आमारा कृतार्थ होयेछि
समाने-समाने
शबाश रे शाबाश, आमार दुलाल!

9 जुलाई, 1978

हम हुए कृतार्थ

श्रावण की मध्यरात्रि में
जाग रहे हैं हम दो जने
सूचीभेद्य अँधेरे में
इस छोटी कोठरी में
निःस्वप्न नींद सो रहे तीन जने
जाग रहे हैं सिर्फ हम दो
अपने-अपने शिकार की तलाश में
बाहर लगी अविराम झड़ी बरसात की
अन्दर में लेकिन हम दो जीव
अतन्द्र, सचेतन, उद्यत!
वह देखो कर लिया शिकार
पकड़ लिया बड़े से चूहे को
मैंने भी पकड़ लिया अपने भाव-तरंग को
शाबाश रे, शाबाश, मेरे दुलारे
मस्तान मूषिक को पकड़ लिया तूने
अचानक एक ही छलाँग में
'कैंच-कैंच' आर्तनाद करेगा
बेचारा मस्तान मूषिक
शाबाश रे, शाबाश मेरे दुलारे
मेरे बन्धु बिलाड़!
बाहर लगी अविराम झड़ी बरसात की
मैंने भी पकड़ लिया है
तेरी इस बहादुरी को
हम कृतार्थ हुए हैं
बराबर-बराबर
शाबाश रे शाबाश, मेरे दुलारे!

काव्य शिशु

भूमिष्ठ हलो
आमार काव्य शिशु
निशूति रात्रे
केउकि शुनेछे ओर क्रन्दन
केउकि शुनेछे ओर आर्तनाद
आमि निजेई एइ नबजातकेर धात्री
आमि निजेई एइ नबजातकेर जननी
भूमिष्ठ हयेछे
आभार काव्य शिशु
निशूति रात्रे!

10 जुलाई, 1978

काव्य-शिशु

जन्म लिया
मेरे काव्य-शिशु ने
गहन रात्रि में
क्या किसी ने सुना उसका क्रन्दन
क्या किसी ने सुना उसका आर्तनाद
मैं स्वयं ही इस नवजात की धात्री
में स्वयं ही इस नवजात की जननी
जन्म लिया है
मेरे काव्य-शिशु ने
गहन रात्रि में

दीप्त सीमन्त

एखन तो कोना पत्ता नेइ
तोमार सेइ दीपितो सीमन्तेर
सन्धान पाबो कि कोरे जायगाटिर
कोथाए ये प्रथम प्रथम
सिन्दूर लागिए छिलाम
तोमार सेइ कुन्तल कपाल
पुरातत्वेर स्मृतिते
परिणत संप्रति
अथच एइ चेतना पटले
ओ ज्वल-ज्वल करिते छे
तोमार सेइ सद्य सिन्दूरित सीमन्त खानि
अथच एखन तो होदिस पाइनि
एकजन किोरीर सेइ दीप्त सीमन्तेर

21 जुलाई, 1978

दीप्त सीमन्त

अब तो कुछ पता नहीं
तुम्हारी उस दीप्त माँग का
कैसे करूँ उस जगह का सन्धान
जहाँ पहले-पहल
लगाया था सिन्दूर
तुम्हारा वह कुन्तलित भाल
अब तो हो रहा मात्र
पुरातत्त्व-स्मृति
जबकि इस चेतना पटल पर
अब भी है झिलमिल
तुम्हारी वह सद्यःसिन्दूरित माँग
जबकि अब रेख वह नहीं मिलती
उस एक किशोरी की उस दीप्त माँग की!

शिङ–टिङ नेइ

आमार शिङ–टिङ नेइ
मा आमा के ऐका छेड़े गेछे
स्तन्यापानेर अवसर पाइनि
आमार कोनो सहोदर जीवित नेइ
ऐकाई आमि
विज्ञप्ति हये
घोरा फेरा करि
कृतार्थ कोरे छे आमाय
धारिओयाल कोम्पानी
आमार शिङ–टिङ नेइ

27 जुलाई, 1978

सींग-वींग नहीं है

सींग-वींग नहीं हैं मेरे
माँ मुझे अकेले ही छोड़ गयी है
स्तनों से दूध पीने का अवसर नहीं मिला
मेरा कोई सगा जीवित नहीं है
अकेला मैं
विज्ञापन होकर
घूम-फिर रहा हूँ
कृतार्थ किया है मुझे
धारीवाल कम्पनी ने
मेरे सींग-वींग नहीं...

आमि मिलिटारिर बुड़ो घोड़ा

आमि
मिलिटारिर बुड़ो घोड़ा
आमाके ओरा कोरबे निलाम
कोनो चतुर ताँगावाला
निये जाबे आमाके
बोसिए देबे चोखेर धारे
रंगीन खोलश
बलते थाकबे :

सामने चल बेटा
सामने चल
सामने

मैं मिलिटरी का बूढ़ा घोड़ा

मैं
मिलिटरी का बूढ़ा घोड़ा
करेंगे वे मुझे नीलाम
कोई चतुर ताँगावाला
ले जाएगा मुझे
चढ़ा देगा आँखों के किनारे
रंगीन आवरण
और कहता रहेगा :

सामने चल बेटा
सामने चल...
सामने...

कथेतर गद्य

राज्याश्रय और साहित्य जीविका

मौजूदा शासन के अन्दर सर्वांशतः राज्याश्रय सच्चे साहित्यकार के लिए ठंडी कब्र है, यानी प्राणशोषक समाधि।

युगनिर्माता साहित्यिक जब आज के आराम-तलब और चापलूस ऑफिसरों के दरमियान जा पहुँचता है तो उस पर 'भई गति साँप छछूँदर केरी' वाली कहावत लागू हो जाती है। धीरे-धीरे उसके अन्दर का युगशिल्पी मर जाता है, फिर विमूढ़ और पतित हंस की चोंच का पहला शिकार सरस्वती की खुद वीणा ही होती है।

'राज्याश्रय' कोई मामूली शब्द नहीं समझा जाये, वह तो हमारे युग-दर्शन का एक 'बीजक' शब्द है। इसकी व्याख्या में क्या नहीं समा सकता है? मगर यहाँ उतने विस्तार में जाने का न तो अवसर है, न वह हमें अपेक्षित ही है। साहित्यकारों के लिए राज्याश्रय के क्या-क्या रूप-रंग निखर आए हैं, अभी तो बस उतना-भर देख लेना है—

—राज्य-सभा, विधान परिषदों में सदस्यता की प्रसादी।

—सरकारी शिक्षण-संस्थाओं में विभागीय प्राधान्य।

—अर्द्ध-सरकारी, पौन-सरकारी संस्थाओं में वैतनिक दादागिरी।

—रेडियो, सूचना विभाग, अनुवाद विभाग, परिभाषा ढलाई विभाग, राजदूतावास आदि गुफाओं में पद-लाभ।

—पाठ्यक्रम के तौर पर आपकी एक या अनेक पुस्तकों की मंजूरी।

—मुद्रित या अमुद्रित ग्रन्थ पर पुष्कल पुरस्कार।

—एकमुश्त धनराशिवाला अकेदेमिक पुरस्कार।

—कीमत तमगे और पद्मश्री-पद्मविभूषण आदि उपधियाँ कि जिनके चलते बुढ़ापे में भी आप जीवन-पथ पर फिसलन के मजे लूट सकते हैं।

—आपके प्रयास से संचालित-संयोजित संस्थाओं और समारोहों के नाम अनुदान की अमृत-वर्षा।

—स्वयं ही प्रकाशन शुरू कर देने पर कई प्रकार की वैध-अवैध सुविधाएँ

मिलने लग जाती हैं और आप स्वयं दस गुना, बीस गुना ज्यादा एक्टिव हो उठते हैं, फिर साहित्य-रसिक मिनिस्टरों की गुणग्राहिता के कारण दो-चार वर्षों के भीतर ही लखपतियों में उठने-बैठने लायक हो जाते हैं।

—सांस्कृतिक शिष्टमंडलों में नत्थी होकर आप काठमाण्डू-कोलम्बो से लेकर मास्को-पीकिंग-तोकियो-लन्दन-न्यूयार्क-पेरिस की हवा खा आते हैं।

—नाना प्रकार के आयोग, बोर्ड, कमिटियाँ, परिषदें... जाने किस-किस गलियारे में आपका नाम चमकने लग जाता है! सामर्थ्य और समय हो चाहे न हो, एलाउन्स का लासा आपको इनसे चिपकाए रखता है।

—आकाशवाणी-केन्द्रों से धड़ाधड़ कंट्राक्ट आ रहे हैं आपके पास... खाँसते-खाँसते भी हम रिकार्डिंग करवा ही आते हैं।

—अनुवाद और रिविजन के काम नयी दिल्ली से ही नहीं, अपने प्रादेशिक सूचना विभाग तक से मिल जाते हैं...

—सिने-संसार की रुपहली मादकता से भी हमारा बन्धु वर्ग अब अपरिचित नहीं रहा। उसके आगे दिल्ली के लड्डू मात हैं।

पिछले कुछ वर्षों में साहित्यकारों के लिए सुख-सुविधा का एक और सातमंजिला बिल्डिंग खड़ा हो गया है—विदेशी दूतावासों द्वारा परिचालित प्रकाशन संस्थाओं की छोटी-बड़ी नौकरियाँ, अनुवाद और ट्यूशन के धन्धे भी विदेशियों की बदौलत इधर खूब चमके हैं। सैकड़ों तरुण प्रतिभाएँ देशी प्रतिमान से ऊपर उठकर विश्वात्मा की मधुगन्धी परिधियों के अन्दर चली गयी हैं। स्टडी-टूर या कल्चरल टूर की तो बात छोड़ दीजिए, सीधी-सादे अनुवाद कार्य के लिए सैकड़ों युवक साहित्यिक मास्को-पीकिंग जा बसे हैं। सांस्कृतिक भू-परिक्रमा के लिए अमरीका भी हमारे सुधी साहित्यिकों को गगनविहारी होने का सुयोग दे रहा है। बंगला-मराठी-तेलुगु-गुजराती के कतिपय मूर्धन्य साहित्यकारों की तरह हमारे हिन्दी के भी अनेक चूड़ामणि साहित्यकार मास्को-पीकिंग-न्यूयार्क-पेरिस-लन्दन की उपनगर-वीथियों में चहलकदमी कर आए हैं।

यों कुछ एक दादा-साहित्यकार इस प्रसंग में बेरुखी का अभिनय कर मुस्करा भी पड़ते हैं—कहते हैं, भई, क्या रखा है इन बातों में? कल सन्ध्याकाल आओ तो भंग छानें! अच्छा, तुम तो पिछले जाड़ों में काठमाण्डू गये थे। कैसा रहा? सुमन की तबीयत लगती है वहाँ? अजी, ताशकंद जा रहे थे न तुम? मुल्कराज आनन्द और सज्जाद जहीर मुझसे इसीलिए दो बार मिलने आए... मैं भला अब इस बुढ़ापे में कहाँ-कहाँ मारा फिरूँ?

मगर अभी-अभी तो आप पूना-मद्रास हो आए हैं! ताशकन्द जाना तो इससे कहीं आसान है! नहीं?

फिर उन्होंने मेरे आगे पान की डब्बी बढ़ा दी और कुछ कहा।

क्या कहा?—जाने दीजिए!

अंगूर खट्टे हैं तो मीठे कैसे होंगे? मीठे न भी हों, फिर भी हम आप क्या उन्हें यूँ ही छोड़ देंगे? खट्टे अंगूरों का बहुत बढ़िया सिरका बनता है। अचार नहीं बनेगा? चटनी भी बना सकते हैं न!

मैं यानी इन पंक्तियों का उद्भावक श्रीहीन नागा बाबा उर्फ अवधूत साहित्यकार गुड़ घोलकर इमली पीता रहा हूँ तो भला खट्टे अंगूरों को छोड़ दूँगा?

मैं राज्याश्रय को हौआ नहीं मानता। पिछले युगों के दरबारी कवि में और आज के राज्याश्रित कवि में आकाश-पाताल का अन्तर है। आज के राज्य चाहे कैसे भी हों, हैं तो जनतान्त्रिक ही न? आज के ये प्रशासकीय जनतन्त्री ढाँचे हमने खड़े किए हैं। रोज-ब-रोज अपनी स्थिति को बेहतर बनाते चलने का हमारा प्रयास कभी शिथिल नहीं होगा।

जब सारी जनता ही राज्याश्रित है तो हम साहित्यकार भला और किसका सहारा या आश्रय लें? हाँ, हममें से कुछ-एक साहित्यकार कह सकते हैं कि वे राज्याश्रय को उच्चतम साहित्य के विकास की दृष्टि से सर्वथा फिजूल, बल्कि हानिकारक मानते हैं। इस सिलसिले में अपनी व्यक्तिगत राय मैं शुरू में ही जाहिर कर चुका हूँ। यहाँ फिर से दुहरा दूँ उसे—

"मौजूद शासन के अन्दर सर्वांशतः राज्याश्रय सच्चे साहित्यकार के लिए ठंडी कब्र हैं, यानी प्राणशोषक समाधि।"

इसमें पाँच शब्द हैं, जिनकी ओर मैं आपका ध्यान बार-बार आकृष्ट करना चाहूँगा।

'मौजूदा', 'सर्वांशतः', 'सच्चे', 'कब्र' और 'प्राणशोषक'—इन शब्दों की तत्त्वबोधनी व्याख्या आपके दिमाग में अनायास ही भासित हो उठेगी।

मेरा क्या तात्पर्य था, आप समझ गये होंगे।

उच्चतर और उच्चतम साहित्य पहले युगों की तरह आनेवाले युगों में भी निर्मित होंगे और इस युग में भी उनका निर्माण चालू है—हाँ, रेडिओ और सूचना विभाग की मेजों पर नहीं... साहित्य अकादमी के रूमों में? नहीं, वहाँ भी नहीं... नयी दिल्ली की बड़ी सेक्रेटेरियट में और प्रादेशिक महानगरों की सेक्रेटेरियटों में पचासों साहित्यकार साहब घुसे पड़े हैं, वे लिख रहे हैं उच्चतर साहित्य? एम.पी. और एम.एल.सी. साहित्यकार रच रहे हैं उच्चतम साहित्य? अपने पिछली कीर्ति के कारण ही जिनके लिए विश्वविद्यालयों में 'विभागीय प्रधान' पद सुलभ हुआ था, शायद वे लिख रहे हों उच्चतम साहित्य! हमारा जो भाई मास्को-पीकिंग-न्यूयार्क का चक्कर मार आया है, उसने शायद अनोखी चीज लिखी होगी! हमारा

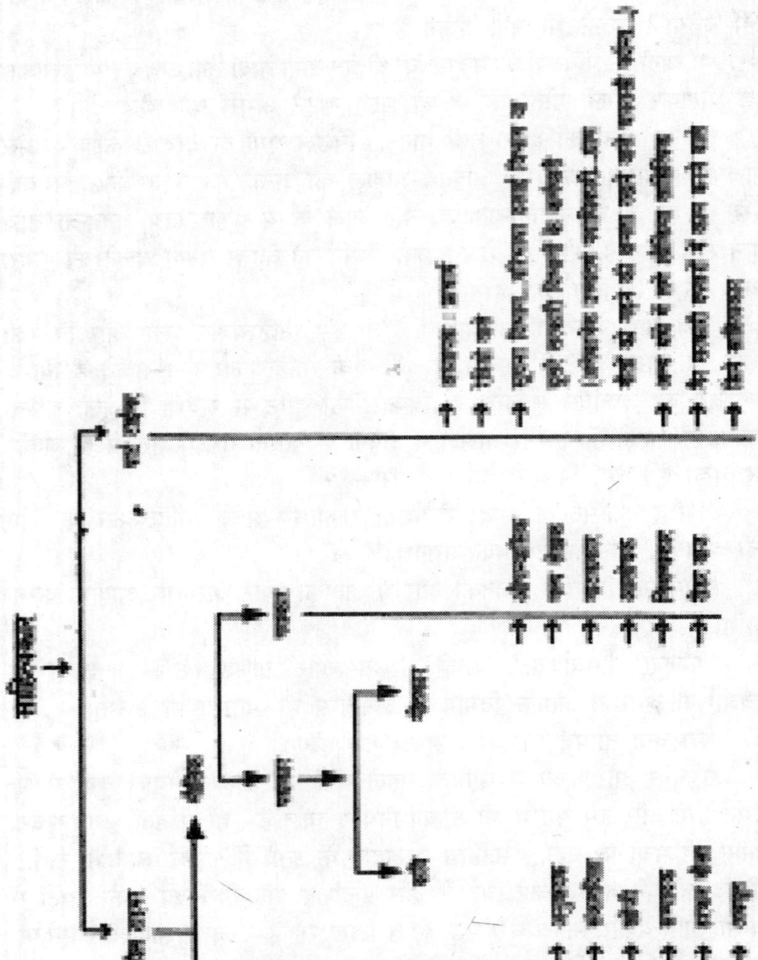

वह दादा उपन्यासकार जो तीन वर्षों से आकाशवाणी केन्द्र में सिग्नेचर-सनीचरी वसूल कर रहा है, उसकी घुटन ही शायद महान् साहित्यकार बन जाय! वे भाई जो प्रकाशक बन गये हैं, कहते फिरते हैं : माँ का असली दूध तो बस वही पीते हैं... माँ यानी सरस्वती का! उनका दम्भ कितना वीभत्स है! कितना खतरनाक! वे ही शायद आगे कोई अनूठी वस्तु हमें दे आएँ।

दूसरी तरफ हम देखते हैं कि अमुक नगर का सर्वश्रेष्ठ युवक कहानीकार अमुक बक्शी या अमुक पाण्डेय या अमुक वर्मा 'स्क्रिप्ट राइटर' के मोढ़े पर अमुक रेडियो स्टेशन पर बैठा दिया गया। पिछले सात वर्षों में या चार वर्षों में उसके दिल-दिमाग बिलकुल भूसा हो गये हैं तबीयत करती है, भगा जाय कहीं किसी छोटे कस्बे की तरफ। खादी का बाना धर के भारत-सेवक-समाज में रात्रि पाठशाला की मामूली नौकरी कर लेगा। शरद् बाबू भी तो रंगून भागे थे! मश्केबाजी का गुर मालूम होता तो अवश्य यह युवक कथाकार 'पी.ई.' हो गया होता। दो संकलन छपे थे, सो प्रकाशकों ने कुल जमा सौ रुपए दिए हैं अब तक। खुदा उनका भला करे!

पिछले बारह-तेरह वर्षों में साहित्यकार की स्थिति में काफी परिवर्तन आया है। भंग पीकर लिखनेवालों की संख्या कम हो गयी है। हिन्दी अब राज्यभाषा हो चुकी है, हिन्दी के अधिकाँश साहित्यकार किसी न किसी रूप में राज्याश्रय प्राप्त कर चुके हैं। जो राज्याश्रय से पृथक् होने के कारण अपने को 'परम स्वतन्त्र' मानते हैं, उनकी भी स्थिति राज्य से सर्वथा असहयोग की नहीं है। पग-पग पर राज्य से असहयोग की भावना पागलपन का पर्याय ही कहलाएगी। प्रशासन (राज्य) चाहे जैसा भी हो, हमारा अपना है। सुशिक्षित और समृद्धिशील पाठक वर्ग बड़ा होता जाएगा, किताबों की खपत बढ़ती जाएगी, साहित्यकार सुखी होगा। फिर किसी प्रख्यात उपन्यासकार को झख मारकर आकाशवाणी केन्द्र में चाकरी नहीं करनी पड़ेगी। किसी श्रेष्ठ कवि को सूचना-विभाग की फाइलों में गर्क होकर घुटन को छन्द का जामा नहीं पहनाना पड़ेगा।

जरा सोचिए कि 15 वर्ष बाद हमारी जनता इस हद तक शिक्षित और पैसेवाली हो जाएगी कि आपका मामूली प्रकाशन भी पचास हजार प्रतियों में छपेगा और महीने-दो महीने के अन्दर ही रॉयल्टी की पूरी राशि आपके नाम बैंक में जमा हो चुकी रहेगी।

तब सौ पेज का एक उपन्यास, बीस कविताओं का एक संकलन, दस गीतों की एक रिकार्डिंग, एक नाटक का महीने-भर अभिनय, पन्द्रह कहानियों का एक संग्रह, आलोचना की छोटी-सी एक पुस्तक हमारे कथाकार-गीतकार-नाटककार-आलोचक के लिए वर्षों का 'योग क्षेम' जुटा देंगे। फिर अपेक्षित बेफिक्री और सुविधा सुलभ रहने पर पन्द्रह सौ पृष्ठों या तीन खंडों में जो साहित्यकार जन-

जीवन का महाकाव्य अर्थात् बृहत् उपन्यास लिख लेगा, उसकी रायल्टी से तो वह करोड़ीमल हो जाएगा न? तब भी क्या वह आज की तरह 'राज्याश्रय' शब्द से चौंक उठेगा?

आज हिन्दी-क्षेत्र की हमारी जनता अल्पशिक्षित है, साधनहीन है। जहालत और गरीबी में साहित्य 'घी की बूँदों' की तरह नजर आता है, खुशहाली के समुद्र में तो कल वह तेल की तरह फैलता दीखेगा।

मुझे विस्मय होता है कि राज्याश्रय को हौआ अमृतफल बताकर विपक्ष और पक्ष में वाद-विवाद का अन्त नहीं है। साहित्यकार सरकारी नौकरी क्यों न करें? साहित्यकार बड़ी नौकरी के लिए क्यों लार टपकाए? कल उसने अखबारों के जरिए जनता को धमकी दी थी—वह पान की दुकान कर लेगा! आज वह शेखी बघारता घूम रहा है—वह अपने को नहीं बेचेगा! अपनी पांडुलिपियों की होली जलाएगा वह!...आज वह सरकार को फटकारता है, प्रकाशक को गाली देता है, अपने अमुक साहित्यकार बन्धु पर कीचड़ उछालता है... आकाशवाणी केन्द्र के अधिकारियों के पीछे डंडा लेकर पड़ा रहता है। टेक्स्ट, बुक कमिटियाँ, विश्वविद्यालयों के हिन्दी बोर्ड, शिक्षा विभाग, साहित्य अकादमी सभी का गोत्रोच्चारण करता है आज का साहित्यकार!... मुझे विस्मय होता है अपनी बिरादरी की यह गतिविधि देखकर। लगता है, हम उन्हें ही भूल गये हैं जिनका दिया हुआ खाते हैं। जनसाधारण-पाठक वर्ग ही हमारे अन्नदाता हैं। हमारे अन्नदाता कल नहीं तो परसों अवश्य सुखी होंगे, फिर अपने साहित्यकार की सुधि वे जरूर ही लेंगे। फिलहाल, जनसाधारण की तरह यदि पेट की आग बुझाने के लिए आप पान की दुकान खोल लें तो उसमें हर्ज क्या है? चीन के लोकप्रिय कहानीकार श्री षूली ने एक पत्रकार से कहा था—"यहाँ के प्रकाशकों से मुझे खाने-पीने, पहनने-ओढ़ने लायक रकम मिल जाती है, अतएव मैं निश्चिन्त हूँ। बड़ा साहित्यकार बनने की मेरी अभिलाषा नहीं है, क्योंकि उससे जन-सम्पर्क टूट जाएगा। मैं साधारण जनता के बीच रहकर ही लिखना पसन्द करता हूँ। लाखों किसान पढ़ना नहीं जानते, इसलिए मैंने उनके लिए नाटक लिखना आरम्भ किया है। मैं अपने को स्वयंसेवक मानकर पुस्तकें लिखता हूँ...।"

साहित्यकार के लिए राजाश्रय घातक है या नहीं, इसका निर्णय राज्य के स्वरूप और साहित्यकार की ईमानदारी पर छोड़ देना चाहिए। पुराने जमाने में राजाओं की दी हुई जागीरें पाकर कविजन बहुधा दरबारी साहित्य का ही निर्माण करते रहे। आज के हमारे राज्याश्रित साहित्यकारों पर राजशाही-सामन्तशाही-नौकरशाही अंकुश नहीं है; हाँ, उन पर हमारी प्रबुद्ध जनता के युतियुक्त सेंसर का ही अंकुश रहेगा।

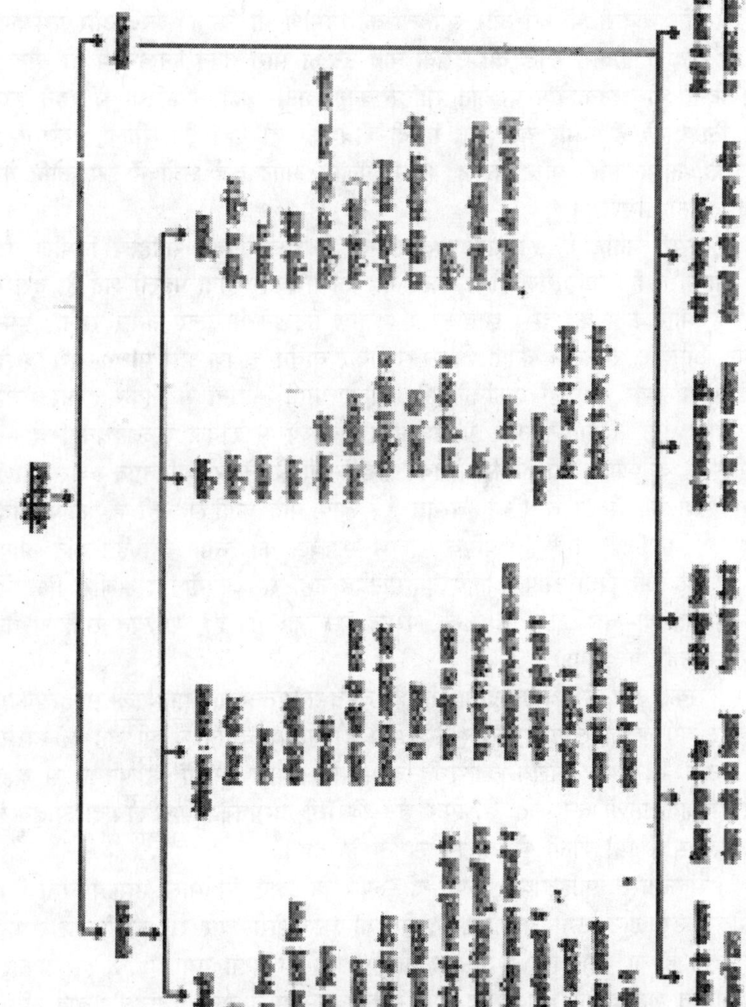

प्रेमचन्द ने एक पत्र में किसी को लिखा था : साहित्यकार को जीविका के लिए छोटी-मोटी नौकरी जरूर कर लेनी चाहिए। हर समझदार आदमी प्रेमचन्द की इस बात का समर्थन करेगा। बंकिम, शरद, प्रेमचन्द—कई साहित्यकार हो गये हैं जिन्होंने चाकरी भी की और साहित्य का निर्माण भी किया। शरद और प्रेमचन्द ने तो बाद में नौकरी छोड़ दी, उसके बाद उनका सारा वक्त लिखने में ही बीता। इन दिनों भी अनेकानेक प्रख्यात साहित्यकार छोटी-बड़ी नौकरियों में रहते हुए भी लिख रहे हैं। और यह बात हिन्दी-क्षेत्र की ही नहीं है। बंगला, महाराष्ट्र, गुजरात, तमिलनाडु, आँध्र, केरल, मैसूर, पंजाब आदि कई क्षेत्रों में इस कोटि के साहित्यकार मिलेंगे।

दूसरी कोटि है उन साहित्यकारों की जिनका जीवन साहित्य-निर्माण पर ही आधारित है। साहित्यजीवी के लिए मेहनती गद्यकार होना पहली शर्त है, दूसरी शर्त है मौलिकता का दम्भ झाड़कर सब कुछ लिखने के लिए तैयार रहना। प्रूफ दर्शन, अनुवाद, संकलन, कापी शोधन से लेकर चर्वित-चर्वण और मथित-मथनेवाले बड़े ग्रन्थों तक, मामूली एकांकी और बालोपयोगी कहानी से लेकर हजार पेजी उपन्यास तक, विज्ञापन और प्रकाशकीय वक्तव्य से लेकर उच्चाधिकारियों—मिनिस्टरों के भाषण की तैयारियों तक, रीडरबाजी से लेकर व्यक्तिगत प्रशंसापुराण तक। गद्य का मैदान बड़ा ही विस्तृत है। आप यदि काहिल नहीं हैं, आप यदि हद दर्जे के जिद्दी नहीं हैं, श्रमिक सुलभ सूझबूझ की कमी नहीं है। यदि आप में, तो गद्य की खेती आपके लिए नुकसानदेह नहीं रह जाएगी। दस-बीस किताबें लिखेंगे तो दो-चार उनमें से जरूर पसन्द की जाएँगी। हाँ, शाश्वत साहित्य के फेर में नहीं पड़िएगा।

संकट और असुविधाएँ दोनों ओर हैं। बहुत बड़ी तनख्वाह पानेवाला साहित्यकार अक्सर वर्ग बदल लेता है। रहन-सहन में ही नहीं, चिन्तन में भी वह लोकोत्तर हो उठता है। प्रमाद-संशय-आत्मरति-दम्भ-मोह आदि दुर्गुणों के पनपने से वह असामाजिक प्राणी बन जाता है, फिर जन-विरोधी दार्शनिकता का लबादा ओढ़कर दोअर्थी सूत्रों की शैली में बोलने लगता है वह।

संकटग्रस्त साहित्यकार रुपये-दो-रुपये के लिए भी मारा-मारा फिरता है। मुसीबतें उसे झूठ-ठगी-बेईमानी-बहानेबाजी-कर्जखोरी-चार सौ बीसी की तरफ ठेल देती हैं या धरा धाम से उठा लेती हैं। यह भी देखा गया है कि इस प्रकार के जीवित शहीद को भंग आदि पिला-पिलाकर पागल बना चुकने के बाद लोग उसे 'युगावतार' जैसी कोई उपाधि दे डालते हैं!

ऐसी स्थिति में साहित्यकार के लिए संकट-मोचन का क्या रास्ता होगा?

(पुस्तक जगत, दिसंबर, 1958)

हिन्दी की छाती पर अंग्रेजी को नहीं लादा जा सकता

अंग्रेजी का मोह हमारी रग-रग में भरा हुआ है, हम अंग्रेजी को ही देश की भावात्मक एकता और केन्द्रीय प्रशासन और विश्व मानव सम्पर्क साधन का एकमात्र माध्यम माने बैठे हैं। लार्ड मैकाले के वंशधरों में इस अंग्रेजी के लिए उतना उत्साह नहीं रहा होगा, जितना हमारे अन्दर है। स्वाधीनता हासिल कर लेने के बाद तो हमारा यह उत्साह और ही उफान खाने लगा है।

सरकारी आँकड़ों के मुताबिक क्या फीसदी औसत-अनुपात होगा अंग्रेजी जानने वालों का?

—ढाई प्रतिशत! आप उसे तीन प्रतिशत मान लीजिए।

—उनमें से अच्छी अंग्रेजी जाननेवाले कितने होंगे?

—एक प्रतिशत!—आधा-एक प्रतिशत!

कैसी विडम्बना है!

वस्तुतः यह संकट अमुक या अमुक भाषा को हटाने या रखने का संकट नहीं है। यह संकट है जन-सामान्य को हमेशा के लिए 'शूद्र और चांडाल' मानकर शासन के मन्दिरों में जमे हुए देवता-क्लास का स्पर्श-दोष से बचने और बचाने का। अंग्रेजी के माध्यम से ही जिनके संस्कार ढले हैं और जिनको हुकूमत का चस्का लग चुका है, वे क्यों चाहेंगे कि अंग्रेजी हटे? ऐसी अखिल भारतीय भाषा को हटाकर हम क्या फिर से प्राकृत-अपभ्रंश की गुफाओं में लौट जाएँगे? हम झगड़े अंग्रेजी में, गालियाँ दीं अंग्रेजी में, हम पिटे अंग्रेजी में, फिर-फिर खड़े होकर दुश्मन को ललकारा हमने अंग्रेजी में; हम जूझे अंग्रेजी में और आजादी भी हमें अंग्रेजी में ही मिली। दुख में अंग्रेजी ने हमें टूटने न दिया। सुख में अब वही अंग्रेजी माता अखिल विश्व की चेतना का रसायन हमें पिला रही है।

कभी-कभी लगता है, नाहक ही अंग्रेज यहाँ से चले गये! हमने तो ऐसा कोई कसूर नहीं किया था। समझदारी नहीं, इसे हम उनकी 'कमजोरी' ही मानेंगे कि वे हमें छोड़कर चले गये। विधान-मंडलों में, लोकसभा में, राज्य परिषद में, हाईकोर्टों में, सर्वत्र अंग्रेजी का बोलबाला है। राजनीतिक पार्टियों के केन्द्रीय कागजात अंग्रेजी में ही तैयार होते हैं। अच्छे स्तर के स्कूली शिक्षा के लिए तो कान्वेंट ही आगे हैं जहाँ हमारे बच्चों को हँसना-मुस्कराना तक विलायती कायदे से सिखलाया जाता है। महानगरों का यह हाल है कि वहाँ सम्पन्न परिवारों में

तीन-चार-पाँच वर्षों के मुन्ने गलत अंग्रेजी बोलते वक्त तो डाँट खा जाते हैं, लेकिन आया और खानसामावाली लँगड़ी हिन्दी बोलते वक्त माँ-बाप भी उनका साथ देते हैं : "बरफवाला पानी नहीं माँगता।" हमारी केन्द्रीय सरकार अंग्रेजी के बिना एक क्षण भी अपना काम नहीं चला सकती। हिन्दी-बंगला-तमिल आदि के बगैर तो वह बीसियों साल निभा लेगी। अंग्रेजी की अनिवार्यता ('सुरक्षा' कह लीजिए) का इतना अधिक ध्यान है हमारी सरकार को, कि संविधान में हेर-फेर करके हिन्दी के साथ-साथ वह अंग्रेजी को भी राष्ट्रभाषा मनवा लेना चाहती है—अनिश्चित और लम्बी अवधि के लिए!

संसार की निगाहों में हमारी यह अंग्रेजी-भक्ति भारतीय जनता की मानसिक पंगुता का चटकीला विज्ञापन साबित हो रहा है। देश से बाहर जाने पर इस सच्चाई का पता चलता है, दुनिया-भर के समझदार व्यक्ति हमारे स्वाभिमान को संशय की भावना से तोलते हैं—क्या इन भारतीयों की अपनी कोई भाषा नहीं है?

1905 में काँग्रेस का सालाना जलसा काशी में हुआ था। उसी अवसर पर पहली बार तिलक जैसे अखिल भारतीय लोकनायक ने कहा था—"राष्ट्रभाषा का पद हिन्दी को ही मिलना चाहिए।" 1918 में अखिल भारतीय हिन्दी साहित्य सम्मेलन की अध्यक्षता कबूल करके तो गाँधीजी ने हिन्दी को राष्ट्रभाषा पद पर बैठा ही दिया। तभी उनकी दृष्टि दक्षिण भारत की तरफ मुड़ी और सत्यदेव परिव्राजक और देवदास गाँधी को हिन्दी प्रचार के लिए मद्रास भेजा।

1857 में बंगाल के महान सुधारक और ब्रह्मसमाज के अग्रणी प्रचारक बाबू केशवचन्द्र सेन ने अपने अखबार ('सुलभ समाचार') में लिखा था—

"यदि भारतवर्ष एक न हइले, भारतवर्ष एकता न हय, तबे ताहार उपाय कि? समस्त भारत वर्ष एक भाषा व्यवहार कराइ उपाय। एखन जतो गुलि भाषा भारते प्रचलित आछे, ताहार मध्य हिन्दी भाषा प्रायः सर्वत्रई प्रचलित। एई हिन्द भाषा के यदि भारत वर्ष एक मात्र करा जाय, अनायासे शीघ्र सम्पन्न हइते पारे।"—आगे सेन महाशय ने लिखा कि अंग्रेज शासकों को यह बात अच्छी नहीं लगेगी, उन्हें यह प्रस्ताव ग्राह्य नहीं होगा, वे नहीं चाहेंगे कि भारतवासी एक हों। भारतीयों की अनेकता ही अंग्रेजों की शासन-सत्ता का आधार रहा है।

मगर यह तो 87 साल पहले की बात है! आज तो अंग्रेज राजा नहीं हैं, आज तो हम आप ही राजा हैं? आज क्यों अंग्रेजी को हटने नहीं दे रहे हैं हम? कौन हमारा गला दबा रहा है? दलीय स्वार्थ? मुट्ठी-भर ब्यूरोक्रेसी? अभिव्यक्ति की अपनी क्षमता?

पन्द्रह वर्ष हो गये, हमने हिन्दी नहीं सीखी! हिन्दीवाला सारा काम किरानी लोग कर ही रहे हैं, हम क्या करेंगे हिन्दी सीखकर? छोटी-छोटी बातों में अपना

दिमाग क्यों खराब कर रहे हो? आओ, तुम भी आओ, हिन्दी-फिन्दी का झमेला छोड़ो। जो बासी पूड़ियाँ खाता है, वही हिन्दी-हिन्दी चीखता है, हम उसे अंडमान-निकोबार भेज देंगे पार्सल। फिर भी चीखता रहेगा तो हम उसे राज्यसभा में बैठाने लग जाएँगे।

मैंने बहुत-बहुत खोजा, मगर यह 'हिन्दीवाला' मुझे कहीं नहीं मिला। कहाँ बोली जाती है हिन्दी? बल्कि यह पूछना ठीक होगा कि कहाँ नहीं बोली जाती है हिन्दी? कहाँ नहीं समझी जाती है? यह समूचे देश की साझी भाषा है, केवल उत्तरवालों की बपौती नहीं है! साधुओं-सन्तों, फकीरों-दरवेशों, घुमन्तुओं-बनजारों, सिपाहियों-हरकारों, बनियों-सौदागरों, पंडितों-मौलवियों, कारीगरों-दस्तकारों के जत्थे हजारों साल से दूर-दूर घूमते-फिरते रहे हैं। उनमें से गूँगा एक प्रतिशत भी नहीं होगा। सो अभिव्यक्ति का यह प्रबल माध्यम (हिन्दी) उन्हीं पूर्वजों की देन मानता हूँ। मैं—अखिल भारतीय पूर्वजों की देन!

अंग्रेजी-फ्रेंच-जर्मन-रशियन-स्पैनिश आदि भाषाएँ भी वहाँ वालों के लिए आसमान से नहीं उतरी थीं। शब्द ब्रह्म का अवतार एकाएक समग्र वाङ्मय के तौर पर एक ही रात में नहीं हुआ था। हमारी हिन्दी भी एक ही दिन के अन्दर 'सर्वगुणसम्पन्न राष्ट्रभाषा' नहीं हो जाएगी, बीसियों वर्ष लग जाएँगे इसमें। परन्तु इससे क्या? हम हन्दी की छाती पर अंग्रेजी को आगे भी यों ही लदी रहने देंगे? यों ही क्या हम आगे भी 'मैकाले के मानस पुत्र' कहलवाते रहेंगे?

दो-एक वर्ष की और अवधि अंग्रेजी की दी जा सकती है, किन्तु अनन्तकाल के लिए उसको गले में बाँध लेने का आग्रह जन-मन को पूरा सचेत न होने देने का दुराग्रह प्रमाणित होगा। केन्द्र से यदि अंग्रेजी हटाएँ तो प्रदेशों में भी वह इसी तरह जमी रहेगी।

लोहिया जी ने 'अंग्रेजी हटाओ' का नारा दिया तो 'विश्वात्मा' टाइप के तथाकथित 'नये अभिजात' व्यक्तियों ने उन्हें सनकी कहा। देशी भाषाओं के पक्ष में गाँधीजी और विनोबा जी ने जो कुछ कहा है, उसकी चर्चा कीजिए तो सामनेवाला आपसे कहेगा—'सन्तों की बात मत कीजिए'—कुछ सुधीजन समझते हैं कि सरकारी कामकाज से अंग्रेजी पदच्युत हुई तो देश हर मामले में पिछड़ जाएगा, आधुनिकता का सर्वथा लोप हो जाएगा! बैलगाड़ियाँ ही बैलगाड़ियाँ नजर आएँगी, जनता कौपीन पहनकर नाखून और बाल बढ़ाए जंगल में भटकती फिरेगी... यानी ढेर सारी बातें भाषाई सवाल छिड़ने पर कही जाती हैं!

अब आप चाहें तो अपनी 'अति आधुनिकता' के नाम पर देशी भाषाओं को पास न फटकने दीजिए। मगर यह 'अति आधुनिकता' कब तक काम देगी।

(धर्मयुग, 25 नवम्बर, 1962)

ब्राह्मण : बुद्ध युग में

त्रिपिटक और उसकी अद्दकथाओं से गौतम बुद्ध के समकालिक समाज पर अच्छा प्रकाश पड़ता है। ब्राह्मण, क्षत्रिय, वैश्य और शूद्र एवं अन्यान्य छोटी जातियों के सम्बन्ध में पालि वाङ्मय हमें पर्याप्त जानकारी देता है।

'मंझिम निकाय' और 'दीघ निकाय' का परायण करने से यह बात भली-भाँति प्रतीत होती है कि जनबल, धनबल और बुद्धिबल—सभी तरह से ब्राह्मण ही समाजपति थे। अच्छी तरह मालिश करवाकर वे नहाते, फिर नाना प्रकार के गन्ध द्रव्य (चन्दन, कस्तूरी आदि) का अनुलेपन करते। कमल, पाटल, तगर,चम्पक आदि फूलों की लम्बी मालाएँ धारण करते। केश-मूँछ सँवारकर कानों में बड़े-बड़े मणि-कुंडल, बाँहों में केयूर, गले में कंठा-चकती (ग्रैवेयक), कमर में मेखला और हाथ की अंगुलियों में अंगूठियाँ पहनते। दूध के झाग-जैसे सफेद कपड़ों का पहनावा होता।

खाने में महीन एवं अति सुगन्धित चावल का भात, धोई दाल, माँस का सेवन, कई प्रकार की तरकारियाँ और दही रहता था। उनके एक नहीं, अनेक स्त्रियाँ होती थीं—अच्छी से अच्छी साड़ियाँ और आभूषण पहने हुईं।

कटे-छँटे बालों वाली सफेद सिन्धी घोड़ियाँ वे अपने रथों में जोतते थे। लम्बे डंडे वाले चाबुक हाथ में लिये हुए उन्हें हाँकते भी वे स्वयं ही थे।

उनका निवास-स्थान चारों ओर खाइयों से घिरा रहता था। उसमें साल और सखुओं की मोटी चहारदीवारी होती। तगड़े और तन्दुरुस्त पहरेदारों का जिक्र आया है।

यह आज से पच्चीस-छब्बीस सौ वर्ष पहले की बातें हैं। उन दिनों ब्राह्मण चतुर्वेदी नहीं, त्रिवेदी ही होते थे। अध्ययन-अध्यापन, यजन-याजन, दान और प्रतिग्रह[1] यही उनका विहित कर्म था। परन्तु लाभ और सत्कार सबसे अधिक उन्हीं को प्राप्त था।[2]

'त्रिपिटक' में सैकड़ों जगह, मानो लालायित होकर, ब्राह्मणों के इस वैभव का बखान किया गया है।

---

1. मनुस्मृति।

2. लाभग्गपत्तो (लाभाग्रप्राप्त, यशोऽग्रप्राप्त)।

महाशाल ब्राह्मण गृहपति पौष्करसाति का नाम इस प्रसंग में उल्लेखनीय है। वह जब तरुण था तभी तीनों वेदों में पारंगत हो गया। उसके पांडित्य की प्रख्याति दूर-दूर तक फैल गयी। अपनी विद्वत्ता से उसने कौशलराज प्रसेनजित को ऐसा मुग्ध कर दिया कि राजा ने उक्कट्ठा नामक महानगर उसे ब्रह्मदेय (ब्रह्मोत्तर संपत्ति) दे दिया।[1] इस नगर के साथ बहुत बड़ा भू-भाग सम्बद्ध था। तृणकाष्ट, उदक-धान्य किसी की वहाँ कमी नहीं थी। काम करने-कराने को जनों की भी बहुतायत थी।

पौष्करसाति सम्मुखावर्जनी माया (हिप्नोटिज्म) जानता था।

जब कभी राजा प्रसेनजित किसी महामूल्य रत्नाभरणों से सुसज्जित होकर महल से बाहर निकलता, तो यह ब्राह्मण आगे आकर राजा के सामने ठिठककर खड़ा हो जाता। पूछने पर वह उसी आभरण का नाम ले लेता। नहीं दूँगा—सो कैसे कहे राजा? आखिर वह चीज पौष्करसाति को मिल ही जाती।

फिर कभी महोत्सव के दिन कौसलराज किसी आमात्य से कहता—कहाँ है मेरा महामूल्य रत्नाभरण? लाओ, पहनकर निकलूँगा।

कहाँ है देव, रत्नाभरण—आमात्य उत्तर देता—वह तो तुमने ब्राह्मण पौष्करसाति को दे डाला!

क्यों दिया मैंने?

वह आवर्जनी माया जानता है देव! तुम्हारे मन को भरमाकर चाहे जो कुछ भी वह ले जा सकता है।

लेकिन इससे क्या? आँखें चार होते ही राजा फिर पौष्करसाति को गले से लिपटा लेता। दरबारी लोग खीझ-खीझकर कहा करते—चरक फूट गया है, हजूर, उस ब्राह्मण की देह में.. शंख-सा सफेद कोढ़! क्या आप उसे आलिंगित करते हैं? संक्रामक होता है. यह रोग! अलग रहो इस ब्राह्मण से देव, अलग रहो!

तब से राजा प्रसेनजित फिर कभी उसके सामने नहीं आया। परन्तु पौष्करसाति पंडित था, बहुश्रुत था, कूटनीति में कुशल था। उसके साथ मन्त्रणा करके किया हुआ काम बिगड़ता नहीं था। इसलिए राजा ने उससे मेल-मुलाकात की एक तरकीब निकाली। कनात लगवाकर आप वह इधर बैठता और उधर उस ब्राह्मण को बैठाता, फिर सलाह-मशविरा चलता।[2]

अध्ययन-अध्यापन के विषय तीन वेद, शिक्षा-कल्प, निघंटु पद, व्याकरण, लोकायत, सामुद्रिक आदि थे।

---

1. दी. नि. (अटॅठ कथा)।
2. दीघनिकाय की अटूठ कथा—अकट्ठसुत्ता, देखिए सुमंगल विलासिनी।

अड़तालीस साल तक आचार्य-कुल में निवास करके यह सब सीखना होता था। अन्त में आचार्य यह कहकर अन्तेवासी की विद्या को प्रमाणित करार देते थे कि "जो मैं जानता हूँ सो तू जानता है; जो तू जानता है सो मैं जानता हूँ।"

इस प्रकार समावर्तन के बाद विद्वान ब्राह्मण अपने आस-पास के किसी न किसी राजा से लाखिराज ब्रह्मोत्तर पा ही जाता था। उसके यश से खिंच-खिंचकर दूर-दूर से माणवक (ब्राह्मण बटुक) आने लगते। तीन-तीन सौ तक जमात होती इन मणवकों की। सबका खेवा-खर्चा आचार्य दिया करते। अध्यापन करते-करते किसी उपाध्याय का नाम जब दूर-दूर इलाकों में फैल जाता, तब वह 'दिसापाभोक्खो आचरियो' कहलाता; अर्थात् अमुक दिशा में सबसे बड़ा आचार्य।

इतना कुछ होने पर कुलीन और सम्पन्न राजन्यगण इन ब्राह्मणों को अपनी तुलना में हल्के ही समझते। पौष्करसाति का शिष्य अम्बष्ठ एक बार बुद्ध के पास गया। गुरु ने उसे श्रमण शाक्यपुत्र की थाह पाने के लिए भेजा था। अम्बष्ठ वृद्ध जनोचित भद्रता न दिखलाकर कुछ चंचलता कर बैठा तो बुद्ध ने कहा—क्या तुमने अन्तेवासी का जीवन नहीं बिताया है?

बुद्ध के ऐसा कहने से अंबष्ठ तिलमिला उठा—गौतम, इसमें तुम्हारा क्या कसूर है? शाक्यों की जाति ही ऐसी नीच है। शाक्यगण स्वभावतः बकवादी होते हैं, इसी कारण ब्राह्मणों का आदर वे नहीं करते। मैं किसी काम से अभी उस दिन कपिलवस्तु गया हुआ था। उस वक्त बहुत-से शाक्य और शाक्यकुमार संस्थागार (सार्वजनिक भवन) में बैठे थे। आपस में तरह-तरह की बातें और हँसी-मजाक चल रही थी—वे एक-दूसरे की देह में अंगुली गोद-गोद करके ठहाके लगा रहे थे। देखकर भी मुझे उन लोगों ने मानों नहीं देखा। मानो मेरा ही मखौल वे उड़ा रहे थे। किसी ने मुझे बैठने तक को नहीं कहा। ऐसा अपमान! काले-कलूटे और नीच शाक्यों की भला यह हिमाकत!!

इस पर गौतम बुद्ध ने युवक को समझाया—अम्बष्ठ, गौरैया भी अपने घोंसले में आजादी से चहकती रहती है। इन छोटी बातों से नाराज हो जाना तुम्हें शोभा नहीं देता ब्राह्मण! अपने को शाक्यों से बढ़ा-चढ़ाकर समझना ठीक नहीं। वे तुम्हारे लिए 'आर्यपुत्र' हैं और तुम उनके 'दासीपुत्र' हो!

'दीघनिकाय' का अवट्ठसुत्त सारा का सारा इन्हीं बातों से भरा है कि ब्राह्मण अभिजाततर हैं कि क्षत्रिय! और, यह मानना पड़ेगा कि जाति-बन्धन उन दिनों क्षत्रियों में जितना सख्त और मजबूत था, उतना ब्राह्मणों में नहीं।

क्षत्रिय-वीर्य से ब्राह्मण-रज में उत्पन्न कुमार को ब्राह्मण लोग अपनी जाति के सारे अधिकार देते—वेदाध्ययन से लेकर ब्राह्मण कुमारी का पाणिग्रहण पर्यन्त। परन्तु क्षत्रियगण अपनी बराबरी में उसका क्षत्रिय-अभिषेक नहीं होने देते थे,

क्योंकि माँ की तरफ से वह अयोग्य था। यही हाल ब्राह्मण-वीर्य और क्षत्रिय-रज से उत्पन्न कुमार का था। ब्राह्मण उसे भले ही अपना लें; किन्तु क्षत्रियों के लिए वह अयोग्य था—पिता की तरफ से।

अपनी जात-बिरादरी से बहिष्कृत क्षत्रिय को ब्राह्मण अपना लेते थे। सपिंड और सगोत्र परम्परा पर चलनेवालों में निःसन्देह उन दिनों क्षत्रियों का स्थान समाज में सबसे ऊँचा था। माँ और बाप दोनों तरफ से सात-सात पीढ़ियों की परिशुद्धि को क्षत्रियों की भाँति ब्राह्मण भी अपने वैवाहिक सम्बन्ध का आधार मानते थे। अदृश्य, परन्तु निर्वासित स्थिति में ओक्कामुख (उल्कामुख) आदि सगे राजकुमारों की भाँति किसी ब्राह्मण कुमार ने भी जाति बिगड़ने के डर से अपनी बहनों के साथ सम्भोग किया, हो—ऐसा उल्लेख पालि वाङ्मय में कहीं नहीं है।

ब्राह्मण शोरदंड के कथनानुसार निम्नलिखित पाँच गुण जिस मनुष्य में हों, वह ब्राह्मण कहलाने का अधिकारी है—

1. माँ और बाप दोनों तरफ से अभिजात।
2. तीनों वेदों का पारंगत, मन्त्रधर, अध्यापक।
3. देखने में सुन्दर, खूब सुन्दर, अभिरूप।
4. सुशील।
5. चतुर, मेधावी, यज्ञ-दक्षिणा लेनेवालों में प्रथम अथवा द्वितीय।

इनमें से पहले के तीनों को अर्थात् जाति, वेद, वर्ण को गौतम बुद्ध नहीं मानते थे। चौथा उन्हें मंजूर था ही। रहा पाँचवाँ, सो पहले तीनों का प्रत्याख्यान हो चुकने पर यों ही हल्का पड़ जाता है।

अपने समय के सबसे अधिक सुविधाप्राप्त वर्ग (ब्राह्मण वर्ग) पर गौतम बुद्ध की यह सीधी चोट आखिर क्यों कारगर नहीं हुई? उतने जबर्दस्त प्रहार से भी ब्राह्मणत्व की रीढ़ लचककर ही क्यों रह गयी।

सो कैसे होता? गौतम बुद्ध स्वयं भी तो उन्हीं सम्पन्न और अभिजात वर्गों से आए हुए थे। परम्परा से चली आती चतुर्थणिक व्यवस्थाओं का वह केवल मौखिक खंडन करके रह गये हों, सो भी नहीं। उन्होंने तो अपने इस नये आदर्श के अनुसार एक संगठन तक कायम कर डाला, जिसमें सवर्ण और असवर्ण सभी शामिल थे। परन्तु बड़े-बड़े राजाओं, पुरोहितों, सेनापतियों और बनियों से बुद्ध ने यह कभी नहीं कहा कि दास-दासियों को मुक्त कर दो; कमानेवाला खाएगा—इसके चलते जो कुछ हो। ऐसा क्यों नहीं कहा?

वास्तव में इस प्रकार के प्रश्न असंगत होंगे। इतिहास के विभिन्न क्रमों पर सरसरी निगाह डालने से हम इसी नतीजे पर पहुँचते हैं कि आज से छब्बीस सौ साल पहले—अपने समय में गौतम बुद्ध काफी प्रबुद्ध थे—काफी प्रगतिशील थे।

भिक्षा के लिए वह सिर्फ बड़े-बड़े धनियों पर मुनहसिर हों, सो बात नहीं। बुद्धत्व प्राप्ति के बाद हम उन्हें यदा-कदा फक्कड़ की भाँति अकेले माँगते-खाते पाते हैं पीछे ज्यों-ज्यों उनका नाम फैलने लगा, त्यों-त्यों भिक्षु संघ भी बड़ा होने लगा। मगधों, कोसलों, मल्लों, लिच्छवियों के जनपदों में चारिका (रमत) करते समय वहाँ के राजाओं, राजकुमारों, पुरोहितों, गणपतियों और सेठों की तरफ के न्योता मिलने पर संघ समेत बुद्ध जीमने जाते थे। समाज का प्रत्येक वर्ग उनकी कीर्ति-कथा ध्यान से सुनता और सुन-सुनकर उनकी ओर दौड़ आता। बड़े-बड़े घर-गिरहस्तीवाले (महाशाल) ब्राह्मण-पुरोहितों ने पहले तो इस 'मथमुड़वे' को घृणा और उपेक्षा की नजरों से देखा; लेकिन फिर पीछे 'शाक्यपुत्र श्रमण गौतम' का लोहा मानना ही पड़ा।

चूँकि ब्राह्मण पौष्करसाति की ही भाँति बहुत धनी पुरोहित था। राजा प्रसेनजित ने चँकि को भी एक बड़ा-सा कसबा ब्रह्मोत्तर दे दिया था। बुद्ध एक बार उसके भू-भाग से उत्तर शालवन में आकर ठहरे तो आसपास के जवार में हल्ला हो गया—मंगलमय भगवान बुद्ध आए हुए हैं... महात्मा... महान् यशस्वी... विशुद्ध ब्रह्मचर्य को प्रकाशित करनेवाले। ऐसे पूजनीयों की पूजा करनी चाहिए। चलो भाइयो, आप सम्यक् संबुद्ध के दर्शन कर आवें। दोपहर का वक्त था, झुंड गृहस्थ ब्राह्मण भगवान् बुद्ध को देखने जा रहे थे। महाशाल चँकि उस समय गया था सोने, दुतल्ले पर। उसने ब्राह्मणों की कतार को उधर जाते देखा तो अपने क्षता (महामात्य, कारपदाओं का अगुआ) से पूछा—कहाँ जा रहे हैं ये आदमी?

महात्मात्य ने सारी बात कह दी तो चँकि बोला—ठहरें वे, मैं भी चलता हूँ गौतम बुद्ध का दर्शन करने।

यह सुनकर कुछ ब्राह्मण उसे मना करने आए—मत जाएँ आप, श्रवण गौतम को ही चाहिए कि आकर आपका दर्शन कर जाएँ। ब्राह्मणत्व के सभी गुण आप में मौजूद हैं। कौसल का राजा आपको पूजता है। सत्कार करता है आपका। ज्ञानवृद्ध और वयोवृद्ध दोनों हैं आप... श्रमण गौतम को ही चाहिए आपके पास आना।

इस पर चँकि ने अपने ब्राह्मण बन्धुओं को समझाया कि कितने महान हैं गौतम बुद्ध! कितना बड़ा त्याग है श्रमण गौतम का! आज श्रमण गौतम हमारी बस्ती के नजदीक आए हुए हैं, अतिथि हैं हमारे वह... किसी प्रकार हमारे पास आने योग्य नहीं हैं, हमीं उनके पास चलें, सो हो सकता है।

चँकि ब्राह्मण गौतम बुद्ध के समक्ष गया और प्रणाम करके एक ओर बैठा। जरा देर बाद उसने उनसे पूछा—हमारे मन्त्रपद (वेद) परम्परा से ज्यों के त्यों चले आए हैं; इनकी प्रमाणिकता के सम्बन्ध में आपका क्या विचार है?

यहाँ बुद्ध ने मन्त्र पदों के प्रति ब्राह्मणों की परम्परागत श्रद्धा को अमूलक

बतलाया तो चँकि ने कहा—हम श्रद्धा की ही नहीं, श्रुति की भी उपासना करते हैं।

फिर जाकर चँकि को अनेकान्तवाद पर उतार लाए कि श्रद्धा और श्रुति यथार्थ भी हो सकती है, मिथ्या भी हो सकती है। उसके बाद अपने विभज्यवादी ढंग (फुटा-फुटा करके, अलग-विलग करके, खंड-पखंड करके समझाने का तरीका) से बुद्ध ने चँकि को एहिपस्सिक (ऐहिपश्यिक—इसी लोक में दिखाई पड़नेवाले) सत्य के साक्षात्कार का उपाय बतला दिया।

अन्त में प्रमुदित होकर उस ब्राह्मण ने दोनों हाथ जोड़कर बुद्ध से प्रार्थना की—आज से भगवन् मुझे अपना उपासक समझें।

कूटदन्त ब्राह्मण के सम्बन्ध में भी ऐसी ही कथा है। वह महायज्ञ की तैयारी किए हुए था। परन्तु बुद्ध की बातों से उसकी बुद्धि बदल गयी और सांजलि से उसने कहा—"हे गौतम, मैं यह सात सौ बैलों, सात सौ बछड़ों, सात सौ बछियों, सात सौ बकरों, सात सौ भेड़ों को छोड़वा देता हूँ। लो मैं उन्हें जीवन-दान देता हूँ। वह हरी घास खाएँ, ठंडा पानी पीएँ! ठंडी हवा चले उनके लिए... लो में छोड़वा देता हूँ उन्हें।"[1]

यह ठीक है कि कूटदन्त जैसे दस-बीस ब्राह्मणों ने बुद्ध के प्रभाव में आकर वैदिक विधि से यज्ञ करना और यूप[2] गड़वाना बन्द कर दिया, परन्तु इससे यह समझ बैठना ठीक नहीं होगा कि बीच में कुछ काल के लिए यज्ञ-त्याग रुक गये या गवालम्भ; अश्वालम्भ आदि बन्द हो गये और पतंजलि की पुरोहिताई तब कहीं जाकर चमकी जब शुंगों का शासन उद्ध्वस्त करके ब्राह्मण पुष्यमित्र अपना राजस्व स्थापित करने में समर्थ हुआ। इसमें सन्देह नहीं कि बौद्ध भिक्षुओं की जागरुकता के कारण पुरोहित वर्ग जरा परेशानी में पड़ गया, सो भी सिर्फ ढाई-तीन सौ साल की छोटी-सी अवधि के लिए। अशोक के उपरान्त क्या, स्वयं गौतम बुद्ध के ही देहान्त के बाद भिक्षु संघ नाना प्रकार के वादों और विवादों का अखाड़ा बन गया।[3] इधर भारतीय समाज के सम्पन्न और कुलीन वर्ग पौष्करसाति जैसे ब्राह्मण महाशालों की निगरानी में अपना वैदिक कर्मकांड चलाते ही रहे। राहुल जी का यह कहना कि 'शताब्दियों से पारित्यक्त पशु बलिमय, अश्वमेध आदि यज्ञ महाभाष्यकार पतंजलि के पौरोहित्य में फिर से होने लगे', निर्भ्रान्त नहीं है।

बुद्ध जीवन-भर ब्राह्मणवाद की वर्णाश्रयी परम्परा के प्रति असहयोगी बने रहे; परन्तु आगे चलकर उनका यह असहयोग अमली तौर पर ठंडा पड़ता गया। काल की गतिविधि परखने में सदा की तरह चतुर इस ब्राह्मण जाति ने जब बेखटके बड़े-बड़े विहारों के अन्दर प्रवेश किया, तब तो उल्टे बौद्ध ही मात खा गये।

अपनी नित्य नैमित्तिक क्रियाओं के संकल्प वाक्य तक में ब्राह्मणों ने जोड़ दिया—जम्बूदीपे भारतखंडे बाराहकल्पे भगवती बौद्धावतारे... लो देखो। तुम डाल-डाल, हम पात-पात!

अपने पास अपार सम्पत्ति इकट्ठी हो जाने से बौद्ध महन्तों ने साधारण जनता की बोली में बोलना छोड़ दिया—सुशिक्षित, संभ्रान्त और सम्पन्न वर्ग की परिष्कृत भाषा (संस्कृत) अपना ली। निचले वर्गों की मेहनत पर गुलछर्रे उड़ानेवाले कामचोर उन्हें बढ़ावा देते आए। आम लोगों की आँखों में धूल झोंकने के लिए देव-देवियों की कतारें

खड़ी करके उनकी आड़ में योग और भोग का समन्वय किया जाने लगा। कहना नहीं होगा कि मगध और कोसल से हटकर दच्छिन तथा पच्छिम की ओर दूर-दूर तक ये लोग खिसकते चले गये। नालन्दा जो उतने अर्से तक टिका रहा, सो विद्यापीठ होने के कारण। और यह भी क्या कोई रहस्य है कि बौद्ध दार्शनिकों में से निन्यानबे प्रतिशत जन्मना ब्राह्मण ही थे। नगार्जुन, असंग, बसुबन्धु, दिङ्नाग, धर्मकीर्ति यह सभी ब्रह्मण-घरानों से ही तो आए थे। अपने यहाँ की दार्शनिक चेतना इतनी कदापि विकसित न हुई रहती यदि नालन्दा और मिथिला के नैयायिक आपस में यों न भिड़ते। बख्तियार बिन-खिलजी ने नालन्दा को जब मटियामेट कर दिया होगा, तो मिथिला के तार्किक दुःखी हुए होंगे। उदयन के बाद इसीलिए खंडन-मंडन के उस प्रवाह को हम अकस्मात अवरुद्ध पाते हैं।

ऐसा नहीं कि ब्राह्मणत्व के प्रति बुद्ध के हृदय में जरा भी सम्मान नहीं रहा हो। वेदगू (वेदज्ञ) ब्राह्मण को उन्होंने आदरपूर्वक नमस्कार किया है। 'धम्मपद' में ब्राह्मणवर्ग एक जुदा प्रकरण ही है। ब्राह्मणों और वैदिक आदर्शों के प्रति गौतम बुद्ध का क्या ख्याल रहा होगा, इसका आभास हमें 'ब्राह्मण धार्मिक सूत्र' की गाथाओं से मिल सकता है। उनमें से चार-छह गाथाएँ यहाँ उद्धृत कर देना आवश्यक प्रतीत होता है—

---

1. दीघनिकाय कूटदंत सुत्त।
2. यूप—जीते-जागते वृक्ष को काटकर जो महान् स्तम्भ यज्ञान्त में खड़े किए जाते, वही कहलाते। उस पर 'अमुक राजा, अमुक आमात्य, अमुक ब्राह्मण ने यज्ञ किया'—ऐसा खुदवा देते थे।—सुमंगल विलासिनी)।
3. विस्तार के लिए देखिए 'बुद्धचर्या (राहुल सांकृत्यायन) की भूमिका : भारत में बौद्ध धर्म का उत्थान और पतन...और देखना हो तो मज्झिमनिकाय (हिन्दी) की पूर्व पीठिका भी देखिए—बौद्ध धर्म क्या है?—
निन्दसि यज्ञ विधरहह श्रुति जातम्
सदयहृदय हर्षित पशु घातम्
केशव धृत बुद्ध शरीर
जय जगदीश, हरे!!

पुराने ऋषि संयमी और तपस्वी होते थे।
तब, ब्राह्मणों के पास न पशु थे, न हिरण्य न अन्न;
स्वाध्याय ही उनका धन-धान्य था।

दायक लोग उन्हें खोज-खोजकर श्रद्धापूर्वक, भोजन दे जाते थे।
समृद्ध जनपद और राष्ट्र उन ब्राह्मणों को नमस्कार करते थे।
कुलद्वारों पर उन्हें कभी कोई नहीं टोकता था।
अड़तालीस साल तक कौमार ब्रह्मचर्य पालन करके
करते थे विवाह वे; न परकीया, न खरीदी हुई—
अपनी ही रमणी के साथ वे रमते थे
समागम-सहवास-ऋतुकाल छोड़कर
यज्ञ में गाय को न मारते
माता, पिता, भ्राता, बांधु और बाँधव
जिस प्रकार मित्र हैं उसी प्रकार गायें भी स्वजन हैं,
मित्र हैं
अन्नदा, बलदा, वर्णदा, सुखदा—
इसी हेतु यज्ञ में पहले के ब्राह्मण
मारते थे गाय नहीं।
बाद में
देखकर राजमुख देखकर वैभव
अलंकृत सुन्दरियाँ स्वस्थ सबल दास-दासी
अप्रतिहस्त गति रथ, सित तरुण घोड़े
खंडों में विभाजित महल और कोठे
धन्य-धान्य, पशु और हिरण्यराशि
यह सब देखकर विप्रों के अन्तरतर
आन्दोलित होने लगे
फिर से मन्त्र रचे
फिर से ऋचाएँ रचीं
राजा को समझाया
अश्वमेध, गोमेध, सर्वमेध यज्ञ करो
तीन ही रोग थे पुराने काल में—
इच्छा, क्षुधा और जरा!
अब हिंसा भी शुरू हुई

गायों का समालम्भ पहले नहीं होता था—
अब लगा होने!
आजकल ब्राह्मण निर्दोष को मारते
स्वेच्छाचारी हो गये आजकल ब्राह्मण!

'सुत्तनिपात' की ये गाथाएँ बहुत पुरानी हैं। पालि वाङ्मय में सबसे अधिक पुरातन सुत्तनिपात ही है। रचना-क्रम से भी उसकी गाथाएँ उपनिषद् के निकट पहुँच जाती हैं; इस दृष्टि से भी ब्राह्मणों के सम्बन्ध में भी बुद्ध की ये गाथाएँ प्रमाणिक समझी जाएँगी।

बुद्ध कालीन ब्राह्मणों की एक मुकम्मल सूची दे देना चाहता था, परन्तु लेख बड़ा हो गया है। फिर भी उन गोत्रों का जिक्र कर देना आवश्यक है, जो त्रिपिटक के बुद्धकालीन सुत्तों में आए हैं—

1. वत्स 2. सांकृत्य 3. भारद्वाज, 4. काश्यप 5. कौंडिन्य 6. वशिष्ठ 7. गार्ग्यायण 8. मौद्रल्यायन 9. कात्यायन 10. कृष्णायन 11. कौशिक।

(पारिजात, अगस्त, 1946)

आतिथ्य-सत्कार

नाटा कद, दुहरा बदन, भूरी आँखें, चिपटी नाक। गौर-पांडुर कान्ति, सत्रह-अठारह साल की उम्र। बैंगनी रंग का ऊनी पाजामा, ढीला-ढाला चोगा। घुटनों तक सूती बूट। पीठ पर लटकती हुई वेणी और कानों से लटकते हुए फिरोजे—यह तिब्बती नौजवान ब्रह्मपुत्र के किनारे दो दिन से पड़ा था। दो याक थे, जो दूर की अधित्यका पर चर रहे थे। छोटी-छोटी दो छोलदारियाँ लगी हुई थीं। पास में एक बड़ा-सा त्रिशूल गड़ा हुआ था, जिसके कंठ से डमरू बँधा था। छोलदारियों पर जो ध्वजदंड थे, उनमें मोरपंख लपेटे हुए थे। साथ ही रंग-बिरंगी रेशमी पताकाएँ फरफरा रही थीं।

नौजवान कस्तूरी मृगछाले पर बैठा था। सामने चाय से भरी चाँदी की प्याली पड़ी थी। मैं जब वहाँ पहुँचा, तो शाम होने ही वाली थी। मेरे खच्चर पीछे आ रहे थे। मेरे निकट पहुँचने पर छोलदारी की आड़ में बँधा हुआ झबरा कुत्ता गुर्रा उठा। मैं दो कदम पीछे हटा तो उक्त नौजवान मुस्कुराकर उठा और चोगे के पल्ले से कुत्ते का मुँह ढँककर खड़ा हो गया; हाथ से इशारा करता हुआ बोला—शाक् (आओ)।

मैं झटकारकर नौजवान के आसन के पास आकर बैठ गया। इतने में छोलदारी

के अन्दर से अधेड़ उम्र का एक साँवला आदमी निकला, हाथ में टोंटीदार सुधरना था; होंठों पर मुस्कुराहट थी।

अपनी जेब से मैंने भी फोस्बा (लकड़ी का प्याला) निकालकर सामने रखा। उनमें चाय भर दी गयी—नमकीन चाय, देखने में गूलर के दूध-जैसी।

पूछने पर मालूम हुआ कि नाम है नौजवान का नम्-ग्यल् (विजय)। तीन माँ हैं, दो भाई हैं। शादी हो चुकी है! उसकी तरह दोनों भाईयों का उसकी नवोढ़ी किशोरी पर अधिकार है।

कृष्णपक्ष था। ब्रह्मपुत्र की उस चौड़ी कदार पर अपनी काली चादर फैलाकर त्रयोदशी की रात हजार-हजार बाँहों से हिमालय के कन्धों को आवेषित कर चुकी थी। हम थुक्-पा खा रहे थे। नरक फल में चर्बी डालकर उससे चिराग का काम लिया जा रहा था, मोटे बाँटवाली ऊनी बत्ती हमें अवलोकित कर रही थी।

जंगली साग और गोश्त के सूखे टुकड़े डालकर पकाई हुई खिचड़ी को थुक्-पा कहते हैं। झूठ क्यों कहूँ, जीभ चटकार-चटकारकर खा रहा था। नम्-ग्यल् ने दीप की ओर लक्ष्य करके कहा—यह भी एक भारतीय की खोपड़ी है!

मेरे रोंगटे खड़े हो गये, डर के मारे अपने को मैंने कुम्हार के चाक पर पाया—भारतीय की खोपड़ी! मैं सोचने लगा—तो क्या मेरी ही तरह सौ-पचास साल पहले इधर कोई भटकने आया होगा और उसे इस तरुण के डाकू पूर्वजों ने मार दिया होगा? यह खोपड़ी है! बाएँ हाथ से अविश्वासपूर्वक मैंने अपना सिर टटोला!

नम्-ग्यल् ने कहा—मेरे परदादा दोर्जेदन् (वज्रासन—बुद्ध गया) गये थे, रात को एक भेड़िए से उन्होंने यह नरमुंड छीना था।

मैंने अन्दाज लगाया—सन् सत्तावन की गदर के दिन होंगे। किसी फिरंगी की गोलियों का निशाना बना हुआ कोई राजपूत या अहीर सिपाही! उसी का होगा यह नरमुंड!... फिर मुझे नम्-ग्यल् के परदादा के प्रति श्रद्धा हो आई। जाने कितनी पीढ़ियों तक एक भारतीय की यह खोपड़ी इस परिवार में दीप का काम करेगी! अपने महातीर्थ का पवित्र स्मारक बनाकर जाने कब तक ये लोग इसको अपनी आँखों के सामने रखे रहेंगे।

थुक्-पा खाकर जब मैं छोलदारी के अनदर सोने की तैयारी कर रहा था, तब मेरे दोनों खच्चर उस पड़ाव पर पहुँचे। खच्चरवालों ने सामान उतारकर उन्हें कछार में चरने को छोड़ दिया, खुद आग जलाकर चाय-सत्तू का प्रबन्ध करने लगे और मुझे आ गयी नींद।

नम्-ग्यल् का आग्रह मानकर कुछ दिनों के लिए साथ रहना मैंने मंजूर कर लिया! खच्चरवालों का हिसाब साफ कर दिया गया, उन्हें छुट्टी मिली, वे चले

गये। ऊन की फिराक में गये हुए दोनों नौकर जब लौट आए और एक निकटवर्ती प्राचीन विहार की एक सौ आठ परिक्रमा करके जब छोटी माँ भी लौट आई, तो नम्-ग्यल् का दल आगे के लिए रवाना हुआ। उन्हें मानसरोवर से ल्हासा जाना था। आठ मील की रफ्तार से चलते थे। जहाँ हरी-भरी घाटी देखी, पानी का सुभीता देखा, वहीं पड़ाव डाल दिया; यही था उनका नियम। सवारी के लिए तीन और याक ले लिए गये थे। मैं जिस याक पर चढ़ा वह बदमाश नहीं था। उसकी प्रशंसा में बहुत-सी बातें सुनने को मिलीं। नम्-ग्यल् ने बोधिसत्व अवलोकितेश्वर का नाम लेकर दोनों कानों पर हाथ लगाकर जीभ निकाली और कहा—यह याक पशु नहीं, देवता है, नन्दी का अवतार है। सात दफे कैलाश और मानसरोवर की परिक्रमा कर चुका है। शाम-सुबह आँखें मूँदकर कुछ देर के लिए जुगाली बन्द रखता है, अपने आरोही को न पटकता है, न गलत राह पर ले जाता है।

इतना कहकर उस तरुण ने याक की पूँछ को चूम लिया। श्रद्धा का अनुमोदन करने के लिए मैंने भी नम्-ग्यल् का साथ दिया और उछलकर नन्दी की पीठ पर सवार हो गया। आगे एक छोटी नदी को पार करना था। मैं घबराया, तो नम्-ग्यल् की छोटी माँ शे-रब् (प्रज्ञा) ने दया दिखलाई। वह उसी याक पर चढ़ गयी। मेरी पीठ से सटकर, एक हाथ से मुझे आवेष्टित किए हुए थी और दूसरे से नाथ पकड़े हुए थी। उस प्रौढ़ा के वक्ष-स्पर्श से मैं रह-रहकर सिहर उठता था। शे-रब् मुझे ढाढ़स बँधाती—दि ल ल पो रे ङ् (सुगम है, घबराओ नहीं)

नदी पार कर जाने पर वह उतर गयी। कुछ दूर तक घास-भरे, फिर बर्फीले मैदान को पार कर हम तीसरे पड़ाव पर पहुँचे। यह पिछले पड़ाव से दस मील पर था। याकों पर से सामान उतारकर उन्हें चरने छोड़ दिया गया। खाल की बोरी से सूखी लेंड़ियाँ निकालकर चकमक पत्थर और घास के सहारे जाग जलाई गयी, धोंकनी चलाकर अच्छी तरह जब आँच तैयार की, तो उस पर दो-तीन पत्थर के जरिए पतीला चढ़ा दिया। चाय खौलने लगी, उसकी सोंधी बास और नम्-ग्यल् की ताजी बातचीत थकान को भूख में बदलने के लिए काफी थी।

उस दिन चाय पिलाते समय कथा-प्रसंग में शे-रब् ने कहा था—क्या करोगे हिन्दुस्तान लौटकर? लु-डुब् (नागार्जुन), चलो हमारे साथ चड्-युल (मध्य तिब्बत) के इलाके में, वहाँ सैकड़ों की तादाद में अपनी भेड़ें हैं, बीसियों सुरा गायें हैं, दस घोड़े हैं, सत्रह खच्चर। हम तीन बहनें हैं, नयी-नवेली एक पतोहू है, भगवान अमिताभ की कृपा से तीन-तीन लड़के हैं। तुम्हें जरा भी दिक्कत नहीं होगी। हमारा हरा-भरा इलाका देखोगे तो खुद भी वहाँ बस जाने का तुम्हारा मन करेगा। और उस महिला के होंठों पर मुस्कान की हल्की रेखा जो उठी,

सो उसकी मंगोल आँखों से टकराकर तरल-स्निग्ध चितवर में खो गयी।

चाय पीकर उठा, तो बर्फ की कनियाँ बरसने लगीं। हम छोलदारी में जा घुसे। सामने, उत्तर की तरफ छोटी-बड़ी सफेद चोटियों के ऊपर भारी-भारी-सा आसमान चीनी-तुर्किस्तान की याद दिला रहा था।

2

थकावट ज्यादा थी, बड़ी गहरी नींद में सोया था। नम्-ग्यल् और उसके नौकर दूसरी छोलदारी में सोए पड़े थे। रात में एक बार मैंने महसूस किया कि किसी ने मेरे मोटे-मोटे दो कम्बलों पर से भारी-भरकम नम्-दा (बहुत मोटा तिब्बती कम्बल) डाल दिया है। थोड़ी देर बाद लगा, मेरे कम्बलों के नीचे एक नग्न-स्त्री-शरीर घुस आया है। फिर ऐसा मालूम हुआ कि किसी ने मुझे अपनी गरम छाती से कसकर सटा लिया है और मैं सिकुड़ गया हूँ। उसके बाद स्वस्थ और उष्ण स्पर्श का अनुभव हुआ।

भोर हुई, तो मैं आश्चर्य में डूबा हुआ रात्रि की घटना को स्वप्न समझकर अपने को फुसलाने की कोशिश करने लगा। सामने चाय की प्याली थी, नम्-ग्यल् था, उसकी छोटी माँ थी। आज मंगलवार था, तरुण को छह दिनों से मैं टालता आ रहा था कि आज नहीं, तुम्हारी हस्त-रेखा मंगलवार को देखूँगा। वह अधीर होकर उस मंगल की प्रतीक्षा करता आ रहा था। उसका पिता कभी रुतोक्-जोङ् का जोङ्-पान् (किलेदार—कलक्टर) रह चुका था। नम्-ग्यल् की इच्छा थी कि बड़ा होकर वह भी कहीं का जोङ्-पान् हो जाये। बहुत बड़ा दैवज्ञ समझकर वह मुझसे इस विषय में आशा की कोई बात सुनना चाहता था। पर उस दिन तो मैं खुद ही खोया-खोया-सा बिस्तर से उठा था। मुझे चुपचाप देखकर शे-रब् बोली—रात में इतनी सर्दी पड़ी कि तुम ठिठुर गये, मैं न गरमाती तो क्या हाल हुआ होता?

नम्-ग्याल् ने यह सुनकर मुस्करा दिया और मेरे कन्धे पर हाथ रखते हुए कहा—छोटी माँ बड़ी दयालु हैं, जाड़े के दिनों में जो भी कोई हमारे यहाँ अतिथि होकर रात-विरात पहुँचता है, उसे यह ठिठुरने नहीं देती!

यह सुनकर मेरा हृदय हल्का हो गया और भीतर-ही-भीतर मैंने नम्-ग्यल् की छोटी माँ को प्रणाम किया।

पन्द्रह दिन मैं उन लोगों के साथ रहा, शे-रब् का निश्छल और सहज स्नेह क्या कभी मैं भूल सकूँगा? पहले उसे समझने में मेरे इस भारतीय हृदय को भ्रम हुआ, सदाचार और नैतिकता के अपने ही मापदंड से दूसरों को नापते समय यही गलती तो हम कर बैठते हैं।

जुदा होने के समय बच्चों की भाँति वे सुबक-सुबककर रोये ओर मैं भी अपने को रोक नहीं सका।

(हुंकार, दीपावली अंक नवम्बर, 1945)

आईने के सामने

मुझे तुम पर बेहद गुस्सा आ रहा है, राकेश, तुमने मेरे सामने आईना रख दिया है! जाने कहाँ से ले आए हो यह आईना! इस तरह का शीशा तो आज तक कहीं देखा नहीं!

एक तो यों ही मैं 'खूबसूरत' हूँ, मगर इस मायावी दर्पण ने तो मुझे और भी 'खूबसूरत' बना दिया है!

वो देखो, तुम्हारे इस आईने में मेरी नाक किस कदर छोटी दिखाई दे रही है! वो देखो, मेरा दम्भी साहित्यकार अन्दर-ही-अन्दर कितना घबरा उठा है! उसने आँखें भींच ली हैं, नहीं देखेगा अपने प्रतिरूपों की तरफ... कहीं,किसी कुतूहल का शिकार होने पर ही नीलाम का यह अनूठा माल तुम्हारी तकदीर से चिपक गया होगा—आईना नहीं है, काल भैरव का डंडा है यह! पिछले ढाई-तीन हफ्तों मेरा पीछा किया है शैतान ने। परिव्राजकाचार्य, सिद्ध-शिरोमणि, महामहिम श्री श्री 108 श्रीमान नागा बाबा ने तुम्हारे इस जादुई दूत को कई दफे बरगलाना चाहा, किन्तु यह जो सिंहासन बत्तीसी और बैताल पचीसी के चरित-नायकों से कहीं अधिक जिद्दी, कहीं अधिक बलवान, कहीं अधिक विनम्र और कहीं अधिक टैक्टफुल निकला!

परसों शाम को मैं नरीमन प्वाइंट तक चला गया। यों ही। समुद्र खूब तरंगित नहीं था, पूस की पूर्णिमा कब पड़ती है? निर्णय सागरवाला छोटा पंचांग लेकर रखा तो था, किताबों-पत्रिकाओं के ढेर में जाने कहाँ खो गया! बम्बई के अति आधुनिक कैलेंडरों पर खीज उठी—साले पूर्णिमा तक का पता नहीं चलने देते! बम्बई न हुआ, लन्दन-न्यूयार्क हो गया! हाय रे कलकत्ता...पूर्णिमा कब पड़ती है?

समुद्र आज खूब तरंगित नहीं है। क्यों नहीं है आज समुद्र खूब तरंगित? आसमान की ओर निगाहें उठाऊँ... अधूरा चाँद कच्ची शाम का भास्वर फीकापन, खुला, नीला अन्तरिक्ष... आज एकादशी या द्वादशी होगी, तीन-चार रोज बाद भरा-पूरा चाँद दिखेगा। तरंगित समुद्र देखना हो, तो तीन-चार दिन बाद आओ।

"सेठ, नारियल पिएगा।"

"नहीं पिएगा।"

"आठ आना, सेठ...."

"नहीं।"

"पैंतालिस नवा पैसा, सेठ..."

"तेरा दिमाग है कि कद्दू है? सेठ, सेठ, सेठ, सेठ, सेट्ठिस! सेट्ठुस! सेट्ठीस कहीं का!"

"नारियल नईं पिएँगा तो नई पिएँगा, हमको गाली क्यों देंगा, सेठ?"

अब उस दक्षिण भारतीय फेरीवाले पर मेरा हृदय द्रवित होने लगा। लगा कि मैंने उसे नाहक अपने आक्रोश का निशाना बना लिया—जहर में बुझे हुए इंगित और आक्रमण की मुद्राएँ तो खुरदरे शब्दों में कई गुना अधिक पैनापन भर देते हैं! क्या कसूर था गरीब का? उसने तुम्हें 'सेठ' कहकर पुकारा, यही कि और कुछ? लो, अब तुम भी उसे 'सेठ' कहकर पुकारो। देखो, वह तो बिलकुल बदल गया! उजले-धुले दाँतों की दूधिया झलक उसके श्यामल मुखमंडल को दिव्य संकेतों का एलबम बना देगी। अब एक नारियल तो तुम्हें पी ही जाना होगा!

इशारे से मैंने नारियल ले लिया और खड़े-खड़े ही पीने लगा। दो घूँट लेकर गरदन ऊपर हटा ली और फिर से नारियल के अन्दर झाँका।

अरे, यहाँ तो अपनी समूची माक गायब है! तो राकेशवाला आईना आसानी से पिंड नहीं छोड़ेगा मेरा! बच्चू, जाओगे कहाँ। इस मुगालते में न रहना कि बाबा हो, औघड़ हो, बावन घाट का पानी पी चुके हो! यह कोई मामूली खिलवाड़ नहीं है, भिड़न्त है दो अवधूतों की। एक भी पीछे हटने का नाम नहीं लेगा, दोनों साँडों के चारों सींग ठूँठ हो जाएँगे। दुनिया तालियाँ पीटेगी और तमाशा देखती रहेगी। अभी तो खैर नाक ही गायब दीखती हैं, आगे धड़-ही-धड़ शेष नजर आएगा। हो सकता है कि आदिकाव्य (रामायण) के मुंड-विहीन उस अभिशप्त राक्षस (कबन्ध) की तरह आगे चलकर तुम भी किसी अवतारी महामानव की प्रतीक्षा में सदियों तक यों ही डोलते फिरो!

एक ही साँस में बाकी पानी पीकर मैंने नारियल का खोखा समुद्र में फेंक दिया, तो फेरीवाला बोला—अन्दर का मलाई नईं खाया, सेठ?

—फिर सेठ-सेठ! अरे भाई, सभी को सेठ मत कहा करो...

—क्या कहेंगा?

—भाई कहो, कोई बुरा नहीं मानेगा।

—नईं सा'ब, भाई कहने से बी नईं चलता। अभी उस रोज भाई कहके बुलाया तो दो सेठों ने हमको अंग्रेजी में गाली दिया—

—कारवाला रहा होगा!

—हाँ, सा'ब, बहुत बड़ी कार थी—गुलाबी रंग की।

पाँच नये पैसे उसने तो लौटा ही दिए थे अठन्नी में से, मैंने नहीं लिये, तो भरी-पूरी मुसकान उसके चेहरे पर खेलने लगी।

सच कहता हूँ, राकेश, कल बाहर नहीं निकला। आज भी नहीं निकलूँगा। आईने का पिशाच सामने मुस्तैद खड़ा है... बीच-बीच में भौंहें तानकर, होंठ भींचकर वह मुझे धमका भी रहा है—खबरदार! आत्मकथावाली घिसी-पिटी स्टाइल में कुछ का कुछ लिखकर पन्ने काले करोगे, तो तुम्हारे भी हाथ-पैर सुन्न हो जाएँगे! जीभ अकड़ जाएगी और दिल-दिमाग किसी काम के न रहेंगे!

तो फिर?

तो फिर, जय हो आईने के इस बैताल की!

नमस्तेऽस्तु पिशाचाय,
बैतालाय नमो नमः
नमो बुद्धाय मार्क्साय
फ्रायडाय च ते नमः।

अथ नाग-लीला—

बाहर से जैसा कुछ दिखाई देता हूँ, वैसा ही नहीं हूँ न?

जीवन के अनेक-अनेक पहलुओं की सम-विषम प्रतिच्छवियाँ इस आईने में उभर रही हैं। स्टूडियो का टेक्नीशियन फिल्म की बेतरतीब रीलों के टुकड़े क्या यों ही सेंसर बोर्ड के समक्ष पेश कर देता होगा? नहीं जी, वह उन्हें कतर-ब्योंत करके एक खास क्रम में सजाता होगा।

मेरा जीवन सपाट मैदान है—प्रेमचन्द अपने बारे में कह गये हैं, मगर मेरा जी नहीं मानता कि किसी भी साहित्यकार का जीवन सचमुच 'सपाट' होता होगा। दरअसल यह भी एक फैशन है व्यक्तित्व की छाप छोड़ने का कि हम अपनी सादगी, सिधाई, भोलापन, विनम्रता आदि का लेखा-जोखा आहिस्ता से औरों तक पहुँचा दिया करें! प्रकृति खुद ही चमत्कारमयी है, वह सपाट नहीं हुआ करती। तो फिर हमारी और आपकी जिन्दगी ही कैसे सपाट होगी, साहब?

अरे वाह! यह देखिए, सामने नागा जी का शिशु चेहरा। पीछे एक अधेड़ पुरुष की प्रौढ़ मुखाकृति। अगले ही क्षण चेहरे पर क्रोध का तनाव। होंठ काँप रहे हैं।

(मैं तेरा हाथ काट लूँगा! क्यों अंट-संट लिख मारा है तूने? बाप की बुराई कौन करता है?)

—शैतान। मगर मैंने झूठ थोड़े लिखा है। मेरी चाची से आपका क्या रिश्ता

था? उस रोज, दुपहर की उमस में अन्दर लेटी हुई मेरी माँ का गला कुल्हाड़ी से किसने काटना चाहा था? समाज की दसियों औरतों से आपके लगाव थे। कोई बात नहीं। लेकिन मेरी माँ और मेरे पाँच भाई-बहनों को किसकी उपेक्षा का शिकार होकर दम तोड़ना पड़ा था?

(चोप्! जीभ खींच लूँगा... जानता नहीं, मैं कितनों की पसलियाँ तोड़ चुका हूँ? रौब के मारे गाँव के युवक मुझे 'गुरु' कहकर पुकारते हैं!)

—और पिताजी, आपकी वह गुरुअई कैसे गल गयी थी मामूली कागज की तरह, जबकि मेरी विधवा चाची को गर्भ रह गया था और भ्रूण की निकासी के लिए पड़ोस वाले गाँव की उस बुढ़िया चमइन को सौ रुपए देने पड़े थे!

अजी वाह, आप रो रहे हो? मेरा वश चलता तो उस अधेड़ उम्र में भी आप दोनों की नयी शादी वैदिक विधि से करवा देता! पर मैं तो उन दिनों दस-ग्यारह साल का छोटा-सा बालक था—मातृहीन, रोगी और डरपोक!

अब सोचता हूँ, तो आईने के अन्दर अपने होंठों को उस बाल-सुलभ खीज पर मुस्कराते देखकर तसल्ली होती है। क्या कसूर था बेचारों का? सहज नेह-छोहवाले सीधे-सादे देहाती लोग थे, मगर पिता को अन्त तक खुली क्षमा कहाँ दे पाया!

आज शायद इसीलिए पिता के प्रति विगलित हूँ कि स्वयं छह बच्चों का पिता हूँ। पितृ-सुलभ वात्सल्य के आवेग ही शायद अपने पिता-पितामह के प्रति हमें उदार बनाते हैं। 1943 के सितम्बर में काशी की गंगा के किनारे मर्णिकार्णिका घाट पर उनका प्राणान्त हुआ। मैं तिब्बत के पश्चिमी प्रदेशों की यात्रा पर निकल गया था। कहते हैं, अन्तिम क्षणों में किसी ने मेरी याद दिलाई, तो सूखे होंठों को सिकोड़कर बोले थे—उस आवारा का नाम ही मत लो।

—न लो नाम, अपना क्या बिगड़ेगा? मैं भी तुम्हारी चर्चा किसी के आगे न करूँगा। मेरी माँ को जिसने इतना अधिक परेशान रखा, उस व्यक्ति को खुले दिल से 'पिता' कहने की इच्छा भला कैसे होगी?

—देखो भई, यह तो हिलने लगा! जरूर कोई गड़बड़ हुई है, वरना आईना हिलता क्यों?

—अपू? अपराजिता? आओ, आओ! अच्छा हुआ कि शीशे में तुम दिखाई पड़ीं। कमजोर लग रही हो, बीमार हो क्या?

—मैं भी बीमार रहा इधर तो। गनीमत है कि बम्बई की समुद्री आबोहवा ने अबके दमा को मेरे गिर्द फटकने तक न दिया। हाँ, सर्दी-खाँसी ने बीस-पचीस दिनों तक बेहद परेशान किया।

—सोचती हूँ, पिछले कुछेक वर्षों में तुम मुझसे दूर-दूर सरकते चले गये हो। पहले कितनी चिट्ठियाँ लिखा करते थे! अब शायद मैं तुमको अच्छी नहीं लगती हूँ। है न यही बात?

—क्या बात करती हो, अपू! तुम तो मेरी सहधर्मिणी हो—ठेठ सनातन अर्धांगिनी श्रीमती अपराजिता देवी, 45। हमारी अपनी देहाती जायदाद और घर-आँगन की मालकिन! तुम तो नाहक उदास हो, रानी! क्यों सुस्त हो? क्या बात है?

—वह चुड़ैल सपने में मुझसे झगड़ रही थी।

—कौन भई, कौन?

—वही, जो उस दफे गर्मियों में छत पर तुम्हारे लिए इत्र के फाहे फेंका करती थी।

—उसके बारे में तो मैंने खुद ही तुम को बतला दिया था। जो नहीं कहना चाहिए, वह बात भी कह दी थी। नहीं कही थी?

—सो तो सबकुछ बतला दिया था तुमने, मगर वह राँड सपने में मुझसे झगड़ रही थी कि अब इस उम्र में सिन्दूर क्यों लगाती हूँ! कह रही थी, 'ऐसा कौन-सा शहर है जहाँ तेरी सौत न हो'... सो, देखना, मेरी लाज रखना!

—क्या सोच रही हो, इस बुढ़ौती में कहीं दो-एक ब्याह मैं और भी रचा लूँगा?

—क्या ठिकाना है तुम लोगों का! मैं क्या पटना-इलाहाबाद नहीं रही हूँ? जरा-मरा जान-पहचान बढ़ी, तनी-मनी नेह-छोह बढ़ा कि चट्‌ट शादी पर ही उतर आते हैं।

—अच्छा ऽ ऽ ऽ ! ! ! तो यह बात है!

मुझे जोरों की हँसी आ गयी है और अपराजिता का चेहरा दबी-दबाई हँसी के मारे प्रफुल्ल हो उठा है... ओफ्फोह, महिलाएँ कितनी चतुर होती हैं! पुरुषों को छूट भी देंगी और अपना हक भी नहीं छोड़ेंगी।

एक बार ऐसा हुआ कि हम आठ-दस महीने बाद मिले थे। मैं साठ घंटे बाहर नहीं निकला। उन दिनों बच्चे दो ही थे और छोटे थे। उस प्रसंग की एक बात बतला ही दूँ।

अपनी उच्छृंखलता और मस्ती की ढेर-सी बातें बता चुकने के बाद मैंने अपराजिता से पूछा—तुम तो सुनती ही रही हो, कुछ अपनी भी बतलाओ न!

देर तक मुस्कराते रहीं देवीजी। कोंचने पर बोलीं—ले-देकर एक ही तो देवर है अपना, हफ्ते में एकाध बार मौका मिलता है। बस, बातों का गिल्ली-डंडा ख़ेल लेते हैं। घर बैठकर दो छोटे बच्चों को सँभालते, तो तुम्हारा भी विद्यापति

टैं बोल जाता!

बचपन के दिनों वाले कई चेहरे सामने आ रहे हैं। सारे के सारे लड़के हैं—दो-तीन बड़ी उम्रवाले, बाकी हमउम्र और छोटे। एक लड़की भी झाँक रही है।

यह लड़की तेरह वर्ष पार करके चौदहवें में प्रवेश कर चुकी है। मैं संस्कृत की व्याकरण मध्यमा का छात्र हूँ और इन्दुकला के पिता शशिनाथ जी मेरे अन्नदाता हैं (उन दिनों मिथिला में गरीब छात्रों को परिवार का सदस्य बनाकर अध्ययन में वर्षों तक सहायता करने की प्रथा थी)। इन्दु मुझसे कहानियाँ सुनती है, विद्यापति के पद सुनती है, कौड़ियों का खेल खेलती हैं मेरे साथ। इसके पहले मुझे कहाँ मालूम था कि लड़की क्या होती है!

अठारह वर्ष का हुआ, शादी हुई। तब अपराजिता और उसकी दसियों सहेलियों के दर्शन हुए। यह एकदम नयी बात थी मेरे लिए। इसके पहले पाँच-सात साल उसी माहौल में गुजरे थे जहाँ छात्रों और अध्यापकों के दरमियान समलिंगी व्यभिचार के आतंक की अशुभ छाया व्याप्त थी। लोग अपने लड़कों को छात्रावासों में भेजने से हिचकते थे। 1930-32 के महान् स्वाधीनता-संग्राम के चलते एक-एक कैम्प-जेल में दस-दस हजार सत्याग्रही रखे गये थे। उनमें सभी उम्र के लोग थे। वहाँ भी अप्राकृतिक सेक्स-सम्पर्क ने अपना रंग दिखलाया था।

यद दुर्भाग्य है कि स्त्रियों और पुरुषों को वर्षों अलग-अलग रहना पड़े। हमारा हिन्दी-भाषी क्षेत्र सामाजिक सहजीवन की दृष्टि से पड़ोसी प्रदेशों की अपेक्षा अधिक पिछड़ा हुआ है। हमारी यह लालसा तो रहती है कि फिल्मों में नये-नये चेहरे दिखाई पड़ें, किन्तु अपनी पुत्री या पुत्रवधू को हम 'मर्यादा' की तिहरी परिधियों के अन्दर छेंके रहेंगे! लड़की के लिए इंजीनियरिंग या डाक्टरी की पढ़ाई करनेवाला युवक हासिल करना है तो दस हजार से लेकर पचास हजार रुपए खर्च करेंगे, मगर उसको उसकी रुचिवाला जीवन-साथी चुनने का अवसर कदापि नहीं देंगे और न उसे काम करने की छूट देना चाहेंगे। बेकारी और सामाजिक घुटन की जहरीली भाप बेचारी के तन-मन को पंगु बनाती जाएगी और हम—

—ठहरिए, महाशय जी!

—कौन हो, भाई?

—इस तरह तो काम नहीं चलने का

—आप आईने की तरफ नहीं देख रहे हैं न? किसने कहा था कि जनाब मन की झील के अन्दर गोते लगा गये! मैं इस दर्पण की आत्मा हूँ। रूप-कथाओं वाला बैताल मेरे डर से थर-थर काँपता है।

—तो मैं भी तुम से डरूँ?

—नहीं, नागा बाबा, तुम काहे को मुझसे डरने लगे! हाँ, इतना जरूर है कि लापरवाही करोगे, तो उत्पात मचा दूँगा। बैठने नहीं दूगाँ चैन से, समझे?

—लो भई, फिर से एडजस्ट करो इसे...

—शाबाश! कितना बढ़िया आईना है...!

कन्धों के पीछे से दो छोटी-पतली बाँहें इधर लटक आईं।

—कौन? उर्मि, तुम हो?

—जी, पिताजी!

—पगली, सामने तो आ!

—उँहूँ, नहीं आऊँगी सामने। आपकी पीठ के पीछें छिपी रहूँगी। क्या होगा सामने आकर?

—तो, रंज है तू?

अब वे छोटी-पतली बाँहें दिखाई नहीं पड़ रही हैं। उर्मिला थी न अपनी? दस साल की हो गयी। कायदे से पढ़ती-लिखती होती, तो छठवीं श्रेणी की छात्रा होती किसी स्कूल की, लेकिन उसकी पढ़ाई का सिलसिला छूट गया है न?

उर्मिला अपने बाप पर बेहद रंज है।

उर्मिला चूँकि लड़की है, बहुत कुछ समझने लगी है।

शोभाकान्त ने पटना से कई बार लिखा है—आपने, पिताजी, उर्मिला के बारे में शायद तय कर लिया है कि उसे मूर्ख ही रखेंगे!

—नहीं, बेटा, तुम गलत समझ रहे हो। मैं भला अपनी पुत्री को मैट्रिक भी नहीं करवाना चाहूँगा!

—तो यों ही मैट्रिक हो जाएगी उर्मिला?

मैट्रिक में फर्स्ट डिवीजन लाया है। पटना कॉलेज में प्रि-युनिवर्सिटी क्लासेज का छात्र है। बचपन में वर्षों तक बोन टी.बी. से आक्रान्त था। एक टाँग शक्ति-शून्य है, इसी से लंगड़ाकर चलता है... उन्नीस साल का यह तरुण अपने बाप की रग-रग पहचानता है। उसे भली-भाँति पता है, पिताजी बातें बहुत करते हैं, काम नहीं करते! समूचा परिवार पटना या इलाहाबाद कहीं जमकर रहता, तो उर्मिला भी पढ़ जाती और मंजू भी।

—हाँ बेटा! मैं गप्पी हूँ। अहदी भी हूँ और दाम्भिक भी।

हर साहित्यकार गप्पी होता है। अहदी भी होता है और दाम्भिक भी। यह अहदीपन और दम्भ उसे ऊँचा उठाते हैं। ढेर-की-ढेर कपास ओटना मोटा काम हुआ। महीन सूतों का लच्छा अगर छटाँक-भर भी अपनी तकली से आपने निकाल लिया तो 'पद्‌भूषण' के लिए इतना ही पर्याप्त है, बन्धु!

आईने के अन्दर जो नागाजी झाँक रहा था, अभी-अभी उसने भभाकर हँस दिया।

बाहर वाला नागाजी इस पर डाँट रहा है—मैं तेरा गला घोंट दूँगा। पाजी कहीं का! भिलाई या राऊरकेला या दुर्गापुर, कहीं किसी ठेकेदार का मुन्शी ही हो जाता भला! वह धन्धा भी बेहतर था, बच्चू!

आईनेवाली आकृति के होंठ हिल रहे हैं। मुद्रा से लगता है, कुछ गुनगुना रहा है... समझे? कह रहा है—

कलम ने ग़ालिब निकम्मा कर दिया,
वरना हम भी आदमी थे काम के!

अब आगे मैं तुझे अपने कन्धों पर नहीं ढोऊँगा, अदना-सी कोई नौकरी कर लूँगा। बिलकुल असाहित्यिक!

मैं ऊब गया हूँ इस अतिरिक्त यश से। जी करता है कभी-कभी कि कोई ऐसा तगड़ा कुकर्म करूँ जिससे पिछली सारी शोहरत धुल-पुँछ जाए साहित्यकारों की!

अपने ही एक सहृदय बन्धु ने एक बार 'कुकर्म' का बड़ा अच्छा अवसर प्रदान किया था, तब क्यों तुम भागे थे?

वह शायद ही कभी तुम्हें क्षमा करे!

मैंने लेकिन उसको माफ कर दिया है।

अने पिनकूराम, तुम क्या किसी को यों ही भूलनेवाले हो?

क्या कहा? प्रतिशोध की मेरी भट्ठी कभी ठंडी नहीं होगी?

नहीं, कभी नहीं। बात यह हुई कि तुम्हारा सारा बचपन घुटन और कुंठा में कटा। गरीबी, कुसंस्कार और रूढ़िग्रस्त पंडिताऊ परिवेश तुम्हें लील नहीं पाए, यह कितने आश्चर्य की बात है! पहले तुम भी वही चुटन्ना और जनेऊवाले पंडित जी थे न? न पुरानी परिधि से बाहर निकलते, न आँखें खुलतीं, न इस तरह युग का साथ दे पाते।

—नहीं दे पाते युग का साथ! वाह भई, वाह!

यह किसने ठहाके लगाए?

—मैं? कौन हूँ मैं? दम्भ हूँ, आरोपित 'इगो' हूँ—तुम्हारा अपना ही स्फीतस्फुरित अहंकार! व्यक्तित्व का आटोप... किस मुगालते में पड़े हो, बाबा? क्या अकेले तुम्हीं ने युग का साथ दिया? बाकी और किसी ने जमाने की धड़कन नहीं सुनी? अलस्सुबह, ब्रुश से दाँत माँजते वक्त ऐस्प्रो की टिकिया का सुकंठ विज्ञापन, मीरा के भजन की लता-वितानवाली लहरियाँ, अपराह्न के अवकाश को गुदगुदानेवाली अन्तर्राष्ट्रीय टेस्ट मैच की कमेंट्री, संकट के क्षणोंवाले उदास-अनुतप्त अनाउंसमेंट।

यह सारा-का-सारा युगीन स्पन्दन क्या तुम्हारे कानों तक पहुँचता रहा है?

बतलाओ, बतलाओ न! चुप क्यों हो गये?

गतिशीलता का सारा श्रेय तुम्हीं लूट लोगे?

गति नहीं, प्रगति! अरे हाँ, तुम तो प्रगतिशील हो न! बड़बोला प्रगतिवादी!

जरा देर के लिए अपनी 'प्रगति' के रंगीन और गुनगुने झागों को अलग हटा दो न! नागा बाबा, प्लीज...!

आचार्य शिवपूजन सहाय चल बसे!

जी हाँ, वर्षों से शिवपूजन बाबू का हेल्थ जर्जर चला आ रहा था।

जी, बिलकुल ठीक फरमाया आपने। सहायजी का आविर्भाव न होता, तो बहुतों की कृतियाँ 'असूर्यस्पर्श्या' चिरकुमारियों की तरह घुटकर रह जातीं। यह सहायजी का ही तप था कि तीन-तीन पीढ़ियों की पांडुलिपियों का उद्धार हुआ।

—जी, आपको भी तो यदा-कदा 'आचार्य नागार्जुन' के तौर पर याद किया जाता है!

—वाह जी, वाह, हद कर दी आपने तो! अपने कानों को इस फुरती से क्यों छू लिया है आपने?

—ना बाबा, ना! आचार्यत्व का वह लबादा भला मुझसे ढोया जाएगा? अपन तो सीधे-सादे गऊ-सरीखे प्राणी ठहरे।

—माफ कीजिए नागार्जुन जी, आप उतने सीधे-सादे नहीं हैं।

—हाँ....हाँ, रुक क्यों गये? कह जाओ पूरा वाक्य। बीच में ही मेरा रुख क्यों नापने लगे?

लो, अब देखो तमाशा! आईने के अन्दरवाला चेहरा तमतमा उठा है, और बाहर वाला चेहरा तो पतझर की फीकी उदासी को भी मात देने जा रहा है! सचाई की सारी खटास किस तरह कलई खोलती है तथाकथित व्यक्तित्व की!...देखा आपने?

ठीक तो है, मैं उतना सीधा-सादा नहीं हूँ जितना दिखता हूँ। यह सिधाई—यह सादगी तो बल्कि दुहरी-तिहरी ढोंग हो सकती है!

आदमी हो तो आदमी की तरह रहो न! यह क्या धज बना रखी है तुमने अपनी! छोटे-छोटे बाल उगाए रखते हो चंचल माथे पे। नुची मूँछों का ठूँठ अलग तुम्हारे मुखमंडल को प्राकृत और अपभ्रंश के संयुक्त व्याकरण-जैसा सजा रहा है! कपड़ों का यह हाल कि भदेसपन और कंजूसी का सनातन इश्तिहार बने घूमते हो! चर्चगेट हो या चौरंगी, कनॉट प्लेस हो या हजरतगंज, सर्वत्र तुम्हारी यही भूमिका रहती है। आधुनिकता या माडर्निटी को अंगूठा दिखाने में तुम्हारी आत्मा को जाने कौन-सी परितृप्ति मिलती है! ओ आंचलिक कथाकार, तुम्हारी आँखें

सचमुच फूटी हुई हैं क्या? अपने अन्य आंचलिक अनुजों से इतना तो तुम्हें सीख ही लेना था कि रहन-सहन का अल्ट्रामॉडर्न सलीका भला क्या होता है। ओह, तुम मास्को-पीकिंग नहीं पहुँच सके हो अब तक?... ओफ्फोह माई डियर नागा बाबा! ह्वाट ए पिक्यूलियर टाइप ऑफ पुअर फेलो यु आर! प्राग ही देख आए होते! प्राइम मिनिस्टर की कोठी के सामने, तीन मूर्ति के करीब एकाध बार हंगर-स्ट्राइक मार दी होती तो फिर बुडापेस्ट देखने का तुम्हारा भी चांस श्योर था... और अब तो ससुर तुमने अपने आपको डुबो ही लिया है। पीकिंगवालों को इस कदर गालियाँ देने की क्या जरुरत आ पड़ी थी! देख लेना, कल परसों फिर से 'भाई-भाई' के वही नारे मुखरित होंगे और चुगद की तरह फीकी-डूबी निगाहों से चीनी-गणतन्त्र के दूतावास की बाहरी प्रकाश-मालाओं को तुम देखा करोगे! ओ अछूत-औघड़ अदूरदर्शी साहित्यकार, तुम सचमुच ही भारी बेवकूफ हो! तुमने माओ-त्से-तुंग, लिउ-शाओ-चि और चाऊ-एन-लाई को बुर्जुआजी से उधार ली हुई गालियाँ दी हैं; कोई 'सच्चा' कम्युनिस्ट तुम्हें माफ नहीं करेगा। बंगाल के तरुण कम्युनिस्टों को यदि तुम्हारी ये कविताएँ अनूदित करके कोई सुना दे, तो निश्चय ही तुम्हारे लिए नफरत में डूबे हुए दो शब्द कहेंगे। बस दो ही शब्द।

जी हाँ, दो ही शब्द कहेंगे!

बतलाओ तो भला क्या कहेंगे?

—प्रतिक्रियावादी कुत्ता!

आईना घूम गया है यह सुनकर...वह चक्कर खा रहा है... चक्कर-पर-चक्कर...और एक चक्कर... और एक चक्कर!

अरे, कब तक चक्कर काटेगा आईना?

ओ भाई आईने, यह तुझे क्या हो गया!

इत्ते-से काम नहीं चलेगा। अभी और कुछ देर तक अपन आमने-सामने बैठेंगे। भई, तू घबरा क्यों उठा? किसी ने तुझे कुत्ता कह दिया? प्रतिक्रियावादी कह दिया किसी ने? तो, क्या हुआ? आखिर मैंने भी तो उनके इष्टदेव को गालियाँ दी हैं न? तू घूँसे लगाएगा, तो दूसरा चुप बैठा रहेगा क्या?

वाह रे घूँसेबाज!

आईना एक बार और घूम गया है। अबकी, शायद परिहास की भंगिमा में।

—अपनी शक्ल तो देखो!

—क्यों, क्या हुआ है मेरी शक्ल को?

—पास-पड़ोस में किसी के यहाँ अगर आदमकद बड़ा आईना हो, तो कभी-कभी वहाँ पहुँचकर अपने शरीर की पूरी परछाईं देख आया करो न!

—हट, भाग यहाँ से! बदतमीज कहीं का!

—भारी पहलवान हो न, घूँसे का खयाल तभी तो आया है!

मन-ही-मन गोरेगाँव पहुँच गया हूँ क्षण-भर के लिए। डॉ. शुक्ला के क्वार्टर में आदमकद आईना है। अभी उतना भुलक्कड़ नहीं हुआ हूँ।

अरे, मैं तो धनुष की तरह बिलकुल ही झुक जाऊँगा कुछ वर्षों में! हाय, मैं तो बुढ़ापे का गेट-पास पाने का हकदार हो चुका हूँ। सिर के बाल खिचड़ी दिखते हैं। मूँछों का भी यही हाल है। हथेलियाँ उलटआओ, तो पतली नीली नसों के जाल स्पन्दित नजर आते हैं। सीने के ऊपर गले के दोनों छोर पर नीचे की तरफ गड्ढे किसी की भी हमदर्द निगाहों को अपनी ओर खींच लाएँगे।

केशवदास जी ने अपना ऐसा ही ढाँचा देखकर स्वगत कहा होगा—

केसव, केशन अस करी जस अरिहू न कराहिं।
चन्द्र बदनि मृगलोचनी 'बाबा' कहि-कहि
ज ा ि ह ं । ।

मगर कसम ईमान की, शपथ जनता-जनार्दन की, मुझे तो अपना यह 'बाबा' सम्बोधन बेहद प्रिय है। किशोरी हो चाहे युवती कोई भी चन्द्रवदना मृगनयनी अपने राम को 'बाबा' कहती है, तो वात्सल्य के मारे इन आँखों के कोर गीले हो जाते हैं। अपनी प्रथम पुत्री जीवित रहती तो सत्रह साल की होती...शादी करने के बाद घर से भागा न होता तो हमारी यह चन्द्रवदनी-मृगलोचनी तीस-बत्तीस वर्ष की होती।

पके बालोंवाले आचार्य केशवदास का धर्म-संकट कुछ और ही प्रकार का रहा होगा। बुढ़ापे में भी छिछोरपन जिनका पिंड नहीं छोड़ता, हमारे यह बुजुर्ग निःसन्देह उसी कोटि के थे। हाँ, यह भी हो सकता है कि केशवदास को बदनाम करने के लिए किसी अन्य ईर्ष्यालु कवि ने उनके नाम पर वह दोहा लिख मारा हो। फिलहाल आचार्य केशवदास तो महाकाल की अतल गोद में से बाहर आने से रहे, उनकी ओर से शायद कोई अन्य आधुनिक आचार्य मुझे बतलाएँगे, उक्त दोहा क्षेपक है। प्रतीक्षा में रहूँगा।

मगर अपनी टेढ़ी कमर का क्या होगा?

आत्मा को सबल बनाओ, नागा बाबा, देह की फिक्र क्यों करते हो, प्यारे? 'नैनं छिदन्ति शस्त्राणी, नैनं दहति पावकः' गीता का एक भी श्लोक याद न रहा?

तो राकेशवाला आईना ठीक ही कहता है, मैं बूढ़ा हो गया हूँ। जवाबी हमला अपनी तरफ से अब शब्दों तक ही सीमित रहेगा?

कोई परवाह नहीं! शब्द को अपने पूर्वजों ने वज्र से भी बढ़कर शक्तिशाली माना है।

हूँ... खैर, 'हारे का हरिनाम' ही सही।

शब्दों की गोलाबारी जिन्दाबाद! शब्द-ब्रह्म की यह बारूद हमारे राष्ट्र की अपनी वस्तु है। एटम बम या मेगाटन कोई भी अक्षर-शक्ति का सामना नहीं कर सकता।

अक्षर-शक्ति के दृष्टा, शब्द के उद्‌गाता... हम भारतीय साहित्यकार सप्तर्षियों के वंशधर हैं। सुन ले रे अलादीन के आईने! जो भी हमारा मखौल उड़ाएगा; उसकी कलेजियाँ टूक-टूक हो जाएँगी! खबरदार! हमें ताने न मारना, अहमक।

—मुझे तूने डरपोक समझ रखा है?

—माफ कीजिए, बाबा, आप क्या किसी से नहीं डरते हैं?

—वाह, डरता क्यों नहीं! दरअसल डरना भी उतना ही स्वाभाविक क्रिया होती है, जितनी कि डींग मारना!

—तो आप किससे डरते हैं?

—अपने पाठकों से डरता हूँ। बलचनमा से डरता हूँ, वरुण के बेटों से डरता हूँ, दुखमोचन और रतिनाथ और वाचस्पति और पद्‌मानन्द और मोहन माँझी से डरता हूँ। कम्पाउंडर की उस बहादुर बीवी का ख्याल आते ही माथा दर्द करने लगता है कि बेचारी के प्रति मुझसे भारी अन्याय हो गया। रात को जब लोग सो जाते हैं, तब अक्सर मेरा बालचन्द आकर सिरहाने खड़ा हो जाता है। अभी उस रात चौपाटीवाले उस कमरे के अन्दर बलचनमा फलाँगकर चला आया, तो पैरों के धमाके से मेरी नींद उचट गयी।

—सुरती फाँकेंगे, काका? आपके लिए खास तम्बाकू लाया हूँ जटमलपुर के मेले से। वही सरइसावाला बड़ा पत्ता है। सूँघकर देखिए न?

—आप तो हमें भूल गये हो काका! नहीं? मैं झूठ कहता हूँ?

—आप चुप क्यों हो, काका?

—नहीं खोलोगे जबान अपनी?

—अच्छा, न खोलो।

तम्बाकू का पत्ता खोंट-खोंटकर बालचनद ने फिर उसमें चूना मिलाया। पलंग के नीचे से स्टूल खींचकर बैठ गया और सुरती मसलने लगा।

मैं अपने इस खेतिहर हीरो से इन दिनों बहुत घबराता हूँ। यह चालीस से ऊपर का हो चुका है। एक बार गाँव का सरपंच भी चुना गया था। सात-सात बेटों का बाप है अब हमारा बलचनमा। बेचारी सुगनी जाने कब से तरस रही है कि घर-आँगन में एक बिटिया भी डोलती नजर आए!

—काका, कहाँ-कहाँ भगाते फिरोगे? मैं छोड़ूँगा नहीं तुमको, हाँ। मुझको पिटवाकर कहाँ डाल रखा है? बेदर्द निर्मोही कहीं के! शरम नहीं आती है, एक

पोथी अधूरी छोड़ के अंट-शंट लिखे जा रहे हो! जब तक मेरीवली पोथी खत्म नहीं करोगे लिखकर, तब तक इसी तरह बिलल्ला बने भटकते रहोगे मिसिर जी महाराज!

—मैं आपको पकड़ के वापस ले जाऊँगा। कैद करके अक्कड़-लक्कड़वाली पिछवाड़े की अपनी उसी कुठरिया में बन्द कर दूँगा।

—मैं आपकी मिट्टी पलीत करूँगा।

—मैं आपको कहीं का न रखूँगा।

"आप मेरी कहानी कब तक पूरी कर रहे हो? चलो, साल-भर की मुहलत देता हूँ। इस अरसे में अगर मेरी कहानी को लेकर अपने चार-पाँच सौ पन्नों की एक और पोथी नहीं लिख डाली तो बस...

क्या कर लेगा?

जान से मार डालेगा क्या?

नहीं, शायद हाथ काट डालेगा!

अरे, बड़ा गुस्सैल है बलचनमा... पीछे पड़ जाता है, तो फिर तबाह कर देता है।

मैं उसे मना लूँगा।

हाँ, वह मान जाएगा।

वह मेरा मानस पुत्र ठहरा न?

—जी हाँ, पिताजी!

यह तो दूसरा स्वर है...किसका स्वर है?

—इतनी जल्दी भूल गये मुझे? ओ वंचक पिता! लो, तुम्हारा एक मानस पुत्र तुम्हें प्रणाम करता है, दुखमोचन की कैसी रेड़ मारी तुमने? आपके लाभ-लोभ का शिकार वही दुखमोचन आपको अपनी प्रणतियाँ निवेदित कर रहा है, आर्य!

—वत्स, घबरा क्यों गये? मैं तुम्हे भूला नहीं हूँ। शीघ्र ही तुम्हारा यथार्थ रूप पाठकों के समक्ष उपस्थित करूँगा। पिछली भूल अब और नहीं दुहराई जाएगी। आकाशवाणी केन्द्रों की दुहरी-तिहारी बोरियत का तुम्हें शिकार होना पड़ा, तुम्हारी लपसी बन गयी, इसके लिए मैं तुमसे माफी चाहता हूँ बेटा!

आईनेवाला मुखड़ा मुस्करा रहा है। मैं सब समझता हूँ... वह कहेगा, देखो नागा बाबा, तुम न तो अपनी औरस सन्तानों के प्रति ईमानदार हो, न मानस सन्तानों के प्रति ही!

बिलकुल ठीक कहेगा, मैं अपना यह पाप कबूल कर लूँगा। बिना अगर-मगर के, बिना न-नु-न-च के स्वीकार कर लूँगा अपना अपराध।

जिन्दगी में पहली बार ऐसा हुआ है कि मुझे किसी आईने के सामने इतनी अधिक देर तक अपने को हाजिर रखना पड़ा।

मुझे बार-बार राकेश की खाम-ख्याली पर हँसी आई है, खीजा हूँ बार-बार राकेश के इस दुराग्रह पर। मेरे मालिक (पाठक-पाठिका वृन्द), आपको मैं अब क्या बताऊँ कि आईने में अपना मुखड़ा देखना कितना आवश्यक है! इस झमेले से छुटकारा पाने का आसान तरीका मुझे बचपन में ही मालूम हो गया था.... महीने-महीने साबित माथा छिलवा लेना! अपराजिता को मेरी इस सनक से सख्त नफरत रही है। वह जाने कितनी दफे मुझ पर रंज हुई होगी, महज बालों के सवाल पर! पिता के इस हठ का बच्चे भी मखौल उड़ाते हैं।

पिछले जीवन पर गौर करता हूँ, तो याद आता है। अठारह वर्ष की आयु तक शायद अठारह बार भी मैंने शीशे में अपना मुँह नहीं देखा होगा। पीछे शादी हुई, तो ससुराल के उस केलि-कुंज में अपराजिता की सहेलियों ने मुझे फैशन का क-ख-ग सिखलाया! सुगन्धित तेल की शीशी, कंघी और आईना मेरे बनारसवाले छात्र-जीवन मे तब तक साथ रहे, जब तक कि गाँधीजी की आत्मकथा का पारायण नहीं किया।

अब महसूस करता हूँ कि आईना मुझे नित्य देखना चाहिए। अपने आलोचकों को यों हम दस-बीस गालियाँ दे ही लेते हैं, किन्तु प्रतिरूप देखते वक्त हमारा निज का ही विवेक अपनी मीमांसा कर डालता है—निश्छल और सन्तुलित! उसके सामने हमारे बाजारू हथियार धरे ही रह जाते हैं।

आईने तेरी जय हो!

आईने, अब आज से तू मेरा साथी हुआ!

अब मैं रोज तुमसे दस-पन्द्रह मिनट बातें किया करूँगा। लेकिन नहीं, यह तो अपना आईना नहीं हैं राकेश, ले जाओ अपना जादुई शीशा! इसने तो मेरा माथा ही खराब कर दिया! जाने क्या-क्या बकवा लिया है!

नहीं भाई मुझे नहीं चाहिए आईना-फाईना!

किसी को अपना बेड़ा गर्क करना हो, तो राकेश की ओर रुख करे.... श्रीयुत मोहन राकेश, हाल मुकाम चर्चगेट, बम्बई, पोस्ट जोन नम्बर 1; क्यों भैयाजी, आपके निवास-स्थान का पूरा पता बतला दूँ संसार को?

संसार यानी विश्व। विश्व यानी दुनिया-भर के सभी राष्ट्र। सभी राष्ट्र यानी सभी राष्ट्रों के झंडे।

क्यों साहब, झंडे क्या राष्ट्र के ही हुआ करते हैं?

काशी-प्रयाग के हर पंडे का अपना अलग-अलग झंडा होता है। आपका भी अपना अलग झंडा हो सकता था।

था नहीं; है! है, साहब है! मेरा भी अपना झंडा!

अच्छा! वही झंडा! पार्टीवाला? हँसिया और हथौड़ा?

राम कहिए। फिलहाल लगी है मुझे कसके भूख, इसी से और कोई झंडा सूझ नहीं रहा है। बस, अपना तो वही एक प्यारा झंडा है... मैथिली ब्राह्मणशाही का पीला झंडा! देखिए भाई, हँसिए नहीं। मेरे झंडे पर बड़ी मछली का निशान है। कितना प्यारा निशान है, मछली...मछली...!

सिर चकरा रहा है?

भूख बहुत लगी है?

जाओ न, चेम्बूर जाकर मछली-भात डटा आओ। अपना मैथिल मित्र है न तुम्हारा वहाँ?

नहीं, अभी यहीं बिजली के चूल्हे पर खिचड़ी तैयार करता हूँ—सुरेश भाई चौपाटी वाले अपने रूम में इतना तो इन्तजाम कर ही गये हैं।

मगर यह आईना भी तो अपना पिंड छोड़े न!

अब आखिरी झाँकी है।

सामने अपनी परछाई के इर्द-गिर्द एक-एक दो-दो करके कई चेहरे आगे-पीछे दिखाई दे रहे हैं।

क—तुमने मुझे पिटवाया था, मैंने तुम्हें दो वर्ष की जेल की सजा करवाई थी। तुम्हारी जटा तीस हाथ लम्बी थी, गोरखपुर के उस पारसी-मजिस्ट्रेट ने तुम्हारी गिरफ्तारी के बाद पहला काम यही किया था कि जटा मुँड़वा दी... इलाके में तुम्हारे ढोंग की तूती बोलती थी... नागा बाबा ने बुलहवा के बाबा की माया को पंक्चर कर दिया! गवाहों ने अदालत में कहा था—यह व्यक्ति मूलतः तमकुही का रहनेवाला मुसलमान है और भागकर नेपाल चला गया। वहाँ से साधु बनकर लौटा—काले चेहरे की लाल आँखें बार-बार मुझे घूर रही हैं!

ख—एक अधेड़ औरत। रात को सोते समय कम्बल के अन्दर घुस आई थी तिब्बत की घटना है, अपरिचित जगह, अनजाने लोग। शंका और आतंक से मेरी नींद उड़ गयी। अगले रोज मालूम हुआ, वह इसलिए साथ सोने आई थी कि मैं ठंड के मारे सिकुड़कर कहीं दम न तोड़ दूँ!

ग—अमृतसर का एक लाल। हम पति-पत्नी (1941 में) को यह निरे भोंदू मान बैठा था। अपराजिता को रिझाने की बेचारे ने कोशिश की, सैकड़ों रुपए खर्च कर डाले। उसे आशा थी कि अपने गँवार पति को छोड़कर वह युवती उसकी जीवन-संगिनी बनना स्वीकार कर लेगी। बरेली-मुरादाबाद-हरिद्वार-सहारनपुर जाने कितने दिनों तक यह पंजाबी युवक हमारे साथ चिपका रहा!

घ—उत्तर प्रदेश का एक प्रकाशक। कई हजार रुपए बरबाद हुए उसके। इसमें

40 प्रतिशत कसूर उसका अपना भी था।

च—वयोवृद्ध पत्रकार। आपको मैंने अपनी पैनी कलम चुभो दी थी। बड़ा दर्द हुआ बेचारे को।

छ—काठमांडू का एक सैनिक अधिकारी। उन्होंने तीन राष्ट्रों की महँगी शराब को आचमन करने का सुअवसर प्रदान किया था।

बस, बन्द करो अपनी बकवास!

हाँ, सचमुच बड़ी कतार है उन चेहरों की जिनकी निगाहों में मेरे लिए उलाहना भरा है.. बाकी चेहरे कुछ ऐसे भी मित्रों के हैं, जिनकी प्रशस्ति में मैंने निर्लिप्तता का परिचय दिया।

भाई, यह तोड़-जोड़ की दुनिया है। इस हाथ दो, उस हाथ लो! वरना जहन्नुम में जाओ!

अलिवदा, प्यारे आईने! अलविदा!

(सारिका, मार्च, 1963)

विषकीट

पिताजी पढ़े-लिखे नहीं थे। चाचा और नाना संस्कृत साहित्य के अच्छे पंडितों में से थे। संस्कृत के छन्दों का अभ्यास मुझे अपने गाँव के सुकवि श्री अनिरुद्ध मिश्र, काव्यतीर्थ की कृपा से हुआ था। उन्होंने अनुष्टुप्, उपजाति, बसन्त-लतिका आदि दस-पाँच छन्दों के क्रम-विन्यास बतला दिए थे। समस्या-पूर्ति का तरीका बतला दिया था। अपनी देखरेख में आरम्भिक कविकर्म की अभिरुचि मेरे अन्दर उन्होंने अच्छी तरह जगा दी थी।

संस्कृत मध्यमा की परीक्षा उत्तीर्ण करने के बाद काशी रहने लगा। वहाँ मामा के रूप में मुझे ऐसे अभिभावक मिले, जिन्होंने काव्य-रचना के प्रति मुझे लगातार प्रोत्साहित किया और मैथिली के प्रख्यात कवि आचार्य श्री सीताराम झा जी से मिला दिया।

झा जी रचना-प्रक्रिया में मेरे लिए दूसरे गुरु प्रमाणित हुए। आपने मेरे अभ्यास-क्रम को भाषिक छन्दों की ओर मोड़ दिया। दोहा, सोरठा, रोला, छप्पय, सवैया, कवित्त जैसे छन्दों के नाम मैंने पहले नहीं सुने थे। वर्ष-भर के अन्दर गुरुजी ने (झा जी) मुझसे सौ समस्याओं की पूर्ति करवाई थी।

काशी में रहनेवाले एक मैथिल छात्र से जब चाचाजी को मेरी कवि-कीर्ति

के प्रसंग में मालूम हुआ तो वह बड़े ही कुपित हुए। मेरे पिता से उन्होंने कहा—"लड़का चौपट हो गया! काशी में आपने उसे क्या यही सब करने के लिए रख छोड़ा है?" मेरे पिताजी नाम मात्र के लिए साक्षर थे। उनके लिए इतना ही काफी था कि बेटा काशी में रहकर पढ़ाई कर रहा है। उनकी समझ में नहीं आया कि काशी में रहते हुए लड़के ने ऐसा कौन-सा बुरा काम किया है... अचम्भे में हकलाकर उन्होंने कारण जानना चाहा। चाचा ने बतलाया—"गोकुल भाई, आपका लड़का वहाँ पढ़ाई नहीं कर रहा है। वह तो दिन-रात रजनी-सजनी में लगा रहता है।"

रजनी-सजनी से तुकबनदी का मतलब था। कोई छात्र पढ़ाई-लिखाई छोड़कर 'रजनी-सजनी' के पीछे लग जाये तो वह विद्वान कैसे होगा, और काशी वर्षों रहकर भी यदि कोई छात्र विद्वान न हुआ तो उसका काशी-निवास व्यर्थ होगा.. अपठित रहने पर भी मेरे पिताजी को यह तो भासित हो ही गया कि लड़का आवारागर्दी की तरफ कदम बढ़ा रहा है। चाचा उम्र में छोटे थे फिर भी व्याकरण के विद्वान थे। मेरे पिताजी ने उनसे अनुरोध किया कि अपने भतीजे को आप ही समझा-बुझाकर रास्ते पर ला सकते हो।

कई महीने बाद, गर्मी की छुट्टियों में घर आने पर मुझे चाचा जी के प्रकोप की जानकारी मिली। सीधे-सीधे चाचा ने या पिता ने मुझे कुछ नहीं कहा। इससे मेरे मन पर यह छाप पड़ी कि कवि-कर्म कोई कुकर्म नहीं है। यदि कुकर्म होता तो चाचाजी आमने-समाने मुझे डाँटते।

काशी में जिन लोगों के बीच रहना होता था, वे सब के सब महाविद्यालयों में पढ़ने वाले वयस्क छात्र थे। उनकी उम्र बीस से लेकर पचास तक की थी। व्याकरण, न्याय, वेदान्त, ज्योतिष, वेद आदि विषयों में शास्त्री एवं आचार्य परीक्षाओं की तैयारी में लगे हुए 'दो-दो तीन-तीन' विषयों के आचार्य परीक्षोत्तीर्ण... लगता था आजीवन विद्याभ्यास ही उनका मुख्य कर्म रहेगा। उनमें से दो चार ही थे, जिनको मेरे कविकर्म के प्रति सहानुभूति थी।

× × ×

'काव्य प्रकाश' के आरम्भ में आचार्य मम्मट ने काव्य के कतिपय प्रयोजन बतलाए हैं। उनमें से पहले दो हैं—यश की प्राप्ति और धन की प्राप्ति। काशी में अपने आरम्भिक कविकर्म से मुझे इन दोनों प्रयोजनों की सिद्धि का परिचय प्राप्त होने लगा। अपने से दुगुनी उम्र के वयस्क विद्यार्थियों और युवक विद्वानों से प्रशंसा प्राप्त होने लगी और दरभंगा की महारानी लक्ष्मीवती से आर्थिक साहाय्य मिलने लगा। महारानी लक्ष्मीवती को कभी मैंने देखा नहीं, परन्तु आवेदन पत्र देने पर

उनके यहाँ से जाने कितनी बार मुझे सहायता मिली होगी। संस्कृत एवं मैथिली भाषा में लिखे गये उन छन्दोबद्ध आवेदन पत्रों ने मुझे कभी निराश नहीं किया। यह वैसा युग था, जबकि एक रुपए का आधा मन गेहूँ आता था। अपनी काव्य-शक्ति के फलस्वरूप आर्थिक लाभों का अनुपात अब बढ़ता ही आया है। परन्तु छात्रावस्था में महारानी लक्ष्मीवती से मिलनेवाले पाँच-पाँच दस-दस रुपए के वे अनुदान मुझे कभी नहीं भूलेंगे। एक आवेदन पत्र में गुम्फित होनेवाली दस पंक्तियाँ (पाँच दोहे) मुझें दो रोज बाद तत्काल, बिना झमेले के दस रुपए का नगद अनुदान दिलवाती थीं और अब पचास पंक्तियों की एक कविता पाठ्यक्रम में स्वीकृत होने पर भी सौ रुपए प्राप्त कराने में डेढ़-दो वर्ष लगा देती हैं।

2

भारतीय काव्य की समीक्षा में नौ रस माने गये हैं। परन्तु अपनी कटु-तिक्त-चरपरी रचना के सिलसिले में मुझे एक और ही रस की अनुभूति होने लगी। यह था विक्षोभ रस। मेरे कई मित्रों को विक्षोभ रस की इस बात पर हँसी आती है, परन्तु विक्षुब्ध मन:स्थिति में रचित पंक्तियाँ उन्हें बहुत मार्मिक लगती हैं। आलोचकों ने बार-बार इन पंक्तियों का उल्लेख किया है। वैसी पंक्तियों को मात्र वक्रोक्ति अथवा मार्मिक कह देने से बात साफ नहीं होगी।

अभावग्रस्त और संघर्षशील श्रोता किस प्रकार की पंक्तियाँ सुनना पसन्द करेगा। कई दिनों का भूखा व्यक्ति सड़क से गुजरते वक्त निकट की बगीची में खिले हुए जूही के फूलों का सौरभ भला क्योंकर ग्रहण करेगा। उसके दिल और दिमाग में उस समय रोटी और भात ही परम तत्त्व के रूप में नाचते होते हैं। अरहर की दाल की सोंधी महक उसके पैरो में गति भरती है। यदि आपका पेट भरा हो, शरीर और मन प्रसन्न हो तो आपको फूलों की बगीची में टहलना अच्छा लगेगा। तब शायद आपको वह कौआ आकर्षित नहीं करेगा क्योंकि वह ऊपर बिजली के तारों में उलझा है, उसके प्राण पखेरू उड़ चुके हैं। बहुजन समाज की व्यापक विपन्नता से यदि आपका प्रत्यक्ष परिचय है, तब आपको विक्षोभ रस का अनुभव होगा। भावशून्य तरीके से यदि आप अन्न-संकट पर कुछ लिखेंगे तो उससे नकली हमदर्दी की बास आएगी। दरिद्रता, अज्ञान, गुलामी, रूढ़िग्रस्तता, रोग, विषमता—इनके प्रति हमारे मन में चरम घृणा का अनुभव नहीं हुआ तो हम बहुत बड़ी प्रवंचना के शिकार होंगे। गरीबी की सीमा-रेखा से नीचे रहने वाले लोगों की संख्या दस-पाँच लाख की नहीं है, यह तो हमारी सम्पूर्ण जनसंख्या की आधे से ऊपर चली गयी है। ऐसी स्थिति में यदि मेरी चेतना विक्षुब्ध भावभूमि पर विराजमान हो गयी तो अस्वाभाविक नहीं है।

श्री सियारामशरण गुप्तजी ने मुझसे एक बार कहा था—"आपको देखता हूँ तो शंकित हो उठता हूँ। लगता है कि विष का मटका इधर डोलता आ रहा है..." उन्होंने बतलाया था कि हंस, नया पथ, नया साहित्य आदि में प्रकाशित रचनाएँ देखने के बाद दो-एक बन्धुओं से मेरे बारे में पूछताछ की थी। संयोगवश, उस समय आदरणीय श्री मैथिलीशरण गुप्त जी भी अपने अनुज की ये बातें सुन रहे थे, उन्होंने अपने अनुज से कहा—"संस्कृत का विद्वान होने पर भी इसके अन्दर इतना जहर भरा है। ब्राह्मण वंश में जन्म हुआ, विद्यापति की मिथिला में पैदा होने से अमृत इसके लिए सहज लक्ष्य था, किन्तु यह तो विषकीट निकला।" मैंने सहज मुद्रा में कहा—'आप यदि अमृत का एकाध बूँद मेरे लिए टपका दें तो मेरा आमूल परिवर्तन हो जाय..." इस पर महाकवि मुस्कुराकर बोले—"नहीं, अब कुछ नहीं होगा... अब आजीवन तुमको विषकीट बनकर ही रहना होगा।"

हो सकता है, वैष्णवी साँचे में यदि मैं कुछ लिख पाता तो वह रचना उन्हें पसन्द आती, फिर मुझे गुप्तजी से अच्छा प्रमाण-पत्र मिलता

ऐसा नहीं कि विक्षोभ मात्र नागार्जुन को बपौती में मिला हो। प्रत्येक कवि अपने-अपने ढंग से प्रतिकूल भावनाओं के प्रति विक्षुब्ध होता है। वह अपनी रचनाओं में विक्षोभ को व्यक्त करता है। साम्राज्यवादी अंग्रेज शासकों के प्रति उतना अधिक विक्षोभ न रहा होता तो 'भारत-भारती' की रचना न हुई होती। दानवीय अत्याचारों के प्रति विक्षोभ न होता तो रामचरितमानस की एक भी पंक्ति कवि के हृदय से बाहर नहीं आई होती। परन्तु आवेगधर्मिता, असह्यनीयता, तीव्रता की दृष्टि एक जैसे लगने पर भी विक्षोभ के आलम्बन पृथक-पृथक होंगे। मेरे अन्दर विक्षोभ तब फूटता है, जबकि लगातार बढ़ती हुई महँगाई के मारे लोगों को परेशान पाता हूँ... परम मेधावी बालक और बालिकाएँ गरीबी के चलते अपनी पढ़ाई बीच में ही छोड़ने को बाध्य हो जाते हैं। धूर्तों की जमात वर्ष दो वर्ष के भीतर ही लाखों की रकम बटोर लेती हैं। मेहनत-मशक्कत की कमाई खानेवाला रिक्शा-मजदूर महीनों फटी बनियान पहनता है... किसान, खेतिहर, टीचर, किरानी...कौन नहीं है संकट का शिकार। ये वे नहीं हैं जो कवि-सम्मेलनों की अगली कतारों में बैठते हैं। यह भी विक्षुब्ध हैं। इन्हीं का विक्षोभ पूँजीभूत होकर मेरी रचनाओं में फूटता रहता है। प्राइमरी स्कूल का वह मास्टर मुझे कभी नहीं भूलेगा जिसके परिवार का, भूख के मारे, सफाया हो गया था और अन्त में जो स्वयं भी काल-कवलित हुआ। उसी की पीड़ा ने मुझसे 'प्रेत का बयान' जैसी तिक्त रचना तैयार करवा ली थी! उच्चवर्ग के रहन-सहन के ढंग को, प्राचार्य और उच्च शिक्षाधिकारी की व्यक्ति केन्द्रिकता को, नेताओं के बहुरूपियापन को मैंने कभी क्षमा नहीं किया। ऐसा नहीं कि मैंने अपना मखौल न उड़ाया हो।

मुझे स्पष्ट भासित होता है कि आचार्य श्री रामचन्द्र शुक्ल मेरी इन रचनाओं को बेहद पसन्द करते। काव्य-तत्त्व को वस्तुनिष्ठा के तराजू पर तोलनेवाला वैसा कोई मनीषी भारत में नहीं पैदा हुआ। भारतेन्दु के साथ प्रतापनारायण मिश्र, बालकृष्ण भट्ट, बालमुकुन्द गुप्त की रचनाओं का बारम्बार पारायण करने पर सर्वसाधारण जनता के प्रति मेरी पक्षधरता परिपुष्ट होती आई है। कबीर से मैंने दो-टूक अक्खड़पन लिया और निराला से स्वाभिमान का संस्कार।

1982

श्रमनिष्ठा कलम के मजदूर की

प्रतिभा हो, क्षमता हो, स्वाभिमान हो और व्यक्ति जमकर काम नहीं कर पाए तो यह उसके लिए बहुत बड़ा अभिशाप है। कामचोर छिछला शब्द है, गाली के पर्याय का! भद्र भाषा में इसका प्रयोग शायद वर्जित हो। परन्तु इतना तो सभी मानेंगे कि आलस्य साहित्यकार को खा जाता है। यह कोई मामूली घुन नहीं है।

अकर्मण्यता स्वभावगत दुर्गुण नहीं है, वह भी हमारी परिस्थितियों की देन है। बहुतेरे साहित्यकार सुख-सुविधा के अवसर पाकर अहदी हो जाते हैं। अनेक ऐसे भी हैं जो सम्पन्नता की स्थिति से पहले ही सुस्त पड़ जाते हैं—निराशा, पराजय, असफलता के कारण वे अपने को असहाय मान बैठते हैं। कुछ साहित्यकार श्रीमन्तों की छत्रछाया में पहुँचकर भवताप से छुटकारा पा लेते हैं। कोई पांडिचेरी की ओर मुँह करता है तो कोई लोकसभा की ओर। एकाध ऐसे भी फतह-बहादुर निकलते हैं कि किसी जमी-जमाई पुरानी संस्था के निधिपाल बन जाते हैं। किसी के स्वजन (पुत्र, पत्नी, भाई, दामाद, पुत्रवधू) प्रकाशन के मैदान में उतरकर सफलता की कुन्जी हथियाने में सक्षम बन जाते हैं तो इस प्रकार उसका मेरुदंड हमेशा के लिए तन जाता है। सड़ी-गली थीसिस के सहारे डाक्टरेट पानेवाले अति चतुर युवक की साहित्यिकता भी पुराने पंक्तिपावन ब्राह्मण की ठसक से होड़ लेती है।

यहीं हमारा ध्यान निराला की श्रमनिष्ठा पर पड़ता है। उनके नाम से मौलिक और अनूदित पुस्तकों की संख्या सत्तर के लगभग पहुँचती है। कविताओं और गीतों के संकलन, उपन्यास, कहानी-संग्रह, रेखाचित्र, निबन्ध-संग्रह, समीक्षा-पुस्तक, जीवनियाँ और फुटकर किताबें। इनके अलावा उनके कतिपय नाटक अप्रकाशित रह गये जिनका पता पंडित गंगाप्रसाद पाण्डेय की निराला-साहित्य-सूची से मिलता है। अनूदित पुस्तकें प्रायः बंगला से हैं। बंकिम के ग्यारह उपन्यास और रामकृष्ण, विवेकानन्द की सात पुस्तकें।

अनूदित पुस्तकों की इतनी बड़ी संख्या क्या प्रमाणित करती है? श्रमजीवी निराला की कर्म-तत्परता की पुष्टि में और भी कई प्रमाण पेश किए जा सकते हैं। उदाहरणार्थ, 'समन्वय', 'मतवाला' और 'सुधा' के उन अंकों को हम देखें जिन्हें निराला की लेखनी का स्पर्श मिला था। 1922 से लेकर 1942 तक निराला की लेखनी बड़ी तेज़ी से चली है। शुरू में आर्थिक मजबूरियों ने उन्हें गद्य-लेखन के लिए बाध्य किया और एक बार कलम जब गद्य की ओर मुड़ी तो उस दिशा में भी बहुत जल्द ही उसने कमाल हासिल कर लिया।

'अप्सरा' उनका पहला उपन्यास है। उसके आरम्भिक वक्तव्य के अन्त में जो तारीख छपी है, वह है पहली जनवरी 1931 (1.1.31)। इन दिनों लखनऊ मासिक पत्रिकाओं की दृष्टि से सर्वाधिक उपयुक्त स्थान माना जाता था। 'माधुरी' और 'सुधा' जैसे मासिकों के चलते, साहित्यकार मानसिक तौर पर लखनऊ में ही विचरण करते थे। पुराने लोगों में प्रेमचन्द और रूपनारायण पाण्डेय जैसे साहित्यकार वहाँ विद्यमान थे। और नये लोगों में रामविलास शर्मा, अमृतलाल नागर आदि। प्रकाशकों में दुलारेलाल भार्गव चमक रहे थे। उपन्यास-लेखन की दिशा में बढ़ने के लिए निराला को इन सभी ने प्रोत्साहित किया होगा।

'अप्सरा' के बाद उनका दूसरा उपन्यास 'अलका' ढाई वर्ष बाद निकला। 'लिखी' और 'सखी' नामों से दो कहानी-संग्रह भी वहाँ से निकले। महाभारत (अनुवाद) और तुलसीकृत रामायण की टीका भी वहीं से निकली। बाद में प्रयाग से बंकिमचन्द्र के कुछ उपन्यासों के अनुवाद इंडियन प्रेस ने छापे थे। कलकत्ता से भी कई अनूदित पुस्तकें प्रकाशित हो चली थीं। परन्तु व्यावसायिक दृष्टि से सन् 1930 के बाद निराला कलकत्ता छोड़ चुके थे। 'मतवाला' में छपी हुई कविताओं ने सन् 1928 के पहले ही निराला जी को कविरूप में सुप्रतिष्ठित कर दिया था। वयस्क समीक्षकों ने उन कविताओं पर जितनी ही अधिक नाक-भौं सिकोड़ी, निराला का कवि उतना ही ऊपर उठता गया। प्रसाद, निराला, पन्त—इनमें से निराला की ही कवि-प्रतिभा ने लागों को जोरों से अपनी ओर खींचा। काव्य-लक्ष्मी की पाठ-पीठिका के निकट ही कितना बड़ा विस्फोट हुआ था। पुराने और नये सभी चौंक उठे थे। कुल पाँच वर्षों के अन्दर अर्थात् 1923-28 के बीच निराला को जो ख्याति मिली, सन् 1930 के बाद उसका प्रत्यक्ष सुफल उन्हें इस रूप में भी मिलने लगा कि प्रकाशक उनकी ओर उन्मुख हो उठे।

श्रमजीवी साहित्यकार की एक यह भी विशेषता होती है कि वह भीख नहीं माँगता, वह किसी के सामने गिड़गिड़ता नहीं है। साथ ही, एक सामान्य श्रमिक की भाँति कमोबेश मजदूरी पर अपना श्रम बेचने को तैयार रहता है। अपने हमपेशा बन्धुओं के सामने वह किसी प्रकार की डींग नहीं मारता, न प्रकाशकों

को धोखा देता है। खुला खेल फरुक्खाबादी... आमने-सामने अपना मामला तय कर लेता है। रायल्टी की बातें उसे कभी-कभी खटराग-सी लगती हैं। अक्सर 'लम-सम' लेकर अपनी पांडुलिपि वह प्रकाशक के हवाले कर देता है। मगर श्रमजीवी साहित्यकार की यह परिभाषा चालीस साल पुरानी है। अब तेज़ी से बदल रही है। हमारे कई साहित्यिक बन्धु इन पंक्तियों को पढ़कर मुस्करा उठेंगे। उन्हें मुस्कराने दीजिए। आप निराला को सामने रखकर इस परिभाषा पर गौर कीजिए। आज से चालीस और तीस साल पहले हमारे साहित्यकारों और प्रकाशकों का क्या हाल था?

अपनी तरफ से कुछ न कहकर यहाँ यदि मैं निराला के ही शब्द उद्धृत करूँ तो ठीक रहेगा। 'देवी' शीर्षक स्केच में वे लिखते हैं—

"...मेरी कद्र नहीं हुई। मुझे बराबर पेट के लाले रहे। पर फाँकेमस्ती में भी मैं परियों के ख़्याब देखता रहा। इस तरह अपनी तरफ से मैं जितना लोगों को ऊँचा उठाने की कोशिश करता गया, लोग उतना मुझे उतारने पर तुले रहे और चूँकि मैं साहित्य को नरक से स्वर्ग बना रहा था, इसलिए मेरी दुनिया भी मुझसे दूर होती गयी। अब मौत से जैसे दूसरी दुनिया में जाकर मैं उसे लाश की तरह देखता होऊँ। 'दूबर होत नहीं कबहूँ पकवान के विप्र मसान के कूकुर' की सार्थकता मैंने दूसरे मित्रों में देखी, जिनकी निगाह दूसरों की दुनिया की लाश पर थी।

"वे पहले फटीचर थे। पर अब अमीर बन गये। दो मंजिला मकान खड़ा कर लिया है। मोटर पर सैर करते हैं। मुझे देखते हैं, जैसे मेरा उनका नौकर-मालिक का रिश्ता है। नक्की स्वरों में कहते हैं—हाँ, अच्छा आदमी है, ज़रा सनकी है। फिर बड़े गहरे पैठकर मित्र के साथ हँसते हैं।

"वे उतनी दूर बढ़ गये हैं, मैं जिस रास्ते पर था उसी पर खड़ा हूँ। जिसके लिए मेरी इतनी बदनामी हुई, दुनिया से मेरा नाम उठ जाने को हुआ, जो कुछ था चला गया, उस कविता को जीते जी मुझे भी छोड़ देना चाहिए। जिसे लोग खुराफात समझते हैं, उसे न लिखना हो तो लोगों की समझ में 'सच्ची समझ' होगी। रति-शास्त्र, वनिता-विनोद, काम-कल्याण में मश्क करते कौन देर लगती है। चार किताबों की रूह दानकर एक किताब लिख दूँगा। सीता, सावित्री, दमयन्ती आदि की पावन कथाएँ आँख मूँदकर लिख सकता हूँ। तब बीवी के हाथ सीता और सावित्री आदि देकर बगल में चौरासी आसन दबानेवाले दिल से नाराज न होंगे।"

'सफलता' शीर्षक गल्प में नरेन्द्र और आभा दो ही पात्र हैं। नरेन्द्र युवक साहित्यकार है; आभा विधवा तरुणी। एक दूसरे के प्रति खिंचाव महसूस करते हैं—

---

1. 'देवी' ('चतुरी चमार' में संकलित)।

''नरेन्द्र गाँव में रह रहा था। अधिक दिनों तक रहने की गुंजाइश न थी। कारण, वृत्ति लिखाई थी, जो घर बैठे मनीआर्डर द्वारा कम आती थी। शहर में रहकर आर्डर पूरे करने पड़ते थे; तब पेट भर को कहीं होता। पेट भी दो-चार नहीं, सिर्फ एक।

नरेन्द्र को इस दुर्दशा की चिन्ता न थी। कारण, वह साहित्य का सुधार कर रहा था। आदर्शवाद वह साहित्य में दरसाकर तब दम लेता था। उसके लेख और पुस्तकें प्रमाण हैं। बीसवीं सदी की समस्त विचारधाराएँ उसकी धारा से बह चुकी थीं। पर जो कुछ उसने धारण किया था, वह मनुष्य-धर्म जिसे अंग्रेजी में Religion of man कहते हैं। इसमें भूत, वर्तमान और भविष्य के सब धर्म घेर देता है।

''नरेन्द्र घर से कलकत्ते के लिए रवाना हुआ। रास्ते में कानपुर, लखनऊ, प्रयाग, काशी, पटना, गया होता गया। मित्रों और प्रकाशकों से मिलकर साहित्य तथा बाजार के हाव-भाव समझता रहा। आरती के प्रकाशक ने कहा—हमारे यहाँ आठ रुपए फार्म से अधिक मौलिक पुस्तक के लिए देने का नियम नहीं है। रुपया पुस्तक प्रकाशित होने के तीन महीने बाद से दिया जाना शुरू होता है। सम्पादक ने कहा—हम कोई लेख बिना पुरस्कार के नहीं छापते। अवश्य नये लेखकों को दो रुपया प्रति लेख देने का नियम है। पर हम आपको डेढ़ रुपया पृष्ठ देंगे। फिर सहृदयता से बोले—इससे अधिक आरती दे नहीं सकती।

''सम्पादक को लेख देने का वादा कर प्रकाशक से नरेन्द्र ने कहा—आप लोग पुस्तकें पचास और साठ प्रतिशत कमीशन पर बेचनेवाले को देते हैं, यह आपकी साहित्य-सेवा नहीं, अर्थ-सेवा हुई। यदि लेखकों को अधिक देने लगें तो किताबें अच्छी लिखी जाएँ और साहित्य का उद्धार भी हो। प्रकाशक ने आँखें मूँदकर कहा—साहित्य का उद्धार हम आपसे ज्यादा समझते हैं।

''इस प्रकार अड़ता-छूटता नरेन्द्र कलकत्ता पहुँचा। वहाँ बीसवीं सदी पुस्तक एजेंसी में छह रुपए प्रति फार्म के हिसाब से बंगला के रद्दी उपन्यासों के अनुवाद का काम मिला। कुछ करना तो था ही।

''काम लेकर एक रोज निश्चिन्त होकर जान बाजार लायब्रेरी में बैठा मासिक पत्र-पत्रिकाएँ देख रहा था। अंग्रेजी, बंगला, हिन्दी, गुजराती, उर्दू, मराठी सभी भाषाओं में एक विशेष आदर भाव देखा-सिनेमा स्टारों के सभी स्टोर हो रहे थे। देखभाल कर नरेन्द्र डेरे पर पहुँचा।

''बीसवीं सदी पुस्तक एजेंसी का अनुवाद शुरू तो किया, पर हाथ बन्द हो गया। बार-बार आँखों के सामने सिनेमा के सितारे चमकने लगे। मन सोचने लगा, यह अनुवाद का काम भी क्यों? इससे किस आदर्श की पुष्टि होती है? अर्थ मुझे भी तो चाहिए। बड़ा अर्थ अगर लोग नहीं लेते तो जो लेते हैं, उसे

ही बढ़ाओ... साथ-साथ जितने प्रकाशक भली हालत में रहते थे तथा ऊपर व्यवसाय के लोग जो सफल हुए थे, सामने आने लगे। फिर तीन हिन्दी के लेखकों की सूरत सामने आईं। उसका मित्र स्नेहशरण एक श्रेष्ठ गद्य-लेखक है, पर कदाचित् सबसे बड़ा दरिद्र और उपेक्षित उसका भाव, जो अब तक उसे बड़ा बनाए हुए दिन-रात उसे छोटा करता जा रहा था, सामने आया। देखकर उसे बड़ी घृणा हुई।

''कितने प्रकाशक उनका अपमान कर चुके हैं। कोई-कोई ऑफिस से भी निकाल चुके हैं, पर एक वह अपने नाम को मरता रहा, जो वास्तव में अपमान था। उसे नामी कहकर-कहाकर किसी शाप ने उसे ऊँचे आसन से गिरने का धोखा दिया है। जो नामस्वरूप श्रेष्ठ वैभव का भोक्ता है, वह कौड़ी-कौड़ी का मुँहताज भी रहे, ऐसा हो नहीं सकता। छोटे वैभव उसके पास जरूर होंगे या वह चाहता होगा। याद आया, छोटे वैभवों की उसने परवाह कब की, इसलिए छोटों ने उसे बराबर धोखा दिया, नीचा दिखाया और अन्त में आज यह प्रमाण भी दे रहे हैं कि वे छोटे उससे कितने बड़े हैं—उनसे उसका जीवन कितना छोटा, कितना अधूरा है।

''नरेन्द्र ने अनुवाद का काम बन्द कर दिया। सोचने लगा, किस प्रकार वह छोटा होकर बड़ा होगा।''

निराला जी का यह मानसपुत्र एकाएक तय करता है कि वह श्रमजीवी साहित्यकार का अभावग्रस्त जीवन छोड़कर कोई दूसरा धन्धा अपना लेगा। वह देर तक सोचता रहा कि एकाएक उसके ध्यान में वही तरुणी विधवा उभर आई। वह मुस्करायी। मानो कह रही हो, यदि मैं तुम्हारे कुछ काम आऊँ।

''नरेन्द्र गाँव लौटा और आभा को लेकर अपने साथ रखने लगा। विरोध का बवंडर उठा, लेकिन वे दोनों अडिग रहे। फिर वे दिल्ली आ गये।

''वर्ष-दो वर्ष के अन्दर ही नरेन्द्र का मनोरथ पूर्ण हुआ। रंगमंच पर उतरे। पति-पत्नी दोनों का ही अभिनय दर्शकों को बेहद पसन्द आया। अपना ही लिखा हुआ नाटक था—'अर्ध-नारीश्वर'। पत्र-पत्रिकाओं में कई दिनों तक प्रशंसा छपती रही।

''इसी सफलता के बाद बीसियों अभिनय-प्रेमी तरुण-तरुणियाँ नरेन्द्र और आभा के निकट आ गये। एक अलग नाट्य-प्रतिष्ठान उन्होंने कायम कर लिया। वे दिग्विजय के लिए कलकत्ते की ओर चल पड़े।

''काशी के पवित्रा थियेटर के मालिक बाबू धनीराम जी एक सफल प्रकाशक भी थे। वह अपना स्टेज भाड़े पर भी देते थे। नरेन्द्र से कहा—'पचास नहीं तो चालीस प्रतिशत तो दीजिए।'

''नरेन्द्र ने भौंहें सिकोड़ लीं। कहा—'हमारा चालीस प्रतिशत के मानी हैं, भाड़े के अलावा आपको सात-आठ सौ रुपए रोज मिलेंगे। अगर यही है तो पन्द्रह प्रतिशत ले लीजिए।''

''पन्द्रह प्रतिशत!

''नरेन्द्र ने ठहाके लगाए। संयत होकर कहा—''बाबू धनीराम जी,मैं छह महीने में एक किताब लिखता था। पर उसके लिए आपने मुझे पन्द्रह प्रतिशत भी नहीं दिया।''

अपने युग के प्रकाशक और साहित्यकार के आपसी सम्बन्धों को लेकर निराला ने और भी कुछ लिखा होगा, किन्तु हमारे लिए इतना ही काफी है। अपनी आर्थिक मजबूरियों की उन्हें कोई परवाह नहीं थी, कोई अहसास नहीं था—ऐसा भी कुछ लोग कहते रहे हैं। काश! उन्होंने निराला को समझा होता!

साहित्यकार की श्रमनिष्ठा कहने मात्र से काम नहीं चलेगा। निराला की श्रमनिष्ठा अनूठी थी। इस दृष्टि से भी कि अपने अनुवादों के लिए भी कई गुनी अधिक मिहनत करते रहे। आजकल कुछ ऐसे भी अनुवाद छपवाकर बाजार में आ रहे हैं जो कि हिन्दी से ही हिन्दी में छाप लिये गये हैं। अधकचरे रूपान्तरों की भरमार है। छायानुवाद, भावानुवाद तो खैर क्षम्य मान लिए जाएँ, परन्तु जटिल-गुट्ठिल अनुवादों से पाठक त्राहि-त्राहि कर रहे हैं। निराला के किए हुए अनुवादों को यदि हम मूल पुस्तकों से मिलाकर देखें तो पता चलेगा कि उन्होंने कितना अधिक परिश्रम किया था। यों बंकिम और शरत को हिन्दी में काफी दुहा गया है और यह सिलसिला अरसे तक चलेगा। ऐसे अनुवादक बिरले ही होते हैं जो मूल ग्रन्थकार की आत्मा को उसकी प्रचुरतम विशेषताओं के साथ रूपान्तरित कर लेते हैं। निराला इसी प्रकार के दुर्लभ अनुवादकों में से थे। बंकिम के उपन्यासों का अनुवाद उन्होंने बाद में किया था। रामकृष्ण-विवेकानन्द के प्रवचनमूलक ग्रन्थों का अनुवाद वह पहले ही कर चुके थे।

निराला द्वारा अनूदित गन्थों की सूची में पाठक वात्स्यायन के 'कामसूत्र' का भी नाम देखता है। यह काम निश्चय ही प्रकाशकों ने बाजार की रुचि को ध्यान में रखकर निराला से करवाया होगा। ध्रुव, भीष्म और राणा प्रताप की जीवनियाँ भी लिख दी थीं। रस-अलंकार भी लिख दिया था। उन्हीं के बारे में सोचकर निराला जी ने कहा था—''चार किताबों की रुह छानकर एक किताब लिखूँगा। सीता, सावित्री, दमयन्ती आदि की पावन कथाएँ आँख मूँदकर लिख सकता हूँ। तब बीबी के हाथ सीता-सावित्री देकर बगल में चौरासी आसन दबानेवाले दिल से नाराज न होंगे। उनकी इस भारतीय संस्कृति को बिगाड़ने की कोशिश करके ही बिगड़ा हूँ। अब जरूर समझ लूँगा।''

यानी, प्रकाशकों की इच्छा के अनुसार हमारा यह श्रमजीवी साहित्यकार बहुत कुछ लिखने को तैयार रहता था। सो भी किस रेट पर? सौ पृष्ठों की डबल क्राउनवाली किताब के अनुवाद की मजदूरी छत्तीस रुपए चार आने मिलती थी।

प्रकाशकों की तरफ से कोई भी आज कह उठेगा—"तुम्हारा निराला कभी का भूखा मर गया होता, प्रकाशकों ने उसका ध्यान रखा। न केवल ध्यान रखा, उसके सौ-सौ नखरे झेले और उसे इतना बड़ा साहित्यकार बनाकर युग को सौंप दिया।"

जी हाँ, आपका कहना सही है, हमें मान ही लेना चाहिए। प्रकाशकों के कृपा-कटाक्ष न पड़ते तो निराला का आज कहीं नामोनिशान न होता! बाल्मीकि, कालिदास, बाणभट्ट, कबीर, तुलसीदास सभी का उद्धार प्रकाशकों ने ही किया है! अपने आप में वे क्या थे? कुछ तो नहीं थे। प्रकाशकों की निस्वार्थ अनुकम्पा से इस युग में इनका उद्धार हुआ है। निराला किस खेत की मूली थे?

श्रमजीवी साहित्यकार की मनोवृत्ति में इन दिनों एक विलक्षण परिवर्तन नजर आ रहा है। वह स्वयं ही अपनी पुस्तकों के प्रकाशन का धन्धा कुटीर उद्योग के तौर पर खड़ा कर लेने को उतावला हो उठा है। अपने पुत्र-पौत्र, भाई-भतीजे को इस धन्धे में आगे धकेल रहा है। मानसिक सन्तुलन को व्यवस्थित करने के लिए वह अपने अनाथ एवं परावलम्बी साहित्य को स्वनिर्भर बना लेना चाहता है। मित्रों से ऋण लेकर वह अपनी किताबें छपवा लेता है और चालीस-चालीस, पचास-पचास प्रतिशत कमीशन देकर अपने प्रकाशन का स्टाक पुस्तक-विक्रेताओं के हवाले कर देता है। आज का श्रमजीवी साहित्यकार मात्र लेखन में अपनी श्रमनिष्ठा का पूरा उपयोग नहीं करना चाहता। वह प्रकाशन का भी क-ख-ग सीख लेने को आतुर है। इस अनुष्ठान में उसे जनता भी सहायता दे रही और सरकार भी।

"आपको यह सब शोभा नहीं देता है..."

"आप सन्तोषी और तपोधन हैं... प्रकाशन के पचड़े में आप न पड़ें।"

"यह बनियागिरी आपसे नहीं सम्हलेगी।"

"आपका लेखन पिछड़ जाएगा।"

—इस प्रकार की बातों से आज के श्रमजीवी साहित्यकारों को फुसलाया नहीं जा सकता है।

आज का श्रमजीवी साहित्यकार अपने व्यक्तित्व की सीमाएँ जानता है। अपनी क्षमताओं का दायरा उसे अच्छी तरह दिखाई देता है। अनुचित या अत्यधिक प्रशंसा से उन्मद होकर वह कर्तव्य से भ्रष्ट नहीं होगा। भक्त अनुरक्त जन लाल या हरा पानी पिलाकर अब उसे गगनविहारी नहीं बना सकते।

आज का श्रमजीवी साहित्यकार पचीस वर्ष की आयु में विधुर हो जाने पर दूसरी जीवन-संगिनी खोज निकालेगा। वह अपने पसीने की गाढ़ी कमाई को व्यवस्थिति ढंग से खर्च करेगा। आज का साहित्यकार पिछले युगों की एकांगी साहित्यकारिता को अपना आदर्श नहीं मानता है। अवसर पाकर वह सब कुछ करने को तैयार रहता हैं यह अमेरिका में जाकर अध्यापक भी हो सकता है, वह रूस जाकर अनुवाद का भी धन्धा अपना ले सकता है। विदेशी दूतावासों से निकलनेवाली पत्रिकाओं का सम्पादन भी उसे अरुचिकर नहीं लगता। आकाशवाणी केन्द्र, सूचना-विभाग, परराष्ट्र-विभाग—कहीं भी काम कर सकता है। बड़े-बड़े गैर-सरकारी प्रतिष्ठानों में उसे हम जमे देखते हैं। तीस-चालीस वर्ष पहले की स्थितियों से आज की स्थितियों का कोई मुकाबला नहीं। उत्कट प्रतिभावाला तरुण साहित्यकार अब उस तरह वर्षों बेकार नहीं घूमता है। ठेकेदारी से लेकर भारत सेवक समाज तक, रेडियो से लेकर दूतावास तक, सन्त-साहित्य के शब्द-संकलन से लेकर साहित्य अकादमी के अनुवाद-कार्य तक उसका कार्य-क्षेत्र फैला हुआ है। सूझ-समझ अगर आवश्यकता से अधिक हुई तो श्रमनिष्ठा कई गुनी अधिक फलप्रसू प्रमाणित होती है।

1928 से लेकर शेष आयु तक निराला की मुख्य कर्मभूमि उत्तर प्रदेश रहा। 1945-46 तक उन्होंने बहुत लिखा। अनुवाद में भी वे और अनुवादकों की अपेक्षा कहीं अधिक मिहनत करते थे। मौलिक साहित्य उनका अधिक गठा हुआ है। इतना अधिक नीरन्ध्र है कि पाठक बार-बार परायण करते हैं, चमत्कृत होते हैं, चकित रह जाते हैं। उन दिनों आलोचक या तो डंडे बरसा रहे थे या चुप्पी साधे हुए थे। क्या ग्राम, क्या नगर, सर्वत्र निराला को जूझना पड़ा।

इस विराट हिन्दी-क्षेत्र का सबसे बड़ा दुर्भाग्य क्या है? यहाँ का सबसे बड़ा दुर्भाग्य है बड़े लोगों का अपनी भाषा से विमुख होना। श्रीमन्तों की ही नहीं, विद्वानों तक की अपने साहित्य के प्रति सांघातिक अरुचि आज भी कायम है। हमारे इस विराट हिन्दी-क्षेत्र का सर्वश्रेष्ठ जननायक हिन्दी में दस पंक्ति सही-सही लिख नहीं सकता। अपनी भाषा में आए हुए सरल, सहज, संस्कृत शब्दों का मखौल उड़ाने में उसे प्रसन्नता का अनुभव होता है। हमारा दुर्भाग्य ही निराला की दुर्दशा के लिए उत्तरदायी है। एक निराला ही क्यों, पचासों साहित्यकार और भी तो हैं, जिनके लिए वह दुर्भाग्य विषाद साबित हो रहा है। निरला उठ गये, शिवपूजन सहाय उठ गये, राहुल चले गए..। हम यों ही सबकी अस्थियाँ गंगा में प्रवाहित करते जाएँगे। साहित्य अकादमी में हिन्दी-क्षेत्र के हमारे परामर्शदातागण इसी प्रकार जम्हाइयाँ लेते रहेंगे। इसी प्रकार अति शिथिल गति में साक्षरता का हमारा अनुपात बढ़ता जाएगा। लोगों की जेबें इसी प्रकार खाली रहेंगी। हमारी

पुस्तकों की खपत का सिलसिला यों ही शोचनीय बना रहेगा। यानी हिन्दी में हमारे साहित्यकार यों ही दयनीय स्थिति में लकवाग्रसत होते जाएँगे। आप किसको-किसको मास्को भिजवाइएगा स्वास्थ्य की जाँच के लिए? किसको-किसको परलोक-सभा (राज्य-सभा) का मेंबर बनाइएगा? निश्चय ही, निराला कोई एक व्यक्ति नहीं थे। निश्चय ही, वे केवल साहित्यकार नहीं थे। असंगति, अनौचित्य, अन्याय, अत्याचार, अभाव-क्षण-भर के लिए भी यह सब उन्हें सह्य नहीं था। अपने स्वार्थ की पूर्ति को ध्यान में रखकर जो लोग कदम उठाने के अभ्यस्त हैं, उन्होंने निराला को हमेशा झक्की और विक्षिप्त समझा। वे आगे भी निराला को शायद ही समझ सकें। परम्परा के प्रति विद्रोह का जो संस्कार निराला को आरम्भिक जीवन में मिला था, वह कभी समाप्त नहीं हुआ। बड़ी से बड़ी शक्ति को ललकारने में वे कभी नहीं हिचके। ऐसा व्यक्ति उन्हें कभी नहीं अपना सका, जो पग-पग पर दूसरों से समर्थन की अपेक्षा रखता है। कबीर की तरह वह भी अनासक्त हो अपना करघा चलाते रहे। मजदूरी में चार पैसे मिले तो खा लिया। नहीं तो सूरती फाँककर भूखे पेट ही कलम चलाते रहे।

निराला ने शायद ही कभी किसी से कुछ माँगा हो। माँगने की कला उनको आती नहीं थी। पांडुलिपि लेकर प्रकाशक के यहाँ पहुँचे। जो कुछ उसने थमा दिया, लेकर चले आए। रकम अगर दस-बीस से ज्यादा हुई तो युवक मित्रों को बुलाकर खिला-पिला दिया।

प्रकाशक निराला को अच्छी तरह जानते थे। एक मुश्त सौ-दो सौ नहीं देकर दस-दस या पच्चीस-पच्चीस की किश्तों में देते थे। पूरी पांडुलिपि एक साथ मिलने पर लम्म-सम भी दे देते होंगे।

सैकड़ों की रकम एकमुश्त मिलने पर दो-चार, दस-पाँच रोज महा महोत्सव का वातावरण रहता। बालों में इत्र चुपड़े जाते। रोगनजोश तैयार होता। बासमती चावल पकाए जाते। रबड़ी-रसगुल्लों का दौर चलता। सिल्क के कपड़े सिलवा लिए जाते... और चार ही रोज बाद चौके के अन्दर खाली बर्तनों में मकड़ियों के जाले होते।

लिखने की धुन सवार होती तो हफ्तों लिखते ही रह जाते। बीच-बीच में होटलों से खा आते। दूधवाले, हलवाई, परचून के दुकानदार, गोश्तवाले, साग-सब्जीवाले.... सबसे उधार चलता था। बीच-बीच में रकम चुकाते रहते थे। कभी-कभी रकम चुकाने की अवधि चार-चार, छह-छह महीने तक लम्बी खिंच जाती थी। मगर कभी किसी दुकानदार ने निराला पर अविश्वास नहीं किया। वे उन्हें बहुत मानते थे। निराला जी के बारे में किसी प्रकार की शंका प्रकट करनेवाले को वे तत्काल चुप कर देते थे। बाद में यही ढंग उनका दारागंज में रहा।

हम उन्हें शाही मजदूर कहें तो यह असंगत नहीं होगा।

क्या अक्षर-विन्यास, क्या पद-विन्यास, क्या भाव-संयोजन, क्या शैली-संस्कार—सभी दृष्टियों से निराला का शिल्पी अपने युग का बेजोड़ विधाता था। कविताएँ, कहानियाँ, उपन्यास, आलोचना, गीत-साहित्य की सभी विधाओं में निराला का सजग शिल्पी कमाल पर कमाल हासिल करता गया। लगता है, कोरी तुकबन्दी और सपाट अभिधा की ओर से निराला को बेहद विरक्ति रही है। व्यंजनापूर्ण वक्रोक्तियों से निराला की काव्य-लक्ष्मी भास्वर है। उसकी भास्वरता हिन्दी-संसार के लिए सर्वथा अभिनव थी।

खड़ी बोली में उन दिनों मैथिलीशरण गुप्त, अयोध्या सिंह उपाध्याय 'हरिऔध' आदि कविगण अपनी रचनाओं के चलते काव्य-रसिकों के कंठहार बने हुए थे। प्रसाद के 'इन्दु' का उदय हो चुका था। पन्त की प्रतिभा पलवित हो रही थी। कलकत्ता उस ज़माने में हिन्द के पत्रकारों का भारी अड्डा था। 1923 में वहीं से साप्ताहिक 'मतवाला' निकलने लगा। वैसे ओजस्वी और वक्रोक्तिमय स्तम्भ उससे पहले कहीं भी नहीं नज़र आए थे। मस्ती, जागरुकता और पैनापन, तीनों 'मतवाला' की अपनी विशेषताएँ थीं, जिनके चलते सारा हिन्दी-संसार उसके आगे बिछ गया। 'मतवाला' के मुखपृष्ठ पर निराला रचित ये दो पंक्तियाँ सदैव जगमगाती रहीं :

अमिय-गरल, शशि सीकर-रविकर,राग-विराग भरा प्याला,
पीते हैं जो साधक उनका प्यारा है यह मतवाला।

गौर करने पर हम पाते हैं कि ये पंक्तियाँ 'मतवाला' का मोटो-भर नहीं थीं, इनमें निराला का अपना जीवन प्रतिबिम्बित है। उनका अपना ही जीवन क्या वह प्याला नहीं था?

यह वास्तव में युग के महत्तम साहित्य-निर्माता की अपने कृतित्व के बारे में आस्थामूलक पहली घोषणा थी।

'मतवाला' में ही निराला का प्रथम आविर्भाव हुआ और थोड़े ही दिनों के अन्दर यह नाम पाठकों के दिल और दिमाग पर हावी हो गया। यही दिन थे, जबकि निराला ने कलम-मजदूर का पेशा अपना लिया। मौलिक लेखन के अलावा विज्ञापन तैयार करना, अनुवाद करना और दवाइयों के पैम्फलेट लिखना शुरू कर दिया। श्रमजीवी साहित्यकार को आज भी पचासों किस्म के पापड़ बेलने पड़ते हैं। उस युग में तो उसका और भी बुरा हाल था।

1923 से लेकर '28 तक कलकत्ते में निराला को क्या-क्या करना पड़ा होगा, आज तो हम सोच भी नहीं सकते। खुदरे और फरमाइशी किस्म के लेखनकार्यों के नीचे निराला की आत्मा वहाँ त्राहि-त्राहि करती रही होगी। साहित्य-सृजन

का स्वतन्त्र अवसर न पाकर कलकत्ते में निराला का दम घुटता रहा होगा और ऊबकर वे पश्चिम भाग आए होंगे।

लखनऊ में निराला ने नये सिरे से अपना साहित्यिक जीवन आरम्भ किया। कवि के रूप में नई पीढ़ी उन्हें अपना अगुआ मानने लग गयी थी। समीक्षा के मैदान में भी वह चमकने लगे थे। प्रकाशकों ने उन्हें उपन्यास-लेखन के लिए उकसाना शुरू किया। अनिच्छा से ही सही, एक बार जब निराला जी कथा-साहित्य की ओर मुड़े तो हिन्दी-संसार को 'अप्सरा', 'अलका', 'निरुपमा', 'लिली' आदि अनेकानेक उत्तम कृतियाँ मिलीं। बाद को 'कुल्लीभाट', 'बिल्लेसुर बकरिहा', 'चोटी की पकड़', 'काले कारनामे' (अपूर्ण) जैसे अनूठे उपन्यासों ने प्रगतिशीलों और प्रयोगवादियों तक को विस्मय में डाल दिया।

सन् 1946 तक निराला का गद्यकार सचेत रहा।

सन् '46 तक श्रमजीवी साहित्यकार का उनका धन्धा किसी न किसी रूप में चलता रहा।

सन् '46 तक वे अपनी पांडुलिपियाँ बेचते फिरे

सन् '46 तक प्रकाशकों की लोलुप निगाहें निराला का पीछा करती रहीं।

सन् '46 तक निराला किसी न किसी रूप में दुनियादारी के दायरे में रहे।

(एक व्यक्ति : एक युग 1963)

टिहरी से नेलङ्

अप्रैल का अन्तिम सप्ताह था (1943)

इलाहाबाद की गर्मी से तिलमिलाकर राहुलजी और मैं, दोनों जने हिमालय की ओर भागे। मैं सारा वर्ष तिब्बती-अध्ययन के लिए लगाना चाहता था, तदर्थ थो-लिङ् जाने की इच्छा थी, मगर राहुलजी अधिक आगे नहीं जाना चाहते थे। अधिक-से-अधिक गंगोत्री के आस-पास किसी जगह दो-तीन महीने रहकर उन्हें कुछ लिखना था।

हरिद्वार की कोई खास बात याद नहीं है। हाँ, हर की पैड़ी के पास एक बड़े मकान की दीवार पर गेरू-कोयले-पेंसिल आदि से कुछ नज़्में लिखी पड़ी थीं, श्रद्धा-भक्ति और वैराग्य के सम्बन्ध में। वहीं राहुलजी ने भी उर्दू की दो प्रसिद्ध कड़ियाँ लिख दी थीं। वे अभी मुझे याद हैं—

तमीरे हैं, खैरात हैं औ' तीरथ-हज भी होते हैं।
यों खून के धब्बे दामन से ये पैसेवाले धोते हैं।।

ऋषिकेश के सिन्धी धर्मशाला में हम टिके। वहाँ बाजार को छोड़कर जितने भी मकान हैं, उनमें से तीन-चौथाई काली-कमलीवालों और पंजाबी-सिन्धी क्षेत्रवालों की ही मिल्कियत है। अधिकतर आबादी साधुओं और उनके लिए नियुक्त परिचारकों की मालूम देती थी। धर्म का बड़ा जोर है। इन दिनों साधु लोग निमुच्छे चेले ज्यादा रखने लगे हैं। भगतिनों और साधिकाओं की तादाद कम नहीं। कोढ़ी इतने अधिक हैं कि ऋषिकेश को कोढ़ीकेश कहना अत्युक्ति नहीं होगी।

वहाँ के नाथपंथी साधु अपने पूर्व गुरुओं के सम्बन्धों में इतनी जानकारी नहीं रखते, जितनी कि हमें आशा थी। चौरासी सिद्धों के ये उत्तराधिकारी आजकल अपने शिष्यों से व्याकरण और वेदान्त की परीक्षाएँ दिलवाकर ही सन्तोष कर लेते हैं। महन्त चढ़ईनाथ के अखाड़े में बाबा पद्मनाथ से बहुत दिनों पर मुलाकात हुई। प्रकांड विद्वान साधु शान्तिनाथ की बात उठाई, तो वहाँ किसी ने कहा—'ऊ त बौराय गया!'

टिहरी के लिए लारी मिलने में दिक्कत इसलिए हुई कि पेट्रोल की कमी के कारण बस-सर्विस अनियमित हो गयी थी। साढ़े चार रुपए फी सीट किराया। हम आगे बैठे कि देखते चलेंगे। लछमन-झूला तक दो दफे मैं पहले भी आ चुका था।

कुछ दूर आगे बढ़ने पर नरेन्द्र नगर दिखाई पड़ा। टिहरी राज्य की नयी राजधानी होने के कारण नरेन्द्र नगर काफी प्रसिद्ध हो चुका है। चार हजार फीट की ऊँचाई पर बसा है और है भी खूबसूरत।

ऊँची-नीची टेढ़ी-मेढ़ी पहाड़ियों की परिक्रमा करती हुई हमारी लारी शाम को टिहरी पहुँची। ऋषिकेश यहाँ से पचास मील पीछे रह गया।

आस-पास की घाटियों में उपजाऊ खेत। दूर-दूर तक फैले हुए चीड़ के जंगल। सीधे-सादे लोग। पाजामा, लम्बा चोगा, टोपी और कमरबन्द—यही है उनका पहनावा। औरतें ऊनी साड़ी पहनती हैं। कुर्ती और कमरबन्द भी रहता है। मुख्य जीविका खेती-बाड़ी और पशु-पालन। मर्द बाहर जाकर फौज में काम करते हैं।

टिहरी की आबादी मुश्किल से दो हजार होगी। गढ़वाल की पुरानी राजधानी ब्राह्मण, राजपूत और शूद्र सभी की आवास भूमि रही है। दस-पाँच घर मुसलमान भी है। शिक्षा का अनुपात बहुत पिछड़ा हुआ है। भागीरथी गंगा के किनारे होने

के कारण गढ़वाली इस शहर को एक तीर्थ का भी महत्त्व देते हैं। स्वामीरामतीर्थ के अन्तिम दिन यहीं बीते थे। मुझे गढ़वालियों की जिस नवचेतना का परिचय ब्रिटिश गढ़वाल में मिला, वह इन रियासती गढ़वालियों में नहीं। राष्ट्रीय जागरण का कुछ चिह्न अब टिहरी गढ़वाल में भी नजर आने लगा है, लेकिन ब्रिटिश गढ़वाल की अपेक्षा वह अभी बहुत पीछे है।

हम वहाँ गुरुद्वारे में टिके थे। बहुत दिनों से मछली नहीं खाई थी, सो जीभ का अच्छी तरह श्राद्ध किया। भुने हुए चने और चावल, नमक-घी से सने—ऊपर से यदि तली हुई मछलियाँ मिल जाएँ, तो फिर क्या पूछना!

टिहरी में हम चार रोज रहे। खाना-पीना होटल में होता था। काम था आस-पास के मन्दिरों, मकानों और खंडहरों की खाक छानना। पुरातत्व की कोई ऐसी उल्लेखनीय वस्तु नहीं मिली, जिसका जिक्र यहाँ आवश्यक है। हाँ, एक अवधूतिन से अवश्य भेंट हुई थी। वह ब्रजमंडल की थी। चालीस-पैंतालीस की उम्र। बतलाया—'दस साल से इन्हीं पहाड़ियों में घूमती हूँ। लोग काफी मान-पूजा करते हैं, एक नाथ थे, जो गुरु और पति दोनों का काम करते थे, अब न रहे...।'

बाद में राहुलजी से पूछने पर मालूम हुआ कि ऐसी अवधूतिनों का यही ढंग रहता है।

रुपए रोज पर एक भरिया मिला। वह ब्राह्मण था, इसलिए आगे चलकर बहुत फायदेमन्द साबित हुआ। जात-पाँत और छूत-छात का महातम इन पहाड़ों में इतना अधिक होगा, इसकी मुझे कल्पना तक नहीं थी। किसी चट्टी पर छाँह में बैठता, तो लोग उस भारवाही ब्राह्मण से पहले यही पूछते कि किस जात का है तू? लोटा, बालटी या बर्तन उसे तभी छूने दिया जाता, जब पूरा हुलिया मालूम कर लेते। खुद भी बड़ा ही मशखरा था और तिस पर छै-सात रोज तक राहुलजी की संगत पाकर वह 'मँज गया'—यह उसके अपने शब्द हैं। नाम था घनानन्द। उमर ढल जाने पर भी शादी नहीं हुई थी। उसने राहुलजी से कहा था—'साल-डेढ़ साल के लिए मैं अवधूत बन जाऊँगा, अपने टिहरी की उसी अवधूतिन से 'मन्त्र' लूँगा। कैसे रहेगा यह बाबू जी?'

मेरी ओर आँखें मटकाकर राहुलजी मुसकुराने लगे, तो मैंने ही घनानन्द को कहा—'वाह! साल ही डेढ़ साल के लिए क्यों?'

'सिद्ध नहीं न बनना है मुझे'—उसने हँसकर जवाब दिया। उसके पीले-पीले से दाँत खुशी से रोशन हो उठे।

टिहरी से आगे सवारी कोई नहीं, हाँ 'नरवाहन' बनकर जा सकते हैं। घोड़ा इस रास्ते में कम ही मिलता है। ग्यारह मील पर कल्याण में हमने पड़ाव डाला। घनानन्द ने ही रसोई बनाई—रोटी और आलू की तरकारी। आटा रुपए में अढ़ाई

सेर, घी पाव-भर, आलू चार सेर। रेजकी की किल्लत थी। खा-पीकर दुपहर का आराम भी वहीं किया।

डेढ़ पहर दिन रहा तो फिर चले। रास्ता ऐसा मनलग्गू था कि शाम तक फिर ग्यारह मील। नगुण था इस पड़ाव का नाम। रास्ते में देखा, फसल (रबी) कट चुकी है। खाली खेतों की मेड़ों पर गाय-भैंस चर रही हैं। यहाँ लगा कि गढ़वाल बहुत ही उपजाऊ और बहुत ही सुन्दर है। हमारा रास्ता गंगा के किनारे-किनारे ही चल रहा था। चारों-ओर ऊँची-ऊँची पहाड़ियाँ थीं—जिन पर खड़े चीड़ों के बड़े-बड़े दरख्त आसमान को चूम रहे थे। बीच-बीच में चरवाहों की सीटियाँ और सिसकारियाँ सुनाई पड़तीं, पहाड़ी गीतों के तराने सुनाई पड़ते।

नगुण बहुत छोटी बस्ती है, मुश्किल से सात-आठ घरवासी होंगे। यात्रियों के पड़ाव के ही कारण वे भी बस गये थे। उनमें से तीन तो दुकानदार हैं। हमें रात्रि निवास के लिए एक मन्दिर का बरामदा मिल गया। यहीं बलिया निवासी एक भूतपूर्व जज से मुलाकात हुई। उनके साथ स्त्री, भाई, भतीजा और नौकर वगैरह थे। तीन कुली थे। साधु हो जाने की शंका से श्रीमती जी अपने तीर्थ-यात्री पति का पीछा कर रही थीं। जज साहेब का मन था, सिर्फ एक नौकर साथ रखकर यात्रा करनी चाहिए। बातचीत के दौरान में उन्होंने कहा था—'हमारे पूर्वज अपने वानप्रस्थ जीवन में पत्नी को साथ रखकर भला कौन-सी शान्ति पाते होंगे, समझ में नहीं आता! देखिए न, मेरा मन करता है गंगा के किनारे जाकर कुछ देर एकान्त में बैठने का, मगर इन्होंने (स्त्री ने) मुझे डेरे में कैद कर रखा है—स्वेटर, मफरल, वनरमुंहा टोपी और मोजे, नीचे-ऊपर कम्बल और तिस पर भी कड़ा अनुशासन कि खबरदार, जो थूक फेंकने को भी उठे!...'

इतना कहकर जज साहेब ने पास रखी पीकदान में जोर से थूक फेंका। पत्नी महाशया तब तक उधर रसोइए को कुछ 'डिक्टेट' कर रही थीं।

खा-पीकर बिछावन पर पड़ते ही नींद आ गयी थी, इसे दिन-भर की थकावट की ही महिमा कहनी चाहिए। उस रात कुछ अधिक सर्दी पड़ी थी, परन्तु कम्बल आदि काफी रहने से हमने जरा भी असुविधा महसूस नहीं की।

सुबह चौदह मील चलकर डूँडा आए। धरासू और जमनोत्री का रास्ता अलग हो गया था। इस चट्टी पर जो यात्री थे, उनमें स्त्रियों की ही संख्या अधिक थी। डूँडा में राङ् पा लोगों के खाली मकान पड़े थे। वे गर्मी तिब्बती सीमान्त के पास बिताते हैं और सर्दी यहाँ बिताते हैं। उनकी खानाबदोशी बस अब यहीं तक सीमित रह गयी है।

अगले दिन हम उत्तर-काशी पहुँचे। यह स्थान टिहरी से चौवालिस मील है, रियासत की तहसील है। आबादी मामूली है। इंगलिश मिडिल स्कूल और

अस्पताल भी हैं। कहने को एक टेकनिकल स्कूल भी है। इस ओर का अन्तिम डाकखाना यहीं है।

पहले बिड़ला धर्मशाला में ठहरे, फिर पंजाबी-सिन्धी क्षेत्र में एक कमरा मिल गया। घनानन्द को यहीं से वापस जाना था। सवा रुपया रोज पाकर वह खूब खुश हो गया। अब खाना पकाने की समस्या सामने थी। क्षेत्र का मैनेजर पहाड़ी ब्राह्मण था। उसने हमारी दिक्कत दूर कर दी और कहा—आटा और दाल या चावल-दाल रोज आप हमारे रसोइये को दे दीजिए, खाना पका-पकाया मिल जाया करेगा।'

अपने को और क्या चाहिए।

उत्तर-काशी में हम कुल बीस दिन रहे। राहुलजी ने 'नये भारत के नये नेता' का अधिकाँश भाग यहीं तैयार किया। 'गँवार' नाम का एक उपन्यास भी उन्होंने आरम्भ किया था, परन्तु चालीस पृष्ठ लिखकर उसे रद्दी करार दिया। मैंने अपना सारा समय तिब्बती पढ़ने में लगाया था। इसके अलावा पश्चिमी तिब्बत के मार्गों का सही अन्दाज पाने के लिए हिमालय के नक्शों की छानबीन करनी ही पड़ती थी। यहाँ पता लगा कि गंगोत्री से थोलिङ् आठ दिन में पहुँचा जा सकता है। लेकिन रास्ता विकट है।

राहुल जी ने दिन-भर में एक नया नक्शा मेरे लिए तैयार कर दिया, बाद में वह खूब काम आया। उसमें उत्तराखंड के तमाम रास्ते, कैलाश, मानसरोवर की परिक्रमा, लेह (लद्दाख), स्फिति, थोलिङ् गतांक और बिचले तिब्बत का प्रदेश अंकित था।

यहाँ भी साधुओं की काफी संख्या रहती है। दस-पन्द्रह ऐसे भी शिक्षित साधु हैं, जिनके लिए मास-मास श्रद्धालुओं के मनीआर्डर आते रहते हैं। दक्षिण भारत (शायद मालाबार) के तपोवन स्वामी यहाँ के साधुओं में काफी प्रतिष्ठित कहे जाते हैं। एक दिन हम दोनों उनसे मिलने गये। देखा, संस्कृत और अंग्रेजी धड़ल्ले के साथ बोलते हैं। रुचि और सामर्थ्य की थाह पाकर ग्राहकों को माल सप्लाई करने की कला साधु-सन्तों में भी होती है, यह चतुर संन्यासी इस बात का सबूत था। तपोवन स्वामी के साथ कई और साधु रहते हैं, वेदान्त का अध्ययन-अध्यापन होता ही रहता है। राहुल जी भी खूब हैं, जब तक वहाँ बैठे रहे, स्वामी महाराज की चेष्टा आकार-इंगित आदि का अध्ययन करते रहे, अपने को जब्त रखा, मानो उपन्यास का मसाला बटोरते रहे।

दूसरे थे स्वामी आनन्द। इंग्लैंड, जर्मनी घूमकर अब ग्यारह वर्ष से उत्तर-काशी में रह रहे हैं। स्वामी रामतीर्थ का शिष्यत्व और विदेशों का पर्यटन—आपके

जीवन की यही दो विशेषताएँ हैं।

तीसरे साधु जो मिले, उनका नाम था प्रज्ञानाथ। वह बंगाली औा गोरखपंथी थे। उन्हें बंगला में गूढ़-से-गूढ़ विषयों पर लिखते रहने की सनक है। कैलाश-मानसरोवर की प्रदक्षिणा कर आए हैं, इसीलिए मार्ग सम्बन्धी सूचना उनसे थोड़ी-बहुत अवश्य मिल गयी।

उत्तर-काशी की प्राकृतिक सुषमा बहुत अच्छी है। दूर, पहाड़ियों पर देवदार का जंगल अजीब छटा की सृष्टि करता है। जहाँ हम टिके थे, वहाँ से बिलकुल करीब थी गंगा। उसका कल-कल, छल-छल निशा के नीरव क्षणों में भी मधुर और स्फूर्तिप्रद बनकर इन कानों में प्रवेश करता। मैं उठकर धार के किनारे आ जाता और पत्थर पर बैठकर गुनगुनाने लगता—

'सित दुकूल सम फेनपुंज से प्रावृत तव श्यामल काया
दूर देश से मेरे मन को खींच यहाँ पर ले आया
समा रहे हैं तेरी कल-कल ध्वनि में शत-शत मनहर छन्द
बैठा हूँ में कृष्ण शिला पर खोल कान आँखें कर बन्द।'

जब काशी हुई, तो विश्वनाथ भी होना ही चाहिए। विश्वनाथ और अन्नपूर्णा, सभी वहाँ मौजूद हैं। एक मन्दिर शक्ति का है। बहुत बड़ी शक्ति (भाला) गड़ी हुई है। उस पर अभिलेख है। राहुलजी ने पढ़ने की बड़ी कोशिश की परन्तु प्रकाश के अभाव में असफल रहे। वीरभद्र, शास्त्री तैलंग ने इस शक्ति स्तम्भ के अभिलेख को प्रकाशित कराया था।[1]

परशुराम मन्दिर के पास एक और मन्दिर है। दत्तात्रेय मन्दिर। बहुत छोटा होने के कारण हमने इसे छोड़ दिया था, परन्तु स्वामी आनन्द के कहने पर पीछे वहाँ गये। पीतल की त्रिभंगी प्रतिमा, बुद्ध (अवलोकितेश्वर) की। और लोग उसे दत्तात्रेय कहकर पूज रहे थे! उसकी पाद-पीठिका पर तिब्बती लिपि में लिखा था—'ल्ह ब्युन-प न ग र ज इ थु व स' (देव भट्टारक नागराज की (बनाई हुई) मुनि (बुद्ध) प्रतिमा)।

नागराज पच्छिमी तिबबत के शासक ज्ञानप्रभ के (11 वीं सदी) दो राजकुमारों में से एक थे। मालूम पड़ता है, उस समय उत्तर-काशी तक भोटियों का राज्य था। तिब्बती इतिहास में इस बात का उल्लेख है कि ज्ञानप्रभ को किसी पड़ोसी राजा ने कैद कर लिया था। राजकुमार ने विजेता को काफी सोना देकर अपने पिता को छुड़ाना चाहा, परन्तु बन्दी ने छूटने से इनकार कर दिया। उसने अपने पुत्र को

1. 'गंगा' का पुरातत्वांक।

कहला भेजा—'यह सोना भारत से किसी महापंडित को बुलाने में खर्च करो। मैं अब बूढ़ा हुआ, यहीं जेल में मर जाऊँगा तो क्या हर्ज है?'

फिर आचार्य दीपंकर अतिशा विक्रमशीला से जो बुलाए गये थे, उसमें वही रकम खर्च की गयी थी। पीछे जाकर स्वयं ज्ञानप्रभ भी मुक्त हो गया था। सम्भव है, ज्ञानप्रभ को कैद करनेवाला वह पड़ोसी राजा गढ़वाल का ही रहा होगा। उत्तर-काशी कोई पुरानी बस्ती नहीं है सो तो नाम ही बताता है। उत्तराखंड में जहाँ-तहाँ दो नदियों का संगम है, वहाँ-वहाँ प्रयाग है—जैसे नन्द प्रयाग, कर्ण प्रयाग, रूद्र प्रयाग आदि। उसी तरह काशी भी है। इसका पुराना नाम शायद तिब्बतियों को मालूम होगा। पास की एक बस्ती का नाम है ग्यान्सू। यहाँ से अठारह मील दूर, पीछे एक बस्ती मिली धरासू; वह शायद अपने मूल रूप में दारशुङ् रहा हो। पीतल के इस बुद्ध का प्रतिष्ठित होना ही बतलाता है कि इस इलाके का सम्बन्ध शङ् शुङ् प्रान्तीय शासन से रहा होगा।

उत्तर-काशी का बाजार बहुत छोटा था। पाँच ही दुकानें थीं। लोगों ने बताया—'अभी ठंड है, बीस-पचीस रोज बाद खुलेगा बाजार।' डाक तीन रोज पर आती थी। 'वीर भारत' (उर्दू) ओर 'विश्वबन्धु' (हिन्दी) पढ़ने को सनातन-धर्म-प्रतिनिधि-सभा के पुस्तकालय जाना पड़ता था। एक दिन डाकखाना में 'लोकयुद्ध' (कम्युनिस्ट साप्ताहिक) का पैकेट देखकर राहुल जी ने कहा—'कलयुग अब उत्तराखंड को भी नहीं छोड़ेगा!' और मुसकुराने लगे।

बीस रोज उत्तर-काशी रहकर जब हम गंगोत्री की ओर चले, तो मई का अन्त आ गया था। फिर भी सर्दी गयी नहीं थी। स्वामी आनन्द ने कोको साथ कर दिया था। रास्ते में एक जगह भोटियों के खेमे पड़े थे। एक सधुआइन मर गयी थी, सो उस दिन उनका बिरादरी भोज था। नौ मील पर मनेरी चट्टी मिली। वहाँ आटा बहुत खराब मिला।

अब हम देवदार क्षेत्र में पहुँच गये थे। चीड़ों के जंगल पीछे रह गये। सात हजार फीट की ऊँचाई पर देवदार उगता है। चीड़ दो हजार फीट की ऊँचाई पर। यह बात अपने यहाँ के हिमालय पर लागू समझनी चाहिए। नहीं तो ठंडे देशों के मामूली मैदानों में देवदार कैसे उगता? मतलब यह कि देवदार बर्फीली जगहों में ही होता है।

आगे भटवारी और गंगनाणी नाम के दो पड़ाव पड़े। गंगनाणी में गर्म पानी का चश्मा है। उसमें एक-एक करके हम नहाए। एक पहाड़ी ने कहा—'यहाँ भगवान शंकर ने लघुशंका की थी, यह वही जल है।' लेकिन पंडों ने उसे डाँट दिया और कहा—'वशिष्ठ और पराशर ने तप किया था, इसीलिए पानी गर्म है।' परन्तु हमारी हँसी से प्रोत्साहन पाकर पहाड़ी ने पंडों को फटकारा—'गरम पानी

के पास बैठकर ठंडी झूठ क्यों बोलते हो?'

सभी ने भभाकर हँस दिया।

लोहारनाग और सुखीन चट्टी के बीच का दृश्य बहुत ही आकर्षक रहा। बागोरी में रोङ् पा लोग रहते हैं। ये हिन्दी-तिब्बती नस्ल के हैं। मुखमुद्रा मंगोल है। इनका व्यापारी काफला, ग्यानिमा और गतोक् तक जाता है। अनाज, चीनी, गुड़, मिसरी, दियासलाई, चाकू-कैंची, सूती कपड़े लेकर जाते हैं और पश्मीना, ऊन, सुहाग, मृगछाला, पंगा नमक आदि लाते हैं। टिहरी राज्य ने पहले इन लोगों को और-और नीच जातवालों की तरह पक्का मकान बनाने के अधिकार से वंचित रखा था, पर अब नहीं।

उनकी बस्तियाँ टिहरी राज्य में तीन ही चार हैं—नेलङ्, जाजोङ् और बागोरी। डूँडा में भी इनके कुछ मकान हैं, जो जाड़ों में आबाद होते हैं।

दिवंगत राजाराम ब्रह्मचारी ने हरिसिल में सेब और खुबानी का बाग लगाया था, वह अब फल दे रहा है। हरसिल के सेब काश्मीरी सेबों के भाँति मीठे और स्वादिष्ट होते हैं।

हरसिल में हमें दस-बारह रोज रहना पड़ा। यहाँ से चौथे पड़ाव पर गंगोत्री पड़ती है। गंगोत्री जाकर लौट आए, तब यहाँ पर टिक गये। कारण यह था कि थोलिङ् जाने वाला रास्ता भैरों घाटी से अलग हो जाता था, मगर साथी यहीं हरसिल में ही मिलने वाले थे। हरसिल और बागोरी करीब-करीब बसे हुए हैं। देवदार के घने जंगल हरसिल से ही शुरू हो जाते हैं।

लक्ष्मीनारायण का मन्दिर और वैदिक पाठशाला में मुखवा के एक पंडा अध्यापक हैं। कुछ रियासत से, कुछ यात्रियों से मिल जाता है। यहाँ भगवान को डालवा (जंगली प्याज) का भी भोग लगाते हैं। राहुलजी ने कहा—'उत्तराखंड के नारायण प्रगतिशील हैं।'

हरसिल से गंगोत्री सिर्फ अठारह मील पर है। बीच में एक जगह, भैरों घाटी में कड़ी चढ़ाई है। धराली आठ हजार फीट की ऊँचाई पर है। देवदार, कैल और दूसरे कई वनस्पतियों के गगनचुम्बी दरख्त और उनसे पटी हिमाच्छन्न चोटियाँ धराली को सुषमा का अनुपम भंडार बना डालती हैं। यहीं गंगा की प्रखर धार में एक टाँग पर खड़ा होकर जप करते हुए किसी बंगाली वैरागी को देखा। वह सुबह से लेकर दोपहर तक गंगा में एक टाँग पर खड़े होकर जप करता है और उसके बाद एक भक्त और फिर आये-गये लोगों से गप-शप।

धराली से गंगोत्री तेरह मील है। दुपहर में चले और शाम को पहुँच गये। रास्ते में भोज के पेड़ भी देखे। जंगलों से रियासत को काफी आमदनी है। सुना, कोई पंजाबी ठेके पर लिये हुए है और उसके बराहिल पेड़ कटवाकर तख्ता

चिरवाकर मैदानी इलाकों में भेजते रहते हैं। सैकड़ों पहाड़ी मज़दूर जंगलों में फैले हुए थे। कुल्हाड़ी और आड़ों की ठक्क-ठक्क सर्र-सर्र से भागीरथी की मुखरित धार और भी मुखरित हो रही थी। भैरों धाटी के एक तरफ से भागीरथी गंगा (गोमुखी से निकलकर) आई है और दूसरी तरफ से भोट गंगा आकर उसमें मिलती है। भागीरथी का जल चिकनी मिट्‌टी के रंग जैसा है। और भोट गंगा का काँच जैसा हरा। यहाँ अपने 'कैलाश दशक' से एक श्लोक उद्‌धृत कर देना मुझे प्रासंगिक जँचता है—

'गंगाया: प्रभवं गवेषयं ततो गत्वोच्चकैर्गोमुखं
प्रत्यावर्तनवर्त्मनि प्रगतिमान् पर्येहि भागीरथीम्
जाह्नव्या: परिपाण्डुरं जलमिदं यत्सङ्‌ग्यान् श्यामलं
मा भूस्त्वं शिथिलादर: प्रियसखे तां भोट गंगामनु'

(गोमुख जाकर गंगा का उद्‌गम स्थान खोजो, लौटकर फिर नीचे भागीरथी के पास; और देखना, उस भोट गंगा को मत भूलना कि जिसकी संगति से भागीरथी का पांडुर जल श्यामल बन जाता है।)

गंगोत्री में हम जयपुरवाली धर्मशाला में ठहरे। उस दिन बर्फ गिरी थी, इसीलिए सर्दी ज्यादा थी। बीच में आग जलाकर उसके चारों-ओर हमने अपना-अपना बिस्तरा लगाया। सुबह निबटकर गये गंगा की धार। पानी इतना ठंडा था कि कुल्ली और आचमन तक दाँतों को कँपा रहा था! नहाने की आवश्यकता ही क्या थी?

गंगा मन्दिर में जाकर गंगा देवी का दर्शन किया। मगरमच्छ पर सवार प्रतिमा। मन्दिर पुराना नहीं है, सौ साल का है। दर्शन के लिए भोटिया लोग भी आते हैं; सुविधा के लिए तिब्बती में भी मन्त्र वगैरह लिखे हुए हैं।

गोमुख वहाँ से 14 मील है। अभी रास्ते में बर्फ बहुत है, लोगों ने जाने से मना किया।

गंगोत्री की आबादी मुश्किल से सौ के लगभग होगी। दुकानें दो ही थीं। दस-पन्द्रह दिनों के बाद यात्री जब खूब आने लगेंगे; पाँच-सात और दुकानें खुल जाएँगी। पंडे उत्सुकतापूर्वक पूछ रहे थे—'यात्री कितने आ रहे हैं? कहाँ तक आ गये होंगे? मारवाड़ी लोग भी उनमें हैं कि नहीं?' वह भला ऐसा क्यों न पूछते, जबकि यही दो-तीन मास चाँदी की फसल काटते हैं। आश्विन में गंगा का मन्दिर बन्द हो जाता है तो फिर चैत्र में खुलता है।

गंगोत्री पहले बहुत दुर्गम थी, इधर साठ-सत्तर साल से लोग वहाँ जाने लगे हैं। उसमें पहले यदा-कदा कोई साधु-सन्त आ गये तो आ गये। मुखवा पंडों

का गाँव है। वहीं के पंडे गंगा मन्दिर के पुजारी हैं। जाड़ों के दिनों में ये लोग गंगा-जल लेकर नीचे उतर आते हैं और सभी प्रान्तों में फैल जाते हैं। गंगोत्री का गंगाजल कितना दुर्लभ? कितना पवित्र? कैसा महँगा बिकता होगा, आप खुद अन्दाज लगा लीजिए। इससे इन ब्राह्मणों को काफी आय हो जाती है। यही इन सबकी जीविका है। शिक्षा का प्रबन्ध नहीं रहने से इन लोगों के बच्चे इधर-उधर चलते रहते हैं। खेती बहुत कम होती है।

गंगोत्री से वापस आकर नौ रोज हमें हरसिल में रहना पड़ा। यहीं राहुलजी का विचार हुआ कि थोलिङ् देख आवें। चढ़ाई-उतराई की दिक्कतों से बचने के लिए उन्होंने एक घोड़ी किराए पर ले ली। दो रुपया रोज पर। एक रुपया रोज पर आदमी ठीक हुआ। घी और सत्तू, गुड़ ओर मेवे रोङ् पा लोगों से खरीद लिया गया। हमें जो पथ-प्रदर्शक मिला, वह भी रोङ् पा ही था। तिब्बती अच्छी तरह बोलना जानता था।

आगे चलकर मुखवा से इधर एक जगह भग्नावशेष देखने में आया। पूछने पर मालूम हुआ—दो भाई जाकर तिब्बत से सैनिकों को बुला आया। भोटिया फौज ने आकर इस कछोरागढ़ बस्ती में आग फूँक दी। दूसरा भाई सीमाना (एक बस्ती) में राज करता था, बाद में भोटिया फौज ने उसमें भी आग लगा दी। वहीं एक ध्वजचक्र[1] पड़ा था। उस पर कुछ अभिलेख था, जिसे हम पढ़ नहीं सके, बहुत ही अस्पष्ट था।

साढ़े छै मील, कोपङ् जाकर पड़ाव डाला। रोङ् पा ने चाय बनाई—नमकीन चाय। सत्तू और नमकीन चाय आज ही आरम्भ हुआ।

अब हम भैरव घाटी से बिलकुल अलग हो गये थे। देवदार के मनोरम जंगलों में से होकर रास्ता था। परन्तु कुछ ही दूर बाद कड़ी उतराई आई। मुश्किल से हम भोट गंगा के कछार में उतरे। इसी के किनारे-किनारे थोलिङ् जाना होगा। शाम हो गयी थी। घोर निर्जन में हमारी वह रात कटी। जंगली बबुए का साग और खिचड़ी से पेट-पूजा हुई थी। भोट गंगा वहाँ ऊपर से गिरती थी, शिलाओं पर आहत होकर उसकी तरंगें छोटी-छोटी फुहियाँ में उड़ती थीं। उन फुहियों से सिक्त होते समय मुझे कालिदास याद आए।[1] घोड़ी भी रात-भर धुनी के पास खड़ी रही। उसे चरने के लिए खोल दिया गया था, फिर भी वह कहीं गयी नहीं! इस एकान्त अरण्यनी में भूरे और काले भालू बहुतायत से पाए जाते हैं। कभी-कभी तेन्दुआ भी निकल आता है। उन्हीं की गन्ध से घोड़ी चरने नहीं गयी। आग के पास खड़ी रही।

---

1. जांत की शक्ल का बड़ा-सा पत्थर, कील की जगह जिसमें ध्वजा गाड़ दी जाती थी। उसमें गड़े होने के कारण ध्वजदंड कभी गिरता नहीं था। इस प्रकार बड़े-बड़े ध्वजचक्र कई जगह पड़े हैं।

नेलङ् हरसिल से बाईस मील पर है। जब हम वहाँ पहुँचे, तो सारा गाँव खाली पड़ा था। छोटे-छोटे मकान कोठारनुमा—पान की दुकानों जैसे। रोङ् पा लोगों का यह ग्रीष्मावास है। वे यहाँ जून के अन्त में आ जाते हैं। तब खेत बोते हैं। रब्बी इधर जेठ-आषाढ़ में बोई जाती है और भादों-आसिन में फसल तैयार हो जाती है। तैयार अनाज कोठरों में बन्द करके फिर ये शीतकाल में नीचे, मैदानों की ओर उतर जाते हैं। कभी-कभी इनका अनाज तिब्बत डाकू लूटकर भी ले जाते हैं। व्यापार पर निर्भर रहने के कारण इस अन्नहानि को ये उतनी बड़ी हानि नहीं समझते।

नेलङ् का ढंग-ढंग बिलकुल तिब्बती हैं। एक गोन्पा (विहार) भी था—मगर अब उसका भग्नावशेष मात्र मौजूद है। रोङ् पा लोग हिन्दुओं के बीच अपने को राजपूत कहते हैं और भोटियों के बीच भोटिया। ब्राह्मणों को भी अपना गुरु बताते हैं और लामाओं को भी।

जिस दिन पहुँचे, उस रात आलू और पहाड़ी कुकुरमुत्ते का साग बना था। उसमें जिम्बू (तिब्बती प्याज, डलचा) भी पड़ा था। अपूर्व स्वाद था उसका। यह जिम्मू इधर इतना-इतना लोकप्रिय है कि सुखा-सुखाकर इसका पत्ता लोग झोली में रखते हैं और तरकारी में मसाले के तौर पर बरतते हैं।

मुझे नेलङ् में दस दिन रहना पड़ा। एक दुर्घटना हो गयी थी, जिससे राहुलजी पीछे लौट आए और मैं अकेले तिब्बत चला गया। दुर्घटना यह हुई कि घोड़ी भोट गंगा पार करते समय प्रवाह में मसिया गयी और दो दिन तक धार के बीच एक छोटे दियारे पर कैद रही। उसका वहाँ से निकलना मुश्किल था। तय था कि चारा के अभाव में बेचारी उसी जगह मर जाती। घोड़ीवाले का यह बहुत बड़ा नुकसान होता। परन्तु तीसरे दिन तीन-चार भोटियों ने घोड़ी का उद्धार किया। पानी बेहद सर्द था और बिलकुल तीव्र। वे लोग कमर में एक-दूसरे से बँधकर नदी में धँसे और घोड़ी के पास पहुँचे। उसकी गर्दन में मजबूत रस्सी बाँधकर रस्सी की दूसरी छोर धार की परली ओर फेंक दी। वहाँ दूसरे चार-पाँच आदमी खड़े थे, जिन्होंने रस्सी पकड़ ली। इस प्रकार घोड़ी का उद्धार किया गया। दो-तीन रोज खाने-पीने के बाद वह स्वस्थ हुई। तब तक राहुलजी ने अपना विचार बदल दिया। घोड़ी समेत वह हरसिल लौट आए और मैं थोलिङ् जानेवाले किसी व्यापारी की प्रतीक्षा में नेलङ् ही रह गया।

---

1. भागीरथी निर्झर शीकरणां।
   वोढ़ा मुहुः कम्पित देवदारू
   —कुमारसम्भव

(पारिजात, अक्तूबर, 1946)

थो-लिङ् महाविहार

एक सौ आठ गुन्-पा (विहार) और एक सौ आठ ढाबा (भिक्षु) और अगणित देव-देवियाँ—यही कहकर एक पहाड़ी ने मुझे थो-लिङ् का परिचय दिया था। टिहरी में उत्तर-काशी में किसी ब्राह्मण देवता ने जो बात बताई थी वह तो और ही खोजपूर्ण थी। उन्होंने कहा था—"महाराज, थो-लिङ् में तो स्वयं बदरीविशाल विराजमान हैं और बदरीनारायण में जो हैं सो द्वयं (दूसरे) बदरीविशाल हैं, किन्तु थो-लिङ् में जब लामा लोग गो-माँस का महाप्रसाद बनाकर भोग चढ़ाने लगे तब छत फाड़कर बदरी विशाल इधर भाग आए। फिर भी श्रद्धालुगण स्वयं बदरी के स्थान का दर्शन करने जाते हैं।"

थो-लिङ् तक पहुँचने की प्रबल इच्छा राहुल जी की भी थी, इसलिए साहित्य सम्मेलन के गत अधिवेशन (हरिद्वार) और अखिल भारतीय कम्युनिस्ट पार्टी की पहली काँग्रेस (बम्बई) में वे सम्मिलित नहीं हो पाए। नेलङ् तक हमारा साथ रहा। टिहरी गढ़वाल राज्य और तिब्बत के इस सीमान्त पर नेलङ् एक छोटा और पहाड़ी गाँव है, 11,000 फुट की ऊँचाई पर। बागोरी-हरसिल में थो-लिङ् आने-जाने के लिए राहुल जी ने एक घोड़ी किराए पर ले ली थी, एक मार्ग-दर्शक भी साथ कर लिया था। वह हिन्द-तिब्बत के गढ़वाली सीमान्त की जाड जाति का था। उसके चोटी थी, फिर भी भाव-भाषा और आचार-विचार की दृष्टि से वह लामापंथी बौद्ध था। ने-लङ् में भोट गंगा का प्रवाह इतना प्रखर था कि घोड़ी डूबते-डूबते बची—अड़तालीस घंटे की जल-समाधि के बाद ही उसका उद्धार हो सका था। आगे और भी कई जगह इसी प्रखर प्रवाह को पार करना था। उन स्थानों पर आदमियों के पार करने लायक अस्थाई पुल तो यों ही बनते-बिगड़ते रहते हैं; लेकिन अभी तक खच्चरों-घोड़ों के पार करने योग्य पुल तैयार नहीं हुए थे, क्योकि हम बीस दिन पहले चल पड़े थे। निदान राहुल जी घोड़ी और शिवदत्त (पथ-प्रदर्शक) के साथ ने-लङ् से लौट आए और मुझे अपने पाथेय का अधिकाँश तथा सवा सौ रुपए देकर थो-लिङ् जाने के लिए वहीं छोड़ दिया।

उस उजाड़ बस्ती में दस दिन तक एकान्त साधना करने पर मुझे थो-लिङ् के लिए तीन सहयात्री मिले। वे तीनों नमक का सौदा करने जा रहे थे। सामान ढोने के लिए जो-वो (पहाड़ी बैल और चमरी गाय से उत्पन्न) साथ ले लिया गया था। टिहरी से हरसिल तिरासी मील था। हरसिल से ने-लङ् तेईस मील

और वहाँ से थो-लिङ् पचहत्तर मील था। ने-लङ् से थो-लिङ् तक पहुँचने में सात दिन लगे। रास्ता बहुत ही विकट था। कई जगह तो चतुष्पद बनकर चढ़ना-उतरना पड़ा। जे-लुखगा-जो (सङ्-चोक-ला) पर आधा मील तक बर्फ मिली। यह 17,500 फुट की ऊँचाई पर है। भोट की जो पहली बस्ती मिली उसका नाम था पुलिङ्। तेरह हजार फुट और ने-लङ् से पचास मील की दूरी पर। साथियों ने यहाँ भोट स्त्रियों के उन्मुक्त आतिथ्य से अपनी थकान दूर की। जो वो को वहीं छोड़कर थो-लिङ् तक के लिए चार याक् ले लिये गये। मैं पहली बार याक् पर चढ़ा था। शुरू में कुछ कठिनाई हुई। बाद में मैंने याक् से ऐसी मित्रता कर ली कि इशारों से ही वह चलता था या खड़ा होता। वृक्ष-वनस्पतियों की हरियाली तो ने-लङ् से ही अदृश्य हो चली थी। जून का मध्य था, तथापि जौ के सद्यः अंकुरित खेत पुलिङ् के आस-पास हरित-गौर सुषमा की छटा फैला रहे थे। वह हरियाली ऐसी तृप्तिकर थी कि आँखें मुश्किल से ही वहाँ से हटने को तैयार हुईं। सतलज की तटवर्ती अधित्यकाओं पर से जब चल रहा था तब शतद्रु (शतधा दौड़नेवाली) का नाम सार्थक प्रतीत हुआ, क्योंकि छोटे-बड़े शाखा-स्रोतों की दौड़ान में शतधा क्या सहस्रधा विभक्त होकर उसकी तटभित्तियाँ दूर से मृतिका और पाषाण द्वार निर्मित प्राचीन दुर्गों की भाँति दिखाई पड़ती थीं।

थो-लिङ् के विहारों की शिखर-चूड़ाएँ दूर से ही चमक रही थीं। पश्चिमोत्तर-कोण में गतोक् की पहाड़ियाँ बर्फ से ढकी और उत्तुङ्ग होने के कारण ऐसी लग रही थीं, मानो नील-निरभ्र आकाश को चुनौती दे रही हों। जब हम ऐसी बस्ती के निकट पहुँचे तब साथियों ने याक् से उतर जाने का संकेत किया। सतलज का पाट वहाँ चौड़ा था, घास काफी थी। याकों को चरने के लिए वहीं छोड़ दिया गया। हमारे दो साथी सामान की निगरानी के लिए वहीं रह गये और एक को साथ लेकर मैं बढ़ा। दिन के दस बज रहे थे, किन्तु सतलज के कछार में धूप काफी कड़ी लग रही थी। उत्तर-काशी में जैसी गर्मी थी, वैसी यहाँ भी मालूम पड़ी। गरीब खेत-मजदूर जौ के खेतों में पानी डाल रहे थे। अन्दर गेरुआ धोती और ऊपर पीली अलफी—'अचारा' कहकर एक भोटिया लड़के ने मेरी ओर उंगली उठाई। हिन्दू साधु को इधर के तिब्बती में 'अचारा' कहते हैं। मैंने जवाब दिया—'अचारा में ङ रङ् पा इन्। युल् ग्यि गे लोङ् (हिन्दू साधु नहीं , मैं बौद्ध हूँ। नेपाल का ब्रह्मचारी)। आगे बस्ती में घुसते ही पता लगा कि खेम बो (बड़ा लामा) कल टशी गङ् गर्तोक् के पास एक ठंडी जगह जा रहे हैं। अष्टोत्तरशत स्तूपों की कई कतारों के बीच से जाते हुए हम महाविहार के प्रांगण में प्रविष्ट हुए। ख्यन-पो (खेम् बो—उपाध्याय) की कुटी प्रांगण के उत्तर में मिट्टी की चहारदीवारी से घिरी, लाल और पीली मिट्टी से पुती, दूर से ही दीख पड़ी।

छत पर शृंङ्गी और नगाड़े दिखाई दे रहे थे। चारों कोनों पर मोरपंखमय चीनांशुक-वेष्टित ध्वजाग्र विराजमान थे।

बड़े लामा का काला कुत्ता हमें देखते ही मानो आग-बबूला हो उठा। अविरत तार स्वर में भौंकने लगा और लोहे की मजबूत जंजीर से बँधा होने पर भी उसने उछलना-कूदना आरम्भ कर दिया। उसकी पतली कमर तथा विशाल मुँह को देखने से पंचानन (पंच-आनन, विस्तृत बदन सिंह) जैसा प्रतीत हो रहा था। एक किशोर लामा ने आकर उस अभिजातवंशीय कुत्ते को चुमकार-पुचकार कर शान्त कर दिया। इस प्रकार हमारे अंत:प्रदेशाधिकार की प्रमाणिकता पर उस स्वामी-भक्त द्वारपाल को विश्वास कराया था।

हमारा साथी चन्द्रसिंह कई बार थो-लिङ् आया -गया हुआ जाड जाति का ही एक तरुण था। वह मुझे पहले सान्धिक भोजनालय में ले गया। दो सौ बरस की पुरानी पाकशाला धुएँ से काली-कलूटी, कोलतार से गाढ़ी लिपी-पुती प्रतीत हो रही थी। तीन बड़ी-बड़ी भट्ठियाँ जल रही थीं। तीन-तीन मुँहवाली उन भट्ठियों पर लोहे के बड़े-बड़े डेगचे चढ़े हुए थे। पाचक के हाथ में प्रकांड-कलछी को देखकर मैं समझ गया कि महाविहार के सभी सन्तों और परिचारकों का चाय-पानी और खाना-पकाना अवश्य यहीं होता होगा। पाँच-छः तरुण लामा चाय पी रहे थे। मुस्कुराकर उन्होंने मेरा स्वागत किया। वे सभी ल्हासा के थे और ख्यन्-पो तथा लब्रङ् (छोटा महंथ) के अंगरक्षक के रूप में रह रहे थे। संघ-भोजनशाला में पान-भोजन के लिए जो बड़ा-सा आसन बिछा था, वह भी जटायु था। उसकी आकृति समद्विबाहु थी। आगे प्यालियाँ और कटोरे रखने के लिए जो लम्बा-सा पीढ़ा पड़ा था वह भी समद्धिबाहु। तिब्बती लोग—लामा भी—दिन-भर अपने लम्बे बूट, जो घुटन तक के हुआ करते हैं, पहने रहते हैं। शौकीन और कलाप्रिय व्यक्ति रंग-बिरंगे सूत के बने कीमती सूती बूट पहने रहते हैं। आसन पर बूट समेत ही आकर बैठ जाना, सो भी दिन-रात मिलाकर बीसों बार—और सेकड़ों वर्ष से चले आते इस क्रम की गवाही दे रहे थे उस विराट संघ-आसन के ऊनी गलीचे। एकाएक उस पर बैठते हुए मेरा मन विद्रोह कर उठा, किन्तु लामा लोग बैठ जाने का इशारा स्मित बदन होकर कर रहे थे। फिर भी अपनी काली लोई बिछाकर ही बैठ सका। काली लोई का मैला होना उतना असह्य नहीं मालूम पड़ा जितना कि पीली अलफी का। प्याली अपनी-अपनी सबकी जुदा होती है। राहुल जी ने ने-लङ् में ही मेरे लिए एक छोटी-सी सुन्दर प्याली—लकड़ी की खरीदी थी, डेढ़ रुपए में। कीमत निश्चय ही अधिक लगी थी, लेकिन ने-लङ् में और प्याली अप्राप्य होने से झख मारकर हमें नमक के उस भोटिया सौदागर से यह प्याली लेनी पड़ी। अपनी इस सहचरी को जब मैंने पीढ़े पर,

सामने रखा तो लामा लोग चमत्कृत हुए—''चल दिंक-ने सोङ् के'' (यह चीज कहाँ से पाई ?) चन्द्रसिंह ने कहा—ने-लङ् से। महापाचक ने परिचारक को संकेत दिया और उसने भर दी मेरी प्याली। पर्याप्त मक्खन डालकर मथी हुई वह नमकीन चाय मेरे लिए अपूर्व थी। चन्द्रसिंह अलग बैठा था। उसने भी अपनी प्याली निकालकर सामने रख ली थी। उसकी प्याली अन्दर से रजत-पत्र वेष्टित और कलामय थी और मेरी सादी। इस प्रकार पाँच, सात-सात प्याली—वह स्वादिष्ट पेय मुँह में उड़ेलकर जब हम कुछ सुस्ता चुके तब एक तरुण लामा ने आकर कहा—''अभी कुशो रिम् बो छे का दर्शन कर लो, मैदान खाली है।'' महापाचक ने सलाह दी—''नहीं, पहले राजा (लबरङ्) का कर लें।''

देहरादूनी बासमती, चीनी, छुहारे, किसमिस, सूखा सेब, एक-एक टिकिया हमाम साबुन का—उपायन की ये वस्तुएँ हरसिल में ही बागोरी के जाड सौदागर से ले ली थीं। चन्द्रसिंह ने नैवेद्य (निवेदनीय पदार्थ) को दो तश्तररियों में विभक्त कर दिया। तश्तरियाँ संघ भंडार से मिलीं।

लबरङ् के सामने जब मैं ले जाया गया तब वे अपने छोटे-से कुत्ते को गोद में लिये हुए प्यार कर रहे थे। कपिश रंग का वह पिल्ला लामा का मुँह, नाक, कान, गला और माथा चाटकर प्रेम का प्रतिदान दे दिया करता और मालिक पुलकित हो उठते। मुलायम ऊन के गलीचे और चीनी कालीन से ढका और कुटी की भीत से लगा चबूतरा था, तल से बीता-भर ऊँचा। उस पर एक बड़ा आसन, चौकोर घुलमे की शकल का और वैसी ही उठी हुई रोमावलीवाला, बिछा था। दाहिने-बाएँ दो-दो छोटे आसन और थे। थोड़ी-सी लाली लिये हुए बैंगनी रंगवाला भोटिया चीवर और अन्तवरिक—सोने की घुंडी मुंडीवाली पीली अंगरखी, लाल और सफेद सूतोंवाला कड्वा (भोटिया जूता), यही थे लबरङ् के परिधान में। चीवर और अन्तवसिक ऊनी थे और अंगरखी थी आसामी अंडी की। सिर सद्यः मुंडित और नग्न, भास्वर था। दाढ़ी थोड़ी-सी ठुड्डी पर ठीक बकरे की दाढ़ी जैसी! चंचल आँखें, रह-रहकर तन जानेवाली भौहें, कनखी और बाल-सुलभ ठहाका मारना—कुल मिलाकर लबरङ् राजा मुझे बिहार के किसी उन्मद जमींदार का फोटो मालूम हुए। एक और तरुण लामा उनके पास बैठा था। चन्द्रसिंह था दुभषिया। तिब्बती बोलने का अभ्यास मेरा नहीं के बराबर था, फिर भी ने-लङ के जाड़ों का सहवास व्यर्थ नहीं गया। उत्तर-काशी में बीस दिन राहुल जी से कुछ तिब्बती सीखी थी, वह भी काम आई। लामा ने पूछा, तब अपनी टूटी-फूटी तिब्बती में मैंने उन्हें जवाब दिया। इससे उनका काफी मनोविनोद हुआ। वहाँ अपने को नेपाल निवासी और सिंहल में दीक्षा प्राप्त बौद्ध भिक्षु बतलाना पड़ा। नेपाली इसलिए बना कि इधर तिब्बती अधिकारी प्रायः प्रत्येक भारतीय को

गन्-दी (गाँधी) का आदमी और फि-लङ् (अंग्रेज) का शत्रु मानते हैं। ऐसी स्थिति में मैं नहीं चाहता था कि पश्चिमी तिब्बत के सर्वप्रधान धार्मिक केन्द्र में प्रवासी बनकर रहते समय वहाँ अनवरत आते-जाते रहने वाले ल्हासा के राजपुरुषों के लिए जरा-सा भी सन्देह-बिन्दु हो जाऊँ। और अभी-अभी दो गौरांगों (सम्भवतः इटालियन) कैदियों ने उत्तर-काशी तथा ने-लङ् के रास्ते भागकर इधर से निकलने की कोशिश की थी कि चवरङ् के जोङ् पान् को पता लगा और उसने पकड़वाकर उन्हें दर्रा-ए-सिपकी के रास्ते शिमला भेज दिया था। पुलिङ् के नम्बरदार से इसीलिए अभी-अभी भारी रकम जुर्माना में वसूल की थी कि उसने उक्त कैदियों को आने-जाने दिया। पुलिङ् के एक भोटिया किसान को मेरे सम्बन्ध में भी शक हुआ कि यह साधु का भेष बनाकर उन्हीं भगोड़ों की जाँच करने आया होगा। इसी कारण मैं अपने को भारतीय नहीं कहना चाहता था।

लबरङ् ने मुझसे पूछा—"हाथ देखना जानते हो?" और अपने दोनों हाथ आगे बढ़ा दिए।

"जी, नहीं।" मैंने कहा—"ज्योतिष का यह अंग मैं नहीं सीख सका।"

"तब कौन-सा अंग जानते हो?"

"कपाल की लिपि पढ़ना सीखा है।"

"तब-आओ। मेरा ललाट देखो।" लबरङ् राजा ने मुझे अत्यधिक निकट बुला लिया और मेरी ओर कौतुहल से देखने लगे। चन्द्रसिंह से कुछ कहा। उसने मुझसे बताया—"लबरङ् कहता है कि ऐसा अद्‌भुत आदमी तो आज तक नहीं देखा जो! ललाट का लेख पढ़ना जानता हो, क्योंकि विधाता का लिखा विधाता ही पढ़ सकता है।"

अपने मनसाराम को भीतर ही भीतर हँसी आई। बाहर से मैं खूब गम्भीर बना रहा। बोला—"जू कु शो! (श्रीमान्) आपकी ललाट लिपि घोर मानसिक चिन्ता प्रकट कर रही है। रात्रि को अच्छी तरह नींद न आती होगी श्रीमान् को! है न!"

लामा थोड़ी देर तक चुप रहे। मैंने समझ लिया कि 'मौनम् स्वीकार लक्षणम्'। चन्द्रसिंह अच्छा दुभाषिया नहीं था, फिर भी काम तो हमारा वह चला ही रहा था। ने-लङ् में ही सुन लिया था कि इस साल खेम्-बो और लबरङ् के कार्यकाल की अवधि समाप्त होनेवाली है। नये खेम्-बो और लबरङ् आनेवाले हैं। लबरङ् को चार्ज देना है। पाँच साल का हिसाब-किताब साफ करना है। चिन्तित रहता है।

फिर दूसरा प्रश्न हुआ—"तन्त्र-मन्त्र जानते हैं?"

"जानता हूँ, किन्तु थोड़ा-थोड़ा। कभी प्रयोग नहीं किया है।"

"तिब्बती-लिपि सीखी है?"

"जू कु शो? सीखी है!"

"भोट भाषा पढ़ने का क्या प्रयोजन है? जो कुछ ग्य-गर् (भारतीय भाषा) में है, वही हमारी योद् गद् (भोट भाषा) में भी है।"

अब उन्हें समझा देना पड़ा कि प्राचीन आचार्यों के कई ग्रन्थ आज भारतीय भाषा में अप्राप्य तथा अलभ्य हैं, परन्तु उनका प्रामाणिक अनुवाद तिब्बती भाषा में अभी भी सुरक्षित है। भारतीय (संस्कृत) और भोटीय दोनों भाषाओं में अभिज्ञाता प्राप्त कर लेने से फिर उन लुप्त ग्रन्थों का उद्धार सम्भव होगा। इसी प्रसंग में उन्हें 'प्रमाणवर्तिका' (राहुलजी द्वारा सम्पादित) तथा 'न्यायबिन्दु' (चेरवास्की द्वारा सम्पादित) दिखलाए और इनका तिब्बती नाम आदि बतलाया। लबरङ् ने दोनों पुस्तकें मुझसे ले लीं और शिर से लगाकर उन्हें प्रणाम किया। मैं तो कभी-कभी इन पुस्तकों को बाँधकर शिरोपधानी (तकिया) का काम निकाला करता था।

किशोर लामा को उन्होंने संकेत दिया कि गेलोङ् (ब्रह्मचारी) को ऊपर कुशोरिम-बो छे (श्रीमन्त महारत्न—धर्माचार्य के लिए प्रयुक्त होता है) के पास ले जाय। चन्द्रसिंह चढ़ावा के लिए दूसरी थाली सजा लाया। उसमें चावल, चीनी, मेवे आदि के लिए अलग-अलग छोटी-छोटी तश्तरियाँ थीं। ऊपर से रेशम का एक पीला टुकड़ा, जो राहुल जी ने इसी मतलब से साथ कर दिया था, रख दिया। फिर हम चले बड़े लामा के दर्शन करने।

बड़े लामा उसी मकान के ऊपरी चौबारे पर एक कुटी में एकाकी विराजमान थे। रंग स्वर्णिम गौर, कद लम्बा, दुहरे बदन का। मुखाकृति शान्त और सौम्य। सिर इनका भी सद्यः मुंडित था, किन्तु दाढ़ी नहीं थी। दो-तीन महीने की उम्र का एक पिल्ला, भूरे रंग का, गोद में सो रहा था। कुटी की सजावट सादी थी। एक ओर रेशमी कपड़ों की वेष्टनीवाली दस-बारह पुस्तकें रखी हुई थीं। बिल्कुल पास में एक छोटी-सी चौकी पर चाँदी की नसदानी और चाँदी का ही जयचक्र पड़ा था। दोनों ही बहुत कलामय प्रतीत हुए। मैंने स्थिविरवादी मुद्रा में खेम्-बो को प्रणाम किया। उन्होंने दाहिना हाथ उठाकर अभयमुद्रा में आशीर्वाद दिया। फिर चन्द्रसिंह से मेरे सम्बन्ध में पूछने लगे।

प्रश्नोत्तर के क्रम से मैं समझ गया, कुशो-रिम बो छे तर्क और प्रमाणशास्त्र के नहीं, केवल विनय, धर्म और महायान तथा वज्रयान के श्रद्धापक्षीय ग्रन्थों के ही ज्ञाता हैं। उन्होंने कहा—"इस जरा-सी बात के लिए तुमने इतना परिश्रम क्यों उठाया? श्रद्धावान् के लिए भगवान् शास्ता सर्वज्ञ (बुद्ध) का एक बोल पर्याप्त होना चाहिए और जिसने बुद्ध-गया तथा काशी में बहुत दिनों तक अध्ययन किया हो उसके लिए तो गुरु मंजुघोष की कृपा प्राप्त करना आसान है। जो बात दोर्जे दन् (बुद्धगया) में तुमको नहीं मिली वह तुम संसार में कहीं भी नहीं सीख सकते।

आगे तुम्हारी इच्छा।''

इस प्रकार की गम्भीर आस्था वाले पंडित अथवा सन्त से जब कभी पाला पड़ता है, तब उन्हें समझाना मेरे लिए एक विकट समस्या हो जाती है। कुशो-रिम् बो छे को अपनी बात समझाए बिना उनसे थो-लिङ् में रहकर अध्ययन करने की आज्ञा प्राप्त करना असम्भव था। मैं निराश नहीं हुआ। अनुनय के स्वर में अंजलिबद्ध होकर बोला—''शास्ता सर्वज्ञ की अपनी मातृभूमि में सर्वसाधारण लोग उनका नाम तक भूल गये हैं। मैं बहुत दिनों तक बुद्धगया के उस पीपल के नीचे बैठ चुका हूँ। वहाँ निशीथ रात्रि में अन्दर और बाहर मुझे यही सुनाई पड़ता था कि जाओ भोट दंश में, वहाँ के लामाओं के पास जाकर श्रद्धा-भक्ति सीखो। उनके पास अभी भी बहुत कुछ अवशिष्ट है, वे उदार हृदय के होते हैं। बुद्धवचन और परवर्ती आचार्यों के शास्त्रवचन उन्हीं लामाओं से सीख सकते हो। बार-बार ऐसा सुनने पर भोट आने का निश्चय किया। एक दिन दुपहर को जब गंगोत्री के पास भैरव घाटी में देवदार की छाया में थकावट के मारे सो रहा था, तब देखा लो बोन् बोन् छोग् लङ् (आचार्य दिङ्नाग) रोष भरे स्वर में कह रहे हैं कि तुम्हारा जीवन व्यर्थ है, यदि तुमने मेरे छ मा कुन् तुडि (प्रमाणसमुच्चय) का उद्धार नहीं किया।''

अब खेम्-बो ने कहा कि तुम्हें ल्हासा जाकर पढ़ना चाहिए। यहाँ उतनी पढ़ाई नहीं है। अक्षरारम्भ, स्तोत्रपाठ, पूजा-पद्धति आदि ही यहाँ सिखाते हैं और तुम्हें बनना है महापंडित! यहाँ कौन पढ़ाएगा? आचार्य डिङ्नाग और आचार्य धर्मकीर्ति का मैंने भी नाम मात्र ही सुना है। उनका मत, उनकी तर्क-शैली से मैं सर्वथा अनभिज्ञ हूँ। यहाँ सारे ङ् री कोर् सुम् (पश्चिम तिब्बत) में ऐसा कोई नहीं है जो तुम्हें ये बातें बतला सके।

जब मैंने आग्रहपूर्वक निवेदन किया कि अक्षराम्भ भी मैं यहीं आप के पास ही रहकर करना चाहता हूँ। अत्यन्त श्रद्धा से ही इस पवित्र स्थान में आया हूँ। यहाँ हमारे आचार्य दीपंकर श्रीज्ञान (अतिशा) तीन साल रहे थे। रित् छेङ् पो (रत्नभद्र) जैसे महान धर्माचार्य की लीला-भूमि मध्यमंडल और कश्मीर के अनेक दार्शनिकों का प्रवास क्षेत्र रहा है यह थो-लिङ्। मैं यहाँ आया हूँ तब कुछ सीखकर ही जाऊँगा। आपकी अनुमति मिले।

''अच्छी बात है, रहो।'' मेरे अन्तिम कथन से प्रभावित खेम्-बो बोले—''किन्तु हम तो केवल ढाई मास यहाँ हैं। उसके बाद ल्हासा चले जाएँगे। दूसरे खेम्-बो और लबरङ् आएँगे...अच्छा, मैं उनसे तुम्हारे लिए कह जाऊँगा। और हाँ, मैं कल टशी गङ् जा रहा हूँ। एक मास वहीं रहूँगा। तुम आज आ गये, अच्छा हुआ। हमारी भेंट हो गयी। तुम्हारे लिए एक लामा को नियुक्त कर देता हूँ। वह

तुम्हें प्रतिदिन थोड़ा-थोड़ा समय देकर पढ़ाएगा। चतुर और पंडित है अपना ही अन्तेवासी। ...और हाँ, खाने-पीने का सारा प्रबन्ध तुम्हारे लिए महाविहार की ही ओर से हो जाएगा। उसकी चिन्ता नहीं करना।''

अब मैं हल्का हो गया। चिन्ता का बोझ हृदय पर से उतर चुका था। लबरङ् की कड़ाई और लापरवाही रास्ते-भर सुनता आ रहा था। सन्देह था कि थो-लिङ् में वह मुझे रहने देगा भी कि नहीं। बात यह है कि सारे तिब्बत में सुदूर सीमान्तों की ओर जो अनेक ऐतिहासिक महाविहार आज भी बच रहे हैं, उनकी देखभाल के लिए अधिकारी बनाकर ल्हासा से ही लामा भेजे जाते हैं। जो कड़े स्वभाव के होते हैं, उन्हें लबरङ् बनाया जाता है, ताकि वे कड़ाई से महन्तों के कर्तव्य का पालन करें। खेम्-बो (ख्यन् पो) महामहन्त होता है सही, पर वह लबरङ् की अपेक्षा अधिक शिष्ट तथा सम्भ्रान्त हुआ करता है। नेपाल के तीन सरकार और पाँच सरकार की तरह हम लबरङ् तथा खेम्-बो का तारतम्य समझ सकते हैं। परन्तु अब पाँच सरकार की आज्ञा मिल चुकने पर तीन सरकार का डर मेरे मन से मिट गया। चन्द्रसिंह ने भी पूछा—''आपने कौन-सा मन्त्र मारा जो इतनी जल्दी बड़ा लामा मान गया?'' मैंने कहा—''यह उस पीपल के पत्ते का चमत्कार है जो मैं बुद्धगया से लाया हूँ। तुम्हारे पहाड़ी देवताओं में इतना सामर्थ्य कहाँ से आया।''

(सरस्वती, फरवरी, 1994)

राहुल सांकृत्यायन

संज्ञाशून्य महापंडित सोवियत भूमि पहुँच चुके हैं। फिलहाल उन्हें मास्को रखा गया है और चिकित्सा नये सिरे से शुरू हुई होगी।

श्रीमती कमला सांकृत्यायन (एम.ए., पी.एच.डी., पूर्वनाम : कमलमाया परियार, उम्र : 30-35 के लगभग) अपने पति के साथ हैं। कहते हैं, कमला जी को भी अस्पताल में ले लिया गया है। इनको क्या रोग था, मालूम नहीं।

हमें आशा है, दोनों ही स्वस्थ होकर लौट आएँगे। कमला जी अपने बच्चों (जया और जेता) को दार्जिलिंग छोड़ गयी हैं। बच्चे कॉन्वेंट में पढ़ रहे हैं बच्चों की मौसी उनकी देख-रेख कर रही हैं। यहाँ कचहरी रोड के किनारे राहुल परिवार का अपना मकान है। दार्जिलिंग के करीब ही कलिम्पोङ् में कमला जी का मायका है। उधर कमला जी की अपनी बिरादरी के लोगों की काफी तादाद है। राहुल

जी के सम्पर्क में आने के बाद कमलमाया परियार के चार-छह लेख हिन्दी में तो हमने देखे थे। पता नहीं अपनी मातृ-भाषा (नेपाली) में भी उन्होंने शायद कुछ लिखा हो।

1958 तक राहुल जी का मसूरीवाला मकान था। उसे बेचकर कुछ महीने वे लोग देहरादून रहे। 1959 में दार्जिलिंग में फिर मकान खरीद लिया, शायद तेईस हजार रुपए लगे थे। इस हेरफेर में राहुल जी पर काफी कर्ज चढ़ गया। मानसिक उद्विग्नता कई गुना अधिक बढ़ गयी।

1957-58 में एक ऐसी बात हुई जिसने राहुल जी की इन परेशानियों को और भी ऊपर उछाल दिया,यों समझिए कि खतरनाक छोर पर पहुँचा दिया।

नागरी प्रचारिणी सभा (काशी) को विश्वकोश सम्पादित करने के लिए केन्द्रीय सरकार ने लाखों का अनुदान दिया था। प्रधान सम्पादक के तौर पर उसमें राहुल जी को लेने की चर्चा जोर पकड़ रही थी और यह लगभग तय लगता था कि 1500 मासिक वेतनवाला यह काम राहुल जी को मिलेगा ही।

नागरी प्रचारिणी सभा की नकेल उन दिनों हजारी प्रसाद द्विवेदी; राजबली पाण्डेय आदि के हाथों में थी। यही लोग उन दिनों विश्वकोशवाली उस योजना के सर्वेसर्वा थे। इन 'विधाता व्यक्तियों' ने अन्दर-अन्दर ऐसा कुछ किया कि राहुल जी को प्रधान सम्पादक पद नहीं मिला। मिला धीरेन्द्र वर्मा को। हमने इस सिलसिले में एक ''साहित्य नेता'' से पूछा था। वह बोले थे : ''राहुल अगर कम्युनिस्ट न होते, राहुल अगर मौलाना आजाद और पंडित पन्त की निगाहों में अच्छे होते, राहुल की नियुक्ति के लिए अगर हजारी प्रसाद जी ने जोर डाला होता; डांगे और अजय घोष ने अगर राहुल के लिए पंडित नेहरू से सिफारिश की होती...''

तो अगर-मगर के इस भँवर में राहुल जी की आशाओं का वह नगर डूब गया!

1953 में उनके हृदय को एक धक्का यों भी लगा था। राहुल जी साठ साल के हो रहे थे। डेढ़-दो वर्ष पहले से इधर-उधर हवा बँधी थी कि साहित्यकार-संसद (महादेवी वर्मा द्वारा स्थापित और संचालित संस्था, इलाहाबाद) उनका अभिनन्दन करेगी। मगर हवा हवा ही रह गयी, हुआ-हवाया कुछ नहीं। साहित्यकार संसद ने बहुतों को अभिनन्दित किया था। वृन्दावनलाल वर्मा, मैथिलीशरण गुप्त,—निराला, दिनकर आदि नाम इस प्रसंग में उल्लेखनीय हैं।

राहुल जी आरती से यों वंचित रहे कि उन्होंने एक और शादी कर ली थी। महादेवी जैसी विप्लवी और गम्भीर-महिला की निगाहों में राहुल का पत्नी-परित्यागवाला वह अपराध काफी था। या फिर वहाँ भी कम्युनिज्म और नास्तिकता आड़े आ गये थे, कौन जाने!

उससे भी 5 वर्ष पहले साहित्य सम्मेलन वाले अध्यक्षीय भाषण के कुछ अंशों पर एतराज उठाकर कम्युनिस्ट पार्टी ने राहुल जी से कैफियत तलब की थी। तब से लेकर वर्षों तक उन्हें पार्टी की सदस्यता से वंचित रहना पड़ा। पार्टी के प्रति राहुल जी के हृदय में अपार आस्था रही है, इतनी कि तीन-चार वर्ष बाद उन्हें फिर से सदस्यता हासिल हो गयी। मगर वे चार-पाँच वर्ष राहुल जी के जीवन में संकटकाल कहे जाएँगे।

इस सब पर हमारे कुछ मित्र कहेंगे, "राहुल जी का हृदय बड़ा ही विशाल था, ऐसी-ऐसी 'तुच्छ' घटनाओं से वह कभी नहीं घबराए। वह नीलकंठ हैं वह सदैव मुस्कराते रहते हैं।"

जी, हाँ, राहुल नीलकंठ थे। राहुल सदैव मुस्कराते रहते थे।

लेकिन अब राहुल के गले की सूरत पीली पड़ गयी है।

अब वह मुस्कराते कम हैं, रोते ज्यादा हैं। देखा है आपने राहुल को? हाल में? पिछले दिनों?

एक बार देखने गये थे? देखकर कष्ट हुआ था?

दोबारा नहीं गये देखने?

ठीक किया आपने, विराट चेतना की वह मूर्छा देखी नहीं जाती थी। वह बेबसी! घुटी हुई रुलाइयोंवाले उस चेहरे की वे सलवटें! सूखे आँसुओंवाली आँखों का वह भिंचाव!

आर्थिक परेशानियों ने उन्हें लंका जाकर नौकरी करने के लिए मजबूर कर दिया। अपने देश की सरकारी और गैर-सरकारी संस्थाओं से माकूल काम पाने की कोई उम्मीद जब नहीं रही तो वह और करते भी क्या?

लंका (केलानिया) में गुरु भाइयों ने बड़े आदर से उन्हें दो वर्ष तक रखा। विद्यालंकार विश्वविद्यालय में प्राच्य दर्शन का विभागीय प्रधान पद राहुल जी को वहाँ मिला था। वेतन पन्द्रह सौ से ज्यादा ही था, शायद सत्रह सौ (या इक्कीस सौ)। अध्यापन के अलावा लिखाई-पढ़ाई में भिड़े रहते थे। अपनी तन्दुरुस्ती की कोई परवाह नहीं थी। बेहोशी और विस्मृति का पहला हमला वहीं हुआ था। इधर हिन्दी पत्रों में दो-चार लेख निकले। पर एकाध सहायतावाली अपील भी निकली थी। पता चलने पर राहुल जी ने सहायतावाली उस अपील के खिलाफ अपना मंतव्य पत्रों में छपवा दिया कि—नहीं, उनकी आर्थिक स्थिति खराब नहीं है, स्वास्थ्य भी उस हद तक नहीं बिगड़ा है। पंडित रामप्रसाद त्रिपाठी (सहायक मन्त्री, अखिल भारतीय हिन्दी साहित्य सम्मेलन, प्रयाग) ने राहुल जी का यह पत्र समाचार-पत्रों में प्रकाशित करा दिया था।

मेरी यह पक्की धारणा है कि पिछले महीनों में राहुल जी की आर्थिक

मजबूरियों के बहुविध उल्लेख करते-कराते हुए जो भी कुछ हिन्दी संसार के समक्ष छपित सामग्री (पत्र-पत्रिकाओं के माध्यम से) आती रही है, वह सारी-की-सारी हमारे महान राष्ट्र के स्वाभिमान को खरोंचनेवाली थी। राहुल जी अगर फिर से होश में आ जाएँ और ये तमाम कटिंग्स उनके आगे कोई रख दे तो निश्चय ही वह दोबारा अपनी चेतना खो बैठेंगे।

हमें खेद के साथ पाठकों को इस तथ्य से अवगत कराना पड़ रहा है कि श्रीमती कमला सांकृत्यायन (एम.ए., पी.एच.डी.) का अपने विश्वविख्यात पतिदेव के स्वाभिमान की उतनी परवाह नहीं थी, जितनी कि 'चिकित्सार्थ सहायता निधि' हासिल करते रहने की। अवसर आने पर मैं इस तथ्य को प्रमाणित करने के लिए काफी सबूत पेश करने की स्थिति में हूँ।

इस सिलसिले में मुझे एक बात याद आ रही है। पिछले अप्रैल में यहीं (दिल्ली में) एक सर्वोदयी बुजुर्ग मित्र ने मुझसे कहा, ''राहुल जी के नाम पर पत्रों में यह जो कुछ आ रहा है, उसकी ध्वनि मुझे अच्छी नहीं प्रतीत होती। राहुल क्या सचमुच इतना अनाथ है? मैंने अपनी पुत्री से कह दिया कि मुझे यदि ऐसी दयनीय दुर्दशा में कभी देखा तो सहायता की अपीलें अखबार में कदापि न छपाना, बल्कि डॉक्टर से बढ़िया इंजेक्शन दिला देना ताकि हमेशा के लिए सो जाऊँ।''

सही आँकड़े तो मुझे नहीं मालूम, मगर मेरा मन मानता है कि पिछले कुछ वर्षों में राहुल जी की वार्षिक आय दस हजार से ज्यादा रही है। कभी-कभी तो वह पन्द्रह हजार तक पहुँच जाती है। वह हमारे उन चन्द साहित्यकारों में रहे हैं, जो अपना भाग्य विधाता आप ही रहे। 1950 से पहले राहुल जी ने न जाने कितने हजार रुपए चुपचाप जरुरतमन्द छात्रों को दिए होंगे, विभिन्न राजनीतिक दलों के साथियों की भी उन्होंने जाने कितनी मदद की होगी।

दो ढाई वर्ष राहुल जी लंका के विद्यालंकार विश्वविद्यालय में प्राच्य दर्शन विभाग के अध्यक्ष (हेड ऑफ दि डिपाटमेंट) रहे। दर्जनों सरकारी, अर्ध-सरकारी ग्रन्थों पर सम्पादक के तौर पर उनका नाम छपता रहा है।

बीमारी के इन दो महीनों में सरकार और जनता से प्राप्त रकम बीस हजार से ऊपर ही रही। (हाँ, इतना जरूर है कि अखबारों और विशिष्ट व्यक्तियों ने ध्यान न दिया होता तो कमला जी को शायद 'मकान बेचना पड़ता' जैसा कि किसी अखबार में हमने देख था...) लगता है, अभी लम्बे अर्से तक बीमार साहित्यकार 'अनाथ' के तौर पर हमारे इस महान् राष्ट्र में शासक वर्ग और जनता की 'दया दृष्टि' के सहारे काया की अपनी लड़ियाँ आगे ठेलते जाएँगे।

बातचीत करने की शक्ति अब दो प्रतिशत रह गयी है। कभी-कभी यह

सामर्थ्य पाँच प्रतिशत तक बढ़ जाती है। जान-पहचान की शक्ति भी बहुत घट गयी है। जो भी सामने आता है, बाँहें फैलाकर उसे पास बैठा लेते हैं।

फिर पूछते हैं,"चा? चा?" (चाय)

फिर पूछते हैं, "काना?" (खाना)

अगर आपने सिर हिलाकर 'न' कर दिया तो राहुल जी रो पड़ेंगे। खुलकर रो भी तो नहीं पाते हैं। आँखें बुरी तरह भिंच जाती हैं, होंठ तनकर सिकुड़ जाते हैं भौहें, कपार, गाल, नाक—समूचा चेहरा बारीक रंगों की भद्दी सिकुड़न से भयावना हो उठता है.. फिर उस विकराल बेबसी का सामना करते या तो आप बगलें झाँकने लगेंगे, या फिर आपकी निगाहें पथरा जाएँगी। कलेजे में ऐसी हूक उठेगी कि दिल डूबता-सा लगेगा। तो फिर आप राहुल जी से झूठ बोलेंगे—

"हम चाय पी के आए हैं..."

इससे उन्हें बच्चों की तरह तसल्ली होगी।

फिर वह आपके गालों पर हाथ फेरेंगे, चुमकारेंगे...

"चु चु चु" कहते वक्त होंठों को जिस तरह सिकुड़ना होता है, वही मुद्रा होगी उनकी...

"बच्चे?"

"हाँ, बच्चे!"

"दो हैं, कितने हैं? दो ही हैं न?"

आप क्या जवाब देंगे, इसकी प्रतीक्षा किए बिना ही राहुल जी अपने आप बोलते चले जाएँगे—उच्चारण अटपटे, व्याकरण की बन्दिश नहीं, संज्ञा और क्रियापद अधूरे...

"तेज... बड़े। नाम क्या हैं?"

यानी बच्चे पढ़ने में तेज हैं, उनका नाम बताओ, मैं तो भूल गया हूँ। नाम...आप कहेंगे, "जया और जेता।"

इससे राहुल जी खुश होकर मुस्कराने लगेंगे।

अक्सर उन्हें अपना बड़ा लड़का याद आता है।

इगोर राहुलोविच् सांकृत्यायन।

स्वस्थ-सुन्दर चौबीस वर्षीय युवक।

लेनिनग्राद (रूस) में अपनी माँ के साथ रहता है। वहीं किसी पुस्तकालय में लाइब्रेरियन है इगोर।

अभी-अभी, उस रोज राहुल जी ने कहा था, "बड़े भैया (इगोर) से मिलकर वापस आ जाएँगे।"

"हाँ, आ जाइएगा वापस!"

''घर (दार्जिलिंग) आ जाएँगे।''

''साथ कौन जा रहा है? तुम चल रहे हो?''

''कमला जी।''

''तुम नहीं चल रहे हो?''

''नहीं, मैं नहीं। कमला आपके साथ होंगी।''

''तुम भी चलना...!''

''अच्छा, चलूँगा...''

बच्चों की तरह झूठमूठ दिलासा देकर राहुल जी को उस वक्त कोई भी खुश कर लेता!

दिल्ली की दमघोंटू गर्मी में उन्हें 40 दिन रहना पड़ा। मास्को जाने से पहले दो रोज बेहद तकलीफदेह रहे।

हम इस दरमियान कई घंटे (तीन अलग तारीखों में) राहुल जी के साथ रहे। जुलाई में जब वह दिल्ली लाए जा रहे थे तो सात रोज कलकत्ते रहे। मैं भी उन दिनों वहीं था। सात-आठ घंटे तब भी साथ रहना हुआ था। डॉक्टर महादेव साहा (पी.एच.डी.) भी मौजूद थे वहाँ। वह तो खैर पिछले आठ-दस महीनों में अपना काफी वक्त राहुल जी की सेवा-सुश्रूषा में लगा चुके हैं। मित्रों की राय थी कि साहा जी ही राहुल जी को मास्को पहुँचा आएँ। मगर उन्होंने इस प्रस्ताव को अस्वीकार कर दिया। हमारा अब भी यही खयाल है कि कमला जी का मास्को जाना ठीक नहीं रहा।

सभी को शायद यह बात मालूम ही होगी कि आज से पचीस वर्ष पहले लेनिनग्राद की विदुषी महिला कुमारी लोला से राहुल जी का स्नेह-सम्पर्क स्थापित हुआ था। दो-ढाई महीने के लिए रूस की ओरियंटल इंस्टीट्यूट की तरफ से राहुल जी को लेनिनग्राद बुलाया गया था। भारतीय तर्कशास्त्र के विख्यात आचार्य चेरवास्की इस 'इन्दुश्की' (भारतीय) पर बेहद खुश थे कि इसने तिब्बत के पुराने मठों से बौद्ध दर्शन की गुमशुदा पांडुलिपयों का उद्धार किया था। 'प्रमाणवार्तिक' आदि ग्रन्थ तिब्बती-चीनी अनुवादों के तौर पर तो मिलते थे, अपने मूल रूप में गायब थे अब तक! और हमारे राहुल उन ग्रन्थों को तिब्बती खोहों से निकाल लाए थे। उन्हीं उपलब्धियों की छान-बीन के लिए चेरवास्की आतुर थे। उन्हीं की प्रेरणा से राहुल जी को लेनिनग्राद जाकर रहने का आमन्त्रण मिला था। और साल-भर बाद पुत्र पैदा होने की खुश खबरी भी उन्हीं बूढ़े आचार्य ने तार द्वारा भेजी थी।

1938 के आखिरी दिनों से लेकर 1944 के मध्य तक राहुल का जीवन बड़ा ही सक्रिय रहा। साहित्य-निर्माण की दृष्टि से भी और जन-आन्दोलन में

वामपंथी नेतृत्व की दृष्टि से भी। पचासों अलभ्य **ग्रन्थों की** खोज की थी। उन्हें **सकुशल** पटना तक ले आए थे राहुल जी। यह अनमोल सामग्री दुनियाभर में **मनीषियों** के लिए दुर्लभ थी अब तक। इस अनुसन्धान ने राहुल को अन्तर्राष्ट्रीय ख्याति प्राप्त करा दी। इनमें कई पोथियों का उन्होंने स्वयं सम्पादन किया, बीच-बीच में खंडित अंशों को तिब्बती अनुवादों के सहारे मूल (संस्कृत) रूप दिया... यह सब अपने आप में अनूठा काम था।

'वोल्गा से गंगा', 'भागो नहीं, बदलो', 'दर्शन-दिग्दर्शन' वैसी बीसों पुस्तकें इन्हीं वर्षों में तैयार हुई थीं। प्रादेशिक काँग्रेसी सरकार (सन् 1939) के खिलाफ छपरा के विक्षुब्ध किसानों के उस विराट आन्दोलन का नेतृत्व आपने ही किया था। लाठियाँ खाई थीं। सिर फुड़वाया था, जेल गये थे, सत्याग्रही कैदियों को समान सुविधाएँ दिलवाने के लिए लम्बा अनशन किया था। और द्वितीय विश्वयुद्ध ने जोर पकड़ा तो समूचे देश में वामपन्थी नेताओं की धरपकड़ हुई थी। राहुल भी देवली कैंम्प में पहुँचा दिए गये थे। पहले भी (1922-29 के दरमियान) सक्रिय काँग्रेसी के नाते दो-ढाई वर्ष जेल की सजा भुगत चुके थे।

क्या राजनीतिक आन्दोलनों में बार-बार सक्रिय भूमिका ग्रहण करने का ही यह नतीजा था कि ग्रन्थ सम्पादन, साहित्य निर्माण, अनुवाद वगैरह अपने सभी कामों में राहुल जल्दबाजी कर बैठते थे? किसी भी कृति को 'फिनिशिंग टच' देनेवाला धीरज, क्यों इस महापंडित की लाडली प्रज्ञा का वफादार साथी नहीं रहा?

मगर कहाँ? राहुल जी राजनीति में अपनी 'सक्रिय भूमिका' कहाँ निभा सके। उन जैसा सरल, निश्छल और मस्तमौला फक्कड़ पॉलिटिक्स के मैदान में भला कैसे जम पाता। वह वैष्णव रहे, वह आर्य-समाजी रहे, वह काँग्रेसी रहे, वह बौद्ध रहे, वह कम्युनिस्ट हैं... लेकिन, इनमें से क्यों किसी भी जमात के अन्दर क्षमताशील नेतृत्व राहुल कभी हासिल नहीं कर पाए?। उन्हें नेतृत्व से नफरत थी, वह तो सन्त स्वभाव के व्यक्ति थे, ऐसा कह देना या मान लेना व्यक्तित्व की अन्धपूजा के दायरे में आ जाएगा।

'फक्कड़' और 'घुमक्कड़' तथा 'सन्त' और 'साधक' जैसे शब्द हमारे कानों में गुदगुदी भर देते हैं। फिर होता यही है कि इन विभूतियों के बारे में हम 'सात खून माफ' वाला रुख अपना लेते हैं। यह तो हम भूल ही जाते हैं कि जीवन में क्रान्तिकारी सूझ-बूझ और ऊँचे आदर्शोंवाली बातचीत अपने अनुरूप आचरण की भी माँग करती है—क्रान्तिकारी और ऊँचे आचरण की। ऐसा नहीं कि सूझ-बूझ या और बातों में तो हम सौ प्रतिशत से भी ज्यादा क्रान्तिकारी व आशावादी लगें, लेकिन अमल में यही साबित हों। कभी नब्बे प्रतिशत और कभी पाँच प्रतिशत भी नहीं और कभी एक प्रतिशत भी नहीं!

व्यक्ति जब अपने अन्दर बड़प्पन भर रहा हो, ऊपर उठ रहा हो, लम्बी ऊँची कुदान ले रहा हो तो लोग साधारणत: यही कहते सुनाई देते हैं, 'विभूति ढल रही है, शख्सियत निखर रही है...' उसकी गलतियों के बारे में अगर किसी ने कुछ कहा तो उदार प्रशंसक डाँटकर जवाब देते हैं, "जीनियस के सात खून माफ", और वही 'जीनियस' आगे चलकर किसी गड्ढे में गिरता है और हम तब उसकी उपलब्धियाँ गिना-गिनाकर गालियाँ बकते होते हैं। सौ गलतियाँ समाज के नाम! हजार गलतियाँ सरकार के नाम।

सही सूझ-बूझ, सही आचरण, सही आत्म-आलोचना, समझदारी, साहस और लगन-किसी भी सफल, स्वस्थ व दीर्घजीवी व्यक्ति पर नजर डालिए, यही विधायक खूबियाँ वहाँ मुस्कराती मिलेंगी।

राजनीति में विधायक भूमिका हासिल करने के लिए तो और भी जागरूकता, और भी आत्मदमन आवश्यक है। प्रचलित अर्थों में राहुल नेता टाइप हो ही नहीं सकते थे। फिर भी यह तो मान ही लेना चाहिए कि 1932 से लेकर 1944 तक समाजवादी और कम्युनिस्ट और रूढ़िभंजक साहित्य तैयार करने वालों में वह हमारी हिन्दी संसार के सबसे बड़े अगुआ हैं। वामपंथी भावधारा वाले लाखों साधारण युवक राहुल जी को अपना अन्यतम शिक्षक मानते हैं।

1939 में एकाएक हिन्दी संसार को मालूम हुआ कि रूस में राहुल जी की पत्नी है और पुत्र पैदा हुआ। इस खबर से हमें कौतूहल मिश्रित खुशी हुई थी। हमने इस घटना को देशों की रिश्तेदारी का प्रतीक माना था। पत्रों-पुस्तकों में लोला और इगोर के फोटो छपते रहे और हम गौरवपूर्वक उन्हें आपसी चर्चा का टापिक बनाते रहे।

1950 में राहुल जी ने एक और शादी कर ली। अबकी श्रीमती सांकृत्यायन बनीं कलिम्पोंङ् की रहनेवाली कुमारी कमलमाया परियार—उम्र में उनसे लगभग पैंतीस साल छोटी।

डायबिटीज का हमला 1949 में ही हो चुका था। गिरस्ती के झमेले, आर्थिक तंगी, इंसुलिन के इंजेक्शन और बदपरहेजियाँ—सबने मिलकर राहुल की कुन्दन काया को गलाना शुरू कर दिया। दस-बारह वर्षों में उनका स्वास्थ्य बुरी तरह जर्जर हो गया।

1943 में राहुल जी की पहली पत्नी के दर्शन हमें हुए थे। उस स्वस्थ, सुन्दर और प्रौढ़ ग्रामीण महिला ने मुझसे कैफियत तलब की थी, "मेरा क्या कसूर है, क्यों छोड़ रखा है उन्होंने..." जवाब में एक भी बोल इस मुँह से नहीं फूट रहा था। मैं चुप्पी साधे; निगाहें नीची किए था... छोटी-बड़ी उम्र की अनेक स्त्रियाँ खुले जंगले से बाहर खड़ी थीं, पैने सवालों से मुझे छेद-बेद रही थीं... तैश में

आकर एक वृद्धा ने उस महिला की कलाई पकड़ ली, खींचती हुई चीखी, "छोड़ो, छोड़ो, चलो यहाँ से। यह भी किसी को छोड़कर भाग आया होगा। केदार (राहुल) ने भगोड़ों की जमात कायम कर रखी है..."

मुझे कनैला (जिला आजमगढ़, उत्तर प्रदेश) की उस वृद्धा का वह आक्रोश कभी नहीं भूलता। वह भाभी जी को खींचकर मेरे सामने से हटा ले गयी थी।

अपनी एकमात्र पत्नी श्रीमती अपराजिता देवी (तरौनी, जिला दरभंगा, बिहार) से मैंने यह बात कही तो वह बोली, "ठीक ही तो कहा था बुढ़िया ने! तुम नहीं मुझे छोड़कर भागे थे?"

यह भगोड़ापन ही व्यापक है, उतना ही सनातन, उतना ही विविध। लेकिन मनुष्य साधारण पशु नहीं होता, वह तो विकसित पशु है, मिल-जुलकर सोचना-समझना, अपनी सुविधा के लिए कायदे-कानून बना लेना और उन पर अमल करना उसकी विशेषता होती है। प्रथाएँ पुरानी होकर रूढ़ियों के तौर पर अचल बन जाती हैं तो अगली पीढ़ी अपने सुभीते के लिए नयी प्रथा कायम कर लेती है। भगोड़ा आगे बढ़कर और फक्कड़ होता है। रूढिभंजनवाली परम्परा उसको क्रान्तिकारियों की अनुशासित कतार में शामिल करा देती है।

मुझे सन्देह है कि राहुल जी का मानसिक स्वास्थ्य अपनी पूर्वस्थिति में वापस आएगा। हाँ, साधारण तौर पर वह स्वस्थ होकर रूस से लोटेंगे, इगोर राहुलोविच को सामने पाकर बीमार पिता को कितनी खुशी होगी।

अकेले राहुल ने हिन्दी संसार को उतना अधिक दिया है, जितना दस साहित्यकार भी नहीं दे सके। सहज श्रद्धालु हमारी भारतीय जनता अपने 'राहुल बाबा' के नाम पर हमेशा माथा झुकाती रहेगी।

(सरिता, नवम्बर, 1962)

एक घंटा

3 जनवरी '53। शाम का वक्त।

छह बज रहे थे।

आँखें मुँदी थीं, महाकवि लेटे थे।

लेटे थे और बुदबुदा रहे थे...

"गोमती में बाँध नहीं बँधेगा तो समूचा लखनऊ डूब जाएगा। जब पौरुष ही नहीं तो कैसे कोई गोमती को बाँधे? जवाहरलाल जी बाँधेंगे, पन्त बाँधेंगे? नहीं, यह उनके बूते का नहीं...।"

फिर छाती पर उँगली गड़ाकर बोले—''यहाँ दिल है और उधर वह रहा कलेजा, इसमें पहले बात घँसे तब तो कुछ हो...।''

कमर तक मोटी रजाई डाले हुए थे। नीचे मोटा गद्दा था। सफेद चादर थी उस पर। आधी बाँहों का कुर्ता पहने थे, जिसका रंग अमरूद की छाल का था। दाढ़ी और सिर के बाल चार-चार अंगुल के थे। तरंगित भावनाएँ रह-रहकर पतले होंठों पर स्पंदित हो रही थी।

यों, देखने से शारीरिक स्वास्थ्य ठीक ही लगता था।

''गोमती में बाँध बाँधेगा?'' कवि की स्वगतोक्ति चल ही रही थी कि मैंने आहिस्ता-से पैर पटका।

निराला ने आँखें खोल दीं तो हाथ जोड़कर नमस्कार किया मैंने।

उधर से भी दुहत्था प्रतिनमस्कार।

''आइए।''

''जी!''

''बैठिए!''

मैं नजदीक हुआ और फर्श पर बैठ गया।

कवि ने आँखें फैलाकर देखा, इस करवट हो गये फिर।

''ओ हो, आप हैं!''

''हाँ, मैं नागार्जुन!''

'कब से हैं यहाँ, कहाँ डेरा है; कब तक रहेंगे?' इस प्रकार के अनेक प्रश्न और उनका उत्तर। जब मेरे कारण मेरी जन्मभूमि की याद आ गयी उन्हें तो पूछा—''इन दिनों दरभंगे का सबसे नामी पहलवान कौन है?''

''सुखदेव के बाद कहाँ किसी ने उस तरह मैदान मारा है।''

''और चावल भी उधर अच्छे होते हैं...।''

''जी!''

तब निराला जी ने आँखें मूँद लीं और बुड़बुड़ाने लगे—''गोमती माँ बाढ़ आवा है... भाखरा प्रोजेक्ट...।'' इस बार वह अपनी मातृभाषा अवधी में बोल रहे थे और मैं समझ नहीं पा रहा था कि क्यों आज गोमती-नियन्त्रण का सवाल इस कदर कवि की चेतना पर हावी है। अखबारों में इन दिनों भाखरा-प्रोजेक्ट की बाबत काफी कुछ आ रहा था। शायद किसी ने उन्हें देर कर यह सब पढ़कर सुनाया हो। शायद किसी ने किसी से यहीं इस बारे में बातें की हों।

मैं अपना बैठा रहा।

निरालाजी बुड़बुड़ाते रहे।

मैं उनके बारे में सोचता रहा।

उनकी मन:शक्ति गोमती को काबू में लाने की योजनाएँ बनाती रही।

इतने में एक लड़के को आगे किए हुए कोई महिला आई बाहर से। इस कमरे से होकर वह सीधे अन्दर चली गयी। सोचा, श्री कमलाशंकर की पत्नी होंगी।

निरालाजी ने उन्हें लक्ष्य करके कहा—''बीबीजी, दूध दे गया है, मँगवा लीजिएगा ऊपर।''

मैंने देखा, कवि के पायताने की ओर, चौकी के नीचे खुली कड़ाही में दूध रखा था—इतना ख्याल रहता है इन्हें छोटी-छोटी बातों का। यह तो विक्षिप्तता का लक्षण नहीं है। कौन कहता है निराला पागल हो गये हैं।

''अब गोमती में बाढ़ नहीं आएगी, हमने पक्का इन्तजाम कर लिया है।'' कवि की स्वगतोक्ति का प्रवाह चालू रहा।

साढ़े छह बजे।

पीछे बुड़बुड़ाना अस्पष्ट होता गया, अव्यक्त शब्दों की सानुनासिक ध्वनियाँ इन कानों में कौतूहल भरने लगीं। निगाहें सामने आलमारीनुमा ताख पर ठिठकी हुई थीं—वही चिरपरिचित उनकी शेक्सपियर ग्रन्थावली,चेम्बर्स डिक्शनरी, तीन-चार कापियाँ और चूना-भरी शीशी... तम्बाकू का पत्ता, पीतल का निबवाला बदरंग होल्डर... चार पैसे वाली दवात... चार-पाँच चिट्ठियाँ, मनीआर्डर के दो-एक कूपन...

महाकवि ने फिर करवट बदली, अब वह दीवार की तरफ हो गये थे।

मैंने छूकर देखा, रजाई में रुई काफी थी और गद्दा भी खूब मोटा था। तकिया मुलायम और चादर साफ-साफ थी। मन को सन्तोष हुआ।

कमलाशंकर जी स्वयं कहीं गये हुए थे। यह उनका बैठका था। निरालाजी के तख्तपोश के अलावा उस कमरे में फर्श पर दरी और चादर बिछी थी। दीवार से टिकी एक मसनद पड़ी थी। यह कलाकार कमलाशंकर का भद्रासन था। आगे सगर्भ डेस्क थी। ऊपर दरवाजे की ओर दीवाल-घड़ी। प्रकाश के लिए चालीस यूनिटवाला बल्ब।

बाकी चीजें ठिकाने से रखी हुई थीं।

तख्तपोश के नीचे तश्तरी और चाय की प्याली, जरा अलग एक कटोरा पड़ा था। निश्चय ही कवि ने कुछ देर पहले नाश्ता किया होगा, चाय पी होगी।

''खूब लिखिए।''

एकाएक आँखें खोलकर महाकवि बोले। मैं उठ खड़ा हुआ। हाथ दुहरे करके कहा—''अभी आज्ञा दीजिए, फिर आऊँगा।''

कहने लगे—''रुपया-उपया आवे कहीं से तो खिलाऊँ एक दिन आपको,

अभी तो हैं न आप?''

''हाँ, अभ तो हूँ ही, नहीं जा रहा हूँ कहीं।''

''मकान ले रखा है क्या?''

''अस्थायी तौर पर, अड्डे से दक्खिन मोरी मुहल्ले में बैरागियों का पुराना अखाड़ा है, उसी में ढाई रुपया की एक जगह ले रखी है...।''

''बीच-बीच में बाहर भी तो जाते हैं?''

''जी!''

होठों में ही मुसकान को समेट लिया कवि ने और मैंने पायताने की तरफ रजाई को छूकर प्रणाम किया है।

कमरे से निकल आया, दो ही कदम बाद गली में था।

आधी-अँधेरी गली में चलते-चलते 'काव्यलोक' में ताजा प्रार्थना-पत्र का ध्यान आया, जिसमें राज्यपाल मुंशी से कहा गया था कि वह निरालाजी से आकर मिलें और इस प्रकार लोकोत्तर प्रतिभाशाली व्यक्तित्व के प्रति शासकीय श्रद्धा-निवेदन की भारतीय परम्परा का प्रति-पालन करें।

महामहिम ने 'काव्यलोक' में प्रार्थना-पत्र को सम्भवतः साहित्यिकों का पुंजीभूत वायुविकार माना। इन दिनों हफ्तों वह प्रयाग रहे। विशिष्ट नागरिकों के यहाँ उनका गमनागमन अबाध चलता रहा। असंवर्धना और प्रीतिभोज के आदान-प्रदान चलते रहे। महिम्नस्तोत्र का पाठ होता रहा, परस्पर प्रशंसा के त्योहार मनाए जाते रहे, मगर 'निराला' नामधारी इस जीव को कोई पूछने तक नहीं आया। दिमाग खौलने लगा सोचते-सोचते—कि नीचे उतरनेवाली सीढ़ियाँ आ गयीं। हवा के सर्द झोंके लगे और चेतना लौट आई तो पाया कि गंगा भागीरथी बिलकुल सामने है।

घड़ी ने सात बजा दिया।

(योगी, 29 जनवरी, 1955)

फणीश्वरनाथ रेणु

स्वाधीनता-प्राप्ति के बाद हमारी कथा-कृतियों में भी ढेर सारे परिवर्तन आने लगे। चिन्तन में तो ताजगी के नये-नये आभास महसूस हुए ही, शब्द-शिल्प की छवियाँ भी तेजी से उभरने लगीं, उनमें ताजगी और अनूठापन अधिकाधिक उजागर होने लगा। हिन्दी के माध्यम से जीवन-बोध को समझने-परखने वाला विशाल पाठक-समाज इस ताजगी और अनूठेपन में विभोर हो उठा।

कथाकार फणीश्वरनाथ रेणु घनी बुनावट और विविध छवियोंवाली बहुरंगी

छवियाँ उकेरने के लिहाज से सर्वथा अपूर्व शब्द-शिल्पी थे। रेणु के यहाँ न तो कथ्य-सामग्री का टोटा था और न शैलियों के नमूनों का अकाल। सामाजिक घनिष्ठता रेणु को कभी गुफानिबद्ध नहीं होने देती थी। वह जहाँ कहीं भी रहे, लोग उन्हें घेरे रहते थे। फारबिसगंज, पटना, इलाहाबाद, कलकत्ता, मैंने रेणु को जहाँ कहीं देखा और जब कभी, निर्जन एकान्त में शायद ही देखा होगा। रेणु का सबसे बड़ा अड्डा पटना का कॉफी हाउस रहा है। वहाँ एक कार्नर रेणु के लिए जाने कितने वर्षों से सुनिश्चित, सुनिर्दिष्ट रहा हैं। तरुणों और युवकों की नियमित जुटान वैसी मैंने और किसी कथाकार के परिमंडल में शायद ही कभी देखी हो।

'मैला आँचल' '54 में प्रकाशित हुआ और 'अगिनखोर' '74 में बाहर आया था। बीस वर्षों का यह कालखंड समय के लिहाज से सुदीर्घ अवधिवाला कालखंड भले न रहा हो, परन्तु हिन्दी साहित्य में, उत्तरोत्तर विकसित कथा-शिल्प के लिए तो यह संक्षिप्त कालखंड ही विशिष्ट माना जाएगा। प्रकाशित होने पर दो वर्षों के अन्दर ही 'मैला आँचल' की ख्याति दूर-दूर तक फैल गयी। तीन-चार वर्ष बाद 'परती परिकथा' का प्रकाशन हुआ तो उस उपन्यास को भी भारी सुयश मिला। सन् '59 में 'ठुमरी' प्रकाशित हुई। इस संकलन की 'तीसरी कसम उर्फ मारे गये गुलफाम' शीर्षक कहानी तो ऐसी सुहागिनी साबित हुई कि फिल्म जगत के प्रयोगशील डाइरेक्टर श्री बासु भट्टाचार्य अपने को नहीं रोक सके और लोकप्रिय गीतकार शैलेन्द्र ने तो अपना तन-मन-धन सब कुछ इस पर अर्पित कर दिया।

रेणु की, कुल मिलाकर, नौ पुस्तकें अब तक प्रकाशित हो चुकी हैं। एक विशिष्ट उपन्यास प्रतीक्षित था—'सफेद हाथी'। यह लगभग तैयार था। परन्तु गाँव में ही पांडुलिपि चोरी चली गयी। गाँव (औराही हिंगना) में रेणु की सुकीर्ति से जलनेवाले उनके कुछ एक चुप्पा किस्म के कपट-बन्धु अवश्य थे। निश्चय ही कथाकृतिवाली ताजा पांडुलिपियों का तस्कर रसिक गोत्र का प्राणी रहा होगा। उसने कितना बड़ा जुल्म किया हिन्दी जगत के प्रति।

मैला आँचल, परती परिकथा, जुलूस, कितने चौराहे, दीर्घतपा, कलंकमुक्ति, ठुमरी, आदिम रात्रि की महक, अगिनखोर—ये पुस्तकें संख्या में अधिक नहीं हैं, कुल जमा 9 ही हैं। लेकिन उपन्यासों में 'मैला आँचल' और कहानियों में 'तीसरी कसम' अत्यधिक मशहूर हैं। 'मैला आँचल' के रूपान्तर विश्व की कई भाषाओं में हुए। ठुमरी (कथा-संग्रह) का अनुवाद अभी-अभी बंगला में हुआ है। फिल्मवालों ने रेणु की कई कहानियाँ अनुबन्धित की थीं, पता नहीं, उन अनुबन्धों का अब क्या होगा। (नयी पीढ़ी के जागरूक साहित्यकार और चौकस पत्रकार फिल्म जगत के पहरुए, प्रशासकीय सूचना-प्रसार विभाग वाले उच्च अधिकारी ये सारे-के-

सारे ध्यान रखें कि रेणु की मूल कथाओं की कहीं छीछालेदरी न हो)।

फणीश्वरनाथ रेणु की साहित्य-सर्जना का आरम्भ कविता से ही हुआ था। पूर्णिया नगर से निकलनेवाले उस युग के (40-50 के) साप्ताहिकों की फाइलें यदि कहीं मिल जाएँ तो रेणु की तुकबन्दियें और मुक्त छन्दों के अनेक नमूने हासिल होंगे। उनकी कापियों के अन्दर यत्र-तत्र काव्यात्मक पंक्तियाँ अवश्य ही मिलेंगी। 'नन्दन' या 'पराग' के किसी अंक में, वर्षों पहले रेणु की एक कविता—सुथरी और छन्दोबद्ध रचना—मेरे देखने में आई थी। अपने साहित्य-गुरु प्रख्यात कथाकार, स्वर्गीय सतीनाथ भादुड़ी महानुभाव का संस्मरण लिखते हुए रेणु ने एक मनोरजक प्रसंग की चर्चा की है। गुरु और शिष्य दोनों ही भागलपुर सेंट्रल जेल में बन्दी थे। 42-43 वाले राष्ट्रीय आन्दोलन का जमाना था वह। अंग्रेज सरकार की कृपा से काँग्रेसी, सोशलिस्ट, फारवर्ड ब्लाक वाले, यानी कई पार्टियों के राजनीतिक नेता एवं कार्यकर्ता अन्दर बन्द थे, थोड़ी-बहुत सुविधा तो प्राप्त थी ही, व्यायाम, खेल-कूद, मनोरंजन के साथ-साथ कई प्रकार की गोष्ठियाँ और क्लास भी चला करती थीं। एक बार काव्य-पाठ का प्रोग्राम था। रेणु ने अपनी कविता सुनाई—'आगा खाँ के राजमहल में।' तरुणाई के उस प्रथम प्रेम का आवेग ऐसा प्रबल था कि गाँधीजी उन क्षणों की याद करके कह रहे थे—'प्रथम चुम्बन का वह आस्वाद...' श्रोताओं में बूढ़े गाँधीवादी भी कुछ थे। वे चीख पड़े...'अश्लील, अश्लील, अश्लील...' बीच में ही रेणु को बैठ जाना पड़ा। सेलवाली अपनी गुफा में वापस आ गये। मन बहुत उदास था। जरा देर बाद ही भादुड़ी जी ने सेल के अन्दर झाँका। मुस्कराकर बोले—'तुम लोगों का कवि-सम्मेलन तो खूब जमा आज। मुझे अभी-अभी मालूम हुआ। तुमने कौन-सी कविता सुनाई? मैं भी सुनूँगा...।'

कविता लम्बी थी। भादुड़ी जी बोले—'बाप रे! इतनी लम्बी कविता और सो भी मुक्तछन्द में।' पूरी रचना सुनकर उन्होंने कहा था, 'बुजुर्गों का—गाँधीवादियों का क्या कहना था? क्या उन बुजुर्गों की राय थी कि गाँधीजी ने तरुणाई में कभी कस्तूरबा का चुम्बन नहीं लिया होगा?' भादुड़ीजी का यह सवाल सुनकर रेणु देर तक हँसते रहे। लेकिन भादुड़ी जी ने फिर कहा—'तुम गद्य क्यों नहीं लिखते हो? अरे, कहानी लिखो, कहानी! तुम्हारी बातें, गप्पें कितनी जमती हैं। तुम अगर लिखो तो तुम्हारी कहानियाँ खूब जमेंगी...' फिर देर तक भादुड़ी जी ने रेणु को कविता एवं गद्य की रचना-प्रक्रिया के बारे में बतलाया था।

सतीनाथ भादुड़ी भी अपने प्रख्यात शिष्य फणीश्वरनाथ रेणु की तरह ही एकाएक साहित्य-संसार पर छा गये थे। उनका भी प्रथम उपन्यास (जागरी) 'मैला आँचल' की तरह एकाएक विख्यात हो गया था। बंगला में विशिष्ट साहित्यिक

कृति के लिए रवीन्द्र पुरस्कार पहले-पहल 'जागरी' पर ही मिला था। उनका भी कथा-क्षेत्र पूर्णिया जनपद के इर्द-गिर्द ही फैला हुआ था। वस्तु-तत्त्व की पैनी पकड़वाला प्रमुख गुण रेणु को भादुड़ी जी से ही प्राप्त हुआ।

गुरु और शिष्य दोनों भागलपुर सेंट्रल जेल में ढाई-तीन वर्ष साथ रहे। एकान्त निवास के लिए दोनों ने अधिकारियों से कहकर दो अलग-अलग सेलें ले ली थीं। बंगला भाषा का प्रख्यात उपन्यास 'जागरी' वहीं सेल में तैयार हो रहा था। वहीं दूसरे सेल में 'मैला आँचल' की भावभूमि एक तरुण कथाकार के हृदयपटल पर खचित होती जा रही थी। ठीक दस वर्ष बाद 'मैला आँचल' कागज के पन्नों पर पूरी तरह उतर आया।

रेणु के पिता शीलानाथ जी कूर्म क्षत्रिय वंश के सम्पन्न और सहृदय किसान थे। मिथिला और बंगाल की संस्कृतियों ने समान रूप से इस खानदान पर अपना प्रभाव छोड़ा था। फारबिसगंज इन दिनों एक औद्योगिक कस्बे के तौर पर विकसित हो गया है। पूर्वी नेपाल का विराट नगर वहाँ से अति निकट है। पहाड़ी पगडंडियों से जाने पर दार्जिलिंग भी दूर नहीं पड़ेगा। मिथिला का यह छोर नेपाल और बंगाल को भली-भाँति छूता है। रेणु का गाव 'औराही हिंगना' उत्तर-पूर्व-सीमान्त-रेलमार्ग (एन.ई.एफ.आर.) पर सिमरहा स्टेशन के पास फारबिसगंज से 10 किलोमीटर दक्षिण, आम के बागों और हरे-भरे खेतों के मध्य आबाद है। आवागमन के लिए सवारी के नाम पर आज भी बैलगाड़ियाँ एकमात्र साधन हैं। ऐसे घनघोर ग्रामांचल में रेणु पैदा हुए। दादी (पितामही) ने रिनुआ कहकर इसलिए पुकारना शुरू किया कि यह बच्चा अपना ऋण वसूलने आया है...। बाद में लाड़-प्यार का वही घरेलू नाम रिनु से रैणु हो गया। राष्ट्रीय और सामजिक प्रवृत्तियों में गहरी दिलचस्पी के चलते, पिता के मित्रों का दायरा बड़ा था। बंगाली एवं नेपाली भद्रजनों में से ऐसे अनेक थे जिनसे रेणु के पिता (शीलानाथ जी) की आत्मीयता थी। तभी तो रेणु के बचपन के दो-ढाई वर्ष विराट नगर में गुजरे। कोइराला परिवार के बटुक विद्यार्थियों के साथ हाईस्कूल का छात्र जीवन अररिया में। रामकृष्ण मिशन के सेवाधर्मी संन्यासियों का प्रभाव रेणु के किशोर हृदय पर कैसा पड़ा, इसकी झलक हमें 'कितने चौराहे' नामक लघु उपन्यास में मिलती है। विप्लवी तरुणों, ममतामयी माताओं, प्रीतिस्निग्ध बहनों, आवारा टाइप के कस्बाई छोकरों के ढेर सारे खंडचित्र हमें 'कितने चौराहे' में मिलते हैं।

किशोरावस्था में ही राष्ट्रवादी बुजुर्गों तथा समाजवादी युवकों से रेणु परिचित होने लगे। उनके पिता स्वयं तो कभी जेल नहीं गये। किन्तु फरार नेताओं और कार्यकर्ताओं को अपने यहीं छिपाकर रखने का उन्हें शौक था। वर्जित और निषिद्ध साहित्य (चाँद का फांसी अंक, भारत में अंग्रेजी राज्य आदि-आदि) बाबू शीलानाथ

जी के घर पर गुप्त रूप से रखवा दिया जाता था। वैसे ही मित्रों की राय मानकर पिता ने पुत्र को काशी विद्यापीठ भेजा था। आचार्य नरेन्द्रदेव, मेहर अली, राममनोहर लोहिया, जयप्रकाश आदि से लेकर प्रतापसिंह, चन्द्रशेखर आजाद, रामप्रसाद बिस्मिल जैसे प्रकट-अप्रकट व्यक्तियों से मानसिक लगाव की दृष्टि से बनारस में गुजरे वे कुछेक वर्ष रेणु के लिए बड़े महत्त्वपूर्ण साहिब हुए। साहित्य साधना के संस्कार भी वहीं गहरे हुए। डिग्रीवाली पढ़ाई से जी उचट गया। ललित-कलाओं के प्रति रुझान आयातित नहीं, सहज था—पारिवारिक आंचलिक उपलब्धियों का अंश था।

शाहखर्च, मिलनसार, कला-प्रेमी, रसिक; सुकंठ-धीर-ललित नायक के जो लक्षण बतलाए गये हैं, वे सारे रेणु में विद्यमान थे। सूरत साँवली थी, श्याम-सुन्दर, पतले होंठों से झाँकते हुए मोतिया दाँत चेहरे को और भी आकर्षक बना रहे थे। मैथिली और भोजपुरी के पचासों लोकगीत याद थे। सारंगा, सदावृक्ष, लोरिक आदि लम्बी-लम्बी लोकगाथाएँ गाते हुए रेणु को जिन्होंने एक-आध बार भी सुना है, वे उन्हें कभी नहीं भूल सकेंगे। लोकगीत, लोकलय, लोककला आदि जितने भी तत्त्व लोक-जीवन को समग्रता प्रदान करते हैं, उन सभी का समन्वित प्रतीक थे फणीश्वरनाथ रेणु।

मेरी यह पक्की धारणा है कि ऐसा उत्कट मेधावी युवक यदि कलकत्ता जैसे महानगर में पैदा हुआ होता और यदि वैसा ही सांस्कृतिक परिवेश, तकनीकी उपलब्धियों का वही माहौल इस विलक्षण व्यक्ति को हासिल हुआ रहता तो अनूठी कथा-कृतियों के रचयिता होने के साथ-साथ सत्यजिय राय की तरह फिल्म निर्माण की दिशा में भी यह व्यक्ति अपना कीर्तिमान स्थापित कर दिखाता। रेणु की कथा-कृतियों में ऐसे बीसियों पात्र बिखरे पड़े हैं। बावनदास से लेकर अगिनखोर तक जाने कितने कैरेक्टर रेणु ने पाठकों के सामने रखे हैं। उनमें से एक-एक को बड़ी बारीकी से तराशा गया है। ढेर-के-ढेर प्राणवन्त शब्दचित्र हमें गुदगुदाते भी हैं और ग्रामजीवन की आन्तरिक विसंगतियों की तरफ भी हमारा ध्यान खींचते चलते हैं। छोटी-बड़ी खुशियाँ, तुनकमिजाजी के छोटे-छोटे क्षण, राग-द्वेष के उलझे हुए धागों की छोटी-बड़ी गुत्थियाँ, रूप-रस-गन्ध-स्पर्श और नाद के छिट-फुट चमत्कार... और जाने क्या-क्या व्यंजनाएँ छलकी पड़ती हैं रेणु की कथाकृतियों से!

ऐसे भी पाठक मिलेंगे जो कहेंगे—'भई, मुझसे तो 'मैला आँचल' पढ़ा ही नहीं गया। एक बार दस पेज पढ़ गये, फिर दूसरी बार शुरू किया तो पाँच-सात पन्ने और पढ़ गये और बस...।' ऐसे पाठकों से आप क्या कहिएगा? मैं तो उनसे यही कहूँगा कि विश्व-विख्यात सितारवादक श्री रविशंकर की कला का स्वाद हासिल करने के लिए जिस तरह सधे हुए कानोंवाले ही श्रोता होते हैं, इसी तरह

रेणु की कथा-कृतियों का आनन्द उठाने के लिए सहृदयजन ही योग्य पाठक होंगे... ।

जीवन के अन्तिम क्षणों में रेणु की आयु 56 वर्ष की थी। प्रशासकीय तानाशाही के लिखाफ अपनी आवाज बुलन्द करनेवालों में रेणु अगली कतार में भी आगे ही खड़े हो गये थे। पद्मश्रीवाला पदक (मेडल) सरकार को वापस कर दिया था। 500 रुपए मासिकवाली आजीवन पेन्शन लेना भी छोड़ दिया था... ।

72 वाले प्रादेशिक निर्वाचन में रेणु निर्दलीय उम्मीदवार के तौर पर चुनाव लड़े थे। कई पार्टियों ने टिकट देना चाहा था, रेणु ने कबूल नहीं किया। लाभ और लोभ की राजनीति से रेणु को उसी तरह नफरत थी, जिस तरह उनके साहित्य-गुरु सतीनाथ भादुड़ी महाशय को थी।

(आजकल, 1978)

भ्रष्टाचार का दानव

भ्रष्टाचार के खिलाफ बहुत कुछ कहा जा रहा है। हमारे बड़े-बड़े नेता और जन-समाज के विशिष्ट व्यक्ति भ्रष्टाचार पर कड़ी से कड़ी राय प्रकट करते रहते हैं। समाचार-पत्रों के कालम भ्रष्टाचार विरोधी मंतव्यों से भरे रहते हैं। छोटी गोष्ठियों से लेकर बड़ी सभाओं तक में भ्रष्टाचार विरोधी बातें उछाली जाती हैं।

फिर भी भ्रष्टाचार का दानव अपना हमला जारी रखे हुए है। इतना ही नहीं, वह दिन से दिन अधिकाधिक शक्तिशाली होता जा रहा है। परसों उसके एक सिर था। कल उसके तीन सिर थे। आज लेकिन वह दशानन बन गया है। आहिस्ते-आहिस्ते यह दानव हजार सिरोंवाला वैसा दैत्य तो नहीं हो जाएगा, जिसकी चर्चा पुरानी लोक-कथाओं में आती है?

यह भ्रष्टाचार हमारे मौजूदा समाज की तहों में घुलामिला हुआ है। हमसे अलग कोई खास जन्तु नहीं है यह। हाथ में डंडे लेकर अगर हम इस जन्तु को खदेड़ने की नीयत से आगे बढ़ें, तो यह कहाँ मिलेगा? भ्रष्टाचार नाम का कोई विकट जन्तु अलग से हमें कहीं शायद ही दिखाई पड़े। वह तो हमारे अन्दर है। कामदेव की तरह वह भी अनंग है। ब्रह्म की तरह वह भी घट-घट व्यापी है, वह सहज है, अलग से आरोपित नहीं है और इसलिए लगता है,आसानी से वह

हमारा पिंड नहीं छोड़ेगा।

अपने यहाँ पुराने शास्त्रकारों ने शत्रुओं का विश्लेषण करते हुए कहा है—कुछ शत्रु बाहरी होते हैं कुछ भीतरी। बाहर का शत्रु हमें दिखाई पड़ता है। उससे निपटना उतना मुश्किल नहीं है। अन्दरवाला शत्रु आसानी से हार नहीं कबूल करेगा। बाहरी शत्रु को परास्त करने से पहले हमें भीतरी शत्रु पर काबू पाना होगा। यह भ्रष्टाचार भी हमारा भीतरी शत्रु है। हमारी ही अन्दरूनी गन्दगी से पुष्टि और ताकत हासिल करता है। हमारे शासन का मौजूदा ढाँचा वस्तुतः खुद ही भ्रष्टाचार के मोटे खम्भों पर टिका है। इन खम्भों की नींव बहुत गहरी है। इन खम्भों की नींव खोदने लायक छैनी और फावड़े किस कारखाने में तैयार होंगे? मेरी तो पक्की धारणा है कि भ्रष्टाचार का उन्मूलन निकट भविष्य में हम नहीं कर पाएँगे, जिनकी उम्र 50 पार कर गयी है। यानी, मुझे स्पष्ट दीखता है कि भ्रष्टाचार का उन्मूलन नयी पीढ़ी ही करेगी।

निश्चय ही नयी पीढ़ी के लिए हमने बहुत बड़ा जंजाल इकट्ठा कर दिया है। व्रतबद्ध होकर, संघबद्ध होकर, बहुजन समाज की कल्याण कामना से उद्वेलित होकर एक लाख नवयुवक हमारे युग को भ्रष्टाचार के अभिशापों से छुटकारा दिलाने के लिए यदि आज ही आगे बढ़ें तो पचीस वर्षों में इस महादानव को परास्त कर पाएँगे।

यह कोई भविष्यवाणी नहीं है, न ही मैं त्रिकालदर्शी ज्योतिषाचार्य की तख्ती टाँग कर बैठा हूँ। जादू का डंडा यह काम नहीं करेगा। हमारा अपना विवेक, हमारी अपनी सूझ-बूझ, अपनी ईमानदारी, अपनी श्रमनिष्ठा, अपना संकल्प, परस्पर की कल्याण-भावना का अपना आग्रह आदि गुण मिलकर ही युग को अभिशापों से छुटकारा दिलाने में नयी पीढ़ी की सहायता करेंगे।

अभी-अभी मैंने बतलाया कि भ्रष्टाचार हमारे समाज की सहज उपज है, वह न तो आसमान से टपका है, और न ही सात समुद्र पार से आया है। दानवीय आकृति देकर भ्रष्टाचार की बड़ी प्रतिमा अगर गढ़वाई जाय तो कैसा रहेगा? उस विराट प्रतिमा की ओर निशाना साधते हुए हमारे कुछ विशिष्ट नेता दिखलाए जाएँ तो कैसा रहेगा? यदि भ्रष्टाचार की उस विराट प्रतिमा की नाक पर हथौड़ी चलाते दिखलाए जाएँ तो कैसा रहेगा?

यह रूपक कल्पना में लाने पर आपको अवश्य ही हँसी आ रही होगी। आ रही है न हँसी! बात है भी हँसने की। मगर नहीं, यह हँसने की बात नहीं है। समस्या गम्भीर है, हँसकर उड़ाने की बात नहीं है। समाचारपत्रों और सभा-मंचों से भ्रष्टाचार के विरोध में जितना ही अधिक उत्साह दिखलाया जा रहा है, उतनी ही अधिक बढ़ोतरी भ्रष्टाचार की दिखाई पड़ती है। लगता है, फिलहाल

दस-पाँच वर्षों में भ्रष्टाचार की यह बढ़ोत्तरी जारी रहेगी। हम अभी बहुत दिनों तक कहते रहेंगे—अजी, सब कुछ चलता है। जिन्दगी की लढ़िया को आगे ढकेलने के लिए क्या नहीं करना पड़ता है। किसको नहीं अपना जीवन प्यारा है। कौन नहीं आराम चाहता है। अपने बाल-बच्चों की भलााई के लिए कौन नहीं तिकड़म भिड़ाता है। जब कुएँ में ही भंग पड़ गयी हो तो आप अकेले अपने लिए आकाश गंगा का जल कहाँ से लाएँगे।

इस प्रकार की बातें सुनते-सुनते हमारे और आपके कान अच्छी तरह अभ्यस्त हो गये हैं। व्यक्तिगत लाभ और हित के पक्ष में जो भी दलील जहाँ सुनाई पड़ती हैं, वह हमें सर्वथा स्वाभाविक प्रतीत होती है। हम इस दलील को न केवल ध्यान से सुनते हैं, बल्कि व्यवहार के अपने साँचे पर इस दलील को जाने-अनजाने फिट कर लेने की कोशिश में लग जाते हैं। सौ प्रकार की परेशानियों में फँसा हुआ आज का हमारा यह जनसाधारण जीवन जैसे-तैसे घिसटता चल रहा है।

ऊँचे आदर्शों के हवाई गुब्बारे रंगीन धागों में बँधे-बँधे ऊपर आसमान में लहराया करें, हमारा क्या? अपना आसमान तो फीका ही रहेगा। दिन रात 'जय-जगत' के नारे गुँजानेवाले सर्वोदयी सन्त और उनके अनुगामी अपने प्रवचनों की अमृतधारा से कतिपय श्रद्धालु जनों का अनपच का रोग दूर न करते होंगे, ऐसा भला कौन कहेगा? अपनी तो यही प्रतीक्षा रहेगी कि कोई ऐसा भी माई का लाल निकल आए जो 'जय-जगत' के बदले जय-जनसाधारण के नारे लगाए और बासमती में सफेद कंकड़ मिलानेवाली आढ़तदार सेठ की कलाइयों को कसकर पकड़े। हमें प्रवचन का अमृत नहीं चाहिए, चाहिए जीवन का रसायन और वह रसायन सभी के लिए सुलभ हो, मिलावट न रहे उसमें। महँगाई की सुरसा के जबड़े दिन से दिन फैलते जा रहे हैं। है कोई माई का ऐसा लाल जो इस दानवी के फैलते जबड़ों को अन्ततः दस-पाँच वर्षों के लिए भी बैठा दे? हम तो नित्य प्रातःकाल उठकर उस आनन्दमय क्षण की कल्पना करते हैं, जबकि पड़ोसी दुकानदार साबुन का दाम लेते समय मुस्कराकर पाँच नये पैसे वापस कर देगा और कहेगा—'बाबूजी, कीमत घट गयी है।'

हाथ-कते, हाथ-बुने सूत की खादीवाली जिनकी सफेद लंगोटी आकाश की ऊँचाइयों पर, देवांगनाओं के फहराते आँचलों के स्पर्श का योग पाकर सूखती रहती है, काश, उनको पता होता कि दुधमुँहे बच्चे के लिए बने हुए रेडीमेड निकर का दाम कितनी तेजी से बढ़ गया है।

मैं तो स्पष्ट कहूँगा कि साधारण जनता के जीवन की दुर्दशाओं से नितान्त अनभिज्ञ रहनेवाले इन हवाई सन्तों और ढपोरशंखी नेताओं के प्रच्छन्न आशीष के बिना भ्रष्टाचार में बढ़ोत्तरी हो ही नहीं सकती।

मैं तो स्पष्ट कहूँगा कि भ्रष्टाचार का ज्यादा श्रेय काँग्रेस की मौजूदा नेताशाही को है। अदालत के कटघरे में पहले इन्हीं को खड़ा होना है। भ्रष्टाचार को बढ़ावा देनेवालों की दूसरी कतार वह होगी जिसमें विभिन्न राजनीतिक दलों के अधिकाँश पुराने नेता आएँगे। तीसरी कतार होगी धनकुबेरों की। चौथी कतार में बड़े ऑफिसर आएँगे।

पाँचवीं लेकिन स्पेशल कतार होगी बुद्धिजीवियों-साहित्यकारों-की, कलाकारों की। इस कतार को स्पेशल इसलिए मानता हूँ कि बुद्धिजीवियों, साहित्यकारों और कलाकारों की ठकुर-सुहाती के बिना शासक वर्ग इतना अधिक पतित हो ही नहीं सकता। स्पष्ट है कि मेरे जैसा साहित्यकार भी इसी पंक्ति में आता है। यह दूसरी बात है कि हमारी इस कतार में जो आगे खड़े हैं, उन्हें 'पद्मभूषण' और 'पद्मश्री' तमगों से सजा दिया गया है।

(जनसंचार, वार्षिक अंक 1964)

दादाजी, आप रिटायर हों!

इन्हें समझने की कोशिश कीजिए। इनके मर्म की तह तक पहुँचकर ही इनके बारे में अपनी कोई धारणा निश्चित कीजिए। इन्हें अपना आन्तरिक स्नेह दीजिए। इनकी मामूली भूल-चूक को नाहक ज्यादा तूल न दीजिए।

ये स्वतन्त्र भारत के नवयुवक हैं, हमारी आशाओं के केन्द्र। हमारी उम्र में और इनकी उम्र में पैंतीस-चालीस का फासला है। हम साठ के हैं, वे बीस के हैं। हम पचपन के हैं, वे अठाहर के। हम अट्ठावन के हैं, वे बाईस के हैं। आयु की सीमाओं का कितना बड़ा फासला! इसी अनुपात में हमारी और उनकी अनुभूतियों के बीच बहुत बड़ा अन्तर है।

आज की नयी पीढ़ी कई दृष्टियों में अनूठी है। वह पुरानी पीढ़ी का आदर दिखावे के तौर पर नहीं करती है। वह वयस्कों को बे-हिसाब आदर नहीं देती, नाप-तौलकर आदर देती है। श्रद्धा का अनुपात पुरानी पीढ़ी के आचरण को ध्यान में रखकर घटता-बढ़ता रहता है। नवयुवकों के अपने प्रतिमान होते हैं। वयस्क व्यक्तियों को नापने का उनका अपना अलग फीता होता है।

स्नेह-प्रदर्शन के लिए अति आतुर और व्यवहार में लद्दू स्वभाव के किसी बुजुर्ग से आज का नवयुवक कहेगा—'जी हाँ, बैठिए, आपके लिए आरामकुर्सी रखी है। इत्मीनान से बैठना हो तो इसी पर बैठिए, मेरे सीने पर मत बैठिए। सीना

और काम के लिए खाली रहेगा। बैठने के लिए तो हमने आरामकुर्सी डलवा रखी है। आपको इसी पर बैठना है, मैं स्टूल पर बैठकर आपसे बातें करूँगा।'

'सीने पर बैठना'—एक मुहावरा है। वस्तुतः कोई किसी के सीने पर बैठता नहीं। परन्तु देखने में आता है कि बहुधा बुजुर्ग अपने अधीनस्थ युवक पर इस प्रकार हावी हो जाते हैं कि लगता है, वे उसके सीने पर जम गये हैं। कहते हैं, बड़े वृक्ष की छाँह दूसरे पौधे के लिए घातक होती है। कन्धे पर पीपल उग आता है तो मन्दिर की आयु तीन चौथाई रह जाती है। जलकुम्भी का जाल बिछता है तो नया से नया पोखर बर्बाद हो जाता है। 'सीने पर बैठना'—वाक्य-रचना के विधान की दृष्टि में एक मुहावरा है, मगर असल में यह एक अमानुषिक कार्य है।

आज से पचीस वर्ष पूर्व ट्रेन के दूसरे दर्जे में तत्कालीन एक बुजुर्ग से मेरी जो बातें हुई थीं, उन्हें मैं कभी नहीं भूलूँगा।

मैं उनसे कुछ काम पाने की आशा करता था। उनके अंडर एक बड़ी संस्था थी और मुझे विश्वास था कि वह मेरे लिए जरूर कोई व्यवसथा करेंगे। आधे घंटे तक इधर-उधर की गप्पें होती रहीं। मेल ट्रेन का अगला स्टापेज करीब आ गया तो बोले—'लेकिन, वहाँ अविवाहित या पत्नी-विहीन युवकों की नियुक्ति नहीं करते हैं। तुम अगर पत्नी के साथ वहाँ रहना मंजूर करो तो ठीक रहेगा।'

बात मेरी समझ में नहीं आई और मैं उनके चेहरे की ओर देखता रहा। मुस्कुराकर बोले, 'खाली नाव के उलटने का डर रहता है। माल लादनेवाला वापसी में अपनी नावों के अन्दर यों ही बालू की बोरियाँ भर लाते हैं। अकेले रहोगे, जब मर्जी होगी, भाग जाओगे और संस्था का नुकसान होगा।'

मैं दंग रह गया उनकी व्यवहार-बुद्धि पर! सोचा, जिस संस्था की बागडोर ऐसे व्यक्तियों पर है, वह कभी घाटे में नहीं रहेगी।

अन्त में, मैंने उनसे कहा—'लेकिन आप खुद ही सारा जीवन एकाकी रहे हैं। कई पुत्रों के पिता हैं। एकाधिक सार्वजनिक प्रवृत्तियों में आपकी दिलचस्पी रही है। इतना कुछ लिखा है। वर्षों जेल के अन्दर रहे हैं। क्या आप भी खाली नाव की तरह उलट गये थे?'

इस पर गम्भीर बुजुर्ग ने कुछ कहा तो नहीं, मुस्कुराए जरूर! वह मुस्कान मुझे बड़ी की अर्थपूर्ण प्रतीत हुई। स्पष्ट था कि मेरे प्रति उनके अन्दर अविश्वास के अंकुर उग आए थे और मैं उनकी कसौटी पर खरा उतर ही नहीं सकता था।

इस प्रकार की बातों पर आज का नौजवान तो और भी अधिक खौल उठेगा। वह ऐसे बुजुर्ग से कहेगा तो कुछ नहीं, बल्कि काम पाने के पहले सारी शर्तें कबूल कर लेगा। परन्तु आगे चलकर वह संस्था के अधिकारियों को अपनी चतुराई के कई अनूठे सबूत दे सकता है। अपनी कूट-कौशल के बल पर वह कई पैंतरे

बदल सकता हे। संस्था के सनातन नियमों को धता बताकर चुपके-चुपके सट्टेबाजी में दिलचस्पी ले सकता है। संस्था के अधिकारी उसका कुछ नहीं बिगाड़ पाएँगे, क्योंकि उनकी एक-एक पोल का पता है उसको, छेड़े जाने पर उनका भारी नुकसान कर सकता है।

लड़का चाहे सोलह का हो चाहे अठारह का, चाहे बाईस का, अपने पिता और चाचा की रग-रग को पहचानता है। आपका लड़का मेरे लड़के का साथी है। ये दोनों जनें गली-मुहल्ले के अपने साथियों से निकट का सम्पर्क रखते हैं। सभी मिलकर पुरानी पीढ़ी की करतूतों पर प्रकाश डालते हैं। पढ़ाई का खर्चा अभिभावकों से ही लेना है, इसी से वे उनके सामने पुरानी पीढ़ी के प्रति सदैव सम्मान का ही भाव बनाए रखते हैं। पढ़ाई के लिए अपना-अपना स्थान छोड़कर दूसरे नगरों में जाना होता है। होस्टलों में, प्राइवेट छात्रावासों में, चौराहों, पर, सिनेमा हाउस के आँगन में, खेल के मैदान में, नयी पीढ़ी का नव गुंजन भला किसका ध्यान अपनी ओर नहीं खींचेगा? उनका आवेग, उनकी मुद्राएँ, उनके इंगित, पैरों की उनकी आहट....यह आपको बरबस अपनी ओर आकृष्ट करेगा।

हमारे बिहार में पटना, राँची, मुजफ्फरपुर, भागलपुर, दरभंगा, गया, छपरा, आरा, मुंगेर आदि कुछ ऐसे शहर हैं, जहाँ गलियों में विद्यार्थी ही विद्यार्थी नजर आते हैं। इन्हें काबू में रखना शिक्षण-संस्थाओं के लिए बहत बड़ा सिरदर्द हो गया है। शिक्षण-संस्थाएँ एक तो खुद ही भीतरी गुटबन्दियों की लीला-निकेतन बनी हुई हैं, दूसरा संकट है फीस बटोरने की धुन में उनका फूलते जाना। चार घंटे छात्रों को क्लास के अन्दर घेरकर रखना ही क्या सब कुछ है? परीक्षा के लिए जैसे-तैसे उन्हें तैयार करना ही क्या सब कुछ है? मनोरंजन के नाम पर केवल फिल्मों और बाजारों में घूमने देना ही उनके लिए क्या सब कुछ है? ऐसे प्रश्नों को ध्यान में रखकर हम सोचें कि नयी पीढ़ी के अन्दर विक्षोभ के बीज कहाँ से आकर पड़ जाते हैं।

आगे सुनिश्चित जीवन की लालसा रहती है, परन्तु सपने में बेकारी की डायन मुँह बाए खड़ी नजर आती है। धीरे-धीरे नयी पीढ़ी के दिलों में बगावत के अंकुर उग आते हैं। स्थानीय दुर्घटनाएँ, पास-पड़ोस की गुंडई, दूकानदार की बेईमानी, सिनेमा हाउस के कर्मचारियों का उजड्डपन, रेलवेवालों की अकड़, पुलिसवालों की अदूरदर्शिता—आदि आकस्मिक उत्पात उपस्थित होते रहते हैं, जिनके चलते छात्रों की यह नयी पीढ़ी विद्रोही हो उठती है। हम उनका तरुणाई के उस विप्लव को अपनी मूँछों का सवाल बनाकर अड़ जाते हैं। हमारा अड़ना उनको और भड़का देता है और वे गुस्से के मारे 'मुर्दाबाद' के नारे लगाते हैं, उनका जुलूस आगे बढ़ता है। पलिस उन्हें रोकती है, और... इसके बाद जो कुछ

होता है, वह हमें अखबारों से अगले दिन सबेरे मालूम हो जाता है। पुरानी पीढ़ी के अधिकाँश नेता कोठियों के अन्दर गद्दीदार कोचों में धँसे हुए छात्रों की हुल्लड़बाजी पर अपना आक्रोश प्रकट करते हैं। वह आज से पचास साल पहले की अपनी दृष्टि से इन घटनाओं को देखते हैं और उन पर अपना निर्णय ठोंकते हैं। वह डिप्टी मजिस्ट्रेट, जिसके आदेश से पुलिसवालों ने हाथ की सफाई दिखलाई थी, बूढ़े नेताओं का निर्मल आशीर्वाद हासिल करने में सफल होता है। 'ए ग्रेड' के दैनिक पत्र के प्रौढ़ चीफ एडीटर भी बहुधा ऐसे प्रसंगों पर छात्रों को ही जिम्मेदार ठहराते हैं। कॉलेजों के प्राचार्य और उपकुलपति तो आन्दोलनकारी छात्रों के विरोध में रहते ही हैं। यों सभी श्रेणी के प्रौढ़ों और बुजुर्गों का संयुक्त मोर्चा नयी पीढ़ी के खिलाफ आए दिन बनता ही रहता है। अघोषित 'गृहयुद्ध' के इस वायुमंडल में हमारा समाज किस प्रकार सन्तुलन कायम कर सकेगा?

दफ्तरों में विश्राम ग्रहण करने की आयु-सीमा कल तक पचपन थी, आज अट्ठावन हो गयी हैं। परन्तु पकी हुई प्रज्ञावाले बुजुर्ग लोग इतनी आसानी से मैदान छोड़नेवाले नहीं हैं। राजनीति का मैदान बूढ़ों से भरा पड़ा है। राज्यसभा के अधिकाँश सदस्य ऐसे हैं जिनके लिए हमारे पूर्वजों ने वानप्रस्थ का निर्देश दिया था। राजभवन की गद्दियाँ भी महास्थविरों के लिए रिजर्व हैं, दो-एक अपवाद भी नियम को गरिमा प्रदान करने के लिए दिखाई पड़ते रहेंगे। उप-कुलपतियों का भी यही हाल है। कमीशनों समितियों, उप-समितियों, बोर्डों के सदस्यों—अध्यक्षों को नामिनेट करते समय भी हमारे प्रभु पके बालों को बड़ा महत्त्व देते हैं। इसी का परिणाम है कि प्रशासन और अधिकार का एक-एक सूत रुपहले बालों से बँधा है।

पुरानी पीढ़ी और नयी पीढ़ी के बीच चौड़ी गहरी खाई शायद ही किसी अन्य सभ्य देश में हो। भोग और उपभोग के लिए लालसाओं का यह तांडव शायद ही किसी अन्य सभ्य समाज में हो। इसका और तो कोई कारण नजर नहीं आता है; हाँ, इतना अवश्य है कि तरुणाई और जवानी के दिनों में स्वतन्त्रात-संग्राम के सिपाही होने के नाते जिन्होंने थोड़ा-बहुत त्याग किया था, उनकी दमित आकाँक्षाएँ अनुकूल अवसर पाकर अब सौ गुनी अधिक आनन्द पाने के लिए बेचैन हैं। वस्तुतः भौतिकवाद को गालियाँ देते-देते अनजाने ही वे स्वयं भौतिकवादी हो उठे हैं। अगले जन्म से उनका विश्वास उठ चुका है। सोचते हैं, जितनी मौज लेनी हो ले लो! लोग कुढ़ते हैं, कुढ़ने दो!

पुरानी पीढ़ी की इस धूर्तता से नयी पीढ़ी और भी खौल उठी है।

विरोधी दलों की छत्र-छाया के नीचे युवकों की अधिकाधिक भीड़ ध्यान देने योग्य है। नुमाइशों, सम्मेलनों, प्रदर्शनों में पके बालों की विरलता भी ध्यान

देने योग्य है। फिल्म की धुनों पर सीटी बजाते हुए, नाटकीय ढंग से साइकिलें दौड़ाते हुए, अपरिचित वयस्कों के सामने धुआँधार सिगरेट फूँकते हुए, कॉफी हाउसों में गरम-गरम बहस की भाप फैलाते हुए नये चेहरे भी ध्यान देने योग्य हैं।

बहुतों को भ्रम है कि नयी पीढ़ी तारीफ की भूखी होती है, उसे अपनी आलोचना अप्रिय लगती है। जहाँ तक मैं समझ पाया हूँ, नवयुवकों को अपनी झूठ-मूठ की प्रशंसा बोर ही करती है। वह आपसे मार्ग-दर्शन की आशा अवश्य रखते हैं। थिरकाकर और फुससलाकर आप उन्हें धोखे में नहीं डाल सकते हैं। ढोंग और डींग से उन्हें सख्त नफरत है। आप उन्हें अवसर दीजिए, उनको अपना विश्वास दीजिए। अपनी भूलें छिपाने के लिए झूठ का ताना-बाना बुनते जाएँगे तो मालूम होने पर उन्हें आपके प्रति बड़ी घृणा होगी।

उनके भविष्य के लिए आप इतना अधिक चिन्तित क्यों हैं? दादाजी,अब आप सचमुच रिटायर होकर मानसिक तौर पर भी विश्राम क्यों नहीं ग्रहण करते?

(नई धारा, जुलाई, 1968)

रहनुमा

शिक्षक या पथ-प्रदर्शक की आवश्यकता पड़ती है, विशेषतः नवयुवको को। कहा जाता है कि अनुभवी बुजुर्ग ही राह दिखला सकते हैं, उन्हीं को पता होता है कि किस तरफ से होकर राह गयी है और गति की मात्राएँ क्या होंगी? बुजुर्गों को जानकारी रहती है : मार्ग में कहाँ गड्ढे हैं? तटवर्ती जंगलों में हिंसक जन्तुओं से कैसे बचाव होगा? राह के किनारे कहाँ खाना मिलता है, कहाँ पानी? कहाँ अच्छी सराय पड़ती है, कहाँ रद्दी? कहाँ टूटा हआ पुल पथिक के उत्साह में ब्रेक लगाता है? कोसों तक हरियाली विहीन प्रान्तर किस प्रकार पार करना चाहिए... ? बहुत सारी उपयोगी सूचनाएँ बुजुर्गों से मिलती हैं। भाप-पेट्रोल-बिजली के इस युग में भी रहनुमा अपनी उपयोगिता खो नहीं बैठा है। यात्रा की असुविधाओं के लिए देश-विदेश में बड़े-बड़े प्रतिष्ठान काम कर रहे हैं। सभी प्रकार की सहूलियतें वे अपने मुसाफिरों को देते हैं। फिर भी जीवन की नाना दिशाओं में पग बढ़ाने के इच्छुक नौजवान माकूल सलाहकार की तलाश में रहते हैं। शिक्षा, उद्योग-धन्धा, राजनीति, खेल-कूद, परलोक-गमन कौन-सी वह दिशा है, जहाँ गाइड की जरुरत नहीं पड़ती है।

एक अध्यापक निबन्ध का क्लास ले रहा है। विषय है—'उत्साह'। स्फूर्ति

और उमंग की व्याख्या में वह कितना विभोर हो उठा है! तरुण छात्र हुलास-भरी निगाहों से अध्यापक महोदय की ओर देख रहे हैं। वह कहते है, "मैं जब तुम्हारी उम्र का था तो साठ कोस का फासला साइकिल से डेढ़ घंटे में तै कर लेता था। मैं जब तुम्हारी उम्र का था, तो अकेले ही मद्रास हो आया था... मैं जब तुम्हारी उम्र का था..."

अब आप अन्दाज लगा लीजिए कि इस प्रवचन का असर छात्रों पर कैसा पड़ता होगा। वे सोचते होंगे—'अध्यापक महोदय हमें बकवास पिला रहे हैं, अच्छी-भली गाय खूँटे से खोलकर कोई ले जाय और उसका बाल भी बाँका न कर पाए! पता लग चुकने पर हिम्मत नहीं हुई कि अपनी गाय वापस लें। दो मील पर स्टेशन पड़ता है, हाँफ जाते हैं प्रोफेसर साहब! म्युनिसपैलिटी का कर्मचारी इनकी गली के दोनों लैम्प पोस्ट यों ही छोड़ जाता है, किरासन का एक-एक बूँद तेल पी लेता है। प्रोफेसर साहब गालियाँ जरूर देंगे, बिगाड़ नहीं पाएँगे कुछ उसका! इसी आदमी ने तैरकर नदी पार की होगी? इसी ने साइकिल दौड़ा कर साठ मील का फासला काटा होगा? इसी ने...' सिर्फ प्रवचन से ही कोई किसी का रहनुमा बन सकता है क्या? मुहावरा है—'राह बता तो आगे चल।' इस कसौटी पर जो खरा उतरेगा, वही अच्छा उस्ताद होगा। बातों ही बातों में सीख की संजीवनी पिलानेवाला दूसरी कोटि का शिक्षक होता है। जिनकी अगवानी में आए दिन इतनी अधिक धूम-धाम देखी जाती है, नगाड़े बजते हैं और तुरही फूँकी जाती है, ध्वनि-विस्तार यन्त्र की महिमा से निरीह नागरिकों के कानों की सफाई होती है, वह परमहंसजी महाराज तृतीय कोटि के शिक्षक हैं।

नवयुवकों को गुंडे इसीलिए अपनी ओर आकृष्ट करते हैं कि उनमें बकवास नहीं होती है, होता है सिर्फ एक्शन! भावना के लिहाज से गुंडोंवाली यह प्रखर क्रियाशीलता नयी पीढ़ी के दिल-दिमाग को अगर अधिकाधिक खींचती है, तो इसमें गुंडों का क्या कसूर है? कायदा-कानून और अनुशासन सम्बन्धी दस टन लिटरेचर, बेकार साबित होता है। इस प्रकार की प्रखर क्रियाशीलता के आगे!

अनुभवी बुजुर्गों की बातों से युवक ऊब उठते हैं और गुनगुनाते हुए आगे बढ़ जाते हैं—एकला चलो रे, एकला चलो! इस सिलसिले में आगे उन्हें ठेस भी लगती है तो उसकी परवाह नहीं करते। आप ही अपने घावों की मरहम-पट्टी करते चलते हैं। कोई फिसलनवाली पुरानी राहों का मोह बुजुर्गों को भले हो, नवयुवक आप ही अपनी राह बना लेने की क्षमता रखते हैं। पुरातन-पथ की फिसलन, बीहड़पन, विषमता आदि हटाने में जितना वक्त बर्बाद होगा, उतने में ही वे दो गुनी अधिक नयी राहें नहीं तैयार कर लेंगे?

पुराने शिक्षकों के प्रति नयी पीढ़ी की श्रद्धा-भक्ति दिन व दिन घटती जा

रही है, यह चिन्ता का विषय नहीं है। मैं इसे भावी युग के लिए बहुत बड़ा शुभ मानता हूँ। मेरी यह दृढ़ धारणा है कि युवकों के शिक्षक युवक ही हो सकते हैं। ठस दिमागवाले, सिकुड़े हुए दिलवाले वयस्क भला नौजवानों को क्या सिखलाएँगे?

भावनात्मक प्रेरणा के लिए समाधियों के अन्दर सुरक्षित रखी हुई धर्माचार्यों की पुरानी हड्डियों को नमस्कार कर लेना क्या काफी नहीं रहेगा? चित्त को निर्मल और इन्द्रियों को संयम रखने के लिए हमारे पूर्वजों ने स्वाध्याय एवं अनुशीलन की परम्परा चलाई थी। सबेरे और शाम को, घड़ी-आधी घड़ी सद्ग्रन्थों का पारायण आगे भी थोड़ा-बहुत होता ही रहेगा। आगे भी वृद्ध हिन्दू, श्रीमद्भागवत का पाठ करेंगे, वृद्धाएँ सुख सागर लेकर बैठेंगी। आगे भी अंग्रेजी और हिन्दी में गीता पर प्रवचन हुआ करेंगे। आगे भी तीर्थ-यात्रा स्पेशल हुआ करेगी। परन्तु ज्ञानकाण्ड और कर्मकांड के उन गलियारों में आगे का नवयुवक शायद ही कभी झाँकेगा।

'शायद' इसीलिए कहा कि कौतूहल और जिज्ञासा के चलते कभी-कभी नास्तिक भी मन्दिर में प्रवेश करता पाया गया है। और कभी-कभी नास्तिक भी आस्तिक की तरह सहनशील और उदार बन गया है। यहाँ, इस समय हमने आस्तिकता और नास्तिकता पर अपना ध्यान केन्द्रित नहीं किया है। अभी तो शिक्षक की पात्रता पर ही हमें प्रकाश डालना है। शिक्षक यदि शब्दों द्वारा ही शिक्षा देगा तो शिष्य को बहुत प्रभावित करेगा। युवक छात्र वयोवृद्ध अध्यापक को अपनी फेनिल श्रद्धा ही दे सकेगा। प्रीति-पूर्ण आन्तरिक श्रद्धा तो वह उसी शिक्षक को देगा जो ऊबड़-खाबड़ पथों में आगे-आगे चल सकेगा; जो शिष्य का गुरु भी होगा और सखा भी होगा।

युवकों के अन्दर फाजिल बातें सुनने का धैर्य भले न हो, ढेर सारे काम करने की क्षमता तो होती है। जंगलों को काटकर लहलहाती फसलों वाले खेतों में जिन्होंने बदल दिया? समुद्र की अतल गहराइयों में गोते लगाकर मोती किन हाथों ने निकाले? सेनापति के कमांड पर दुश्मनों के गढ़ों के कंगूरे पर पताका कौन फहरा आए?

(ज्योत्सना, जून, 1964)

पेट का धर्म : इन्सान का धर्म

सनातन काल से यह तथ्य मान लिया गया है कि पेट का धर्म ही सबसे बड़ा धर्म होता है। 'भूखे भजन न होय गोपाला, राखो अपनी कंठी माला'—कबीर

ने जब यह पद कहा होगा, निश्चय ही भूखे-प्यासे दीन जनों के आक्रोश को सही अभिव्यक्ति मिली होगी।

आए दिन हम हरिजनों और आदिवासियों के धर्मांतर ग्रहण करने की खबरें अखबारों से मालूम कर रहे हैं। पिछले वर्षों में इस प्रकार के समाचार कई रंगों में और कई दिशाओं में उछाले गये हैं। धर्मांतर ग्रहण के बारे में छपी हुई खबरों के पीछे, निस्सन्देह, कई बातें होती हैं। लेकिन एक बात बिल्कुल साफ है कि कोई भी खाता-पीता आदमी या सुशिक्षित-सम्भ्रान्त उच्चवर्गीय व्यक्ति अपना खानदानी धर्म छोड़कर कभी ईसाई, मुसलमान, बौद्ध या फिर हिन्दू नहीं बनता। लगभग एक दशक पूर्व यूरोप के एक प्रख्यात भारत तत्त्ववेत्ता (इंडोलोजिस्ट) ने वैदिक विधियों द्वारा हिन्दू धर्म की विशाल परिधि के अन्दर प्रवेश लाभ किया है। मुझे इस समाचार से उतना सुख नहीं पहुँचा था, जितना कि एक हजार हरिजनों के बौद्ध-धर्म के अन्दर दीक्षित होने वाली खबर से। इसी प्रकार बीच-बीच में सुनता हूँ कि फलाँ अंचल में दस हजार हरिजन पेट की ज्वाला बुझाने के लिए महाप्रभु ईसा मसीह की शरण में चले गये, तब मेरे चित्त को प्रसन्नता ही होती है। प्रसन्नता इसलिए होती है कि दस हजार अभागे हरिजनों को खिलाने-पिलाने, काम में लगाने, उनके बच्चों को पढ़ाने-लिखाने आदि समस्याओं से प्रभु ईसा के पुत्रों ने छुटकारा दिलाने की अमली जिम्मेदारी ले ली है। हमारे विशाल हिन्दू समाज द्वारा समर्पित माल-मलीदा पर पलनेवाले धर्माचार्य, काश, उन हरिजनों की सुध लेते! देखा तो यही जाता है कि जितना बड़ा धर्माचार्य होता है, वह उतने ही बड़े धनकुबेर की छतरी के नीचे विराजता है। सब कुछ माया है। हम भी झूठे। अनाज भी झूठा, पैसा भी झूठा। मालिक भी झूठा, मजदूर भी झूठा। वेदान्त की यह सीख पानी का बुलबुला है। सत्य क्या है, धनकुबेर की बहू को भीतर मन से आशीर्वाद देना। क्योंकि उस बहुरानी की श्रद्धा-भक्ति के कारण धर्माचार्य विमान-विहार करता है। उस महा-महन्त ने सपने में भी बस्तर के जंगलों में पत्ती और छाल चबाकर पेट की जलन बुझानेवाले आदिवासियों के दर्शन नहीं किए! शंकराचार्य या करपात्री को क्या पड़ा है कि दस-पाँच लाख अभागे मानव भूख की आँच में झुलसकर मरें या जिएँ!

ऐसे में, हमारे जैसे नास्तिक का, धर्म-भावनाविहीन एक व्यक्ति का दिल यदि हरिजनों और आदिवासियों की धमान्तरण ग्रहण समस्या को उनकी जागृति का प्रमाण मानता है तो सचमुच यह क्या कोई गुनाह होगा? फिर, तिलमिलाने वाला एक और पक्ष है इस समस्या का। विशाल हिन्दी क्षेत्र के अन्दर सुदूर फैले विस्तृत ग्रामांचलों में भूमि की मालकीयत 90 प्रतिशत उच्च जातिवालों के हाथ स्थिर है। भूस्वामित्व पर उच्चवर्णवालों का सख्त कब्जा है। ग्राम भारत के सर्वेसर्वा

वही लोग होते हैं। उनकी राय के बिना गाँव का पत्ता भी नहीं हिलता है। पशुओं से भी बदतर हालत में गुजर-बसर करनेवाले भूमिहीन खेतिहर-मजदूर इन मालिक लोगों के अक्षरशः गुलाम होते हैं। पिछले वर्षों में सैकड़ों हरिजन मजदूर लाठियों-गोलियों के शिकार हुए हैं। काली अमरीकन प्रजा पर गोरी चमड़ीवाली अमरीकन प्रजा अत्याचार करती है तो हिन्दुओं के सभी नेता हमदर्दी के मारे कई दिनों तक खाना नहीं खाते। अपने देश का हरिजन नौजवान आग में भून दिया जाता है, फिर भी हम सारी रात खर्राटे भरते हैं। आदिवासियों और हरिजनों का क्या धर्म है? अशिक्षा और गरीबी ही उनका मूलधर्म है? दफ्तरों में आँकड़ों की उलटबाँसी चलती है। तदनुसार भारत में एक भी आदमी भूख से नहीं मरता है। भारतीय प्रजातन्त्र चूँकि धर्म-निरपेक्षता (सेक्यूलरिज्म) में आस्था रखता है, खुलकर धर्मांतरण ग्रहण वाली खबरों पर अपना मत व्यक्त नहीं करता। मैं अपने अन्दर की यह धारणा पाठकों तक पहुँचा देना आवश्यक समझता हूँ कि धर्म की छतरी के नीचे भूखे इन्सान का तड़प-तड़पकर मर जाना मेरी दृष्टि में सबसे बड़ा पाप है। वैसी स्थिति में प्रत्येक क्षुधित व्यक्ति को मैं राय दूँगा—'कोई बात नहीं, तुम ईसाई बन जाओ, बौद्ध बन जाओ, चाहे जैसे हो, पेट भरो! मजहब और इन्सानियत को लात मारो! तुम अपने को सच्चे अर्थों में आजाद घोषित कर दो...!'

लाखों-लाख मजदूर मिलों के दरवाजों पर एकजुट होकर अपनी माँगे मनवाने के लिए रैली करते हैं, धन्ना सेठों और प्रशासनिक तानाशाहों के खिलाफ नारे लगाते हैं, उन पर लाठियाँ चलती हैं, गोलियों से वे भून दिए जाते हैं—उस वक्त कोई भी धर्माचार्य या किसी भी पन्थ का महन्त उनकी तरफ से नहीं बोलता। वह महाकुबेरों के उपनगरीय प्रसादकक्ष में खीर-मालपूवे का सेवन कर रहा होता है, परन्तु जन-हड़ताली मजदूरों में हिन्दू सर्वहारा भी डटा रहता है, ईसाई सर्वहारा भी डटा रहता है और महाराष्ट्र जैसे प्रदेश में बौद्ध सर्वहारा भी डटा रहता है। आखिर सर्वहारा सर्वहारा ही होता है, उसका कोई धर्म नहीं होता है। जीती-जागती इन्सानियत और समूची दुनिया में फैली हुई सर्वहारा की अपनी बिरादरी के लिए अखूट कुर्बानी ही उसका सच्चा धर्म होता है।

(विपक्ष, जून, 1985)

कहानियाँ

विशाखा मृगारमाता

अपने जीवन की सबसे पहली घटना जो मुझे याद है, वह है भगवान तथागत की अगवानी।

मैं छः या सात साल की थी। एक दिन दादा ने मुझसे कहा—"भद्रे, सबका भला चाहनेवाले शक्यसिंह गौतम बुद्ध आज हमारे नगर में पधार रहे हैं। अपनी सहेलियों के साथ जाओ तुम भी भगवान का स्वागत करो। फिर कहाँ मिलेगा ऐसा अवसर?"

तब हम रथों पर सवार होकर तथागत की अगवानी करने गयी थीं। यह बात आज भी मुझे ज्यों की त्यों याद है। दूसरे दिन, मेरे दादा ने भिक्षु-संघ को अपने यहाँ जिमाया था। कब जमात किसी दूसरी जगह के लिए चल पड़ी थी, सो मुझे याद नहीं आता।

गंगा के दक्खिन, अंग देश में एक छोटा-सा नगर मद्रिका है। मेरे दादा वहीं के रहनेवाले थे। नाम था मेड़क सेठ। बनियों के बहुत बड़ी खानदान के कुलपति थे। मगधराज बिम्बिसार ने मेरे दादा को नगरसेठ की सम्मानित पदवी दी थी। व्यापारियों के लिए भला इससे बढ़कर सम्मान की वस्तु और हो ही क्या सकती है?

धनंजय सेठ की मैं लड़की हूँ। माँ का नाम था सुमन। हमारे पितृकुल में न धन की कमी थी, न जन की। मगध का राजकीय कोश जब रिक्त हो जाता था,तो महात्मात्य वर्षकार मेरे दादा के पास दूत भेजते थे—"पचास हजार स्वर्ण मुद्रा महासेठ भेजें, आवश्यक है।"

दूत को निराश नहीं लौटना होता था। वह सरकारी हाथियों पर अशर्फियाँ लदवाकर राजगिर पहुँचता था। इस प्रकार लिया हुआ ऋण मगधराज एक ही मुश्त चुका नहीं पाते थे। बेचारे कहाँ से चुकाते? सेठों का मुकाबला ये राजा लोग कैसे करेंगे? मेरे मायके से मणि-मुक्ता आदि बहुमूलय वस्तुएँ आती रहती हैं। यहाँ श्रावस्ती के नगर द्वार पर चुंगीवाले बहुधा अधिक महसूल उसके लिए लिया करते

हैं। ऐसे मौकों पर मैं खुद ही राजा के पास तस्फिहा के लिए पहुँचती हूँ। कई बार खाली खजाना दिखलाकर प्रसेनजित ने मुझसे कहा है—''विशाखा, हमारे पास फौज है, हथियार हैं, ताकत है। मगर सोना-चाँदी तो तुम्हीं लोगों के जिम्मे है। राज-शक्ति हमेशा वणिक-शक्ति की मोहताज रहेगी।'' और, उसकी यह बात बे-बुनियाद नहीं थी। मैंने अपने मायके में देखा है, बीसियों चहबच्चे अशर्फियों से भरे पड़े हैं। ऊपर साखू के तख्तों से उन्हें पाट दिया गया है। ताले लगे रहते हैं। कीमती मालों से लदे बड़े-बड़े बजड़े सुवर्ण द्वीप से भी आगे ले जाया करते हैं। स्थल-मार्गों से होकर हजार-हजार बैलगाड़ियों का हमारे काफिले कुभा (काबुल) से लेकर केरल तक और भरौंच से लेकर आसाम तक आते-जाते रहते हैं। हमारा वणिक्-समाज नये-नये शिल्पों और नयी-नयी विद्याओं को एक देश से दूसरे देश में पहुँचा देता है। वैश्यवर्ग अपना हाथ पीछे खींच ले, तो तक्षशिला उजड़ जाय, वहाँ सियार भूँकने लगें।

मैं जब आठ वर्ष की हुई तो मेरा बाप साकेत में आकर बसा। इसकी भी एक विचित्र कथा है। कोसलराज प्रसेनजित ने एक बार मगधराज बिम्बिसार को पत्र भेजा—'हमारे राज में यों तो बहुत बनिए हैं, मगर पुश्त-दर-पुश्त महान् ऐश्वर्यशाली बनियों का भारी खानदान एक भी नहीं है। मगध में अनेक हैं। उनमें से किसी एक महाकुल को हमें दे दें। हम उसे अपने राज्य में बसाएँगे।''

बिम्बिसार ने सोच-विचारकर जवाब दिया—''किसी ऐसे खानदान को हम अपने यहाँ से हटा नहीं सकते।''

कोसलराज के दूत ने कहा—''बिना पाए मैं जाऊँगा ही नहीं।''

तब मगधराज ने मन्त्रियों से परामर्श किया और दूत को सूचित किया—''व्यापारियों के किसी बड़े कुल को चलाना धरती को चलाने की भाँति मुश्किल और भारी है, किसी कुलपति वणिक से सलाह करके आखिरी बार बात कहूँगा।''

राजा ने मेरे बाप को बुलाकर पूछा—''भैया, कोसलराज एक धनी सेठ को ले जाकर अपने यहाँ बसाना चाहता हैं, जाओगे?''

''आपका हुक्म होगा तो जाऊँगा देव!''

''तो जाओ, इन्तजाम करो।''

''अच्छा देव!''

मेरा बाप जाने की तैयारियाँ करने लगा। हमें अपनी चिरपरिचित भूमि को छोड़ना अच्छा नहीं लगा। लेकिन बाबू ने घर में सभी को समझाया—''अपने राजा की इज्जत का सवाल है, और सो भी, जाना न जाना या फिर वापस आ जाना हमारी अपनी मर्जी पर है। तो हर्ज ही क्या, हमें चलना चाहिए।''

बिम्बिसार और प्रसेनजित एक दूसरे के बहनोई होते थे। धनंजय सेठ हमारे

यहाँ आने को तैयार हैं, यह सुनकर कोसलराज खुद राजगिर आया और बहुत आदर-सत्कार से हमें ले चला। घरेलू सामानों से लदी सैकड़ों गाड़ियाँ हमारे पीछे थीं। हम आगे-आगे चल रहे थे—रथों पर। अपने लाव-लश्कर के साथ राजा भी साथ चल रहा था।

दूसरे पड़ाव पर मेरे बाप ने राजा से पूछा—"देव, यह किसकी सीमा के अन्दर है ?"

"अपनी"—प्रसेनजित ने जवाब दिया।

"यहाँ से श्रावस्ती कितनी दूर है ?"

"सात योजन (अट्ठाईस कोस)।"

तिस पर बाबू ने कहा—"नगर में भीड़-भाड़ अधिक होती है, हमारे स्वजन-परिजन कम नहीं हैं। दास-दासियाँ भी कम नहीं हैं। यदि देव, तुम्हारी आज्ञा हो तो हम यहीं बसें।"

"अच्छा, गृहपति! जैसी तुम्हारी मर्जी।"

फिर अपने एक आमात्य को हमारे बसने-बसाने का भार देकर राजा श्रावस्ती चला गया।

सरयू नदी के किनारे हमारी वह बस्ती बहुत जल्दी ही तैयार हो गयी। बस्ती क्या, नगर ही न कहिए। हमारा यह नया नगर साकेत के करीब ही पड़ता था।

दो

श्रावस्ती का सेठ मृगार अपने पुत्र पूर्ण वर्द्धन को जवान देखकर उसकी सगाई के लिए लड़की ढूँढ़वा रहा था। उसके आदमी साकेत पहुँचे।

उस दिन मैं अपनी सहेलियों के साथ एक तालाब में जलकेलि करने गयी थी। मृगार सेठ के आदमी नगर के अन्दर अपनी पसन्द की लड़की न पाकर बाहर खड़े थे—तालाब के पास। एकाएक जोर का पानी बरसने लगा। मेरी सहेलियाँ कपड़े बदल-बदलकर भागने लगीं। उनमें से एक भी मृगार सेठ के आदमियों को पसन्द न आई।

मैं सबसे पीछे थी। मुझे मेघ बरसने की परवाह नहीं थी। मुझे इत्मीनान से चली जाते देखकर सेठ के आदमियों ने सोचा—"खूबसूरत तो खैर और भी मिल जाएँगी, मगर बोल न जाने इस लड़की का कैसा है ? कदाचित् कर्कशा निकली तो..."

''बेटी''—उनमें से एक ने मुझे टोका—''बुढ़िया जैसी लगती है तू!''

''क्यों? क्या देखकर ऐसा कहते हो चाचा?''—मैंने पूछा।

उस आदमी ने कहा—''तेरी सहेलियाँ भीगने के डर से कूदती-फाँदती शाला (सराय) के अन्दर पहुँच गयीं और तू बुढ़िया की चाल से चल रही है। यह कीमती साड़ी भीगकर खराब हो जाएगी, इस बात की भी तुझे पर्वाह नहीं है। बिगड़ा हुआ हाथी या घोड़ा पीछा करे तो क्या करेगी?''

मैं बोली—''अजी, रहने भी दो। साड़ियों की कमी हमारे यहाँ नहीं है, जितनी चाहो दिलवा दूँ। धीरे-धीरे तो मैं इसलिए चल रही हूँ कि ठेस न लग जाय, गिर न पड़ूँ, हाथ-पैर न टूट जाएँ। सयानी लड़कियाँ बिकाऊ बर्तन की तरह होती हैं। जिनका अंग-भंग हो गया, ऐसी स्त्री से लोग घृणा करते हैं। उसको ग्रहण करने के लिए मुश्किल से ही कोई तैयार होता है।''

यह सुनकर वे चुप हो गये। उनके चेहरे पर प्रसन्नता के भाव झलक आए। उनमें से किसी ने मेरी ओर माला फेंकी। वह माला ठीक मेरे गले में पड़ गयी। मैं विनम्र होकर वहीं की वहीं भूमि पर बैठ गयी; क्योंकि अब मेरी सगाई हो चुकी थी। अब मैं परिगृहीत थी।

मुझे वहीं कनात से घेर दिया गया। अपनी सहेलियों के साथ तब मैं घर पहुँची। सेठ के आदमी भी हमारे घर पहुँचे। मेरे बाप ने उनसे पूछा—''भाइयों, कहाँ के रहने वाले हो?''

''हम श्रावस्ती रहते हैं, मृगार सेठ के आदमी हैं। तुम्हारे घर में सायानी लड़की है, इसी से सेठ ने हमें भेजा है।''

''अच्छा, तुम्हारा सेठ धन में हमसे जरा ही दब है; लेकिन जाति में बराबर है। सब तरह से बराबर का मिलना तो मुश्किल ही है। जाओ, अपने सेठ को हमारी मंजूरी दे दो।''

मृगार सेठ को यह सब सुनकर बड़ी खुशी हुई। बरात की तैयारियाँ होने लगीं। सेठ स्वयं राजा को निमन्त्रण दे आया। राजा ने बारात में शामिल होने की बात मंजूर कर ली।

मेरा बाप आगे बढ़कर राजा को लिवा ले आया। बारात के लिए ठहरने और खाने-पीने का प्रबन्ध अपूर्व था। सभी ने मेरे पिता की मुक्त कंठ से प्रशंसा की। विवाह का महोत्सव कई दिनों तक चलता रहा। कोसलराज ने मेरे पिता को कहला भेजा—''चिरकाल तक सेठ हमारा इन्तजाम नहीं कर सकते, लड़की की बिदाई का मुहूर्त निश्चित करें।''

जवाब में मेरे बाप ने कहला भेजा—''बरसात की शुरुआत है, यह चौमासा अब यहीं बितावें। आप लोगों का सारा भार मेरे ऊपर। कोई खास तकलीफ हो

तो बतलाने की कृपा करें। आए हैं अपने मन से, परन्तु जाएँगे तब, जब हमारा मन होगा।''

राजा के लगातार मौजूद रहने से साकेत नगर ऐसा लगता था, मानो वह कोई नित्य-उत्सववाली दुनिया हो।

इस प्रकार तीन मास व्यतीत हुए। मेरी 'महालता' आभूषण तब तक भी तैयार नहीं हो सकता था। एक दिन कारपरदाज आकर बोले—''मालिक और सब तो ठीक है, मगर जलाने की लकड़ी घट गयी है।''

मेरे बाप ने कहा—''जाओ, हस्तिशाला, अश्वशाला, गोशला काफी हैं, उन्हें उजाड़कर जलाओ। इससे भी पूरा न पड़े, तो गोदाम खोलकर मर्जी मुताबिक मोटे कपड़े ले लेना, तेल के मटके निकाल लेना। तेल में भिगो-भिगोकर कपड़े जलाना।''

इस तरह चौमासा पूरा हुआ। तब तक मेरी 'महालता' तैयार हो चुकी थी। कल मैं विदा होऊँगी, तो आज पिता ने पास बैठकर मुझसे कहा—''बेटी, अब तू अपने घर जाती है। हम तेरे लिए पराए बन जाएँगे, सास-ससुर, पति-देवर, यही लोग अब तेरे स्वजन होंगे...।''

मेरा ससुर, मृगार सेठ, अन्दर लेटा हुआ था। ये बातें उसके भी कान में जा रही थीं। मेरे पिता ने कहना जारी रखा—''बेटी, ससुराल में रहते समय इन दस बातों पर ख्याल रखना—

1. भीतर की आग बाहर न ले जाना। 2. बाहर की आग भीतर न ले आना। 3. देनेवाले को देना। 4. न देनेवाले को नहीं देना। 5. नहीं देनेवाले को भी देना। 6. इत्मीनान से बैठना। 7. इत्मीनान से खाना। 8. इत्मीनान से लेटना। 9. अग्नि की परिचर्या करना। 10. भीतर के देवताओं को नमस्कार करना।''

इतना कहकर उसने मेरे माथे और पीठ पर हाथ फेरा; फिर जाति-बिरादरीवालों को इकट्ठा करके उनमें से आठ पंचों को बुलाकर पास बैठाया। वहाँ मेरा ससुर भी मौजूद था। मेरे बाप ने पंचों से कहा—''श्वसुर-कुल में जाकर यदि मेरी लड़की कुछ अपराध करे या उस पर किसी प्रकार के अभियोग कोई लगाए तो भाइयो, उसका फैसला तुम्हीं लोग करना।''

नौ करोड़ अशर्फियों की लागत में 'महालता' तैयार हुई थी। बिदा होते समय यह कीमती आभूषण माँ ने आकर मुझे पहना दिया। प्रसाधन और शृंगार की सामग्री के लिए चौदह सौ गाड़ी धन, पाँच सौ दास, पाँच सौ दासियाँ, ऊँची नस्ल की पाँच सौ घोड़े-घोड़ियाँ, और भी बहुत सारी चीजें माँ-बाप ने मेरे साथ कर दीं। बारात में जो गये थे, उनमें से प्रत्येक को पाँच-पाँच हजार का दुशाला और एक-एक जोड़ी रेशमी धोती दी गयी। मेरे ससुर का औरों से दुगुना सत्कार

हुआ था। कोसलराज को वलय, कुंडल, केयूर, ग्रैवेयक (गले की चकती), हार और उष्णीष भी मिले थे। उन्हें और वस्तुओं के अलावा दो बड़े-बड़े हाथी भी मिले थे। मेरे पति को परिधान, आभूषण, ओछावन, यान, वाहन आदि सभी चीजें अलग से मिली थीं।

तीन

ढँके यान में नहीं, खुले रथ में बैठकर मैंने श्रावस्ती में प्रवेश किया। 'महालता' देखकर लोग कहते—"धनंजय सेठ की लड़की विशाखा जैसी स्वयं है, वैसा ही इसका यह आभूषण! वाह रे, सौभाग्य!"

अपने पितृकुल के महान् ऐश्वर्य का प्रदर्शन करती हुई मैं श्वसुर-कुल में प्रविष्ट हुई। अगले दिन लोगों ने अपनी-अपनी शक्ति और सुविधा के अनुसार मेरे लिए उपायन भेजे। उन वस्तुओं को देखकर मैं करती ही क्या? नगर-भर में बायना बँटवा दिया।

हाँ, एक बात तो भूल ही गयी मैं! जिस दिन अपनी ससुराल में मैंने प्रवेश किया, उसी रात अच्छी नस्ल की एक सिंधी घोड़ी को प्रसव-वेदना हुई। दंडदीपिका (मशाल) जलवाकर दासियों के साथ मैं स्वयं घुड़सार गयी। प्रसव के बाद गर्म पानी से घोड़ी को नहलवाया, तेल से मालिश करवाया, फिर आकर सो रही।

अपने लड़के की शादी के उछाह में सेठ ने सात दिनों तक उत्सव मनाया।

सातवें दिन साधुओं का भंडारा था। ससुर ने मुझे कहला भेजा—"बेटी, ये वीतराग और पहुँचे हुए सन्तजन कहाँ मिलेंगे? आओ, इनके दर्शन कर लो।"

मैं हुलसी हुई बाहर गयी। मकान के बाहरी खंड में देखा, नंग-धड़ंग साधु खाना खा रहे हैं। देखते ही मुझे उनसे घृणा हो गयी। यह भी क्या साधुता है! इन्हें और कोई मिला ही नहीं, नंगों की जमात को जिमा रहे हैं!

अपने ससुर पर मुझे गुस्सा आया कि इन निर्लज्जों के पास बुलाया ही क्योंकर। उलटे पैर मैं अन्तःपुर लौट आई। मुझे लौटती देखकर नग्न श्रमणों ने सेठ को धिक्कारा—"गृहपति, क्या कोई और लड़की तुम्हें नहीं मिली जो इस कुलच्छनी को उठा लाए हो? निकालो इसे घर से नहीं तो फिर कभी हम यहाँ पैर नहीं देंगे।"

मेरे ससुर ने अपने बत्तीसों दाँत निपोर दिए। उसने सोचा—यह बहुत बड़े घर की लड़की है, इन साधुओं के कहने से तो इसको निकाल सकते नहीं।

फिर दोनों हाथ जोड़कर सेठ बोला—"आचार्यो, जान में चाहे अनजान में बच्चे जो कुछ कर गुजरे, उसे माफ करना ही पड़ेगा।"

तब उनका क्रोध शान्त हुआ। खा-पीकर वे विदा हुए।

चार

सोने की कलछी से परोसी गयी खीर सोने की थाली में सेठ खा रहा था। वह बड़े आसन पर बैठा हुआ था। ठीक उसी समय एक स्थविर भिक्षु भिक्षा के लिए वहाँ आए। चिथड़ों से सिला चीवर उनके बदन पर था। हाथ में काठ का बना भिक्षापात्र था।

वह बहुत देर तक उसी भाँति खड़े रहे। मेरे ससुर ने उधर ताका तक नहीं। तब मुझसे नहीं रहा गया। मैं बोली—"आगे जाइए भन्ते, मेरा ससुर अभी मुँह नीचा किए खीर खा रहा है। वह अपना पुराना खा रहा है!"

यह सुनते ही खीर पर से उसने हाथ खींच लिया। दासी से कहा—"ले जाओ, मैं नहीं खाता। और इसे भी निकालो घर से। यह मुझे अशुचि-भोजी कह रही है।"

मगर उस घर में जितने नौकर-चाकर थे, इतने ही दिनों में वे मेरे अधीन हो चुके थे। हाथ और पैर पकड़ना तो दूर, कोई कुछ बोल तक नहीं सकता था। मैंने ससुर से कहा—'तात, इतने-भर से तो मैं निकलती नहीं। पनघट से पकड़कर लाई गयी लौंड़ी होती, तो डर भी जाती। जीते माता-पिता की कन्याएँ इतनी आसानी से नहीं निकला करतीं। इसके लिए तुम्हें हमारे मायके के उन पंचों को बुलाना पड़ेगा। वे अगर मुझे अपराधी करार दें तो मैं चली जाऊँगी।"

पंच बुलाए गये। उन्होंने मुझसे पूछा—"क्यों अपने ससुर को अशुचि-भोजी कहा तुमने?"

मैं बोली—"कहने का मतलब मेरा यह कहाँ था? मैंने तो सिर्फ इतना ही कहा था कि पुराना खा रहा है मेरा ससुर, यानी पुराने पुण्य का फल खा रहा है। इस जन्म में उसे नया पुण्य नहीं करना है। ऐसा भी मैंने इसलिए कहा था कि एक बूढ़े भिक्षु को सेठ ने भिक्षा नहीं दी।"

इस पर पंचों ने मुझे निर्दोष प्रमाणित किया। तब मेरे ससुर ने मुझ पर दूसरा अभियोग लगाया कि यह जिस दिन आई, उसी रात किसी और जगह चली गयी। घोड़ी ब्याने की बात सुनकर पंचों ने इस अभियोग से भी मुझे बरी कर दिया; बल्कि जोर देकर उन लोगों ने सेठ से कहा—"भाई, हद कर दी तुमने भी! हमारी लड़की आते ही तुम्हारे यहाँ ऐसा काम करने गयी, जैसा नौकर-चाकर भी करते हिचकिचाएगा। अब उलटे तुम इस पर कीचड़ उछालते हो!"

तब भी मेरा सुर चुप नहीं हुआ। पंचों से उसने कहा कि विदा होने के दिन उस लड़की को बाप ने जो उपदेश दिए, उनसे मैं तो तबाह हो जाऊँगा।

मुझे अपने ससुर की नासमझी पर भीतर ही भीतर हँसी आयी। कितनी सीधी बात, और यह बेचारा समझ नहीं पाया! मैंने पंचों से कहा कि बाहर और

भीतर की आग का अभिप्राय है, बाहरी और घरेलू झगड़े से। यह कुलवधू का काम नहीं है कि घर की कलह बाहर फैलाये और बाहर की कलह घर में ले आवे। देनेवाले को देना और न देनेवाले को नहीं देना, यह भी कोई रहस्य की बात नहीं कही मेरे बाप ने। न देनेवालों को भी देना ही होता है। अतिथि, ब्राह्मण, और साधु-सन्त इसी वर्ग में आते हैं। इत्मीनान से बैठने, खाने, लेटने का मतलब यह है कि गुरुजनों को खिला-पिलाकर, उनकी सारी परिचर्या करके तब कहीं जाकर कुलवधू को बैठना, खाना और लेटना चाहिए। अन्यथा कई प्रकार की गड़बड़ी हो सकती है। अग्नि की परिचर्या से आशय था सास-ससुर आदि श्रेष्ठजनों की सेवा सुश्रूषा का। देवताओं से अभिप्राय था साधु-सन्त का। अब आप ही लोग बतलावें, मेरे बाप ने कौन-सा बुरा उपदेश दिया था?

पंचों ने कहा—"बोलो सेठ, हमारी लड़की का और भी कोई कसूर है?"

मेरा ससुर सिर नीचा किए हुए बैठा रहा। उसके मुँह से एक भी बोल नहीं फूट रहा था।

"बोलते क्यों नहीं"—पंचों ने जोर देकर पूछा।

वह आहिस्ते से बोला—"नहीं आर्यों, नहीं।"

"तो नाहक ही बेचारी को घर से क्यों निकालते थे।"

सेठ मानो गूँगा-बहरा बन गया था। अब मेरी बारी आई। मैंने कहा—"आते समय माँ-बाप ने मुझे तुम लोगों के सुपुर्द किया था कि लड़की के बुरे-भले की निगरानी रखना और यह बिना कसूर मुझे अपने यहाँ से निकाल रहा था। खैर, अभियोग तो सारे बेबुनियाद निकले। लेकिन अब मैं छन-भर भी इस घर में नहीं रहूँगी।"

दास-दासी जन नजदीक ही खड़े थे। उनसे कहा—"सवारियाँ तैयार करो।"

फिर उन पंचों की बाँह पकड़कर सेठ ने कहा—"उम्म, अनजाने कहा था। मुझे क्षमा कर।"

"क्षमा करती हूँ तात"—मैंने कहा—"मगर भगवान् बुद्ध के प्रति अत्यन्त अनुरक्त कुल की मैं लड़की ठहरी, हम तथागत के भिक्षु-संघ की सेवा किए बगैर रह नहीं सकती। यदि अपनी रुचि अनुसार बुद्ध और उनके भिक्षु-संघ की सेवा-सुश्रुषा करने पाऊँ तो रहूँगी।"

सेठ ने मंजूर किया।

कुछ ही महीने बाद मुझे अवसर मिला बुद्ध और भिक्षु-संघ को आमन्त्रित करने का। उस दिन कनात की आड़ से मेरे ससुर ने भगवान का उपदेश सुना और प्रभावित होकर उपासक बन गया। तब मुझे उसने कहा—"बेटी, आज से तुम मेरी माता हो।"

और तभी से लोग मुझे मृगर माता कहते आए हैं।

श्रावस्ती के दक्खिन सेठ अनाथपिंडक ने जेतवन में बहुत बड़ा एक विहार बनवाया है। नगर के पूरब ओर जो विहार है, वह मेरा बनवाया हुआ है। भगवान जब यहाँ रहते थे तो कभी अनाथपिंडक के यहाँ से और कभी हमारे यहाँ से भिक्षा ले जाते। उन सम्यक् सम्बुद्ध तथागत भगवान की मुझ पर अपरिसीम करुणा थी। भिक्षु-संघ के लिए एक महाविहार बनवाने की मेरी अभिलाषा थी। तथागत ने मेरी बात मान ली। इसके लिए मुझे थोड़ी-सी चतुरता का सहारा लेना पड़ा।

एक दिन जान-बूझकर मैं अपनी महालता जेतवान में भूल आई। गयी थी उपदेश सुनने। वापस आकर दासी से कहा—"महालता भूल आई हूँ, जरा लेती आओ। परन्तु स्थविर आनन्द ने यदि अपने हाथ से उठाकर उसे कहीं रख दिया हो तो मत लाना। भिक्षु की स्पर्श की हुई फिर गृहस्थ को नहीं लेनी चाहिए।"

मेरा अन्दाज सही निकला। मगर फिर उसे मैंने मँगवा लिया कि भिक्षुओं को इतने महामूल्य आभूषण की हिफाजत में दिक्कत उठानी पड़ेगी। चाहती थी कि कोई इसे खरीद ले; पर नौ करोड़ अशर्फी देने को श्रावस्ती में कौन तैयार था? मैंने तथागत से सारी बात कही। नौ करोड़ की लागत से नगर के पूरबी दरवाजे के पास यह महाविहार बना और महालता अब भी मेरे पास है।

भिक्षुओं और भिक्षुणियों का जीवन मुझे इतना कठोर और अव्यवस्थित प्रतीत हुआ कि तथागत से एक दिन इस सम्बन्ध में अपनी कुछ बातें मैं मनवाकर ही रही। कपड़े के अभाव में भिक्षु नहाते कम थे। बरसात में नंगा नहाते थे। यह बात मुझे अपनी दासी से मालूम हुई थी। नंगापन से अपने को बेहद नफरत है। मैंने तथागत से कहा कि बरसात के दिनों के लिए एक-एक अतिरिक्त अंतर्वासक (पंचहत्थी धोती या लुंगी) भिक्षुओं के लिए मैं संघ को दिया करूँगी। आगन्तुक भिक्षुओं के लिए भिक्षा भी नियमित रूप से मैं ही दूँगी। वे बेचारे आते हैं, थके-माँदे ही उन्हें श्रावस्ती की गलियों में भिक्षा के लिए भटकना पड़ता है। दो-चार दिन या दस-पाँच दिन मेरे यहाँ से भिक्षा पाकर वे फिर यहाँ की गलियों से वाकिफ हो जाएँगे।

बीमार और उनके परिचारक भिक्षुकों के लिए अन्न-पेय, दवा-दारू या उपयोगी वस्तुओं की जिम्मेदारी भी मैंने ली, क्योंकि इस दृष्टि से भी संघ का बुरा हाल था। भिक्षुणियाँ वेश्याओं के साथ एक ही घाट पर नंगी नहाती थीं। वे भिक्षुणियों को ताना मारती थीं—"मौज करो आर्याओ, नंगी नहाओ और वन-उपवन में जाकर पुरुषों के साथ स्वैरविहार भी करो। बुढ़ापे में थोड़ा-बहुत धर्म कर लेना! अभी क्या पड़ा है।" दासियों के मुँह से सुनते-सुनते मैं अपने आप ही लज्जित हो जाती। आखिर भिक्षुणियों के लिए भी अतिरिक्त साड़ियों का मैंने

इन्तजाम करवाया।

तथागत को किसी बात का आग्रह तो था नहीं। उपयुक्त बातें वह तुरन्त मान लेते थे। सैकड़ों बार मुझे उनकी बातें सुनने का अवसर मिला। कभी आवेश में आकर तथागत को बोलते नहीं सुना। उनका जीवन बहुत ही शान्त, नियमित और स्वाभाविक था।

जब मैं पागल हो गयी तो तथागत ने तरह-तरह की उपमाएँ देकर मुझे स्वस्थ किया था। मैंने बड़ी कोशिश की कि अपने पति और पुत्र को बुद्ध के प्रति अनुरक्त करूँ। परन्तु पूर्व जन्म के प्रत्यवाय से वे इस महामानव की ओर आकृष्ट नहीं हो सके। यह घर-बार, यह वैभव मुझे फीका लगता हो तो सो बात नहीं। परन्तु तथागत की करुणामय दृष्टि यदि मुझ पर न पड़ी रहती तो निश्चय ही जीवन मेरे लिए भार स्वरूप हो जाता। भिक्षुणी यदि मैं नहीं हो सकी तो यह मेरी कमजोरी ही है।

अपने दास-दासियों को मैंने कई दफे मुक्त कर दिया है; परन्तु वे लौट-लौटकर फिर यहीं आ जाते हैं। दो दासपुत्रों को पढ़ने के लिए तक्षशिला भेजा था। उनमें से एक चोरी के कारण दंडित होकर भाग आया है। दूसरा, पढ़ने में इतना मन्द निकला कि किसी आचार्य ने उसे वहाँ नहीं रहने दिया। वह आजकल मजदूरी करता है। कुछ दासों को मैं वाणिज्य में लगाना चाहती थी। इसमें भी मुझे कम ही सफलता मिली। दास भिक्षु-संघ में दाखिल नहीं हो सकेंगे, यह नियम तथागत ने बना दिया जरूर; लेकिन मैं तो उन्हें मुक्त करके तब संघ में प्रविष्ट होने को कहती हूँ। जाने क्यों, भिक्षु-संघ की सुविधा उन्हें अपनी ओर आकृष्ट नहीं करती।

(पारिजात, मई, 1947)

ममता

चाची ने खीझकर दो चपतें लगाईं तो बुलो सीधे बैठक की ओर भागा, बाहर।

बैठक भी तो अपनी नहीं थी। किसी की हो, तीन टाँगोंवाले पुराने तख्तपोश पर बैठकर बड़ी देर तक बुलो रोता रहा। दशसाला। समझदार। संजीदा। अपनी उम्र के और लड़कों की अपेक्षा कुछ विलक्षण प्रकृति का। कभी किसी ने बुलो को ऊधम या शोरगुल मचाते नहीं देखा।

सो, अगर ऐसी शराफत भरी थी कूट-कूटकर, तो चाची ने आखिर क्यों

चपतें जड़ दीं बुलो के गाल पर?

कुछ देर बाद अपने आँगन से नरेन्द्र निकला, हाथों से संठी का धनुष और संठी का ही तीर—बैल के नाँद की तरफ निशाना साधकर बोला वह—''उदास क्यों हो यार?''

बुलो चुप ही रहा, नजर उठाकर नरेन्द्र की ओर जरा देख ही लेता—उतना भी नहीं।

क्या बात है आखिर? नरेन्द्र को अचरज लगा—दूसरे रोज, पहले यार ही अपना मुँह खोलता था। मगर आज न वह कुछ बोला ही और उसके बोलने पर न तो जवाब ही दिया उसने। तनिक माथा हिला देते बाबू साहेब, सो भी नहीं!

बुलो अपने ताऊ के दालान पर बैठा था, लंगड़े तख्तपोश पर।

नरेन्द्र का दालान पूरब था, उत्तर ढोंढ़ाई झा की बगीची। पश्चिम ग्वालों का टोला-मुहल्ला। दक्खिन पड़ता था बुलो-वगैरह का घर-आँगन। बीच में तीन-एक कट्ठा खाली जगह थी। इस जमीन पर सदा से कम उम्रवाले इन छोकरों का अधिकार था। गुल्ली-डंडा, कबड्डी, गेंद, आँख-मचौनी, कोना—क्या खेल नहीं खेला गया होगा छोटे-से इस मैदान में?

आँखों का पानी सूख गया था अब, तो भी बुलो गुमसुम होकर तिन-टँगे तख्तपोश पर बैठा था। ऐसे वक्त नरेन्द्र ने टोक दिया तो कहाँ अच्छा लगा बुलो को! मन ही मन वह बोला—यार, मेरा भी बाप पूरब-पश्चिम कहीं कमाता होता और हर महीने मनीआर्डर भेजता होता तो मैं भी संठी के तीर-कमान लेकर रामलीला के रावण को मारने जाता कि...

माँ की शक्ल-सूरत याद आते ही फिर बुलो का कलेजा फटने लगा। माथा को घुटनों के बीच डालकर बुलो फिर रोने लगा।

करीब आकर नरेन्द्र उसकी पीठ पर हाथ फेरने लगा। थोड़ी देर बाद भारी आवाज में कहा—''तुम्हें मेरी कसम, मत रोओ भाई!''

घुटनों पर से सिर उठाकर बुलो ने धोती के खूँट से अपने आँसू पोंछे और नरेन्द्र से आँखें मिलाकर बोला—''बात-बात में क्यों तू अपनी कसम खाता है? अपनी इस आदत को सुधार!''

''अच्छा, रहने भी दो''—नरेन्द्र ने अपने तीर-कमान दालान के छप्पर में खोंस दिए और बुलो की बाँह पकड़ ली, ''उठो भी भाई, चलो मेरे घर! पलंग पर बैठकर बातें करेंगे।''

आगे बुलो, पीछे नरेन्द्र।

दोनो मित्र चलें।

ऐसा भी कहीं हुआ है! नाहक ही बेचारे के गाल पर मैंने चपतें जड़ दीं!...

पद्मसुन्दरी को पीछे भारी अफसोस हुआ—टूअर लड़के की कहीं ऐसी दुर्गत की जाती है? सो भी क्या तो एक घिसी और बहरी इकन्नी के लिए? हा नारायण!

पद्मसुन्दरी का मन व्याकुल हो उठा, ऐसा व्याकुल हो उठा कि ठढ़िया साग का झोल खराब हो गया—बयार में अजवायन के बदले जीरा डाल दिया, हे भगवान!

बुलो के माँ नहीं है इसी से, नहीं तो किससे घटिया हैं उसके मुँह कान? किसी के वैसी बड़ी-बड़ी आँखें हैं समूचे गाँव-भर में? ओह, ऐसा संस्कारी लड़का...

अपने गुनमन्त जाउत की ओर ध्यान जाते ही गौरव से पद्मसुन्दरी की गर्दन सीधी हो गयी—है किसी का बेटा या जाउत जो मेरे बुलो की बराबरी करे! रमायन कितना अच्छा बाँचता है बबुआ, फर्र-फर्र! अखबार पढ़कर कितनी अच्छी तरह सुनाता है। दरभंगा, पटना, कलकत्ता, बम्बई। समूचे संसार का हालचाल मेरे बुलो को मालूम है। होठ, नाक और कान माँ के जैसे, केश-कपार बाप के-से, औरं बहिना मुझे कितना प्यार करती थी! बाल सँवारने में तो वह कमाल करती थी!

जेठानी—बुलो की माँ—की याद आते ही पद्मसुन्दरी की आँखें इस तरह डबडबा आईं कि कुछ दिखाई नहीं पड़ रहा था।

लोटा में पानी लेकर खाने की जगह सींचने बैठी, सो बैठी ही रह गयी थोड़ी देर तक, मन बड़ा ही विकल हो आया। जेठानी की एक-एक खूबी कान में आकर गनगनाने लगी, वह साकार होकर आँखों के सामने खड़ी हो गयी... बहिना! मैं तुम्हारे पाँव पड़ती हूँ। बहुत ही तंग करती हूँ मैं बुलो को।

खाने की जगह पर जल्दी-जल्दी पानी सींचकर पद्मसुन्दरी ने अपने हाथ-पैर धोए और रसोईघर के अन्दर गयी। पीतल की थाली में भात रखा फलकाकर, काँसे के कटोरे में साग का झोल। कोने में छींके पर टँगी हँड़िया में अचार रखा था, एड़ी उचकाकर तनिक सो भी निकाल लाई, फिर घर से बाहर निकलकर आँगन में खड़ी हुई और पुकारा—"बुलो ऽ ऽ ऽ आ ओ हो ऽ ऽ ऽ... खाना तैयार है ऽ ऽ ऽ...."

सोचा, दालान में ही तो बैठा होगा। फिर पुकारा—"कहाँ गये हो ऽ ऽ ऽ !!!"

कहाँ गया आखिर? बड़ी भूख लगी होगी बेचारे को!

पद्मसुन्दरी ने अपने घर के बरामदे पर खड़ी होकर और एड़ी उचकाकर दालान की ओर देखा, घास-फूल की आदमकद टट्टी को लाँघकर उसकी निगाहें

बाहर पहुँचीं—बैठक सूना पड़ा था! वही झुकी हुई भीत, टूटी कमरवाला वही छप्पर, उस पर लतरी हुई लौकी की वही घनी बेलें और तीन टाँगोंवाला वही तख्तपोश!

कहाँ गया होगा आखिर? नरेन्द्र के साथ तो कहीं नहीं भागा? हाँ, रूपरानी से पूछ आऊँ जाकर।

किवाड़ भेड़कर साँकल चढ़ा दी और पद्मसुन्दरी अपने से निकली, पहुँची रूपरानी के घर। वह उस वक्त बरामदे में बैठकर मडुआ तोल रही थी। नौकरानी टोकरी में मडुआ उठा-उठाकर कोठार के हवाले कर आ रही थी। छोटी बच्ची आँगन में उस ओर तुलसी-चीतरे के पास, पुराने दीयों की तराजू से मिट्टी तौल रही थी।

यह देखकर पद्मसुन्दरी को बड़ी हँसी आई। हँसते-हँसते ही वह बोली—"देखे तो कोई आकर, माँ और बेटी दोनों जनी कैसे भला एक ही काम में पसीना बहा रही हैं!"

बच्ची शरमा गयी, रूपरानी हँस पड़ी। बेटी का तौलना रुक गया, माँ का तौलना चालू ही रहा।

"आओ पद्मसुन्दरी, बैठो"—रूपरानी ने अपना काम जारी रखते हुए ही कहा, नजर थी तराजू की डंडी पर। फिर नौकरानी से कहा—"सुखिया, पीढ़ा लेती आना।"

"नहीं बहिना, अभी बैठूँगी नहीं"—पद्मसुन्दरी बोली—"बुलो तो नहीं आया है इधर? और बुलो का साथी कहाँ गया?"

"क्या पता, कहाँ गया बहतरा!"

रूपरानी मडुआ तौल चुकी थी, तराजू झाड़ते हुए कहा—"ठूँस-ठाँसकर खा लिया है और अभी जो निकला है सो फिर शाम को ही अपना चेहरा दिखलाएगा! परदेश से बाप लिखता रहता है कि बबुआ ऐसा पढ़े और बबुआ वैसा पढ़े! मगर यहाँ बबुआ की चूतड़ में ही केवाँछ लगा रहता है! परेशान कर रखा है छोकरे ने!"

जरा रुककर फिर बोली—"आज कहाँ देखा है बुलो को? वह तो कहीं जाता है तो तुम्हें बिना बताए थोड़े जाता है?"

"नहीं बहिना!"

पद्मसुन्दरी का गला भर आया, वह बोली—"रूठकर कहीं चला गया है बुलो मेरा!"

तब तक सुखिया पीढ़ा ले आई थी ओर नजदीक में रख दिया था। उसे अलग ठेलते हुए पद्मसुन्दरी ने कहा—"रहने दो बहिना, किससे कहूँ जाकर कि

बुलो को ढूँढ़ लाए? तुम्हारा चरवाहा कहाँ गया है? घास लाने?''

''दुर! उसकी भी तुमने खूब कही! पोखर के भिंडे पर बरगद की छाँह में बैठकर कौड़ी भाँजता होगा कोढ़िया! आए तो आज, पीठ फोड़ दूँगी।''

पद्मसुन्दरी रूपरानी के आँगन से बाहर निकली तो पैर भारी हो आए, एक-एक में मानो पाँच-पाँच पसेरी का वजन हो! सोचा उसने—न जाने, कौन-सा भूत आज मेरे जूड़े में घुस आया था! बहारी-घिसी इकन्नी को बेचारे ने तीन पैसे में चलाया। पैसे का दो कटहल-कोआ लेकर खाया, दो पैसे का नमक लाया। बाजार जाते वक्त मैंने कहा था, बबुआ पैसे की काली मिर्च जरूर लाना। शाम को बाजार से लौटा तो बोला, नहीं याद रहा चाची! मैंने डाँटा तो कुछ नहीं बोला। किस मुँह से क्या बोलते बाबू साहेब! नाक-गाल पर फुन्सी और किससे निकलती है? यह रोग बुलो को ही तो है! आज जब नहाकर आया तो मैं बोली—कटहल ही तो नहीं खा गये कल दोनों पैसे का? इस पर माथा हिलाकर बोला—नहीं चाची, नहीं! तुम से भी भला बहानेबाजी करूँगा? तब न जाने कौन-सा भूत मेरे मुँह में आकर बकने लगा—तू झूठा बुलो, तेरा बाप झूठा और तेरी...। इस पर छोकरे ने गाल फुलाकर कहा—कह जाओ चाची, कह जाओ, जरूर कहो! माँ को ही क्यों छोड़ दोगी? मेरी कसम तुम्हें, अगर अधूरी बात को पूरी न करो।

इस बात पर मैंने उसे दो चपतें लगाईं। नन्हा सा छोकरा, उसके पेट में भला इतना जहर! लगाई गालों पर एक-एक चपत—अकिल तो दुरुस्त हो ही गयी होगी बच्चू की!

फिर पद्मसुन्दरी को लगा कि बुलो जैसे संजीदा लड़के पर हाथ चलाकर कौन-सी बड़ी बहादुरी की आखिर उसने। किस तरह सिर झुकाए लड़का आँगन से बाहर निकल गया, उलटकर कुछ भी नहीं कहा।

बुलो और नरेन्द्र पैर दबाकर आहिस्ते-आहिस्ते आँगन में आए थे। नरेन्द्र की माँ उस वक्त रसोईघर में बैठकर खाना खा रही थी। रसोईघर पूरब तरफ था। ये दोनों साथी दक्खिनवाले घर के अन्दर घुसे—नेवले की तरह चौकन्ने।

घर के अन्दर दो बड़े-बड़े कोठार थे, दो आलमारियाँ थीं, एक बड़ी पलंग थी नेवारवाली। एक कोठार पर पुराना पिटारा रखा था। एक कोठार की गोड़ियों के दरमियान तिरहुति लिपि में लिखी हुई पोथी के खुले लम्बे-लम्बे पन्ने बेतरतीब छितरे पड़े थे। कोने में लवंग और इलायची के नकली पेड़, युगों पहले किसी की ससुराल से आई हुई सौगात का सबूत बनकर विराजमान थे।

पलंग पर बैठते ही बुलो ने नरेन्द्र से कहा—''अपने घर में तो आज खाऊँगा नहीं, भाई तू ही कुछ खिला दे!''

थोड़ी देर चुप रहकर नरेन्द्र बोला—''माँ को सोने दो, तब...''

नरेन्द्र की माँ बड़े बाप की इकलौती थी। लाड़-प्यार और सुख-सुविधा में पली हुई। खाने के बाद, दुपहरिया के वक्त पहर-आधा पहर रूपरानी जरूर सोया करती—प्रलय हो या वज्र गिरे, रूपरानी का यह नियम कभी खंडित नहीं होता।

पद्मसुन्दरी जब रूपरानी से बुलो के बारे में पूछने आई थी तो दोनों लड़के दम साधकर उनकी बातें सुन रहे थे। नरेन्द्र ने फुसफुसाकर बुलो के कान में कहा—"तुम पर तो चाची कभी नहीं नाराज होतीं, मगर मेरी पीठ पर तो तमाचा पड़ता है, झाड़ू भी पड़ती है, मूसल भी पड़ता है! सुनते हो, किस तरह कोस रही है? मानो मैं उसकी सौत का बेटा होऊँ! हाय री कलमुँही..."

बीच में ही बुलो ने अपनी हथेली से नरेन्द्र का मुँह बन्द कर दिया—"यह क्या बकता है तू? माँ और चाची को भी गालियाँ देते हैं कहीं?"

"हूँ, तुम क्या जानने गये?" नरेन्द्र तमतमाकर बोला—"अगर तुम्हें भी ऐसी डपोरशंख माँ मिली होती तो पता लगता।"

"चुप बेवकूफ कहीं का!"—बुलो ने नरेन्द्र को फटकारा। उम्र में डेढ़ साल बड़ा था बुलो, फटकारता नहीं तो क्या! दोस्ती थी तो क्या हुआ, ऊटपटाँग काम करने पर नकेल नहीं खींचता?

मन ही मन बुलो ने सोचा—अब कभी चाची की बात में टोक नहीं देगा। जैसी माँ, वैसी ही चाची। जैसा पिता, वैसा ही चाचा। चाची कितना प्यार करती है! छोटा था तभी से वह उसके लिए बेहाल रहती आई है। सगी सन्तान से बढ़कर चाची बुलो को मानती है—बुलो यह तो बुलो वह! बुलो ऐसे तो बुलो वैसे!

अपने आपसे बुलो ने कहा—थोड़ी देर और अगर मैं चाची के सामने नहीं गया तो उनका कलेजा फट जाएगा। मुझे बिना खिलाए भला वह कैसे कुछ खा लेगी?

"नरेन्द्र!"—बुलो पलँग से उठता हुआ बोला—"रहने दे, गुझिया और गम्हड़ी के चूड़े के लिए जो इतनी देर से मुझे बैठाए हुए है। सो आज अब रहने दे; कल आकर खा जाऊँगा। मैं अब अगर जरा भी देर करूँगा तो चाची अकुलाकर अन्धी हो जाएँगी। छोड़ इस वक्त, मुझे जाने दे।"

"अभी तो रूठकर तुम घर से बाहर निकल आए थे।"—नरेन्द्र को हँसी आ गयी और बुलो चुपचाप निकला, पहुँच गया अपनी चाची के पास!

पद्मसुन्दरी रसोईघर के ओसारे में गाल को हथेली का टेका दिए बैठी थी। बुलो को आते देखा तो हुलसकर बोली—"सूगा! कहाँ लापता हो गया था तू? ढाई

पहर दिन बीता! अब तक भूख नहीं लगी तुझे?''

बुलो खाने बैठा तो चाची बिजली लेकर हवा करने बैठी।

कोई चीज भूल गयी हूँ—पद्मसुन्दरी को लगा। बाईं ओर की लट पर हाथ फेरते-फेरते याद करने की कोशिश में लगी।

बुलो को हरी मिर्च बेहद अच्छी लगती थी। खाने से पहले खुद ही दो-एक हरी मिर्च वह अपनी बगिया से तोड़ लाता, नमक लगा-लगाकर उसे दाँतों से खोंटकर खाया करता। आज मगर यह बात न चाची को याद रही न जाउत को ही।

बुलो की आदत थी परोसन ले-लेकर खाने की। दूसरी बार भात देकर साग का झोल परोसते वक्त बघारवाली हरी मिर्च दिखाई दे गयी तो पद्सुन्दरी को चट से हरी मिर्च का खयाल आ गया।

''ठहर! ठहर!!'' चाची बोली और हरी मिर्च लाने दौड़ गयी।

घर के पिछवाड़े में साग-सब्जी की छोटी-सी बगिया थी। उसके बीचोबीच लौंगिया मिर्च की एक पुरानी झाड़ थी, बुलो के पिता की लगाई हुई। बुलो हमेशा इसी झाड़ से मिर्च तोड़ लाता था। आज मगर उस मिर्च को लेने से छोकरे ने इन्कार कर दिया। बोला—''चाची, आज तुम्हारी लगाई हुई झाड़ की मिर्च खाने का मन करता है।''

चाची दुबारा जाकर मिर्च ले आई तो बुलो को तसल्ली हुई।

मिर्च देकर चुटकी-भर नमक रख दिया थाली में और फिर बिजली झलने लगी।

चाची की ममता में डूबकर बुलो भात, साग का झोल और नमक छुआकर वह हरी मिर्च खाने लगा। खाने की इन चीजों में आज उसे अनूठा स्वाद मिल रहा था।

(योगी, 5 नवम्बर, 1952)

आसमान में चन्दा तैरे

पद्मानन्द आखिर दूसरी दफ़े भी फेल हो गया।

सालियों और सालों से भरे-पूरे परिवार में ब्याह हुआ था। पत्नी सातवीं श्रेणी तक पढ़ी-लिखी थी। ससुर जिला स्कूल में गणित के शिक्षक थे। बाप काश्तकार और मामा डिवीजनल टाउन के प्रमुख संवाददाता।

बुद्धि मन्द नहीं थी, लेकिन अकेली बुद्धि ही बेचारी क्या करती? जमकर पढ़े नहीं तो छात्र क्या?

कोशी के पूर्वी क्षेत्रवाले अपने इलाके के एक हाईस्कूल से मैट्रिक कर लेने के बाद पद्मानन्द इस कॉलेज में आया था। खूबसूरती, गले की मिठास और कवित्व शक्ति उसे विद्यार्थियों की आम जमात से बाहर ले आई। वह कवियों के पीछे-पीछे दिखाई देने लगा।

लीलाधर स्वयं एक अच्छे कवि थे और किशोरी पर उनकी खास कृपा रहती थी। नयी पीढ़ी का जो भी खूबसूरत प्रतिभाशाली रहनुमाई के लिए उनसे एक बार मिलता था, बढ़िया-सा एक उपनाम पाकर निहाल हो जाता था।

और पद्मानन्द को तो लीलाधर जी ने अपनी भंग भवानी का भी उपासक बना लिया था।

आई.ए. के प्रथम वर्ष में यह नवीन कलाकार सात कवि-सम्मेलनों में शामिल हुआ; द्वितीय वर्ष उसने चौंतीस उत्सवों में कविता-पाठ किए। बी.ए. प्रथम वर्ष में रहते समय वह बावन जगहों में गा आया और चौथे वर्ष में यह संख्या सत्तर को पार कर गयी।

कवि लीलाधर की राय थी कि मनोरंजन के पुराने उपादान अब फीके पड़ गये हैं, मनोरंजन का सबसे ताजा और नया साधन यह कवि-सम्मेलन ही तो है। आए दिन मिनिस्टर गण सांस्कृतिक सम्मेलनों का उद्‌घाटन और सभापतित्व करते ही रहते हैं, परन्तु इन आयोजनों में चार चाँद तभी लगते हैं जब चार-छै कवियों का सहयोग मिलता है... और सिनेमा? कै जने देख पाते हैं सिनेमा?

लीलाधर दरअसल अपने नगर के नौसिखुआ कवियों के मेट थे। पुस्तकालय संघ, आर्य समाज, मारवाड़ी सभा, मैथिल सभा, काँग्रेस कमिटी, प्रजा सोशलिस्ट पार्टी, जनसंघ, रामराज परिषद् आदि संस्थाओं के थाना-सम्मेलन, डिवीजनल सम्मेलन, जिला सम्मेलन होते रहते थे। सूबा-साहित्यिकारों में से एक आध को बुला लिया तो बुला लिया, वर्ना लीलाधर जी की मंडली को ही आयोजक याद करते थे। इंटर का किराया और दस-दस, पाँच-पाँच की विदाई... चाय, मुख्तसर नमकीन और मिठाइयाँ, मध्यकोटि का भोजन पान-सिगरेट... एक-एक मामूली माला... बस! वह हँसते-गुदगुदाते तीसरे दर्जे में ही बछेड़ों को ले जाते और वापस भी आते उसी तरह।

विदाई की रकम में से दसवाँ और कभी-कभी पाँचवाँ हिस्सा उन्हें 'जलपान' के लिए देते थे। जगह-जगह का पानी कलाकारों का गला खराब करता तो 'पेप्स' की शीशियाँ खरीदते, रात को दही नहीं खाने देते थे। बड़ा खयाल रहता था लीलाधरजी को अपनी जमात का!

मगर दूसरी बार भी पद्मानन्द फेल हुआ, तो उसके अभिभावक चौंक उठे।

साथियों को पहले से ही पता था। अंग्रेजी में कमजोर, हिन्दी में कमजोर, इसमें कमजोर, उसमें कमजोर! यों हिन्दी अच्छी लिखता था, अंग्रेजी में भी पहले काफी नम्बर उठते थे, लेकिन अभ्यास की कमी गुड़ को गोबर कर रही थी।

कान्ता, पत्नी, अफसोस में पड़ गई कि लोग पद्मानन्द की असफलताओं के लिए उसे ही जिम्मेवार ठहराएँगे।

रात के समय एकान्त पाकर उसने कहा—यह क्या हो गया?

पद्मानन्द की उँगलियाँ कान्ता की उँगलियों में गुथी हुई थीं, इस जिज्ञासा की कड़वी-कसैली भाफ ने उनके कर-कमलों की मनोरम पंखरियों को मानो झुलसा दिया। और वे अलग-अलग हो गयी।

लेकिन वह बोला नहीं कुछ।

कान्ता ने पति की आँखों में आँखें डाल दीं।

पद्मानन्द की आँखें दृष्टिशून्य थीं, मन कहीं और गोता लगा चुका था। हाथ ढीले पड़े थे।

उसकी यह दशा देखकर कान्ता सहम गयी।

कुछ देर गाल से गाल सटाए रही, फिर स्नेहसिक्त शब्दों में कहा—तुम्हें किसने क्या कहा है?

अब भी किशोर कवि का मौन अखंडित रहा।

—मेरी कसम!—वह गोद में पड़ गयी।

—बताऊँ?

—कहो!

—नाराज तो न हो जाओगी?

—उँहुँक!

अब पद्मानन्द खुलकर बोला—जब से रिजल्ट निकला है, मैं सोचता हूँ कि...

ठुड्डी छूकर कान्ता ने कहा—बोलो न, रुक क्यों गये?

—सोचता हूँ कि मैं तुम्हारे लायक नहीं था।

उसने बिजली की फुर्ती से पति के मुँह पर हाथ रख दिया और उठ बैठी। कुछ कहा नहीं, सिर्फ देखती-भर रही। दृष्टि बड़ी बेधक थी वह।

पद्मानन्द का साहस नहीं हुआ कि उन निगाहों को बर्दाश्त कर ले जाय।

कान्ता ने कहा—ऐसे नहीं, यों...

पति की नजरों से लैन्स को उसने अपनी आँखों के आमने-सामने किया—हाँ, यों... मेरी ओर ताकते रहो! समझे?

अपराधी की मुद्रा में पद्मानन्द कान्ता की तरफ देखता रहा।

उसके दोनों कन्धों पर अपने दोनों हाथ रखती हुई वह बोली—पास नहीं करोगे, मैं जानती थी। पर इसका मतलब यह नहीं कि तुम्हें हिकारत की निगाहों से देखती हूँ। तुम नहीं तो और कौन मेरे लायक होगा?

कान्ता की बड़ी-बड़ी आँखों में आस्थासूचक प्रश्न तैर रहा था। कुछ क्षण बाद उसने कहा—गुरुजी-गुरुजी कहकर रात-दिन जिनकी पूजा करते हो, उनको तुम्हारे फेल होने का रत्ती-भर भी दुख नहीं हुआ होगा, मैं यह भी जानती थी।

दो रोज बाद ही फिर किसी कवि-सम्मेलन में उसे जाना था। यह बात पद्मानन्द अभी हजम कर गया। उलटे, अपने कवि गुरु श्री लीलाधर की तरफदारी करने लगा—नहीं, उन्होंने तो एक जून खाना भी नहीं खाया! तुम कहती क्या हो?

भौंहें तानकर नजरें नचाकर और दाएँ पंजे को आधी सर्किल में घुमाकर कान्ता ने कहा—हुँः! खाना तो एक जून नहीं खाया होगा, मुदा लोटा-भर भंग चढ़ाकर दो सेर दही और आधा सेर चीनी जरूर चढ़ा गये होंगे!

पद्मानन्द के पास अब प्रतिवाद के शब्द नहीं थे!

गर्मियों में इस बार वह पटना और कलकत्ता का चक्कर मार आया। रेडियो प्रोग्रामों में नाक घुसेड़ने की कोशिश विफल रही, तो दो-एक दादा साहित्यकारों के यहाँ उठक-बैठक करने लगा। वजन जब चार पाउंड कम हो गया तो घर की तरफ रुख करना ही पड़ा।

पिता और मामा, ससुर और साले, सभी कवि लीलाधर को कोस रहे थे—इतने अच्छे लड़के को चौपट करके छोड़ दिया!

लड़का अपनी किस्मत को कोस रहा था, अपनों में से कोई भी तो मेरी प्रतिभा का सम्मान करता!

गार्जियन ने तीसरी दफा परीक्षा में फिर नहीं बैठने दिया। घरवालों से बिना पूछे ही बबुआ ने गन्धर्व विवाह किया था, लड़कीवाले साफ निकल गये थे। लीलाधर जी को चुपके 100 की नगदी थमा दी थी, क्योंकि नौ तरुण कवियों की रचनाओं का संकलन 'नवरत्न' उन्हें निकालना था। किसी दुष्ट ने चुगली करके पद्मानन्द के मामा को चौकन्ना बना दिया था।

गौने के बाद पद्मानन्द का समय घर पर ही बीतने लगा।

तीन मील पर डाकखाना। बारह मील पर रेलवे स्टेशन और बाजार। चौबीस मील पर सब डिवीजन टाउन।

आठ-दस गीत साप्ताहिक 'सन्मार्ग' में छप चुके थे।

कान्ता इकलौते की बहू थी, सास और ससुर दोनों उसे लक्ष्मी मानते थे। अगले ही जाड़ों में उसकी कोख से लड़का जनमा, तो समूचा घर खुशियों में उतराने लगा।

'दर्पण' की प्रेस-कापी तैयार हो चुकी थी, 250 रुपये चाहिए थे। पद्मानन्द ने अनशन की धमकी दी, तो पत्नी ने पचास नकद और सोने के हल्के-मझोले चार-छै गहने उसके हवाले कर दिए—लो, लेकिन छै महीने के भीतर वापस नहीं किए, तो अम्मा मुझे घर से निकाल बाहर करेंगी।

—तीन ही महीने में वापस कर दूँ, तो?

पति के मुँह को हथेली से मूँदते हुए कान्ता ने कहा—यह कैसी लत लग गयी है बात-बात में कसम खाने की? छीः!

पद्मानन्द सीधे मुजफ्फरपुर पहुँचा। गुरुजी से मुलाकात करता और भूमिका लिखवाता आया था। अपने परिचित सुनार के यहाँ उन्होंने गहने गिरवी रखवा दिए थे। कुल रकम 145) पास में थी।

प्रेसवालों ने 48 पेजी किताब की जो लागत बतलाई, वह इस प्रकार थी—

कागज	36)
छपाई कम्पौजिंग	75)
कवर की डिजाइन	25)
कवर ब्लाक	15)
सिलाई-कटाई	6)
	157

सौ रुपए प्रेसवालों के हवाले करके पद्मानन्द की आधी परेशानी दूर हुई। सरियागंज की एक धर्मशाला में डट गया, तो समूची किताब प्रेस से निकलवाकर ही दम लिया।

कुल रकम चुकता नहीं हो सकी, प्रेसवालों ने 'दर्पण' की 700 प्रतियाँ रोक लीं। कवि जी 300 प्रतियों का अपना बंडल लेकर प्रेस के हाते से बाहर निकले।

अब वितरण की बारी आई।

बाईस प्रतियाँ मुजफ्फरपुर के कवियों-प्रोफेसरों को, 55 दरभंगा के मर्मज्ञों को। 125 प्रतियाँ बाहर भेजी गयीं, पत्र-पत्रिकाओं और विद्वानों के नाम। 25 प्रतियाँ रखकर बाकी माल कई शहरों के बुकसेलरों को उधार थमा दिया गया।

इतना-सा धन्धा तीन महीने पी गया, तो कान्ता चौंक उठी।

उसने तकाजे शुरू किए। गहने सास की नजर से बचाकर दिए थे न! बिक्री से अब तक 7 मात्र आए थे। मगर इससे दुगुनी रकम तो बाहर भेजने का डाक-खर्चा पड़ा था।

पिता और चाचा की कुढ़न के क्या कहने! लड़के से उन्होंने क्या आशा की थी और वह क्या बन रहा था।

लीलाधर जी इधर ग्राम-समाचार के सम्पादक हो गये थे। हर सप्ताह पद्मानन्द का गीत उसमें छपता था। कवि टापू में कैद था। ...टूटे-घिसे टाइपों और घटिया स्याही में छपे वीकली के ये छहपेजी बेचारे के लिए भारी राहत थे। पीछे 'मिथिला-सेवक' भी जाने लगा। रचना के लिए भी माँग आने लगी।

यह सब था, मगर कान्ता नहीं मान रही थी।

किसी तरह दो महीने और कटे।

इसी बीच मुजफ्फरपुर से प्रेसवालों की तीन-चार चिट्ठियाँ आयीं, हमारी रकम भेजिए और अपना माल मँगवा लीजिए। गोदाम की सफाई होने वाली है।

पद्मानन्द की नीद उड़ गयी। चिन्ता प्रेसवालों की उतनी नहीं थी, जितनी कान्ता के गहनों की। अब क्या हो? कविवर लीलाधर खतों में बाकी दस बातों का जवाब लिखते थे, लेकिन इस सवाल पर चुप्पी साधे हुए थे। 'नवरत्न' की योजना के वक्त दी हुई अपनी रकम पद्म वापस चाहता था। गुरुजी ने इस पर स्थितप्रज्ञ की भाषा में लिखा, घबराने से तो काम नहीं बनेगा? सन् 1960 ई. तक यह संकलन अवश्य निकल जाएगा। तब तक तुम लोगों की दस-पाँच अमर रचनाएँ और आ लेती हैं... अभी जल्दी क्या है।

बाहर से कुछ सम्मतियाँ आ पहुँची थीं। सहरसा जाकर मित्रों को पद्म सब सुना आया। कान्ता ने सुना तो जरूर, मगर दिलचस्पी नहीं ली। बेचारी के दिमाग में गहने नाच रहे थे।

प्रकाशन की तारीफ को अब छह महीने हो चुके थे।

आखिर कवि एक रोज निकल पड़ा।

सहरसा और दरभंगा के जिलाबोर्डों के अधिकारी अगर 50-50 प्रतियों का आर्डर दे दें, तो सत्तर-पचहत्तर रुपए निकल आएँगे। दस-बीस की रकम कह-सुनकर बुकसेलरों से ले ली जाएगी। प्रेस का भी हिसाब साफ होगा और बाकी कई काम भी होंगे।

सहरसा अपना जिला ठहरा। अपने जिलाबोर्ड से तो पद्मान्द को काफी उम्मीद थी, लेकिन कई दिनों की प्रतीक्षा के बाद भी चेयरमैन साहब के दर्शन नहीं हो पाए।

फिर वह गाड़ी पकड़कर मानसी जंक्शन की तरफ बढ़ा।

मानसी से ब्रान्च लाइन की ट्रेन से समस्तीपुर। बड़ी भूख लगी थी। कुलबुलाती

आँतों ने मजबूर कर दिया,तो वह प्लेटफार्म पर खाने की कोई चीज ढूँढ़ने लगा।

मर्करी लाइट के डंडों की वजह से रात रात-सी नहीं लग रही थी, नीलाभ ज्योति का वह प्रसार पद्मानन्द को खूब ही मोहक मालूम हुआ। सामान के नाम पर उसके पास छोटा-सा एक बैग और दरी में लिपटा हुआ तकिया-भर था।

इतने में सामने आकर खोमचावाला बैठ गया।

—चना-भाजा!

—चना-भाजा खाइए!

—गरमागरम, झाल, नींबू निचोड़ा हुआ।

पद्म ने भी दो आने का लिया। दो ही मिनट में फाँक-फूँक गया। वाकई, खोमचेवाले ने उस्तादी हाथ पाया था। भूँजे की आठ-दस किस्मों को टिन के छोटे डिब्बे में डाल लेता था। ऊपर से नमक, काली नमक और लाल मिर्चों की बुकनी, अमचूर, सरसों का तेल छोड़कर देर तक डिबे को झकझोरता रहता। इस तरह तैयार चना-भाजा काग़ज़ पर जब गाहक तक पहुँचने लगता, तो ऊपर से नींबू की दस एक बूँदें टपका दी जातीं।

स्वाद के उस विधाता पर कवि निछावर था।

—दो आने का और!

—लीजिए, बाबू!

पेट में थोड़े-से दाने पड़ चुके थे। कवि की चेतना ने अबकी चना-भाजा के साथ ही रद्दी कागज के उस टुकड़े पर छपी पंक्तियों पर गौर फर्माया...

पहली लाइन थी, आसमान में चन्दा तैरे...

पद्मानन्द का माथा ठनका। आर्डर देकर तैयार करवाया हुआ जायकेदार वह भूजा-मिक्स्चर उसे शून्यमय प्रतीकों का कंकड़-टीला-सा लगा।

यह कवि के सद्यः प्रकाशित अपने उसी संकलन 'दर्पण' के 13वें पेज की प्रथम पंक्ति थी!

आखिर जी को उसने कड़ा कर लिया और वहीं धम्म से बैठ गया। चना-भाजा नीचे गिरकर फैल चुका था। तेल और नीबू की बूँदों से भीगी कागज की टुकड़ी पद्म के घुटने पर पड़ी थी। उस पर तिरछे टाइपों में छपी 9 पंक्तियाँ जगमगा रही थीं।

भूख-प्यास काफूर हो गयी थी। स्थान और काल का भेद मिट चुका था। अपनी प्रिय रचना की यह एक-एक लाइन कवि को अंगारों की माला मालूम हो रही थी—

आसमान में चन्दा तैरे
दिल में तेरे रानी

नील कमल की पंखड़ियों पर
ढुल-ढुल तैरे पानी
जाती हो तो सुनती जाओ
सुमुखी, मर्म की बातें
याद रहेंगी अमराई की
चितकबरी ये रातें
—करना माफ कसूर!

मतलब यह कि 'दर्पण' की सात सौ प्रतियाँ मन:पसेरी के भाव कबाड़ी के हाथ बिक चुकी थीं। प्रेसवालों ने अपना गोदान साफ करवा लिया था।

पद्मानन्द को ऐसा लगा कि वह आदमी नहीं है, कूड़ा-कर्कट का चलता-फिरता ढेर है। लीलाधर जैसा धूर्त कुत्ता इस ढेर पर बैठा है। कवि को लगा कि उसका हृदय हृदय नहीं, बल्कि रद्दी कागज की लुग्दी है। इस लुग्दी से कुकुरमुत्ते के अँखुएँ निकलते रहते हैं और लीलधर-जैसा सूअर उन्हें चरता जाता है।

घंटा-भर वह उसी प्रकार मन मारे बैठा रहा।

छुटकारे की तदबीर सोचते-सोचते एकाएक पद्मानन्द का अन्तर्मन भास्वर हो उठा... वह आगे कभी कविता नहीं रचेगा। वह पढ़ाई को फिर से चालू करेगा। वह भूलकर भी अब लीलाधर के फेर में नहीं पड़ेगा! भावनाओं के ज्वार बे-सँभाल हो उठेंगे, तो पद्य में नहीं, अब वह उन्हें गद्य में बाँधेगा! एम.ए. किए बिना अब घर नहीं लौटेगा! ट्यूशन करेगा और अपना खर्च चलाएगा। अगले छह महीनों के अन्दर ही वह कान्ता को नये गहने बनावा देगा।

अगले ही क्षण पद्मानन्द उठ खड़ा हुआ और मुसाफिरखाने से हावड़ा का टिकट कटा लाया।

(कहानी, जून, 1958)

भूख मर गयी थी

इर्द-गिर्द भीड़ जमा हो आई थी।

चाय-बिस्कुट की मामूली दूकान।

छोकरा नौकर निर्लिप्त भाव से पंखी झल रहा था—पत्थर-कोयले की आग को दहका रहा था।

भट्ठीनुमा चूल्हे पर बड़ी केतली। टोंटी से जोरों में भाप निकल रही थी।

पास ही छोटे-बड़े टेबुलों पर 5-7 गिलास काँच के थे। चीनी का डब्बा। चाय की कार्ड-बोर्डवाली लाल डिब्बी। कप और तश्तरियाँ।

जरा हटकर लोग जमा थे, बीस-पच्चीस से अधिक तो क्या रहे होंगे। सभी उमर के। बसों की प्रतीक्षा करते हुए मुसाफिर लगते थे।

एक अर्धनग्न बूढ़ा लेटा पड़ा था, बेहोश।

सभी उसे घेरकर खड़े थे।

अच्छा भला 'गुलजार' बस स्टैंड था वह। सरकारी परिवजन का अड्डा। राँची-गया, पटना-नवादा-शेखपुरा, धनबाद-बिहार शरीफ... आती-जाती कितनी रूटों का अति मुखर जंक्शन। हर दस मिनट पर बसें आती-जाती थीं।

बड़ी देर के बाद बूढ़े ने आँखें खोलीं।

पास में, माथे की तरफ, मिट्टी के दो चुक्कड़। एक में दूध और एक में पानी। दूधवाले चुक्कड़ में दो-तीन मक्खियाँ 'शहीद' हो गयी थी, अब दिवंगतों के शव तैर रहे थे। पीतल का हल्का-पिचका लोटा औंधा पड़ा था।

पोपले मुख पर मक्खियाँ भिनक रही थीं। सिर के बाल खूब सफेद थे, लेकिन छोटे-छोटे। भौंहें भी सफेद, लेकिन गुच्छल। आँखें इतनी धँसी थीं कि चेहरा डरावना लग रहा था। होंठों के दोनों छोर ऐसे अकड़ गये थे कि दाढ़ी-मूँछ के खुटिया बालों पर किसी की नजर ही नहीं जाती थी।

भीड़ में से एक मुच्छड़ अधेड़ और निमुच्छा नौजवान निकल आए।

दोनों ने हाथ लगाकर बूढ़े को बैठा दिया। एक और नौजवान भीड़ से बाहर आया, चाय की दुकान के अन्दर से स्टूल ले आया। उससे बूढ़े की पीठ टिका दी गयी।

धोती-कुर्तावाले एक दोने में जलेबियाँ ले आए थे।

उन्होंने आधी जलेबी तोड़कर बूढ़े के मुँह की ओर अपना हाथ बढ़ाया। उसने गर्दन फेर ली।

जाने क्या याद आया, बूढ़े की आँखें छलछला आईं और वह हल्के-हल्के हिचकियाँ लेने लगा।

अब आँसू गालों पर दीखने लगे। नथनों का फड़कना जोर पकड़ता गया।

भीड़ को तसल्ली हुई कि बुड्ढा होश में आ चुका है।

लोग हटने लगे।

दुर्घटना की आशंका फट गयी थी।

बूढ़े ने जलेबियाँ खाने से बार-बार इनकार किया तो वह धोती-कुर्तावाले सज्जन उसके लिए सत्तू और दही लेने चले।

किसी ने बतलाया, दही मिल जाएगा, लेकिन पाउडरवाले दूध का या मक्खन निकाले दूध का फीका और सारहीन दही होगा। अच्छा दही तो गया में ही मिलेगा आपको!

करीब ही एक औरत सत्तू बेच रही थी। चने का सत्तू। जौ का सत्तू। मटर का सत्तू। खेसारी का सत्तू। मिट्टी की चार-छै हँडियों में वह अपना माल रखे हुए थी। एक हँड़िया में गुड़ था, उस पर ढेर-सारी मक्खियाँ और दो-तीन बर्रें मड़रा रहे थे। अलमुनियम की तीन थालियाँ, दो कटोरे, पानी का मटका।

धोती-कुर्तावाले सज्जन ने जौ का सत्तू लिया छटाँक-भर। पाउडरवाला दही मिल गया संयोग से!

सत्तूवाली औरत ने बतलाया—'मालिक, कहाँ मिलता है दाना आजकल! दो साल पहले की फसल के दाने मिल गये थे बड़ी मुश्किल से। आगे तो यह भी नहीं मिलेगा। पिछले साल धान की थोड़ी फसल थी, रबी बिलकुल नहीं हुई। जौ तो यों भी अभागा अनाज है, कोई इसको पूछता था हमारे इलाके में? अब तो यह भी दुर्लभ हो गया है मालिक! सेर-डेढ़ सेर सत्तू बचा है जौ का। इसे चने के सत्तू के साथ ही मिलाकर बेचूँगी। आपको दे दिया, सो दे दिया... कहाँ के रहनेवाले हैं सरकार? राँची के? पटना के? आपको पाव-आध पाव और चाहिए तो दे दूँगी। मालिक, आप तो होटल में भात-दाल-तरकारी खाइएगा। यह सत्तू किसके लिए ले रहे हैं? हूँ! नौकर के लिए? मगर छटाँक-भर से क्या बनेगा? हाँ, इसमें पाव-भर सत्तू चने का मिला दूँ?...''

धोती-कुर्तावाले सज्जन ने हाथ के इशारे से चुप्प रहने का संकेत किया और कहा—"उस बूढ़े के लिए ले जा रहा हूँ, अरे वही बेहोश पड़ा था न?''

सत्तूवाली उधर हाथ उठाकर बोली—"उस बूढ़े के लिए? अजी वो तो तीसरी बार इस अड्डे पर आया है। शुक्कर-शुक्कर को आता है। आपकी ही तरह दया-माया वाले इसको खिला-पिलाकर रवाना करते हैं। कोई-न-कोई पुन्न-परताप वाला मिल ही जाता है। हाँ, मालिक! भगवान सबकी खोज-खबर लेते हैं।''

धोती-कुर्तावाले सज्जन ने समझ लिया, और, दरअसल सत्तूवाली औरत थी भी बातूनी।

दही-सत्तू सामने रखा गया घोलकर तो बूढ़े ने पानी पीने का इशारा किया और गिलास-भर पानी मँगवा लिया। धोती-कुर्तावाले सज्जन के कहने पर चाय की दुकान वाला वही छोकरा ले आया था।

उसने पहले दो बार कुल्ली की, फिर दही-सत्तू पीने लगा। आहिस्ते-आहिस्ते घूँट-घूँट में पी रहा था।

धोती-कुर्तावाले सज्जन रूमाल निकालकर हवा कर रहे थे, ताकि मक्खियाँ बूढ़े को परेशान न करें।

अन्तिम घूँट लेकर उसने कटोरा परे सरका दिया। कुल्लियाँ करके फटी धोती के छोर से हाथ-मुँह पोंछ चुका तो वह धोती-कुर्तावाले सज्जन को और पास आने का संकेत करने लगा।

वह बिलकुल निकट आए तो उसने झुककर उनके पैर छू लिए।

पैर छुड़ाकर धोती-कुर्तावाले सज्जन अलग हट गये।

दिल उनका दुखी हो रहा था कि इतनी अधिक उम्र का वह वृद्ध आखिर क्यों उनके पैर छू रहा है!

वह बोले, ''क्यों आप मुझ पर पाप चढ़ा रहे हैं? अपने से छोटी आयुवाले के कहीं पैर छुए जाते हैं? क्या हो गया है आपको, यह तो बतलाइए!''

बूढ़ा धीरे-धीरे कहने लगा—''सरकार, मुझको क्या होगा? मैं भारी कठजीव हूँ। यमराज को मुझ से भय लगता है। मृत्यु मुझसे दूर-दूर भागती फिर रही है लेकिन मैं इन्हें छोड़ूँगा नहीं। पिछले ग्यारह महीनों से मैं मृत्यु के पीछे पड़ा हूँ, उसे पकड़ना चाहता हूँ। वह चालाक बाघिन की तरह बार-बार मुझे धोखा दे जाती है। एक बार वह मेरी बुढ़िया को उठा ले गयी। दूसरी बार आई तो बहन को ले भागी। फिर पोती को, फिर छोटे पोते को।''

धोती-कुर्तावाले सज्जन वहीं जमीन पर उकड़ूँ बैठकर वृद्ध की बातें मनोयोग से सुनने लगे थे।

अब और कोई नजदीक में नहीं था।

थोड़ी दूर चायवाली दुकान में यानी छप्पर के नीचे, पतली-पुरानी बेंच पर बैठकर दो-तीन मुसाफिर चाय पी रहे थे।

पानवाले की दूकान मालूम थी।

चार खूँटों पर तख्त जमा दिए गये थे, ऊपर टिन का चदरा था। पुराना, कई टुकड़ों में जुड़ा हुआ। दो-तीन छोटे-छोटे रैक, बीचोबीच मझोला आईना। अभिनेत्रियों के तीन चार-फोटो झूल रहे थे। रेडियो-फेडियो नहीं था। न कीमती सिगरेटों के पैकेट ही चमक रहे थे।

दुपहर के अब डेढ़-दो बज रहे थे।

एक्सप्रेस बसें चारों की चारों पास कर गयी थीं, डाउन और अप दोनों तरफवाली।

यहाँ दिन में, दस और तीन के दरम्यान गुजरनेवाली बसें लगभग आधा-आधा घंटा रुकती थीं कि पैसेंजर खाना खाते थे।

भगालपुरवाले मिश्र जी साझे में होटल चला रहे थे। यह 'पवित्र भोजनालय'

अच्छी तरह चल निकला था। इन दिनों एक थाली का 1.55 रुपए ले रहे थे । **सर्विस** अच्छी थी, रेलवे वालों से अच्छी।

धोती-कुर्ता वाले सज्जन बिहार शरीफ से आए थे, कोडरमा-हजारीबाग जाना था शायद। जाने किसकी प्रतीक्षा में यहाँ अटके पड़े थे। अटैची होटलवाले के हवाले कर रखी थी। उनके रंग-ढंग आम मुसाफिरों से अलग थे।

सामने पक्की पिच-रोड।

यातायात इस वक्त बेहद व्यस्त था।

सड़क से हटकर चहारदीवारी से घिरा हुआ बड़ा-सा अहाता। उसके अन्दर दो खपरैल मकान, शालानुमा। बिना पलस्तर की दीवारें, हल्की-पकी ईंटों का ढाँचा बतला रहा था कि अनुदान से चलनेवाली मौसमी संस्था होगी कोई, अधिक से अधिक अनुदान खींचनेवाला गिरोह होगा, इसके पीछे। मकानों की सीध में गड़ा हुआ लम्बा बाँस। समय-समय पर मिनिस्टर आकर झंडा फहराते होंगे। साईनबोर्ड शायद फिर से बनने गया होगा।

अहाते के सामने, सड़क की दूसरी तरफ दो बीमार ट्रकें नजर आ रही थीं। उनमें से एक के पेट के नीचे चित्त लेटकर मैकेनिक उसकी बिगड़ी हुई आँतों को बैठा रहा था।

ट्रकों की लाइन में ही एक बूढ़ी बस, गैर-सरकारी, रिटायर्ड-सी दीख रही थी।

इधर होटल के सामने परचून की दो छोटी दुकानें थीं। एक पार्ट-पुर्जों की और दूसरी टायरों की।

उसी तरफ, दो सौ गज़ दूर, पटना की दिशा में पेट्रोल पम्प की जुड़वाँ मशीनें लाल-सफेद रंगों में कितनी भली लगती थीं, देखते ही बनता था!

गरी के भीगे टुकड़े बेचनेवाला छोकरा आकर पानवाले के सामने खड़ा हो गया।

निकर की पाकिट में हाथ डालकर बोला—"बीड़ी नहीं दोगे रामफल भाई ?"

साथ ही, उसने धोती-कुर्तावाले बाबूजी की ओर दो पैसे वाला नया सिक्का-सहित हाथ उठाकर कहा—"देखो, चार घंटे हो गये, बुढ़वा की खिदमत कर रहे हैं। दूध, बिस्कुट, जिलेबी, सतुआ, दही और जाने क्या-क्या पदारथ बूढ़ानाथ महादेव पर चढ़ा चुके हैं।"

"हूँ!" पानवाले ने कत्थे की गड़वी टन-टनाकर हुँकारी भरी। फिर बीड़ी निकालने लगा।

गरीवाला छोकरा बीड़ी लेकर सुलगती ढिबरी की तरफ बढ़ा।

दूसरे गाहक के लिए पान की पत्ती जमाते-जमाते पानवाला बोला—"लगता है धोती-कुर्ता वाला यह बाबू कोई भारी आदमी होगा। माथा क्रेक है, सो इधर-उधर भटकता धूम रहा है।"

गाहक हड़बड़ी में था। हजारीबाग वाली बस छूटने को थी। जल्दी-जल्दी पान चाहता था।

पानवाला लेकिन नयी बात सुनाने की उतावली में उँगलियों की रफ्तार काफी धीमी कर चुका था, कहने लगा—"इसकी अटैची देखने से ही मालूम हो गया मुझे कि कितनी बड़ी हैसियत का आदमी है। राँची के किसी कॉलेज में प्रिंसिपल था दस साल, पीछे माथा गरम हो गया तो तीन साल काँके रहा। अब ठीक-ठीक रहता है, लेकिन बीच-बीच में दो-एक रोज के लिए घर से गायब हो जाता है। हजारीबाग में इसका बहनोई जज है... लगता है, आज सारा दिन यहीं रहेगा। अपनी सनक है, पाकिट में रकम होगी ही। बुढ़वा मिल ही गया है, दोनों जने खिलवाड़ में लगे हैं।"

पान के लिए गाहक ने दो बार इशारे से ताकीद की थी। आखिर हुआ यही कि बिना पान के ही बेचारा बस की ओर भागा। बस स्टार्ट हो चुकी थी।

"कोई बात नहीं!" पानवाला अपने आप में बोलने लगा, "पान के बीड़े भी कहीं जियान गये हैं?... और देखो" वह गरीवाले छोकरे को सम्बोधित कर रहा था, "उस बुड्ढे की बातें सुनी हैं तूने? मुसीबत का मारा है तो क्या हुआ, खट्टसास्त्री है, भारी पंडित! जा, दोनों की बातें सुन जाके।"

"अच्छा," गरीवाले ने कहा, "डिलक्स निकलने दो भाई, फिर सुनेंगे दोनों की बातचीत।"

'मैं? मैं मूर्ख नहीं हूँ बाबू जी!"

"जी, बिलकुल नहीं..."

'संस्कृत-हिन्दी सबका थोड़ा-थोड़ा ज्ञान है।"

"ब्राह्मण खानदान में जन्म हुआ। रिश्तेदारों में और अपने घराने में भी विद्वानों का अभाव नहीं रहा कभी। अब भी पटना-राँची-गया-भागलपुर में हमारे कुटुम्बी जन अच्छे-अच्छे पदों पर काम कर रहे हैं, परन्तु मैं तो आजीवन देहाती ही रहा। गाँव से दो ही चार बार बाहर निकला हूँ। पिता दस बीघा खेत छोड़ गये थे। उतनी जायजाद उस जमाने में पर्याप्त हुआ करती थी। पिछले 15-20 वर्षों में जमीन धीरे-धीरे अपने हाथों से निकलती गयी।

"एकमात्र पुत्र था। मैट्रिक नहीं कर सका तो पुलिस विभाग में काम पा गया। ईमानदारी के चलते वह कभी ऊपरी कमाई नहीं कर सका। तीन वर्ष हुए, डाकुओं से मुठभेड़ हुई तो बेचारा चल बसा।

''मजबूरियों में पहले तो हम खुद ही जमीन बेच-बेचकर खाते रहे, बाद में धरती माता भी हमेशा के लिए रूठ गयी। ऋतुओं ने धोखा देना शुरू किया, आकाश से मेघ एकदम गायब हो गये।

''सोचा, चलो, शाकम्भरी देवी हमारी रक्षा करेगी। चंडीपाठ में आता है कि आगे कभी बारह वर्षों का अकाल पड़ेगा तो भगवती दुर्गा सूखी धरती पर साग-पत्ती बनकर छा जाएँगी और तब सभी लोग साग-पत्तियाँ खाकर प्राण धारण करेंगे...

''परन्तु अब देखता हूँ कि भगवती दुर्गा अपना वचन बिलकुल भूल बैठी हैं। हमने पिछले तीन वर्षों में बर्तन-बासन सब कुछ बेच खाया है... बकरी-बाछी बेच खाई है, गिरते-पड़ते घरों के छप्पर-टाटी-बाँस सब कुछ बेच खाया, दीवारों और भीतों की कच्ची पक्की ईंटें और मिट्टी तक खा गये हैं बेचकर।''

उसके बाद उस बूढ़े ने डरावनी हँसी में अपने को डुबो लिया और आसमान की तरफ दोनों हाथ उठाकर चीखा—''हे भगवान्!''

धोती-कुर्ता वाले सज्जन शायद उसकी पुत्रवधू के बारे में जानना चाहते होंगे। शायद और बहुत कुछ जानना चाहते होंगे। बूढ़ा लेकिन थोड़ी देर चुप रहा, क्योंकि उसे सूखी खाँसी आने लगी।

इतना अच्छा श्रोता शायद जीवन में पहली बार मिला था उस वृद्ध को। ऐसी हमदर्दी से इतना शान्तचित्त होकर कहाँ कोई किसी की बातें सुनता है उस जमाने में!

बूढ़े को खटका था कि कहीं धोती-कुर्तावाले बाबू जी अचानक ही उठकर चल न दें और बस पर चढ़कर लुप्त हो ही जाएँ! अपने अपराधी मन को वह अद्भुत व्यक्ति के सामने भली-भाँति खोलकर रख देना चाहता था। इस काम में देरी उसे असह्य लग रही थी। लेकिन उससे बोला भी तो नहीं जा रहा था। बुढ़ापे की देह बेचारी भुनकर खस्ता हो गयी थी, भूख की आग ने उस ढाँचे को किसी काम का रहने ही कहाँ दिया था! इस वक्त अब वह इतना ही मना रहा था भगवान से कि आखिरी हिचकियाँ उठने से पहले अपनी करनी के बारे में धोती-कुर्तावाले बाबूजी को अवश्य सब कुछ बतला दे और पास, बिलकुल पास बुलाकर एक बार और उनके पैर छू ले...

बूढ़े ने हिम्मत की, गला साफ किया और कहने लगा—''बहू के बारे में क्या बताऊँ बाबूजी! मैंने ही उसे कुकर्म के लिए प्रेरित किया। हाँ, मैंने जानबूझकर पड़ोस के एक युवक से उसका सम्पर्क बढ़ने दिया। बुभुक्षित: किं न करोति पापं। भूखा क्या नहीं करता! चार-चार पेटों में भट्ठी सुलग रही थी। पड़ोसी युवक जमशेदपुर से पन्द्रह दिनों की छुट्टी में गाँव आया था। ओवर्सियर है, बीस-

पच्चीस हजार तो पीट ही चुका है। हमारी पुत्रवधू और उसमें भाभी-देवर का रिश्ता तो था ही । मगर इस महँगाई और अकाल ने रिश्ते में गाढ़ा रंग घोल दिया। मैं गूँगा और अपंग बनकर जमाने का करिश्मा देखता रहा और वह बेचारी अपनी इज्जत का सौदा करती रही, चार-चार मुँहों के हवनकुंड में जैसे-तैसे अनाज की समिधा डालती रही।

"दर्जा सात तक पढ़ा हुआ हमारा पोता अपनी माँ की यह हरकत बर्दाश्त नहीं कर सका और चुपचाप घर से निकल गया। आज बाईस दिन हुए। मैं उसी की खोज में भटकता फिर रहा हूँ। यह तीसरी या चौथी बार बस के अड्डे पर आया हूँ। मुझे पतोहू की चिन्ता नहीं है लेकिन किशोर पौत्र की चिन्ता अवश्य है। आप देख रहे हैं मालिक, क्या हाल है! चार डग भी चला नहीं जाता, फिर भी चौदह कोस जमीन चलकर आया हूँ, पाँच-छः रोज लग गये यहाँ तक आते-आते। कलकत्ते में, सुनते हैं, इस तरह के लड़कों से भीख मँगवाते हैं—अंग-भंग करके लूले-लँगड़े बना देते हैं, सचमुच ऐसा करते हैं बाबूजी?"

धोती-कुर्तावाले सज्जन बूढ़े की बातों से ऊब नहीं रहे थे। वहाँ लोगों को भारी अचरज लग रहा था। लिबास में खादी होती तो वे मान लेते कि बम्बई-अहमदाबाद का कोई दयासागर होगा, अकाल-पीड़ितों का हाल मालूम करने के लिए इधर नवादा-फवादा आया होगा। लेकिन यह तो सफेद-महीन परिधान में अधेड़ बंगाली 'भद्दर-मोशाय' जैसा दीख रहा है। कौन होगा आखिर?

होटलवाले मिश्राजी का भतीजा बी.ए. फेल क्या हुआ, आगे की तरक्की ही रुक गयी। चार महीने हुए, यहाँ 'पवित्र भोजनालय' में असिस्टेंट मैनेजर की ड्यूटी बजा रहा है। कहता है, जून के बाद हटिया (राँची) में काम नहीं मिला तो जुलाई-अगस्त तक वह बोकारो में इसी तरह का 'पवित्र भोजनालय' चालू करेगा। तब हमेशा के लिए वह नौकरी को सलाम कर लेगा।

पटना जानेवाला डिलक्स पास कर गया तो होटल के असिस्टेंट मैनेजर नित्या मिसिर को फुर्सत मिली। खाना वह तीसरी बार खा ही चुका था। डकार मारता हुआ पानवाले के सामने खड़ा हुआ। इन दिनों नाक पर फुन्सियाँ निकल आई थीं। अब वह दस मिनट आईने की तरफ नजर गड़ाए रहेगा। नाक की नोक को दाएँ हाथ की उँगलियों से हल्के-हल्के मसलता रहेगा, उनसे सूखा-मखनियाँ मैल निकालता रहेगा। पानवाला उसे चार बीड़े पान, किसान, बनारसी जर्दा, भुनी हुई चित्ती सुपारी के टुकड़े तो देगा ही, चूना थमाते हुए कहेगा—"हो न गया मालिक, कि औरो कुछ?"

नित्या मिसिर यानी नित्यानन्द मिश्र चुलबुली तबीयत का जवान था। उसे

खुद ही धोती-कुर्ता वाले उस सज्जन के बारे में मालूम करना था।

चूना चाटते हुए उसने पानवाले से पूछा—"लगता है, दोनों जने आज रात यहीं कहीं गुजारेंगे। तुम क्या सोचते हो, चले जाएँगे?"

"वो बाबू तो चले जाएँगे," जवाब मिला "बुड्ढे का क्या है। तीनों मुलुक फकीरी में।"

अपनी कमलपत्री आँखें नचाकर चौड़ा चेहरा वाला नित्या मिसिर बोला—"क्या पता! काँके-रिटर्न जैंटलमैन के बारे में कोई भी अनुमान गलत निकल सकता है।"

इस रिमार्क पर पानवाले को हँसी आ गयी। वह 'अनुमान' का मतलब समझता था। आर्यावर्त-प्रदीप टटोलकर पढ़ना उसे आ गया था।

अपने दोनों होंठ चाँपकर बोला—"एक बात है मालिक, उस बाबूजी की अटैची में लगता है काफी माल है..."

"हुँ ह्", नित्या मिसिर ने बमककर कहा—"लोने की सिल्ली होगी..."

"कम से कम दो-ढाई सौ रुपए तो होंगे ही"—पानवाला बोला और बाईं आँख दबा ली।

"धत्!"

"धत्-फत् नहीं मालिक! बिलकुल ठीक कहता हूँ। मुझे नम्बरी नोटों की गन्ध लगती है। अटैची में दो ठो नम्बरी हैं, बाकी दस-दस के होंगे..."

"पागल कहीं के" नित्या मिसिर ने कहा, "इन दिनों इतनी रकम लेकर कौन चलता है?"

"एक ठो नम्बरी वह बुढ़वा को दे जाएगा।"

"हुँ ह्? ऐसा तो पागल ही करेगा। हाँ, दो-चार रुपल्ली देता जाएगा..."

"मालिक" पानवाले ने आँख मारकर और हाथ से ताला खोलने का अभिनय करते हुए कहा—"काँके रिटर्न पागल के दिमाग का क्या ठिकाना! रात में यहाँ रह जाय तो सबेरे अटैची भूलकर चुपचाप चला भी तो जा सकता है..."

"खबरदार!" नित्या मिसिर ने गरजकर कहा—"मेरे सामने फिर कभी ऐसी बात जुबान से न निकालना! भारी बदमाश है तू! कैसे-कैसे खयाल उठते रहते हैं दिमाग में? नाहक ही पान की दूकान करता है, तुझे तो नेपाल के बोर्डर के पास होना चाहिए था!"

पानवाला सिटपिटा गया।

हाथ जोड़कर बोला—"गलती हुई मालिक, माफ कीजिए।"

नित्या मिसिर रंज में डूबा हुआ, होटल की तरफ बढ़ गया।

धोती-कुर्तावाले सज्जन मैनेजर की कुर्सी पर बैठे थे।

बूढ़ा दही-भात खा रहा था सामने।

बेंच पर उसने जैसे-तैसे पल्थी मार ली थी।

चावल थाली में थोड़े नहीं थे। उसकी रुचि के अनुसार ही परोसे गये थे। लेकिन अब उससे खाए नहीं जा रहे थे!

आँखें नम थीं।

चेहरा भारी था।

बेचारे की भूख मर गयी थी!

(नई धारा, अप्रैल, 1967)

उपन्यास

रतिनाथ की चाची

एक

चैत का महीना था और शाम का वक्त। बीच आँगन में टोल-पड़ोस की औरतें जमा थीं। सभी किसी-न-किसी बातचीत में मशगूल थीं। दो की गोद में बच्चा भी था। दो-एक जनेऊ का धागा तैयार करने के लिए तकली लिए आई थीं। उनकी तकलियाँ किर्र-किर्र करके काँसे के कटोरे में नाच रही थीं और पूनी से खिंचकर सर्र-सर्र निकलता जा रहा था सूत।

एक थी जो बेकार और चुप बैठी थी। उसके चेहरे पर विषाद की काली छाया मँडरा रही थी। वह न तकली ही कात रही थी, न गोद में उसके कोई बच्चा ही था। बाकी औरतें रह-रहकर उसकी ओर अजीब निगाहों से ताका करतीं।

थोड़ी देर बाद दम्मो फूफी आ पहुँची। अदालत में मुजरिम हाजिर हो, वकील-मुख्तार, गवाह सभी मौजूद हों, फिर अगर जज ने किसी कारण से देर कर दी तो क्या होता है? दम्मो फूफी के बिना यही हाल था इस महिला-परिषद् का।

फूफी को आग्रहपूर्वक आसन पर बैठाया गया। गोरा और छरहरा बदन, गोल-मटोल चेहरा। नन्हे-नन्हे पतले होंठ। गंगा-जमनी बाल। कानों में छोटे-छोटे मगर लटक रहे थे। शान्तिपुरी धोती पहने हुए थीं। गले में बारीक रूद्राक्षों की माला शिव-भक्ति की सबूत थी या शौक की, कहा नहीं जा सकता। अंटी में से चाँदी की सुन्दर डिबिया निकालती हुई वह बोलीं, ''आज गर्मी मालूम होती है, तूफान उठा तो आम की फसल चौपट हो जाएगी।'' नस[1] निकालकर चुटकी से नाक के पूड़ों में उसे भरते हुए फूफी ने फिर कहा, ''गुज्जी बिटिया, हमारे यहाँ से ज़रा पंखा तो लेती आ!'' गुंजेसरी ने पंखा ला दिया।

इतने में रूपरानी का बच्चा रो पड़ा, न जाने किधर से नज़र बचाकर एक

1. सुँघनी।

लाल चींटा आया और बच्चे को काट लिया। बाएँ पैर का अँगूठा धरती से छू रहा था। बच्चे की चीख़ बढ़ती ही गयी। दमो फूफी ने कहा, "जाओ रूपरानी, लोहा छुआ दो। जलन जाती रहेगी।"

अपने बच्चे को लेकर रूपरानी जब चली गयी तो फूफी ने एक बार और सुँघनी सुरकी।

सभी की दृष्टि, सभी का ध्यान फूफी पर केन्द्रित था। एक ही थी, जो विषाद और जड़ता की प्रतिमा बनी बैठी थी। अब दम्मो फूफी ने अच्छी तरह आँख फाड़कर उस पाषाणी की ओर देखा। उसके बाद सभी को अपनी निगाह के दायरे में समेटती हुई बोली, "उमानाथ की माँ, कब तक चुप रहेगी? कुछ-न-कुछ तो इसे कहना ही पड़ेगा। समूचे गाँव में इसी बात की चर्चा है। आखिर जो होना था, वह होकर ही रहा। विधना के विधान को भला हम-तुम टाल सकते हैं? यह बेचारी..."

इतना कहकर अपने सुन्दर और कोमल हाथ से फूफी ने उस विषादमयी प्रतिमा की ओर संकेत किया। सुननेवाली औरतों ने साँस खींचकर अपने कानों को मानो और भी साफ कर लिया। फूफी बोलती गयी, "वैद्यनाथ के मरने के बाद कितनी कठिनाई से उमानाथ को पाल-पोसकर इतना बड़ा कर पाई है, यह तुममें से बहुतों को मालूम नहीं होगा। भगवान करें, उमानाथ अपने बाप का नाम रखे।"

सहानुभुति के ये शब्द सुनकर उमानाथ की माँ की आँखें छलछला आईं और ऐसा लगा कि पाषाणी प्रतिमा में फिर से प्राणों की प्रतिष्ठा हो गयी है। उसने कृतज्ञ आँखों दमयन्ती (दम्मो फूफी) को देखा और सिर नीचा कर लिया। शिकार को गिरफ्त करके बाघिन को जितना सन्तोष होता है, इस समय फूफी के भी सन्तोष की वही मात्रा थी। बेचारी उमानाथ की माँ को क्या पता कि, इस सहानुभूति के पीछे एक डायन का निठुर अट्टहास छिपा पड़ा है! बेचारी को जयनाथ याद आया जो आज चार महीनों से लापता है।

फूफी ने नस लेते हुए कहा, "कोई चिन्ता नहीं, सारा इन्तज़ाम हमने कर लिया है। परसों इस समय तक यह बोझ तुम्हारे सिर से उतर चुका होगा। उमानाथ की माँ, रत्तीभर भी फिकर मत करो।"

कृतज्ञता के मारे उमानाथ की माँ का मन करता था कि दमयन्ती के पैरों पर अपना सिर रख दे और सुबक-सुबककर कुछ देर रोए। वह चतुर बुढ़िया उस बेचारी को ममता का अवतार प्रतीत हो रही थी। वह विधवा है, अकिंचन है। उसे गर्भ रह गया है। कहीं वह मुँह दिखाने के काबिल नहीं रही। पेड़-पौधे, पशु-पक्षी सभी गुप-चुप उमानाथ की माँ के इस महान् कलंक का मानो कीर्तन

कर रहे हैं। ऐसी स्थिति में यदि दम्मो फूफी जैसी सम्भ्रान्त वृद्धा उसे सान्त्वना देने आई हैं तो इससे बढ़कर व्यावहारिक मानवता भला और क्या होगी? मगर वहाँ तो बीसियों बैठी थीं, दम्मो फूफी अकेले रहतीं तब न! उमानाथ की माँ को साहस नहीं हुआ कि फूफी के पैरों पड़ जाय। लज्जा भी निगोड़ी कैसी होती है कि उसका अंचल घोर-से-घोर पापी के लिए भी सुलभ है!

स्वर को अधिक-से-अधिक कोमल करके फूफी ने कहा, "अच्छा, कौन था वह कलमुँहा, उमानाथ की माँ, जिसने तुम्हें आग में यों झोंक दिया?"

इस असम्भावित प्रश्न से बेचारी के रोम-रोम काँप उठे, समूचे शरीर का लहू पानी-पानी हो गया। विकराल मुँहवाली राक्षसी याद आई, जिसकी कहानियाँ बचपन में अपने नाना से वह सुना करती थी। दमयन्ती का वह सौम्य रूप उमानाथ की माँ के लिए अब मिटता जा रहा था, उसकी जगह कहानी की विकरालवदना वही राक्षसी नज़र आने लगी। अभागिनी का हृदय केले के पत्ते की तरह काँपने लगा।

तो क्या, जयनाथ का नाम वह बता देगी? नहीं, कभी नहीं। उसने कहा, "पता नहीं, मैं कैसे बताऊँ?"

"हूँ!" दमयन्ती ने गौर से उमानाथ की माँ की ओर देखा और पंखे के बेट से पीठ खुजलाते हुए मुस्कुराना शुरू किया। फूफी की इस लम्बी मुस्कान का और स्त्रियों ने हँसकर समर्थन किया। परन्तु इस मुस्कान और इस हँसी के पीछे उमानाथ की माँ को उछलता-कूदता काला पहाड़ स्पष्ट दिखाई पड़ा, जोकि आहिस्ते-आहिस्ते उसी की ओर बढ़ा आ रहा था। ये लोग मानेंगे नहीं, कुछ-न-कुछ कहना ही पड़ेगा। क्या कहा जाय, क्या नहीं—वह बेचारी देर तक इसी गुन-धुन में पड़ी रही।

फूफी ने बदले हुए स्वर में पूछा, "तो, तुम इस बारे में कुछ नहीं जानतीं?"

उमानाथ की माँ नाखून-से-नाखून खोंट रही थी। आँगन के एक कोने में रतिनाथ बैठा था। महज ग्यारह वर्ष की उम्र होने के कारण ही वह स्त्रियों के इस गुप्त अधिवेशन में शामिल हो सका था। इस सवाल से उस लड़के का दिल धड़क रहा था कि कहीं उसी के बाप का नाम—चाची के मुँह से न निकल आवे! चार मास से रत्ती का बाप-जयनाथ लापता है।

इस मातृहीन बालक का अपनी चाची के प्रति बहुत ही गहरा स्नेह था। चाची भी रत्ती को खूब मानती थी। पिछले चार मास में यह स्नेह और भी घना हो उठा था। चारों—ओर से लाँछित, चारों—ओर से तिरस्कृत होकर उमानाथ की माँ जब भूखे पेट ही सो जाना चाहती तो रतिनाथ सत्याग्रह कर देता, 'ऐसी क्या बात है चाची कि तुमने खाना-पीना छोड़ रखा है? अच्छा, नहीं खाना है, न खाओ।

मगर कल मैं भी नहीं खाऊँगा, नहीं खाऊँगा, नहीं खाऊँगा।' इतना कहकर वह चाची की पीठ से सटकर बैठ जाता और उसके रूखे बालों में अपनी नन्हीं-नन्हीं अँगुलियाँ उलझाने लगता। चाची की देह सिहर उठती और जयनाथ याद आ जाते। तब वह उठ बैठती और दो-चार कौर भात खा लेती।

एक दिन पड़ोस की एक लड़की ने रतिनाथ से कहा था, 'तेरी चाची को, रत्ती, बच्चा होनेवाला है।' उसने कसकर छोकरी को एक तमाचा लगा दिया... बेचारी को कुछ पता ही नहीं, कि आखिर बात क्या है? एक दिन दूर की किसी भाभी ने खुलासा कहा, 'लाला, तुम्हारी चाची की अगर दूसरी शादी हो गयी होती तो ठीक था।' इस पर रतिनाथ ने उस भाभी को फटकारते हुए बतलाया था कि पंडित की लड़की होकर तुम ऐसी बातें करती हो! दूसरी-तीसरी शादी क्या कभी किसी विधवा या सधवा ब्राह्मणी ने की है?

"अच्छा भई," फूफी ने उठते हुए कहा, "अँधेरा हो गया, मुझे तो शिवजी के दर्शन करने नित्य इस समय भी मन्दिर जाना होता है। तुम्हारी मर्ज़ी! लेकिन पाँच साल की बच्ची भी इतना बता देती है कि आँख मिचौनी के वक्त उसकी पीठ थपथपाने वाला आखिर कौन रहा होगा, और एक तुम हो! ओह, कितनी भोली..." अबके फूफी खिलखिलाकर हँस पड़ी, औरों ने भी साथ दिया। यह उन्मुक्त हास उमानाथ की माँ को असह्य हो उठा। मन में आया कि वह भी कसकर चिकोटियाँ काटे। दमयन्ती के बाल वैधव्य की रंगीनियों का उसे सारा हाल मालूम था। मगर नहीं, रत्ती की चाची ने अपने को सँभाला और उठकर कहा, "मैं और कुछ नहीं जानती। वह भादों का महीना था। अमावस की रात थी। एक घनी और अँधेरी छाया मेरे बिस्तर की तरफ बढ़ आई। उसके बाद क्या हुआ, इस बात का होश अपने को नहीं रहा..."

फूफी ने इस पर कुछ नहीं कहा। परन्तु रामपुरवाली चाची ने आँगन से निकलते समय हल्की आवाज़ में कहा था, "होश कैसे होता? मौज मारने की घड़ियों में किसी को भला कैसे होश रहेगा? बला से, अब पेट कोहड़ा हो गया है तो होने दीजिए।"

दो

उस रात चूल्हा नहीं जला।

चाची जाकर बिस्तरे पर लेट गयी। बिस्तरा क्या था, खजूर के पत्तों की चटाई थी। बीच घर में वही बिछाकर चाची लेट गयी, न तकिया लिया न सुजनी।

दाईं बाँह पर सिर रखकर वह पड़ी रही और आँखों की रोशनी को घने अन्धकार में भटकने के लिए छोड़ दिया, जैसे थका और भूखा चरवाहा लापरवाह होकर अपनी गायों को जंगल में छोड़ देता है, वे लौट भी आना चाहती हैं तो मार डंडा से, मार डंडा से वह उन्हे फिर जंगल की ओर खदेड़ देता है बस्ती नज़दीक नहीं होने से किसी पेड़ के नीचे वह भी बाँह का तकिया बनाकर करवट लेट जाता है।

रतिनाथ भी जाकर सन्दूक पर पड़ा रहा। विपत्ति के अथाह समुद्र में गोते खा रही इस चाची के लिए बेचारे ने उस रात कितने आँसू बहाए, यह रहस्य भगवान ही जानते हैं। दिन का भात हाँडी में था, पत्थर के बड़े कटोरे में दाल थी। एक दूसरी पथरौटी में ज़रा-सा बैंगन का चोखा रखा हुआ था पर किसी ने हाथ तक नहीं लगाया। रत्ती भूखा ज़रूर था, लेकिन उसकी भूख-प्यास हवा हो गयी, जबकि टोल-पड़ोस की महिलाओं का दल मुस्कुराता और आँखें मटक्ता हुआ शाम को रत्ती के आँगन से चला गया। चाची बुत बनी वहीं खड़ी रही, उसकी आँखों से आँसू की चार बड़ी-बड़ी बूँदें ढुलक पड़ी थीं। समाज व्यक्ति के प्रति इतना निठुर, इतना नृशंस हो सकता है, उस अबोध को अपनी छोटी-सी आयु में आज यह सत्य पहली बार भासित हुआ था।

परन्तु दोपहर रात को किसी ने रत्ती के मुँह में दस-पाँच कौर अवश्य डाल दिए थे। और कौन हागा? चाची ही होगी।

हाँ, चाची ही थी। उसी ने नींद मे विभोर रतिनाथ को उठाकर दाल-भात और बैगन का चोखा खिला दिया। रत्ती बराबर आँखें मूँदे ही रहा। खिला-पिलाकर कुल्ली कराकर चाची ने उसे अपने पास सुला लिया। खुद उसने कुछ नहीं खाया। बचा भात बाहर डाल दिया था।

उस रात चाची को नींद नहीं आई। जिसके माथे पर विपत्ति का इतना बड़ा पहाड़ हो, वह भला कैसे सोए? भादों, आसिन, कातिक, अगहन, पूस, माघ, फागुन और यह चैत—आठवाँ महीना चल रहा था। पेट में बच्चा ऊधम मचाने लगा था। चाची को ख्याल आया जयनाथ का चेहरा और फिर उसने सोए हुए रत्ती का मुँह चूम लिया। उमानाथ की माँ जानती थी कि जयनाथ देवघर था और आजकल काशी में है। बेचारी ने कई बार चिट्ठी लिखवाना चाहा, मगर किससे लिखवाती? जयनाथ वादा कर गये थे कि दस दिन में ही मैं बाबा (वैद्यनाथ) को जल डालकर आ रहा हूँ।

पूस चढ़ते गये और चैत भी बारह दिन में बीत गया। चाची को सारी पुरुषजाति पर घृणा हो गयी। इस मुसीबत का सामना जिसे करना चाहिए वह कहीं यों बाबा वैद्यनाथ और काशी विश्वनाथ के इर्द-गिर्द गाल बजाता फिरे?

छि: ! ऐसा था तो मुझे भी साथ ले लिया होता। हे भगवान! पानी में डूब मरने के अतिरिक्त क्या और कोई उपाय नहीं है? सुनती हूँ, लहेरियासराय के सरकारी अस्पताल की डाक्टरनी गर्भ गिनाने में बहुत कुशल है... मगर वहाँ तक मैं पहुँचूँगी कैसे?

मुसीबत की इस घड़ी में एकाएक चाची को अपनी माँ याद आई। उसने तय किया कि आज तो नहीं, कल रातोंरात वह तरकुलवा चली जाएगी। वहाँ, गाँव में ही, कई चमाइनें हैं। डाँट-फटकार, गंजन-फजीहत के बावजूद भी माँ आखिर माँ ही होगी। लड़की का कवच बनकर तमाम मुसीबतों को वह अपने ऊपर ले लगी, इसमें भी क्या कुछ शक है।

इस निश्चय से चाची को राहत मिली और रात्रि शेष में बेचारी की बोझिल पलकें ज़रा झपक गयीं।

रतिनाथ की आँख सवेरे ही खुली। चाची को दूसरे दिन की भाँति आज उसने नहीं जगाया। आँख मलते-मलते वह चाची के घर के पिछवाड़े में गया। पेशाब करते वक्त उसकी निगाह घिवही पर पड़ी। आम के इस बड़े पेड़ को वह बहुत प्यार करता था। इसके आम गोल-गोल होते थे। पकने पर मुँह पीला और बदन लाल हो जाता था। स्वाद घी जैसा। रस गाढ़ा और गुठली छोटी होती थी। इस आम का यह नाम दादी का रखा हुआ था। पेड़ फलता भी खूब था। बीस-बीस, पच्चीस-पच्चीस हज़ार तो सिर्फ पकने पर निकलते। आँधी और तूफान में हज़ारों कच्ची अँबियाँ गिरतीं सो अलग। वह भी बेकार नहीं जातीं, अचार और सूखी खटाई लोग साल-भर खाते। पकने पर घिवही का पेड़ कल्पवृक्ष-सा मनोहर लगता। गाँव में ऐसा कौन होगा, जिसने घिवही के दस-पाँच आम नहीं खाए हों। उनका अमावट ये लोग साल-दो साल तक खाते। इस बार भी घिवही में फल खूब आए थे। रतिनाथ ने देखा, पचीसों टिकोरे गिरे पड़े हैं। उसका रोम-रोम पुलकित हो उठा, चटनी के लिए यह काफी है।

वह टिकोरे इकट्ठे करने लगा। चुनने को कुछ रह गये थे कि चाची ने आवाज़ दी, "रत्ती, ओ रत्ती! कहाँ गया?"

"यह रहा चाची, टिकोरे चुन रहा हूँ," रतिनाथ ने ज़ोर से आवाज दिया, तब तक चाची भी वहाँ पहुँच गयी। नजदीक आकर रत्ती की ठुड्डी पर हाथ फेरती हुई बोली, "तुझे क्या है पागल? तू क्यों इतना दुबला हो गया है?"

लड़के ने नज़र नीची कर ली। ज़रा देर बाद कहा, "चाची, आज मैं पाठशाला अवश्य जाऊँगा। रसोई तो भला तुम जल्दी कर लो, चटनी मैं खुद ही कर लूँगा।"

चुने हुए टिकोरे लेकर चाची आँगन में चली गयी। चौका-बर्तन करने के बाद उसने चूल्हा जलाया। खानदानी खबास की बुढ़िया औरत आज पानी भरने

नही आई, घड़े रीते पड़े थे। रतिनाथ ने छोटी बाल्टी में पोखर का पानी ला-लाकर उन्हें भर दिया। चाची समझ गयी कि दमयन्ती का अनुशासन उसके खिलाफ शुरू हो गया आज से। अब इस आँगन में न धोबिन आएगी, न नाइन, न डोमिन, न चमाइन। ब्राह्मणी की तो भला बात ही कौन कहे।

पुरानी दियासलाई में अभी चार-छः तीलियाँ थीं, एक तीली घिसकर चाची ने चूल्हा जला लिया था। नहीं तो गाँव-गँवई में आग एक घर से माँगकर दूसरा घरवाला ले जाता है, दूसरे से तीसरा। यों दियासलाई का काम ही नहीं पड़ता। फिर भी लोग सलाई की दस-पाँच तीलियाँ बचाकर रखते अवश्य हैं। यह नहीं कि रतिनाथ किसी के यहाँ से आग ला नहीं सकता था। ला सकता था, अगर किसी ने चाची के सम्बन्ध में कुछ अनाप-शनाप उसे सुना दिया तो लड़के के दिल को कितनी चोट लगेगी! यही सब सोचकर चाची ने रत्ती को कहीं आग लाने नहीं जाने दिया।

रत्ती को चाची का यह रुख पसन्द नहीं आया। वह सोचता, जो एक सुनाएगा, हम उसे दस सुना देंगे। जो आग नहीं देगी, उसके चूल्हे पर पेशाब कर दूँगा।

खैर, थोड़ा पानी से भी काम चल गया। चाची ने सिर्फ चार-छः लोटा पानी नहाने में खर्च किया, बाकी रसोई में। पीने के लिए एक बाल्टी रत्ती कुएँ से स्वयं ले आया भरकर। भात तैयार हो गया तब जाकर वह पोखर में नहा आया।

सौ साल पहले पंडित नीलमणि ने यह पोखर खुदवाया था। वह रत्ती के दादा के दादा थे। अपने दालान के बिलकुल करीब आप छोटा-सा पोखर खुदवा गये। इस पोखर के भिंडों पर अब उपाध्याय घराने की बढ़ती आबादी छा गयी थी। केवल पूरबवाला भिंड बच रहा था। पास-पड़ोस के मर्द आकर उसी ओर के घाट पर नहाते।

आज शालिग्राम की पूजा में रतिनाथ का मन लगा नहीं। सराइयाँ तीन थीं, देवता दो ही थे—शालिग्राम और नर्मदेश्वर। ताँबे की सराई शालिग्राम के लिए, पीतलवाली नर्मदेश्वर के लिए। तीसरी भी पीतल की ही थी। वह पंच देवता के उद्देश्य से थी। चन्दन रगड़कर उसने अच्छत भिगोए। "ॐ सहस्रशीर्षा..." आदि मन्त्र पढ़कर शंख से शालिग्राम पर जल डाला, फिर नर्मदेश्वर पर। फिर अनमने भाव से चन्दन, अच्छत, फूल वगैरह चढ़ाकर रत्ती ने पूजा खतम की। उधर थाली में भात-दाल परोसा जा चुका था।

थोड़ा-सा उसने खाया होगा कि तब तक चाची ने चटनी भी पीस ली। भुना हुआ जीरा भी दिया था उसमें। रतिनाथ ने चटनी का स्वाद ले-लेकर खूब खाया। खाते-खाते उसे चाची ने कहा, "बेटा, पाँच-छः रोज़ तुझे अकेला ही रहना

पड़ेगा।''

''और तुम कहाँ रहोगी?'' उठते हुए कौर को रोककर रतिनाथ ने आँखों से ही सवाल किया। ''तरकुलवा जाऊँगी, किसी से कहना मत।'' चाची बोली।

उसने फिर कहा, ''रात को पड़ोस के आँगन में सो जाना। चावल, दाल, लकड़ी, धनिया, हल्दी, नमक, तेल सामान सब मौजूद हैं। खुद पकाकर खा लेना। पाँच-छः रोज की ही बात है, उसके बाद तो मैं आ ही जाऊँगी।''

रत्ती खाना खतम करते-करते बोला, ''मैं भी साथ चलूँ?''

''नहीं,'' चाची ने कहा, ''बात ऐसी आ पड़ी है कि अकेली ही जाऊँ, यही अच्छा रहेगा।''

रतिनाथ ने चुप रहकर चाची की बात का औचित्य मंजूर कर लिया, अब वह खाना खा चुका था। हाथ-मुँह धो आया। खाकर मुख शुद्धि के तौर पर सुपारी का एक छोटा-सा टुकड़ा चबाना उसके अभ्यास में शामिल हो गया था। सुपारी का टुकड़ा थमाते हुए चाची ने आले की ओर इशारा किया और हा, ''यहाँ आठ-दस सुपारी रख जाऊँगी, सरौता भी रहेगा।''

तब तक दिन काफी उठ आया था। रत्ती पाठशाला जा चुका था। चाची अपनी चिन्ता की धारा को समकूल रखने के लिए तकली लेकर बैठी। खाना वह देर से खाएगी।

बीच घर में बैठकर वह तकली कातने लगी—किर्र-किर्र-किर्र। (मिथिला की कुलीन ब्राह्मणियों के जीवन में इस तकली का बहुत बड़ा स्थान रहा है। कुटीरशिल्प का यह मधुर प्रतीक अब तो उठता जा रहा है, फिर भी जनेऊ के लिए तकली से निकले इन बारीक सूतों की आवश्यकता अनिवार्य समझी जाती है। फुर्सत का वक्त स्त्रियाँ तकली के सहारे बहुत आसानी से काट लेती हैं।) आठ-दस वर्ष की उम्र से लेकर जीवनपर्यन्त तकली का और उनका साथ रहता है। कहते हैं, ईस्ट इंडिया कम्पनी के शासन से पहले तकली चलती थी। तकली के ये सुन्दर और महीन सूत मलमल बुनने के काम आते। परन्तु अब तो यह वस्तु ब्राह्मणों के ही घरों में रह गयी और इन सूक्ष्म और मनोहर सूतों का उपयोग सिर्फ जनेऊ तक सीमित रह गया है। हाँ, तो तकली की मृदु मधुर ध्वनि में एकरस होकर चाची सोचने लगी—इस समय अगर जयनाथ होते... अगर जयनाथ होते तो, उन्हें कुछ-न-कुछ प्रतिकार अवश्य करना पड़ता। यह गरीबी और इतनी असहाय अवस्था विपदाओं का यह महाजाल। कौन मुझे उबारेगा? कुछ भी हो, मर्द फिर मर्द ही है।

चाची को एक-एक कर पुरानी बातें याद आने लगीं—सुखी माँ-बाप। भरा-पूरा बचपन। कुलीन, परन्तु दरिद्र से विवाह। रोगी पति। घुन लगा हुआ दाम्पत्य।

लड़का उमानाथ, लड़की प्रतिभामा। वैधव्य! सुदूर दक्षिण (भागलपुर) में लड़की का बेचना। ऋण से छुटकारा... ओह! उमानाथ जब सुनेगा कि उसकी विधवा माँ गर्भवती हो गयी थी तो...

उमानाथ की उम्र पन्द्रह साल की थी। वह जिद्दी, गुस्सैल और पढ़ने में मन्द था। प्रतिभामा सत्रह साल की थी, उसे ससुराल गये तीन-चार साल होने आ रहे थे। कुलीनता की दृष्टि से बहुत ही नीच, मूर्ख और चालीस साल के एक अधेड़ ब्राह्मण ने सात सौ नकद गिनकर उससे शादी की। छः महीने के बाद ही गौना कराकर ले गया और तब से प्रतिभामा फिर शुभंकरपुर की इस भूमि पर पैर नहीं रख पाई—

इतने में किसी के पैर की आहट पाकर चाची का ध्यान भंग हुआ। उसकी बोटी-बोटी काँपने लगी—हे भगवान्। यह कौन आ रहा है... कल किसी ने कहा था कि थाने में भी इस बात की खबर हो गयी है।

उसका दिल धड़कने लगा। मुसीबत के इन दिनों में किधर से भी वज्रपात हो सकता है। कैसी भी अनहोनी हो सकती है। चाची को टोल-पड़ोस की एक-एक औरत दमयन्ती मालूम हो रही थी। हवा से उड़ा हुआ एक-एक तिनका खतरे से भरा मालूम होता था।

आहट बिलकुल करीब आ गयी। चाची ने अपने को और कड़ा कर लिया—कोई भी हो, घबराना नहीं चाहिए। बदनामी तो फैल ही गयी, अब और इससे अधिक क्या होगा? दारोगा फाँसी तो देगा नहीं। हाँ, पहरा ज़रूर बैठा सकता है। सरकार के कानून में गर्भ गिराना नाजायज़ है; तो क्या सोचकर अंग्रेज़ बहादुर ने यह कानून बनाया होगा, कि कोई भी विधवा भ्रूणहत्या नहीं कर सकती...चाची अब भी उसी रफ्तार से तकली कात रही थी। पूनी-पर-पूनी खत्म होती गयी, मगर सोचने का धागा अपने छोर पर नहीं पहुँचा।

चाची के सामने जयनाथ खड़े थे। दाढ़ी बढ़ी हुई थी, चेहरा खिला हुआ। चाची की उँगली रुक गयी, तकली का तकुआ ठिठक गया। कता हुआ सूत तकली में जल्दी-जल्दी लपेटकर उसने पूनियाँ और तकली डाली में रख ली।

जयनाथ ने कहा, "रहने दे उमानाथ की माँ! तुम क्यों उठती हो! पैर धोने के लिए लोटा-भर पानी घड़े से क्या खुद नहीं ले आऊँगा मैं?"

पर चाची तब तक पानी ला चुकी थी। वह अपने हाथों से ही जयनाथ के पैर धोने लगी, परन्तु जयनाथ नहीं माने। खुद पैर धोने लगे।

"दातून भी नहीं किया होगा," चाची ने कहा, "ठहरो, ला देती हूँ।" दक्खिन तरफ जो घर था, उसमें से वह साहड़ का दातून ले आई और जयनाथ को थमा दिया। बोली, "कल सुबह यह दातून रत्ती कहीं से लाया था। देखो

न, अभी तक हरा है...'' कपार पर आई एक रूखी लट को बाएँ हाथ से ठीक करती हुई चाची फिर बोली, ''चार अच्छर लिखना तुम्हारे लिए पहाड़ हो गया! कोई खत नहीं, खबर नहीं! बड़े अजीब आदमी हो!''

जयनाथ ने कोई सफाई नहीं दी, मुस्कुरा भर दिए। गठरी में से उन्होंने अपनी धोती निकाल ली और दातून करते-करते स्नान करने चले गये।

तीन

बी.एन.डब्ल्यू (बंगाल नार्थ वेस्टर्न रेलवे) का एक छोटा-सा स्टेशन। नाम था—राजनगर। ग्यारह बजे रात की ट्रेन से चाची और जयनाथ उतरे। स्टेशन से बाहर आकर उन्होंने कोई बैलगाड़ी किराए पर कर लेना चाहा। पाँच कोस पैदल चलना चाची के बूते से बाहर था।

शुभंकरपुर से तारसराय स्टेशन महज कोस-भर पड़ता है। उतने में ही चाची को चार जगह बैठना पड़ा था और यह पाँच कोस का लम्बा रास्ता बेचारी कैसे तय करेगी!

जयनाथ ने तय कर लिया था कि पाँच रुपया भी लेगा तो क्या, बैलगाड़ी बिना किए तरकुलवा नहीं जाएँगे। स्टेशन से बाहर, सड़क की ओर दस-बारह गाड़ियाँ थीं ज़रूर लेकिन उनमें से एक भी तरकुलवा की नहीं थी। आस-पास की थीं, पर उनके आरोही सुबह की ट्रेन से आनेवाले थे।

चाची का मन था कि किसी तरह किरण फूटने से पहले मैके पहुँच जाती। जयनाथ का भी यही विचार था और ठीक ही था। चाची जिस काम के लिए अपनी माँ के यहाँ जा रही थी, उसमें सराहना, खुशी और स्वागत की कल्पना ही नहीं की जा सकती। उसके मुँह पर तो कालिख पुता हुआ था। माँ न जीती होती तो तरकुलवा जाने की अपेक्षा वह यहीं कमला की धार में डूब मरना अधिक पसन्द करती। उसे अपनी माँ के सरल, शीतल, दयालु स्वभाव पर बहुत भरोसा था, इसलिए तो जा रही थी।

जयनाथ ने अपनी भाभी को वहीं सड़क पर एक ओर बैठा दिया और खुद निकले सवारी की तलाश में। उन्हें मालूम था कि दस-बारह इक्के भी राजनगर के स्टेशन पर मौजूद रहते हैं, लेकिन आज उनका भी पता नहीं था। कमला का पुल पार कर जब वह आगे बढ़े तो पाकड़ के नीचे एक इक्का दिखाई पड़ा। मचान पर जो आदमी सो रहा था, वह जयनाथ के पैर की आहट पाकर जग गया है, उसने यह बात अपनी खाँसी से जाहिर कर दी। पूछने पर मालूम हुआ कि वह

तरकुलवा पहुँचा देने को तैयार है, मगर छः रुपया से धेला भी कम न लेगा।

आख़िर साढ़े-पाँच पर सौदा पट गया। इक्केवाले ने कहा "आप स्टेशन चलिए। घोड़ी को जोतकर अभी लाया।"

उन लोगों के पास सामान के नाम पर कुछ नहीं था। था क्या, आठ महीने का गर्भ। सही-सलामत तरकुलवा तक पहुँचने की ही उन्हें चिन्ता थी। इक्का आया तो उस पर इक्केवान से कहकर ओहार (पर्दा) डलवा दिया गया। इस काम के लिए जयनाथ ने अपनी ही धोती निकालकर दी थी।

चाची सवार हुई और जयनाथ चले पैदल। बाज़ार के बाद सड़क पर रोड़ियाँ नहीं थीं। बिलकुल कच्ची और देहाती सड़क हो और उसपर धूल और बालू न रहे तो इक्का मजे में चल निकलता है।

ज़रा-सी रात बाकी थी, कि वे तरकुलवा पहुँच गये। जयनाथ को चुम्मन झा (चाची के पिता) का घर मालूम था। इक्के को लिवाए सीधे वहीं पहुँचे।

इक्के से उतरकर चाची अपने बाप के आँगन में आ गयी। उधर जयनाथ ने इक्केवाले को किराया देकर रवाना किया। इसके बाद वह खुद भी अन्दर गये।

स्त्रियाँ अपने दामाद से हल्का-सा पर्दा करती हैं और जयनाथ ठहरे यहाँ दामाद के छोटे भाई साहब। खैर, अन्दर जाकर जयनाथ ने देखा कि पच्छिमवाले घर के ओसारे (पर्दा) पर माँ-बेटी दोनों एक-दूसरे से गले लगकर सिसक-सिसककर रो रही हैं।

जयनाथ के अन्दर आ जाने पर रोने की इस धीमी आवाज़ में और भी अधिक धीमापन आ गया।

पैर छूकर प्रणाम करने पर वृद्धा ने आशीर्वाद दिया।

जयनाथ ने सोचा-खुल करके सारी बातें भाभी ने अपनी माँ से न कही होंगी और बिना कहे बनेगा नहीं। यह कठिन कर्तव्य मुझे ही करना पड़ेगा।

वृद्धा को अलग ले जाकर जयनाथ ने शान्ति और संकोच के साथ सारी बात समझा दी और कहा, "यहाँ मेरे रहने की कोई ज़रूरत नहीं। स्नान और भोजन के उपरान्त मैं चला जाऊँ, यही अच्छा है। और..."

अपने बटुवा में से जयनाथ ने दस रुपए के नोट निकाले। यह रकम वृद्धा के हाथ में थमाते हुए वे बोले, "इसकी चिन्ता नहीं कीजिए। बाबा विश्वनाथ की कृपा से अभी इतना और निकाल सकता हूँ।"

वृद्धा ने आग्रहपूर्वक रुपए लेने से इनकार कर दिया। बोली, "गौरी (चाची) का कर्म ही फूट गया है तो इसमें किसी को क्यों मैं दोष दूँ? रही खर्चे की बात, सो कमला मैया की कृपा से सब ठीक हो जाएगा। आप ज़रा भी चिन्ता न करें। हाँ, किसी के साथ रतिनाथ को यहाँ भेज दें तो अच्छा रहेगा। मैं उसका

मुँह देखना चाहती हूँ।''

स्नान और भोजन के बाद जयनाथ तरकुलवा से चल पड़े। चैत की दोपहर। धूप कड़ी अवश्य थी, परन्तु वहाँ रहना जयनाथ ने बेकार समझा। इसके अलावा उन्हें इस बात की भी चिन्ता थी कि रत्ती घर पर अकेले कैसे रहेगा।

उन दिनों रेलवे-लाइन इस ओर जयनगर तक ही थी। उसके आगे नेपाल का इलाका पड़ता है और अब तो नेपाल सरकार ने जयनगर से जनकपुर तक अपनी रेल खोल ली है। उस दिन जयनाथ को शाम की ट्रेन मिल गयी, पाँच मिनट की भी देर हुई होती तो गाड़ी खुल जाती।

राजनगर से मुधबनी, पण्डौल, सकरी और तारसराय-चारों स्टेशन वह खड़े ही आए। नेपाली औरत-मर्द सिमरिया घाट जा रहे थे, गंगा नहाने। गाड़ी का वह डिब्बा उन्हीं से ठसाठस भरा हुआ था।

पहर रात बीतते-न-बीतते जयनाथ अपने घर पहुँचे। रतिनाथ अपने साथी नरेश के साथ उसी के घर में सो रहा था। जयनाथ ने उसे उठाया नहीं। सामान मौजूद था, खिचड़ी पका ली और खाकर सो गये।

सुबह उठते ही वह कुटी पर चले गये। यह कुटी गाँव से बाहर पूरब और बलुआहा पोखर के भिंड पर थी। वहाँ पन्द्रह साल से एक महात्मा रहते थे, जिनका असल नाम कोई नहीं जानता था। सभी उन्हें तारा बाबा कहा करते, क्योंकि रोज सुबह-शाम आप 'माई तारा, माई तारा' बीस-पच्चीस बार इतने ज़ोर से चिल्लाते कि आस-पास के चारों-पाँचों गाँव उस सिंहनाद से परिव्याप्त हो जाते। उनकी धोती लाल-सुर्ख रहती थी। गले में हाथीदाँत के खरादे हुए दानों की माला थी। दाईं बाँह पर दो बड़े-बड़े रूद्राक्ष और एक बड़ा-सा मूँगा पहनते थे। दाढ़ी-मूँछ, बाल और नाखून कभी कटाते नहीं थे।

जयनाथ को तारा बाबा के प्रति बड़ी श्रद्धा थी। वह नित्य एक बार बाबा के दर्शन कर आते। मन की आकुलता ही सुबह-सुबह आज इस ब्राह्मण को वहाँ ले गयी।

बिना किसी संकोच के जयनाथ ने तारा बाबा को उमानाथ की माँ के सम्बन्ध में आज सब कुछ बता दिया। सुनकर बाबा की आँखें चमकीं। वह बोल उठे, ''नाहक ही उस बेचारी को तुम तरकुलवा में छोड़ आए हो! मुझे क्यों नहीं कहा? सब ठीक हो जाता। खैर, फिर भी मैं एक यन्त्र बनाकर दूँगा, भिजवा देना।''

अपने पिता के बारे में रतिनाथ को सोकर उठते ही मालूम हो गया कि लौट आए हैं। वह जल्दी से निबटकर रसोई करने लगा। चाची सब चीज़ें रख तो गयी ही थीं। जब भात भी हो गया, दाल भी हो गयी, बैंगन और सहजन की तरकारी चढ़ी थी तब आए जयनाथ। वह उधर से नहाते ही आए थे।

पूजा भगवान की जयनाथ आज स्वयं करने बैठे। वह अधिक पढ़े-लिखे नहीं थे, फिर भी एक कुलीन ब्राह्मण के साधारण दैनिक जीवन में जितनी उपासना और कर्मकांड की आवश्यकता होती है, उतना तो जानते ही थे। प्रातःस्मरण, सन्ध्या-तर्पण, पंचदेवता पूजन (शिव, विष्णु, और दुर्गा का विशेष रूप से) प्रचंडी (सप्तशती) पाठ... इतना बिना किए उन्हें चैन नहीं पड़ता। इसके अतिरिक्त, विद्यापति की महेशबानी भी जयनाथ बड़ी तन्मयता से गाया करते। सिद्धान्त-कौमुदी और तर्कसंग्रह वह पूरा-पूरा नहीं पढ़ पाए। अपनी अल्पज्ञता पर उन्हें जीवन-भर पश्चात्ताप होता रहा।

करीब आधा घंटा पूजा में जयनाथ लगाते थे। यह गोल-मटोल मनोहर शालिग्राम नकली नहीं था, जिसे बनारस या जयपुर के कारीगर काले पत्थर से ताराशर बनाते हैं। यह भगवान् पाँच पुश्त से इस कुल में श्रद्धा और भक्ति के पात्र बने हुए थे। पलिवाड़ महावंश की यह शाखा 'झा' उपाधिवाली थी, जयनाथ के वृद्ध-प्रपितामह नीलमाधव उपाध्याय बहुत बड़े नैयायिक थे। उनकी विद्वता से प्रभावित होकर मुर्शिदाबाद के नवाब ने पूर्णिया जिले में सौ बीघा ज़मीन लाखिराज ब्रह्मोत्तर के तौर पर उन्हें दी थी। जयनाथ के पितामह-भ्राता जगदानन्द झा अच्छे ज्योतिषी थे। उनके दो भाई और थे। गृहकलह हुआ तो यह ब्रह्मोत्तर उन लोगों ने बेच डाला। उन्हीं नैयायिक नीलमाधव उपाध्याय को मुक्तिनाथ का दर्शन करके लौटनेवाले एक महात्मा ने यह शालिग्राम दिया था। नारायणी नदी (गंडक) का जहाँ उद्गम-स्थान है, वहीं यह दिव्य प्रस्तर उस महात्मा को मिला था। बेतिया के तत्कालीन महाराज के यहाँ एक बार नैयायिकजी गये थे, महात्मा ने उन्हें यह शालिग्राम दे दिया। महाराज ने इनकी महिमा सुनकर सोने का छोटा-सा सिंहासन बनवा दिया था। आज से चालीस साल पहले नैयायिकजी के प्रपौत्र इन्द्रमणि झा ने गया से लोटते समय पटना में भगवान का यह सिंहासन बेच डाला। इन्द्रमणि को पुत्र का मुँह देखने की लालसा कभी पूरी नहीं हुई। हाँ, लड़कियाँ चार अवश्य हुईं। उन्हें अपने से भी उच्च कुल में कन्याएँ दान करने की सनक थी और मिथिला का ब्राह्मण, जो जितना ही कुलीन होता है, उसकी दरिद्रता भी उतनी ही बड़ी हुआ करती है। इन्द्रमणि को भी अपनी तीन कन्याओं का भरण-पोषण आजन्म करना पड़ा, क्योंकि चार में से तीन दामाद परम अभिजात महादरिद्र और बिकौआ[1] थे। मरते वक्त, जो कुछ था, लड़कियों के नाम चढ़ा गए। इन्द्रमणि जब मृत्युशय्या पर थे, तभी जयनाथ ने यह भगवान (शालिग्राम) उनसे माँग लिया था। आज पन्द्रह साल से जयनाथ उनकी पूजा करते आ रहे हैं।

पूजा समाप्त करके वह खाने गये।

अपने पुत्र की सहनशीलता और कार्यक्षमता देखकर प्रसन्न होने का अवसर

आज जयनाथ को यह पहली ही बार मिला हो, एसी बात नहीं है। अब तो रतिनाथ ग्यारह साल का हो गया है। पाठशाला में सबसे अधिक तीव्र बुद्धिवाला समझा जाता है। बहुत कम बोलता है। फुर्ती गजब की है उसमें। गरीबी के मारे बाप उसे हिन्दी-अंग्रेज़ी स्कूलों में नहीं रख सका। और रसोई-वसोई तो जब रत्ती सात साल का था, तभी से करना जानता है। सातवें (गर्भस्थिति के अनुसार आठवें) साल की उम्र में उपनयन (यज्ञोपवीत-संस्कार) हुआ था। हाँ, मछली और माँस बनाना अभी उससे नहीं सपरता। पिता और पितियाइन (चाची) घरेलू कामों में रत्ती को कम उलझाते।

दो थालियों में परोस लिया गया था। दोनों बाप-पूत खाने बैठे।

चार

माँ-बाप ने चाची का नमा रखा था गौरी।

वह बहुत सुन्दर थी। चेहरे में लम्बाई-गोलाई की अपेक्षा फैलाव ही अधिक था। आँखें बड़ी-बड़ी। नाक नुकीली। कपार छोटा। बाल खूब काले और एड़ी तक लम्बे। गोरी तो थी ही। गले की आवाज़ नरम और सुरीली थी। हाथ-पैर-छोटे, लाल और भरे हुए, मानो आम के पल्लव हों।

गौरी के इस सौन्दर्य का रहस्य उसके माँ-बाप की भरी-पूरी गृहस्थी तथा निर्विघ्न जीवन में निहित था। चुम्मन झा के पास पच्चीस बीघा ज़मीन थी, उपजाऊ। चार सौ मन धान साल-साल होता था। एक बड़ा-सा कलमबाग था, जिसमें कलमी आम के पचासों पेड़ थे। मालदह, कृष्णभोग, बम्बई, फजली, शाहपसन्द, राढ़ी, भदई, दुर्गीलाल का केरवा, सुकुल, सिपिया, जर्दा—सब थे। किसी साल नागा नहीं जाता, सब साल फलता वह कलमबाग। चुम्मन झा पाँच पेड़ छोड़कर बाकी खटिकों के हाथ बेच लिया करते। चार सौ, पाँच सौ और कभी छः सौ तक मिल जाता। इस तरह आम भी इनके लिए एक अच्छी फसल थी।

सन्तान कुल चार हुईं—दो लड़के और दो लड़कियाँ। एक लड़का और एक लड़की बची थीं। लड़का जयकिशोर किसी जिला स्कूल में हेड पंडित था और बाल-बच्चे और पत्नी समेत बाहर ही रहा करता। उन दिनों शायद डाल्टनगंज

---

1. बिकौआ उन्हें कहा जाता था, जो अपनी कुलीनता बेच-बेचकर अपनी जीविका चलाते थे। एक-एक व्यक्ति बाईस-बाईस तक शादियाँ करते थे। उनका जीवन ससुरालों में ही कट जाता था। समाज में उनकी काफी इज्जत थी। आदरपूर्वक आमन्त्रित करके लोग उनसे अपनी कन्या का पाणिग्रहण करवाते थे। तीन-चार और पाँच दफे बिकनेवाले बिकौआ अब भी मैथिल ब्राह्मणों में यदा-कदा दिखाई पड़ जाते हैं यह प्रथा अब मर चुकी है।

में था। गृहपति को मरे सात साल हुए। अब गृहस्थी का सारा भार वृद्धा के कन्धों पर था। जयकिशोर का मामा कभी-कभी इसमें अपनी बहन की मदद करता और अक्सर उसका रहना तरकुलवा ही होता।

तीन साल पहले छोटे भतीजे का मुंडन-छेदन हुआ था। पिछले दफे तभी गौरी यहाँ आई थी।

परिस्थिति की भयानकता का अन्दाज लगाकर गौरी की माँ गुमसुम थी। जयनाथ जब चले गये, तब उससे नहीं रहा गया। गौरी की ठुड्डी छूकर कर्कश स्वर में उसने पूछा, ''यह क्या कर आई है तू?''

साहस नहीं हुआ कि गौरी माँ की आँख से आँख मिलाती। माँ बोलती गयी, ''इस खानदान में जो किसी ने नहीं किया इस अभागिन ने वही कर डाला! हे बाबा कपिलेश्वर! अब मैं इसका क्या इलाज करूँगी? कब तक इस बात को मैं छिपा सकूँगी?''

नाखून से नाखून खोटती रही गौरी।

अभी तक किसी को मालूम नहीं हुआ था कि गौरी आई हुई है। लोगों ने जयनाथ को सिर्फ गाँव से जाते ही देखा। आए तब तो अभी कुछ रात बाकी थी।

भैंस की बीमारी के बहाने गौरी की माँ ने बुधना चमार की औरत को बुलवा भेजा। यह चमाइन इन कामों में उस्ताद थी। गाय, भैंस, औरत, घोड़ी, बकरी वह सबके काम आती। आसपास के दस-बारह गाँवों में उसकी शोहरत थी। गौरी की माँ के दो भैंसे थीं ज़रूर, मगर उन्हें कहाँ कभी कुछ हुआ? फिर भी बुधना चमार की औरत फौरन आई।

गौरी की माँ ने सारी बात समझा-बुझाकर चमाइन के हाथ पर पाँच-पाँच रुपए के दो नोट धर दिए, लेकिन वह सिर हिलाने लगी, ''नहीं मलिकाइन, इतने में काम नहीं चलेगा। यह तो दवा का दाम भी नहीं होगा। मेरी मजदूरी आप क्या देंगी, बस इतना ही?''

''दो तो तुम्हारा बँधा हुआ है ही,'' गौरी की माँ ने कहा, ''और मैं तो इतना-सा दे रही हूँ।''

मुस्कुराकर सिर हिलाते हुए चमाइन ने कहा, ''यही बबुई तुम्हारी और भी तो दो बार यहाँ से बच्चे पैदा कर गयी है। तब कहाँ मैंने तुमसे कुछ कहा, मलिकाइन? मगर आज तो मामला ही कुछ और है...''

इतना कहकर वह गम्भीर हो गयी। ज़रा देर बाद बोली, ''अगर थाने में किसी ने जाकर चुगली कर दी तो मुझे जेहल-डामुल होगा। तुम लोग तो धनवाली हो; हाकिम भी तुम्हारी तरफ़दारी कर लेगा। कितने जोखिम का काम है पेट

गिराना! पता चला जाय तो सरकार मेरा सत्यानाश कर देगी...''

गौरी की माँ पाँच रुपए का एक नोट और निकाल लाई, फिर भी वह राजी नहीं हुई। उसने कहा, ''दस और देने होंगे। जब काम कर दूँगी तो अपनी खुशी से आप कुछ-न-कुछ और दे दीजिएगा।''

चमाइन की बात पर गौरी की माँ ने ग़ौर किया। वह काफी प्रतिभाशाली स्त्री थी। समझ गयी कि पच्चीस तो यह लेकर ही रहेगी। ज़रूरत ऐसी आ पड़ी है कि पचास पर भी अड़ जाय तो देना ही पड़ेगा। खैर दस रुपए का एक नोट और भी वह निकाल लाई। देते हुए कहा, ''देखो, मेरी लड़की को इस मुसीबत से पार कर दो। पाँच-सात दिन के अन्दर ही यह सब हो जाना चाहिए और गुपचुप।'

जीभ निकालकर चमाइन बोली, ''भला, यह भी क्या कहने की बात है, मलिकाइन? आपकी बदनामी क्या हमारी बदनामी नहीं है? पर एक बात कहती हूँ, माफ करना, बड़ी जातवालों की तुम्हारी यह बिरादरी बड़ी मलेच्छ, बड़ी निठुर होती है मलिकाइन! हमारी भी बहू-बेटियाँ राँड़ हो जाती हैं, पर हमारी बिरादरी में किसी के पेट से आठ-आठ, नौ-नौ महीने का बच्चा निकालकर जंगल में फेंक आने का रिवाज नहीं है। ओह, कैसा कलेजा होता है तुम लोगों का! मइया री मइया!''

गौरी की माँ निसाँस खींचकर भी कुछ बोलीं नहीं। अपनी लड़की के बढ़े हुए पेट पर उनका ध्यान गया और ऐसा लगा कि उसके अन्दर एक सुन्दर और स्वस्थ शिशु पड़ा हुआ है। आँखें मुँदी हुई परन्तु पलकें लगातार फड़क रही हैं—ओ अभागे, तुम्हारा क्या कसूर? यही चमाइन तुम्हें गाँव के बाहर किसी झुरमुट के अन्दर डाल आएगी! फिर कुत्ते और सियार नोच-नोच तुम्हें खाएँगे! जैसे और बच्चे अपनी माँ के पेट से समय पर बाहर आते हैं, तुम उस तरह समय पर गर्भ से बाहर नहीं निकल सकते। तुम्हारे जन्म से प्रसन्न हो सोहर गाए, ऐसी एक भी औरत नहीं होगी... मेरा बस चलता तो...

''अच्छा मलिकाइन, अभी मैं चली। कल शाम को आऊँगी।'' इतना कहकर चमाइन आँगन से बाहर हो गयी, लेकिन फिर लौट आई। कहा, ''ज़रा देख तो लूँ बबुई को।''

माँ ने कहा, ''पूरबवाले घर में है, आओ।''

गौरी को झपकी आ गयी थी। आहट पाते ही उसने आँखें खोल दीं। चमाइन ने करीब जाकर देखा। बोली, ''आठवाँ महीना है। बबुई, नाहक तुमने बखत बर्बाद किया। पेट तीन या चार महीने तक काबू में रहता है। अब देखना, तन्दुरुस्ती पर कितना बुरा असर पड़ता है।''

माँ को अन्देशा हुआ। उसने आँखें फाड़कर पूछा, "क्या री, गौरी की देह को फिर तैयार होने में बहुत दिन लग जाएँगे?"

"हाँ, मलिकाइन!" चमाइन घर से बाहर निकलती हुई बोली, "दुसंझी मालिश करवाती रहें तो पच्चीस दिन लगेंगे। हाँ, आज और कल बबुई को कुछ खाने नहीं देना।"

"आज अभी तो खा चुकी।" माँ ने कहा, "हाँ, रात और कल नहीं खाने दूँगी। तो तू कल रात आएगी न?"

"ज़रूर माईजी, आती तो मैं आज शाम को भी, मगर डीहटोल में सल्हेस[1] महाराज की पूजा है। भाव-भगत होगी। हमारे यहाँ के सभी जाएँगे देखने।"

इतना कहकर बुधना चमार की औरत चली गयी। गौरी की माँ ने उँगली पर गिनकर हिसाब लगाया। बड़ी छुट्टियों में, खासकर गर्मियों में राजकिशोर गाँव अवश्य आया करते। इस बार भी आएँगे। माँ ने सोचकर देखा, आधा चैत बीत चुका है। अभी समूचा महीना बैसाख पड़ा ही है। जेठ की दशहरा से पहले शायद ही कभी जयकिशोर का स्कूल बन्द हुआ हो। और, तब तक गौरी बिलकुल तन्दुरुस्त हो जाएगी। इस गणित से उस वृद्धा को कुछ आश्वासन मिला। जयकिशोर बाबू बहुत ही अच्छी प्रकृति के आदमी हैं, फिर भी माँ को खटका था कि अपनी बहन के सम्बन्ध में यह कुकांड जब किसी तरह उन्हें मालूम होगा तो कुछ कहेंगे अवश्य। इसके अतिरिक्त, उमानाथ भी किसी-किसी साल आम खाने आता है। अपनी माँ के बारे में जब वह सुनेगा तो आश्चर्य नहीं कि कुआँ में कूदकर जान दे दे या माँ को ही मार दे। लड़की को छः मास, आठ मास अपने पास रखना माँ को और भी भारी लग रहा था। इन बातों को सोचते-सोचते वृद्धा का दिमाग जब पथरा गया तो एक बार फिर आप पूरबवाले घर में घुसी और गुस्से में आकर गौरी की ठोड़ी पर एक ठुनका लगा दिया। गौरी हाउ-हाउ करके रो पड़ी। आँखों से आँसू का धार जो बहने लगा, वह बन्द होने का नाम ही नहीं लेता था। माँ जी कड़ा कर कुछ देर अवाक् खड़ी रही, फिर धम्म से वहीं बैठ गयी और लड़की को अपनी छाती से लगाकर आप भी रोने लगी।

दरिद्र कुल में लड़की ब्याहने का ही यह दुष्परिणाम था। शुभंकरपुर के यह वैद्यनाथ झा कुलीनता की दृष्टि से ही ज़रा बड़े थे। गौरी के पिता चुम्मन झा को स्वयं भी पीछे जाकर यह विवाह-सम्बन्ध असन्तोषप्रद लगने लगा। जमाई

---

1. सल्हेस दुसाधों का देवता है। पीपल, पाकड़ या बरगद के नीचे कुटी बनाकर उसमें सल्हेस की प्रतिमा स्थापित की जाती है। आकार-प्रकार में यह अश्वारोही सामन्त की तरह लगते हैं।

महाशय, दमा के रोगी और प्रकृति के सुस्त थे। शादी के बाद तो पढ़ना जानबूझकर ही उन्होंने छोड़ दिया।

ससुराल आते तो बीस-बीस दिन, पच्चीस-पच्चीस दिन तक पड़े रहते। शतरंज का इतना शौक था कि एक बैठक में दस-दस घंटे खेलते रहते। कमाकर शायद ही दो पैसे कभी झाजी ने अपनी स्त्री के हाथ पर दिया हो। जाते-जाते एक क्वाँरी लड़की और एक अबोध शिशु बेचारी के मत्थे ठोक गये। यह लोग औसत दर्जे के मध्यवित्त की एक लड़की को अपने यहाँ ले जाकर उसे नाना प्रकार के अभाव-अभियोगों की परिधि में डाल देते हैं। लड़की जिन्दगी-भर अपने माँ-बाप को उलाहना देती रहती है। वैद्यनाथ को विरातस में सात बीधा खेत मिले थे। तीन बीधा शुभंकरपुर में और चार बीधा कोसी के किनारे (उत्तर भगालपुर में)। बस्ती का नाम था, रामगंज। वहाँ वैद्यनाथ का ननिहाल था। नाना को लड़का नहीं हुआ था। लड़की मात्र थी, तीन दोहित्र थे। कमलनाथ, वैद्यनाथ और जयनाथ। इन्ही तीनों के नाम पर वह अपनी जायदाद चढ़ा गये। शुभंकरपुर के खेत तो वैद्यनाथ बेच-बेचकर खा ही गये थे, डेढ़-दो बीधा रामगंज में भी बन्धक रख दिया था।

बहनोई की मृत्यु के बाद जयकिशोर ने चाहा कि गौरी हमेशा के लिए तरकुलवा ही रह जाय, मगर गौरी को यह प्रस्ताव स्वीकार नहीं हुआ। यह दूसरी बात है कि इस समय बेचारी एक विचित्र परिस्थिति में पड़ गयी है, मगर यों गौरी की प्रकृति में स्वाभिमान की मात्रा कूट-कूटकर भरी हुई है। इसी कारण पितृगृह की अपेक्षा पतिगृह में रहना उसने पसन्द किया। एक बार आग्रह करने पर अपनी माँ को गौरी ने कहा था, 'बाबू (पिता) ने कुश-तिल-जल लेकर मुझे दान कर दिया, फिर मेरा इस घर में रहना अनुचित नहीं होगा माँ? विवाहिता के लिए पितृकुल का अमृत भी पतिकुल के माँड़ या पीने के साधारण जल की तुलना में तुच्छ है। माँ, तभी तो तुमने अपनी नानी के धन पर लात मार दिया था। है न माँ?...'' यह सब बातें एक-एक करके माँ को याद आती रहीं और उसकी आँखों से जल-प्रवाह जारी रहा।

न जाने कितनी देर तक माँ-बेटी रोती रहीं। शोक और पश्चात्ताप के इस समुद्र से उनका उद्धार तब हुआ, जबकि चरकर वापस आई हुई भुल्ली भैंस चरवाहे की लापरवाही से आँगन के अन्दर घुस आई। उसके खुरों की खुट्ट-खुट्ट, खट्ट-खट्ट ने माँ का भी और बेटी का भी स्थान एवं समय की ओर ध्यान खींचा। अपने को छुड़ाकर माँ घर से बाहर निकली तो देखा अमावस की सन्ध्या अपने साज-सरंजाम लेकर आसमान से धरती पर उतर चुकी है। ऊपर ताकने पर एक तारा नज़र आया। गौरी की माँ ने चारों ओर घूम-फिरकर आसमान में दूर-दूर तक आँखें दौड़ाई, परन्तु दूसरा तारा न दिखाई पड़ा। तब हाथ जोड़कर उसने पहले

तारे को प्रणाम किया और साथ ही यह श्लोक पढ़ा—

एकतारा मया दृष्टा द्वितीया नैव दृश्यते।
तद्दोप परिहाराय नारदाय नमोऽस्तुते।"[1]

नौकरानी ने आकर कहा, "रसोई में देर न हो जाएगी, मलिकाइन! क्या बात है? आज तबियत कुछ ढीली देखती हूँ।"

गौरी की माँ ने कहा, "नहीं, कुछ नहीं सुक्खो! यों ही ज़रा सो गयी थी। पानी भर चुकी घड़ों में?"

"हाँ मलिकाइन! अब जाती हूँ।" उसने कहा। नज़दीक आकर गौरी की माँ बोली, "अपनी सास को ज़रा भेज देना। ज़रूरी काम है।"

"अच्छा!" सुक्खो चली गयी। थाली में दिन का जूठा भात, दाल और कई किस्म की भाजियाँ लिए हुई थी। मेहमान की थाली में दुगुना भात परोसना कोई नयी बात तो है नहीं। जयनाथ सवेरे ही खाकर चले गये थे। और, तब से अब तक करीब आठ-नौ घंटे खाने की यह सामग्री खुली पड़ी थी। सैकड़ों मक्खियाँ इससे परितृप्त हुई होंगी। जो-मकई-महुआ की रोटी खाकर तंग आए हुए सुक्खो के बच्चे देखते ही इस पर टूट पडेंगे, चाट-पोंछकर थाली साफ कर देंगे। सुक्खो, उनकी सास, उसका घरवाला सब ललचाई निगाहों से उस दृश्य को देख भर सकेंगे!

गौरी की माँ को खाना बनाने में मन नही लग रहा था, लेकिन कल मंगल है। प्रति मंगल को उपवास रखती है। अभी कुछ पेट में डाल देगी तो अच्छा रहेगा।

झटपट उसने आग जलाई। अदहन हो जाने पर चावल उसमें छोड़ दिए। उसी में चार-छ: आलू चोखा के लिए डाल दिए। सुजनी डालकर बीच आँगन में लेटी रही। लेटे-लेटे सोने लगी, 'इस तरह गौरी को मैं छिपाकर कब तक रख सकूँगी? इसी तरकुलवा में यह घटना क्या पहले कभी नहीं हुई है? अवश्य हुई है, तब? चतुरा चौधरी की लड़की, मक्खन पाठक की पतोहू, पंडितजी की बहन...' गौरी की माँ के सामने का समूचा आसमान तारों से झलमल-झलमल कर रहा था। नक्षत्र खचित यह रजनी उसको वैसी ही लग रही थी, जैसी चाँदी के दस-पाँच गहनों से भूषित कोई साँवली औरत।... वह थोड़ी देर तक आँखें मूँद रही, फिर मानो किसी निश्चय पर पहुँच गयी हो, उसकी आँखें चमक उठीं। अन्दर के संकल्प को वाणी का परिधान देने के लिए उसके होंठ फड़कने लगे।

---

1. एक तारा तो मैंने देख लिया, दूसरा नहीं देख पा रही हूँ। हे नारद महाराज, इस दोष को दूर करने की नीयत से में तुम्हें नमस्कार करती हूँ—(देखना, किसी से झगड़ा मत लगाना)।

वह अपने आप ही बुदबुदाने लगी, 'कोई क्या कर लेगा हमारा? बिटिया को मैं प्याज की तरह ज़मीन के अन्दर दबाकर नहीं रख सकती, इसके चलते जो कुछ हो। जिस समाज में हज़ारों की तादाद में जवान विधवाएँ रहेंगी, वहाँ यही सब तो होगा। मक्खन पाठक की पतोहू चढ़कर पंजाब चली गयी है, एक सिक्ख के साथ रहती है। मैं अपनी लड़की को झाडू से झाड़-पीटकर घर-निकाला और देश-निकाला दूँगी, सो मुझसे नहीं होगा। मेरे जीते-जी गौरी मुसलमान या सिक्ख के घर जाने को मजबूर नहीं की जा सकती।'

भात तैयार हो चुका था। छिले छीलकर गौरी की माँ ने चोखा बनाया। नमक, हरी मिर्च और सरसों का तेल डाला। थाली में भात परोसा। चमाइन मना कर गयी थी, मगर माँ का दिल ठहरा, वह कहाँ माने? थोड़ा-सा भात एक छोटी थाली में भी परोसा। फूल की चमचमाती यह छोटी-सी थाली माँ का ध्यान अतीत की ओर खींच ले गयी। जयकिशोर भी इसी थाली में खाकर बड़ा हआ और गौरी भी इसी में खाकर बड़ी हुई। प्रतिभामा और उमानाथ ने भी कई बार इस थाली में खाया होगा। जयकिशोर बाबू के तीनों बच्चे इसमें खा चुके हैं। ममता के मारे माँ का हृदय छलकने लगा। वह पछताने लगी कि नाहक ही दिन में गौरी को एक ठुनका मार दिया! माँ हूँ, तभी तो आई है। नहीं तो मुजफ्फरपुर, पटना न भाग जाती? कहते हैं, अरिया समाज (आर्य समाज) की तरफ से बड़ा ही अच्छा इन्तजाम है। विधवा हो चाहे कोई हो, वहाँ गरभ किसी का नहीं गिराया जाता। ठीक समय पर बच्चा पैदा होता है। माँ चाहती है तो बच्चे को रखती है, नहीं तो अरिया समाज ही बच्चे को रख लेता है। अच्छा है न। आखिर अच्छे लोग नहीं हैं तो दुनिया कैसे चलती है।

सब ठीक-ठाक करके वह उठी और गौरी को ले आई खिलाने। वह आ नहीं रही थी, परन्तु माँ ने कहा, "तो मैं भी नहीं खाऊँगी, जा।"

दोनों खाने बैठीं। दही का बर्तन नज़दीक में रख लिया।

पाँच

रतिनाथ को अपनी माँ याद नहीं है। थोड़ा-सा आभास मात्र है। वह गौरश्याम थी। उसे दमा का रोग था। ज्यादातर वह लेटी ही रहती थी। बस, यही रत्ती को याद है। माँ का चेहरा कैसा था? कपार छोटा, आँखें न छोटी, न बड़ी। नाक नुकीली नहीं थी। माँ का प्रसंग छिड़ते ही एक भयानक दृश्य इस लड़के की आँखों के आगे नाच जाता था। वह नहीं चाहता था कि इस तरह का अप्रिय और भयानक दृश्य उसे याद आए। किन्तु सिर्फ आँखें मूँद लेने से ही कोई बात मन

में न आए, ऐसा तो कहीं हुआ नहीं।

क्या थी वह बात? यही कि रतिनाथ की बीमार माँ बिस्तर पर उतान लेटी पड़ी है और जयनाथ रौद्र रूप धरकर बेचारी की छाती पर बैठा है। हाथ में कुल्हाड़ी है और वह अपनी स्त्री की गर्दन रेतता जा रहा है। वह घिघिया रही है, लेकिन कोई भी इस नरमेध में हस्तक्षेप करने वाला वहाँ मौजूद नहीं है... माँ घिघियाती है। साढ़े-तीन साल के अबोध रत्ती ने यह दृश्य देखकर दम साध लिया है। घर के कोने में बैठा हुआ वह कनखी से रह-रहकर अपनी माँ और बाप को देख लेता है।

माँ की समृति के साथ यह भयानक चित्र रत्ती की आँखों के आगे आ जाता है। पिता के रुद्र स्वभाव के प्रति इस बालक के हृदय में प्रतिहिंसा की आग कभी-कभी सुलग उठती है। तनी भौंहों और चढ़ी आँखों से वह बाप की ओर घूरता है। जिसको चाची से सदैव घुल-घुलकर बातें करते पाया है, उसी का माँ के प्रति वह नृशंस और रूखा व्यवहार रतिनाथ की समझ से परे की बात थी। वह चार साल का था, तभी माँ मरी थी। माँ के बाद चाची ने ही उसकी देखभाल की है। अकारण क्रोधी स्वभाव के इस पिता से चाची ही उसे बचाती आई है। इन बातों से रतिनाथ अपनी चाची के लिए जान तक देने के लिए हाजिर रहता। पिता के प्रति उसकी भक्ति या श्रद्धा बिलकुल दिखावटी थी। हृदय से वह चाची को ही बाप और माँ सब समझता था।

आँगन में तीन घर थे। दच्छिन, पूरब और उत्तर तरफ। पच्छिमवाला डीह खाली था। मिट्टी की तीन भीत और बाँस के छप्पर, खर (खढ़) के छाए हुए। पूरबवाला घर चाची का था। दच्छिन और उत्तरवाले घर जयनाथ के थे। कमलनाथ को शुभंकरपुर से न कुछ लेना था, न देना। अपने हिस्से की जायदाद उन्होंने इन्हीं लोगों के सुपुर्द कर दी थी। इसी तरह जयनाथ और उमानाथ की रामगंजवाली जायदाद का उपभोग कमलनाथ करते थे। कमलनाथ पढ़े-लिखे नहीं थे। उनके तीन लड़के थे, तीनों मूर्ख। यह मूर्खता, इन लोगों की चार-पाँच पुश्त की विरासत थी। मिथिला में कहावत है कि मूर्ख का लड़का मूर्ख हो सकता है, मगर पंडित का लड़का पंडित नहीं होगा। परन्तु, पंडित का लड़का भी पंडित होता है, जैसे कि नीलमाधव उपाध्याय का पुत्र जयमाधव झा।

नीलमाधव के तीन लड़के थे—जयमाधव, वेणीमाधव और श्रीमाधव। इनमें दो अपठित थे, उनके जिम्मे खेती-बाड़ी का काम था। जयमाधव के दो लड़के हुए—सोनमणि और राजमणि। सोनमणि ने व्याकरण का अध्ययन काशी में रहकर किया था। सोनमणि के एक मात्र लड़का हुआ, इन्द्रमणि। वही मूर्ख भगवान् के छत्र-सिंहासन बेचकर खा गया। कमलनाथ आदि श्रीमाधव के प्रपौत्र थे। वैद्यनाथ

ने पढ़ना आरम्भ किया था, परन्तु ब्याह के बाद उनकी पढ़ाई शीघ्रबोध और मुहूर्त्त चिन्तामणि तक ही सीमित रह गयी।

आँगन में पच्छिमवाला डीह खाली था। उस पर मौसम के मुताबिक भिंडी, बैंगन, मिर्ची वगैरह उपजाया जाता। इस वास-स्थान से पूरब तालाब था, दच्छिन बाग और बाँस। बाग में चार ही छः आम के पेड़ थे। दो पेड़ कटकल के, एक बड़हल का, एक सहजन का। अड़हुल, इन्द्रकमल, करवीर, कनैल, थलकमल, थल-कुमुदिनि, हरसिंगार, बेला—दो-दो, एक-एक झाड़ इन फूलों के थे। जम्बीरी नींबू का भी एक बड़ा-सा झाड़ था। तालाब में रोहू, ब्वारी, भाकुर से लेकर सिंगी, भाँगुर, इंच्चा, पोटी, यानी बड़ी-से-बड़ी और छोटी-से-छोटी मछलियाँ थीं। तालाब में इन लोगों का अठारहवाँ हिस्सा पड़ता था। तीनों भाइयों के बीच नौ बीघा खेत था, सो अलग। पुरखों की लगाई हुई अमराई थी, अठवाँ भाग उसमें भी होता था। दस कट्टा ज़मीन ऐसी थी जिसमें खढ़ होता था। घर छवाने के लिए खढ़-वर इन्हें खरीदना नहीं पड़ता था। एक परिवार बहिया (खबास) का था, कुल्ली राउत का। कुल्ली राउत का परदादा ठीठर राउत था। उसने सात रुपए में अपने को रतिनाथ के परदादा के हाथ बेच दिया था।

गृहस्थी के उपयुक्त सबकुछ था, लेकिन करनेवाला कोई नहीं था। जयनाथ का मन खेती-बाड़ी में लगता तो घर की यही हालत रहती? सारे खेत बटाई पर लगे हुए थे। पूरी उपज घर में नहीं आती थी। साल-साल खेत बेचना या रेहन रखना पड़ता था। उमानाथ की माँ भला कर ही क्या सकती थी? कोई टोकता तो जयनाथ कह उठते—का चिन्ता मम जीवने यद हरिर्विश्वम्भरो गीयते? यदि भगवान् का नाम विश्वम्भर है तो फिर चिन्ता किस बात की? खेत जोता ही रह जाएगा यदि बारिश न हो। धन्य भगवान् कि धान उपजता है, कि हमारे-तुम्हारे मुँह में दोनों जून पाँच-पाँच कौर भात जाता है! धन्य भगवान्!

जयनाथ को इस बात का बड़ा अभिमान था कि वह ब्राह्मण हैं। पूजा-पाठ, गप-शप, सैर-सपाटा, बाबा वैद्यनाथ, बाबा विश्वनाथ, दुर्गा-तारा-काली—इनकी चर्चाओं के अतिरिकत यदि और कोई वस्तु जयनाथ को प्रिय थी, वह थी विजया बनाम भंग भवानी। बमभोले की बूटी का समय पर सेवन हो, वह इसके पाबन्द थे। जब आधा पहर दिन रहता, तब जयनाथ के नित्यकृत्य का यह महत्त्वपूर्ण अध्याय आरम्भ हो जाता। इस सिलसिले में वह मौलवियों का दृष्टान्त बड़े ही उल्लासपूर्वक दिया करते, 'देखो, मौलवी लोग कहीं भी हों, गाड़ी पर चाहे नाव में, जल में चाहे थल में, परन्तु नमाज का समय जहाँ आया कि अँगोछा बिछाकर चट से घुटने टेक देंगे! आहा हाहा!! कितनी तत्परता है!' और, तब जोर-जोर से जयनाथ भंग रगड़ने लगते। उनका दीप्त चेहरा और भी दीप्त हो उठता। बीच-

बीच में सोटे को रोककर कुंडी की ओर गौर से देख लेते और बोल उठते— स्वधर्मे निधनं श्रेय: परधर्मो भयावहः।

औरत मर गयी तो लोगों ने कहा था, 'दूसरी शादी कर लो जयनाथ, नहीं तो घर बर्बाद हो जाएगा। लड़का अभी बहुत छोटा है, उसकी देखरेख के लिए भी तो कोई चाहिए।'

'नहीं-नहीं' जीभ निकालकर और दोनों हाथ दोनों कान पर डालकर जयनाथ तब बोले थे, 'हरे-हरे! इतना हल्का मुझे मत समझिए। जगदम्बा की कृपा होगी तो दस वर्ष में रत्ती ही इस योग्य हो जाएगा। मैं तो अब यही प्रयत्न करूँगा कि देवघर या विन्ध्याचल में कोई मारवाड़ी अपने राम के लिए छोटी-सी एक मड़ैया डलवा दे, बस।'

सुनने वाले अवाक् रह गये थे।

कुछ साल जयनाथ रत्ती को इधर-उधर टाँगते फिरे, फिर लड़के ने एक दिन झुंझलाकर कहा, 'इस तरह मैं पढ़ नहीं सकूँगा, भुट्टू और टुन्नी मेरे सहपाठी थे, अब वे मुझसे एक दर्जा आगे हैं।'

उमानाथ की माँ ने भी समझाया। जयनाथ इस बात पर राजी हो गये कि लड़का गाँव में ही रहे और संस्कृत पढ़े।

तभी से रत्ती अपनी चाची के पास रहता आया है।

उमानाथ बूढ़ानाथ पाठशाला (भागलपुर) में रहकर पढ़ रहा था। इससे पहले कुछ दिन वह अपने मामा के पास मोतिहारी में रहा। बुद्धिमन्द होने के कारण अपने पाठ उसे कभी याद नहीं हुए। हिसाब में जोड़ना जैसे-तैसे उसको आ गया, लेकिन गुणा और भाग दिमाग में घुसा ही नहीं था। घर से आया हुआ घी पिघलाते समय उमानाथ की असावधानी से कड़ाही ही उलट गयी, सारा घी राख और चूल्हे की गरम मिट्टी पी गयी। मामा ने भाँजे को इस अपराध के लिए दो तमाचे लगाए तो भागकर वह भागलपुर चला गया अपने एक साथी के पास, पाँच साल से वहीं है। प्रथमा में पिछले साल फेल किया था, इस साल पास कर जाने की सम्भवाना है। गीता भाषा टीका बाँचकर सुनाने से एक मारवाड़ी सीधा-सामान देता है। रोज मालिश करवाकर पंडितजी से दो रुपया मासिक और दिलवा देते हैं।

वह घर बहुत कम आता है। एक बार रत्ती से भी उमानाथ ने कहा था भागलपुर चलने के लिए। परन्तु रत्ती ने जवाब दिया, 'मध्यमा तक तो गाँव में भी पढ़ा जा सकता है भैया, फिर कहीं क्यों ले जाओगे?'

रत्ती का कहना यथार्थ था। पंडितों के इस गाँव में छोटी-बड़ी दो पाठशालाएँ थीं। एक लोअर प्राइमरी स्कूल था। छोटी पाठशाला के अध्यापक का नाम था

पंडित योगानन्द ठाकुर, व्याकरणाचार्य। प्राइमरी स्कूल के मास्टर थे जयवल्लभ लाल दास। वह पुराने थे। हमेशा एक खजूर की छड़ी उनके पास पड़ी रहती थी। लड़कों को पीटते भी खूब थे और पढ़ाते भी खूब थे। बड़ी पाठशाला का नाम था, 'श्री तारिणी संस्कृत टोल' शुभंकरपुर। यह चटसाल बहुत पुरानी थी। बिहार जब बंगाल सरकार के मातहत था, तब संस्कृत पाठशालाएँ टोल कहलाती थीं। वही पुराना नाम अब तक इस पाठशाला का चला आ रहा था। पंडित भी इसके बहुत ही वृद्ध थे, नाम था बबुअन मिश्र। व्याकरण और धर्मशास्त्र में आप बड़े ही निष्णात थे। दूर-दूर से लोग पतिया-प्रायश्चित्त लिखाने आते। आसपास के इलाकों में धार्मिक बातों को लेकर जब वाद-विवाद उपस्थित होते तो फैसला आप पर ही निर्भर करता। मिश्रजी के पास बड़ी उम्र के छात्र ही पढ़ा करते।

जयनाथ को अब यही महत्वाकाँक्षा थी कि लड़का पढ़-लिखकर अच्छा पंडित बने। रतिनाथ था भी पढ़ने में खूब तेज। अपने साथियों में हमेशा वह बीस ही रहा। उसकी मंशा थी हिन्दी-अंग्रेज़ी पढ़ने की, मगर जयनाथ मास्टर को फीस देने में बराबर आनाकानी करते। लोअर प्राइमरी का इम्तिहान देकर पिछले साल रत्ती आया तो अपर प्राइमरी की किताबें बाप से माँगीं। इधर-उधर टोह लेकर जयनाथ को जब पता चला कि चार-पाँच रुपए सिर्फ किताबों में ही लग जाएँगे तो तय किया—नहीं, कभी नहीं! यह नहीं हो सकता। प्रातःस्मरणीय नीलमाधव उपाध्याय का वंशधर म्लेच्छ भाषा पढ़ेगा? उस दिन धरती उलट जाएगी और आसमान से अंगारे बरसने लगेंगे! वकील बालस्टर बनकर प्याज-लहसन और अंडा नहीं खाना है रत्ती को, उसे तो अपने पूर्वजों की कीर्ति-रक्षा करनी है... बस, एक फटा-मैला अमरकोष कहीं से उठा लाए और बेटे के हाथ में उसे थमाते हुए कहा, "क्या करना है अंग्रेज़ी पढ़कर, क्रिस्तान बनना है! लो यह अमरकोष, जिस दिन यह कंठस्थ हो जाएगा, उस दिन तीनों लोक तुम्हारे लिए नतमस्तक हो जाएँगे। क्या समझते हो, मैंने ज्यादा पढ़ा है? नहीं-नहीं, बेटा, यही अमरकोष थोड़ी लघु (कौमुदी)! बस! फिर भी देखो, लोग मुझे पंडितपछाड़ कहते हैं।'

सिर से पैर तक रतिनाथ ने अपने पिता को देखा और फटा हुआ अमरकोष ले लिया। मन-ही-मन उसे बहुत अफसोस हुआ कि प्राइमरी स्कूल के पुराने साथियों से बिछुड़ना पड़ेगा। जयनाथ बोले, 'दो पन्ने इसमें नहीं है, सो मैं पाठशाला जाकर किसी से लिखवा दूँगा। एक दुअन्नी लगेगी जिल्द में, कोई बाज़ार जाएगा तो वह इसे लेता जाएगा और बँधवा लाएगा। और हाँ, 'विद्यारम्भे गुरुः श्रेष्ठः' मतलब यह कि बृहस्पतिवार को विद्या का आरम्भ करना अच्छा है। आज कौन-सा दिन है?"

'शनीचर?' रत्ती बोला।

जयनाथ ने उँगली पर हिसाब लगाकर कहा, 'शनि एक, रवि दो, सोम तीन, मंगल चार, बुध पाँच और बृहस्पति छः। आज से छठवें दिन हमारे साथ तुम चलना। योगानन्द ठाकुर की पाठशाला में जय गणेश, जय गणेश करके अमरकोष आरम्भ कर देना।'

सिर झुकाकर रतिनाथ ने पिता का आदेश मंजूर किया, परन्तु हृदय उसका रो रहा था।

रत्ती अपने बाप से बहुत डरता था। ज़रा-ज़रा-सी बात पर जयनाथ उसे पीटते थे। पिटाई में वह इस बात का ध्यान नहीं रखते कि दस-ग्यारह साल का बच्चा है, कोमल शरीर और लचीली हड्डियों में चोट ज्यादा लगती होगी। छड़ी, कलछी, चैला, लोढ़ी जो भी हाथ में पड़ जाता, उसी से पीटने लगते। कभी-कभी खम्भे में कसकर बाँध देते। एक दफे गर्दन पकड़कर ऊपर उठा लिया और धरती पर पटक दिया था। ये घोर दंड उसे किन अपराधों के कारण सहने पड़ते? बहुत ही मामूली अपराध हुआ करते। खाते समय ज़मीन पर ज़रा पानी डुल गया। थाली में थोड़ी दाल बाकी रह गयी। पैसा या अधेली चुरा ली। तालाब में नहाने गये तो हाथ-पैर पटककर ज़रा तैर लेना चाहा। पेड़ पर चढ़कर अमरूद खाते समय नाखून-भर खरोंच लग गयी। लुक-छिपकर कहीं तमाशा देखने निकल गये। इसी किस्म के अपराध हुआ करते थे। पिता के भय से रतिनाथ जी-भर कभी दौड़ नहीं लगा सकता था। खिलखिलाकर खूब हँसना उसके लिए स्वप्न की वस्तु थी। पेड़ पर चढ़ना कल्पना मात्र थी।

चाची उसे बहुत बचाती थी। इसी से उसका रोम-रोम चाची के प्रति कृतज्ञ था। किसी के मुँह से चाची की शिकायत जब सुनता तो गुस्से के मारे उसके छोटे-छोटे नथुने फड़कने लगते।

और अभी चाची नहीं थी। जयनाथ ने एक दिन कहा था, "उमानाथ की माँ बीस-पच्चीस रोज में लौटेगी।" यह अरसा रत्ती के लिए पहाड़ था। बहुत ही बच-बचकर उसे चलना था। रसोई तो खैर जयनाथ खुद भी खुशी-खुशी कर लेते थे। घर के और कामों में भरसक रत्ती भी हाथ बँटाता। बचा हुआ समय वह पढ़ाई में लगाता। इन्द्रमणि के घर में रामायण का एक बड़ा-सा पोथा था—तुलसीदासी। रत्ती ने निश्चय किया कि पाँचों दिन वह रामायण बाँचने में लगा देगा। डरते हुए उसने बाप से अपनी यह इच्छा प्रकट की। वह राजी हो गये।

इन्द्रमणि स्वयं तो अब थे नहीं। तीनों लड़कियाँ बाप के वैभव की मालकिन थीं। चौथी लड़की चूँकि बिकौआ की औरत नहीं थी, ससुराल में ही रहती थी, उसका पति धनी था। ससुर की जायदाद में हिस्सा बँटाने की उस भले आदमी की कभी इच्छा ही नहीं हुई। ये तीनों लड़कियाँ भी एक-दूसरे से अलग हो

गयी थीं। दस-दस बीघा खेत एक-एक के बखरे पड़ा था। तीन में से एक निःसन्तान थी। एक के एक लड़का और दूसरे के दो लड़कियाँ थीं। तीनों नाममात्र की सधवा थीं। पाँच दिन में रत्ती अयोध्याकांड के अन्त तक पहुँच गया।

बृहस्पतिवार के दिन रतिनाथ ने पाठशाला में जाकर अमरकोष आरम्भ किया। जयनाथ ने अपने बटुए से एडवर्ड छाप का एक रुपया निकाला और लड़के के हाथ पर धर दिया। कहा, "गिरो पंडितजी के पैरों पर, प्रणाम करो।"

रत्ती ने रुपया गुरुजी के पैर पर रख दिया, फिर प्रणाम किया। गद्गद होकर पंडितजी ने आशीर्वाद दिया, "आयुष्मान् भव। विद्यावान् भव!"

छह

अगले दिन सुबह तरकुलवा के लोगों को मालूम हो ही गया कि गौरी आई है। कब आई, क्यों आई, कैसे आई—इस जिज्ञासा ने पुरुषों से अधिक स्त्रियों को ही चंचल बनाया। लोगों को इतना-भर लग सका कि कलेजे की बीमारी है। डॉक्टरों ने हिलना-डुलना तक मना कर रखा है।

लेकिन इससे क्या? लोग तो हिल-डुल सकते थे। उनका तो घर से निकलना वर्जित नहीं था?

आहिस्ते-आहिस्ते एक-एक, दो-दो करके टोल-पड़ोस की औरतें जयकिशोर बाबू के आँगन में आने-जाने लगी। गौरी की माँ ने अपने दिल को काफी मज़बूत बना लिया था—कोई आए, कोई देखे। मेरी लड़की किसी का गला काटकर तो आई नहीं।

गौरी भाई के खाली पलंग पर लेटी पड़ी थी। दूर के रिश्ते की दो भाभियाँ बिलकुल करीब आ गयीं, और गौर से घूरते हुए पूछा, "लली, आखिर क्या हो गया है तुम्हें? चेहरा पीला पड़ गया है, बदन पर खून का नाम नहीं है। नाखून सफेद पड़ गये हैं, यह क्या हो गया है तुम्हें?"

गौरी कुछ बोली नहीं। मन-ही-मन अपनी स्त्री-जाति पर उसे क्रोध हुआ—ओ अभागी औरतो! मुझे क्या हो गया है, यह तुम भलीभाँति जानती हो। तुम्हें रत्ती-रत्ती पता है कि इस तरह का चेहरा एक स्त्री का कब होता है। इस तरह की झेंप, इस तरह का संकोच किसी विधवा की मुखाकृति पर कब छाया रहता है, यह भी तुम भलीभाँति जानती हो। फिर क्यों मेरा दिमाग चाटने आई हो? तुम्हें जिसका खटका है, उसी दुर्भाग्य का मैं शिकार हूँ। मेरी नियति के साथ क्यों मखौल करने आई हो।

उनमें से एक बिलकुल पास आकर गौरी को देखने लगी। ज़रा देर बार आहिस्ते से उसने अपना हाथ गौरी के सीने पर रख दिया। चट से गौरी ने उसका हाथ पकड़ लिया, ''नहीं, मुझे कुछ नहीं होता है, भाभी। छोड़ दो।''

उसकी आँखों की कड़ाई से भाभी सकपका गयी। दो कदम पीछे हटकर उसने कहा, ''नहीं लली, यों ही मैं देख रही थी। किसी ने कहा तुम बीमार होकर यहाँ दवा कराने आई हो, सो मैं ज़रा देखने चली आई।''

इतनी देर बाद अब दूसरी भाभी ने मुँह खोला, ''सुनती हूँ, कलेजे में दर्द होता है।''

गौरी कुछ बोली नहीं। घूरकर रह गयी।

जिस उल्लास से ये दोनों स्त्रियाँ गौरी के पास आई थीं, वह मर गया। पत्थर पर तीर मार-मारकर उन्होंने अपने तरकस खाली कर दिए, तो चलीं गौरी की माँ से बातें करने। वह अजवायन सुखा रही थी। खुद छाँह में बैठी थी और आध सेर के करीब अजवायन आँगन में पड़ी सूख रही थी। ये स्त्रियाँ जो रिश्ते में उसकी पतोहू होती थीं, दिखावटी नम्रता से एक ओर खड़ी हो गयीं और इशारे से पूछा, ''चाची, इस अजवायन का क्या करोगी?''

गौरी की माँ को लगा कि समूचे गाँव ने मुझे चिढ़ाने के लिए इन्हीं दोनों छोकरियों को भेजा है। वह बाघिन की भूखी आँखों से उन्हें घूरने लगी कि इतने में उन्हीं में से एक बोली, ''बहना, पटुआ का साग अजवाइन से छौंकने पर बहुत ही स्वादिष्ट हो जाता हे। इतनी-सी मामूली बात आश्चर्य है, कि तुम नहीं जानतीं।''

अब गौरी की माँ से न रहा गया। उन्हें विश्वास हो गया कि जानबूझकर ये मुझे बनाने आई हैं मगर उसने अपने आवेश को दबाया, और बोली, ''बेटी, यह दवा में काम आती है।'' ज़रा रुककर उसने फिर कहा, ''कहाँ आई थी, गौरी को देखने?''

आधी घूँघट के अन्दर से सिर हिलाकर दोनों ने जतलाया—''हाँ।'' और आँगन से बाहर हो गयीं। गौरी की माँ बड़बड़ाने लगी, 'लुच्ची कहीं की! अजवायन का और क्या होता है, दवा बनती है, वह दवा जो कि ब्याने के बाद औरतें खाती हैं। जान-बूझकर मुझे चिढ़ाने आई थीं।'

उसके बाद दिन-भर फिर कोई न आया। शाम को सुक्खो की सास आई। उसने बतलाया कि कैसे गाँव-भर में गौरी की चर्चा हो रही है कि कैसे इस घटना को लेकर औरतें छी-छी, थू-थू कर रही हैं। मर्दों का लोकमत क्या है, इस बारे में सुक्खो की सास ज़रा भी जानकारी नहीं रखती थी। सबकुछ सुन-समझकर गौरी की माँ बोली, ''अब तो बात फैल गयी, जानत सब कोई!''

थोड़ी देर चुप रहकर फिर छाती ठोंकती हुई वह बोली, "देखें कौन क्या बिगाड़ता है? मैं रुई का फाहा नहीं हूँ कि लोग फूँक देंगे, और उड़ जाऊँगी। मर्द हो तो सामने आकर कोई कहे।"

सुक्खो की सास ने अपनी मलिकाइन को शान्त किया। जाते-जाते वह कहती गयी, "जब तक इस जर्जर देह में साँस बाकी रहेगी, गौरी की माँ, तब तक किसकी मजाल है जो तुम्हारी ओर उँगली उठाए।"

पहर-भर रात बीती कि चमाइन आई।

गौरी की माँ को इस बात का खतरा था कि कहीं लड़की के प्राण न निकल जाएँ। परन्तु बुधना चमार की औरत इन कामों में बहुत होशियार थी। उसने कह दिया, "नहीं मलिकाइन, खतरा किस बात का? यह मेरे लिए कोई नयी बात तो है नहीं, ऐसा मौका तो आता ही रहता है। चार मास का, छः मास का, आठ मास का, पेट चाहे कितना ही असाध हो, इन हाथों के लगते ही सब ठीक हो जाता है, कमला मैया की कुछ ऐसी मेहरबानी है..."

माँ, ने दक्खिन ओर मुँह करके दोनों हाथ उठा लिये और आर्त स्वर में गुनगुनाई, "दोहाई बाबा बैजनाथ की! इस मुसीबत से राजी-खुशी मेरी लड़की निकल गयी, तो गंगाजल भरकर मैं सुल्तानगंज से तुम्हारे धाम पहुँचूँगी।"

इतना कहकर छलछलाई आँख और भर्राई आवाज़ से नाम लेकर बाबा बैजनाथ को उसने प्रणाम किया।

चमाइन अपने काम में लगी।

सात

तारा बाबा की उम्र सत्तर साल से कम न होगी। उनके प्रति लोगों की बहुत ही गम्भीर श्रद्धा थी, बतला ही चुके हैं। शुभंकरपुर की मिट्टी से उन्हें एक प्रकार का मोह हो गया था। साल-डेढ़ साल बाद वह विन्ध्याचल या पशुपतिनाथ की यात्रा में निकला करते थे। डेढ़-दो महीने बाद वापस आ जाते। फिर वही गाँव, फिर वही कुटी।

गाँव से पूरब बलुआहा पोखर था। कहते हैं, खोदते समय उसमें से इतना बालू निकला कि उसका नाम ही बलुआहा पड़ गया। यह पोखर शुभंकरपुर गाँव के मालिक राजा बहादुर दुर्गानन्दन सिंह का था। आपके परदादा महाराजकुमार गणेशसिंह ने इसे खुदवाया था। बाईस बीघा जमीन पानी के अन्दर पड़ती थी। आठ बीघा ज़मीन भिंड (भींड, भीट) थी। आसपास पाँच कोस में ऐसा तालाब

होता है कि न देनेवालों की कमी है और न लेने वालों की। परिवार में सिर्फ दो कुत्ते हैं। उन्हें बाबा बहुत मानते हैं। यात्रा में निकलने पर खासकर उन्हीं कुत्तों के लिए एक सेवक को नियुक्त कर जाते हैं। सर्दी, जुकाम या फोड़ा-फुन्सी हो जाने पर उसी तत्परता से इन कुत्तों की दवा दारू होती है, जिस तत्परता से राजा बहादुर दुर्गानन्दन सिंह की एकमात्र कन्या की। शाम को बड़े प्रेम से भाँग छानते हैं। उसमें नशा की अपेक्षा ठंडई की ही मात्रा अधिक रहती है। जयनाथ जैसे भंग भक्तों का मन बाबा की ठंडई से नहीं भरता।

उस दिन जब बाबा भाँग छान रहे थे, ठीक उसी वक्त जयनाथ पहुँचे। पैर छूकर प्रणाम किया। बाबा ने कहा, "बच्चा, भोजपत्र तो है नहीं। यन्त्र कैसे बनेगा?"

कुटिया के ओसारे पर खम्भोली के सहारे बैठते हुए जयनाथ ने कहा, 'तो क्या होगा? बादामी रंग के काग़ज पर लिख देने से काम नहीं चलेगा?"

दाँतों तले जीभ दबाकर बाबा ने सिर हिलाया—"नहीं रे नहीं। भोजपत्र का महात्म्य ही कुछ और होता है। यों तो पीपल के पत्ते पर भी बीज-मन्त्र लिख देने से काम चल सकता है, परन्तु यह तो खास मामला है न? भगवती त्रिपुरसुन्दरी का एक पंचाक्षर मन्त्र है, वह अवांछित गर्भ गिराने में अनुपम है। समझते हो न? इसलिए कहा कि भोजपत्र ही चाहिए।"

जयनाथ कुछ देर के लिए मौन रहे, फिर कहा, "पंडित कालीचरण पाठक साल-दर-साल नेपाल जाते थे। वहाँ से वह ढेर का ढेर भोजपत्र लाते थे। उनको मरे आठ-दस साल हो गये हैं। ठहरिए, मैं ज़रा उनके लड़के से पूछ लूँ।"

इतना कहकर तुरन्त जयनाथ वहाँ से बस्ती की ओर चल पड़े।

कालीचरण का मकान बस्ती के पूर्वी छोर पर था। जयनाथ वहाँ पहुँचे, तब तक पंडित जी का लड़का अपनी अमराई की ओर निकल चुका था। फिर भी आवाज़ देने पर पंडितजी की पत्नी बाहर आई। रिश्ते की भाभी होने के कारण वह जयनाथ के सामने आती थी परन्तु यह क्या, छूटते ही पंडिताइन ने जो पूछा, उस प्रश्न का सम्बन्ध जयनाथ की कल्पना के भोजपत्र से तो था नहीं; उलटे वह प्रश्न उमानाथ की माँ पर चोट करता था।

"क्यों बाबू," पंडिताइन ने पूछा, "लक्ष्मण ने आसन्नप्रसवा सीता को ले जाकर कहाँ छोड़ दिया?"

कुछ हतप्रभ होकर जयनाथ ने कहा, "छोड़ा तो आखिर जंगल में ही।"

"और आप लक्ष्मण लौट आए?"

जयनाथ ने चुप्पी साध ली।

पंडिताइन बोली, "धिक्कार है तुम्हें। उमानाथ की माँ और तुम वर्षों से

साथ रहते आए हो और आगे भी सारी ज़िन्दगी साथ कटेगी, यह मुझे विश्वास है। फिर तुम उस बेचारी को अकेली तोप के मुँह पर छोड़ आए हो?''

जयनाथ ने झुँझलाकर कहा, ''तो भौजी, मैं करता ही क्या? तरकुलवा में बैठे-बैठे पहुनाई करना और लोगों के कटाक्ष सहता... भला, इससे क्या फायदा था? उनकी माँ सब ठीक कर लेगीं।''

''ठीक तो कर ही लेंगी,'' पंडिताइन का सुर मद्धिम पड़ गया। कुछ रुककर उसने फिर कहा, ''बुरा न मानना जयनाथ बाबू! मैं दयमन्ती नहीं हूँ जो हाथ धोकर उमानाथ की माँ के पीछे पड़ जाऊँ। मेरे दिल में मुसीबत की मारी उस औरत के लिए बड़ा दर्द है।'' तब दक्खिन की ओर मुँह करके पंडिताइन बोली, ''जाने गंगा माई, उमानाथ की माँ को मैं अपनी सगी बहन समझती हूँ। इस दुर्घटना के बाद भी उसके प्रति मेरा स्नेह ज्यों-का-त्यों हैं। परन्तु...''

इतनी देर बाद पंडिताइन का ध्यान इस बात की ओर आया कि अरे! जयनाथ को बैठने के लिए तो कहा ही नहीं। देखते ही मैं लगी उस पर तीर चलाने! तब ममता-भरी आवाज़ में उसने कहा, ''कब तक खड़े रहोगे? ज़रा बैठ तो लो।''

दरवाज़े पर तख़्तपोश पड़ी थी। जयनाथ उस पर बैठने लगा तो पंडिताइन बोली, ''अजी ठहरो, दरी तो ले आने दो।''

जयनाथ मना ही करते रहे, तब तक लपककर आँगन से वह दरी उठा लाई और तख़्तपोश पर उसे बिछा दिया।

ममता की इस प्रतीक को जयनाथ बहुत गम्भीरता से देख रहे थे।

हाथ पकड़कर पंडिताइन ने बैठा दिया। ''ताकते क्या हो? बैठो न। कोई जल्दी थोड़े है।''

जयनाथ ने कहा, ''जल्दी तो नहीं, लेकिन जिस आँगन में भूकम्प आया हुआ हो, उस आँगन के प्राणी चैन से तो कहीं बैठ नहीं सकते।''

जयनाथ की आँखें डबडबा आईं। उसके दिल के चढ़े हुए तारों को पंडिताइन ने ज़रा छू-भर दिया था कि वे झनझना उठे। उस तीव्र झनकार की लहरी में जयनाथ का पूरा व्यक्तित्व तिनके की तरह कम्पित हो उठा। क्षण-भर के लिए उनकी आँखों के आगे उमानाथ की माँ का चमचमाता चेहरा नाचने लगा। उमानाथ की माँ! तुम इतनी सुन्दर क्यों हुईं? पूर्व-जन्म के किस अभिशाप से वैधव्य का यह दुर्वह भार ढो रही हो? मेरी कृतघ्नता को, देवि, कभी क्षमा मत करना... जयनाथ की आँखें छलक पड़ीं।

पंडिताइन से नहीं रहा गया। अपनी सफेद धोती के आँचल की खूँट से जयनाथ के आँसू पोंछती हुई वह कहने लगी, ''ओह! नाहक ही यह सब मैंने तुम्हें कहा! बच्चा तो तुम हो नहीं, रोते क्यों हो?''

पंडिताइन की इस सान्त्वना का फल यह हुआ कि आँसू और भी बह निकले। अब अपने ही अँगोछे से आँख पोंछकर और नाक साफ करके जयनाथ ने इशारा किया कि भौजी बैठे जाओ तुम भी।

पंडिताइन आँगन की ओर चली और कहती गई, ''भाग मत जाना, मैं सुपारी ले आती हूँ।''

बड़ी मुश्किल से जयनाथ ने अपने को प्रकृतिस्थ किया। तब तक सुपारी के दस-बारह खंड तश्तरी में सामने रख दिए गये थे। पंडिताइन ने कहा, ''हाँ, यह तो नहीं बताया कि मेरे लड़के की कौन-सी ज़रूरत थी, जो पुकार रहे थे?''

दो टुकड़े सुपारी मुँह में डालकर जयनाथ बोले, ''कालीचरण भैया नेपाल से भोजपत्र लाया करते थे। तारा बाबा को एक यन्त्र बनाना है, दो उँगली-भर भोजपत्र चाहिए। और कहाँ मिलेगा?''

अपनी गोल-गोल आँखों को बड़ी करके पंडिताइन बोली, ''लाते तो थे... ठहरो, मैं देखती हूँ।''

पंडिताइन भोजपत्र की खोज में अन्दर गयी और जयनाथ सोचने लगे—'आह! कितना अच्छा स्वभाव है इस स्त्री का! इसके पिता ज़िन्दगी-भर बनैली में राज पंडित रहे। सज्जनता की मूर्ति थे। जैसा बाप, वैसी बेटी। क्यों न हो, हीरे की खान से काँच थोड़े ही निकलता है।''

पंडिताइन फौरन वापस आई, इसके हाथ में भोजपत्र था। जयनाथ को उसे देती हुई वह कहने लगी, ''पंडित रोज चंडी का पाठ करते थे। उसी पोथी के गत्ते में यह भोजपत्र पड़ा था। मुझे खयाल आया और मैं निकाल ले आई।''

भोजपत्र लेकर जयनाथ चले तो तश्तरी में बचे पड़े सुपारी के टुकड़े उठाकर पंडिताइन ने कहा, 'बाबू, यह रख लो बटुए में। खुद न खाना तो, किसी को खिला देना।''

''वाह भौजी, तुमने भी खूब कहा, खुद न खाना...''

आठ

पाठशाला में भी जल्दी ही रतिकान्त ने छोटे-बड़े विद्यार्थियों का ध्यान अपनी ओर आकृष्ट कर लिया। पंडितजी भी उस पर प्रसन्न रहते थे, क्योंकि अपने पाठों को खूब मन लगाकर वह याद किया करता। इसके अलावा जब जिस काम में वह उस लड़के को लगाते तो उसमें वह ज़रा भी जानकारी नहीं करता। हाँ, पंडितजी का धौला बैल बड़ा बदमाश था। एक दिन रत्ती से उन्होंने कहा, ''इसे

ले जाकर तालाब से पानी तो पिला लाओ।'' रत्ती ने असमर्थता जाहिर की तो पंडितजी बोले, ''अरे, यह काम तो सात साल का हमारा मुन्नू कर लेता है।''

इस पर रत्ती ने कहा, ''गुरुजी, हमारे अपने यहाँ तो बैल-गाय हैं नहीं। फिर हम क्या जानें कि किस तरह पुचकारने से बैल सीधी राह पकड़कर पानी पी आता है।''

यह पंडितजी बड़े ही चतुर थे। बाहर रुपया महीना डिस्ट्रिक्ट बोर्ड से भी लेते थे, और पाँच रुपया राजाबहादुर से भी। पतिया-प्रासचित से भी कुछ निकल आता था। पुरोहिती के कामों में भी पण्डितजी का दखल था। गरज यह कि कुल मिलाकर पंडित की आमदनी पच्चीस रुपए माहवार पड़ जाती थी। अपने ही दालान पर पाठशाला थी। सात-आठ बीघा खेत थे। दो चचेरे भाई थे। तीन लड़कियाँ, दो लड़के। ती गाय-बैल, एक हलवाहा, एक खेत-मजदूर। घर-गिरस्ती का छकड़ा मजे में पण्डितजी चला रहे थे। अध्यापक का कार्य उनके लिए उतने महत्त्व का नहीं था, जितने महत्त्व की खेती-बाड़ी और पुरोहिती। राजाबहादुर दुर्गानन्दनसिंह पण्डितजी को खूब मानते थे। अन्दर हवेली में रोज चण्डी-पाठ करने का संकल्प पण्डितजी के दादा ही कर गये थे। अभी तक उसे यह पण्डितजी चलाए जा रहे हैं। इसीलिए बारह रुपया सालाना मिलता है। रक्षाबन्धन के दिन राजाबहादुर की कलाई में पण्डितजी राखी बाँधते हैं। विजय दशमी के दिन राजाबहादुर के सिर पर जौ के मृदु मनोरम हरित-गौर अंकुर डाल आते हैं। इसका भी एक-एक रुपया बँधा है। पर्व-त्योहार के दिन कभी पण्डितजी अपने घर नहीं खाते, ऐसे अवसरों के लिए राजाबहादुर के यहाँ उनका नित नेवता रहता है। पेट भरकर खा भी आते हैं और अँगोछे में बाँधकर ले भी आते हैं।

राजाबहादुर और उनके पूर्वजों का गुणगान पण्डितजी के नित्यकृत्य का ही एक अंग है। अपने छोटे-बड़े छात्रों को पाठ के आदि, मध्य या अन्त में राजाबहादुर से सम्बन्ध रखनेवाली कथाएँ अवश्य वह सुना जाते हैं और भी ठीक। वैद्यनाथ धाम में उस साल नौ दिनों तक 'हरिवंशपुराण' रानी ने यदि पण्डितजी के मुँह से न सुना होता तो यह लड़की भी न हुई होती। पण्डित जी कहा करते, ''यह मेरा ही दुर्भाग्य है कि राजाबहादुर के यहाँ लड़का नहीं हो रहा है...'' यह कहकर दाएँ हाथ की तीन बिचली उँगलियों से वह अपना चन्दन चर्चित ललाट ठोकने लगते।

शुभंकर की उस छोटी-सी पाठशाला में नियमित रूप से पढ़नेवाले लड़कों की तादाद तेरह थी। उनमें से पाँच शब्द रूपावली, धातु रूपावली और अमरकोष पढ़ रहे थे। रत्ती पढ़ने में तेज तो था ही, महीना पूरा होते-होते अपने साथियों में प्रमुख हो गया। इस पाठशाला का वायुमण्डल उसे और भी स्वतन्त्र मालूम

पड़ता था। प्राइमरी स्कूल में तीस-पैंतीस लड़के थे। खजूर की छड़ी लेकर बैठे हुए मुशी जयवल्लभलाल की कड़ी मूँछोंवाली वह सूरत रत्ती को बहुत भयावनी लगती थी। वहाँ अनुशासन काफी कड़ा था। घर में क्रोधी पिता के डर से जी-भरकर वह कभी मुस्कुरा भी तो नहीं सका! इस पाठशाला का यह शिथिल अनुशासन रतिनाथ की चेतना के लिए कुछ स्फूर्तिप्रद साबित होने लगा। यहाँ पण्डितजी लड़कों को परेशान नहीं करते थे। बहुत हुआ तो हल्की उँगलियों से कान उमेठ दिए; गधा, कुत्ता और पाजी कह दिया; बस। खजूर की उस छड़ी के आगे मीठी सज़ा का यह संसार रत्ती को रोचक लगा। इसका फल यह हुआ कि उसे मुक्त प्रकृति के साथी मिले। उछल-कूद का मौका मिला।

अपने पिता से कई दफे उसने कहा, "शब्द रूपावली और धातु रूपावली मँगवा दीजिए। अमरकोष की जिल्द बँधवा दीजिए।" परन्तु जयनाथ ने बराबर झिड़क दिया, "अभी यह तो खत्म करो। किताबें आ जाएँगी। जिल्द नहीं हुई तो क्या हुआ? तुम्हारे हाथ से तेल चूता रहता है?"

भीतर-ही-भीतर रत्ती का दिल कचोट और आत्म-ग्लानि से भर उठता। उसे चाची याद आतीं।

एक दिन बैसाख की कड़ी दोपहरी में वह पाठशाला पहुँचा। और लड़के दो-अढ़ाई बजे के करीब आया करते थे। रत्ती भी दूसरे दिन समय पर ही आता था, मगर आज वह निर्जन दोपहरी में पाठशाला के अन्दर घुसा।

सरस्वती की एक सुन्दर प्रतिमा थी। प्रतिवर्ष बसन्त पंचमी (माघ) के दिन सरस्वती की नयी प्रतिमा का स्थापन होता था, और साल-भर वह प्रतिमा ज्यों-की-त्यों वहाँ रहती थी। दूसरे कोने में एक रद्दी-सी आलमारी थी। उसी में पण्डितजी अपनी पुस्तकें रखा करते। टूटी होने के कारण वह ऐसी थी कि कोई भी चीज़ अन्दर रख या बाहर निकाल सकते थे। लड़कों को जिस दिन खूब खेलने का मन रहता, उस दिन वे भी अपनी किताब आलमारी में डाल देते थे। आज रत्ती ने अपने साथियों को आलमारी के अन्दर किताब डालते देखा था।

इधर-उधर नज़र मारता और पैर बचाता हुआ वह आलमारी के पास पहुँचा। अन्दर हाथ डालकर, चार-छः किताबें निकालीं। तीन नयी और अच्छी किताबें उसने छाँट लीं और पुराने अखबार में लपेटकर उन्हें पाठशाला से ज़रा दूर एक झाड़ी में छिपा दिया। फिर शंकित चित्त से बार-बार झाड़ी की ओर देखता हुआ वह अपने घर चला आया। उस दिन दुबारा रत्ती पाठशाला नहीं गया।

अगले दिन सुबह जब पाठशाला पहुँचा तो उनके सभी साथी चोर को गालियाँ दे रहे थे। रतिनाथ को उन्होंने घेर लिया, और ऊपरा-ऊपरी कहने लगे, "देखो रत्ती, आलमारी के अन्दर से किसी ने हमारी किताबें उड़ा ली हैं... हे

सरस्वती माता, आपको तो पता होगा!''

रत्ती का दिल धड़क रहा था। आज तक उसने बाहर चोरी नहीं की। अपने घर में समय-समय पर दुअन्नी, इकन्नी, चवन्नी और अठन्नी चुराई थी। बाप ने दो-तीन दफ़े पकड़ा भी था। और आज रत्ती के इस छोटे-से जीवन में यह पहला ही अवसर है कि किसी की कोई चीज़ चुराई है।

रत्ती के अन्दर से एक धीमी-सी आवाज़ आई, 'धिक्कार है! अपने साथियों की किताबें तुम चुरा ले गये!''

झूठ, वह पचीसों बार और बोला है, मगर आग में तपाए लोहे के लाल गोले की भाँति इतना असह्य झूठ रत्ती के कण्ठ से कभी बाहर नहीं निकला। वह बोला, ''चोरी! नहीं, नहीं, चोरी नहीं, किसी ने देखने के लिए उठा लिया होगा।''

साथी एकसाथ चिल्ला उठे,''अरे भाई, इन छोटी-छोटी किताबों की ज़रूरत और किसको पड़ी होगी? भूत-प्रेत तो ले नहीं गये होंगे! अच्छा, परसौनी का जूगल कामति कटोरा चलाना जानता है। जिस साले ने हमारी किताब ली होगी, उस पर अगर कटोरा न चलवाया तो...''

यह सुनकर रतिनाथ का चेहरा फक हो गया, उसे लगा कि चोरी का पाप दानव बनकर आज उसको निगल जाएगा। पिता सुनेंगे तो कच्चा खा जाएँगे। हे भगवान्! बेचारे की आँखों के सामने अँधेरा छा गया। शौच जाने का बहाना कर वह नज़दीक के पोखर की ओर चला गया। उसके मुँह से इतनी-सी भी बात नहीं निकल सकी कि साथियो! कटोरा चलवाने की क्या ज़रूरत है? पाठशाला के सभी लड़कों को सुनाकर यह कह दो, आज शाम तक—नहीं, कल सुबह तक आलमारी के अन्दर किताबें वापस न आई तो हम परसौनी जाकर चोर पर कटोरा चलवाएँगे।

रत्ती शौच के लिए गया तो पोखर के भिण्डे से नीचे उतरकर इमली के एक बूढ़े पेड़ की आड़ में बैठा। उसकी आँखों से आँसू का अविरल प्रवाह अपने आप बह चला। मुदा आज चाची नहीं थी कि अपनी धोती की खूँट से आँसू पोंछती और पीठ पर हाथ फेरती हुई चुमकारती, पुचकारती!

सूने मन से वह बड़ी देर रोता रहा। रो-रोकर अपनी आँखें उसने लाल कर लीं और वापस लौटा। पोखर में नहाने के घाट पर घुटने-भर पानी के अन्दर धँसकर उसने आँख-मुँह और हाथ-पैर धोए। बाहर निकलकर अँगोछे के फटे-पुराने कपड़े से चेहरा पोंछा और फिर पाठशाला आ गया। अपनी किताब लेकर जब पढ़े बैठा तो सत्तो (सत्यनारायण) ने कहा, ''तुम्हारी आँखें क्यों लाल हो गयी हैं रत्ती?''

"पोखर पर गया था, उड़ते कीड़े पड़ गये थे। बड़ी मुश्किल से निकले। मसलने से आँखें लाल हो गयीं।" रतिनाथ ने जवाब दिया।

थोड़ी देर बाद रत्ती घर के लिए चल पड़ा। आज पिताजी नहीं हैं, रसोई करनी पड़ेगी।

उस दिन भी दुबारा वह पाठशाला नहीं गया! अगले दिन आलमारी में गायब किताबें मौजूद थीं। किताबें मिलने की खुशी में सत्तो, परमा, उत्तिम, नित्या और रत्ती–पाँचों साथियों ने मिलकर सरस्वती भैया को पाँच पैसे की मिठाई अगले इतवार को चढ़ाना मंजूर किया।

नौ

आम अब बड़े-बड़े हो गये थे। बैसाख का महीना खत्म हो गया था। चाची के न रहने से इस बार सतुआ संक्रान्ति रत्ती के लिए फीकी रही। बीच-बीच में कई बार अंधड़ और तूफान आए। इतने आम गिरे कि घिवही की टहनियाँ हलकी हो गयीं। अचार तो बनाता ही कौन? रह गयी आमिल और फाँगी की बात, इसमें जयनाथ ने तत्परता दिखाई। दो मजूरिन रखकर गिरे-पड़े आमों का आमिल और फाँकियाँ उन्होंने काफी बनवा लीं।

अब इक्के-दुक्के आम पकने लग गये थे। एक दिन सुबह-सुबह रतिनाथ ने एक पका आम पाया और खुशी के मारे चिल्ला उठा—"पिताजी, मैंने गोपी[1] पाई है, यह देखिए, कैसा बढ़िया है!" घर के अन्दर से ही जयनाथ ने आवाज़ दी—"अरे सूँघ मत लेना, भगवान को भोग लगाएँगे।"

रत्ती ने वह आम लाकर फूल-डाली में रख दिया।

इस बार शुभंकरपुर में आम खूब नहीं फला था। जिनके बाग में दस-पाँच भी कलमी पेड़ थे, उनकी तो बात नहीं, लेकिन बीजू ही बीजू के पेड़ जिनके बाग में थे,उनके लिए सचमुच ही आम कम था। जयनाथ के पिता एक कलकतिया और एक मालदह का कलम लगा गये थे। सेवा नही होने के कारण ये दोनों पेड़ प्रौढ़ होने से पहले ही बुड्ढे रहे थे। कुछ डालें सूख गयी थीं। कुछ में टहनियाँ कम थीं। फिर भी सौ-दो सौ आम हर साल वे देते थे। मालदह (लँगड़ा) का पेड़ लम्बा नहीं, फैला हुआ था। जब जयनाथ नहीं रहते,उस समय मालदह की टेढ़ी-मेढ़ी डालों पर रतिनाथ का एकछत्र राज्य रहता। टोल-पड़ोस के पाँच-सात लड़कों को बुलाकर खेलने लग जाता था। और इस बार तो मालदह में गिने-गिनाए पचास आम बच रहे थे। मालदह आमों का राजा है—जिसने एक बार खाया, उसका कहना है। कलकतिया फलने में बहादुर होता है, लेकिन जयनाथ का कलकतिया अपने मालिक की लापरवाही से चिढ़कर कसम खा बैठा है, कम-

से-कम फलो।

इससे क्या? आम के अपने पेड़ फलें, या न फलें, जयनाथ ब्राह्मणों की भिक्षावृत्ति के बहुत प्रशंसक थे। राजाबहादुर की ड्योढ़ी के चारों—ओर सैकड़ों बीघा कलमबाग थे। दुनिया के लिए आम का काल भले ही हो, लेकिन राजा बहादुर का स्टेट कभी आम के फलों से खाली नहीं जाता था। दस-दस, पाँच-पाँच करके भी फलते तो लाखों फल निकल आते। बम्बई आम जेठ से ही पकने लगता है, और बथुआ ठेठ कुआर तक जाता है। इन चार-पाँच महीनों में स्टेट के अमले आम खा-खाकर लाल बुन्द हो जाते। अवधनारायण मल्लिक राजाबहादुर के यहाँ दीवानगीरी करते थे। मल्लिकजी के घर बच्चे हो-होकर मर जाते। न लड़का जीता, न लड़की। तारा बाबा के आदेश से दीवानजी साधु-ब्राह्मणों की बड़ी सेवा करते थे।

जयनाथ पर तो उनकी खास कृपा थी; वह कई बार मल्लिकजी के यहाँ महामृत्युंजय का जप कर चुके थे। दक्षिणा के अलावा दो धोतियाँ, कम्बल का आसन अर्धा, पंचपात्र, आचमनी, ताँबे की पवित्री (अँगूठी) मिला करती है। जितने दिनों तक जप चलता, तस्मई (खीर) और पकवानों से एकभुक्ति होती।

जयनाथ को मल्लिकजी का बड़ा भरोसा रहता था। जब जाते, शास्त्र-पुराण की बात सुनकर, कोई-न-कोई चीज़ या एक-आध रुपया ले आते। दीवानजी की तीसरी पत्नी का मायका मानिकपुर में था और जयनाथ की भी शादी वहीं हुई थी। गाँव के रिश्ते में वह जयनाथ की सरबेटी होती थी और इन्हें फूफा कहा करती। इस प्रकार मल्लिकजी के परिवार में जयनाथ का प्रवेश हो गया था। अब, दुनिया में चाहे आम फले या न फले, मल्लिकजी बरकरार रहें; जयनाथ को और क्या चाहिए?

आठ-दस दिन बीतते-बीतते घिवही के आम पक-पककर पटपटाने लगे। दिन-भर की प्रचण्ड गर्मी, दोपहर रात तक की ठिठकी हवा और उसके बाद रात्रिशेष में जब दक्षिण पवन ग्रीष्म ऋतु की श्रान्त शिथिल अलग प्रकृति-नटी के सिमटे हुए आँचल को फरफराने लगता, तो घिवही के विशाल वृक्ष की निस्पन्द टहनियाँ उच्छ्वसित हो उठतीं। टप-टप करके आम गिरने लगते। पूर्वी आसमान में शुक्रतारा अपने मधुर उज्ज्वल प्रकाश से दिग्वधुओं को ललचाता हुआ सहसा उग आता कि रत्ती की आँखें खुलतीं। वह पेड़ के नीच जाकर आम चुनने लगता। एक-एक करके बीती बातें उसे याद आतीं... पद्मा की आँखें। बागो के लम्बे

1. जेठ के आरम्भ में रोहिणी नक्षत्र का प्रवेश होता है, तो आम पकने लग जाते हैं। इक्के-दुक्के पक जानेवाले आम को गोपी कहा जाता है।

बाल, अपर्णा का गोल-मटोल चेहरा। और इन सब पर अपने बड़े-बड़े, परन्तु हल्के पंख फैलाकर मुस्कुरानेवाला चाची का वह अनुपम सौन्दर्य। आसिन की दूध-धुली रातों में इन लड़कियों के साथ वह छुटपन से ही हरसिंगार के फूल चुनता आया है। बाप की मार खाकर यही जगह है कि घण्टों खड़े होकर माँ की याद में उसने आँसू बहाए हैं। यही जगह है कि चाची की अशेष सहानुभूति का अधिकृत उत्तराधिकारी की भाँति हृदय से उपभोग किया है।

तब तक जयनाथ भी उठ जाते और अच्छी तरह पौ फटती, फिर बिहान हो जाता। पूर्वजों के खुदवाए हुए अपने उस छोटे पोखर की हलकी लहरों पर जब रतिनाथ बालरवि की किरणों को मचलते देखता, तो एक प्रकार की सिहरन से उसका रोम-रोम कंटकित हो उठता।

जयनाथ का उमानाथ की माँ पर तो ध्यान था ही, फिर भी तारा बाबा ने जो यन्त्र दिया था, उसे उन्होंने तरकुलवा नहीं भेजा। लिफाफे में भेजने से यन्त्र का प्रभाव घट जाता। शूद्र के द्वारा इसे भेजा जा नहीं सकता। अन्ततोगत्वा जयनाथ ने तय किया कि रत्ती को तरकुलवा भेज दें।

कुल्ली राउत का साथ कर दिया। यह खबास सत्तर साल का था। बातचीत, रंग-ढंग, और बनाव-देखाव ऐसा था कि अपरिचित लोगों को भ्रम हो जाता, यह ऊँची जाति का कोई आदमी है। उसे संस्कृत के कई स्त्रोत याद थे। जनेऊ का मन्त्र वह जानता था और, कहते संकोच होता है, गायत्री भी उसे आती थी। संकोच इसलिए कि जिस गायत्री के लिए ब्राह्मण-वटुकों का उपनयन संस्कार होता है, और जो सिर्फ द्विजों की चीज़ है, उस महान् प्रणव को एक शूद्र जान जाय, यह असह्य है। जाने कैसे उसने सीख ली थी। जयनाथ से इस बात की किसी ने शिकायत की, तो वह फुफकार उठे, "साले की चमड़ी उधेड़ लूँगा। शूद्र है तो शूद्र की भाँति रहे।"

तरकुलवा के रास्ते पर दरभंगा महाराज का एक बड़ा-सा पोखर पड़ता है। वहीं दोनों ने स्नान किया, रतिनाथ ने जल्दी-जल्दी सन्ध्या की तो कुल्ली राउत ने टोका, "बबुआ, तुम नीलमाधव उपाध्याय के वंशधर हो। फिर अपने कर्म-धर्म में इतनी हड़बड़ी क्यों दिखाते हो? कहीं कोई जान जाएगा तो शुभंकरपुर की हँसी होगी।"

रत्ती ने जवाब दिया, "अरे, यहाँ कौन देखता है? देखना चलकर तरकुलवा में, घंटा-भर नाक न दबाए रहा, तो जो कहो।"

राउत ने मुस्कुराकर कहा, "लो, बाप का गुन सीख न गये! जयनाथ भी जब दूसरी जगह जाते हैं, तो चार-चार घण्टे पूजा करते हैं।"

रत्ती को बात लग गयी। ऊपर से उसने कहा, "चलो राउत, धूप कड़ी

हो जाएगी।''

दोनों चले, परन्तु रास्ते-भर रतिनाथ यही सोचता रहा कि राउत का कहना गैरवाजिब नहीं था। पिताजी अपने यहाँ तो पूजा-पाठ में आधा घण्टा मुश्किल से ही लगाते हैं, मगर लोगों के सामने गप्पें खूब मारते हैं। क्यों किसी को ऐसा करना पड़ता है? रतिनाथ को कुल्ली राउत बहुत ही चतुर, बहुत ही व्यावहारिक और बहुत बड़ा ज्ञानी मालूम पड़ा। वह सोचने लगा—'अगर यह भी ब्राह्मण के घर में पैदा हुआ होता, तो निश्चय ही उसके बदन पर फटे-पुराने कपड़े न होते। हमारा जूठन खाकर, हमारा पहिरन पहनकर इनके बच्चे पलते हैं। उन्हें कभी स्कूल और पाठशाला जाने का अवसर नहीं मिलता। क्या मर्द, क्या औरत—इन लोगों का जीवन बड़ी जातिवालों की मेहरबानी पर निर्भर है।' सोचते-सोचते रतिनाथ का दिमाग चकराने लगा तो तरकुलवा नज़दीक था। पूछने पर एक घर से आवाज़ आई, ''ग्वाले का घर है।'' कुल्ली ने रत्ती से कहा, ''आ तो गये ही, बबुआ, ज़रा सुस्ता न लें?''

इस सुस्ताने की ओट में कुल्ली राउत के तमाखू पीने की इच्छा काम कर रही थी। अन्दर से बुढ़िया निकली तो कुल्ली ने कहा, ''पीनी हमारे पास है, तुम हुक्का भरकर ला दो।''

''और, आग नहीं चाहिए?'' मुस्कुराकर बुढ़िया ने कहा। फिर उलटे पैर आँगन चली गयी। पीनी लेती गयी थी।

हुक्का और चिलम जब आया तो राउत रतिनाथ को तरकुलवा का भूगोल बता रहे थे, ''पाँच कोस उत्तर नेपाल है। पूरब लोकहा थाना है, दक्खिन थाना फुलपरास पड़ता है। पच्छिम कमला मैया बहती हैं। ज़मीन बड़ी उपजाऊ है। दो-दो मन कट्टा धान उपजता है।''

फिर तन्मय होकर राउत तमाखू पीने लगे। गुडगुड़ाते-गुड़गुड़ाते जब जी भर गया, तो हुक्का बुढ़िया को थमा दिया।

चुम्मन झा का घर राउत को मालूम था। वह कई दफे भार लेकर तरकुलवा आया है। सीधे दोनों जयकिशोर बाबू के दालान पर पहुँचे। रतिनाथ आँगन चला गया। चाची पूरब की ओर वाले घर के ओसारे पर बैठी थी। आँखें चार होते ही वह बोल उठीं, ''लाल मेरे, इतनी कड़ी धूप में पैर तो तुम्हारे ज़रूर ही भरता हो गये होंगे! साथ कौन आया है, राउत?''

''हाँ।'' कहते हुए रत्ती ओसारे पर पहुँचा और चाची के पैर छुए। गौरी ने उसे छाती से लगा लिया और ठुड्डी छूती हुई बोली, ''हे भगवान्! भूखे पेट इस जेठ में कैसे आया होगा?''

रत्ती ने कहा, ''नहीं चाची, भूखा नहीं हूँ। चिउड़ा और आम साथ थे।''

आँखें नचाकर चाची ने कहा, ''रहने भी दे, चिउड़ा और आम। पेट पाँजर से सटा जा रहा है, और भूखे नहीं हैं!''

रत्ती ने देखा, आषाढ़ में जब पहले-पहल किसी दिन मूसलाधार वर्षा होती है, तब जिस भाँति धरती का सद्य:स्नात रूप निखर आता है, उसी प्रकार चाची का शरीर लगता है। डेढ़ मास पहले चाची की शक्ल जैसे कुछ पीली-पीली लगती थी, अब वैसा रंग नहीं था। इस परिवर्तन का रहस्य उस किशोर का मन भला जान ही कैसे सकता था! उसके लिए इतना काफी था कि बीमार होकर चाची तरकुलवा आई थी, और राहु-मुक्त चन्द्रकला की भाँति अपने स्वाभाविक स्वास्थ्य को फिर से उन्होंने पा लिया है।

लोटा-भर ठण्डा पानी लाकर अपने ही हाथ से चाची ने रत्ती के पैर धोए। अपने ही आँचल से उन्हें पोंछा और कहा, ''राउत को भी पानी दे आओ, हाथ-पैर धोएँगे।''

जब तक राउत को पानी देकर वह आया, तब तक इधर चाची ने फूल की उसी चमचमाती छिपली में खाना परोस रखा था। वह आया और फिर से पैर धोकर पीढ़े पर बैठ गया। खाने लगा तो चाची पंखा झल रही थी। खाते-खाते रत्ती ने पूछा, ''क्यों चाची, इस साल इधर आम की फसल कैसी है?''

पंखा के बेंट से अपनी ठुड्डी को टेककर चाची बोली, ''आठ आना समझो।''

रतिनाथ की आँखें चमक उठी। वह गुनगुनाया, ''फिर तो दस दिन रहने का मन करता है।''

इतने में उसे भूली हुई कोई बात याद आई। खाते-खाते ही ग़ौर से इधर-उधर नज़रें घुमाईं और कहा ''नानी को नहीं पाता हूँ।''

पंखा झलते हुए चाची ने कहा, ''रात में चोरों ने आम तोड़ लिये। मालदह के दो पेड़ साफ कर दिए, माँ वहीं गयी है। जो कुछ बच रहे हैं, उनकी हिफाजत का इन्तजाम तो करना ही पड़ेगा।''

रत्ती मचल उठा, ''खाने के बाद मैं भी वहीं जाऊँगा।''

''नहीं बेटा, जब ठण्डा होगा, तब जाना, अभी बहुत धूप है। और, मैं तो राउत के सामने जाती नहीं। बूढ़े को खाना कौन खिलाएगा?''

वह इस दलील से चुप हो गया।

राउत को खिलाकर और दो टुकड़े सुपारी देकर रत्ती अन्दर आया और जयकिशोर बाबू के पलंग पर चाची के साथ सो गया।

थोड़ा दिन बाकी रहा तो गौरी की माँ बाग से लौटी। रतिनाथ को देखकर बहुत खुश हुई। शाम को रत्ती और राउत बाग की ओर टहलने गये। बम्बई आम

जा रहा था और मालदह का पकना शुरू हो गया था कि ऐन मौके पर चोरों ने धावा किया। फिर भी डेढ़-दो सौ बच रहे। दोनों ने घूम-फिरकर सारा बाग देखा। राउत की भी तबीयत हुई कि दस दिन रहकर आमों की बहार लूटी जाय, मगर उसे अपने वे खेत याद आए, जो मड़आ रोपने के लिए तैयार पड़े थे।

राउत दो ही दिन तरकुलवा में रहा, फिर भी काफी आम उसे खाने को मिले। गौरी की माँ को खिलाने-पिलाने का बड़ा शौक था। स्वयं विधवा होने के कारण वह निरामिषभोजी थी, परन्तु आगन्तुकों के लिए दूर-दूर से मछलियाँ मँगवाती, खसी पिटवाती। यह ठीक है कि कुल्ली राउत के लिए तरकुलवा में कभी खसी नहीं पिटवाया गया, फिर भी उमानाथ की नानी का स्वागत-सत्कार इस बूढ़े खबास के लिए खास आकर्षण रखता था। वह दो दिन रहा, और तीसरे दिन प्रातःकाल शुभंकरपुर के लिए रवाना हो गया। चाची ने जयनाथ के लिए दस बम्बई और दस मालदह आम दिए थे।

दस

समाज उन्हीं को दबाता है, जो गरीब होते हैं। शास्त्रकारों को बलि के लिए बकरे ही नज़र आए। बाघ और भालू का बलिदान किसी को नहीं सूझा। बड़े-बड़े दाँत और खूनी पंजे पण्डितों के सामने थे, इसलिए उधर से नज़र फेरकर उन्होंने बेचारे बकरों का फतवा दे डाला।

गौरी की माँ समाज के लिए बाघिन थी। इतना बड़ा कुकाण्ड हो जाने पर भी तरकुलवा में किसी ने गौरी की माँ को खुल्लमखुल्ला कहा नहीं। गर्भ गिराने के ठीक ग्यारहवें दिन उसने सत्यनारायण की पूजा की। गाँव-भर को आमन्त्रित किया था। पाँच ही छः थे, जो नहीं आए। उनमें से तीन तो ऐसे थे, जिनकी इस घर से पुश्तैनी अनबन थी। बाकी दो-तीन ऐसे थे जिनका खयाल था कि सिमरिया घाट जाकर प्रायश्चित कर लेने के उपरान्त ही सत्यनारायण की पूजा करवानी चाहिए थी।

गौरी की माँ का कहना था कि बूँद-भर गंगाजल में उतनी ही सामर्थ्य है, जितनी कि सिमरिया घाट की गंगा में। यों कोई कहे तो मेरी बेटी पच्चीस बार गंगा नहा आने को तैयार है। गो-हत्या, ब्रह्म-हत्या का पाप तो इसने किया नहीं, फिर महज़ मामूली बीमारी के लिए किसी को इतना बड़ा दण्ड मैं कैसे दिलवाती?

गरी-छुहारे और मुनक्के डलवाकर पंजीरा तैयार किया गया था। पुरोहित महाराज थे, बुढ़ऊ वैदिक नरेश ठाकुर। गुलाबी रंग में रँगी हुई दो धोतियाँ सत्यनारायण

भगवान् को चढ़ाई गयी थीं। पीले रंग में रँगा हुआ तीन हाथ का एक अँगोछा। पुजारी बने थे शंकर बाबा। संकल्प कराते समय वैदिकजी ने जयकिशोर की माँ से कहा, "गौरी बिटिया से कहो, पुजारी के सामने आकर ज़रा बैठ जाए।"

स्वच्छ सफेद शान्तिपुरी धोती पहने गौरी सामने आई, तब संकल्प हुआ—ॐ अद्य ज्येष्ठे मासे शुक्ले पक्षे त्रयोदश्यां तिथौ निवृत्तरोगाया अस्याः श्री गौरी देव्याः सर्वाऽऽपत्ति प्रशमनार्थ सांगसाऽयुध सवाहन सपरिवार श्री सत्यनारायण पूजनमहं करिष्यामि..."

पूजन हुआ, कथा हुई, विसर्जन हुआ। फिर आमन्त्रितों में प्रसाद बाँटा गया। इस बीच में रह-रहकर ढोल, पिपिहरीवाले गाते-बजाते रहे। छाँटकर पन्द्रह ब्राह्मणों को खाने का निमन्त्रण दिया गया था, उन्हें खिलाया गया।

गाँव की तीन-चार वृद्धाओं ने भी असहयोग कर दिया था। गौरी की माँ को किसी की परवाह नहीं थी। हाँ, बेटे का डर ज़रूर था। अभी जयकिशोर के आने में आठ-नौ दिन की देरी थी। उनके आने से पहले ही गौरी ने शुभंकरपुर लौटना चाहा। इस विचार से माँ भी सहमत हो गयी।

जेठ की पूर्णिमा को, रात के समय बैलगाड़ी पर रत्ती और चाची राजनगर स्टेशन की ओर चले। गाड़ीवान एक ग्वाला था। गाँव से बाहर आने पर रतिनाथ ने बाबा से कहा, "स्टेशन बहुत दूर है, आइए आप भी चढ़ लीजिए। नहीं तो थक जाएँगे।"

दाँतों तले जीभ दबाकर बाबा ने गम्भीरतापूर्वक सिर हिलाया, "उहूँ!"

रत्ती बाबा की ओर बकर-बकर ताकने लगा। अपने हाथ से उसका हाथ दबाकर गौरी ने कहा, "बाबा, कभी बैलगाड़ी पर नहीं चढ़े। तुम्हारा गाँव कहने को तो पण्डितों का गाँव है, किन्तु आँख-मुँह ढँककर बड़े-बूढ़े भी बैलगाड़ियों पर दूर-दूर तक हो आते हैं। तुम्हारे बाप को भी मैंने एक बार बैलगाड़ी पर बैठे देखा था।"

रत्ती को बूढ़े बाबा के प्रति एक अजीब-सी श्रद्धा हो आई। वह बोला, "तो चाची, कुछ दूर तक मुझे भी इन्हीं के साथ पैदल चलने दो।"

"पागल कहीं का!" चाची ने डाँटा, "फूलकर पैर तुम्बा हो जाएँगे!"

आखिर रत्ती ने नहीं माना। छलाँग मारकर नीचे आ गया और शंकर बाबा के पीछे-पीछे चलने लगा। थोड़ी दूर जाकर उसने मुँह खोला, "क्यों बाबा, आप बैलगाड़ी पर क्यों नहीं चढ़ते?"

बाबा सुरती खाते थे। थूककर कहा, "बच्चा, अब कोई इन बातों का विचार नहीं करता। बैल ठहरे शिवजी के वाहन। इनके चारों पैर धर्म के ही चार चरण हैं। इसीलिए ब्राह्मण न हल जोतते हैं, न गाड़ी चलाते हैं। चढ़ना भी मना है।"

बाबा ने एक बार फिर थूका। रत्ती ने फिर पूछा, ''तो क्यों लोग चढ़ने लगे हैं? हल तो कोई नहीं जोतता है।'' बाबा ने चलते-चलते रतिनाथ का कन्धा पकड़ लिया और थोड़ा रुक गये। बोले, ''घोर कलियुग आ गया है, आज नहीं तो कल ब्राह्मण हल भी जोतेंगे, देख लेना। अंग्रेज़ी पढ़े-लिखे ब्राह्मण, सुना है, प्याज-लहसुन खाते हैं। मुर्गी का अण्डा खाते हैं...'' इतना कहकर बाबा ने फिर थूक दिया।

गाड़ी चली जा रही थी—ढचर-ढचर-ढच! गौरी उसी पर लेटी पड़ी थी। आकाश से चाँद अमृत बरसा रहा था। हौले-हौले हवा चल रही थी। तारों को एक-दूसरे से दूर-दूर देखकर उसे फिर एक बार अपने एकाकी जीवन का खयाल आया। स्त्री और पुरुष, पुरुष और स्त्री एक-दूसरे के पूरक हैं। एक-दूसरे से रहित कुछ नहीं हैं... इसके बाद गौरी को वह व्यक्ति याद आया कि जिसके हाथ में आज से बाईस साल पहले वैदिकजी ने यह हाथ धरा दिया था। फिर उसे अपना अभाव-अभियोग-ग्रस्त वह दाम्पत्य-जीवन याद आया, जो इसी गाड़ी की भाँति ढचर-ढचर कुछ दिनों जैसे-तैसे चलता रहा। इस गाड़ी के भी दो बैल बराबर नहीं हैं, और हमारी भी जोड़ी ऐसी ही विषम थी। इसके बाद अपने हृदय-आकाश में अकस्मात् उग आने वाले उस स्वस्थ तरुण की याद आई, जिसे लोग जयनाथ कहते थे।

तब गौरी ने रतिनाथ की ओर मुड़कर देखा। वह बाबा के साथ आहिस्ते-आहिस्ते चला आ रहा था। चाँदनी में उस किशोर का सुन्दर मुखमण्डल चमक रहा था। मन हुआ कि आवाज़ देकर फिर उसे गाड़ी पर बैठा ले।

और सचमुच ही उसने आवाज़ दी, ''आओ, गाड़ी पर चढ़ जाओ।''

रत्ती ने एतराज नहीं किया। चुपचाप आ बैठा। हिलती-डुलती उस गाड़ी पर थोड़ी देर बाद नींद के झकोरे खाने लगा और चाची के बदन पर उठंग गया। कुछ समय तक गौरी रतिनाथ की देह पर हाथ फेरती रही। उसे सहसा एक खयाल आया। जयनाथ को धर-पकड़कर किसी तरह दूसरी शादी कर लेने के लिए राजी कर लिया जाय, तो कैसा रहे? एक ही खतरा है कि सौतेली माँ इस लड़के को ज़िन्दगी-भर परेशान करती रहेगी! अरे, क्या परेशान करेगी! मैं भी तो रहूँगी। रत्ती को अपने साथ रखूँगी, अपनी दुनिया लेकर जयनाथ और उनकी बीवी अलग रहें। दूसरा फायदा इससे यह होगा कि मुझ पर जयनाथ की लोलुप दृष्टि नहीं पड़ेगी। नयी-नवेली सहचरी पाकर निश्चय है कि मेरी ओर से उनका मन खट्टा हो जाएगा। तीसरा फायदा यह कि उतने बड़े आँगन में रात-बिरात मुझे अकेले रहना पड़ता है। एक साथिन मिलेगी।

आधे रास्ते पर एक ओर बहुत ही चालू एक कुआँ पड़ता था। शंकर बाबा

झपटकर आगे जा चुके थे। उसी कुआँ पर बैठे सुस्ता रहे थे। गाड़ीवान को दूर से ही उन्होंने आवाज़ दी, "रोकना हो ऽऽ..."

सड़क कुएँ से दो बीघा दूर थी। गाड़ीवान सोया हुआ था। बैल बेचारे लीक पकड़कर चले जा रहे थे। बाईं ओर जो जुता था, वह सिलेबिया (सँवलिया) था, दाईं ओर धोला। डील-डौल, चाल-ढाल, रंग-रूप, दृष्टि से सिलेबिया अव्वल था। उसकी तुलना में धौला काफी हलका था। सिलेबिया की गर्दन में घण्टी बँधी थी। उसकी टुनटुन-टुनटुन उस नीरव निशीथ में अवश्य दूर-दूर तक प्रतिध्वनित होती होगी। बाबा की परिचित आवाज़ सुनकर बैल ठिठक गये! हलका-सा दचका लगा तो गाड़ीवान की नींद टूट गयी। गौरी और रतिनाथ भी जगे। सबने उतरकर पानी पिया, पेशाब की, कुछ देर तक खड़े रहने से बैलों को भी दम मारने की फुरसत मिली। उन्होंने भी मूता।

करीब आध घण्टे के बाद गाड़ी फिर चली।

दूर की निविड़ अमराइयों में से चुहचुहिया की आवाज़ आ रही थी। शंकर बाबा राह चलते ही सोते जा रहे थे। एक बार आँख झपकती तो दस कदम तक उसी हालत में चले जाते। वह देहात की कच्ची सड़क थी। राह के किनारे एक ओर तो गाड़ी की लीक थी, और दूसरी ओर पगडण्डी। पगडण्डी पर कहीं धूल, कहीं चिकनी मिट्टी और कहीं दूब-ही-दूब पड़ती थी। बाबा के पैरों की खुरदरी उँगलियाँ दूब में उलझ जातीं, तो नेत्र खुल जाते। मिट्टी और धूल से तो पैरों को कोई डर था नहीं, इस स्थिति में चुहचुहिया की मधुर आवाज़ ने बाबा को एकदम जगा दिया और उन्होंने प्रभाती का तान छेड़ दिया—"जागहु हो बृजराज, लाज मोर राखहु हो बृजराज..."

स्टेशन करीब आ गया था। बाबा ने गाड़ीवान से कहा, "अभी तक बैल अपने मन से चले हैं। अब ज़रा इनकी पीठ थपथपाओ। चाल तेज होगी, तो सम्भव है, सुबह वाली टेन (ट्रेन) मिल जाय। नहीं तो दिन-भर राजनगर ही अगोरना पड़ेगा। तुम्हें क्या है, अभी लौट जाओगे।"

गाड़ीवान ने कहा, "तो बाबा, तुम चलो झपटकर आगे। टिकट-उकट लेना।"

उसने शाबाशी देकर बैलों को ललकारना शुरू किया। वे सरपट दौड़ने लगे। उनकी जोड़ी ठीक रहती, तब तो खूब ही दौड़ सकते थे। थोड़ी देर में बैलगाड़ी राजनगर पहुँच गयी। महाराजा के महलों के बगल से जाती हुई आगे उसने कमला का पुल पार किया कि बस स्टेशन!

और ठीक ही उस दिन सुबहवाली ट्रेन घण्टा-भर लेट थी। अभी जयनगर से ही वह चली थी। जयनगर के बाद खजौली और खजौली के बाद राजनगर।

शंकर बाबा, चाची और रत्ती प्लेटफॉर्म पर जा बैठे। सामान ज्यादा नहीं था। गाड़ीवान को उन लोगों ने छुट्टी दे दी थी। मगर उसने कहा, "क्या है, पहर-आध पहर देर ही होगी तो क्या है? आप लोगों की गाड़ी जब छूट जाएगी, तब मैं भी अपनी लढ़िया हाँक दूँगा।"

शंकर बाबा ने दूसरी और तीसरी दफे पैटमैन से पूछकर मन को पक्का किया कि आधा घण्टा और बाकी है, तब स्टेशन से बाहर निकलकर पुल के पार एक बाग में वह पहुँचे, और आम के तीन दतुवन तोड़ लाए। नदी के किनारे बैठकर दाँत साफ करने लगे और सोचा—'बहुत दिन हो गये, कमला स्नान नहीं किया। आज तो हो नहीं सकेगा, लौटते समय, हे मैया, अवश्य मैं तुम्हारी धारा में दो डूब लगाऊँगा।'

इतने में टिकट कटाने की घण्टी बजी। जल्दी-जल्दी दतुवन चीरकर बाबा ने जीभ साफ किया, और घाट के अन्दर घुटने-भर पानी के अन्दर कुल्ला किया, आँख-मुँह धोए। फिर तीन बार अपने ऊपर हिमालय से निकली उस पुण्य सलिला का जल छींटकर अपने को सिक्त किया।

टिकट कटाया। दो पूरा और एक अद्धा। तब तक बंगाल-नार्थ रेलवे की वह छोटी गाड़ी भी आ पहुँची। भीड़-भाड़ अधिक नहीं थी। तीनों चढ़ गये। इंजन ने छुस-छुस की आवाज़ की और चल पड़ी।

तारसराय में शंकर बाबा ने इक्का ठीक किया। इक्केवान ने उस पर बाँस की दो कैनी लगाकर, ऊपर से बड़ी-सी चादर डालकर तंबुआ बनाया। पर्दे का इन्तजाम हो जाने पर चाची इक्के पर बैठ गयी। इधर का इक्का बनारस और इलाहाबाद के इक्के की तरह नहीं होता। वहाँ के इक्कों पर छतरी होती है। उन्हें देखकर ऐसा लगता है कि पुराने जमाने के रथ का बिगड़ा हुआ आधुनिक नमूना ही हमारे सामने खड़ा है, लेकिन इधर के यह इक्के छतरीदार नहीं होते।

कच्ची सड़क पर डिस्ट्रिक्ट बोर्डवालों ने किसी जमाने में अपनी उदारता दिखलाई थी। वहीं रोड़ियाँ यातायात की आधुनिक सुविधा के नाम पर अपना रोना रो रही थीं। इक्का इतना हिलता-डुलता कि चाची ने वह सारा रास्ता आह-ऊह करते हुए पार किया। बाबा और रत्ती बातें लड़ाते हुए पीछे आ रहे थे।

थोड़ी देर में वे शुभंकरपुर पहुँच गये।

ग्यारह

दमयन्ती ने टोल-पड़ोस की प्रमुख और मुँहजोर औरतों को इकट्ठा किया। दोपहर

के बाद का समय था। अपने-अपने परिवार को खिला-पिलाकर खुद खा-पीकर औरतें जब निश्चित होती हैं, तो ज्ञान-गोष्ठी का सबसे निर्विघ्न यही उनका समय होता है। एक-दूसरे के सुख-दुख की चर्चा; जो मौजूद न रही उसका छिद्रान्वेषण। अर्थ, धर्म, काम, मोक्ष; काशी, प्रयाग, गंगा,यमुना और जाने क्या-क्या। आज की गोष्ठी में रामपुरवाली चाची, सन्नो की माँ, दम्मो फूफी, शकुन्तला और जनककिशोरी शामिल हुई थी।

दम्मो फूफी अपने भतीजे की मसकी हुई चादर में जाली मढ़ रही थीं। रामपुरवाली चाची और सन्नो की माँ अपनी-अपनी तकली लिये आई थीं, शकुन्तला को तकिया के खोल पर रंग-बिरंगे सूतों में नक्काशी निकालना था। जनककिशोरी के नाखून ज़रा बड़े-बड़े थे, वह नहरनी लेती आई थी। रामपुरवाली चाची के साथ उसकी दस साल की लड़की बागो भी थी। बागो के हाथ में हनुमान चालीसा था।

पीला धागा सुई में डालती हुई शकुन्तला ने कहा, "दम्मो दीदी, दोपहर में तुम्हें सोने की आदत नहीं है?"

रामपुरवाला चाची ने अभी तक तकली चलाना आरम्भ नहीं किया था। वह प्यूनियाँ बना रही थीं। काम पर नज़र रखकर ही वह बोलीं, "खाकर तुरन्त सबको नींद नहीं आती।" अपनी सुई रोककर दमयन्ती मुस्कुराई, "नींद का कोई ठिकाना नहीं!"

जनककिशोरी वहीं मिट्टी पर नहरनी की धार ठीक कर रही थी। उसने जब देखा कि सबसे मनोरंजक बात को छोड़कर ये लोग बहकी जा रही हैं, तो उससे नहीं रहा गया। वह बोली, "उमानाथ की माँ नइहर से आई है। फूफी, तुम्हारे यहाँ भी आम भिजवाया होगा।" इसका जवाब फूफी के बदले रामपुरवाली ने दिया। कहा, "हमारे यहाँ भी मालदह के दो आम रत्ती देने आया था। लौटा दिया।"

दमयन्ती का चेहरा खिल उठा। वह अपनी बारीक सुई को चादर पर चला रही थी। प्रसन्नता से उँगली की गति रुक गयी और वह बोली, "उस भ्रष्ट औरत से भगवान् हमें बचाएँ। इन आँखों के सामने वह न आवे, महादेव से मेरी यही प्रार्थना है।" सन्नो की माँ तन्मय होकर अपनी तकली चला रही थी, किर्र-किर्र-किर्र। अब उसका ध्यान भंग हुआ। ऊपर मन से यह बातें वह सुन रही थी। टकुरी में कते सूत को लपेटती हुई वह बोली, "आम लेने में क्या हर्ज है? हाँ, पकवान-वकवान होता तो बात दूसरी थी।"

दमयन्ती सुलग उठी। उसकी भौंहें तन गयीं। वह सन्नो की माँ पर बरस पड़ी, "सवाल यह आम और पकवान का नहीं है।"

शकुन्तला और जनककिशोरी ने अपना सिर हिलाकर इस बात का समर्थन किया। इससे उत्साहित होकर दमयन्ती दूने ओज से बोलने लगीं, "बात इतनी ही नहीं है सन्नो की माँ, देखना यह है कि पड़ोस के इस पाप का जीवन पर क्या असर पड़ता है। अपराधी को यदि दण्ड न मिले तो एक दिन भी संसार टिक नहीं सकता। उमानाथ की माँ अपने मायके जाकर पाक-साफ हो आई है। परन्तु, शुभंकरपुर का नाम इससे कितना कलंकित हुआ है..."

दम्मो फूफी आवेश में आ गयी। बागो के हाथ से छूटकर हनुमान चालीसा ज़मीन पर गिर पड़ा। सन्नो की माँ ने कहा, "तो अब उसका क्या होगा? इतना बड़ा कलंक क्या मामूली सज़ा है?"

रामपुरवाली चाची चाहती थी कि दमयन्ती और बोले। तकली छोड़कर उसने सन्नो की माँ का हाथ पकड़ लिया। कहा, "पूरा-पूरा कहने तो दो।"

दमयन्ती कहती गयी, "अब और क्या होगा? मर्दों का तो कोई ठिकाना है नहीं। अगर हम न रहें, तो संसार से आचार-विचार हट जाय। उमानाथ की माँ व्यभिचारिणी है, पतिता है, भ्रष्टा है, कुलटा है, छिनाल है। उससे हमें किसी प्रकार का सम्बन्ध नहीं रखना चाहिए। बोलचाल बन्द। बात-विचार बन्द। प्रत्येक व्यवहार बन्द। हाँ, जयनाथ और रतिनाथ, दोनों बाप-पूत यदि प्रायश्चित कर लें तो इस समाज में उनके लिए स्थान हो सकता है, परन्तु उमानाथ की माँ को समाज किसी भी हालत में क्षमा नहीं कर सकता।"

रामपुर वाली ने कहा, "बिलकुल ठीक। अपराधी को सज़ा मिलनी ही चाहिए।"

थोड़ी देर तक उस गोष्ठी पर सन्नाटा छाया रहा।

निस्तब्धता को भंग करते हुए कोमल स्वर में दम्मो फूफी से जनककिशोरी ने पूछा, "उमानाथ की माँ भी तो प्रायश्चित करके शुद्ध हो सकती है?"

सन्नो की माँ ने जनककिशोरी की ओर देखा मानो यह कह रही हो कि तुम्हारी जिज्ञासा ठीक है। मैं भी यही जानना चाहती थी।

उत्तर दिया दमयन्ती के बदले रामपुरवाली ने। वह बोली, "प्रायश्चित की बातें तो कोई पण्डित ही बता सकता है। इसमें किसी दूसरे के लिए रियायत थोड़ी ही हो सकेगी।"

दम्मो ने चादर में जाली मढ़ने का अपना काम खत्म कर दिया था। सुई को एक कागज में टाँचते हुए उन्होंने कहा, "रामपुरवाली की राय सही है, मुदा खाली प्रायश्चित किसी काम का नहीं; जाति-बिरादरी का दण्ड ही इस प्रकार के अपराधों को फिर से न दुहराने की दवा का काम करता है। सामाजिक बहिष्कार को उमानाथ की माँ को हर हालत में करना पड़ेगा।"

सन्नो की माँ ने कहा, "और इस बात को लेकर अगर गाँव में दो गोल हो जाएँ?"

इस प्रश्न पर सभी थोड़ी देर तक चुप रहीं। मौन भंग किया रामपुरवाली ने। उन्होंने कहा, "भले ही तीन गोल हो जाएँ, हमारा तो उमानाथ की माँ से किसी भी प्रकार का सम्पर्क न रहेगा।"

दम्मो फूफी ने मौन रहकर अपनी स्वीकृति इस विचार पर दी।

सन्नो की माँ उतनी मुँहजोर नहीं थी, जितनी कि समझदार। रामपुरवाली अपने पति की दूसरी स्त्री थी। भोला पण्डित ने पुत्र की लालसा से पैंतालीस साल की उम्र में यह दूसरी शादी की थी। पहली स्त्री भी अब तक मौजूद है। दोनों मुर्गियों की तरह आपस में लड़ती रहती थीं। रामपुरवाली को ही दुनिया विजयिनी मानती है। क्योंकि अपनी सौत को इन्होंने ऐसी करारी हार दी कि वह बेचारी पाँच साल से मायके में पड़ी है। यहाँ शुभंकरपुर के पाँच घरों के इस टोले में अब रामपुरवाली का एकच्छत्र राज है। झगड़ते-झगड़ते अन्त में गालियों के अपने जिन तीरों का वह इस्तेमाल करने लग जाती हैं, यहाँ उनका जिक्र न करना ही अच्छा है। एक बार भोला पण्डित ने स्वंय अपने श्रीमुख से कहा था, 'पूर्वजन्म में बहुत बड़ा प्रत्यवाय मैंने किया होगा, जिससे रामपुर में अवतार लेनेवाली यह चण्डी मेरे घर आ गयी।' पण्डित को जब बहुत गुस्सा चढ़ता है, तो झोंटा पकड़कर चार लात देते हैं। और भगवान् की कृपा से ऐसे अवसर इस दम्पत्ति के जीवन में आते ही रहते हैं। बागो कोयले की खान का हीरा है। कम बोलना, स्निग्ध और स्थिर आँखों से देखते रहना, मुस्कान और सौन्दर्य। बागो का यही परिचय है।

जनककिशोरी और शकुन्तला। इन्द्रमणि की वही लड़कियाँ हैं जिनका ब्याह बिकौआ से हुआ था। दोनों बहनों का स्वभाव तीव्र था। परन्तु बुद्धिमती होने से उनकी यह तीव्रता बात नहीं, काम से जाहिर होती थी। एक का अपने चचेरे भाई से, और दूसरे का कुल्ली राउत के जवान बेटे से गुप्त स्नेह-सम्बन्ध था। साल-डेढ़ साल पर बिकौआ महाशय आ ही जाते। डेढ़-दो मास रहकर फिर चले जाते। शकुन्तला के तीन लड़के थे, और जनककिशोरी के एक लड़का और एक लड़की। शकुन्तला के पति की सात शादियाँ थीं, और जनककिशोरी के पति की दस। शकुन्तला का तीसरा लड़का हू-ब-हू उसके चचेरे भाई की शक्ल का था। जनककिशोरी की दोनों सन्तानें आकृति में कुल्ली राउत की परम्परा में आती थीं।

दम्मो के पिता की दो शादियाँ थीं। पहली शादी से एकमात्र यही दमयन्ती हुई। दूसरे से दो लड़के थे। पिता का नाम था—विश्वनाथ झा। यह सभी लोग नीलमाधव उपाध्याय के ही वंशज थे। जयनाथ के पिता और विश्वनाथ चचेरे भाई

थे। तान्त्रिक-साधना में दिलचस्पी लेने के कारण विश्वनाथ आजीवन रक्ताम्बरधारी रहे। बड़े-बड़े बाल, बड़ी-बड़ी दाढ़ी। दीप्त और प्रशस्त ललाट, सिन्दूर का बड़ा-सा ठोप। लाल-सुर्ख धोती। लाल जनेऊ। हाथी के दाँत के तराशे हुए दानों की सुन्दर माला—विश्वनाथ का यह स्वरूप अब भी शुभंकरपुर में बहुतों को याद है। उन्हें लोग 'सिद्धजी-सिद्धजी' कहते थे। अपनी ढलती उमर में ग्वालियर और इन्दौर जाकर वह रुपए भी काफी बटोर लाए थे। अपनी बाल-विधवा पुत्री—दमयन्ती को उन्होंने आग्रपूर्वक यहीं रख लिया। दमयन्ती के ससुरालवाले उस कोटि के ब्राह्मण थे, जिन्हें अपनी परम्परा से चली आई मर्यादा का बहुत अधिक ख्याल रहता है, जिनकी रग-रग में ब्रह्मवाद और आस्तिकता भरी रहती है, पूर्वजों का ज्ञान-निधि के संरक्षण में बड़े-से-बड़ा त्याग करते हुए जो हिचकते नहीं। जिनके साथ दमयन्ती का विवाह हुआ उनका नाम था—वाचस्पति पाठक। न्याय और व्याकरण के अद्वितीय विद्वान थे। छब्बीस साल की उमर में हैजे से उनका देहान्त हो गया। और तब से दम्मो अपने पितृ-कुल में रहती आई हैं। अपनी जायदाद का तीसरा हिस्सा पिता उसके नाम चढ़ा गये हैं।

एक सम्मानित व्यक्ति की बुद्धिमती बेटी होने के नाते गाँव के सामाजिक जीवन में दमयन्ती का जो स्थान है, वह उपेक्षणीय नहीं है। समाजपतियों के कूटनीतिक शतरंज क़ी वह भी एक खिलाड़िन है। उसकी पैनी सूझ का लाहा सभी मानते आए हैं।

इसलिए उमानाथ की माँ के सम्बन्ध में दम्मो फूफी का उक्त निर्णय बड़ा ही महत्त्व रखता था।

बारह

रतिनाथ तेरह-चौदह दिन पर गाँव आया था।

देहात की पाठशाला और सो भी संस्कृत की। उसका बन्द रहना और न रहना बराबर है। अपने साथियों से मिलने की इच्छा रत्ती को पाठशाला की ओर खींच ले गयी। पहर-भर दिन बाकी था। तीन-चार ही लड़के थे। सरस्वती को प्रणाम करने के पश्चात् रतिनाथ ने पण्डितजी के पैर छुए। वह उल्लसित होकर बोले, ''क्यों रे, कहकर नहीं गया था?''

रत्ती की जबान बेधड़क होकर झूठ खेल गयी, ''क्या करता गुरुजी, पिताजी ने कहा। जाना ही पड़ा। बतला तो उन्होंने आपको दिया ही होगा!''

गाय का पगहा टूट गया था। पण्डितजी कुशासन पर बैठे हुए उसकी मरम्मत

कर रहे थे। आगे सन पड़ा था। पगहा की नयी गाँठ को दोनों हाथों की पूरी ताकत लगाकर पण्डितजी कस रहे थे। बीच ही में बोल उठे, "नहीं, तुम्हारे बाप ने मुझे यह सब नहीं बतलाया। हाँ, सत्तो से तुम्हारे तरकुलवा जाने की बात मालूम हुई थी..." तब पण्डितजी ने गौर से रत्ती की ओर देखा और आँखे फाड़कर बोले, "देखता हूँ, दस ही दिन की पहुनाई में तेरी शक्ल बदल गयी है।"

सत्तो मौजूद था। मुस्कुराकर उसने कहा "हाँ, गुरुजी, बम्बई और मालदह इतना अधिक खा आया है, कि साल-भर बदन इसका लाल ही रहेगा।"

रत्ती ने मटकी मारकर सत्तो की ओर देखा, फिर नज़र नीचे कर ली।

पगहा की मरम्मत हो चुकी थी। कुछ मामूली-सा पढ़ा-वढ़ाकर पण्डितजी शौच के लिए निकल गये। थोड़ी देर बाद रतिनाथ भी चला आया। कल ही से रत्ती का मन बागो से मिलने के लिए तरस रहा था। आज शाम को पाठशाला से लौटने के बाद वह अपने घर की ओर न जाकर भोला पण्डित के दालान की ओर चला गया।

भोला पण्डित का घर इन्द्रमणि के घर से कुछ उत्तर तरफ था। उसके दो तरफ खेत थे। पीछे की ओर बाँस का जंगल था। रामपुरवाली चाची की कोख से बागो के अलावा एक और सन्तान पैदा हुई थी, लड़का। नौ महीने का होकर वह चल बसा। उसके बाद सन्तान होने का कोई लक्षण किसी को दिखाई नहीं पड़ा। भोला पण्डित सत्तर की उमर टाप गये थे। हड्डी इतनी मजबूत थी कि चौदह-चौदह, सोलह-सोलह घण्टा अब भी खटते रहते। तेरहों अध्याय चण्डी (दुर्गा सप्तशती) का पाठ रोज करते। कंठस्थ हो गया था सारा। सुबह उठकर, शौच से निबट चुकने के बाद उनका यह भनभन शुरू हो जाता। हाथ लगे रहते काम में और जीभ नाम में। दुनियादारी और जगदम्बा की स्तुति। इहलोक और परलोक। यह दोनों भोला पण्डित साथ चलाते। इस बीच कोई मिलनेवाला आता तो उससे एक प्रकार की अस्पष्ट भाषा में मतलब की बात भी कर लेते, जैसे कि कोई आकर कहता, 'पण्डितजी, आज दोपहर का निमन्त्रण देता हूँ,' तो पण्डित पाठ छोड़कर उससे पूछ बैठते, 'डौंङ-डौङ-ङङेङ (कौन-कौन रहेगा)' और उनका ऐसा करना बिलकुल दुरुस्त था। चण्डी, गीता अथवा किन्हीं अन्य धार्मिक ग्रन्थों का पारायण करते समय बीच-बीच में आप बातचीत नहीं कर सकते। हाँ, संस्कृत की बात दूसरी है। यह ठहरी देवताओं की वाणी। उसका इस्तेमाल भले ही कोई कर ले। अनिवार्य आवश्यकता पड़ने पर समझदार लोग इसी ङूँ-ङ या ऊँ-आँ जैसी अव्यक्त ध्वनियों का सहारा लेते हैं।

भोला पण्डित की दौड़-धूप का क्षेत्र चार जिलों तक विस्तृत था—दरभंगा, मुंगेर, भागलपुर और पूर्णिया। साल में एक बार तीन दिन के लिए वह बेतिया

भी जाते थे। भिक्षा, आशीर्वाद, अनुष्ठान और रिश्तेदारी के सिलसिले में प्रतिवर्ष चार-छः महीने उनके बाहर बीत जाते। राजाबहादुर दुर्गानन्दनसिंह से लेकर बनैली के राजा कीर्त्यानन्दसिंह तक भोला पण्डित की शुभकामनाओं के पात्र थे। भागलपुर का सबसे धनी मारवाड़ी उन दिनों रायबहादुर भोलीराम जयपुरिया था। वहाँ तक पण्डित की पहुँच थी।

असमर्थ व्यक्तियों के प्रति इस ब्राह्मण के हृदय में असीम करुणा थी। कितने ही लूले, लँगड़े, अन्धे, अपाहिज और बूढ़े भोला पण्डित की कृपा से अधखिली कलियों-जैसी बालिकाओं को गहलक्ष्मी के रूप में पाकर निहाल हो गये। एक-एक ब्याह में पचास-पचास रुपए पण्डित के बँधे हुए थे। उमानाथ की बहन को भी इन्हीं महाशय ने पैंतालीस साल के एक महामूर्ख के चंगुल में डाल दिया था। इस तरह पचीसों लड़कियाँ आपका नाम लेकर दच्छिन-पच्छिम में करम कूट रही थीं। तारा बाबा का कहना था कि भोला पण्डित ब्रह्मपिशाच होगा। पचीसों लड़कियाँ जिसके नाम पर रात-दिन आँसू बहाएँ, उसका भला कैसे होगा? दस-पाँच लड़कों को भी ठगने मे पण्डित ने सफलता पाई थी। किसी के पल्ले गूँगी पड़ी, तो किसी के पल्ले अन्धी। किसी के पल्ले लँगड़ी पड़ी, तो किसी के पले कुबड़ी।

परन्तु इससे क्या? बाबा वैद्यनाथ प्रसन्न रहें, पण्डित का कौन क्या कर लेगा? वह साल-साल कन्धे पर कामरू लेकर गंगाजल भरकर पैदल ही देवघर पहुँचता है। बाबा पर जल डालता है। कौन है ऐसा शुभंकरपुर में?

बागो के बारे में रामपुरवाली चाची अभी से सतर्क थी। डर था कि पण्डित कहीं से किसी मसानवासी कापालिक को लाकर इस गौरी के साथ न उसे बैठा दें।

रतिनाथ की दरवाज़े पर ही बागो से भेंट हो गयी। नज़र पड़ते ही लड़की ने मुँह फेर लिया। रत्ती नज़दीक आया और बोला, "कल दिन-भर घर के काम में लगा रहा। आज सुबह चाची के काम से परसौनी गया था। दोपहर के बाद पाठशाला जाना पड़ा और अब जाकर कहीं फुरसत मिली है।" भौंहें तानकर बागों ने सिर हिलाया।

"नहीं, अपनी कसम! मैं बहानेबाजी नहीं करता।" रत्ती ने कहा। लड़की ने चट से लड़के की कलाई पकड़ ली, "बड़ी बुरी आदत है तुम्हारी, कुछ बात हुई नहीं कि अपनी कसम खा ली।"

रत्ती ने बागो के चेहरे पर आँखें गड़ा दीं। थोड़ा रुककर बोला, "तुम मानती जो नहीं हो!"

हाथ पकड़कर बागो रत्ती को खींचे आँगन ले गयी। रामपुरवाली चाची किसी

दूसरे के घर गयी हुई थी। बागो ने एक पीढ़ा डाल दिया और इशारे से कहा, ''बैठ जाओ।''

रतिनाथ चुपचाप बैठ गया और निर्निमेष बागो की ओर देखने लगा। चार-पाँच साल की पुरानी मित्रता थी। दोनों एक-दूसरे को जी-जान से प्यार करते थे। दोनों ने साथ-साथ तालाब में तैरना सीखा था। आसिन के रात्रि शेष में उस बूढ़े हरसिंगार के नीचे खड़े होकर दोनों ने एक-दूसरे के लिए फूल चुने थे। किसी रात हवा नहीं चलने से खिले फूल अपने-अपने वृंतों से चिपके रह जाते। तब बागो सहारा देती और रतिनाथ उस पेड़ पर चढ़ जाता। छोटी-बड़ी डालों को हिलाकर नीचे उतर आता, फिर दोनों साथ फूल चुनने लगते। दोनों की डालियाँ जब भर जातीं, तो वे एक-दूसरे पर चुने हुए फूल बिखेर देते। अपने बड़े-बड़े बालों में उलझे फूलों की ओर संकेत करती हुई बागो कहती, ''यह तुमने क्या किया? कैसे ये झड़ेंगे?''

हँसकर रतिनाथ उत्तर देता, ''रहने भी दो। क्या बिगाड़ते हैं?''

झुँझलाकर वह रत्ती की गरदन से लपेटे हुए गमछे का पल्ला पकड़ लेती,'' ''नहीं, मेरे बालों से एक-एक कर ये फूल तुम्हें हटाने होंगे।''

''नहीं तो?''

''नहीं तो फिर कभी तुम्हारे साथ इस हरसिंगार के नीचे मैं नहीं आऊँगी।''

तब, हरे काँच की चार-चार चूड़ियोंवाले उन गोरे हाथों को अपने हाथों से रतिनाथ दबा देता और उसका सिर सूँघ लेता।

फिर विभोर होकर वह चुपचाप उसकी पीठ की तरफ हो लेता और बालों में से लगता फूल निकालने। दो-एक फूल जानबूझकर छोड़ देता।

''क्या बात है?'' खम्भे से सटकर खड़ी हुई बागो बोली, ''क्या सोच रहे हो?''

रत्ती का सपना टूट गया। चौंककर उसने कहा, ''कुछ तो नहीं।'' फिर दोनों टोल-पड़ोस के दूसरे लड़कों और लड़कियों की चर्चा में लग गये। अन्त में बागो ने दम्मो फूफी की उस ज्ञान-गोष्ठी का जिक्र किया, जिसमें वह खुद भी मौजूद थी। रत्ती इतना ही समझ सका कि उसकी चाची के खिलाफ लोग कुछ साजिश कर रहे हैं।

कहीं से आए हुए दो पेड़े रखे पड़े थे। उनमें से एक बागो निकाल लाई और रत्ती के हाथ पर धर दिया। बोली, ''पानी लाती हूँ। पीकर जाना।''

तोड़-तोड़कर थोड़ा-थोड़ा वह पेड़ा खाने लगा। खाते-खो सोच रहा था, चाची के बाद दूसरी कोई औरत मुझे मानती है तो यही बागो। कई बार ऐसा हुआ है कि रत्ती बाप के पैसे चुराकर कहीं से कुछ खा-पी आया है। और, पीछे

पिटाई के आतंक से चेहरा कुम्हला गया है, तो खोद-खोदकर इस लड़की ने चिन्ता का कारण मालूम कर लिया। फिर उतने पैसे अपनी माँ की डिबिया में से लेकर रत्ती को दिए हैं। और उसने अपने बाप के बटुए में ज्यों-के-त्यों वे पैसे फिर से रख दिए हैं।

अपने आँगन में पैर रखते ही रतिनाथ की निगाह पिता पर पड़ी। वह भाँग घोट रहे थे। चुनार के पत्थर की बनी हुई यह कुण्डी जयनाथ विन्ध्याचल से लेते आए थे। वह लाल पत्थर की थी। बड़ी मजबूत, वजन में तीन सेर की रही होगी। सोंटा अमरूद का था। भोला पण्डित की बगिया में अमरूद का एक पेड़ है। उसी की पतली डाली काटकर जयनाथ ने भाँग घोटने का यह सोंटा तैयार किया था। सदियों के तजुर्बे के बाद भंग-भक्तों की राय अब पक्की हो गयी है, कि अमरूद का सोंटा घिसता कम हैं। भाँग पीसने के लिए बहुत ही उपयोगी होता है। आम, जामुन, कटहल वगैरह की डाली से तैयार किया हुआ सोंटा भुस-भुस घिसता है। बमभोले की बूटी छाननेवाले इसीलिए अमरूद के सोंटे की प्रशंसा करते थकते नहीं। जयनाथ कड़ी पत्ती का इस्तेमाल करते थे। गिनकर गयारह काली मिर्च डालते, दो बादाम। चुटकी-भर सौंफ। चीनी और गुड़ डालकर भाँग पीना उन्हें पसन्द नहीं था। वह कहते, ''यह साधकों की चीज़ नहीं है। पर्व-त्यौहार को नशाखोरी की नीयत से भाँग पीनेवाले ऐसा भले कर लें, परन्तु विजयादेवी के जो नित्य सेवक हैं, उन्हें कड़वी भाँग ही प्रिय होती है।''

रत्ती ने छिपाकर एक बार थोड़ी भाँग पी ली थी। बुरा हाल हो गया उसका। खाते समय मुँह के बदले कान में ही उसने भात के कौर डालने शुरू किए। जयनाथ ने पूछा 'दाल में नमक तो ठीक है?' लड़के ने यों ही मुँह चलाकर सिर हिला दिया। कन्धे पर कान से भात गिरते देखकर पिता ने समझा, लड़के ने भाँग खा ली है। बस, फिर क्या था—रत्ती पर बड़ी पिटाई पड़ी। चाची ने आकर छुड़ा लिया था, नहीं तो उस रात पीट-पीटकर जयनाथ उसे दुम्बा[1] बना देते। उस वक्त नशे में चोट नहीं लगी, मगर अगले दिन रत्ती का बदन टूटा जा रहा था। चाची ने दो बार मालिश कर दी, तब जाकर दर्द हटा। मालिश के वक्त जयनाथ ने देखा तो दाँत पीसते हुए कहा, ''बेटीचोद! फिर कभी भाँग तूने पी, तो कुल्हाड़ी से गरदन काट लूँगा।''

चाची ने जयनाथ को फटकारा, ''खुद जो पीते हो, भर-भर लोटा।''

जयनाथ बड़बड़ाते हुए आँगन से बाहर हो गये कि मैं तो अभिमन्त्रित करके पीता हूँ, उसमें नशा कम होता है।

---

1. पंजाब-सरहद और कश्मीर में मोटा-तगड़ा बकरा दुम्बा कहलाता है।

जयनाथ तन्मय होकर भाँग घोंट रहे थे! रत्ती नज़दीक आकर खड़ा हो गया। पिता ने पूछा, "क्या चाहिए?"

"कड़ुआ तेल नहीं है।" पुत्र ने कहा।

जयनाथ बोले, "अभी उमानाथ की माँ से लेकर काम चला लेंगे, कल देखा जाएगा।"

रत्ती की आवाज़ सुनकर चाची निकल आई। उपालम्भ के स्वर में वह बोली, "आज नाश्ता नहीं किया रे!"

रतिनाथ ने निगाहें ज़मीन पर गड़ा लीं। चाची ने सिर से पैर तक उसकी ओर देखा। ज़रा रुककर बोली, "तो खाना मैं ही बना रही हूँ।"

रत्ती चुप रहा। पिसी हुई भाँग के गोले को पानी से मिलाते हुए जयनाथ बोल उठे, "तो इस गर्मी में अपने पेट के लिए चूल्हे के पास बैठकर मैं तपस्या क्यों करूँ? पाव-डेढ़ पाव चिउड़ा घर में है ही, घिवही आम का गाढ़ा रस और फूला हुआ चिउड़ा... ज़रा-सी कसौंझी... आहा-हा!! इस दिव्य पदार्थ के आगे भात-दाल-तरकारी गोबर। चाची से न रहा गया। वह बोली, "रात-दिन वही गोबर तो खाते रहते हो।"

"अरे गोबर, नहीं एक बात कही है।" जयनाथ ने कहा, "जब परिश्रम किए बिना भी खाने की चीज़ सुलभ है, तो रसोई के झंझट में वह पड़ते ही क्यों?

कमलनाथ, वैद्यनाथ और जयनाथ—जब तक माँ जीती रही, तीनों इकट्ठे रहे। उसके बाद अलग-विलग हो गये। ज़मीन-जायदाद, बर्तन-बासन सभी के तीन हिस्से हुए। चूल्हे भी तीन। कमलनाथ यहाँ थे नहीं। रह गये वैद्यनाथ और जयनाथ। यह दोनों भी अलग-विलग थे। वैद्यनाथ की मृत्यु के बाद जब रत्ती की माँ मरी तो बेचारे जयनाथ की गृहस्थी छिन्न-भिन्न हो गयी। यों तो वह पहले ही से गयी-गुजरी थी, क्योंकि जयनाथ ठिकाने से कभी शुभंकरपुर नहीं रहे। उनकी सारी जवानी कटी थी भागलपुर से बाईस कोस दक्षिण बड़हड़वा में। वहाँ इन लोगों की बड़ी बहन सुमित्रा की ससुराल थी।

इसकी भी एक कहानी है। आज से चालीस साल पहले रुपया ही महँगा था, चीज़ें खूब सस्ती थीं। मेवालाल ठाकुर बड़हड़वा के बहुत बड़े काश्तकार थे। पचास वर्ष की उमर में उन पर यह सनक सवार हुई कि किसी कुलीन कन्या का पाणिग्रहण करना चाहिए। दो शादियाँ इससे पहले की थीं। वे दोनों औरतें मौजूद थीं। उनमें से एक के चार और दूसरी के सात सन्तानें थीं। जयनाथ के पिता को अपने एक मित्र से मेवालाल की यह इच्छा मालूम हुई। यह जानकर कि बड़हड़वा वाले बहुत ही धनी हैं और धूमधाम से शादी करेंगे, उन्होंने निश्चय किया कि अपनी

कन्या सुमित्रा का ब्याह उधर ही कर देंगे। तदनुसार बातचीत शुरू हो गयी और सम्बन्ध स्थिर हो गया। रानी छाप के दो सौ नगद रुपए, सौ मन कनकजीरा चावल, पन्द्रह मन अरहर की दाल, दो मन घी, पाँच थान ननगिलाट (लाँग क्लॉथ)—इतना सामान लेकर मेवालाल ठाकुर शुंभकरपुर आए थे शादी करने। बारात में कुल चार आदमी थे। एक खबास था। गरीब ब्राह्मण के घर को ठाकुरजी ने भर दिया। गहनों से सुमित्रा लद गयी। खानदान के पाँचों घर की औरतों को एक-एक बिसहत्थी साड़ी मिली थी। कुल्लीराउत को दो धोतियाँ। उसकी घरवाली को दस हाथ की साड़ी! छः महीने बाद ही गौना हुआ।

भाइयों में जयनाथ ही छोटे थे। वही साथ गये। पहली यात्रा में वह साल-भर बड़हड़वा रह आए। दूध, दही, घी, मछली-माँस—इनकी प्रचुरता ने जयनाथ के मन और तन दोनों पर प्रभाव डाला। वह सदा के लिए अपने बहनोई के यहाँ रहने के लिए तैयार थे। अपनी शादी और गौने के बाद भी जयनाथ का मन घर पर नहीं लगता था। वह भाग-भागकर बड़हड़वा पहुँच जाते। टट्टू और गधे को छोड़ दीजिए। वह उसी मैदान की ओर पिछली दो टाँगों के बल पर रुक-रुककर कूदता हुआ पहुँच जाएगा जिसकी हरी-हरी मुलायम दूबों का स्वाद उसे भलीभाँति मालूम है। यही हाल था जयनाथ का। बड़हड़वा उनके लिए हरी घास का अक्षय मैदान था। फिर अपनी सारी जवानी अगर उन्होंने दक्षिण भागलपुर के उस देहात में बिता दी, तो इसमें आश्चर्य ही क्या? ठाकुरजी की विधवा भावज वहाँ जयनाथ के लिए जान देती थी। खेत की मजदूरिनों से हँसी-मखौल करने का जयनाथ को अबाध अधिकार था। विशाल वटवृक्ष की छाया में दस-पाँच गायों के बीच खड़े होकर साँड जैसे आँखें मूँदें जुगाली करता रहता है, वही स्थिति थी जयनाथ की।

यही बात थी कि गृहस्थी में कभी जयनाथ का मन नहीं लगा। रत्ती की माँ मर गयी, तब से उमानाथ की माँ ने अपने देवर की टूटी गृहस्थी को सँभालने की बराबर ही चेष्टा की है।

अलगाव-विलगाव की वह मोटी दीवाल बहुत कुछ ढह चुकी थी। नाममात्र को दो चूल्हे थे। खाना बहुधा साथ ही बनता। और जयनाथ जब बाहर रहते, तब तो रत्ती रात-दिन चाची के ही घर में आसन जमाए रहता; आँगन के दक्षिण ओर अपना बन्द घर उस लड़के का ध्यान शायद ही कभी आकर्षित करता।

भाँग पीकर जयनाथ बलुआहा पोखर की ओर निकल गये और रत्ती चाची के घर में घुसा। खाना तैयार होने में कुछ देर थी।

तेरह

ठीक दीवाली के दिन वैद्यनाथ की वर्षी पड़ती थी। इस अवसर पर उमानाथ घर आता। कम-से-कम पाँच ब्राह्मण जिंवाए जाते। किसी-किसी वर्ष यह संख्या, सात और नौ तक पहुँच जाती। प्रथा यह है कि पाँच वर्षों तक कम-से-कम ग्यारह व्यक्तियों को निमन्त्रण दिया जाय। उसके बाद आप स्वतन्त्र हैं।

परन्तु, इस वर्ष तो समस्या ही दूसरी थी! कौन खाएगा उमानाथ के घर? सभी ने उसकी माँ को समाज से बहिष्कृत कर दिया है।

उमानाथ दुर्गा-पूजा की छुट्टी में हमेशा आता और दीवाली के दिन बाप की वर्षी करके फौरन चल देता, बहन के यहाँ। (कार्तिक शुक्ल द्वितीय उन व्यक्तियों के लिए एक महत्त्वपूर्ण तिथि है, जिनकी बहन जीवित हो। भाई-दूज का यह त्योहार उमानाथ के लिए बचपन से ही आनन्द और उत्साह का दिन रहा है।) ब्याहकर दूर चली जाने पर भी प्रतिभामा, प्रतिवर्ष अपने भाई को इस त्योहार के अवसर पर बुलवाती ही। उमानाथ जब से भागलपुर रहने लगा, तब से तो आग्रह और भी अधिक हो गया।

इस बार दुर्गा-पूजा की छुट्टी में, स्थापन (नवरात्रि के आरम्भ का दिन—आश्विन शुक्ल, प्रतिपदा) से दो रोज पहले उमानाथ घर पहुँचा, पर थोड़ी ही देर बाद अपनी माँ के सम्बन्ध में सारी बात जब उसे मालूम हुई, तो ग्लानि और क्षोभ के मारे उसका दिमाग फटने लगा। और उससे यह सब कहा किसने? दम्मो बुआ ने।

आँखों में आँसू भरकर विषाद की फीकी छाया चेहरे पर लाकर फूफी ने उमानाथ से कहा था, "बबुआ, तेरी माँ ऐसी कुलबोरनी निकलेगी, इस बात का ज़रा भी पता पहले होता, तो कभी में वैद्यनाथ की शादी तरकुलवा में नहीं होने देती। सोचो तो, नीलमाधव उपाध्याय का यह विमल वंश कितना प्रसिद्ध है! और एक विधवा..." इतना कहते-कहते उन बनावटी आँसुओं को आँचल से खूँट से दमयन्ती ने पोंछ लिया और हाथ पकड़कर उमानाथ को अपने दरवाज़े की भीत के ओट में ले गयी।

उमानाथ फुँफकारता हुआ अपने आँगन में आया और माँ का झोंटा पकड़ लिया। वह बेचारी इस आकस्मिक आक्रमण से चकित थी ही कि इसी बीच लड़के ने उसकी पीठ पर आठ-दस लात गदागद जमा दिए। चाची ऐंचकर रह गयी। उसे यह समझते देर न लगी कि दमयन्ती ने उमानाथ के कान भरे हैं।

अपने आँसू, अपनी आह-चाची सब पी गयी।

पति, पुत्र या परिपालक के द्वारा पीटी जाने पर जो औरत न रोए, न चिल्लाए और न आह-ऊह करे, तो क्या होगा? होगा यही कि पीटने वाले का क्रोध क्षोभ के रूप में बदल जाएगा। तब अपना कपार आप ही वह पीट लेगा।

उमानाथ का मन न भरा। दाँत पीसता हुआ वह बोला, ''राक्षसी कहीं की! ले, रख अपना घर। मैं जाता हूँ, तालाब में डूबने और तब तू मौज मारती रहना।''

उठकर चट से चाची ने उमानाथ के पैर छान लिये।

लड़का चिल्लाया, ''नहीं, नहीं, जीकर मैं क्या करूँगा। गले में घड़ा बाँधकर डूब मरूँगा, तभी मुझे शान्ति मिलेगी।''

''नहीं भैया!'' लड़के के पैरों पर अपना मुक्त-कुन्तल मस्तक डालकर माँ गिड़गिड़ाई, ''नहीं भैया, कोने में कुल्हाड़ा रखा है, उठा लाओ, मुझे खण्ड-खण्ड कर दो! मैं खुद इसीलिए नहीं डूब मरी कि तुम्हारे हाथों सद्गति मिलेगी तो मेरे सारे कुकर्म धुल जाएँगे।''

माँ के बाहुपाश से अपने पैर छुड़ाकर वह अलग हो गया और बीच घर में बैठकर फूट-फूटकर रोने लगा। माँ की आँखें भी आँसुओं से तर थीं। वह उठी। लड़के के बिलकुल करीब जाकर बैठ गयी। आँचल के खूँट से उसके आँसू पोंछने लगी। परन्तु आज उमानाथ का हृदय गर्मी की गंगोत्री बन गया था। तापविगलित हिमानी प्रखर स्रोत की भूमिका बनकर जब वह निकलती है, तो मैदान की गंगा अपने दोनों तटों को आप्लावित करती हुई बहती चली जाती है।

बहुत देर तक उमानाथ रोता रहा, माँ पास ही बैठी बराबर उसके आँसू पोंछती रही। पाठशाला से रतिनाथ आ गया, अब जाकर वह उठा और लोटा में पानी लेकर आँख-मुँह धो आया।

रत्ती को साहस नहीं हुआ कि चाची से पूछे।

यह सब तो हुआ, किन्तु निमन्त्रण देने पर वर्षी के दिन कोई खाने नहीं आया। मूर्ख और मन्दबुद्धि रहने पर भी उमानाथ होनहार को बलवान् तो मानता ही था। अपनी अपराधिनी माँ को क्षमा करके उसे फिर कभी पश्चाताप नहीं हुआ। दीवाली के दिन ही वह भागलपुर के लिए रवाना हो गया।

चौदह

दुर्गा-पूजा के दसों दिन जयनाथ ने विन्ध्याचल में बिताए। एक मारवाड़ी ने चण्डी का सम्पुट पाठ करवाया था। पाठ करने वाले नौ थे। पच्चीस-पच्चीस की दक्षिणा मिली थी। एक-एक जोड़ा धोती। दसों दिन फलाहार का इन्तजाम था। शाम को

गंगा के किनारे पण्डे ठण्डई छानते। वहीं जयनाथ भी अपनी कुण्डी और सोंटा लेकर एक ओर बैठ जाते। पाठ करनेवालों में से चार मैथिल थे और पाँच सरयूपारी। सेठ था कलकत्ते का, मगर प्रबन्ध में मिर्जापुर के हरिहर पण्डे का हाथ था। सेठ के लड़के को लड़का नहीं हो रहा था। इसीलिए भगवती विन्ध्यवासिनी की आराधना वह करवा रहा था। हरिहर पण्डा से जयनाथ का पहले से ही परिचय था। खत लिखकर उसने जयनाथ को इस बार बुलाया था। शर्त यह थी कि अपनी दक्षिण में से पाँच रुपया पण्डा को देना पड़ेगा। सभी से पाँच-पाँच उसने लिए थे। सेठ से एकमुश्त पाँच सौ लिया था।

दीवाली के बाद जयनाथ प्रयाग चले गये। वहाँ बेतिया की महारानी रहती थी। पागल करार देकर उनका राज सरकार ने कोरट में ले लिया था। सालाना डेढ़ लाख रुपया उन्हें खर्च के लिए मिलता था। इलाहाबाद में एक बड़ा-सा बँगला लेकर अपने अमले और नौकर-चाकर के साथ रहती थीं।

बेतिया की महारानी के यहाँ पूजा-पाठ, अनुष्ठान, जप और ध्यान का कुछ-न-कुछ सिलसिला लगा ही रहता। रुद्रधर मिश्र पुजारी के तौर पर रानी के यहाँ रहते थे। इस बार विजयादशमी के दिन महारानी भगवती का दर्शन करने विन्ध्याचल गयीं तो मिश्रजी भी साथ थे। वहीं जयनाथ का मिश्रजी से परिचय हुआ और वहीं परिचय जयनाथ को प्रयाग खींच लाया। एक मास महामृत्युंजय का जप करके चालीस रुपया दक्षिणा पाई। भोजन का प्रबन्ध तो खैर अलग से था ही।

प्रयाग से जयनाथ काशी आ गये।

काशी बहुत ही विलक्षण और बड़ा ही विचित्र स्थान है। ऐसा लगता है, मानो हिन्दुत्व और भारतीयता के सारे गुण और सारे दुर्गुण यहाँ बाबा विश्वनाथ की शरण में दुबके पड़े हैं। इससे पहले भी जयनाथ दो बार काशी आ चुके थे। बनैली के राजा पद्मानन्द सिंह की रानी पद्मावती ने नेपाली खपड़ा मुहल्ले में तारा भगवती का एक मन्दिर बनवाया। भोग-राग के लिए लाख रुपए की तहसील भगवती के नाम ट्रस्ट कर गयीं। गरीब विद्यार्थी और काशीवास की इच्छा से आनेवाले बूढ़े पचासों की तादाद में वहाँ नित्य भोजन पाते। परन्तु यह सुविधा केवल मैथिल ब्राह्मणों के लिए ही थी। मन्दिर के मैनेजर से जयनाथ का दूर की रिश्तेदारी का लपेट था। इसलिए चाहे जितने दिन काशीवासी बनकर वह तारा भगवती का प्रसाद पा सकते थे। फिर भी होली तक ही रहे। साढ़े-तीन महीने के इस काशीवास की स्मृतियाँ जयनाथ को जीवन-भर न भूलेंगी। यह अनुताप कि पण्डित नहीं बना, उनके हृदय में काशी रहते समय और तीव्र, और भी असह्य हो उठा। बड़े-बड़े पण्डितों को गंगा में तख्त पर बैठे त्रिपुण्ड किए, जप में लीन देखते तो जयनाथ सोचने लगते—यह अगर पच्छिम की ओर निकल जाएँ, तो

सौ-सौ रुपए का मासिक वेतन पाएँ। परन्तु विद्या भी विजया की तरह एक मादक वस्तु है। तभी तो पन्द्रह, बीस-बीस रुपए लेकर ज़िन्दगी-भर ये लोग काशी ही में पढ़ाते रह जाते हैं। जयनाथ को अपने देश के महामहोपाध्याय भवनाथ मिश्र का नाम याद आया, जिन्हें लोग अयाची कहते थे। वह जीवन-भर किसी से कुछ माँगने नहीं गये। अपनी कुटिया में बैठकर विद्यार्थियों को पढ़ाते रहे।

इन बातों से रह-रहकर जयनाथ को अपनी मूर्खता खलती और आहत मन को बहलाने के लिए वह कचौड़ी गली, कुंजगली, ठठेरी बाज़ार, चौक और दशाश्वमेध की राह लेते। यदाकदा परिचितों की निगाह बचाकर दालमण्डी का भी चक्कर लगा आते। 'राँड, साँड़, सीढ़ी संन्यासी, इनसे बचे तो सेवै काशी।' सो, बेचारे जयनाथ झा आखिर उलझ ही गये। विश्वनाथ और अन्नपूर्णा की पूजा कर चुकने पर लोग ढुंढिराज पर जल चढ़ाने जाते हैं। वहाँ से दण्डपाणि। दण्डपाणिवाली गली में चूड़ियों की कई दुकानें हैं।

एक दिन जयनाथ ने देखा कि दो विधवाएँ वहीं एक दुकान पर मैथिली बोली में चूड़ियों का मोल-भाव कर रही हैं। जयनाथ के कन्धे पर भीगी धोती थी, हाथ में लोटा था। जल चढ़ाकर आ रहे थे। अपनी मातृभाषा में विधवाओं को बोलते पाकर वह ठिठक गये। बाद में जिधर वे चलीं, वह भी उधर ही हो लिए। जाते-जाते मणिकर्णिका घाट के पास ऊपर एक गली में एक मकान के अन्दर वे घुसीं। उस मकान की दीवार पर किसी ने गेरू से लिख दिया था—मैथिल विधवा निवास। साहस हुआ, अन्दर गये। एक बुढ़िया नल के पास कपड़ा फीच रही थी। उसने देखते ही पूछा, "किसे ढूँढ़ते हो?"

"शुभंकरपुर की एक मुसम्मात यहाँ रहती है। उससे ही मिलने आया हूँ।"

बुढ़िया ने सिर हिलाकर कहा, "ना, ना, शुभंकरपुर की तो कोई नहीं है यहाँ।"

इतने में उन्हीं दो में से एक विधवा ने ऊपर से झाँककर देखा और पूछा, "आप कहाँ के रहनेवाले हैं?"

"शुभंकरपुर के।" जयनाथ ने कहा।

ऊपर से आवाज़ आई। 'ठहरिए..." सीढ़ियों से धम्‌धम् करते दो हल्के पैर नीचे उतर आए। नज़दीक आकर उस विधवा ने, माथे का कपड़ा ठीक किया और बोली, "मैं परसौनी की रहनेवाली हूँ। शुभंकरपुर और परसौनी दोनों पड़ोसी हैं।"

जयनाथ बरबस मुस्कुरा पड़े, "तो हम और आप पड़ोसी हुए।"

बिना किसी संकोच के चट से उस औरत ने कहा, "इसमें भी क्या कुछ सन्देह है?..." थोड़ा रुककर वह फिर बोली, "ऊपर चलिए, हमारी कोठरी को

अपनी चरण-धूलि से...''

जयनाथ ने टोका, ''प्रतिदिन भोर-भोर जहाँ की गलियाँ झाड़-बुहारकर साफ कर ली जाती हों, वहाँ भला चरण-धूलि?''

''धूल न सही, चरण तो पड़ेंगे!'' विधवा ने कहा, और सीढ़ियों पर से चढ़कर ऊपर चलने का संकेत किया।

चार महीने हो गये थे, जयनाथ को घर छोड़े। इतने दिनों पर नज़दीक से एक स्त्री का मुँह देखकर और उस मुँह से निकली बातें सीधे अपने कानों से सुनकर उनका मन प्रसन्न हो गया।

दुतल्ले पर पहुँचकर पूरब की ओर एक छोटी कोठरी के पास वह औरत रुक गयी। मुड़कर जयनाथ की ओर देखा और बोली, ''इस मकान का किराया अपने ही जिले के एक श्रीमान् देते हैं। हम विधवाओं पर उनकी विशेष कृपा रहती है। और आप देखते ही हैं, इस मकान में कमरा दो ही एक हैं। तीन तल्लों में कुल मिलाकर पाँच ही सात कोठरियाँ हैं बाकी बराँडा-ही-बराँडा है।''

चारों ओर नज़र घुमाकर जयनाथ ने उस मकान को देखा।

खयाल में आया—'वह कौन श्रीमान् हैं, इन विधवाओं के प्रति जिनके हृदय में करुणा का यह उद्रेक हुआ है।''

कुश का आसन बिछाते हुए विधवा ने बैठने का इशारा किया और बोली, ''लोटा रख दीजिए और धोती दीजिए इधर। सूखते क्या देर लगेगी।''

जयनाथ ने कहा, ''बैठने को तो थोड़ा मैं बैठ लेता हूँ, मगर तारा मन्दिर में ठीक ग्यारह बजे भोजन की घण्टी बजती है।''

आसमान की ओर दृष्टि डालकर यह विधवा बोली, ''दस भी न बजे होंगे। तब तक यह गीली धोती क्या आप कन्धे पर ही लिये रहेंगे?''

जयनाथ ने कन्धे से उठाकर वह गीली धोती उसे थमा दी।

संसार का जयनाथ को जो थोड़ा-बहुत ज्ञान था, तदनुसार यह विधवा उसे उन विधवाओं से विलक्षण मालूम हो रही थी जिन्हें शुभंकरपुर, बड़हड़वा या कहीं और देखा था। चौड़े पाढ़ की सफेद साड़ी वह पहने थी। गले में चाँदी की तीन सिकड़ियाँ झूल रही थीं। भ्रमर-कुंचित केश और खिला हुआ चेहरा देखकर ऐसा लगता था कि इस जीवन को वह उपेक्षा के योग्य नहीं समझती।

तब तक बरामदे की खूँटियों पर वह धोती डाल आई और कोठरी के अन्दर जाकर एक दोने में चार पेड़े लाकर जयनाथ के सामने धर दिए। कहा, ''अभी तक आपने पानी नहीं पिया होगा।''

जयनाथ से 'न' कहते नहीं बना। उन्होंने अपने को समझाया—'मिट्टी की ओर सभी खिंचते हैं। मेरी-इसकी कोई जान-पहचान तो थी नहीं। शुभंकरपुर का

नाम सुनकर इसे अपनी मातृभूमि परसौनी याद आई। पास-पड़ोस का होना ही इस खिंचाव का कारण है। जयनाथ भी चार महीने से प्रवासी-जीवन बिता रहे थे। एकाएक यों पड़ोस के आदमी से भेंट हो जाना कितना बड़ा सौभागय है।''

उन्हें साहस नहीं हो रहा था कि प्रथम परिचय के इन क्षणों में ही नाम कुल, जीविका आदि पूछकर मालूम कर लें।

पेड़ा खाकर, पानी पीकर वह निवृत्त हुए, तब तक पान के दो बीड़े सामने आ गये। विधवा ओर मगही पान! जयनाथ की आँखें कपार तक फैल गयीं! पान खाकर उन्होंने कहा, ''धोती मैं आकर फिर ले जाऊँगा, अभी जाने दीजिए।''

स्त्री ने निषेध-मुद्रा में हाथ उठाकर कहा, ''अब आठ बजे रात से पहले मैं नहीं मिलूँगी। एक खत्री के तीन बच्चे हैं। उसकी औरत पिछले साल चल बसी। उन अबोध बच्चों की मैं ही देखभाल करती हूँ।''

मन-ही-मन जयनाथ बोले—तभी तो! अब बात समझ में आई।

''मेरा नाम सुशीला है। धोती आपकी थोड़ी देर बाद पहुँच जाएगी, उसकी चिन्ता न करें।'' विधवा ने कहा।

उस समय तो जयनाथ चले आए, मगर सुशीला उनके हृदय-कमल पर मानो वज्रासन मारकर बैठ गयी।

तारा मन्दिर में जयनाथ के ननिहाल की एक वृद्धा चावल फटकने का काम करती थी। अवसर पाकर सुशीला के बारे में जयनाथ ने कुछ बातें मालूम कीं। वह सचमुच परसौनी की ही रहनेवाली थी। बाल-विधवा हो जाने के बाद जेठानी और ननद के दुर्व्यवहार से तंग आकर नैहर रहने लगी। वहाँ भाभी से खटपट हुई तो भागकर काशी आ गयी। पहले एक घाटिया महाराजा के पल्ले पड़ी, और अब उस खत्री दुकानदार के घर की मलिकाइन बनी हुई है। खूब चुगती है, खूब छितराती है। भाई और चाचा आते हैं, तो उन्हें भी काफी दे-दिवाकर विदा करती है। सुशीला की यह गुण-गाथा सुनकर जयनाथ ने उसके प्रति और भी आकर्षण अनुभव किया। यह तीसरे-चौथे दिन सुशीला के यहाँ पहुँचने लगे। सम्पर्क बढ़ता गया तो इससे क्या? उस विधवा ने अपने व्यक्तित्व को सदैव जयनाथ की कोरी भावुकताओं से ऊपर रखा। एक दिन, रात को वह उन्हें सिनेमा दिखाने ले गयी। भागलपुर और इलाहाबाद में जयनाथ सिनेमा पच्चीसों बार देख चुके थे। लेकिन ऐसी अद्‌भुत साथिन तो उन्हें कभी नहीं मिली। एक बार पंचगंगा घाट पर बैठे-बैठे सुशीला ने कहा, ''बहा पानी ही धार कहलाता है। देखो, सुबह-शाम हज़ारों आदमी नहाने आते हैं मगर, तुम जिस जाति में, जिस समाज में पैदा हुए हो, वह ज़िन्दा नहीं, मुर्दा धार है, वह छाड़न है। फिर भी मिथिला की उस मिट्‌टी का मुझे बहुत ही मोह है। उस धनी सज्जन का नाम मैं तुम्हें नहीं बताना चाहती

कि जिसका हृदय हम विधवाओं के प्रति करुणामय है। इतना करुणामय कि तीन-तीन विवाहिताएँ और पाँच-पाँच रखैलें रहते हुए भी चूड़ियों से सूनी कलाई की ओर ललचाई निगाह से देखा करता है। ताड़ी पीनेवाले को तुमने अवश्य देखा होगा, मेरा भी वही हाल है। मैं प्रज्वलित अग्नि-कुण्ड हूँ, जो जितनी ही स्निग्ध समिधाएँ पाता है, उतना ही निर्धूम, उतना ही निठुर होता जाता है।

जयनाथ समझदार ज़रूर थे, मगर सुशीला की जलन को भली-भाँति समझ सके, इसमें सन्देह है। वह जब आवेश में आती तो लगते सिगरेट-पर-सिगरेट फूँकने। एक दिन उसे कीमती चूड़ियाँ पहने देखकर जयनाथ दंग रह गये थे और इस पर क्या कहा था, सुशीला ने? कहा यही था कि मेरे जितने मित्र बनते हैं, उतनी बार मैं चूड़ियाँ पहनती हूँ, और फोड़ती हूँ।

पन्द्रह

पण्डित कालीचरण की स्त्री और सन्नो की माँ ने अब चाची से मिलना-जुलना आरम्भ कर दिया था। और लोगों का भी रुख बदल रहा था। कर्ज, घाव का निशान और बदनामी—ये तीन ऐसी बातें हैं, जो आहिस्ते-आहिस्ते मिट जाती हैं। चाची के भी कलंक को जब लोग भूलने लगे थे। और शुभंकरपुर जैसे प्रतिष्ठित गाँव में हर छः माह पर किसी-न-किसी ऐसी घटना का हो जाना असम्भव नहीं, जो पिछली तमाम दुर्घटनाओं पर पर्दा डाल दे।

जयदेव मिश्र एक ज्योतिषी थे। उन्होंने अपने तीन लड़कों में से दो को अंग्रेज़ी की उच्च शिक्षा दिलाई थी। बड़ा लड़का हरिदेव एम.ए. में सर्वप्रथम होकर फौरन पटना कॉलेज का प्रोफेसर हो गया था। छोटा भवदेव एम.एस.सी. में सर्वप्रथम होकर फिलहाल अनुसन्धान का कोई काम कर रहा था। घरवाले उससे आगे चलकर एस.डी.ओ. और कलेक्टर हो जाने की उम्मीद रखते थे। वह स्वयं विलायत जाकर और भी उच्च शिक्षा प्राप्त करना चाहता था। बड़े की शादी हो चुकी थी और अब इसकी होनेवाली थी।

पच्छिम बंगाल के दिनाजपुर और मालदह जिले बिहार की पूर्वी सीमा से बहुत दूर नहीं हैं। आज से सैकड़ों वर्ष पहले कुछ मैथिल ब्राह्मण उधर जाकर बस गये। अब भाषा, वेश, शिक्षा, आदि की दृष्टि से वे बिलकुल बंगाली हो गये। औरतों तक ही अपने देश की संस्कृति, सभ्यता और भाषा सीमित रह गयी हैं। रायबहादुर ब्रजबिहारी ठाकुर दिनाजपुर के रहनेवाले थे। पूर्णिया में आप कलेक्टर

के ओहदे पर थे। अपनी लड़की के लिए वर का पता लगाते-लगाते उनकी नज़र भवदेव पर पड़ी। बात पक्की हो गयी। रायबहादुर ने मान लिया कि वह या तो भवदेव को विलायत में पढ़ने का सारा खर्च दें या डिप्टी मजिस्ट्रेट का ओहदा दिलवा देंगे। पिता का विचार न रहने पर भी भाई तो इस विवाह-वार्ता से सहमत था ही। पूर्णिया में ही भवदेव की शादी हो गयी। बस, फिर क्या था? उठा शुभंकरपुर में तूफान! लोगों ने कहना शुरू किया, ''बंगाली की लड़की से जयदेव ने अपने लड़के की शादी करा दी। लड़की का बाप किरिस्तान है और अण्डा खाता है। बाल-बच्चे समेत इतवार के दिन गिरजा जाता है।'' इस चर्चा ने इतना तूल पकड़ा कि चाची की कलंक-कथा उसके आगे बिलकुल फीकी पड़ गयी। समाजपतियों ने तुलसी, ताम, गंगाजल उठाकर आपस में शपथ खाई—''यदि लड़का शादी करके आया, और बाप ने उसे अपने घर में घुसने दिया, तो जयदेव के यहाँ का अन्न-जल हममें से जो भी ग्रहण करे, वह गो-माँस खाए।'' तीन बार सविधि उच्चारणपूर्वक यह शपथ ली गयी थी, दमयन्ती के दरवाज़े पर। इमयन्ती ने भी शपथ ली थी।

चैत का महीना था। एक दिन सन्ध्याकाल पाँच इक्कों ने गाँव में प्रवेश किया और जाते-जाते जयदेव के दरवाज़े पर वे रुक गये। पीछे-पीछे गुलाबी रंग की धोती और आसमानी रंग की कमीज पहने, हैट लगाए, भवदेव साइकिल पर आया। लोगों ने आँख फाड़-फाड़कर देखा। वह आकर सीधे अपने दरवाज़े पर उतरा। तख्तपोश पर बैठे पिता को प्रणाम किया। सामान उतारा जा चुका था। तीन इक्कों पर सूती, ऊनी कपड़ों से भरे ट्रंक लदे थे। दो पर मिठाइयों से भरे खाँचे। उन मिठाइयों की खूशबू से गाँव-भर की हवा भारी-भारी हो रही थी। नथुने बिचका-बिचकाकर बुढ़िया कहने लगी, ''हुआ भ्रष्ट! सारा गाँव इन मिठाइयों को खाकर किरिस्तान हो जाएगा।'' सभी परिवार-पति अपने-अपने दालान पर किंकर्त्तव्यविमूढ़ होकर बैठे थे। दो बातें उन्हें परेशान किए हुए थीं। एक यह कि बच्चों पर बराबर तो निगरानी रखी जा नहीं सकती। दिनाजपुर के बंगाली के यहाँ से आई हुई यह मिठाइयाँ अगर बच्चों को गुपचुप खिला दी गयीं तो अन्दर-ही-अन्दर सारा गाँव विधर्मी के सम्पर्क में आ जाएगा। दूसरी, यह बात उन्हें परेशान कर रही थी कि जयदेव और उसके कुपुत्र भवदेव का अधिक-से-अधिक अपमान किस तरह से किया जा सकता है। इन दोनों बाप-बेटों को चित करने के लिए किस्म-किस्म के दाँव-पेंच सोचे जा रहे थे। बच्चों को धमकाकर कह दिया गया था कि उस दरवाज़े की ओर गये, तो टाँग तोड़ देंगे।

उसी रात को जयदेव ने लोगों को बुलाया कि आकर नवविाहित भवदेव पर दूब, अक्षत डाल जाएँ। आशीर्वाद दे जाएँ। परन्तु, दो को छोड़कर तीसरा नहीं

गया। पचकौड़ी पाठक और घूटर झा, यही दो जने गये थे। आशीर्वाद देने के लिए कम-से-कम पाँच ब्राह्मणों का होना तो अनिवार्य है, परन्तु भवदेव का आना निश्तिच तिथि से तीन दिन पहले ही हुआ, इस असावधानी से दुश्मनों को खिल्ली उड़ाने का बहुत ही बढ़िया अवसर हाथ लगा। जयदेव टिटियाकर मर गये, अपने लगाकर भी चार से अधिक ब्राह्मणों का जुटना पहाड़ हो गया उस दिन। चौथे सज्जन थे जयदेव के मौसेरे भाई यदुनन्दन। वह पाँच-छः दिनों से यहाँ पहुनाई कर रहे थे। मछली के अण्डों का बरा बहुत ही स्वादिष्ट होता है। यदुनन्दन ने कुछ अधिक खा लिया था। दूसरे दिन रोहू के तले खण्डों के साथ घी में भूना चिउड़ा नाश्ता किया था। अगले दिन कटहल की भाजी आवश्यकता से अधिक खा ली थी। नतीजा यह हुआ कि पेट खराब हो गया और अब दही और बेल खाकर शीतोपचार कर रहे थे। इन्हीं कारणों से पहुनाई में तीन दिन के बदले छः दिन हो गये थे।

पचकौड़ी पाठक समूचे गाँव के निर्णय को अमान्य करके भी जयदेव के यहाँ जो आए,वह भी निस्वार्थ नहीं था। पचकौड़ी के लड़के ने इसी साल मैट्रिक किया था और आशा थी कि हरिदेव उसे पटना ले जाकर आगे पढ़ने का कोई रास्ता पकड़ा देंगे। घूटर झा ठहरे पाकशास्त्री। वह जयदेव की बात में इसलिए आ गये थे कि भवदेव का डिप्टी मजिस्ट्रेट और थोड़े ही दिनों बाद एस.डी.ओ. बन जाना बिलकुल निश्चित था। सरकारी अफसर के साथ रहना कम भाग्य की बात नहीं है।

गाँववालों को अपार आनन्द हुआ, जब उन्होंने यह सुना कि वर के माथे पर दूब-अक्षत डालने के लिए जयदेव को पाँच भी हाथ न मिले।

तब भी जयदेव ने बड़ी नम्रता दिखलाई। जयनाथ भी गाँव ही में थे। भोला पण्डित भी मौजूद थे। दमयन्ती थी ही। दूसरे टोले में प्रमुख थे जयनारायण झा और रमानाथ मिश्र। जयदेव ने स्वयं जा-जाकर इन पाँचों के पैर पकड़े। गिड़गिड़ाकर कहा, ''जिसे आप लोग बंगाली कहते हैं, किरिस्तान कहते हैं, वह प्रवासी मैथिल हैं। कुल और शील सब अच्छा है। चाहें तो पंजीकार[1] से जाँच करवा लें।''

इस पर सभी ने यही कहा कि भवदेव को प्रायश्चित लगेगा। तुम्हारे घर-भर को प्रायश्चित करना होगा।

सभी घरों में मिठाइयाँ भेजी गयी थीं। मगर यह बयाना लोगों ने लौटा

---

1. करणाटबंशी राजा हरिसिंह देव चौदहवीं शताब्दी में मिथिला के तमाम ब्राह्मणों की पंजी (फेहरिस्त) बना गये, तब से लेकर वह प्रथा चली आ रही है। मिथिला के ब्राह्मणों का मुकम्मल रिकार्ड मौजूद है, किसका सम्बन्ध किससे पड़ता है, यह पता लगाना वहाँ बहुत आसान है। इन लम्बी फेहरिस्तों का जानकार पंजीकार (पंजियाड़) कहलाता है।

दिया। जयनाथ ने लौटाया तो नहीं, परन्तु दमयन्ती के बैल को खिला दिया। दो दिन के बाद भोला पण्डित गोल से फूट गये। जयदेव ने उन्हें एक जोड़ा महीन धोती देकर चाँदी के दस रुपए सुँघा दिए थे। अब क्या था? भोला पण्डित ने तारा बाबा की कुटिया पर जाकर गरजना शुरू किया, "अरे, मैं तो उस ब्राह्मण की सत्रह पीढ़ियाँ जानता हूँ। ब्रजबिहारी ठाकुर के दादा, परदादा बहुत बड़े तान्त्रिक थे। मुर्शिदाबाद के नवाब ने दिनाजपुर जिले के अन्दर पाँच हज़ार बीघा लखिराज ब्रह्मोत्तर उन्हें दिया था। ये लोग तभी से उधर बस गये। ...जयदेव के घर और कोई न खाए, मगर..."

आवेश में आकर भोला पण्डित अपनी छाती पर आप ही मुक्कियाँ मार-मारकर कहने लगे, "मैं? यह चला मैं जयदेव के घर खाने। देखूँ, कौन मेरा क्या कर लेता है?..."

कहते-कहते वह इतने आवेश में आ गये कि कच्छा खोलकर अपने को अर्द्धनग्न कर लिया। इसके बाद प्रतिद्वन्द्वियों का नाम ले-लेकर बड़ा ही वीभत्स संकेत किया।

जोरों की गरजना सुनकर आसपास के खेतों से कुछ ग्वाले जमा हो गये। उन्हें डर हुआ कि उन्हीं में से किसी की गाय या भैंस पण्डित की बगिया में घुसकर कुछ नुकसान कर आई है। जब वे नज़दीक आए, तब तक अविराम गरजन के कारण भोला पण्डित का गला बेसुरा हो चुका था; मानो फूटा शंख हो। कच्छा-वच्छा वह ठीक कर चुके थे।

बिरजू अहीर ने झुककर पालागन किया और नम्रता से पूछा, "क्या बात है? किस पर आप इतना गरज रहे थे?"

भोला पण्डित ने थके स्वर में कहा, "अरे, जयदेव का लड़का ब्याह करके आया है। जानते हो न?"

"हाँ, सब जानते हैं" बिरजू बोला।

भोला पण्डित खिसियानी सूरत बनाकर बोले, "सारा शुभंकरपुर जयदेव के ऊपर उलट पड़ा है। चाहते हैं लोग यही कि जयदेव सबकी जूतियाँ धो-धोकर पिए।..."

थोड़ा-सा विश्राम पाकर भोला पण्डित के गले में फिर ताकत आ गयी और दायाँ हाथ उठकर चला गया मूँछ पर। मूँछ के विरले बालों को मरोड़ने की निष्फल चेष्टा ने उनके आवेश को द्विगुणित कर दिया। वह तमककर बोले, "अंग्रेज़ बहादुर का राज है, कोई किसी को चबाकर रखा जाएगा, सो नहीं होगा।"

इस पर बिरजू अहीर बोला, "आखिर गाँववाले चाहते क्या हैं?"

"चाहेंगे क्या?" भोला बोले, "जयदेव के दिन फिरेंगे। किसी से भला

यह कैसे देखा जाएगा?''

ब्राह्मणों के समाज पर टीका-टिप्पणी करने का अवसर पाकर बिरजू अहीर को सचमुच ही बड़ी खुशी हुई। वह बोला, ''जब ऐसी बात थी, तब क्या जयदेव बाबू ने सबसे राय नहीं ले ली? और समाज को भी अब सोचना पड़ेगा कि इस जमाने में किसी को एकघरा बनाकर छोड़ा नहीं जा सकता। हज्जाम अगर बाल नहीं बनावेगा तो क्या? इस्टीसन पर दिन की गाड़ी के वक्त दस-दस हज्जाम दाढ़ी-बाल बनाने को तैयार बैठे रहते हैं। जाति-पाँति नहीं किसी की पूछते। अब बताओ महाराज, जिसका हज्जाम तुम बन्द कर दोगे, तो जाकर इस्टीसन से बाल न बनवा आएगा?''

भोला ने कहा, ''बिरजू, अब इस गाँव में पण्डित तो कोई रहा नहीं, खाली गधे भरे पड़े हैं। उनकी समझ में यह बात नहीं आती।''

अभी तक तारा बाबा कुटिया में बैठे जप कर रहे थे। जप खत्म हो गया। वह बाहर निकले। देखा, भोला पण्डित बिना नाथे बैलों को हाँके जा रहे हैं। गाँव का कोई भी रहस्य बाबा से छिपा नहीं था। गाँववालों पर कभी बाबा ने अपना निर्णय थोपने की कोशिश नहीं की। फिर भी बाबा के लिए सभी के हृदय में श्रद्धा थी। उनके पास जयनाथ जैसे कामचोर, जिद्दी और रगड़ी आते थे और भोला पण्डित जैसे लोलुप, अवसरवादी और काइयाँ भी आते थे। कभी-कभी जयदेव भी आते थे।

बाबा को सामने खड़े देखकर भोला पण्डित और बिरजू अहीर, जो बैठ चुके थे, खड़े हो गये। बाबा ने हाथ से इशारा किया—''बैठो।''

एक बार और अन्दर जाकर फिर वह बाहर आए तो हाथ में एक बड़ा-सा बेल था। उसे भोला की ओर बढ़ाते हुए बाबा ने कहा, ''बागो जगदम्बा की पूजा के लिए अड़हुल के लाल फूल मुझे दे जाया करती है। यह बेल ले जाओ, उसको दे देना।''

भोला पण्डित का गर्जन सुनकर दो-चार ग्वाले जो और आए थे, वे गरजने की वजह जानकर वापस चले गये थे। बिरजू ही था, जो नज़दीक आकर बैठा था। तारा बाबा की यह कुटिया गाँववालों की साँझी सम्पत्ति थी। सुखी, धनी-गरीब, बाभन-राड[1], पठित-अपठित, सभी आते थे समय पाकर। बाबा भी गाँव-भर में सबके यहाँ जाने को तैयार रहते। इधर बुढ़ापे के कारण वह कुटिया से बाहर निकलते कम थे। कल जयदेव के यहाँ से दही, केले, मिठाइयाँ आई थीं। भगवती को भोग लगाकर और थोड़ा-सा अपने लिए रखकर, बाकी बाबा ने बच्चों में बँटवा दिया।

भोला पण्डित को अपने पक्ष में पाकर जयदेव निश्चिंत हो गये कि यह

बुड्ढा खुद ही कई को खींच लाएगा।

और हुआ भी ऐसा ही।

सोलह

शुभंकरपुर की कुल उपजाऊ जमीन का रकबा तीन सौ बीघा था। ढाई सौ बीघा धान के खेत थे। पचास बीघा रबी ओर भइर्द के। इसके अलावा आमों के बाग, बाँसों के जंगल, तालाब, गोचर आदि के लिए पचास बीघा और पड़ते थे। ढाई सौ परिवारों की आबादी, खानेवाले मुँह ग्यारह सौ। साफ है कि गरीब ही अधिक थे। यह गरीब भी दो श्रेणी में बँटे थे। बाभन और गैर-बाभन। ब्राह्मणों में विद्या का खूब प्रचार था। पढ़े-लिखे लोग शहरों में फैले थे। चिट्ठियाँ और मनीऑर्डर उन्हीं की बदौलत गाँव में खूब आते। सौ घर ब्राह्मण थे; मुश्किल से पन्द्रह घर ऐसे होंगे, जिनकी शुमार महादरिद्रों में होती थी। बाकी लोग खेती के अभाव में भी भरपेट खानेवालों में से थे। गाँव के नज़दीक ही हाट लगता था, सोमवार और गुरुवार को। धान, चावल, दाल, तेलहन, मड़ुआ, मकई, साग-भाजी, मछली, पान, मोटिया गमछा और चादरें-हाट के रोज शुभंकरपुर के लोग यह चीज़ें जाकर खरीद लाते थे।

इस गाँव के ब्राह्मणों का खिला चेहरा देखकर बाहरवाले सोचते—बड़े सुखी होंगे ये लोग। काफी खेत होंगे इन लोगों के पास। मगर, असलियत यह थी कि लूट लाओ, कूट खाओ। ये लोग जवार में जब भोज खाने जाते, तो इनका साफ-सुथरा पहनावा, विनीत और भद्र वेश देखकर दूसरे गाँववालों को भ्रम होता कि ज़मीदार घराने के होंगे।

इस मौजे के मालिक रायबहादुर दुर्गानन्दनसिंह बड़े ज़मीदार तो थे ही, साथ ही लहना-तगादा का भारी कारोबार भी चलाते थे। आसपास की पाँच कोस ज़मीन पर उनकी छत्रछाया थी। तीन लाख रुपए पचीसों बस्तियों के इस समुद्र में दाँत निपोड़े, पूँछ कड़ी किए मगरों की भाँति टहल-बूल रहे थे। ब्याज का दर प्रतिमाह डेढ़ रुपए सैकड़ा था। राजाबहादुर पुराने अँगूठे को साल-साल नया करवाते जाते। सूद भी मूर बनता जाता। चक्रवृद्धि का यह क्रम राजाबहादुर की शरीर-वृद्धि के लिए रसायन का काम कर रहा था। कहते हैं, हवेली में नगद रुपए रखने के लिए उन्हें चहबच्चा बनाना पड़ा था। माँ के श्राद्ध में समूचे भारत के उन पण्डितों की आपने सभा बुलवाई थी, जो महामहोपाध्याय की उपाधि से विभूषित थे। प्रत्येक

1. छोटी जाति के लोग।

पंडित को दुशाला और एक सौ एक रुपए की विदाई दी गयी थी आने-जाने का सेकेण्ड क्लास का खर्च। सात दिनों तक पण्डितों का शास्त्रार्थ चला था। मैथिल पण्डितों को अपनी भूमि पर अपने पाण्डित्य-प्रदर्शन का जो सुयोग मिला, वह अभूतपूर्व था। बाहर के पण्डित विदा होते समय राजाबहादुर को 'धर्म-दिवाकर' की गौरवपूर्ण उपाधि से सुशोभित करते गये। जवार के पचासों गाँव निमन्त्रित किए गये थे। उन्हें पूड़ी-तरकारी से नहीं, खाजा, मुँगवा (बुँदवा), घेवर, बर्फी, पेड़ा, बालूशाही, रसगुल्ला, गुलाबजामुन, जलेबी वगैरह अठारह किस्म की मिठाईयों से परितृप्त कर दिया गया। हाथी के कान जैसा बड़ा-बड़ा खाजा, फुटबाल-जैसा मुँगवा था। दरअसल ये चीज़ें खाने की नहीं, तमाशे की थीं। सबके आगे बड़े पत्तलों में मिठाइयों का ढेर लगा था। जूठन की उन मिठाइयों को जवार के शूद्रों ने कई दिन तक खाया था और आज भी उल्लसित होकर वे राजाबहादुर का गुणगान कर रहे हैं। ब्राह्मणों को भर-भर अँजुरी बम्बइया सुपारी दी गयी थी। महापात्र को हाथी मिला था।

अपने वैभव के इस विराट प्रदर्शन से राजाबहादुर को इतना आत्मसन्तोष हुआ कि खाने-पीने में अरुचि हो गयी। कोई भी चीज़ चित्त पर चढ़ती ही न थी। एकमात्र कन्या थी। धूमधाम से उसकी शादी वह पहले ही कर चुके थे। स्टेट का सारा भार घर-जमाई के कन्धों पर डालकर राजाबहादुर तीर्थयात्रा के लिए निकलने ही वाले थे कि सन् 37 का वह काँग्रेसी जमाना आ धमका।

बार-बार आगा-पीछा सोचकर काँग्रेस ने जब प्रान्तों के शासन में हाथ बँटाना स्वीकार कर लिया तो जनता ने युग की ओर नयी आशा से देखा। मिनिस्टरी कबूल कर लेने पर नेताओं का उत्तरदायित्व बेहद बढ़ गया। चुनाव के समय उन्होंने जनता से बड़े-बड़े वादे किए थे।

ज़मींदार चुनाव में हारकर अपने अन्धकारमय भविष्य की कल्पना करते हुए कछुए की भाँति दुबके पड़े थे। अन्दर-ही-अन्दर कुछ सोचकर अपने पैंतरे बदल डालने का उन्होंने निश्चय किया। परम्परा की दुहाई देकर काँग्रेसी मन्त्रियों को उन्होंने धमकी दी—"आपका खादी का कुर्ता पहले हम अपने खून से तर कर देंगे, उसके बाद जाकर ज़मीदारी प्रथा उठा दीजिएगा।"

मन्त्रियों ने अपनी पीठ कर दी किसानों की ओर, मुँह कर दिया ज़मींदारों की ओर। दुनिया-भर में बदनामी फैल गयी कि बिहार की काँगेस पर ज़मीदारों का असर है। जवाहरलाल तक ने खुल्लमखुल्ला यह बात कही।

किसान संगठित होने लगे। उनका नारा था—"कमानेवाला खाएगा, इसके चलते जो कुछ हो।" संगठन की यह हवा राजाबहादुर की भी ज़मींदारी में पहुँची। उनकी सूदखोरी और ज़मीदार शाही से सारा इलाका तंग आ गया था।

हज़ारों बीघा ज़मीन वह किसानों को मनखप (कूत, मनहुंडा) दिए हुए थे। चार मन की बीघा से लेकर पन्द्रह मन की बीघा तक रेट था। शुभंकरपुर के ग्वाले सत्तर-अस्सी बीघा खेत मनखप पर जोतते थे। अब वे लोग भी सुरफुराए। गाँव में से ही दो-तीन लीडर निकल आए। बलुआहा पोखर के भिण्डे पर किसान-कुटी बन गयी। घर-घर से मुठिया वसूल होने लगा। किसान-कुटी के लिए किसी ने लोटा दिया, किसी ने थाली दी। कुम्हार ने घड़े दिए, तौला दिया, कड़ाही दी। उमानाथ की माँ ने अपना दो साल का पुराना कम्बल दे दिया। उसके पास दूसरा कम्बल नहीं था। रतिनाथ ने मना किया तो बोली, "यह दस का काम है। देश का काम है। गरीबों का यज्ञ है। मेरे पास और है ही क्या, जो दूँगी।"

ब्राह्मणों में इस बात को लेकर दो दल हो गये। एक दल ज़मीदारों की ओर था, दूसरा किसानों की ओर। जो लोग ज़मींदारों की ओर थे, वे खूब नफा में रहे। आन्दोलन की बातें इस तरह बढ़ा-चढ़ाकर राजाबहादुर के कानों में डाली गयीं कि वह बदहवास हो गये। बढ़िया-से-बढ़िया धनहर खेत सौ या पचास रुपए फी बीघा लुटाने लगे। 'आग लगन्ते झोपड़ी जो आवे सो हाथ।' किसान बित्ता-भर भी ज़मीन छोड़ने को तैयार नहीं थे। उनमें गजब का जोश था। उनके लीडर दरभंगा और पटना तक दौड़ लगा रहे थे। इस संघर्ष की ज़रा-ज़रा-सी बात भी 'जनता' में विस्तारपूर्वक छपती थी। सभा, जुलूस, दफा एक सौ चवालीस, गिरफ्तारी, सज़ा, जेल, भूख-हड़ताल, रिहाई-यह सिलसिला किसानों को ठण्डा नहीं कर सका। जयदेव, ज्योतिष पढ़-लिखकर बैठ गये और अब तीन-तीन लायक बेटों का भाग्यवान् बाप बनकर बुढ़ापे के दरवाज़े पर खड़े थे। शायद ही कोई कुकर्म उनसे छूटा हो। तरुणी विधवाओं को प्रेमपाश में फँसाकर फिर उनकी जायदाद अपने नाम लिखवा लेना और चूसे आम की गुठली की भाँति फिर उन्हें फेंक देना; दो खेतवालों में सिमान का झगड़ा खड़ा करके मुकदमों में बझा देना और उनमें से एक को खदु का बनाकर लील जाना, सस्ते दामों में अँगूठे (हैंडनोट) खरीदकर पीछे ज्यादा-से-ज्यादा रकम चढ़ाकर उन्हें अदालत में पेश कर देना; अपने घर में आप ही सेंध डलवाकर पड़ोसी को गिरफ्तार करवा देना—इसी रास्ते से चलकर जयदेव उस मंजिल तक पहुँचे थे, जहाँ कि चोरों का सरदार और थाने का दरोगा समान श्रद्धा-भक्ति से स्वागत पाता है। किसान-आन्दोलन से सर्वाधिक लाभ इन्हीं महाशय को पहुँचा, क्योंकि राजाबहादुर ने दबंग समझकर मनखपवाले दस बीघा खेत जयदेव को लिख दिए, सिर्फ छः सौ रुपए लेकर। मालूम होने पर किसान गुस्से के मारे पागल हो गये, मगर अन्दर के घूसखोर और ऊपर के पुरजोर कुछ किसान-सेवकों ने उल्टा-सीधा समझाकर उनको शान्त कर दिया। जिला-किसान सभा के एक प्रमुख नेता रमापति झा परसौनी के रहनेवाले

थे, तीन साल तक एड़ी-चोटी का पसीना एक करके उन्होंने राजाबहादुर के रैयतों को जगाया था। और अब उनके भी मुँह से लार टपकने लगी। चौदह बीघा ज़मीन मिली, बारह सौ का कर्जा माफ हो गया। शुभंकरपुर के तीन तरुण ब्राह्मण छोटी जातिवाले किसानों का अगुआ बनकर उठे थे। दो-दो बीघा खेत देकर राजाबहादुर ने उनके भी मुँहों में दही लगा दिया। इतने पर भी किसान डटे रहे। पड़ोस के एक दूसरे छोटे ज़मींदार ने राजबहादुर के शुभंकरपुर वाले सारे खेत लिखा लिये। किसानों के संघर्ष को अवसरवादी नेता चौपट कर चुके थे ।मुकदमा लड़ते-लड़ते उन बेचारों का बुरा हाल था। ऐसी स्थिति में पण्डित कालीचरण के नौजवान लड़के ताराचरण ने बीच-बचाव करके नये जमींदार से यह मनवा लिया कि खेत किसानों की ही जोत में रहेंगे। फी बीघा ग्यारह मन के हिसाब से अनाज उसके एवज में उसे साल-साल मिलता रहेगा। हारती बाजी के समय का यह मामूली नेतृत्व किसानों की दृष्टि में ताराचरण को आगे ले आया।

किसानों के उस संघर्ष का जब इस प्रकार उपसंहार हो रहा था, तब दो साल पूरे हो चुके थे और यूरोप हिटलर के चंगुल में था। काँग्रेस मन्त्रिमण्डल इस्तीफा देकर विश्राम कर रहा था। विश्राम तो क्या कर रहा था, आगामी महासंघर्ष की चर्चा में जोरों से लग गया था।

सत्रह

जयकिशोर की बदली मोतिहारी जिला स्कूल में हो गयी थी। एक ही भेंट ने रतिनाथ के प्रति उनके हृदय में ममता पैदा कर दी थी। इस बार प्रथम परीक्षा पास कर चुकने पर रत्ती ने उन्हें पत्र लिखा और साथ रहने की अपनी इच्छा प्रकट की। जवाब में जयकिशोर ने लिखा—"तीन जून से हमारा स्कूल बन्द हो रहा है। तेरह जुलाई को खुलेगा। पाँच-सात दिन पहले ही तुम तरकुलवा आ जाना। साथ ही मोतिहारी आ जाएँगे।"

रत्ती ने चाची को मामा का पत्र दिखाया तो वह गम्भीर हो गयी। चर्खा चला रही थी। खतम हो रही पूनी के छोर पर नयी पूनी रखते हुए एक बार उसने रत्ती के मुँह की ओर देख लिया। चर्खा ज्यों-का-त्यों चल रहा था। ज़रा देर बाद अपनी दृष्टि को तकुए पर सीमित किए हुए ही चाची बोली, "मुझे क्या, अकेली भी रह लूँगी। परन्तु मेरे भैया के साथ रहकर तुम अपने बाप को न भूल जाना।"

रतिनाथ ने कहा कुछ नहीं; सिर्फ गौर से चाची की ओर देखा। वह बोली, ''समझती हूँ, बाप के प्रति तुम्हारे हृदय में माया-ममता बहुत ही कम है। परन्तु, सद्‌गति तो उनकी तुम्हारे ही तर्पण से होगी। संसार उन्हें खिला सकता है, पिला सकता है, जिला सकता है, पर मरने के बाद वह उन्हें प्रेत होने से नहीं बचा सकता। वह तुम्हीं कर सकते हो।''

रत्ती बकर-बकर सुन रहा था। उसे माँ याद आ रही थी। साथ ही पिता का वह कसाईपन और कुल्हाड़ी से गला काटने की चेष्टा का वह दृश्य भी याद आ रहा था।

चिन्तना की गहरी छाप रत्ती के चेहरे पर देखकर चाची ने बातचीत का सिलसिला बदल दिया। बोली, ''अरे! हाँ, अब मेरा सूत खादी भण्डार कौन ले जाएगा?''

रत्ती थोड़ी देर चुप रहा, फिर बोला, ''मधुबनी जानेवालों की भी क्या कमी है? जिससे कहोगी, तुम्हारे सूत के लच्छे पहुँचा देगा।''

अपने बारीक सूत पर निगाह टिकाकर चाची बातचीत कर रही थी। उसने कहा, ''क्या-क्या ले जाओगे?''

''लोटा, धोती और किताब।''

चाची ने मुस्कुराकर कहा, ''और मुझे क्या इसी जंगल में छोड़ जाओगे?''

अब रत्ती का मुँह खुला, ''सुनता हूँ, पुराने जमाने में तापसियाँ वनवासिनी होती थीं। कम-से-कम खाना-पीना, कम सोना। व्रत और उपवास। भक्ति और भजन। अतिथियों की सेवा। सबके प्रति ममता का भाव। यही उनकी जीवन-चर्या थी। और चाची तुम भी बहुत बदल गयी हो। दिन-रात चर्खा चलाकर अपने लायक पैसा कमा लेती हो। तीस दिन में दस दिन तो तुम्हारा उपवास में चला जाता है। शरीर सूखकर काँटा हो गया है। गाँव में भूला-भटका कोई आ जाता है तो लोग उसे इस टोले में भेज देते हैं कि उमानाथ की माँ दो मुट्‌ठी भात और कलछी-भर दाल आगन्तुक को खिला ही देगी। बारहखड़ी मुझसे सीखकर, अब तुम रामायण बाँचने लग गयी हो। ऐसा लगता है कि दिन-से-दिन तुम देवता होती चली जा रही हो।''

जिस हाथ से चाची चर्खा चला रही थी, उसी हाथ से रत्ती के गाल पर हल्की चपत लगाकर बोली, ''दुत् पगला!'' और हाथ फिर चर्खा चलाने लगा। बाएँ हाथ में तो पूनी थी ही।

इतने में रत्ती को पुकारता हुआ सत्तो आ गया। उसके साथ रत्ती बाहर चला गया।

चाची का जीवन सचमुच ही इधर एक विशेष प्रकार का हो गया था। रत्ती

ने अभी जो कहा, उसमें थोड़ी भी अत्युक्ति नहीं थी। तीसरे साल जब वह तरकुलवा से आई, तभी से चर्खा चला रही है। पच्चीस-तीस रुपए हर महीने इससे निकल आते हैं। सूत बेहद बारीक कातती है। चर्खा-संघवाले भी कम चालाक नहीं होते। चाची जैसी कत्तिनों के सूत को कभी तो एक सौ दस नम्बर का करार देते हैं और कभी साठ। तरीका चर्खा-संघवालों का यह है कि पहले कुछ दिनों तक महीन सूत कातने वाली के प्रति कुछ इन्साफ का अभिनय किया, सूतों के माकूल नम्बर दिए। बाद में धीरे-धीरे नम्बर घटाते गये। झख मारकर कत्तिनों को यह सब बर्दाश्त करना पड़ता है, तभी तो चाची जैसी कत्तिनें अखिल भारतीय सूत-प्रतियोगिता में सर्वप्रथम पदक पाने पर भी इतनी कम मजदूरी पाती हैं।

चाची की समझ में यह नहीं आ रहा था कि गाँधीजी के चेले इस प्रकार की बेईमानी क्यों करते हैं? फिर भी चर्खा चलाते रहने से चाची को बहुत लाभ पहुँचा है। आर्थिक समस्या हल हो गयी। मन नियन्त्रित हो गया। दुर्भावनाओं से छुटकारा मिला। इधर वह जयनाथ की भी ओर से तटस्थ थी। आजकल वह अधिकतर गाँव में ही रहते हैं। बचे-खुचे खेत बेचकर महाजन बनने की धुन में कजरौटा और सादा कागज लिये बैठे रहते हैं। बादाम और खीरा के बीज डालकर तैयार की गयी दूधिया भाँग आप उन्हें पिला दीजिए और पचास-पचहत्तर से लीजिए, अँगूठा का निशान भले ही दो दिन बाद बना दीजिएगा। दादा, परदादा के जमाने के खेत बेचने का विचार रत्ती को असह्य लगा था; परन्तु चौदह साल का लड़का कर ही क्या सकता था।

एक विधवा तेलिन इन दिनों जयनाथ की प्राणवल्लभा बनी थी। चाची ने समझाया, ''शादी कर लो बाबू, एक भले आदमी की ज़िन्दगी बिताओ। सेंध लगाने के फिराक में भीतों की ओर घूरते रहनेवाला चोर क्या खाक चैन से रहेगा?''

अपनी भूतपूर्व प्रेयसी की ये बातें जयनाथ को गुड़िच-सी कड़वी लगीं। उनकी सिर्फ एक ही दलील थी कि संसार मुझे क्या कहेगा? लड़का सयाना हो रहा है, शादी तो उसकी न होनी चाहिए?

इस पर चाची का कहना था कि लड़के के खा-पी लेने पर क्या तुम्हारी भी भूख-प्यास मिट जाती है? उमानाथ की उसी माँ के मुँह से यह बात सुनकर जयनाथ देवरोचित परिहास कर बैठते, ''औऱ, तुमने क्या अमृत पी लिया है?''

चाची का चेहरा दीप्त हो उठता। क्षुद्र पुरुष के इस धृत परिहास का मुँहतोड़ उत्तर देना अत्यन्त आवश्यक समझकर वह बोल पड़ती, ''किसी भी युग में स्त्री को अमृत पीने का सुयोग नहीं मिला। पुरुष को अमृत पिलाकर स्वयं वह विषपान ही करती आई है... जाने दो, तुम यह सब क्या समझोगे!''

पिछले साल इन्हीं महाशय ने उमानाथ की माँ को क्या कम परेशान किया है! दिन में तो नहीं, परन्तु रात को सोना चाची के लिए हराम हो गया था। वह रत्ती को बराबर अपने नज़दीक सुलाती, फिर भी जयनाथ नहीं मानते। खा-पी चुकने पर कहानियाँ सुनते या गप करते जब रत्ती सो जाता तो किसी-न-किसी बहाने जयनाथ चाची के पास आ बैठते। वह बेचारी भी सँभलकर उठ बैठती। उसका रोम-रोम जागरुक प्रहरी बन जाता। जयनाथ का हाथ बहकता तो चाची उसे पकड़कर आहिस्ते से हटा देती। वासना के उद्रेक से जयनाथ की जीभ लड़खड़ाने लगती तो वह फुर्ती से उठकर बीच आँगन में आ जाती। ऊपर नीले आकाश में, नक्षत्रों का मृदु मधुर आलोक उस समय चाची को आकर्षित नहीं करता। उसका सारा ध्यान रुग्ण हृदयवाले अभागे जयनाथ पर केन्द्रित रहता।

मन्मथ का वह नृत्य देर तक देखते रहना उसे जयनाथ के प्रति अन्याय प्रतीत होता। वह दौड़कर पीढ़ा ले आती और उस पर जयनाथ को बैठा देती। कुएँ का ठण्डा पानी घड़े में मौजूद रहता ही। चाची फुर्ती से घड़ा उठा लाती और जयनाथ के माथे पर धीरे-धीरे ठण्डा पानी डालने लगती। आपत्ति करने पर कहती, 'नहीं, धो लो। फिर देखा जाएगा।' परन्तु, पन्द्रह मिनट तक शीतल जल के इस अभिषेक से जयनाथ स्वस्थ हो जाते। चाची धोती लाकर पहना देती। 'चलो, सो रहो।' जयनाथ का हाथ पकड़े चाची उन्हें बिस्तरे पर लिटा आती। जब वह लेट जाते तो तेल और पानी मिलाकर तलवे रगड़ने लगती। इस तरह उन्हें सुलाकर तब रत्ती के पास आती और सो रहती।

इसी प्रकार वह अपने को जयनाथ से बचाती रही है। तैंतीस साल के इस विधुर देवर के प्रति उसका वही भाव रहता है, जोकि एक समझदार माँ का अपने बीमार बालक के प्रति। वह उन्हें घृणा की दृष्टि से नहीं देखती थी। खेत भी जयनाथ ने अपने मन से बेचा था। उससे पूछते तो ज़रूर मना करती। रत्ती के सम्बन्ध में चाची उतनी चिन्तित नहीं रहती थी, जितनी कि जयनाथ के सम्बन्ध में। उस तेलिन से जयनाथ का सम्पर्क जो इधर स्थापित हो गया, उसका पता चाची को कई महीने बाद ही लग सका। यह समझकर कि यों भी भला गाँव में इनका मन लगा रहे, उसने इस बारे में जयनाथ से कभी कुछ कहा नहीं।

अब चाची आत्मलीन रहने लगी थी। इसीलिए रत्ती का मोतिहारी जाना उसने इतनी आसानी से मंजूर कर लिया।

मर्दों में से एक ही था जिससे इन दिनों चाची की घनिष्ठता थी। वह था ताराचरण। किसान-आन्दोलन के आरम्भ में ही उसे अखबार पढ़ने की चाट लगी और अब वह दैनिक 'आज' का नियमित ग्राहक एवं समझदार पाठक हो गया था। किसान-सभा के नाम पर चाची ने कई बार थोड़ा-थोड़ा करके चन्दा दिया

था। गरीबों के स्वराज और धनिकों के स्वराज में आकाश -पाताल का अन्तर है, यह बात चाची के हृदय में ताराचरण ने भलीभाँति बैठा दी थी। ताराचरण दूसरे-तीसरे दिन पर आकर चाची को देश और दुनिया के हाल बताया करता। पर्व-त्योहार के दिन वह न्योता देकर उसे ही खिलाया करती।

अठारह

उमानाथ भागलपुर से कलकत्ता चला गया था। खूब मन लगाकर पढ़ने पर भी भागलपुर में जब वह प्रथमा पास नहीं कर सका, तो विशाल और कोलाहलपूर्ण कर्मक्षेत्र में अपना उचित स्थान प्राप्त करने की नीयत से कालीजी की छत्रछाया में उसने प्रवेश किया। थोड़े दिनों तक इधर-उधर धक्के खा लेने के बाद पान की एक दुकान पर कसैली काटने का काम पा गया। दस घण्टा काम। पन्द्रह रुपए की माहवारी। शुभंकरपुर के वैदिक अच्युतानन्द दिन-भर घास की तरह पान कचरते रहते। हरीसन रोड और अपर चितपुर रोड का जहाँ क्रॉस हुआ है, उसी नुक्कड़ पर पान की वह दुकान थी जहाँ से वैदिक जी पान लिया करते। इस दुकान के तंबोली लोग दरभंगे के ही रहनेवाले थे। कलकत्ते में लाखों बिहारी हैं। उत्तर प्रदेश के पूर्वी जिलों के भी हज़ारों होंगे। उन्हें बँगला पान नहीं सुहाता; मगही और देशी पान ही उन्हें रुचते हैं। इसीलिए उधर के सैकड़ों तमोली कलकत्ते में पान की दुकान करते हैं। वह चलती भी खूब है। उस नुक्कड़वाली दुकान के मालिक ने वैदिकजी से पुराने नौकर के भाग जाने का जिक्र किया तो अगले दिन ही वह उमानाथ को भर्ती करा गये। हाँ, कमीशन के तौर पर पहले मास के वेतन में से पाँच रुपया देने की बात उन्होंने उमानाथ से मनवा ली थी। इन बातों को वैदिकजी वेद-पाठ के अन्दर ही समझते थे। नये आगन्तुकों की पहली कमाई में से इस तरह कुछ-न-कुछ ले लेना अच्युतानन्दजी की अच्युत नीति थी।

उमानाथ दसों घण्टा अविराम गति से सरौता चलता हो, ऐसी बात नहीं थी। पान की दुकानों का तरीका यह है कि सुपारी के छोटे-छोटे टुकड़े करके आज शाम को उसे पानी में डाल देंगे और कल सुबह दुकाने खोलने पर उसे छाँक लेंगे या थोड़ा-थोड़ा करके ज़रूरत के मुताबिक दिन-भर छाँकते रहेंगे। उमानाथ को दिन-भर के लायक सुपारी काटने में छः घण्टे लगते थे। उसके बाद मौज थी। लेकिन दुकान पर मौजूद रहना लाजिमी था। कुल मिलाकर वहाँ चार छोकरे थे। मालिक स्वयं शाम को आकर डेढ़ घण्टा, दो घण्टा बैठा करता। सारा काम नौकर ही करते। उनमें से एक का काम था, पीतलमढ़ी चौकी को, कत्थे

की फुलही गड़वी को, जर्मन सिल्वर की दो मझोली बाल्टियों को, पान कतरनेवाली छुरियों को माँज-मूँजकर झकाझक रखना। एक का काम था सुपारी काटना, कत्था फुलाना, स्टॉक से लेकर छोटे डिब्बे में ज़र्दा, मसाला, इलायची भर देना। दो का काम था पीतलमढ़ी, उस चौकी के दोनों ओर बैठकर फुर्ती से ग्राहकों को पान लगा-लगा देते जाना।

चारों नौकर हमउम्र थे। अपना देहाती दायरा छोड़कर वह बाहर आ गये थे। कलकत्ते की हवा उन्हें लग रही थी। आपस में अनबन का कोई कारण नहीं था। इसीलिए किसी व्यक्तिगत काम के लिए उनमें से एक भी अपनी ड्यूटी छोड़कर कहीं जाता तो बाकी तीनों उसका काम सँभाल लेते। उमानाथ चार महीने उस दुकान पर रहा। छोड़ते समय वह बीस पा रहा था। लड़ाई छिड़ जाने पर भी खाने-पीने की चीज़ें अभी सस्ती थीं। मन्दिर स्ट्रीट के एक मकान में डेरा था। पाँच-छः जने थे, मिल-जुलकर रसोई कर लेते। खाने का खर्च छह से अधिक नहीं पड़ता। साबुन, तेल, हजामत वगैरह के लिए दो रुपए काफी थे। बारह रुपया प्रतिमाह बचाए जाने पर उमानाथ को किसी प्रकार की दिक्कत महसूस नहीं होती। माँ को खत या रुपया वह कुछ नहीं भेजता। उन्नीस वर्ष का हो रहा था, जाने किसने उसके दिल में यह बात बैठा दी थी कि चार-पाँच सौ रुपया जमा नहीं करोगे, तो शादी नहीं होगी। बचे हुए रुपए वह डाकखाने में जमा करने लगा।

उसके मेस में खानेवाले सभी प्रायः दरभंगा जिले के ही थे। सब-के-सब ट्राम कम्पनी के मुलाजिम थे। दो ड्राइवर, तीन कण्डक्टर। उन्हीं लोगों की बदौलत उमानाथ को ट्रॉम कम्पनी में ड्राइवर का काम मिल गया। ऊपर बिजली के तार का सहारा लेकर नीचे सड़क से सटी पटरियों पर दौड़नेवाली वह छोटी-छोटी गाड़ियाँ कलकत्ता के नागरिक जीवन में अपना एक विशिष्ट स्थान रखती हैं। ट्रॉम गाड़ी बिजली के चार-चार, पाँच-पाँच खम्भों की दूरी के फासले पर खड़ी होती जाती है। एक ओर से आप चढ़िए, दूसरी तरफ से उतर जाइएगा। कण्डक्टर आकर टिकट के लिए पूछेगा। इकन्नी का टिकट ले लीजिएगा, चार-चार मील चले जाइए। सबसे सस्ती सुविधाजनक सवारी है यह!

पाँच ही छः दिन में उमानाथ ने ड्राइव करना सीख लिया। ट्रॉम के ड्राइवर को मोटर के ड्राइवर की तरह लम्बी ट्रेनिंग नहीं दी जाती। रोकना, चालू करना, दाएँ-बाएँ मोड़ना, पीछ खिसकना, और राहगीरों की भीड़-भाड़ में से गाड़ी को बचाकर ले जाना—यही सब उसे सिखलाया जाता है। दस-पन्द्रह दिन पुराने ड्राइवर के पास खड़ा रहकर उसे गाड़ी चलाने दी जाती है। बाद में धोखाधड़ी मिट जाने पर वह अकेले ही गाड़ी चलाने लगता है। ट्रॉम में इंजन तो होता नहीं, होती है बिजली। छोटी लाइन की रेलगाड़ी के डिब्बों से भी छोटे-छोटे डिब्बे होते

हैं। दो डिब्बों की एक गाड़ी बनती है। अगले डिब्बे के सिर से सम्बन्धित एक बड़ा-सा डण्डा ऊपर की ओर उठा रहता है। उसका ऊपरी छोर सड़क के बीचोबीच फैले चले गये तार को छूता रहता है। ड्राइवर के स्विच दबाते ही ऊपरी तार से सम्पर्कित डंडा सर-सर-सर-सर सरकने लगता है और गाड़ी चल पड़ती है। गाड़ी को रोकना होता है तो स्विच को ऊपर कर देते है। इसी तरह चलाने, ठहराने, मोड़ने, तेज करने वगैरह की स्विचें ड्राइवर के सामने होती हैं। ट्रॉम का फुर्ती से सरकने लगना, फुर्ती से खड़ा हो जाना और फिर चल पड़ना, अनभ्यस्त और अपरिचित लोगों को अजीब-सा लगता है। चढ़ते-उतरते समय दस-पाँच दिनों तक उनके पैर लड़खड़ाते हैं।

बत्तीस रुपए पर उमानाथ बहाल हुआ। फिर भी अपना खर्चा उसने नहीं बढ़ाया। उसके पिता कुछ ज़मीन गिरवी रख गये थे। पचहत्तर रुपए में पन्द्रह कट्ठा ज़मीन फँसी थी। बेचने पर आजकल छः सौ रुपए मिलते। उमानाथ ने भोला पण्डित के नाम छिहत्तर रुपया आठ आना मनीऑर्डर भेजा। समूचा गाँव दंग रह गया। किसी ने कहा, "यह है बाप का बेटा।" किसी ने कहा, "उमानाथ की माँ के दिन फिर गये।" भोला पण्डित इसीलिए फूलकर कुप्पा हो गये कि मनीऑर्डर जयनाथ के नाम से न आकर उनके नाम आया। लम्बी साँस खींचकर जयनाथ ने कहा, "बाबा विश्वनाथ मेरे भतीजे पर इसी प्रकार दया-दृष्टि रखें"। रत्ती को बड़ी खुशी हुई। चाची ने सुना तो उसकी आँखों में आँसू छलक आए।

पति के देहान्त के बाद न जाने कितनी मुसीबतें झेलकर चाची ने अपने लड़के को पाला-पोसा, बड़ा किया था। आज उमानाथ इस योग्य हुआ है कि बाप के फँसाए खेत को छुड़ा रहा है। ज़मीन के इस उद्धार को चाची ने भगीरथ द्वारा उद्धृत तथा अवतरित गंगा से कम महत्त्व नहीं दिया। अगले ही दिन उसने रत्ती से खत लिखवाया—

स्वस्ति सकल मंगलाऽलय चिरंजीवी श्री बबुआ उमानाथ को गौरी का शुभ आशीर्वाद पहुँचे। अत्र कुशलं तत्रास्तु।

आगे हाल-समाचार यह है कि तुम्हारा भेजा हुआ मनीआर्डर बागो के बाप के नाम पर आया। खेत उन्होंने छोड़ दिया। बेटा, दो साल से तुम घर नहीं आए। कसूर मेरा ही है, मगर इस तरह संन्यासी बनने से तुम्हारा काम नहीं चलेगा। सौराठ[1] की सभा के दिन नज़दीक आ गये। मुझे कब तक यों अकेली रखोगे? देह मेरा दिन-प्रतिदिन दुर्बल होता जा रहा है। तुम ब्याह करते, बहुरिया आती। फिर मैं निश्चित होकर ज़रा काशी-प्रयाग हो आती। इति।

ज्येष्ठ सुदि पंचमी बुध सन् 1346 साल।

इस खत का जवाब डाकिया नहीं लाया, लाए अच्युतानन्द वैदिक। खचिया-

भर प्रशंसा करते हुए उमानाथ का जो संवाद वैदिकजी ने चाची से कहा, उसका सारांश इतना ही था कि वह अभी रुपया जमा कर रहा है। पाँच सौ हो जाएँगे तब आकर शादी करेगा।

चाची मुट्ठी बाँधकर खर्च करती तो उसके लिए भी सौ-दो सौ बचा ले जाना आसान था, परन्तु इधर उसे 'देवाय-धर्माय' का चस्का पड़ गया था। रत्ती को वह अपने ही आश्रम में रखती थी। दैनिक 'आज' मँगाने के लिए ताराचरण को प्रतिवर्ष पाँच रुपया देने का वादा किया था, इस साल का दे चुकी थी। इसके अलावा, धीरे-धीरे कई बरतन चाची ने खरीद लिये थे। फूल की दो थालियाँ ली थीं, दो लोटे, दो गिलास। अतिथि-अभ्यागत आते तो पहले दरी या कम्बल न रहने के कारण लेटने-पड़ने के लिए उन्हें खजूर की चटाई देते समय चाची को कचोट होता। अब उसने काली भेड़ की ऊन के दो कम्बल मँगवा लिये थे।

यह सब उमानाथ की भावी गृहस्थी का पूर्वाभास नहीं तो और क्या था?

और अब रतिनाथ जा रहा था मोतिहारी। खर्च में कमी होने जा रही थी। फिर भी चाची उमानाथ के विचार से अप्रसन्न नहीं थी। ब्याह मुफ्त में होता नहीं, और उसके बाद तो खर्च का ताँता ही बँध जाता है। पाँच सौ तो क्या, हज़ार भी हों तो कम ही होगा।

रतिनाथ चौदहवाँ साल पार कर पन्द्रहवें में पैर रख रहा था। बड़हड़वा में पुरोहित की आठ साल की एक लड़की थी। चार सौ पर पिछले साल ही जयनाथ सौदा पटा चुके थे। उन्होंने चाची के सामने एक दिन यह चर्चा छेड़ दी, "रत्ती का ब्याह बड़हड़वा में कराने का निश्चय कर चुका हूँ। कन्या क्या है, साक्षात् गन्धर्विणी है। आठ वर्ष की लड़की यों भी 'गौरी' कहलाती है। चार सौ रुपए मिलेंगे। पढ़ने का खर्च देगा। जब चाहोगी, गौना कराकर बहू ला देंगे।"

सुनते ही चाची के बदन में आग लग गयी। जयनाथ को फटकारती हुई बोली, "तम भी धन्य हो! महाजन बनने की धुन में यही सब सोचा करते हो? इस तरह मैं तुम्हें रत्ती का गला काटने नहीं दूँगी। तुम्हारा वह खिलौना मात्र है, परन्तु मेरा? मेरा वह कलेजा है। उसके साथ खिलवाड़ मत करो।"

यह बात बतलाकर बाप के प्रति रत्ती की घृणा को और अधिक तीव्र होने देना चाची का अभीष्ट नहीं था। इसी से रत्ती को उस अष्ट वर्षा गौरी के सम्बन्ध में कुछ पता न चला। ज़रूरत भी क्या थी, वह तो मोतिहारी जाने की भावनाओं में मग्न हो रहा था।

रत्ती के मोतिहारी जाने में जयनाथ को भला आपत्ति ही क्या हो सकती थी? अब वह अलग होकर दूर जा रहा था। जयनाथ ने जीवन में पहली बार सन्तान के

---

1. विवाह सम्बन्ध निश्चित करने के लिए जहाँ एकत्र होते हैं, उस स्थान का नाम सौराठ है।

प्रति ममता का अनुभव किया। वह उसे दरभंगा ले गये, पैर नपवाकर जूता खरीद दिया। देह नपवाकर दर्जी से कमीज सिलवा दी। आज तक न उसने कभी जूता पहना था, न देह की नाप लेकर कटी-सिली कमीज पहनी थी। अपने प्रति पिता का वह वात्सल्य देखकर भीतर-ही-भीतर उस मातृहीन किशोर का हृदय भर उठा।

जाने का दिन आ पहुँचा। शौच आदि से निबटकर रतिनाथ नहा आया और भक्ति से भगवान की पूजा की। सोचा-चिरपरिचित यह शालिग्राम, यह नर्मदेश्वर, अब मुझे कहाँ मिलेंगे ?

पूजा कर चुकने पर वह खाने बैठा। दाल-भात, परवल की तरकारी, अचार, आम और दही। चाची पंखा झलने बैठी, दस-पाँच कौर मुँह में डालकर वह उठ गया। खाया नहीं गया उससे।

कमीज पहनी। कुलदेवता (उग्रतारा) को जाकर प्रणामा किया और छोटी-सी गठरी लेकर बाहर निकला। चाची को प्रणाम करते समय उसकी आँखें तर थीं। आशीर्वाद देते हुए उसका भी गला भर आया। गठरी जयनाथ ने लड़के के हाथ से ले ली। गाँव से बाहर छोड़ आने को वह साथ हो गये।

नये जूतों ने पैर काट खाए थे। उन्हें बाएँ हाथ की उँगलियों से उठाकर जब रतिनाथ आँगन से बाहर निकला; तो पीछे मुड़कर एक बार उसने घिवही आम के जाने-पहचाने पेड़ की ओर देखा। घर के पिछवाड़े की ओर बाँस का जंगल था, रत्ती ने उस ओर भी देखा।

आज अपने टोल-पड़ोस की एक-एक वस्तु सचेतन प्रतीत हो रही थी। लगा कि सब उसे मना कर रहे हैं—मत जाओ, मत जाओ, मत जाओ। तालाब, बुढ्डा पीपल, मौलसिरी का वह बौना पेड़, वे खेत, वे बाग, वे झाड़िया, वे झुरमुट, वह बलुआहा—उन्होंने मानो चिल्लाकर रतिनाथ को मना करना शुरू किया—कहाँ जाओगे, लौट चलो, लौट चलो, लौट चलो!

नयी जगह, नये लोग-बाग, नयी वसतुएँ—यह भला किसे न अच्छा लगेगा ? रतिनाथ भी उल्लास और उमंग से भरा हुआ मोतिहारी के लिए विदा होना चाहता था। मगर छुटपन से ही जिनके बीच वह रहता आया था, जिन्हें देखता आया था, जिनके रंग-ढंग से परिचित था, उन व्यक्तियों, पशु-पक्षियों, चींटियों-मकोड़ों और यहाँ तक कि सचल-अचल सभी वस्तुओं से बिछुड़ते समय उसका हृदय रो रहा था। पैर उसके उठ नहीं रहे थे।

गाँव से बाहर आने पर उसने पिता के दोनों पैर छू लिए। जयनाथ की आँखें छलछला आईं। इससे पहले रतिनाथ ने अपने बाप की आँखें कभी गीली नहीं देखी थीं। ऊपरी दाँत से निचला होंठ दबाकर ही वह अपने को रोने से रोक सका।

पिता के हाथ से गठरी लेकर जब रत्ती चला, तो उन्होंने पाँच रुपए का

एक नोट उसकी जेब में डाल दिया और चुपचाप लौट गये।

उन्नीस

उस साल आम बिलकुल नहीं फला था। शादी-ब्याह, मूड़न-छेदन, उपनयन—संस्कारों और उत्सवों की धूम थी। शुभंकरपुर की ही बात लीजिए। वहाँ बाहर के नौ दूल्हे ब्याह करने आए थे। साथ घरों में जनेउआ हुआ था। मूड़न-छेदन भी पाँच-सात बच्चों के हुए थे। गौना करके चार बहुएँ आई थीं।

बागो का व्याह हुआ था, इसी आषाढ़ में। रामपुरवाली की बात रह गयी। वर अच्छा मिला। काशी का साहित्य-शास्त्री। बीस साल की उम्र। गेहुआँ रंग। लम्बा चेहरा। नुकीली नाक, गोल-गोल आँखें। चौड़ा कपार, बड़े-बड़े कान। सिर के बाल पतले और मुलायम थे। लड़के का बाप मुजफ्फरपुर में होटल चलाता था। छोटा भाई मिडिल स्कूल में पढ़ रहा था। यह लोग हरिपुर के रहनेवाले थे। शुभंकरपुर के दस कोस उत्तर बेनीपट्टी थाने में यह गाँव पड़ता था। भूमिहारों की बस्ती थी। मैथिल दो ही चार घर थे।

रामपुरवाली चाची के मायके के लोग न पड़े होते तो इतना अच्छा काम होता? होता यही कि भोला पण्डित अपनी टेव के मुताबिक कहीं से कोई ठूँठ पीपल उखाड़ लाते और जिन्दगी-भर बागो उसकी परिक्रमा करती रहती।

अब उमानाथ की माँ समाज से बहिष्कृत न रह गयी थी। उस कुकाण्ड को लोग अब भूलते जा रहे थे। इधर गाँव में एक तीसरा भूचाल उठा था। जयनारायण झा के छोटे भाई की शादी जयनगर के पास भुतही में हुई थी। जयनारायण शुभंकरपुर के उन चार-पाँच भाग्यशालियों में थे, जो समाज के स्तम्भ कहलाते हैं। और जयनारायण के पास तो कुलीनता भी थी, धन भी था। एक मौजे में दो आने की ज़मींदारी पड़ती थी। बैठक के सामने चार बखार थे। काठ के लम्बे नाँद में सानी-भूसा खाते हुए आठ तन्दुरुस्त बैल उनकी भरी-पूरी गृहस्थी की गवाही दे रहे थे। नाटे कद का हिनहिनाता हुआ भोटिया घोड़ा वैभव का ओजस्वी प्रमाण था। अपने छोटे भाई की शादी उन्होंने भुतही के ज़मीदार की एकमात्र कन्या से करवाई थी। सोने के टुकड़े जैसे दस बीघा खेत उस ज़मीदार ने अपनी लड़की के नाम लिख दिये थे। अभी कुछ दिन पहले उसकी ज़मींदारी के किसी दूसरे मौजे में किसान-आन्दोलन ने जोर पकड़ा, रैयतों ने अपनी जोत की तीस बीघा ज़मीन छोड़ने से साफ इन्कार कर दिया। मालिक उसे पड़ोस के किसानों के हाथ बन्दोबस्त कर देना चाहता था। जो पच्चीसों वर्ष से उस ज़मीन

को जोतते-बोते और फसल काटते आ रहे थे, वे लोग डट गये, ''इस पर हमारा हक है।''

रैयत में से पाँच-सात घर ब्राह्मण भी थे। तनातनी बढ़ी। सरकार ने एक सौ चवालीस दफा लगाकर ज़मीन को लाल साफे और लम्बी लाठी की अपनी निगरानी में ले लिया। किसानों ने सत्याग्रह आरम्भ किया। मालिक को लठैत और पुलिसवाले मिल गये। ऊपर काँग्रेस मन्त्रिमण्डल था, नीचे धरती माता थी। सत्याग्रही पृथ्वी-पुत्र जब पिटने लगे, खून से तिरंगा तब लाल हो उठा। इस छोटे-से महाभारत में दो कुर्मियों और एक ब्राह्मण की जान गयी। किसानों को कुछ हद तक सफलता अवश्य मिली, परन्तु मालिक को ब्रह्महत्या का पाप लग गया। चाँदी और सोने का भस्म कई बड़े रोगों की अचूक दवा है। ज़मीदार बाबू ने अपना पाप धोने के लिए भगीरथी गंगा की शरण नहीं ली। कर्मकाण्ड केसरी वयोवृद्ध पण्डित बुच्चन पाठक के आदेशानुसार मालिक बाबू ने कमला नदी में स्नान किया,वहीं एक पीपल के नीचे साधारण-सा प्रायश्चित कर लिया। प्रकट रूप से कुल दस-बारह रुपए खर्च पड़े। यह दूसरी बात है कि कर्मकाण्ड केसरी महाशय को दस कट्‌टा बढ़िया जमीन इस सिलसिले में मिली।

जयनारायण के अनुज का नाम था—लक्ष्मीनारायण। इस बार जब वह ससुराल से लोटे, तो गाँव गनगना उठा—ब्रह्मवध का महापाप हजम करने वाले ससुर का दामाद होकर, उसके यहाँ खा-पीकर लक्ष्मीनारायण अपने भाई की आँखों में भले ही धूल झोंकें, परन्तु शुभंकरपुर का समाज उनको माफ नहीं कर सकता। अरे राम! ब्राह्मण की हत्या करके उस महापापी ने समूचे देश को कलंकित किया है, और अब लक्ष्मीनारायण भुतही का पाप शुभंकरपुर के माथे पर लादने आए हैं! हरे! हरे!!

बात बिलकुल दुरुस्त थी। ब्रह्महत्या महापाप है, तो महापापी से संसर्ग रखना भी पाप है। लक्ष्मीनारायण जनकपुर जाने के बहाने गाँव से निकले थे और ससुराल में चार-पाँच दिन बिताकर परसों रात दबे पैर चुपचाप घर आ गये थे। आज फिर पूरे दो दिन के बाद जो यह भूचाल उठा, इसमें अन्दरूनी ज्वालामुखी का काम जयदेव ने किया था। उसने अपने चारों पट्‌टशिष्यों को सारी योजना समझा दी और वे गाँव-भर में लक्ष्मीनारायण के प्रच्छन्न पाप की मुक्त घोषणा कर आये। इन चारों में जो अगुआ थे, वह और कोई नहीं, यही हमारे भोला पण्डित थे। अपने मझले लड़के (भवदेव) की शादी के बाद जयदेव जयनारायण-गुट द्वारा बार-बार अपमानित और तिरस्कृत हुए थे। अब बदला लेने का अच्छा सुयोग जयदेव के समक्ष स्वतः उपस्थिति हो गया था।

जयनारायण भी मामूली अखाड़े का पहलवान नहीं था। विरोधी दल के

हमलों से वह बिलकुल नहीं घबराया। प्रायश्चित की तो बात ही क्या, अपने छोटे भाई पर लगाए गए अभियोग को ही उसने उड़ा दिया। कहा, "जिसके बाल-बच्चे मुर्गी का अंडा और प्याज-लहसुन खाते हैं, अशौच में केश नहीं कटाते, वह इतना बड़ा निर्लज्ज होगा, यह मैं नहीं जानता था। ईसाई की लड़की अपनी माँग में सिन्दूर लगाती है, तो लगाए, परन्तु भुतही के हमारे उस कुटुम्ब ने ऐसा कौन-सा पाप किया कि जिसका पण्डित लोग प्रायश्चित कराते हैं! रैयतों की हुल्लड़बाजी को किसान-आन्दोलन कह देने से काम नहीं चलेगा। ब्राह्मण मरा सही, मगर गोली तो सरकार बहादुर की लगी थी। इसमें लक्ष्मीनारायण के ससुर का क्या कसूर?"

फिर भी जयदेव जयनारायण के गोल में से आठ-दस परिवारों को फोड़ लेने में कामयाब रहे। इसका पता तब चला जब जयनारायण के लड़के का उपनयन हुआ।

जयनाथ और दमयन्ती भी अब जयदेव के गोल में आ गये थे। ताराचरण उधर ही रहे।

भोला पण्डित दामाद की विदाई के समय घर से रूठकर दरभंगा चले गये थे। उन्हें यह पसन्द नहीं था कि जमाई की विदाई में सौ रुपए से एक पाई भी अधिक खर्च किया जाय। रामपुरवाली ने नहीं माना। तीन सौ रुपए का सामान मधुबनी से उसने मँगवाया। चार जोड़ा धोती, ओढ़ने की दो चादरें, दो तौलिया, हाफ जूता, दो जोड़ा पैताबा, बनियाइन, कमीज, तसर का कोट, रेशमी पाग, छड़ी-छाता, बारह आने-भर सोने की अँगूठी, कम्बल, दरी तोसक, उलैंच (बिछाने की चादर), दो तकिया, फूल की बड़ी थाल, लोटा और गिलास, दाल खाने का बड़ा कटोरा, छः छोटे कटोरे (भाजियों के लिए), घी और चटनी की दो कटोरियाँ, इसके अलावा रसोई में काम आनेवाले तमाम बरतन, पीकदान। इतनी सारी चीज़ों से रामपुरवाली ने जमाई की विदाई का आयोजन किया। भोला पण्डित को यह असह्य लगा, गाँव से टल गये।

जमाई बाबू विदा हुए, तो उनके साथ भार लेकर पन्द्रह भरिया गये। दही, केला, मिठाई, पान-सुपारी, मेवा-मखान, बहुत-कुछ सामान था। बाकी चीज़ें तो थीं ही।

दूध, दही, घी, मछली आदि खिला-पिलाकर रामपुरवाली ने दूल्हे की देह को लाल-बुन्द कर दिया था। इक्कीस रोज रहे थे वह।

रतिनाथ बागो की शादी के सात दिन बाद निकला था। अपनी बाल-सखी के इस रूपान्तर से रत्ती को बड़ी प्रसन्नता हुई थी। चतुर्थी[1] (सुहागरात) के बाद, अगले दिन थोड़ी देर के लिए दोनों मिले थे। किसी काम से वह चाची के यहाँ

आई थी। रत्ती अपने ओसारे पर बैठा 'कन्यादान'[2] पढ़ रहा था। प्रसंग बहुत रोचक था। नायक की सम्भावित वधू बुच्चीदाई की मुग्धताओं पर मस्त होकर रतिनाथ उस उपन्यास को सरसर पढ़े जा रहा था कि पीछे से आकर किसी ने अपने छोटे-छोटे मृदु-सुरभि हाथों से उसकी आँखें झाँप दीं। एक हाथ से उपन्यास पकड़े रहकर, दूसरे हाथ से रतिनाथ इस चोर का हाथ टटोटलने लगा। लाह की चूड़ियों पर उँगलियाँ पड़ते ही वह खिलखिला उठा। बोला, "धत् तेरी की! बागो, कैसे आई?"

पीछे से हाथ हटाकर बागो सामने हो गयी थी। पूछा, "अब तो तुम मोतिहारी में पढ़ोगे, आओगे कब?"

"दुर्गापूजा की छुट्टी में।" रत्ती ने कहा था।

इसके बाद देर तक वे एक-दूसरे को ताकते रह गये थे। इससे पहले दोनों जब मिलते थे तो बड़ी दूर तक गप-शप चलती रहती। मगर उस दिन न रतिनाथ के मुँह से कुछ निकला और न बागो के मुँह से।

बीस

अषाढ़ बीत चुका था।

खेतों में धान के पौधे लहलहा रहे थे। बरसात भली-भाँति शुरू हो गयी थी। धान रोपने के दिन थे। क्यारीनुमा खेत पानी से भरे थे।

आज रात फिर बारिश हुई थी, खूब हुई थी।

जयकिशोर सुबह-सुबह उठे और लोटा लेकर दिशा-फराकत के लिए घर से निकले। तरकुलवा में सभी जाति के लोग बसते थे। दुसाध, मुसहर, डोम थे तो धुनिया, जुलाहा भी थे। लेकिन बाभन, राजपूत, बनिया, ग्वाला वगैरह गाँव के एक ओर थे। मुसलमान दूसरी ओर। छोटी जातिवाले उसके बाद—सड़क के किनारे लम्बाई में बसा था गाँव। आठ-दस पोखर थे। कुछ बस्ती के सामने और कुछ पीछे की ओर। एक का नाम 'बड़ी पोखर' था। जयकिशोर ने बचपन में इसी पोखर में तैरना सीखा था। भादों-आसिन की तपती दुपहरियों में छाता लगाए इसी के बाँध पर घण्टों बैठकर काँटों

---

1. विवाह के बाद चौथी रात, पहले की तीन रातें वर-वधू को ब्रह्मचर्य के कड़े नियन्त्रण में बितानी पड़ती हैं।
2. मैथिली भाषा में हरिमोहन झा द्वारा लिखित एक लोकप्रिय उपन्यास।

में मछलियाँ फँसने की प्रतीखा की थी। बीसों बार इसके छाती-भर पानी में घुसकर नीले-सफेद कमल वह तोड़ लाए थे। इन्हीं कारणों से यह पोखर उन्हें प्रिय था।

कान पर जनेऊ चढ़ाए, हाथ में लोटा लिये जयकिशोर जब बड़ी पोखर के घाट पर हाथ मटियाने आए तो शंकर बाबा मिल गये। वह बाँस की छतरी (मेघडम्बर) लगाए हुए थे। कछौटा मारकर बड़े ही गौर से उस नाले की ओर देख रहे थे, जिसमें से बरसाती पानी आ रहा था। तालाब की मछलियाँ रात में काफी निकल चुकी थीं। लोगों ने खूब पकड़ा था। पोते ने जिद की तो अब शंकर बाबा भी आए थे। अभी तक दो पोठियाँ हाथ लगी थीं, कुछ और हो जातीं तो अच्छा था। जयकिशोर को देखते ही बोले, "किशोर, तुम्हें इनका शौक नहीं रहा क्या?"

"वाह क्यों नहीं!" जयकिशोर ने कहा, "मछलियों का शौक भी कभी जा सकता है? मगर, कौन रात-भर इनके लिए परेशानी उठाए! चरवाहे ने कुछ मछलियाँ पकड़ी होंगी ज़रूर। हमारे यहाँ यह सब वही करता है। तालाब से मछलियाँ पकड़ना, बाग में से आम तोड़ लाना, हाट से साग-भाजी ले आना... सब वही करता है। दूसरा है ही कौन?"

इतना कहकर जयकिशोर बाबू पानी के किनारे रखे काले सिल पर बैठ गये और हाथ मटियाने लगे। इस बीच से शंकर बाबा को एक पोठी और दिखाई पड़ी। वह नाले के छल-छल करते पानी में उस मछली को पकड़ने के लिए लपके। पैर लगाकर छपाक् से पानी उछला, निशाना ठीक बैठा था। पोठी नाले से बाहर आकर उछल रही थी। हरी-हरी दूब पर चाँदी-सी सफेद और चमकदार वह छोटी मछली जयकिशोर को बहुत बढ़िया लगी। बाबा ने उसे उठाकर जोर से पटक दिया, वह निष्प्राण हो गयी। उछल-कूद बन्द हो जाने पर भी दूब पर वह सुन्दर तो लग ही रही थी। बाबा ने कहा, "बस, एक और हो जाय।"

जयकिशोर हाथों में तीन बार मिट्टी लगा चुके थे, अब लोटा माँज रहे थे। वह शंकर बाबा की ओर नज़र फेंकते हुए बोले, "बस, चार ही पोठी? सारा परिवार इतने से ही तृप्त हो जाएगा?"

बाबा की निगाह फिर छल-छल करते पानी पर जम चुकी थी। उन्होंने कहा, "मुझे अब इन वस्तुओं का आवेश नहीं है। बुचनू का हठ था, उसके लिए तीन-चार काफी होंगे।"

इतने में एक बड़ा-सी झींगा तालाब से निकलकर बाहरी दुनिया की सैर करने के लिए नाले के रास्ते पर आगे बढ़ा। बाबा ने देख लिया। उसका मटमैला रंग उनकी आँखें को धोखा नहीं दे सका। वह फिर, उसी भाँति झपटे। इस बार अँजुरी से पानी उछाला उन्होंने। झींगा नाले से बाहर आ पड़ा। बाबा ने उसे भी

दे पटका। जयकिशोर यह सब देख रहे थे। कुल्ली कर चुके थे। अब उन्हें भिण्डे पर बैठकर दातुन करना था। बाबा से कहा, "अब तो आप जाएँगे?"

"एक-आध और हो जाय तो क्या हर्ज है?" शंकर बाबा गुनगुनाकर बोले। जयकिशोर ने सोचा—इनका लोभ बढ़ता जा रहा है। मनुष्य जब प्राप्तव्य पा जाता है, तब उसकी दृष्टि आगे की ओर इतनी तेजी से क्यों फिसलती है?

बड़ी पोखर के भिण्डे पर उत्तर की ओर मुँह करके जयकिशोर दातुन करने बैठे। आगे खेतों में धान के हरे-हरे पौधे लहरा रहे थे। उनसे परे आमों के नील-निविड़ कुंज थे! उनसे भी परे सुदूर उत्तरी आकाश में हिमालय की धवल-धूमिल चोटियाँ थीं जो उगते सूरज की पीली किरणों से उद्‌भासित होकर स्वर्ण-शृंग-सी लग रही थीं। जयकिशोर ने इसी भाँति यह दृश्य कई बार देखा है और यहीं बैठकर, किन्तु आँखों को परितृप्ति नहीं हुई। हिमालय क्या इतना नज़दीक है? उन्हें विश्वास नहीं होता। फिर भौगोलिक जानकारी चिकोटी काटती कि दरभंगा जिले की उत्तरी सीमा यहाँ से चार कोस पर है, आगे नेपाल है। यह हिमालय नेपाल ही में तो पड़ता है। हाँ, ठीक तो है। फिर वह स्वप्न देखने लगे कि पेंशन मिल जाने पर जब घर बैठेंगे, तब रोज यह दृश्य देखने को मिलेगा। वह कभी बिहार छोड़कर बाहर नहीं गये, फिर भी अपनी मातृभूमि की प्रशंसा करते थकते नहीं। सुजलाम् सुफलाम् मलयजशीतलाम् फुल्ल कुसुमित द्रुमदलशोभिनी। शुभ्रज्योत्स्ना-पुलकितयमिनीं सुहासिनीं सुमधुरभाषिणीं सुखदां वरदां—मातृभूमि की बन्दना के लिए बंगीय बंकिमचन्द्र ने इन विशेषणों का उपयोग किया है। जयकिशोर का दावा था कि हमारी मातृभूमि मिथिला भी ठीक इन्हीं विशेषणों की अधिकारिणी है। इस सम्बन्ध में दक्षिण बिहार के अपने भाइयों से वह उलझ पड़ते।

जयकिशोर के तीन बच्चे थे, दो लड़के और एक लड़की। सपरिवार वह प्रवास में रहते। बहुत कोशिश की कि माँ भी साथ रहे, मगर बुढ़िया ने मंजूर नहीं किया। जिद करने पर वह कहती, 'जनम भर कहीं नहीं गयी और अब बुढ़ापे में क्या कुलदेवता और ग्रामदेवता की पूजा मुझसे छुड़वाओगे? पर्व और त्योहार के दिनों में देवता-पितर अवेंगे, आँगन-घर सूना रहेगा तो निराश लौट जाएँगे।' यह सब सुनकर जयकिशोर चुप हो जाते। श्रद्धालु माँ के दिल को दुखाना इस शिक्षित पुत्र को अच्छा नहीं लगता। दूसरी बात भी थी। जायदाद काफी थी, दूसरे पर निगरानी का भार सौंप देने से निश्चित था कि उसमें चूहे लग जाते। जयकिशोर की नौकरी मजबूरी की नौकरी नहीं थी। वह भी खाते-पीते आदमी द्वारा शौक से की जानेवाली नौकरी। जिला स्कूल में हेड पण्डिताई यों भी मामूली नौकरी नहीं कहलाएगी, इसका सम्बन्ध सीधे सरकार बहादुर से रहता है। औरत उन्हें अच्छी मिली। उसका कुल-शील भी अच्छा है, चेहरा-मोहरा भी बढ़िया

है। गौना के बाद कई साल तक वह अपनी सास के साथ ही रही। जब जयकिशोर की नियुक्ति राँची के जिला स्कूल में हुई तब से रूपरानी भी साथ रहती आई हैं यह नाम सास का रखा हुआ है। मायके का नाम था शशिमुखी। भले घर की सभी औरतों के दो-दो नाम हुआ करते हैं—एक ससुराल का और दूसरा मायके का।

पिछले दिन सन्ध्याकाल रतिनाथ तरकुलवा पहुँचा था, अकेला। इधर वह कई बार शुभंकरपुर से तरकुलवा आ-जा चुका था। इसलिए जयनाथ ने अकेले ही आने दिया।

रतिनाथ यद्यपि जयकिशोर का अपना भांजा नहीं था, फिर भी वह उसे बहुत मानते थे। उनके गुणों पर मुग्ध थे। वह बहुत कम बोलता। फुर्ती से काम करता। कमज़ोर और दुबला रहने पर भी सभी प्रकार के कामों के लिए तैयार रहता। पढ़ने में तो ख़ैर तेज़ था ही, अक्षर भी उसके सुन्दर होते थे। खाते-पीते समय कभी कोई शिकायत नहीं कि यह खाऊँगा और वह नहीं। रसोई भी करना उसे आता था। एक प्रवासी के लिए यह बहुत बड़ा गुण है कि वह खाना पकाना जाने।

जयकिशोर के जाने में तीन दिन बाकी थे। आम इस बार नहीं फरा था। फिर भी जिनके पास कलमी आम के पेड़ थे, उन्हें कुछ-न-कुछ हाथ लगा ही। कलकतिया थोड़ा-बहुत हर साल फलता है। मालदह और कृष्णभोग के बारे में ठीक यही बात नहीं कही जा सकती। और वर्षों की भाँति इस वर्ष भी सौ-डेढ़ सौ आम जयकिशोर साथ ले जाना चाहते थे। माँ को भला इसमें क्या आपत्ति होती? उसने कहा, ''यहाँ खाओ तब भी और वहाँ खाओ तब भी, बराबर है। कौन है खानेवाला? बच्चों को खाते देखती हूँ, तो यों ही मेरा मन अघा जाता है। नहीं तो अकेले कोई अच्छी चीज़ खाना मेरे लिए पहाड़ हो जाता है।''

रूपरानी ने कहा, ''आम मोतिहारी में भी हैं, क्या होगा ले जाकर? यहाँ रहेगा तो पड़ोस और समाज के लोग खाएँगे। जस देंगे।''

मगर माँ ने बहुत जोर दिया, ''कितना भी ले जाओगी, यहाँ के लिए घटेगा नहीं। इस गाँव में सभी के यहाँ अपने-अपने पेड़ हैं। थोड़ा-बहुत आम सभी के पेड़ों में फरे हैं। कुछ ने तो बेचा भी है। तुम वहाँ खरीदकर खाओगी और यहाँ सड़ेंगे, तो कैसे होगा?''

आखिर दो सौ आम दो खाँचों में भरकर ऊपर से एक-एक खाँचा डालकर उन्हें मजबूती से सी दिया गया। इन कामों में जयकिशोर की माँ बहुत चतुर थी। वह वास्तव में नारी के रूप में पौरुष की अवतार थीं। जयकिशोर मुक्तकंठ हो कहा करते—ऐसी माँ और किसकी होगी? कभी किसी काम के लिए मुझे नहीं कहा। मैं राजकुमार की तरह रह रहा हूँ। हाथ से कदाचित् ही एक तिनका भी

उठाना पड़ा हो। और जयकिशोर बाबू का ऐसा कहना अनर्गल नहीं था। उनकी माँ घर के सारे कामकाज स्वयं ही करती-कराती थी। खेती-बाड़ी के लिए कभी उसने कारपर्दाज नहीं रखा। कभी-कभी भाई मदद कर जाता था। तरकुलवा में खेत-मजदूर सुलभ थे। जयकिशोर की माँ ने दो खेत-मजदूरों को पाँच-पाँच कट्टा खेत दे दिए थे। वे पिशाच की तरह कड़ी मेहनत से सारे काम करते। धान रोपने के दिनों में रोज पाँच-पाँच, सात-सात, दस-दस तक मजदूर लगे रहते। उन्हें अढ़ाई सेर धान और पेट-भर खाना मिलता। दाल-भात, तरकारी और अचार। छोटी जात के उन गरीब और भूखे बनिहारों (खेत-मजदूरों) के लिए जयकिशोर बाबू के खेतों में धान रोपने के ये दिन महोत्सव के दिन थे, पुण्याह थे। इसका असर पड़ता गृहस्थी पर। सबसे पहले जयकिशोर के ही खेतों में धनरोपनी हो जाती, औरों की पारी पीछे आती। सोहनी करने (निराने) और फसल कटाने में भी यही सिलसिला रहता। यह सब उस वृद्ध महिला का ही पौरुष था, नहीं तो प्रवासी पण्डित की खेती-बाड़ी का नमूना देखना हो तो शुभंकरपुर के जनार्दन पण्डित के खेतों को देखिए। खुद कलकत्ता रहते हैं। बेटा राँची स्कूल में मास्टर है। परिवार को साथ रखता है। बेटा-पतोहू राँची में हैं। दो छोटे लड़के पटना में पढ़ते हैं। घर पर पिचासी साल की वृद्धा चाची है। जायदाद काफी है, मगर यह सब खबास नारायण मड़ड़ के भाग में लिखा है। भैंस का दूध वह पीता है। मालभोग और कनकजीर का भात वह खाता है। बगिया का चम्पा केला, मालदा आम, बनारसी अमरूद—सब उसी के बालभोग में चला जाता है। बाप-दादे के जमाने का राजशाह पलंग। पण्डित नहीं है तो उस पर टाँग फैलाकर और कौन सोएगा? सोता है नारायण खबास। चाची बेचारी न जीती हैं,न मरती हैं, हुकुर-हुकुर करती हैं। राँची से जब-जब पोता आता है अपनी इसी दादी के लिए एक-न-एक रसोइया बहाल कर जाता है। मगर, वह रसोइए को दस-पन्द्रह दिन से ज्यादा टिकने नहीं देतीं। जिन्दगी-भर वह अकेली ही रहीं, अकेले पकाकर अकेले ही खाया। अब उन्हें दूसरे के हाथ की रसोई कैसे पसन्द आए? आँगन में चारों तरफ चार घर हैं। एक में चाची का डेरा है। दूसरे में पलंग वगैरह हैं। तीसरे में धान-चावल, चूहा, झींगुर और नेवले रहते हैं। चौथा खाली पड़ा है, जिसमें धान की भुसी, टूटी सन्दूक, पुराना पिटरा वगैरह सुरक्षित हैं। कुन्ती और नीलो इसी घर में ब्याती हैं। टोल-भर की सार्वजनिक कुत्ती का नाम जाने कब किसने 'कुन्ती' रख दिया! नीली बिल्ली थी। कुन्ती के प्रसव का सुनिश्चित स्थान पिटारा है और नीलो रानी टूटी सन्दूक में बच्चे जनती हैं। जनार्दन पण्डित का घर-आँगन किसी अभागे ज़मींदार की उजाड़ कचहरी जैसा लगता है! बिना देख-भाल की घर-गृहस्थी का यही हाल होता है।

जयकिशोर को अपनी माँ का बहुत बड़ा अभिमान था। कभी उन्होंने माँ की किसी बात का प्रतिवाद नहीं किया। तीसरे साल जब वह घर आए तो किसी ने गौरी के उस कुकाण्ड का सारा समाचार जयकिशोर से कहा और बारम्बार कहा, परन्तु वह उत्तेजित नहीं हुए। समाज में एक तरुणी विधवा को किन परिस्थितियों का मुकाबला करना पड़ता है, इस बात को वह भली-भाँति समझते थे। थोड़ा क्षोभ ओर संकोच जयकिशोर को अवश्य हुआ, परन्तु उसे उन्होंने दूसरे ही रूप में प्रकट किया। प्रतिवर्ष की भाँति उस साल भातृद्वितीया में अपनी बहन के यहाँ वह नहीं गये, बस। माँ को समझाने के लिए कोई बहाना ढूँढ़ लिया।

रतिनाथ को स्नेह-भाजन बनाकर जयकिशोर उसे अपने साथ रखने के लिए तैयार हुए थे, इसके अन्दर उनका भगिनी प्रेम ही काम कर रहा था। उमानाथ को वह पढ़ा नहीं सके थे, तो इसमें उनका क्या दोष? रतिनाथ को गौरी कितना मानती थी, वह जयकिशोर को खूब अच्छी तरह मालूम था। रत्ती की प्रतिभा देखकर उन्हें पूरा विश्वास हो गया कि वह लड़का उमानाथ की तरह मुझे बहन की दृष्टि में हलका नहीं बनाएगा।

स्कूल तेरह जुलाई को खुल रहा था। ग्यारह और बारह को मंगल और बुधवार पड़ते थे। उत्तर की तरफ जाने में दिशा-शूल होता। इसीलिए जयकिशोर आषाढ़ शुक्ल पंचमी सोम को सपरिवार मोतिहारी के लिए चल पड़े। एक अहीर का लड़का-ठकवा साथ रहता था। तीन बच्चे, नौकर, रतिनाथ और दो जने खुद। कुल मिलाकर इस बार परिवार में सात प्राणी हो गये थे। तरकुलवा से राजनगर। काम एक ही बैलगाड़ी से चल गया।

भीड़ के कारण औरत और बच्चों को जनाना डिब्बे में बैठा दिया गया था। सुबह की ट्रेन थी, रतिनाथ ने सोचा, चलो अच्छा हुआ। देखते चलेंगे। तारसराय तक, नहीं दरभंगा तक, उसका देखा हुआ था ही। उसके आगे रत्ती सहस्राक्ष बनकर चलती गाड़ी में से आसपास के दृश्य देखने लगा। कोसों तक फैले धान के हरे-भरे खेत। उनकी लहराती हरियाली क्या थी, तरंगित समुद्र का ही हरा संस्करण था। लेकिन रतिनाथ ने समुद्र नहीं देखा था। हाँ, बाढ़ के दिनों में परसौनी के पच्छिम, जब मोहना चौर पानी से भरा जाता तो लोग कहते, 'मोहना तो समुद्र हो गया है।' इससे समुद्र का एक कल्पित नक्शा उस किशोर के दिमाग में था अवश्य, फिर भी धान के खेतों की कोसों लहराती हरियाली को हरा समुद्र कह देना उसके बूते की बात नहीं थी। असीम हरीतिमा के इस भव्य दृश्य से रत्ती की आँखें अघाती नहीं थीं। इधर-उधर बैठे-खड़े मुसाफिरों के गुल-गपाड़े उनका ध्यान भंग करने में असमर्थ थे। गाड़ी हड़हड़ाती हुई जब एक पुल को पार करने लगी तो ठकवा ने चकोटी काटकर कहा, "रत्ती बाबू, जानते हैं, कौन नदी है?"

"नदी तो," रतिनाथ ने चौंककर कहा। ठकवा बोला, "बागमती है।" रत्ती को किसी कवि का एक पद याद आया जिसमें कहा गया—बागमती, तू धन्य है! तेरा पानी विद्यापति के श्वास से सुरभित है और तेरे तट के बालुका-कण दार्शनिकों की दृष्टि से भास्वर। तेरा प्रवाह जिस भूमि पर से एक बार भी गुजर जाता है, वह सदा के लिए रत्नगर्भा बन जाती है। बागमती, तू धन्य है! शरद् ऋतु की पूर्णिमा के इस निशीथ में मन करता है, मैं अपनी देह तेरे प्रवहमान वक्ष पर छोड़ दूँ... सोचते-सोचते वह झपकियाँ लेने लग गया।

एक दचके के साथ नींद टूटी, तो गाड़ी समस्तीपुर आ चुकी थी। लोग धड़ाधड़ उतर रहे थे। रतिनाथ भी उतरा। उसकी छोटी-सी गठरी मामा-मामी के बिस्तरों में डाल दी गयी थी। उस ओर से वह निश्चिंत था। इत्मीनान से उतरा और मामा के पास जाकर खड़ा हो गया।

बहुत बड़ा स्टेशन। लोगों की अपार भीड़। ट्रेनों की कमी नहीं। पान-सिगरेट-बीड़ी वालों का कोलाहल। दुनिया के इस विचित्र पहलू से रतिनाथ आज तक अनजान था। बाप, चाची और साथियों के विछोह से जो दिल अभी तक भारी-भारी-सा था, वह अब हल्का होता जा रहा था। नयी जगह, नये लोग, नये नज़ारे। स्मृतिपट पर से पिछली रेखाएँ मिटती जा रही थीं,रंग तो धुँधला पड़ ही चुका था। रत्ती को खयाल आया—यह तो समस्तीपुर का हाल है! और कलकत्ता कितना बड़ा शहर होगा? कहते हैं, वहाँ पन्द्रह लाख लोग रहते हैं। बड़ा होने पर भैया के साथ मैं भी कलकत्ते जाऊँगा।

इतने में मुजफ्फरपुर की गाड़ी आ धमकी। सब उसमें सवार हुए। भीड़ कम थी। पूसा रोड, ढोली, सिलौट और चौथा स्टेशन मुजफ्फरपुर। रत्ती गिनता गया था। वहाँ पहुँचते-पहुँचते बारह बज गये। लाइन के दोनों ओर आम और लीची के बड़े-बड़े बाग थे। धान के खेत भी थे, मगर उतने हरे-भरे नहीं। लीची का मौसम बीत चुका था और आम फरा ही न था। फिर भी स्टेशन पर 'बथुआ' आम बिक रहे थे, रुपए में बारह। वह उन लोगों के लिए अलभ्य वस्तु नहीं थी, क्योंकि दो सौ बड़े और बढ़िया आम साथ जा रहे थे।

मोतिहारी की गाड़ी में अभी कुछ विलम्ब था। दरी बिछाकर प्लेटफार्म पर वे बैठ गये। वहीं खाना-वाना हुआ। जयकिशोर पड़ रहे तो ठकवा ने उनके पैर और जाँघ में मुक्कियाँ लगाना शुरू किया। मुक्कियाँ लगवाते-लगवाते उन्हें नींद आ गयी।

छोटी बच्ची के आगे से पूड़ी उठा लेने के कारण सड़ी दुम वाले काने कुत्ते को रतिनाथ ने एक लात लगाई। वह आँउ-आँउ-आँउ कर उठा, तो जयकिशोर की आँख खुली। बिस्तर बाँध-बूँधकर तैयार हो गये। थोड़ी देर पहलेजा घाट से

गाड़ी आई, उसी पर सब सवार हुए। तीन बज रहे थे। गाड़ी के चलते ही रतिनाथ को नींद आ गयी।

आठ बजे रात को ट्रेन मोतिहारी पहुँची।

इक्कीस

सूर्यदेव मैट्रिक की परीक्षा में दो बार फेल हो चुका था। मुजफ्फरपुर के सीतामढ़ी डिवीजन में उसका घर पड़ता था। जयकिशोर ही उसके अभिभावक थे। स्टेशन के उत्तर गुमती के नज़दीक उनका डेरा था। पास ही एक मन्दिर था। बीच में मन्दिर, चारों—ओर धर्मशाला। यह सब बकुलहर मठ की मिल्कियत थी। पिछले साल महन्तजी आए तो जयकिशोर का उनसे परिचय हुआ और उसी परिचय का फल है कि यह धर्मशाला और मन्दिर अब जयकिशोर की निगरानी में हैं। इनको इससे और कुछ नहीं, पर एक फ़ायदा ज़रूर था कि वक्त-बेवक्त दो-चार आदमियों को वहाँ टिका देते।

धर्मशाला में पचीसों कोठरियाँ थीं। बहुधा वे खाली ही पड़ी रहतीं। खाली रहने के दो कारण थे। एक तो वह शहर से बाहर पड़ती थीं और दूसरा यह कि मोतिहारी कोई बड़ा शहर तो है नहीं। जिला चम्पारन का सदर होने से ही इसका थोड़ा-बहुत नाम है। नहीं तो चम्पारन में प्रमुख नगर अगर है तो वह बेतिया है। सभी दृष्टि से वह मोतिहारी से अव्वल है।

सूर्यदेव उसी धर्मशाला की एक बढ़िया कोठरी में रहता था। यह पण्डित जयकिशोर की ही कृपा थी। एक बड़ी तख्तपोश थी उस कोठरी में, उसी पर सूर्यदेव दरी बिछाकर सोता था। बीस साल की उम्र। साँवला रंग, दुहरा बदन, लम्बा कद, सूअर के जैसे खड़े-खड़े बाल। खाते-पीते घर का लड़का था। शादी हो चुकी थी, मगर ससुराल जाना बाप ने उसके लिए वर्जित कर रखा था। शादी करनेवालों में, यानी दूल्हे के बाप और दुल्हन के बाप में गहरा मनमुटाव हो गया था। लड़के को मोहनमाला (सोने का कण्ठहार) नहीं दी गयी थी, बस इसी पर। सूर्यदेव अपनी नवोढ़ा से उतना ही अलग था, जितना कि चाँद कुमुदिनी से। पर वे नज़रों से तो भला एक-दूसरे के सामने रहते हैं। लड़के का जी न पढ़ने में लगता था, न खेलने-कूदने में।

उस रात स्टेशन से जब मकान आए, तो जयकिशोर ने कहा, "रतिनाथ, आज तुम सूर्यदेव के साथ सो जाओ। उसकी चौकी बड़ी है, और मसहरी भी

चौड़ी है। कल दूसरा इन्तजाम कर देंगे।''

सूर्यदेव भी वहीं था। ऐसा अवसर कई बार आया है। नवागन्तुक विद्यार्थी को बोर्डिंग में सीट नहीं मिलती, तो वह पण्डित जयकिशोर के सुपुर्द किया जाता। पण्डित जी इसी धर्मशाला में उसके रहने का प्रबन्ध कर देते। और न तो दो-चार दिन नया लड़का सूर्यदेव के ही साथ रह लेता।

रत्ती खा-पीकर सोने आया।

नयी और अपरिचित जगह में जल्दी से नींद नहीं आती। सूर्यदेव ने परिचय के रथ को आगे धकेलने की बात छेड़ी, मगर रतिनाथ ने हर सवाल का सीधा-सीधा जवाब दिया और अपनी ओर से कुछ न पूछा। परिचय और मित्रता समवयस्कों में ही शीघ्रता से होती है। यहाँ एक था बीस का, और दूसरा था पन्द्रह का, तो फिर हृदय के कपाट फौरन कैसे खुल जाते।

रतिनाथ को नींद आ गयी, परन्तु वह गाढ़ी नींद नहीं थी। सोते समय मालूम हुआ कि कोई धीरे-धीरे उसकी जाँघ पर हाथ फेरने लगा है। लड़के की आँख खुल गयी और वह सावधान हो गया। देखा कि पास सोनेवाला उससे बिलकुल सट रहा था। यद्यपि बिस्तर खूब चौड़ा था। रत्ती के जागने से सूर्यदेव एकदम निश्चेष्ट पड़ गया। रतिनाथ सतर्क हो गया। उसे जयकिशोर पर गुस्सा आ रहा था, मन-ही-मन किस राक्षस का साथ कर दिया, सोना हराम कर रखा है! वह उठकर बाहर आ जाना चाहता था कि सूर्यदेव ने उसकी मुट्ठी में दो रुपए डालकर शान्तिपूर्वक लेटे रहने का इशारा किया। अँधेरा था, इसलिए संकेत का काम थपकियों से लिया गया था। यह रुपया तो रतिनाथ को पागल बना देने के लिए काफी था। उसके बदन में आग लग गयी। अँगनई में मन्दिर था, उसमें भगवान् लक्ष्मीनारायण सो रहे थे। कोठरी का किवाड़ खुला था, मन्दिर साफ़ नज़र आ रहा था। रत्ती बिस्तरे पर उठ बैठा। मसहरी में से हाथ निकालकर खूब जोर से उसने चाँदी के वे दोनों रुपए मन्दिर की ओर फेंक दिए और कहा—''हे लक्ष्मीनारायण! हे भगवान्! तुम साक्षी रहना।'' इतना कहकर वह कोठरी से निकल गया। धर्मशाला से बाहर एक कुआँ था। वहीं एक पेड़ के नीचे टूटी चौकी पर बैठकर लड़के ने वह रात बिता दी।

सुबह जयकिशोर ने पूछा, ''कैसी नींद आई रत्ती?''

उसने कहा, ''सूर्यदेव से पूछ लीजिए।'

जयकिशोर ने समझा, मच्छरों ने काटा होगा। बात खत्म हो गयी। मोतिहारी आते ही सबसे पहली शिक्षा रतिनाथ को जो मिली, वह यही थी। झेंप के मारे बहुत दिनों तक सूर्यदेव ने उसकी तरफ भर आँख देखा तक नहीं।

दूसरे दिन उसी धर्मशाला की एक छोटी-सी कोठरी रतिनाथ को मिली।

वह उसी में रहने लगा।

मोतिहारी में संस्कृत का एक अचल विद्यालय था। अध्यापक थे पण्डित दूधनाथ तिवारी व्याकरणाचार्य। जयकिशोर स्वंय भी कभी-कभी रत्ती को पढ़ाते थे। रतिनाथ का पढ़ने में खूब मन लगता था। काव्य और व्याकरण, यही दो विषय थे। व्याकरण वह विद्यालय में पढ़ आता, काव्य जयकिशोर पढ़ाते।

विद्यालय शहर के बीच में पड़ता था। पढ़ने वाले बीस से अधिक न थे। पण्डितजी को बीस रुपए मासिक मिलता था। कुछ अनियमित रूप से मारवाड़ी लोग भी दान दे दिया करते। बात यह है कि संस्कृत पाठशाला के अध्यापक और विद्यार्थियों के प्रति धनी समाज का वही दृष्टिकोण रहता है जो कि पिंजरापोल के प्रति सेठों का। सड़े-सूखे आम, रद्दी चादरें, खुरदरे कम्बल, घुन-लगा अनाज, फटी-पुरानी किताबें—इन वस्तुओं का दान और कौन लेगा?

विद्यालय के पास ही 'कमला नेहरू पुस्तकालय' था। वहाँ दैनिक 'आज', 'सरस्वती', 'बालक', 'योगी', 'विश्वामित्र' आदि कई अखबार आते थे। रतिनाथ उन्हें पढ़ना पसन्द करता था। मासिक पत्रों ने उसकी रुचि को उपन्यासों की ओर मोड़ दिया।

जयकिशोर ही उसे लाए थे, इसलिए खाना-कपड़ा वही देते थे। एक संस्कृत-प्रेमी ज़मींदार ने अपने छोटे लड़के को पढ़ाने के लिए अपने यहाँ एक विद्यार्थी रखना चाहा। उसने जयकिशोर से यह बात कही। उन्होंने रतिनाथ को उसके यहाँ रखवा दिया। खाना-कपड़ा और रहने की जगह अब सभी कुछ रत्ती को वह ज़मींदार ही देने लगा। बदले में ज़मींदार के लड़के को सन्ध्या, गीता आदि पढ़ाना पड़ता। लड़के की उम्र थी बारह साल की। वह देखने में खूबसूरत था, पढ़ने में मन्द।

यह ज़मींदार महाशय जिला गोरखपुर के कोई दूबे थे। मोतिहारी शहर से डेढ़ मील उत्तर उनका मौजा था। दो सौ बीघा काश्तकारी भी थी। चम्पारन की ज़मीन खूब उपजाऊ है, वहाँ की मामूली मिट्टी सोना उगलती है। फिर वह दूबे तो ज़मींदार भी थे और काश्तकार भी। इस साल वर्णाश्रम स्वराज्य संघ (काशी) के किसी महोपदेशक ने उन्हें इतना प्रभावित किया कि अपने कनिष्ठ पुत्र को संस्कृत की शिक्षा दिलाने का आपका निश्चय वज्र संकल्प बन गया, इसीलिए एक गरीब विद्यार्थी को अपने परिवार में शामिल करके उससे लड़के को पढ़ाना चाहते थे।

शुभंकरपुर के जीवन से मोतिहारी के इस जीवन की कोई तुलना हो ही नहीं सकती। यहाँ नागरिकता का वातावरण था। रतिनाथ की प्रतिभा खिल उठी। संस्कृत के साथ ही हिन्दी में भी योग्यता हासिल करना उसने अपना लक्ष्य बनाया।

संस्कृत के लिए जयकिशोर थे, विद्यालय था। हिन्दी के लिए पुस्तकालय था और अखबार थे। कठोर और रुक्ष प्रकृति के पिता का नियन्त्रण हटते ही रतिनाथ स्वतन्त्र हो उठा। स्वतन्त्र नहीं, स्वच्छन्द कहना चाहिए। इस स्वच्छन्दता से उसके अन्दर दो दुर्गुण प्रवेश कर गये। एक तो पाठ्य-पुस्तकों के प्रति अरुचि, दूसरा कुसंगति। पाठ्य-पुस्तकों के प्रति अरुचि ने अधिक-से-अधिक उपन्यास, काव्य और नाटक पढ़ने का रूप धारण किया, और कुसंगति ने अस्वाभाविक व्यभिचार का। ज़मींदार का लड़का खूबसूरत तो था ही, रतिनाथ उसकी सुन्दरता पर मुग्ध रहने लगा। दूबे जी (ज़मींदार) का आदेश हुआ—''विद्यार्थीजी, तुम दोनों को एक अलग कमरा देता हूँ। उसी में सोया करो। आपस में तुम लोग देववाणी (संस्कृत) में ही बतियाया करो।'' बस, फिर क्या था? दोनों किशोर, दोनों राम-लक्ष्मण साथ रहने लगे। उनका सोना-जागना, उठना-बैठना, खाना-पीना सब साथ चलता। परन्तु उनमें से एक अभावों-अभियोगों की सीमान्त भूमि से आया था और दूसरा था विलासिता के वातावरण में पनपनेवाला। उस लड़के का नाम था नरेश। अपने पिता के कठोर शासन के अनुसार आजकल वह ब्रह्मचारी का जीवन बिता रहा था। न तो सिर में वह तेल डाल सकता, न आईने में मुँह देख पाता और न कंघी का इस्तेमाल कर सकता। जूता तक ज़मींदार साहब ने उसके लिए वर्जित कर रखा था। रतिनाथ के लिए यह त्याग कोई नया अभ्यास नहीं था, बल्कि एक आसान खेल था। मगर नरेश की माँ को अपने पति का यह पागलपन कतई पसन्द न था। वह बीच-बीच में लड़के के सिर में बंगाल केमिकल (कलकत्ता) का सुवासित तेल डाल देती, शायद नारियल का । खद्दर की मोटी धोती और मोटा कुर्ता उतरवाकर मिल की महीन धोती और नफ़ीस कमीज पहना देती। पैसे देकर रतिनाथ का साथ कर देती, सिनेमा देखने के लिए। यह सब तब होता जब कि दूबेजी गोरखपुर गये होते। नासमझ, जाहिल और दुर्व्यसनी नौकर बड़े घर के लड़के को कभी-कभी बचपन में ही बिगाड़ देते हैं और ऐसा ही नरेश के साथ हुआ था। एकान्त और सहशैया का परिणाम यह हुआ कि रतिनाथ अपने को बहुत दिनों तक रोक नहीं सका, उस लड़के के साथ उसका अप्राकृतिक सम्बन्ध स्थापित हो गया।

मुजफ्फरपुर के प्रख्यात व्यापारी रायबहादुर श्री ललितकिशोर प्रकट रूप से वैष्णव और प्रच्छन्न रूप से सखी-समाजी थे। बहुत सारे सुन्दर छोकरों में से छाँट करके तीन उन्होंने अपने यहाँ रख लिये थे। उन्हें राम, लक्ष्मण और सीता के रूप में पूजते थे। रायबहादुर की यह उत्कट सखी-भावना जब उत्तर बिहार के कतिपय बुद्धिजीवियों में अन्दर-ही-अन्दर फैलने लगी, तो दूबेजी भी उस ओर आकृष्ट हुए। शायद इसीलिए रतिनाथ और नरेश का जोड़ा उनकी आँखों को एक

प्रकार की परितृप्ति देता था। पढ़ने में तेज़ थे, इसलिए रतिनाथ पर किसी को किसी प्रकार का सन्देह क्यों होता।

नरेश की घड़ी, चश्मा और अच्छी पेंसिल देख-देखकर रतिनाथ का मन मचल उठता। चुराने की इच्छा होती मगर छिपाकर रखने की कोई दूसरी जगह तो थी नहीं, इससे वह इच्छा ज्यों-की-त्यों रह जाती। घूम-फिरकर उसकी तमाम उच्छृंखलताएँ आखिर एक ही उच्छृंखलता में केन्द्रित हो गयीं। वह, बतला ही चुके हैं, अप्राकृतिक व्यभिचार के फन्दे में पड़ गया। यह चस्का रत्ती का इतना बढ़ा कि विद्यालय के हमउम्र या छोटे लड़कों पर उसकी भूखी आँखें अक्सर मँडराती रहतीं। उसे ख्याल आता कि पाठशालाओं और विद्यालयों में लड़कों के साथ लड़कियाँ भी पढ़ने आतीं तो कैसा रहता!

आठ-दस दिन पर वह जयकिशोर के बासे पर जाया करता। मामी उसे खूब मानती थीं। उनकी राय नहीं थी कि रतिनाथ ज़मींदार के यहाँ जाकर रहे। मगर जयकिशोर ने अपनी पत्नी को जब समझाया कि यहाँ तुम्हारे बच्चों की चहचह-चुहचुह में उसकी पढ़ाई ठीक से नहीं होगी तब रूपरानी मान गयीं। फिर भी जब-जब खास किस्म का कोई खाना बनता तो वह रत्ती को बुलवा लेतीं। जिस दिन मछली पकाई जाती उस दिन तो ज़रूर ही। रत्ती को मछली खाने का बड़ा शौक था। शुभंकरपुर में एक छोटे-से पोखर का वह पट्टीदार था ही, बचपन से ही छोटी-बड़ी मछलियों का स्वाद उसे मालूम था। वहाँ, विधवा होने के कारण चाची के लिए मछली-माँस अखाद्य था और इसीलिए जयनाथ और रतिनाथ ही थे कि पानी-फल (मछली) का भोग लगाते। हाँ, चाची यत्नपूर्वक मछलियाँ तलतीं अवश्य कि रतिनाथ और जयनाथ मन से खाएँगे। यहाँ दूबेजी जब से वैष्णव हुए थे तब से परिवार भर को निरामिषाहारी बनने का सत्यागह कई बार कर चुके थे। दो-चार दिन के लिए जब वह बाहर जाते तभी उनके यहाँ मछलियाँ पकतीं और नरेश की माँ का जी भरता। ज़मींदार बाबू स्वयं पचपन साल की अवस्था तक मछली-माँस का स्वाद ले चुके थे और अब जाकर रायबहादुर ललितकिशोरी शरण की छत्रछाया में कण्ठी बाँध आए थे। कण्ठी क्या थी? तुलसी-काठ के खरादे हुए मसूर जैसे दाने थे, उन्हीं को गूँथकर बनाया हुआ कण्ठहार था। परन्तु संस्कार क्या कम प्रबल होता है? बाबू साहब को जब कभी ललमुँहा रोहू का स्वाद याद आता तो बाज़ार चले जाते, मछली बेचनेवालों के इर्द-गिर्द चार चक्कर लगा आते—सट्टी की मत्स्यगन्धा आबोहवा उन्हें तृप्त कर देती। एक दिन किसी साथी ने दूबेजी की चुटकी ली तो आप बोले, "भाई, इतना भी नहीं करने दोगे? खाना तो मछली का छूट ही गया, कहो तो अब नाक भी काट लूँ।"

उस दुर्गापूजा की छुट्टियों में न जयकिशोर घर गये न रतिनाथ। रतिनाथ

को तो मोतिहारी ऐसी मनलग्गू जगह मालूम हुई कि सपने में भी उसे घर जाने की इच्छा न होती। साथी भी कई मिल गये थे। हाँ, चाची की याद आती तो क्षण-भर के लिए उसका दिल झनझना उठता। बीच में दो-एक खत शुभंकरपुर से आए थे ज़रूर मगर उनमें कोई बात नहीं थी।

विजयादशमी के रोज बेतिया में बहुत भारी मेला लगता है। गाय, बैल और घोड़े खूब बिकते हैं। ज़मींदार बाबू प्रति वर्ष मेले में जाते थे। इस बार गाड़ी के लिए बैलों का जोड़ा उन्हें खरीदना था। साथ में नरेश, रतिनाथ, दो नौकर और रसोइया गया।

बाईस

उस साल (1347 फसली) का सावन शुभंकरपुर के लिए मौत का पैगाम लेकर आया। मलेरिया का ऐसा प्रकोप उस इलाके में इससे पहले शायद ही हुआ हो। लोग पटापट मरे। मवेशी तक न छूट पाए। भोला पण्डित उन्नीस दिन तक बुखार में उबलकर स्वर्ग सिधार गये। दम्मो फूफी भी इस बीमारी के चपेट में आ गयीं। डॉक्टर, वैद्य कोई काम न आया। काम आईं उमानाथ की माँ। बेचारी ने जी-जान से सेवा की फिर भी दमयन्ती न बची तो इसमें किसका दोष? फूफी की सारी जायदाद भतीजे के हाथ लगी।

जयनाथ भागकर बड़हड़वा चले गये। चाची को भी दो दिन का बुखार आया मगर वह शीघ्र ही ज्वरमुक्त हो गयी। छोटे-बड़े सौ से कम नहीं मरे होंगे। सरकारी सहायता तब पहुँची जब सत्तर के करीब लोग मर चुके। कुनैल की टिकिया बँटी थीं, किन्तु गरीबों को वह मुश्किल से ही मिली थी। तुलसी का काढ़ा पी-पीकर आखिर कब तक लोग मलेरिया का मुकाबला करते?

ताराचरण ने बड़ी कोशिश की कि जिले और थाने के काँग्रेसी अधिकारियों से इस मामले में कुछ करवाएँ, मगर अभी अन्तर्राष्ट्रीय घटनाओं की तुलना में नेताओं के लिए इन बातों का क्या महत्त्व था? यह वे दिन थे जब कि हिटलर आधे से अधिक यूरोप को जीत चुका था और गाँधी कोई नया कदम उठाना चाहते थे।

लोगों का कहना था कि भूकम्प (1934) के बाद देश की आबोहवा बदल गई है। नदियाँ, तालाब और पोखर उथले हो गये हैं। उपज कम होने लगी है। मलेरिया का प्रकोप बढ़ गया है, अकाल मृत्यु बढ़ गयी है। उपज कम होने लगी है। इधर पैदा होनेवाले बच्चे साँवले नज़र आते हैं। आमों की फसल अब साल-

साल नहीं होती।

शुभंकरपुर के इस टोटे में चौदह औरतें थीं। उनमें छः को मलेरिया ने लील लिया। दस मर्द थे, अब पाँच ही बच रहे। सन्नों की माँ, दमयन्ती, जनककिशोरी, जयदेव की बहन और पतोहू, नरेश की माँ—यही छः औरतें मरी थीं। एगारह ब्राह्मणों का जुटना मुश्किल हो गया था कि क्रिया-कर्म करनेवालों का उद्धार होता। परसौनी के महापात्र भी मलेरिया का शिकार हो गये थे। हज्जाम इस गाँव में तीन ही थे, उनमें से दो मर चुके थे। क्रिया-कर्म की कौन कहे, लाश उठाकर ले जानेवाले नहीं थे। पास में कोई बड़ी नदी थी नहीं। हाँ, लकड़ी की कमी नहीं थी। फिर भी सैकड़ों चिताएँ तैयार करने में गाँव-भर की अमराइयाँ ठूँठ हो गयीं। छोटी जातवालों को अपनी लाशें बहाने में जीबछ नदी की बाढ़ ने काफी मदद न पहुँचाई होती तो मुश्किल था। कहाँ से बेचारे उतनी लकड़ियाँ लाते?

भागकर जो बाहर जा सकते थे, जा चुके थे। मगर औरतें और बच्चे कहाँ जाते? मुसीबत का यह पहाड़ उन्हीं पर अधिकतर गिरा। सौभाग्य से रतिनाथ और उमानाथ बाहर थे, चाची को अपनी परवाह नहीं थी। जयनाथ श्रावणी पूर्णिमा से चार दिन पहले ही भाग चुके थे। आँगन में और कोई नहीं था। दिन तो खैर जैसे-तैसे कट जाता मुदा रात को कटना पहाड़ हो जाता। एक तो यों ही ये लोग गाँव के छोर पर थे, तिस पर जयनाथ का आँगन बिलकुल अलग था। वह छोर की पूँछ पर था। छिद्रों में हवा भर जाने के कारण जब सूखे-अधसूखे बाँस रात-बिरात बेतुकी तान अलापने लगते, तो चाची का हृदय काँपने लगता। बेचारी साफ देखती कि अँधेरी रात में भैंसे पर सवार काले-कलूटे यमराज आग बरसाती अपनी लाल-लाल आँखों से उसे घूर रहे हैं। तब उसे अपने विजन का वह बालसाथी—रत्ती याद आता। घोर एकान्त के इन दारुण क्षणों को चाची उस लड़के से चिपटकर जाने कब से फटकारती आई थी और अब वही सहारा पचासों कोस दूर हट गया था! उदास देखकर चाची के कन्धे पर या पीठ पर रतिनाथ जब अपने हाथ रख देता तो असमर्थता या अनाथपन की उसकी भावना खटाई पड़े दूध की तरह फट जाती। वह महसूस करती कि एक ऊर्जस्वी पुरुष का क्षमताशील हाथ पीठ पर है; लड़का है तो क्या हुआ, मर्द तो है।

चार-छः महीने बड़ी मुश्किल से कटे। कभी-कभी तो ढिबरी जलाकर रात-रात भर चाची चर्खा ही चलाती रहती। दिन में बहुधा ताराचरण की माँ आ जाती या कोई और। चाची की पिछली भूल-चूक का लेखा लेनेवाला अब कोई रह नहीं गया था। गरीबी और मलेरिया ने लोगों की कमर तोड़ दी थी। लड़ाई की तेजी के साथ अनाज का भाव भी चढ़ता जा रहा था। चाची के हाथ में पैसे थे, बेसाह खरीदकर चावल, मकई, अरहर सब कुछ वह मँगाती थी। ताराचरण की

खेती काफी थी। साल-भर का सारा खर्चा उसका उसी से निकलता था। चाची ने कभी अपने लड़के को रुपए-पैसे के लिए नहीं लिखा। जब लिखा तब यही कि खाने-पीने में कंजूसी नहीं करना। अपने शरीर का ख्याल रखना। सौ रुपए पिछले छः महीनों में चाची ने बचा लिए थे। कोकटी की रूई खरीदकर उसने दो सेर सूत इसलिए काता कि दोनों लड़कों की चादरें और कुर्ते का कपड़ा बना लेगी।

जयनाथ का महाजन बनने का उत्साह शान्त हो चुका था। दो सौ रुपए डूब गये थे। बाकी भंग, माजून, घी, दूध, मछली, माँस और प्रेयसी के पीछे लग रहा था। आजकल आप बड़हड़वा चले गये थे। वहाँ भांजे अपने एक पट्टीदार से मुकदमा लड़ रहे थे। मामूली पैरवी के लिए भी भागलपुर दौड़ना उन अमीरजादों को अखरता था। ऐन वक़्त पर उन्होंने अपने लायक मामा को याद किया। आतुर गजराज की पुकार पर शेषशय्या छोड़कर और लक्ष्मी को समझा-बुझाकर नारायण भी उतनी फुर्ती से नहीं दौड़े होंगे जितनी फुर्ती से जयनाथ बड़हड़वा पहुँचे। प्रेयसी को पाँच रुपए का एक नोट थमा और उमानाथ की माँ को सौंप दिया घर-आँगन, चल पड़े। दुतरफा झोला कन्धे से लटक रहा था। भगवान् (शालिग्राम) इस बार साथ जा रहे थे। जाते-जाते उन्होंने चाची से कहा—"कृष्णाष्टमी तक अवश्य लौट आऊँगा, बाबा (वैद्यनाथ) पर जल ढारना है। और तो कोई काम है नहीं। तुम किसी बात का अन्देशा मत करना।"

चाची ने कहा था, "बाबू, जल्दी की क्या बात है? समूचा गाँव भट्ठी पर चढ़ा हुआ है। देखते हो, लोग मलेरिया के मारे तबाह हैं। क्या करने आओगे अभी? कृष्णाष्टमी क्या और जगहों में नहीं होती? हम तो ठहरीं लाचार, तुम्हारा क्या है? जहाँ धड़ तहाँ घर!"

इस बात का जयनाथ ने प्रतिवाद किया था—"नहीं-नहीं, उमानाथ की माँ, कहीं क्यों न हों, जी तो हमारा यहीं टँगा रहता है! घर है बार है, बाप-दादों की जायदाद है। टोल-पड़ोस, जान-पहचान, चीन्हा-परिचय क्या-क्या नहीं है? सबकुछ तो अपना यहीं है....उमानाथ की माँ, ऐसा मत समझना कि जयनाथ को इस मिट्टी का मोह नहीं है..."

अन्त में उसका गला भर आया था और झुककर आँगन की भूमि में से एक चुटकी मिट्टी उसने उठा ली। उसमें से ज़रा-सा तो जयनाथ ने कपार में लगा लिया था और बाँध लिया था चादर की खूँट में। उस दिन देवर का यह अपूर्व भावावेश देखकर उमानाथ की माँ का सारा शरीर सिहर उठा था! जयनाथ का वह रूप आज तक उसने नहीं देखा था। उत्तरदायित्व की भावनाओं से शून्य, मेहनत-चोर, आवारा, कृतघ्न, कठोर, झूठा—जयनाथ यह नहीं तो और क्या थे?

ऐसे मनुष्याभाव के हृदय में भी कहीं अपनी पितृभूमि की मिट्‌टी के प्रति इतनी ममता हो सकती है? हाँ, हो सकती है। अपने देवर का भरा हुआ गला और डबडबाई आँखें चाची के सामने थीं। यह सबकुछ किसी निपुण अभिनेता का असम्भावित कौशल नहीं, बल्कि प्रत्यक्ष वास्तविकता थी।

सचमुच इस बार जयनाथ बड़हड़वा में रम गये। उनका नित्य-कृत्य था सुबह उठकर शौच आदि से निबटना फिर भाँग छानना। दस बजे स्नान-पूजा। ग्यारह बजे भोजन। उसके बाद घण्टा भर मनोयोगपूर्वक देशी सरौते से कतर-कतरकर सुपारी फाँकते जाना और साथ ही बातें भी लड़ाना। बारह से चार बजे तक सोना। छः तक फिर भंग-भवानी की आराधना। आठ तक भांजों के इस्टेट का काम। नौ बजे भोजन। उसके उपरान्त दिवंगत बहनोई की छोटी भ्रातृ-वधू से नर्म-आलाप। वह बाल-विधवा बड़ी हँसोड़ तबीयत की थी और जयनाथ के लिए जान देती थी। कहने के लिए एक-दूसरे के लिए भाई-बहन थे, परन्तु उनका आपस के सम्पर्क का क्षण दो सन्तप्त प्राणियों के चिरवांछित मिलन का मधुपर्व ही था। सुमित्रा बहन का वैधव्य नैष्ठिक ब्रह्मचर्य का उज्ज्वल प्रतीक था। उनकी कोख से यही एक मात्र कमलाकान्त उत्पन्न हुए थे। बाईस साल हुए, पति के देहान्त के बाद कभी सुमित्रा ने रंग-बिरंगी या पाढ़वाली साड़ी नहीं पहनी। न पान खाया, न दाँतों में मिस्सी लगाई। गहने पतोहुओं को दे दिए। मेले के दिंनो में गंगा या और तीर्थों में नहीं गयीं। मार्कीन की पतली धोती, गले में बारीक रुद्राक्षों की माला, कपार पर गंगौट (गंगा की मिट्‌टी) का ठोप—यही उनका भेस था। अकेले में किसी ने मर्द से बातें करते उन्हें कभी नहीं देखा। बहुत कम बोलती थीं, सो भी ज़मीन-जायदाद या घरेलू मामलों की गुत्थियाँ सुलझाने के लिए ही। अब तो खैर लड़के बालिग हो गये थे। उन्होंने गृहस्थी का भार भलीभाँति सँभाल लिया था। फिर भी एक सतर्क निरीक्षक की भाँति सुमित्रा की दृष्टि सदैव अपने पुत्रों पर रहती। एक कमलाकान्त था और कई सौतेले थे। व्रत, उपवास और नियमित आहार से सुमित्रा ने स्वास्थ्य को अपने काबू में कर लिया था। मधुर वाणी और सरल व्यवहार से वह स्वजन-परिजन, नौकर-चाकर और खबास-खबासिन, सभी की श्रद्धा का पात्र बन गयी थी। इस प्रकार तिरहुत और शुभंकरपुर का नाम उसके कारण उज्ज्वल हुआ था। बहन ने बड़ी कोशिश की कि भाई आदमी बने, पर वह नहीं सुधरा। जयनाथ को काफी ज़मीन देकर बड़हड़वा में ही अलग बसाने की सुमित्रा की इच्छा थी, किन्तु वह पूर्ण न हुई। इसमें जयनाथ का ही दोष था। वह शादी करने के लिए तैयार नहीं हुआ। दो साल तक पड़ोस की एक लड़की को सुमित्रा अपने भाई के लिए रोके रही, मगर 'यहाँ न लागहिं राउर माया!'

इस बार भी सुमित्रा की देवरानी ने ही छल-बल से जयनाथ को बुलवाया था। प्रेमी या तो अविवाहित हो या फिर विधुर। वैसी स्थिति में प्रेमिका को सहूलियत रहती है। देवरानी का नाम था चन्द्रमुखी। धनी माँ-बाप की लाडली बेटी 'फुदनी' ससुराल में चन्द्रमुखी क्यों कहलाई? इसका रहस्य उसके सौन्दर्य की अब तक अकम्पित दीप-शिखा में निहित है। विधवा हुई तो क्या हो गया? मछली-माँस छोड़कर और सभी वस्तुएँ वह खाती है। बचपन से ही छटाँक-भर घी, आधा पाव मलाई रोज खाती आई है। काँच और लाह की न सही, सोने-चाँदी की चूड़ियाँ पहनने से कौन उसे मना करेगा? खान-पान, ओढ़न-पहिरन सभी में चन्द्रमुखी बदलती ऋतुओं के मुताबिक रुचि वैचित्र्य का ध्यान रखती थी।

चन्द्रमुखी से जीभर गप-शप कर चुकने पर जयनाथ दालान के उस खण्ड में सोने आते जो हवेली से सम्बद्ध था। सोने से पहले वह दो-चार श्लोक गुनगुनाते और अँधेरे में बिस्तरे पर बैठे-बैठे ही बटुए से निकालकर दस-दस रुपए वाले पन्द्रहों नोट गिन लेते। यही डेढ़ सौ बच रहा था। यह आदमी की जगह थी, इसीलिए खर्चा नहीं पड़ रहा था। छूते-टटोलते अब पन्द्रहों नोट जयनाथ की उँगलियों से ऐसे परिचित हो गये थे कि कोई ज़रा भी हेर-फेर या कमोबेश उनमें करता तो वह ज़रूर ही जान जाते।

तीन-चार रुपए प्रतिमाह वह रतिनाथ को मनीआर्डर भेजते थे। इसके लिए किसी ने उनसे कहा नहीं था। स्वत: ही यह बात उनके दिमाग में बैठ गयी थी कि लड़का परदेस में है। कभी कोई खास चीज़ खाने-पीने का मन करेगा तो किससे कहेगा? यों भी हाथ में चार पैसे रहेंगे तो दिल मजबूत रहेगा।

रत्ती महीने में एक खत बाप के नाम डालता था। एक खत चाची को भी भेजता था। कभी-कभी उसका हृदय अपने गाँव के लिए रोता था। बागो याद आती। सत्तो याद आता। वह कई बातों में रत्ती का गुरु था। तैरना और पेड़ पर चढ़ना उसने सत्तो से ही सीखा था। रोने की तालीम भी रत्ती को उसी उस्ताद से मिली थी।

उम्र में दो महीने का छोटा होने पर भी सत्तो इन्हीं कारणों से रत्ती का गुरु था। अपने इस प्रिय साथी की याद रतिनाथ को बहुत सताती। दूसरा नम्बर था बागो का, मगर अब उसका ब्याह हो चुका था, इससे उसके प्रति थोड़ा बिलगाव और बेगानापन अनुभव करना अस्वाभाविक नहीं था।

जाड़े के दिन आए। रत्ती ने अपने मन को पढ़ने में लगाया । रात में बड़ी देर तक वह जागता रहता। यह जागरण उपन्यासों की सैर के लिए नहीं, पाठ्य-पुस्तकों के लिए था। होली तक उसने मध्यमा का कोर्स पूरा कर लिया। उसके बाद वह हिन्दी के पीछे लगा। गर्मियों के दिन आते-आते कुछ अंग्रेज़ी भी उसने

सीख ली थी। इसके अलावा संस्कृत से हिन्दी और हिन्दी से संस्कृत करने में जो विशेष योग्यता वह हासिल कर सका इसका सारा श्रेय जयकिशोर बाबू को ही देना चाहिए।

बेतिया रतिनाथ को मोतिहारी से अच्छा लगता था। इस बीच में कई बार वहाँ से वह हो आया था। वहाँ की प्राकृतिक शोभा और वातावरण उसे दरभंगा जैसा ही लगता था, मगर जिला स्कूल तो मोतिहारी में ही था। रतिनाथ की इच्छा से तो नरेश बेतिया नहीं आ-जा सकता था। दूबेजी का सुनहला पिंजड़ा उसे अब अच्छा नहीं लगता। नरेश की रुचि पढ़ने-लिखने की ओर थी नहीं। बाध्य होकर रत्ती को उसके साथ ताश, कौआठुट्टी, मोगल-पैठान और बाघगोंटी खेलना पड़ता। यह ठीक है कि अपरिग्रह का बन्धन अब बिलकुल शिथिल हो गया था और सुवासित तेल-साबुन का व्यवहार, ताम्बूल-सेवन, नृत्य, गीत, वाद्य, नाट्य आदि का दर्शन-श्रवण, चर्व्य-चोष्य-लेह्य का आस्वादन नरेश ने आरम्भ कर दिया था, परन्तु रतिनाथ का हृदय इन बातों को अपनी पढ़ाई का अन्तरा समझता था। अपने पूर्वज नीलमाधव उपाध्याय का नाम उसे इस प्रवाह में अपने को समा देने से रोक रहा था। उसने सोचा—क्या है, इनके लिए यही विद्या है, यही पढ़ाई है। नरेश और उनके बाप (दूबेजी) की ज़रा-सी छींक पर चुटकी बजाकर 'चिरंजीव' कहनेवाले, इनकी कलाई पर रक्षासूत्र बाँधनेवाले पचासों नहीं, सैकड़ों निकल आएँगे। मगर, हमें कौन पूछेगा? इस उमर में चार अच्छर पढ़ नहीं लिया, तो ज़िन्दगी-भर इन्हीं की जूतियाँ हमारी इष्टदेवता बनी रहेंगी।

तेईस

सौराठ की सभा उस साल बैसाख के ही अन्त में हुई थी। उमानाथ की शादी पण्डौल स्टेशन से पाँच कोस पश्चिम महनौली के एक खेतिहर बाभन की सयानी लड़की के साथ हो गयी। सिर्फ दो घण्टे लगे, बात पक्की हो गयी। उमानाथ का यह ब्याह इतना चटपट तय हो जाएगा, किसे पता था? (सौराठ में यही तो होता है। हज़ारों विवाहार्थी इकट्ठे होते है। कन्याओं की तरफ से उनके अभिभावक बड़ी तादाद में जमा रहते हैं) सभा में यदि कन्याएँ भी शामिल होतीं तो स्वयंवर का वह विराट् पर्व केवल भारत-भर में परन्तु सम्पूर्ण विश्व में अद्वितीय कहलाता। तब सोनपुर के प्लेटफार्म और हरिहर क्षेत्र के मेले की तरह सौराठ की यह विवाह-सभा भी मशहूर हो गयी रहती। (यद्यपि अपनी मौजूदा स्थिति में भी ब्राह्मणों का यह वैवाहिक मेला अनुपम है।)

चौदहवीं सदी में कर्णटवंशीय राजा हरिसिंहदेव मिथिला के शासक थे। उनके राजत्वकाल में, एक जनश्रुति के अनुसार, किसी अभिजात ब्राह्मणी पर व्यभिचार का आरोप लगाया गया। राजसभा में वह खड़ी की गयी। हाथ में पीपल का पत्ता और उस पर आग रखकर धर्माध्यक्ष ने उससे कहलवाया—"चाण्डाल से कभी मेरा सम्पर्क नहीं हुआ, अगर हुआ तो इस आग से मेरा हाथ जल जाय।" तीन बार ब्राह्मणी ने कहा। हाथ जलने लगा। तब पण्डितों का दिमाग चकराया। उन्होंने सोचा—इसके विवाह-सम्बन्ध की छानबीन करनी चाहिए। कदाचित् इसका पति ही दूषित विवाह-सम्बन्ध के कारण चाण्डाल की कोटि में आ गया हो... ब्राह्मणी और ब्राह्मण—दोनों के मातृकुल तथा पितृकुल का लेखा-जोखा हुआ। (बाप की तरफ से सात पुरखा और माँ की तरफ से पाँच पुरखा तक यदि कुछ लगाव रहा तब तो शादी नहीं होनी चाहिए। कन्या और वर, दोनों के पुरखों की छानबीन की जाती है तब जाकर ब्याह होता है) उन दोनों की शादी के समय इस गणना में कुछ गड़बड़ हो गयी थी। पक्का सबूत मिल जाने पर धर्माध्यक्ष ने फिर उस ब्राह्मणी के हाथ पर आग रखवाई और कहलवाया, "पति को छोड़कर यदि किसी दूसरे से मेरा लैंगिक सम्पर्क हुआ हो, तो यह हाथ जल जाय।" इस तरह करने से ब्राह्मणी का हाथ नहीं जला।

इस घटना के उपरान्त राजा हरिसिंह देव को इस बात की बड़ी चिन्ता हुई कि मिथिला के ब्राह्मणों का आभिजात्य कैसे सुरक्षित रहेगा। साथियों से परामर्श करके तत्कालीन ब्राह्मणों का उन्होंने पंजा (ब्योरेवार सूची) तैयार करवाई। (विद्या, आचरण, कुलीनता आदि का विचार करके बनवाई हुई ब्राह्मणों की अनुक्रमणिका समयानुसार बढ़ती ही गयी। प्रत्येक नवजात ब्राह्मण-कुमार का नाम पंजीकार लोग आज भी अपनी अनुक्रमणिका में लिख लेते हैं।)

इससे हुआ यह कि शादी-ब्याह में ब्राह्मणों को सहूलियत होने लगी। ब्राह्मणों की ऐसी सिलसिलेवार फेहरिस्त भारत-भर में और कहीं नहीं है। पंजीकार लोग इन छः सौ वर्षों तक निर्लोभ और तटस्थ रहकर यह काम करते आए हों सो बात नहीं। कुलीनता बनाम आभिजात्य विनिमय, क्रय-विक्रय आदि का प्रमाणिक इतिहास अभी काल के गर्भ में छिपा रहे, यही अच्छा। वह भी इन्हीं लोगों का शासन था कि रतिनाथ के नाना की दस विषमताएँ थीं। जयनाथ के परदादा ने इक्कीस शादियाँ की थीं। तिब्बत में जैसे बहुपति-प्रथा अभी तक जायज और जीवित है, उसी तरह रतिनाथ की मिथिला में बहुपत्नी-प्रथा जायज और जीवित है।

सौराठ इन लोगों का बड़ा बाज़ार है।

मगर, अब जमाना बहुत बदल गया। कुलीनता ही काफी नहीं थी, उमानाथ

दरिद्र था। उसके बाप और दादा भी दरिद्र थे। उसकी शादी की बात इतनी चटपट जो तय हुई उसका श्रेय ट्राम कम्पनी की नौकरी को था। उमानाथ आजकल चालीस पा रहा था। अंग-अंग से जवानी झाँक रही थी। लगता था कि हरौती बाँस का कोंपल सर्र से बढ़ आया और अब उसमें से कड़चियाँ फूटने ही वाली हैं। पतला-छरहरा। क्या ही खूबसूरत किल्होर था! फिर भी दो सौ रुपए देने पड़े। जयदेव व जयकिशोर ने अभिभावक का काम किया। पंजीकार वीरभद्र मिश्र ने ताल-पत्र पर सिद्धान्त लिख दिया। उन्हें दो रुपए उसकी लिखाई मिली। यह रकम कन्यावाले ने दी थी क्योंकि उसका वंश कुछ निम्न कोटि का था।

जयदेव और जयकिशोर बारात में गये। तीसरा स्वयं उमानाथ था। अगले दिन से अतिचार पड़ता था। शुभ लग्न का अन्तिम क्षण दोपहर रात तक ही था। जैसे-तैसे सब महनौली पहुँचे। सौराठ से छह कोस पच्छिम।

यह देखकर महनौली वाले खूब खुश हुए। कन्या के बाप का नाम था—नन्द झा। लोगों ने कहा, ''नन्द का यह काम अच्छा सुतरा। पैसे भी मिले, पात्र भी मिला। लड़की जाएगी तो उसे बरगद की छाँह मिलेगी। कमासुत पति मिलेगा, मुसम्मात सास मिलेगी और क्या चाहिए?''

आँगन में औरतों ने कमीज, कोट और बनियाइन खुलवाकर उमानाथ को गहरी निगाह से देखा। एक मुँहफट खबासिन बोली—''आँख मूँद लो भैया, धोती भी खुलेगी।''

''आ, तू ही खोल दे,'' अधेड़ उम्र की एक औरत ने अपनी छोटी आँखें नचाकर उससे कहा, वह अप्रतिभ हो गयी। उमानाथ को ट्राम कम्पनी का वह बंगाली डॉक्टर याद आया जिसके सामने इसी भाँति कपड़े खोलकर खड़ा होना पड़ा था। उस दिन भी पसीना निकल आया था और आज भी। फर्क यही था कि उस दँतटुट्टे डॉक्टर ने फोते टटोलकर देखा था, इन औरतों ने वैसा कुछ नहीं किया। एक बुढ़िया ने आगे बढ़कर पूछा—''कुछ पढ़ा-लिखा भी है?''

''ज ज त ज्योतिष...थोड़ा...'' उमानाथ के मुँह से पूरा वाक्य नहीं निकला। उसका दिल बेहद धड़क रहा था। तब तक पुरोहित ने उधर से आवाज़ दी—'सिन्दूरदान का मुहूर्त्त निकट आ गया। आप लोग जल्दी करें।''

धोती बदलकर उमानाथ पुरोहित के पास, वेदी के निकट पहुँचा।

कई प्रकार के विधि-व्यवहार होते-हवाते कन्यादान जब सम्पन्न हुआ तो रात ढल चुकी थी।

अगले दिन जयदेव और जयकिशोर ने वधू का मुँह देखा। चार-चार रुपए मुँह-दिखाई दी। लड़की का स्वस्थ, सुन्दर चेहरा देखकर दोनों खूब प्रसन्न हुए और भगवान् से प्रार्थना की, बहू जैसी रूपवती है वैसी ही सुशील निकले।

उसी दिन दोपहर को वे दोनों चल पड़े। नन्द झा ने दोनों को दो-दो धोतियाँ और चार-चार रुपए विदाई में दिए। रुपए लौटाकर धोतियाँ इन लोगों ने रख लीं।

शाम तक दोनों शुभंकरपुर पहुँचे। उन्हें लाल धोती पहने देखकर लोग समझ गये कि उमानाथ का विवाह निर्विघ्न सम्पन्न हो गया।

चाची को यह शुभ समाचार कल रात ही मिल चुका था। सौराठ से जो लोग लौटे थे, उन्होंने ही आकर कहा था।

कुल जमा तीन सौ लेकर उमानाथ कलकत्ते से घर आया था। माँ को शक था कि इस बार काम होगा। इसी से पहले इस शुभ समाचार को चाची ने मज़ाक ही समझा। मगर गुलाबी रंग में रँगी धोती पहने जयदेव और जयकिशोर आकर जब सामने खड़े हो गये तो खुशी से उसकी आँखें डबडबा आईं। जयकिशोर को प्रणाम करते समय उसके हाथ काँपने लगे।

जयदेव ने मुस्कुराते हुए कहा—"तो उमानाथ की माँ, तुम्हारा काम हमने कर दिया। कब मिठाई खिला रही हो?"

वह भावावेश में थी, चुप रही। जयकिशोर बहन की तरफ से बोले—"खाइए न, अब से आसिन तक कितना खाइएगा?"

(और ठीक ही कहा था जयकिशोर ने। गरीब-से-गरीब सास-ससुर भी नये दामाद को हरेक त्योहार पर दही, पकवान, चूहा, केला, मिठाई, दो-चार चंगेरा भरिया के द्वारा ज़रूर भिजवाते हैं। सन्तान की ससुराल से आई सौगात की यह सामग्रियाँ लोग अड़ोस-पड़ोस में बायना के तौर पर बँटवा देते हैं। सबकी मिठाई सब खाते हैं सबका पकवान सब खाते हैं। शादी के बाद साल-भर तक यही सिलसिला रहता है। सास-ससुर अगर धनी और उदार हुए फिर तो कहना ही क्या?)

जयदेव चले गये अपने घर की ओर। जयकिशोर बहन के साथ आँगन आए। वहाँ और कोई तो था नहीं। शाम की ठण्डक में बीच आँगन में ही चाची ने कम्बल बिछा दिया। पानी लाकर भाई के पैर धोने ही जा रही थी, रतिनाथ भी आ गया। वह बलुआहा पोखर पर कबड्डी खेलने गया था। लाल-गुलाबी धोती पहने दो आदमियों को अपने घर के सामने दूर से ही देखा तो खेल से उसका मन उचट गया और भाग आया। आते ही लपककर उसने मामा के पैर छुए। फिर एक ओर होकर बैठा।

भाई के पैर धोते-धोते चाची बोली, "हमको तो भरोसा नहीं था। समय-साल खराब है। चीज़-वस्तु दिन से दिन ऊपर चढ़ती जा रही है...।"

"भगवान् की कृपा!" जयकिशोर ने कहा—"सारी बातचीत मिनटों में तय हो गयी। रत्ती तो गया ही नहीं था। नहीं तो यह भी इस समय कहीं ससुराल

में ही होता।''

शर्म से रतिनाथ की कनपटी सुर्ख हो गयी, मामा ने अपनी आँखें उसके चेहरे पर गड़ा दीं और बोले—''इसी डर से यह सौराठ गया तक नहीं। है न रे!''

संकोच के मारे रतिनाथ की गर्दन टूट रही थी। चाची ने इस अवग्रह से उसे छुटकारा दिलाया। उसने कहा—''जाओ बेटा, बूढ़े राउत को समझाकर कहना कि मामा बहुत थके हैं। रात में आकर मालिश कर जाएँ।''

रत्ती झटककर आँगन से निकल गया।

चाची पंखा ले आई थी। झल रही थी। जयकिशोर ने कहा—''दो सौ देने पड़े मगर काम अच्छा हुआ। लड़की सयानी है, खूबसूरत तो है ही।''

भाई के एक-एक शब्द को चाची मानो पी रही थी। उसका रोम-रोम कंटकित हो रहा था। जाने कितनी मुसीबतें झेलकर उमानाथ को उसने पाला-पोसा था। कितना कष्ट, कितनी तपस्या इस लड़के के लिए उसने की थी। आज उमानाथ ने शादी की, कल बहू आएगी। परसों चाची ज़रूर ही पोते का मुँह देखेगी... वह सुख-स्वप्न में डूबने-उतराने लगी। हाथ में पंखा था, कब उसका डुलना रुक गया और बाँह निश्चेष्ट होकर छुटने से आ लगी और कब फिर कम्पित चेतना की सन्धि के किसी क्षण में बाँह अपने आप हिलने लगी और पंखा फिर चलने लगा, चाची को पता नहीं। ध्यान उसका तब भंग हुआ जब एक बार पंखा कम्बल के छोर से ज़रा छू गया।

जयकिशोर एक नहीं, दसों दफे शुभंकरपुर आ चुके थे। सब देखा-सुना था। ब्याह के बारे में साधारण बातें कह चुकने पर दिशा-फराकत के लिए लोटा लेकर बलुआहा की ओर निकल गये। चाची रसोई में लगी। जयदेव ने लोटा-भर दूध भेज दिया था। उनकी दो भैंसे दुधारू थीं। दूध-दही के लिए शुभंकरपुर मरुस्थल था। मेहमान आ जाने पर अच्छे-अच्छे गृहस्थ तक गोरस के अभाव में निर्लज्जता का अनुभव करते थे।

जयनाथ अभी तक बड़हड़वा में ही थे। शुभंकरपुर में उनके लिए कोई आकर्षण तो था नहीं। जायदाद बेच-बूचकर स्वाहा कर गये थे। रतिनाथ अब अच्छी तरह समझ गया था कि महादरिद्र तो हूँ ही, पढ़ूँगा नहीं तो बुरी गत होगी। इसलिए प्रतिदिन चार-छः घण्टे वह अपनी पाठ्य-पुस्तकों से चिपटा रहता। हाँ, गाँव में कभी-कभी मन ऊब उठता तो मोहितारी का वह छोटा-सा पुस्तकालय ध्यान में आ जाता। यहाँ ताराचरण के पास 'आज' बराबर आता था, उससे थोड़ा कुछ मनोरंजन हो जाता। परन्तु उपन्यास पढ़ने की चाट पड़ चुकी थी, इसका क्या उपाय हो ?

पोखर में उस दिन मछलियाँ पकड़ी गयी थीं। मल्लाह आए थे। केले के थम्भों पर तख़्तपोश डालकर उसे मज़बूती से बाँध दिया गया था। वही फिर अच्छी-खासी नाव हो गयी। तख़्तपोश दम्मो फूफी की थी। आठ हाथ लम्बी और छह हाथ चौड़ी। पोखर के बीच में उसे हेला दिया। चारों मछुए जाल लिये हुए उस पर सवार थे ही। समूचे तालाब में घूम-घामकर वे जाल फेंकने लगे। भाकुर, ब्वारी, रोहू, भुनचट्टी, सौरा, नेन—किस्म-किस्म की मछलियाँ पकड़ी गयी थीं। रत्ती को तीन फ़रीक का हिस्सा दस सेर का एक रोहू मिला था। अट्ठारह में से तीन भाग। एक हिस्सा कमलनाथ का, जो रामगंज में बस गये थे। एक भाग चाची का। तीसरा भाग अपना। रिवाज़ यह था कि मछुए तीन में से एक भाग, तेहाई, के हक़दार हों। इसके मुताबिक उस दिन उन्होंने कुल नब्बे सेर (दो मन, दस सेर) मछलियाँ मारी थीं। तीस सेर उनकी मजूरी हुई थी। साठ सेर पोखर के मालिकों का हुआ था। दमयन्ती, भोला पण्डित आदि तीन और थे जो चार-चार, छह-छह पट्टियों के हक़दार थे। पोठा, झिंगा या इंच्चा जैसी छोटी-छोटी मछलियाँ कभी मारी जातीं। दो सेर होने पर भी अट्ठारह जगह उनका बाँट-बखरा होता।

अकेले इतनी बड़ी मछली लेकर चाची क्या करती? पाँच सेर रखकर बाकी उसने जयदेव के घर भेज दिया था। चीरने पर रोहू के पेट से करीब आधा सेर अण्डा निकला था, देखने में ठीक पोश्ता-दाना की तरह।

जयकिशोर निबट आए तो भुना हुआ चूड़ा और रोहू के तले टुकड़े तश्तरी में सामने आए। अण्डे के बड़े थे। उन्हें यह सुयोग बहुत दिनों पर प्राप्त हुआ था। चार साल पहले जयकिशोर के ससुर मरे थे। वहाँ तेरही के दिन रोहू मछली का पर्याप्त प्रबन्ध किया गया था। ज़मींदार थे वह, चार पोखरों के मालिक। भला वहाँ की मछलियों का क्या कहना? और इतने दिन बाद आज फिर वही वस्तु आगे आई थी। मोतिहारी में या तरकुलवा में खरीदकर खाना पड़ता था। खरीदकर खाने में यह आनन्द कहाँ?

जल-योग कर चुकने पर मालिश का अवसर आया। असल में यह अवसर रात का खाना खा लेने के बाद आया करता है। आप खाकर लेट जाइए। थकावट ज्यादा है। खबास आएगा। हाथ में ज़रा-सी चिकनई (तेल) मखाकर वह आपके पैरों से शुरू करेगा, एक-एक नस को मानो दुहता चला जाएगा। पैर, गोड़, टाँग, घुटने, जाँघ, कमर, पीठ, पसलियाँ, गर्दन, कन्धे-सिर, माथा, कपार, कनपटी, बाँह केहुनी, कलाई, हाथ, पंजे—अंग-अंग की नसों को दुह लेगा। पंजे से पंजा लड़ाकर अँगुलियों के एक-एक पोर को चटकाकर अपने हाथ एक बार फिर आपके पैरों पर ले जाएगा। घुट्टियाँ चाँपकर अँगुलियाँ (पैरों की) चटकाकर कुछ देर तक तलवे रगड़ता रहेगा और अन्त में टाँग, जाँघ और कमर में हल्की मुक्कियाँ लगाता

रहेगा। तब तक आपकी पलकें झप चुकी होंगी, आप अवश्य ही रेशम की रस्सियों वाले नींद के झूले पर बेभान हो गये होंगे। इसमें कम-से-कम घण्टा-भर तो लग जाएगा।

परन्तु जयकिशोर बचपन से ही परदेस रहे। खबासों की इस कला के प्रति उनकी ज़रा भी दिलचस्पी नहीं थी। कल और आज पैदल इतना अधिक चलना पड़ा था कि चूर-चूर हो रहे थे। एक मात्र यही कारण था कि अपना बदन राउत से चँपवाने के लिए वह राजी हो गये। फिर भी इस बूढ़े खबास ने अपने तईं कोई कसर न रखी। जयकिशोर की आँखें लग ही गयीं।

ताराचरण की माँ, जयदेव की चचेरी बहन, शकुन्तला, रामपुरवाली और नरेश की भाभी ने आकर तीन मंगल-गीत गाए। चाची का भी मन था, साथ मिलकर गाए। दूसरा लड़का तो है नहीं कि कभी और गाकर मनोरथ पूरा कर लेगी। किन्तु बेचारी रसोई में मशगूल थी। फिर भी दूसरे गीत में थोड़ा योग दिया था। जयकिशोर को औरतों की इस मांगलिक गोष्ठी का पता तक न चला, वह सो रहे थे। जाते-जाते रामपुरवाली ने कहा, "अहा, आज कहीं जयनाथ भी यहाँ होते!"

नाक पर उँगली चढ़ाकर और आगे बढ़कर ताराचरण की माँ बोली—"उनका क्या, महनौली में समधी की दालान हो चाहे बड़हड़वा वाले बहनोई का दालान हो, कहीं भी बैठा दो, लेकिन भंग और कुण्डी-सोटा उनका सही-सलामत रहे... हाँ, यह कहो बहिना, कि कहीं आज बाबू वैद्यनाथ खुद होते तो।"

चाची ने लम्बी साँस ली और पड़ोसिनों को दरवाज़े तक जाकर छोड़ आई।

थोड़े काल बाद रत्ती ने धीरे से उठाया तो मामा उठे। खाना पकाने में चाची ने कुछ लंफलंफा नहीं किया। मछली, भात, अण्डे का बड़ा। झोल भी थी और तले टुकड़े अलग से भी थे। जयकिशोर मछली के आगे और किसी भोज्य पदार्थ को महत्त्व नहीं देते थे। हाँ, साथ में जम्बीरी नींबू रहना ही चाहिए। 'जम्बीरनीरपरिपूरितमत्स्यखण्डे' की तुलना में मैथिल लोग अमृत तक को तुच्छ समझते हैं। राघव (रोहू) का मुँड़ भी जयकिशोर के ही भाग्य में बदा था। पीठ, पेट, पुछरी, सिर—रोहू के अंग-अंग में पृथक्-पृथक् स्वाद होता है, इससे जयकिशोर अनभिज्ञ नहीं थे। चालीस मिनट लगे होंगे खाने में। भात तो दो ही चार कौर खाए होंगे, रोहू के आगे भात-दाल को कौन पूछता है? मछली पर से दही खाना अच्छा रहता है, मगर वहाँ तो दूध था। चाची को इस अभाव का खेद अवश्य हुआ।

गर्मी की रात थी। तीनों जने आँगन में ही सोए। चाची को देर तक नींद नहीं आई। कल नहीं, परसों उसे कम-से-कम चार भार तो भेजने ही होंगे नहीं तो महनौली में लोग क्या कहेंगे? दूध कहाँ से आएगा? केले तैयार कहाँ मिलेंगे?

कपड़े और मिठाई तो खैर बाजार से आ जाएँगे। भरिया कौन-कौन जाएगा? राउत एक, बुचिया दो, किसुनी मँड़ड़ तीन और चौथा? बहू के लिए एक-आध गहना जाना ही चाहिए... अच्छा तो है, बाजार से नाक का लौंग मँगवा लूँगी। पन्द्रह लगेगा कि बीस?

इन्हीं परिकल्पनाओं में जाने कब चाची की आँखें झिंप गयीं।

चौबीस

गेहुआँ रंग। लम्बा कद। फैला हुआ चेहरा। प्रशस्त ललाट। पतले होंठ। बड़ी-बड़ी आँखें। नाक ज़रा चिपटी। पन्द्रह-सोलह साल का तरुण। साफ़ धोती और नीली धारीवाली पीली कमीज पहने जब उसने उस विशाल आँगन में बेधड़क प्रवेश किया तो सूर्यास्त का समय था।

किसी ने उसे नहीं पहचाना। वह भी किसी को पहचान नहीं पा रहा था कि इतने में कुंजी खबास की औरत जनकमनि सिर और कमर पर पानी-भरे दो धड़े लिये पहुँची। आगन्तुक का मुँह देखते ही वह उल्लास से चिल्ला उठी—''दइया री दइया! यह तो रत्ती बबुआ हैं। कितना बड़ा हो गया है।''

तब तक दो मामियाँ सामने घर से दौड़ आईं। नानी बीच आँगन में खजूर की सीतलपाटी पर बैठी थीं,वह भी उठ खड़ी हुईं। उनके हाथ में बाँस की बिजनी थी। गर्मी के मारे सारे बदन में फुन्सियाँ निकल आई थीं। बिजनी के बेंट से पीठ खुजलाती हुई वह भी चार कदम आगे आईं।

बड़ी मामी ने रत्ती के हाथ से गठरी ले ली और कहा—''नानी को नहीं पहचाना?''

वृद्धा के पैरों पर धब से पड़कर उसने प्रणाम किया। नानी रो पड़ीं—''भूल गये हमें बेटा?''

अपनी मृत पुत्री की, पुरानी स्मृति इतने जोर से उभर आई कि वृद्धा का गला रुँध गया। वह आगे लपकी और लड़के को छाती से लगा लिया। माथे पर हाथ फेरते मानो सन्तोष ही नहीं हो रहा हो! वात्सल्य का यह रूप रतिनाथ ने आज तक नहीं देखा था। उसके जीवन में सर्वप्रथम यह रस उड़ेलने वाली चाची थी। उसको माँ की तो याद तक नहीं है। ननिहाल पूरे दस साल पर आया है।

ओसारे पर घड़े रखकर जनकमनि भी स्वागत के इस अद्‌भुत समारोह में शामिल हो गयी। मौका पाकर बोली—''और मामियों को परनाम नहीं किया?

और मैं? तुम क्या जानो, मैंने तुम्हें साल-भर अपनी छाती का रस पिलाया है..."

मामियों को अनजाने तो पहले भी वह प्रणाम कर बैठा था, अब जान-बूझकर प्रणाम किया। तब तक नानियों और मामियों की पूरी पल्टन आकर आस-पास खड़ी हो गयी। बात यह थी कि रतिनाथ के नाना पाँच भाई थे। अपने और चचेरे कुल मिलाकर सत्रह मामा थे। बारह मौसियाँ थीं। चौदह मामियाँ थीं। सचमुच उसका मातृ-कुल बहुत विशाल था।

नाना रुद्रधर पाठक सन्त और झक्की स्वभाव के आदमी थे। जयनाथ उनको फूटी आँखों भी नहीं सुहाते। प्रतिदिन तीन पहर तक उनका पूजा-पाठ चलता। उसके उपरान्त भोजन। दिन-रात में केवल एक बार। बाल-बच्चे, नौकर-चाकर मिलाकर तिरसठ प्राणियों के उस महान् परिवार के वह कुलपति थे, बारह सौ बीघा ज़मीन के मालिक। चालीस बैल थे, बीस हल। अठारह भैंस। तीन गाय। पाड़ी-पाड़ा बाछी-बाछा सब जोड़कर अस्सी के लगभग थे। पक्का और बड़ा चार ओसारोंवाला दालान था। पहियोंवाले पाँच बड़े-बड़े सन्दूक उन ओसारों पर पड़े रहते थे। दालान से पूरब ज़रा हटकर एक कतार में ग्यारह बखार थे, चिकनी मिट्टी से लिपे-पुते और गोल-मटोल। उन्हें देखकर किन्हीं पंक्तिबद्ध ऐतिहासिक स्तूपों का भ्रम होता था।

रतिनाथ ने उठकर सबको प्रणाम किया। इस समय मर्द एक भी अन्दर नहीं था। गोधूलि का समय क्या घर में घुसे रहने के लिए है? दिन के काम से थके और गर्मी से ऊबे गृहस्थ शाम को पोखरों और विरल-वृक्ष बागों की ओर निकल जाते हैं। बूढ़े दालान के आँगन में पड़ी चारपाइयों और तख्तपोशों पर, खुले आसमान के नीचे बच्चों को अपने बीते दिनों की बातें सुनाना उनके लिए सबसे बढ़कर मनोरंजक काम हुआ करता है। शाम का वक्त मखौलिए नौजवानों और अधेड़ों से पीछा छुड़ाकर वृद्धों को मनोरंजन का यह अवसर प्रदान करता है। वे दिल खोलकर तब बच्चों से कहते-सुनते हैं। सुनते कम, कहते अधिक।

रतिनाथ को संकोच हो रहा था यह पूछते कि नाना अपना कहाँ हैं, मामा कहाँ हैं? और कहाँ इस वक्त उनसे भेंट हो सकेगी? नानियों और मामियों की उत्सुकता, उनका अकृत्रिम वात्सल्य, सहज आत्मीयता—ऐसा लग रहा था मानो किसी अमृतकुण्ड में उसको आकण्ठ खड़ा कर दिया गया हो।

अपनी छोटी मामी ने स्नेहपूर्वक उसके पैर धो दिए और अन्दर कमरे में ले गयी। वहाँ भिगोया हुआ चूड़ा. दही और केले से रत्ती ने जलपान किया।

---

1. भागलपुर से पूरह कहलगाँव बहुत पुरानी एक मण्डी है। मुगलों और नवाबों के युग में कहलगाँव मशहूर कस्बा था। वहाँ के ठठेरी पीतल के बर्तन बनाने में बेजोड़ थे। यही कहल गऊँआँ लोटा अब कहलगइयाँ कहलाता है, यद्यपि बनता है वह भागलपुर में।

बातें और मौखिक छेड़खानी करके छोटी मामी भगिना बाबू का संकोच काफी हद तक हटा चुकी थीं। रत्ती प्रसन्नवदन होकर कमरे से निकला और दालान पर आ पहुँचा।

नाना को बाल मण्डली से अपने दौहित्र के आने की सूचना मिल चुकी थी। वह दालान के नीचे, आँगन में पड़े एक बहुत बड़े तख्तपोश पर पाल्थी मारे बैठे थे। आगे, कुछ हटकर एक छोटी चौकी पर पीतल का बहुत बड़ा कलगइयाँ लोटा रखा था। उसी चौकी से टिकाकर बाँस की सुन्दर फराठी (फट्ठी से तैयार की हुई छड़ी) रखी थी।

नाना के सामने अर्धचन्द्रकार बाल परिषद् बैठी थी। वह अनुशासक और प्रवक्ता की तरह परिषद् को कुछ समझा रहे थे।

उनकी देहकान्ति गौर-श्याम थी। चेहरा गोल था। चौड़े कन्धे। तना हुआ सीना। लम्बी-लम्बी बाँह। वैसी विशाल काया शुभंकरपुर में कहाँ किसी की थी? बाल, दाढ़ी, मूँछ सब सफेद हो चुके थे। भौंह और कान तक के बाल सफेदी पकड़ चुके थे। दीप्त ललाट, छोटी-दोटी आँखें और कान बहुत भले लगते थे। नाक नुकीली नहीं थी। होंठ न पतले थे, न मोटे। गले में स्फटिक की माला थी। पीला और बारीक यज्ञोपवीत बाएँ कन्धे से वक्षस्थल के बीच और वहाँ से दाहिनी ओर पेट और कमर की तरफ लटक रहा था। दाहिने हाथ की अनामिका में चाँदी की प्रवित्री थी। वह साफ धोती पहने हुए थे। पास में अँगोछा रखा था।

रतिनाथ ने दोनों पैर छूकर प्रणाम किया। नाना ने माथे और पीठ पर हाथ फेरते हुए आशीर्वाद दिए—आयुरानन्दयोर्वृद्धिरस्तु (आयु और आनन्द बढ़ती रहे)।

रत्ती प्रणाम करके एक ओर बैठ गया तो नाना बोले—"क्यों रतिनाथ, मैं समझता था कि जब तक ओझा (जयनाथ) जिएँगे तब तक तुम नहीं आओगे और अब इन आँखों से तुम्हें देख नहीं पाऊँगा। खैर, आ गये।"

रत्ती गुम ही रहा।

नाना ने फिर घर का हाल और पढ़ाई-वढ़ाई के बारे में पूछा। रतिनाथ संक्षेप में उत्तर देता गया। अन्त में उन दर्जनों लड़कों का नाम और रिश्ता उन्होंने अपने दौहित्र को बताया—"यह हिमकर हैं। यह श्रीधर, वह क्षेमकर, वह शंकर, वह दिनकर, यह सुधाकर, वह रहा मधुकर, पद्नाथ, रेवतीशरण, इन्द्रकान्त, गोपीकान्त, जयकान्त, श्रीनाथ, शिलानाथ, एक नाथ, लक्ष्मीनाथ, जटाधर, श्रीधर, गंगाधर, धरणीधर... यह सब तुम्हारे ममेरे भाई होंगे। और भी हैं।" नाना झोंक में आ गए थे। पच्चीस-तीस नाम बता गये। रतिनाथ लद गया।

थोड़ी देर वहाँ बैठकर वह टहलने के लिए निकला तो कई और समवयस्क साथ हो लिए।

रत्ती का यह ननिहाल, मानिकपुर जोगियाड़ा स्टेशन से एक कोस पच्छिम पड़ता था। पूछ-पूछकर वह पहुँचा था। सड़क कच्ची थी। और, मानिकपुर तो बड़ा ही प्रसिद्ध गाँव है। पाठकों का खानदान पास-पड़ोस के पचीस कोस देहात में मशहूर था। ये लोग कुलीनता की दृष्टि से निम्नकोटि के ब्राह्मण थे। आचार-विचार, शील-स्वभाव, ठाट-बाट, धन-दौलत—यह सब प्रमाणित करता था कि उनमें वैशाली के लिच्छवि और मिथिला के विदेह इन दोनों गणों का रक्त मिश्रित है। यह भी क्या कोई रहस्य है कि इन पाठकों का सम्पर्क एक ओर दरिद्र मैथिलों से है तो दूसरी ओर धनाढ्य भूमिहारों से भी। इनका मालिक कोई दूसरा ज़मीदार नहीं हैं। अब भी चालीस सौ बीघे का इतना बड़ा रकबा पाठक लोगों की खास अपनी जायदाद है। आसपास के कई गाँवों की ज़मींदारियों में वे पट्टीदार हैं। इनके गोतिया और भी कई जगह हैं। मगर यहाँ मानिकपुर में पाठकों के छोटे-बड़े बावन परिवार हैं। इस गाँव के बाकी ब्राह्मण, जो पाठक नहीं हैं, भी इन्हीं लोगों के भांजे, दौहित्र या उनकी औलाद हैं। ब्राह्मणों की कुल आबादी सत्रह सौ पचहत्तर है परन्तु सभी की धमनियों में एक ही रक्त प्रवाहित है। पाठक कुल एक जटायु वटवृक्ष है जिसके दसियों धड़ और पचीसों शाखाएँ होती हैं। फिर उन शाखाओं की पचासों डालें, सैकड़ों डालियाँ एवं हज़ारों टहनियाँ। बड़े-बूढ़ों के श्राद्ध में, लड़कों के मुण्डन-छेदन और उपनयन में पाठकों के यहाँ जब जातिभोज—कुलभोज होता है तो यह दृश्य देखकर अवश्य ही आप मुग्ध रह जाएँगे। उस समय आपस का सारा वैमनस्य, व्यक्तिगत राग-द्वेष से अंकुरित छोटे-मोटे झगड़े सब भूल जाते हैं वे । पंक्तिबद्ध होकर बैठते हैं और दो-दो घण्टे, तीन-तीन घण्टे तक वह महाभोज चलता रहता है। पाठकों की परम्परागत अनुश्रुतियाँ, वीरता के आख्यान इतने अधिक हैं कि एक पोथा बन जाएगा।

माँ मरी थी तो रतिनाथ नानी के पास रहने लगा था। साल-भर रहा होगा कि एक ऐसी बात हो गयी जिससे जयनाथ क्रुद्ध होकर लड़के को ले आए। तब से कभी रत्ती को बाप ने मानिकपुर नहीं आने दिया था। इस बार साहस करके वह स्वयं ननिहाल आया हुआ था।

नानी एक बड़े ही भद्र और कुलीन ब्राह्मण की सन्तान थीं—माँ-बाप की तीसरी बेटी। बचपन में ही उनके माँ-बाप मर गये। चाचा ने तीन सौ में बेचारी को पाठकों के कुल में बेच दिया। अभाव-अभियोग के बीच पनपने वाली इस स्त्री का स्वभाव ऐसा उदार और विनीत होगा, किसे पता था? जितनी प्रशंसा की जाय, थोड़ा होगा। सन्त और सनकी स्वभाव के पति मिले। तिस पर इतने बड़े परिवार की जिम्मेवारी! नानी ने अपने माँ-बाप और नइहर के नाम पर कभी धब्बा नहीं लगने दिया। कम-से-कम पहना, कम-से-कम खाया-पिया। अधिक-

से-अधिक बर्दाश्त किया, अधिक-से-अधिक सुना। अपने को पति-कुल की गतिविधि में, क्रियाकलाप में इस भाँति खपा दिया कि आज सारा मानिकपुर शशिधर (मामा) की माँ का नाम लेकर ही सुबह-सुबह आँख खोलता है। नानी पुण्यश्लोक हैं, प्रात:स्मरणीय हैं। पंचकन्या के बाद इस नर्मदा का नाम कोई कवि जोड़ दे तो अनर्गल नहीं होगा।

मानिकपुर और पाठकों का राज। ननिहाल में रतिनाथ का मन ऐसा रमा कि पैंतीस रोज रह गया। संसार ऐसा स्वर्गीय है, इतना मनोरम है, रत्ती ने इस बात की कल्पना तक नही की थी। मोतिहारी के विद्यालय में पण्डितजी संसार की तुलना मछली के तले टुकड़े से करते थे। कोई चाहेगा कि काँटें न हों, मछली-ही-मछली हो। सो कैसे होगा? सुख को दुख से बिलकुल अछूता रहकर भोगा नहीं जा सकता। सोचता था, नहीं संसार उजाड़ है। इसमें दुख-ही-दुख है। परन्तु ननिहाल की दुनिया से वह इतना प्रभावित हुआ कि सारा ब्रह्माण्ड उसे एक विराट् रसगुल्ला-जैसा दीखने लगा।

उस बार आमों की फसल खूब तो नहीं, मगर आठ आना ज़रूर हुई थी। नाना का पचास बीघों का बाग था। कलमी-ही-कलमी आमों का। बम्बई, मालदह, किसुनभोग, कलकतिया, फजली, दड़मी, जर्दालू, साहपसिन (शाहपसन्द), सुकुल, सिपिया, कपुरिया, दुर्गीलाल का केरवा, बथुआ, राढ़ी,भईर्द, मोहनठाकुर की भदई। मालदह आमों का राजा है। बनारस की तरफ यही लँगड़ा कहलाता है। बम्बई सबसे पहले-पहले लगता है। मालदह पतला छिलका, मामूली गुठी और अपने विशिष्ट स्वाद के लिए मशहूर है। बम्बई का छिलका मोटा होता है मगर मिठास गजब की होती है उसमें। किसुनभोग दुलरुआ ठहरा, ज़रा-सी असावधानी से उसमें पीलू पड़ जाते हैं। गूदा कड़ा और काफी रहता है उसमें। शक्ल बिलकुल गोल। कलकतिया गरीबों और साधारण जनता का प्रिय ठहरा। खूब फलता है और साल-साल। भादों तक टिकता है। माकूल मिठास और भरपूर गूदा। सुलभ और सस्ता। उसका नाम ही गरीबनेवाज रख दिया है लोगों ने। फजली का नम्बर किसी की राय में तीसरा और किसी की राय में चौथा है। शक्ल के खयाल से इसका स्थान दूसरा समझना चाहिए। प्रथम स्थान दुर्गीलाल के केरवा को प्राप्त है। दुर्गीलाल का केरवा दो-दो सेर तक का देखा गया है परन्तु स्वाद में वह असाधारण नहीं होता। दड़मी, जर्दालू और साहपसिन यह तीनों सगे हैं। आकार में जर्दालू बड़ा और अन्दर से पीला होता है। सुकुल और सिपिया की आम के शौकीनों में काफी इज्जत है। सुकुल की गुठली धागेदार या सनवाली होती है। धुला हुआ सुकूल चूसने की चीज़ है। दाँतों से छीलकर खाने की नहीं। सिपिया की शक्ल सीपी की तरह और स्वाद मनोरम होता है। कपुरिया

और सिपिया में केवल स्वाद का भेद है, आकार का नहीं। कपुरिया का स्वाद और गन्ध ठीक कपूरी मालूम होगा। बथुआ आसिन तक चलता है, स्वाद में साधारण। राढ़ी, भदई अपने पतले छिलके और सुरभित माधुर्य के लिए प्रसिद्ध है। उसका मौसिम आधा सावन और भादों में है। मोहन ठाकुर की भइर्द छोटी और नुकीली होती है। राढ़ी का छिलका पीला और गूदा थोड़ा लाल होता है।

कलमी आमों का यह परिज्ञान रत्ती को नाना की कृपा से हुआ था। बाग में मचान पर बैठे हुए नाना ने एक बार कहा था—"इन बातों का शौक लोगों में रहा ही नहीं। देखो न, इतना बड़ा बाग है तो क्या आज का है? तीन पुरखों की तपस्या का फल है। इसमें कितने ही पेड़ अब बूढ़े और रोगी हो गये हैं, साल-साल आँधी-तूफान में दो-एक पेड़ जड़-मूल से उखड़कर धराशायी हो जाते हैं, परन्तु उनकी जगह नये कलम रोपने की चेष्टा कोई नहीं कर रहा। लड़के अहदी हो गये हैं। किसी की कोई सुनता नहीं।"

पुराने पेड़ों की जगह में नये थाले[1] पड़े अवश्य थे परन्तु उनकी संख्या कम ही थी। रुद्रधर पाठक को इतने से भला क्या सन्तोष होता?

कलमी आमों के इस बाग को छोड़ दें तो वहाँ बीजू आमों का एक दूसरा बाग भी था। बीजू आमों का बगीचा 'गाछी' कहलाता है। स्वाद के ख्याल से लोग कलमी आम पसन्द करते हैं, फायदे के खयाल से बीजू। बीजू का दूसरा नाम शरही भी है।

गाछी अब उजड़ रही थी। लकड़ी के अभाव में बड़े-बड़े गाछ कट रहे थे। डेढ़-डेढ़ सौ वर्ष की उम्र के विशालकाय वृक्षों के आम रत्ती को यहीं मिले थे। ये उसकी घिवही के परदादा थे! रूप और गुण के अनुसार आमों के अलग-अलग नाम होते हैं। वहाँ सौ पेड़ बच रहे थे, सबके नाम याद रखना असम्भव है। कुछ नाम अब तक रतिनाथ को याद है—केरवा, परोड़िया, बुनक्का, करिअम्मा, धुमनाही, लडुब्बा, केरवी, घिवही, रोहिणिया, बेलहा, चक्रपाणिभोग, रतुठिया (लाल होठोंवाली), कठमिया, कोनैला, तिनरंगा, सिनुरिया, पहुनपदौना, अमतहा, सनहा, तमाहा, चफेलवा, चक्रपाणिभोग और बडलेट। करोड़ों की तादाद में फरते और आँधी-तूफान का मुकाबला करते झड़ते-झुड़ते, पकने के मौसम तक लाखों की तादाद में बचे रहते थे। बेल-जैसे स्वाद के कारण बेलहा 'बेलहा' था। शक्ल में छोटा। चक्रपाणिभोग का छिलका बेहद मोटा और रस गाढ़ा था। मिठास उसमें खूब थी। बडलेट बड़ा रसीला ठहरा। शक्ल-सूरत में पहुनपदौना अद्वितीय था मगर चूसने के लिए मुँह लगाते ही आपकी नाक-भौं टेढ़ी हो जाती, जीभ विरस हो जाती और रोम-रोम सिहर उठता। हास-परिहास एवं छकाने की नीयत से

मनचले नौजवान यह आम पाहुनों को थमा दिया करते—"पहुना, यह कपुरिया आम है; ऐसा स्वादिष्ट आम आपको कहाँ मिलेगा?" उल्लसित होकर पाहुन महानुभाव जब उसमें मुँह लगाते तो हे राम! बेचारों का बुरा हाल होता! खिलानेवाले ठहाका मारकर हँस पड़ते हः हः हः हः हिः हिः हिः हिः....

रतिनाथ कुछ दिन और रहना चाहता था मगर चाची का बुलावा आ गया।

पच्चीस

ससुराल में सत्रह रोज रहकर उमानाथ घर आया। रामपुरवाली ने अपने जमाई को जिस प्रकार धूमधाम से विदा किया था, उमानाथ के सास-ससुर ने उस प्रकार अपने दामाद की विदाई नहीं की। काँसे की मामूली थाली, एक बड़ा और छः छोटे कटोरे। लोटा-गिलास। रसोई के साधारण बर्तन। कम्बल-दरी और चादर-तकिए। जूता-छाता। दो जोड़ा धोती। एक चादर और पाग-दुपट्टा।

मगर चाची इतने में ही मग्न थी। पाँच भार आए थे। केला, दही, चूड़ा, मिठाइयाँ, पकवान। गरी-छुहारे, मेवा-मखान। चाची ने कुछ नहीं रखा, सारा बँटवा दिया।

उमानाथ एक मास का अवकाश लेकर आया था। तीन सौ साथ लाया था। दो सौ माँ ने निकाले थे। शादी में कुल मिलाकर चार सौ रुपए खर्च हुए। मधुश्रावणी[1] में फिर वह ससुराल जा सकेगा, इसकी सम्भावना नहीं थी। फिर भी गौरी-पूजन और साधारण त्योहार के लिए साड़ियाँ वगैरह महनौली भेजी ही जाएँगी, इसीलिए बाकी रुपए उसने माँ के ही पास रहने दिए।

उमानाथ कलकत्ता चला गया।

चाची के हृदय को एक बार फिर जोर का धक्का लगा। सोचा था, समाज जैसे पुरानी बात को भूल गया है वैसे ही उमानाथ भी भूल गया होगा। अपनी माँ की पहली और शायद आखिरी भूल को बिसर गया होगा... मगर अपने प्रति वह लड़के की रुखाई देखकर भीतर-ही-भीतर रो रही थी। उमानाथ जिस दिन जानेवाला था, माँ ने सहमते हुए पूछा—"भैये, अगहन में गौना करा लाना ठीक रहेगा न?"

लड़का कुछ बोला नहीं, जूते पहनकर फीता कस रहा था।

---

1. संस्कृत में इसके लिए हम 'आलवाल' शब्द पाते हैं। उत्तर बिहार में यह थाला है। खाद-पानी के टिकाव के वास्ते पहले बड़े थाल की शक्ल में जगह तैयार करते हैं। फिर उसके बीच में कलमी पौधा रोपा जाता है।

उत्तर के प्रति अवज्ञा की घोर भावना उमानाथ के चेहरे पर लाली बनकर छा गयी। आकृति का यह रूपान्तर देखकर चाची को साहस नहीं हुआ कि दुबारा वही प्रश्न पूछे। चलते-चलते उमानाथ ने दिखावटी तौर पर माँ के पैर छू लिये। माँ की आँखें सजल हो आईं, आहत मर्म की नीरव वेदना का वह प्रतीक—आँसू—लड़के ने देखना नहीं चाहा। उलटे, कड़ककर कहता चला गया कि चर्खा चलाकर तूने दुनिया-भर को बतला दिया—'उमानाथ आवारा है, कलकत्ता में खुद तो मौज मारता है और घर पर माँ जुलाहिन हुई जा रही है! खबरदार! अब कभी चर्खा छुआ तो हाथ काट लूँगा...।''

उमानाथ आँगन से बाहर निकला और चाची सीतलपाटी बिछाकर पेट के बल पड़ी रही। आँखों से अश्रु का अविरल प्रवाह निकल चला। वह अब नहीं जिएगी, अवश्य मर जाएगी। इस जीवन से मृत्यु लाख गुना श्रेयस्कर है। कुत्ती (कुतिया) से भी गयी-बीती हूँ मैं—चाची ने सोचा—रोज खाकर उठने के बाद अतूऽऽह अतूऽऽह अतूऽऽऽऽऽ की आवाज़ लगाकर उमानाथ कुत्ती को बुलाता था और पूरा कौर भात खाने को देता था। चुमकारता था, पुचकारता था। और, मैं तुम्हारी माँ हूँ उमानाथ! क्या मैं कुत्ती से भी बदतर हूँ?

अवश्य तू कुतिया से भी गयी-गुजरी है—चाची के अन्तस्तल से आवाज़ आई-तू जीने योग्य नहीं है। तेरे कलेजे में जितनी सुइयाँ चुभोई जाएँ उतना अच्छा है। सिसककर तू जितना ही रोएगी, मेरा कलेजा उतना ही ठण्डा होगा। चुड़ैल, तेरा सत्यानाश हो। कुहर-कुहर कर मरे तू! तेरे अंग गलकर गिरें...

कि एकाएक उसकी आँखों के आगे किसी किशोरी की सौम्य, संयम प्रतिमा कहीं से अलक्षित ही आकर खड़ी हो गयी। चाची का रोम-रोम सिहर उठा... यह उसकी कल्पना की पुत्रवधू थी। गद्गद होकर चाची ने आँखें मूँद लीं। उसे भान हुआ, पतोहू नज़दीक आई है और अपनी तिनपढ़िया साड़ी के आँचल से आँसू पोंछ रही है। आह! कितना शीतल स्पर्श है। लाह की चूड़ियों और कंगनवाले इन मृदु-माँसल हाथों का! ओह!... अपनी-अपनी नयी-नवेली पुत्रवधू का भला कौन-सा नाम मैं रखूँगी—पद्मसुन्दरी? जयमुखी? चन्द्रमुखी? नहीं, पद्मसुन्दरी ही ठीक रहेगा...

कोने में से निकलकर एक चुहिया घर में बिहार करने जा रही थी। उसने चाची का ध्यान आकृष्ट किया। किसी घरेलू दुर्घटना में बेचारी की दुम थोड़े कट

1. श्रावण शुक्ल तृतीया नवविवाहित वर-वधू के लिए त्योहार की तिथि है। तीज और हरितालिका व्रत का यह त्योहार किसी-न-किसी प्रकार समूचे भारत की सुहागिनों का एक सम्मान्य पर्व है। मिथिला में यह नववधुओं के सौभाग्य का महान् पर्व समझा जाता है, घृतमिश्रित बाती की हलकी लौ से वर-वधू के पैरों को छू देना है, वह 'ईस' कर उठती हैं! सखी उसके पैरों पर दही-शहद अथवा शीतोपचार की और कोई वस्तु या मक्खन मलती हैं।

गयी थी। बेहोश हालत में देखकर चाची ने ज़रा 'अमृतधारा' लगा दी थी। फिर क्या था? चार दिन में वह चंगी हो गयी और पहले के माफिक उछलने-कूदने लगी। वह इतनी ढीठ बन गयी थी कि चाची के पैर, हाथ, मुँह, सिर सूँघ जाती और चाची उसकी इस धृष्टता को उल्लसित होकर, स्मितमुखी होकर बर्दाश्त करती। आज उसे देखते ही उन्होंने विचारा—मनुष्य होकर जन्म लेना अच्छा नहीं है। हे भगवान्! अगले जन्म भले ही मैं चुहिया होऊँ, भले ही नेवला, मगर चेतनामय इस मानव समाज में फिर कभी न पैदा होऊँ। ओह, जो औरतें किसी विषाद के कारण कुएँ में कूदकर या गले में फन्दा डालकर अपने प्राणों का अन्त कर लेती हैं अवश्य ही पुनः इस मानव योनि में उनका जीवन नहीं आता... तो क्या मैं वैसा नहीं कर सकती हूँ! कुआँ में कूदना और कूदकर जान देना आसान नहीं है। लोग मानते नहीं, निकाल डालते हैं। हाँ, घर में फन्दा लगाकर झूल जाने से ठीक रहेगा। जिस किसी के हाथ पड़ूँगी निष्प्राण, निश्चेष्ट, निस्पन्द शव के रूप में ही; जीवित नहीं।

तब फिर उमानाथ का ख्याल आया। विचार जब उड़ते-उड़ते आसमान को छू लेता है, अवश्य ही उस स्थिति में वह जोर का पलटा खाता है। हिचकी लेकर एक बार सिहर उठी। उसने सोचा-विधवा होकर मैं गर्भवती हुई और आठ मास का बच्चा कोख से निकलवाया। चमाइन उसे जगल-झाड़ी में फेंक आई! ऐसी यशस्विनी माता हूँ मैं! और, अब गले में फन्दा लगाकर मरूँगी तो बेचारा (उमानाथ) सुयश का ऐसा भारी पहाड़ कैसे सँभाल सकेगा? ना, माँ को लेकर जितना यश उसे अब तक मिला है वही पर्याप्त है। फाँसी लगाकर, गौरी स्वयं तो तू भयबन्धन से छुटकारा पा लेगी लेकिन उस अभागे का क्या होगा?

परन्तु जीवन की एकमात्र आशा—पुत्र जब इस प्रकार विमुख हो रहा है तब किसके बूते वह अपने दिन काटेगी? अपमान या आघात स्वजन की ओर से जब होता है तो उसकी असह्यता कई गुना अधिक होती है।

और समाज में कैसे विषधर छिपे पड़े हैं! जाने किसने उमानाथ के कान भरे थे? चाची की यह ज़रा सी खुशहाली जाने किसे चुभ रही थी?

चर्खा ओर तकली कातते-कातते चाची के हाथ में घट्ठे पड़ गये थे। सारा गाँव जानता था कि कितनी कड़ी मेहनत वह करती थी। आठ घण्टा, दस घण्टा? व्रत का दिन हो या उपवास का, पर्व का हो चाहे त्योहार का। चाची का यज्ञ कभी समाप्त नहीं होनेवाला था। बदले में वह पाती क्या थी? बीस-पच्चीस रुपए मासिक। कभी यह आमदनी तीस तक पहुँच जाती थी। अपने खाने में तो बहुत ही कम खर्च करती, दस से अधिक कभी नहीं। बाकी पैसे जमा रहते या घर के किसी काम में लगते। दस-पाँच उधार उससे कौन नहीं ले गया होगा? कभी

चाची ने ना नहीं किया। सास-ससुर, बाप और पति की वर्षी में पाँच-सात ब्राह्मणों को बराबर वह खिलाती आई थी। घर छवाने के साल-साल खढ़ चाहिए, डोरी चाहिए। मजूर चाहिए। एक दिन दो दिन देकर अतिथि-अभ्यागत आ धमकते, दो मुट्ठी चावल का भात खिलाए बिना चाची स्वयं कैसे दाना-पानी मुँह में डालती? पर्व-त्योहार साल में दसों पड़ते हैं, उन दिनों कुछ न करो तो देवता नाराज हो जाते हैं और लक्ष्मी चिढ़ जाती है... यह सब आखिर कहाँ से होता था?

उमानाथ ने इतना भी नहीं सोचा कि शादी में जो चार सौ लगे हैं और सौ रुपया यह जो और जमा है सो यह कहाँ से आया? तीन सौ उसकी कमाई ठीक है, मगर बाकी दो सौ कहाँ से आया? यह सब ओछे स्वभाव वाले उस नौजवान ने कुछ भी नहीं सोचा। बस रामपुरवाली चाची की चुगलखोरी पर ही अपने सम्पूर्ण विश्वास को उसने टिका दिया। माँ के प्रति तिलशः जीभूत अश्रद्धा को प्रकट करने का क्या कोई दूसरा रास्ता नहीं था?

चाची ने अपनी दृष्टि से भी सोचा और उमानाथ की दृष्टि से भी। फिर भी इस प्रकार तिरस्कृत जीवन की चरितार्थता उसकी समझ में नहीं आई। कौन-सी भावना है जिसे वह जीवन की सार्थकता के प्रमाण में पेश करे?

अगहन में उमानाथ गौना तो करेगा ही। चाची ने निश्चय किया, पतोहू का मुँह देखकर अपनी जीवनलीला समाप्त कर लेनी चाहिए। फिर वही बात? नहीं, वह बात नहीं। जीवनलीला समाप्त करने में पल-भर भी लग सकता है, पहर-भर भी। मास, छह मास, साल-भर भी लग सकता है। अलक्षित रूप में अपने को बीमार कर लेना, दवा-दारू नहीं करवाना और लगातार कुपथ्य और असंयम करते चले जाना... इस तरह कोई मरता है तो घरवालों की बदनामी नहीं होती। और यहाँ तो टलती बला को जानकर कोई भी 'हाय, हाय' नहीं करेगा।

इस निर्णय से चाची की आँखें चमक उठीं और वह बैठी। हाथ पर ठुड्डी टेककर उसने देखा—लाश तुलसी-चौरे के नज़दीक पड़ी है। मुँह उत्तर की ओर है। रतिनाथ निकट ही बैठा है। उसकी आँखों से आँसू की धारा अविराम बह रही है... वहाँ और कोई नहीं है।

रतिनाथ!

हाँ, रतिनाथ ही अपने हाथ से मेरा अन्तिम संस्कार करेगा। वह मेरा मानस पुत्र है... चाची का चिन्तन-चक्र चलने लगा.. रत्ती ने कुछ ही दिन पहले कहा था—'चाची, नहीं माँ कैसी हुआ करती है, मगर मेरे लिए तो तुम्हीं माँ हो। हो न चाची?''

और तब अपने उच्छ्वसित आवेश को छिपाने के लिए चाची ने उसके गाल

पर हलकी-सी एक चपत जमा दी थी—'दुत् पगला!'' अप्रतिभ आँखों से लड़के ने चाची की आँखों में झाँका। इनमें छलकते वात्सल्य का तरल रूप पाकर रतिनाथ का चेहरा खिल उठा... उस समय तकली कात रही थी। डेढ़ सौ नम्बर का महीन सूत। अपने ध्यान को फिर से उसने एकाग्र कर लिया था। किन्तु बैशाख शुक्ल दशमी की इँजोरिया रात क्या कम आकर्षक होती है? रतिनाथ ऊपर निगाह किए गगन-विहारी चन्द्रमा की ओर अपने को टिकाए हुए था। जहाँ तकली की कटोरी थी वहीं उसके सिर की छाया पड़ती थी। बस, बीत आधी बीत का फासला हो तो हो। छाया में चाची ने देखा, उसकी ओर गर्दन को तिरछी करके रत्ती ने दाहिने हाथ की तर्जनी अँगुली में चोटी के लम्बे बालों को लपेट लिया है। थोड़ी देर बाद चोटी के बालों से अँगुली छुड़ा ली और उसे इस भाँति हिलाने लगा मानो शून्य में कुछ लिख रहा हो। अन्त में उसी अँगुली से उसने अपनी गर्दन को मानो रेतना शुरू किया। फिर एकाएक पूछ बैठा—'क्यों चाची, मुझे कोई जान से मार दे तो तुम बहुत रोओगी?''

चाची ने उसे डाँट दिया—'भाँग तो नहीं पी आए हो?''

वह झेंप गया और अपनी सुजनी पर जाकर सोने के उपक्रम में लगा।

रतिनाथ के हृदय मे विशृंखलाओं का पता चाची को खूब था। रत्ती भी चाची को खूब पहचानता था।

आज चाची ने भगवान् से प्रार्थना की कि उसका अन्तिम संस्कार रतिनाथ के हाथों ही हो। पुत्र को जब माँ पर इतनी घृणा है तो यह अप्रिय कार्य उसे न करना पड़े—यही एकमात्र कामना थी जिसने बार-बार उस दिन चाची से हाथ जुड़वाए।

कालाजार और मलेयिा का शिकार बन जाना शुभंकरपुर वाले के लिए बड़ा आसान था। चाची को निश्चय था कि इस बार वह अपने को इस मोर्चे पर आगे कर देगी और फिर देखा जाएगा।

दिन ढल गया था मगर चाची ने खाना नहीं खाया।

उमानाथ की ससुराल का सामान सहेज-सँभालकर एक ओर रख दिया। मन हुआ कि चर्खा तोड़कर फेंक दे, मगर नहीं। इसने पिछले पाँच साल से जीवन का साथ दिया है, अब उमानाथ के कहने से वह उसको छोड़ बैठेगी? ना, ऐसा नहीं हो सकता। उमानाथ चाहे चमारिन कहे चाहे जुलाहिन, चाची चर्खा नहीं छोड़ेगी।

कि इतने में बादल गड़गड़ा उठे। चाची बाहर निकल आई घर से। देखा, पश्चिमाकाश काली घनघटा से छा गया है। उसे रतिनाथ याद आया। अभी रहता तो बाग की ओर दौड़ता। आँधी-तूफान के इस अवसर पर जो भी दस-पाँच आम

होंगे सब गिर पड़ेंगे। फटे- फूटे कच्चे आमों का और क्या होगा? अचार बनेगा। कसौंझी बनेगी। आमिल बनेगा। चटनी और कुच्चा। रतिनाथ के अभाव में टोल-पड़ोस के और लड़के क्या बैठे रहेंगे?

रत्ती आजकल तरकुलवा में था। अब ननिहाल गया होगा या जानेवाला होगा।

दच्छिनवाला घर खढ़ के अभाव में चूने की सूचना पहली बारिश में ही दे चुका था। वह तीसरा साल था। इस बार यदि नया खढ़ छप्पर पर नहीं पड़ेगा तो बरसात में समूचा मकान बैठ जाएगा। चाची ने बड़े खेद के साथ उस घर की ओर देखा—रतिनाथ की माँ मर गयी तभी से इस घर की शोभा चली गयी। चूहे, झींगुर और नेवले रहते हैं अब। मगर इस साल उनके भी रहने लायक नहीं रह जाएगा।

जयनाथ को कई पत्र चाची दे चुकी थी कि इस बार बरसात में घर बैठ जाएगा। खुद न आ सको तो रुपए ही भेज देना। यहाँ सब ठीक हो जाएगा। परन्तु किसी पत्र का उत्तर बड़हड़वा से नहीं आया। रतिनाथ मोतिहारी से आया तो बाप की इस लापरवाही पर झुँझला उठा। निष्फल झुँझलाहट उपेक्षा की भूमिका होती है। पैसे तो बेचारे के हाथ थे नहीं कि छवाने का कोई प्रबन्ध करता। चाची ने कहा था—'बेटा, अपने हाथ से बाप को चार आखर लिख दो, शायद इससे उनकी नींद टूटे।' रतिनाथ को यह बात जँची नहीं।

छब्बीस

अगहन में नहीं, माघ में उमानाथ कलकत्ते से आया और महनौली से गौना करा लाया।

चाची चौमासा (बरसात) भर मलेरिया खेलती रही। बेहद कमजोर थी, परन्तु खूब उत्साह से उसने पतोहू का स्वागत किया। लड़की सचमुच ही स्वस्थ और सुन्दर थी।

गहनों के नाम पर माँ-बाप ने उसे कुछ नहीं दिया था। नन्द झा दरिद्र नहीं था परन्तु उसके चार लड़कियाँ थीं। खेती-गृहस्थी मामूली ढंग की ही थी। दो लड़के थे, दो बैल। साल-भर हड्डी-तोड़ मेहनत करने के बाद कहीं घर का पूरा खर्चा जुटा पाता था। पाल-पोसकर चौदह साल की लड़की को किसी की 'गृहलक्ष्मी' के लायक बना देना ही क्या कुछ कम था?

इस अवसर पर उमानाथ ने प्रतिभामा को बुलवा लिया था। पति स्वंय ही उसे पहुँचा गया था।

रतिनाथ भी मौजूद था। पिछली गर्मियों में जब मोतिहारी से वह गाँव आया तब से लौटकर कहाँ वह दुबारा मोतिहारी गया? बात यह हुई कि नानी ने बड़ा ही आग्रह किया कि दरभंगा के विद्यालय में ही पढ़ो, सीधा-सामान या और जो भी कुछ लगेगा तुम्हारे मामा देने को तैयार हैं। नानी का यह मधुर आग्रह रत्ती टाल नहीं सका। दरभंगा की महाराजी पाठशाला (रमेश्वरलता संस्कृत विद्यालय) में वह भर्ती हो गया। पढ़ाई अच्छी थी, व्याकरण-मध्यमा का कोर्स उसका पूरा हो ही चुका था। दस-बारह साथी और मिले! छोटी छुट्टियों में ननिहाल चला जाता। कभी-कभी चाची के पास भी।

ताराचरण की माँ, रामपुरवाली चाची, शकुन्तला और चाची—सबकी राय से दुलहिन का नाम पड़ा कमलमुखी बहुरिया। सास ने मधुबनी से पैंजनी मँगवा दी कि कमलमुखी ताल बाँधकर चलेगी। मगर वह ठहरी ठेठ किसान की बेटी, खेत में राख डाल आना, गोइठा पावना, तालाब और कुएँ से पानी भर लाना, मौका-बेमौका गाय-बैल चरा लाना—यही सब जानती थी। भद्र कुलवधुओं की चाल उसे अभी सीखनी थी। कमलमुखी के सम्बन्ध में शुभंकरपुर की औरतों का कहना था कि खेतिहर की बेटी है, मोटा-झोटा खाना दो और कसकर काम लो।

उमानाथ महीना-भर की छुट्टी ले आया था। इतने दिन काफी थे। सिखा-पढ़ाकर कमलमुखी को शेर बना गया।

आँगन का क्या कहना? जहाँ पहले चाची अकेले उदासी के तराने सुना करती वहीं कई प्राणी अब और आ गये थे। कमलामुखी थी। प्रतिभामा थी। उसके दो बच्चे थे। बीच-बीच में रतिनाथ भी आ जाता।

चाची ने बड़ी कोशिश की, मन को इनमें उलझाए। मगर उमानाथ का रुक्ष व्यवहार उसे दिन-दिन असह्य लग रहा था। अपना हृदय उसने पतोहू के लिए खोल दिया, प्रतिभामा से अधिक वह उसे ही मानने लगी। परन्तु आखिर खरबूजे को देखकर खरबूजे ने रंग पकड़ ही लिया। कमलमुखी चाची की स्वतन्त्रता में हस्तक्षेप करने लगी। होली का त्योहार आया। चाची का विचार था, कम-से-कम पाँच सेर आटे के लायक घी-गुड़ का प्रबन्ध करना चाहिए। कमलमुखी ने कहा—"नहीं, इतना क्या होगा? ढाई सेर आटा काफी रहेगा।" चाची बोली, "तुम नहीं समझती हो, इस बार भगवान् की कृपा है कि आँगन भरा-पूरा है, तुम हो, प्रतिभामा है, बाल-बच्चे हैं! पूआ-पकवान कुछ ज्यादा ही बन जाएँगे तो क्या हर्ज है?"

इस पर कमलमुखी ने ठुमुककर कहा—"मना कर गये हैं।"

चाची ने जोर दिया—"तो क्या हुआ?"

"ऊँ हूँ"—पतोहू अचल होकर बोली। प्रतिभामा ने माँ को इशारा किया—

"क्यों झगड़ती हो?" चाची इस घटना से टूट गयी। उसने कुछ नहीं किया। प्रतिभामा ने त्योहार की तैयारियाँ कीं। सास-पतोहू दोनों अलग-अलग कोपभवन में पड़ी हुई थीं। लगता था कि वही मेहमान हैं और प्रतिभामा ही गृहस्वामिनी है। उसके दोनों बच्चे फुदक-फुदककर मालपूआ खा रहे थे। रामपुरवाली चाची आई तो कमलमुखी की पीठ थपथपा गयी।

वैसी मनहूस होली चाची ने कभी नहीं बिताई।

जिस बात का सन्देह था, वह सच निकली। पतोहू का स्वभाव पति की ओर झुका हुआ था। किसी नववधू का स्वभाव यदि पति की ओर अनुरक्त हो तो बुरा है? नहीं। पति में अनुरक्त होना और बात है, मगर बात-बात में सास-ससुर को चिकोटी काटना और ही बात है। उमानाथ माँ के प्रति अपनी घृणा का कुछ अंश पत्नी के भीतर उँड़ेल गया था। औरत अब उसके लिए 'स्वजन' थी और माँ थी 'पराई'।

चाची ने सिर झुकाकर परिवार की इस नयी व्यवस्था को कबूल कर लिया। कमलमुखी को उसने अपनी राह जाने दिया। प्रतिभामा तीन मास शुभंकरपुर रही, देवर बुला ले गया। स्वागत-सत्कार बहुत ही साधारण हुआ था बेचारी का। उमानाथ की प्रकृति में जिन गुणों का विकास हुआ था उनमें कृपणता का ही स्थान प्रथम था। 'कम-से-कम खाकर कम-से-कम पहन-ओढ़कर पैसे बटोरते चलो'—सफल गृहस्थी का अपना यह मूलमन्त्र वह कमलमुखी के भी कान में फूँक गया था। अपनी लड़की की बिदाई में चाची ने अलग से पचीस रुपए खर्च किए। कमलमुखी ने उमानाथ को चुपचाप लिखवाया—घर के काम में तो कुछ देती नहीं मगर लड़की की बिदाई के समय पचास जाने कहाँ से निकाले? कितनी लम्बी है तुम्हारी माँ की आँत!

प्रतिभामा चली गयी तो चाची के लिए फिर एकान्तवास आरम्भ हुआ। कमलमुखी से वह कम ही बोलती थी। उसने भी अपनी सास से अधिक रामपुरवाली चाची का ही आदर-सत्कार शुरू किया। क्यों न हो? वह आकर दुनियादारी के नये पैंतरे बतलाया करतीं। टोल-पड़ोस की औरतों के गुन-औगुन! यहाँ तक कि कमलमुखी को अपनी सास की वह कलंक-कथा भी मालूम हो गयी।

चाची को संग्रहणी हो गयी थी। चेत का महीना। ताराचरण की माँ ने कहा, 'कुछ दिन अन्न छोड़ दो; दही और उबला हुआ बेल खाओ।' परन्तु पथ्य का यह सिलसिला चार-छः ही दिन चला। चर्खे में कूबत नहीं था, वह अब सो रहा था।

रतिनाथ परीक्षा में मशगूल था। पन्द्रह अप्रैल को उसकी परीक्षा पड़ती थी। एक बार आकर वह दवा दे गया था। परन्तु सेवा-सुश्रूषा और पथ्य-पानी कौन

करे? खाली दवा से क्या होता है?

कमलमुखी सास की सेवा करती अवश्य थी परन्तु हृदय से नहीं। और श्रद्धा-भक्ति से यदि आपको कोई विष भी देता है तो उसमें आपके होंठ उल्लसित ही होते हैं। चाची का स्वास्थ्य दिन-पर-दिन बिगड़ता ही जा रहा था। कमलमुखी का रूखापन उससे छिपा नहीं था। लगता था कि बेटा और पतोहू अब उस बुढ़िया को नहीं चाहते। एक ही आदमी था जिसे इस बुढ़िया की ज़रूरत थी। किसको?

रतिनाथ को?

हाँ, रतिनाथ को। उसे चाची की अभी ज़रूरत थी।

पिता के जीवित रहने से रतिनाथ को न हानि थी न लाभ। जयनाथ का भी एक ही काम था कि अपना पेट पोसें। आज न रत्ती सोलह-सत्रह साल का हुआ है, बचपन में भी उसने अपने बाप के रंग-ढंग देखे हैं। जयनाथ को वह सदा कंकड़-पत्थरवाला चटियल मैदान ही समझता आया। इसके विपरीत, चाची उसे सदाबहार बगिया प्रतीत हुई। सहज स्नेह की फहियाँ बरसानेवाली यह बदली न होती तो रतिनाथ का कैसा बुरा हाल होता?

परन्तु वह बदली अब स्वयं ही पथरा रही थी। उसे धक्के पर धक्का लग रहा था। उसकी वर्षण-क्षमता, उसकी प्रस्रवण-शक्ति, उस अमृतद्रव की वह सामर्थ्य अब क्षीण होती जा रही थी। इस बात का आभास रत्ती पा ज़रूर गया था किन्तु असहाय था बेचारा। उमानाथ को रास्ते पर ले आना उसके बूते की बात नहीं थी। महनौलीवाली को समझाना वह बेकार समझता था। और जो लोग थे, तमाशबीन थे। वे यही चाहते थे कि उमानाथ की माँ अपनी पतोहू को खुलकर गालियाँ दे, झोंटा पकड़कर घसीटे। झाड़-मुस्सर से मारे। बदले में पतोहू भी उसको एक की दस सुनावे, झोंटा पकड़े...फिर बाकी औरतें पंच बनकर फैसला करें... परन्तु चाची ने यह सब होने का अवसर ही नहीं दिया। वह सारा विष स्वयं ही पीती गयी।

परीक्षा देकर रतिनाथ आया। पर्चे अच्छे बने थे। पास होने की पूरी उम्मीद थी।

उसकी इच्छा थी कि आषाढ़ की पूर्णिमा तक मन लगाकर चाची की परिचर्या करे। परन्तु अब चाची का जमाना लद चुका था। कमलमुखी गिन-गिनकर चावल निकालती और पकाती। रतिनाथ का हिसाब वह मेहमान के तौर पर करने लगी। दो नहीं चार दिन रहो, चार नहीं दस दिन रहो; हमेशा के लिए यहीं पाल्थी लगा लो सो नहीं होगा। ऐसा हो तो अपना घर है, खुद पकाकर खा लो अपना।

रतिनाथ के लिए यह नयी बात थी। जहाँ अपने घर की भाँति वह आज तक रहता आया, वहाँ अब मेहमान बनकर रहना उसे अखरने लगा। पाँच ही सात

दिन रहा, फिर अपने सहपाठी के यहाँ चला गया भौंर। तालाब में साथ तैरने और मछली खाने का निमन्त्रण सहपाठी श्री धर्मनाथ सिंह ठाकुर की तरफ से पहले ही मिल चुका था।

मन परन्तु उसका चाची पर ही लगा रहता था।

वह बेहद कमज़ोर हो गयी थी। पतले-पतले वे सुन्दर होंठ फीके पड़ गये थे। कपार पर नीली नसें उभर आई थीं। आँखें धँस गयी थीं मानो दो कुओं में दो तारे टिमटिमा रहे हैं! छाती की हड्डियाँ बाँस की फट्टियों की तरह झकझक कर रही थीं। पेट और पीठ सटकर एक हो गये थे।

रतिनाथ ने पूछा था—''कलकत्ते लिखूँ?''

''नहीं''—चाची ने सिर हिला दिया था। थोड़ी देर बार रत्ती के हाथ को अपने कमज़ोर हाथ में लेकर कहा था—''बबुआ, कहीं कुछ हो जाए तो इस मुँह में आग तुम्हीं देना, हाँ!''

रतिनाथ ने पूछा था—

''अरे, क्या कहा मैंने? समझा नहीं?''

रतिनाथ से फिर भी 'हाँ' कहते न बना।

चाची ने तीव्र स्वर में पूछा—''अरे, क्या कहती हूँ?''

इस बार रत्ती ने भीगी आँखों से चाची की ओर देखा।

''अरे! तू तो रोता है!'' —चाची ने फट् से हाथ छोड़ दिया और अपनी धोती के खूँट से लड़के की आँख पोंछने लगी।

रतिनाथ ने कहा था—''चाची, यह सब अभी तुम क्यों बोलती हो?''

मौन रहकर चाची ने अपनी गलती मान ली थी और रतिनाथ दौड़कर गया था। तारा बाबा से एक यन्त्र बनवा लाया था। चाची के वाम बाहुमूल में लाल धागे से उस यन्त्र को रतिनाथ ने अपने हाथ से ही बाँध दिया था।

चाची की इन बातों से सचमुच ही रतिनाथ खिन्न रहता था। चाहता था कि खुद बीमार हो जाय मगर चाची की तन्दुरुस्ती सुधर जाय। पर चाहने ही से कुछ थोड़े ही हो जाता है?

रत्ती की नानी पचहत्तर साल की थी, फिर भी अभी स्वस्थ थी। रतिनाथ सोचता था, क्यों न चाची भी उतने दिनों तक जिए? तरकुलवा में चाची की माँ सत्तर के अन्दर ही है, तो चाची इतनी कम उमर में मर जाएगी?

परन्तु दीर्घ आयु का सम्बन्ध जिन परिस्थितियों से है क्या चाची उन्हीं परिस्थितियों में अपना जीवन बिताती थी? ग्लानि और अपमान, तिरस्कार और उपेक्षा चाची ने बहुत सही थी, किन्तु अब उमानाथ का बर्ताव और कमलमुखी की अश्रद्धा उस बेचारी को अधिक-से-अधिक यातना दे रही थी। इतने दिनों तक

तो पुत्र की आशा से सबकुछ सहती आई थी और अब आशा का वही केन्द्र निराशा का गड्ढा साबित हो रहा था ऐसी स्थिति में निरानन्द और नीरस जीवन बिताने से लाभ?

रतिनाथ ने निश्चय किया, कहीं भी रहेगा, दस-पनद्रह दिन में एक बार शुभंकरपुर आकर वह चाची को देख जाया करेगा।

ताराचरण बीच-बीच में आकर खबरें सुना जाते थे। हिटलर ने रूस पर हमला कर दिया था। इस अशुभ समाचार से चाची को खेद हुआ। वह बोली—"कैसा दिमाग है दरिद्दर का! मुदा बच्चा-बच्चा कट मरेगा तभी रूस दखल होगा। है न बाबू?"

ताराचरण का ख्याल था कि अन्त में रूस हार जाएगा, लेकिन चाची का कहना था, "मैं पढ़ी-लिखी नहीं हूँ, मगर इतना समझती हूँ कि पच्चीस साल से रूसवालों ने अपने यहाँ जो नया संसार बसाया है उसके अन्दर जाकर राक्षसों की बड़ी-से-बड़ी फौज भी मात खा जाएगी..."

"देख लेना"—ताराचरण कहते।

"देख लूँगी, यदि जीती रही"—चाची मुस्कुरा पड़ती। उसके चेहरे पर विश्वास की एक चमक कौंध जाती।

ताराचरण आजकल सार्वजनिक प्रवृत्तियों में ज्यादा दिलचस्पी ले रहे थे।

गाँव का किसान-भवन बड़ी बुरी हालत में था, ताराचरण ने इसकी मरम्मत करवाई। पंचायत के फैसलों से जुर्माने की जो रकम आती, वह अब उसी के जिम्मे रहती थी।

बरसात के दिनों में सड़क इतनी खराब हो जाती कि कीचड़ और बदबू के मारे नरक उसके सामने कुछ नहीं था। तकलीफ सब उठा रहे थे लेकिन उसको दुरुस्त करने के लिए आगे आनेवाला कोई नहीं था। शुभंकरपुर जैसा शिक्षित गाँव और उसका ऐसा हाल! मगर धिक्कार या फटकार आप किसे सुनाएँगे? एक भी शिक्षित व्यक्ति घर पर तो बैठा रहता नहीं, पाँख मजबूत होते ही वह चुगने के लिए बाहर निकल जाता है। हाँ, बाबू ताराचरण हैं जिन्हें गाँव के नाम पर कुछ लाज-शर्म है।

ताराचरण ने बैसाख में मुसहड़ों को सड़क की मरम्मत में भिड़ा दिया। सबसे बड़ा काम था मिट्टी डालना। उधर ब्रह्मस्थान से लेकर इधर पलिवाड़ के पोखर तक, आधा कोस पड़ता है। इतनी दूर तक मिट्टी डलवाने में चालीस मजदूर लगे। ताराचरण आवश्यकतानुसार लोगों से अनाज या नगद लेते गये। 'कमाऊ पूत' कि जिनका नाम बाहर सम्मान से लिया जाता है, इस अवसर पर फिसड्डी निकले। उन सुशिक्षितों से मूर्ख और गँवार ही भले।

मिट्टी पड़ जाने से सड़कें ऊँची हो गयीं। कुछ लोगों ने अपने-अपने दालान के सामने सड़क की ज़मीन हद से ज्यादा दबा ली थी। ताराचरण ने नक्शा उठाकर रस्सी ओर जरीब से नये सिरे से पैमाइश की। इस तरह सड़क की मुनासिब ज़मीन निकल आई। आधा धूर खुद उसके भी दालान के सामने दबी पड़ी थी।

चाची ने दो रुपए सड़क-सुधार के इस काम में देना चाहा, परन्तु कमलमुखी ने घोर आपत्ति प्रदर्शित की। चाची दम साधकर शान्त हो गयी। कमलमुखी ने हाथ चमकाकर रामपुरवाली चाची से कहा था, "यहाँ न माल ना मवेशी, गाड़ी आवे न इक्का। सड़क खराब हो गयी है तो इसकी सज़ा हम क्यों भोगें?"

चाची ने चुपचाप कहला भेजा ताराचरण को—"अभी हाथ पर नहीं है।"

तीन पोखर बेकार हो गये थे, ताराचरण ने गर्मियों में उनकी सफाई करवा दी। इसमें कुछ खर्चा नहीं पड़ा। शर्त यह थी कि मछलियाँ जो जिसके हाथ लगें वह उसी की रहें। फिर क्या था? अहीर, केवट, अमात, धानुख और बाभन भी भूत की भाँति तालाब की सफाई में लग गये। मछली भी उस दिन खूब निकली।

ताराचरण के रूप में नये नेतृत्व का उदय हुआ था। बूढ़े पहले कुछ दिनों तक उसे मान्यता देने को तैयार नहीं थे। परन्तु बाद में उन्हें झुकना पड़ा। बूढ़े समाजपति पुराना अधिकार कायम रखने के लिए हाथापाई करके कई बार शिकस्त खा चुके थे। गत वर्ष कृष्णाष्टमी के अवसर पर उनका विचार था नटुआ मँगवाने का। तरुणदल कीर्तन-मण्डली के पक्ष में था। बूढ़ों ने असहयोग की धमकी दी परन्तु भगवान् कृष्ण नये अर्जुनों की बात में आ गये। दूसरी पराजय बूढ़ों की राजाबहादुर दुर्गानन्द सिंह के सम्बन्ध में हुई थी। राजाबहादुर के दामाद ने किसी देशी नाटक मण्डली को बुलाया था। उनका विचार था कि शुभंकरपुरवाले भी आकर नाटक देखें, वे हमारी प्रजा हैं उन्हें अलग से बुलवा भेजने की ज़रूरत ही क्या है? नवयुवक अड़ गये, बिना बुलावे के हम क्यों जाएँगे? इसमें बुजुर्ग लोग राजाबहादुर को पहले ही आश्वासन दे आए थे। अब उनकी नाक कट रही थी। ताराचरण ने कहा—"जमाना बदल गया है। हम जब अंग्रेजों की नाक में कौड़ी बाँधते हैं तो राजाबहादुर की बिसात? उनका दामाद खुद आकर हमें लिवा ले जाय, तब चलेंगे।" अन्त में हुआ यही कि दो-एक बूढ़ों को छोड़कर और कोई नहीं गया।

सत्ताईस

परसौनी से हैजा शुरू हुआ। शुभंकरपुर, केरवनिया, मकरंदा, दहौरा, पकड़िया, अमरितपुर इन आठ-दस गाँवों में फैल गया। वर्षा रुकी रही तो हैजा अपना नंगा

नाच नाचता रहा।

चाची साल-भर से बीमार थी। उसकी कमज़ोर देह हैजे का धक्का बर्दाश्त नहीं कर सकी। संयोगवश रतिनाथ मौजूद था। उसने आखिरी हालत में उमानाथ को तार दिया, परन्तु अन्त समय में चाची अपने पुत्र का मुँह नहीं देख सकी। छत्तीस घण्टे पाखाना- पेशाब रुका रहा। अन्तिम क्षण में रतिनाथ ने कहा—"चाची, सिमरिया घाट चलोगी?"

"नहीं"—हाथ से इशारा किया चाची ने और नज़दीक बुलाकर कहा, "यही आँगन मेरे लिए भगीरथी गंगा है।"

चाची की आवाज़ इतनी क्षीण हो गयी थी कि बड़ी मुश्किल से रतिनाथ समझ सका। कमलमुखी हल्दी का चूरन और चावल का आटा एक महीन कपड़े में बाँधकर उस पोटली से अपनी सास के तलवे मल रही थी। चाची की बेचैनी अतिकोटि पर पहुँच गयी थी। उसने डॉक्टरी दवा लेने से इनकार कर दिया था। अमृतधारा तक उसे मंजूर न थी। रतिनाथ को ऐसा लगा कि मरने का यह अवसर चाची अपने हाथ से जाने देना नहीं चाहती; वह इस जीवन से ऊब गयी है। अब विराम चाहती है। परिवार में एक भी ऐसा प्राणी नहीं है जिसे चाची का यह असमय प्रयाण सह्य न हो।

आषाढ़ कृष्ण पंचमी के रात्रिशेष में जब ढिबरी की पीली लौ ज़रा देर के लिए फुरफुरा उठी तब रतिनाथ समझ गया कि चाची चली। उसकी आँखों से आँसू बह चले। कमलमुखी ने जोर से रोना शुरू किया। रत्ती ने दिल को कड़ा किया। तुलसीचउरा के नज़दीक पहले सुजनी बिछा आया, फिर चाची को सँभालकर वहाँ उठा ले गया। वहीं तुलसीचउरा के नज़दीक चाची ने एक बार जोर से ऊर्ध्वश्वास लिया और उसकी आँखों की पुतलियाँ उलट गयीं, मुँह से थोड़ा रक्त-मिश्रित कफ निकला और बस!

ताराचरण, घूटर, सुखदेव, गदाधर और रतिनाथ यही पाँचों अर्थी उठा ले गये। अपनी ही पुरानी अमराई में चिता तैयार हुई। ठीक उसी जगह जहाँ थोड़ी-थोड़ी दूर के फासले पर उमानाथ के बाप-दादा, परदादा और दादी-परदादी आदि का अन्तिम संस्कार हुआ था। मृतक को नहलाकर नया कपड़ा पहना दिया गया और तब उसे चिता पर डाल आए। लम्बा पूला की तरह खढ़ का ऊक (उल्का) बनाया गया। साथ लाई आग को फूँककर रतिनाथ ने उस ऊक को धधकाया और चिन्ता की परिक्रमा करके चाची के मुँह में अग्नि-स्पर्श कराया। यह विधि तीन बार की गयी। अन्त में ऊक को चिता पर छोड़ दिया गया। आग लाश को पकड़ चुकी थी।

जलने में करीब दो घण्टे लगे। सभी एकमत थे उमानाथ जान-बूझकर अपनी

माँ को बीमार रखता आ रहा था, यद्यपि होनहार को भला कौन रोक सकता है। रतिनाथ बराबर गुमसुम रहा।

चिता उसी दिन बुझाई गयी। यह काम वहाँ की प्रथा के अनुसार तीसरे दिन हुआ। उस समय बची-खुची दो-एक हड्डियाँ सँभालकर अलग रख ली गयीं और बाकी राख समेटकर उस पर छोटा-सा एक चबूतरा बना दिया गया। ऊपर से तुलसी का पौधा उस पर रोप दिया गया। हड्डियाँ ले जाकर समय और सुविधा के अनुसार गंगा में प्रभावित करना था।

चौथे दिन उमानाथ आ धमका।

श्राद्ध साधारण रूप में ही हआ। रतिनाथ तेरही के दिन उपस्थित था ही। जयनाथ को खबर कर दी गयी थी, फिर भी वह नहीं आए। कुल ढाई सौ खर्च पड़ा। एकादशाह की कच्ची रसोई का भोज था और द्वादशाह को चूड़ा-दही का (जयदेव का लड़का भवदेव विलायत से आया था, इसीलिए समाज में दो गोल थे। उमानाथ बिलायती गोल में था। यही कारण था कि किफायत से ही काम चल गया)।

उमानाथ बीस दिन गाँव रहा। कमलमुखी गृहकार्य में खूब होशियार नहीं तो भोथड़ भी नहीं थी और अब तो सारी जिम्मेदारी उसी के कन्धे पर आ पड़ी थी। उसने अपने भतीजे को बुलवा लिया।

रतिनाथ ने काशी जाकर पढ़ना तय किया। नानी और नाना इस विचार से सहमत न थे, परन्तु रत्ती का मन अब इधर बिल्कुल नहीं लग रहा था। चाची के अभाव में शुभंकरपुर अब उसके लिए श्मशान था। उस महिला को उसने तिल-तिल करके खपते देखा था। वह चाची की वेदना का हिस्सेदार था। चाहता था कि वह घर से दूर, खूब दूर रहकर वह वात्सल्य की उन स्मृतियों का उपभोग करे।

आषाढ़ की पूर्णिमा जब हो गयी तो एक दिन चाची की हड्डियाँ और राख लेकर रतिनाथ काशी पहुँचा। उसके जिम्मे कुल पन्द्रह रुपए थे। बचपन में बाप के साथ एक बार वह और काशी जा चुका था। परन्तु तब की देखी-सुनी अब किस काम की?

तारा मन्दिर (क्षेत्र) के अध्यक्ष से रतिनाथ का दूर का रिश्ता पड़ता था। उन्होंने भोजन का प्रबन्ध अपने यहाँ कर दिया। पढ़ाई के लिए मीरघाट पर मारवाड़ी संस्कृत कॉलेज मानो उसकी प्रतीक्षा कर रहा था।

यह सब निश्चित हो चुके पर रतिनाथ एक दिन प्रातःकाल नाव भाड़ा करके मणिकर्णिका घाट के सामने बीच गंगा में गया और चाची की अस्थियों को कम्पित हाथों तथा आर्द्र आँखों से प्रवाहित कर आया।

अस्थियाँ गंगा में प्रवाहित करके लौटते समय रतिनाथ के हृदय में बारम्बार यही बात उठ रही थी कि अमावस की उस रात को वह कौन था चाची? एक घनी और अँधेरी छाया तुम्हारे बिस्तर की तरफ बढ़ आई, वह क्या थी चाची? सदा के लिए तुम्हारे सिर पर कलंक का टीका लगा गया, वह कौन था चाची? शील और शालीनता की प्रतिमे! तुमने क्यों उस धूर्त का नाम नहीं बतला दिया?

❑ ❑ ❑

णाणं
पयासयं

वीर नि. सं. 2470

भारतीय ज्ञानपीठ

ई. सन् 1944